萨巴斯剧院

Philip Roth

Sabbath's Theater

[美] 菲利普 · 罗斯——著　　张听泉　张艳——译

上海译文出版社

献给两位友人

珍妮特·霍布豪斯

1948—1991

梅尔文·图明

1919—1994

普洛斯彼罗：等待着瞑目长眠的一天。[1]

《暴风雨》第五幕第一场

① 引文均参考朱生豪译《莎士比亚全集》。

一

世事无常

要么放弃和别人做爱，要么这段感情就玩完。

这就是最后通牒。在庆祝两人定情纪念日的这天，五十二岁的情妇泪眼汪汪地对六十四岁的情夫下了最后通牒，这完全出乎意料，荒谬得让人抓狂。两人之间长达十三年秘而不宣的风流韵事着实让人目瞪口呆。但如今，随着进入血液循环的荷尔蒙激素不断减少，前列腺日益肿大，由他自控性能力的日子可能没几年了，生命可能时日无多，在一切都趋于终点时他忍受着失去她的痛苦，痛不欲生。

她叫德伦卡·巴利克，是旅馆老板得力的贤内助。她对所有客人一视同仁，照顾有加，因而广受客人的敬重。她热情地招待入住的老老少少，甚至对打扫房间、端茶送饭的当地女孩也十分友好，给予她们母亲般的温柔关怀。他叫米奇·萨巴斯，是一个过气的木偶表演艺人，身材矮小，体格敦实，蓄着白胡须，碧绿的瞳孔让人不寒而栗，手指因患有关节炎一直隐隐作痛。三十多年前，吉姆·汉森[①]曾带他到上东区共进午餐，邀请他加入四五个人组成的小团队。那时，《芝麻街》尚未开始录制。要是他当时答应了吉姆，这么多年待在大鸟里面的人就应该是他，而没卡罗尔·斯皮尼的份儿了。扮演大鸟的会是萨巴斯，留在好莱坞星光大道上的会是萨巴斯的名字，与鲍勃·霍普[②]一起出访中国的也会是萨巴斯……他的妻子罗莎娜喝得酩酊大醉时，喜欢提醒丈夫回忆过去。她为过去那些本可发生却没有发生的事而遗憾，为业已发生的事情而后悔，然而，这些事都已铁板钉钉，无可改变了。但对萨巴斯而言，扮演大鸟并不会给他带来比与妻子做爱更多的欢乐，因此他并没有因妻子的责难而伤心。一九八九年，萨巴斯对一个比他年幼四十岁的女孩实施了严重的性骚扰，因而名誉扫地，罗莎娜也深感羞辱，酗酒伤身，最后精神崩溃，被送去精神病院治疗了一个月。

"一个一夫一妻制的伴侣你还嫌不够吗？"他问德伦卡，"你喜欢和他维持一夫一妻制的关系，难道也希望我当你唯一的性伴侣吗？你丈夫对婚姻的忠诚让人嫉妒，而事实上他的身体却使你厌恶，你难道没有发现这两者之间并没有必然联系吗？"他继续侃侃而谈，"咱俩之间没有任何誓言约束彼此，但我们总能唤起对方的激情。但是哪怕是每个月他让你俯身趴在餐桌上从后面干你两分钟，也让你感到恶心。为什么会这样呢？马蒂亚身材高大，威猛强壮，一头浓密的黑发如豪猪身上的棘刺那般坚硬。本县上了年纪的女士都对他有倾慕之情，不仅爱他身上斯拉夫人所特有的魅力，更被他的外表所诱惑。你店里那些年轻的女招待们都迷恋他下巴的那道颏裂。我曾看到他八月待在近四十摄氏度的厨房里，女招待们则在摆放着餐桌的阳台上望眼欲穿地等候他。看他穿着被汗水浸湿的T恤，动作麻利地准备晚餐，烤着肉串，一切都油光发亮，就连我也迷上了他。而他唯独被自己的妻子排斥。为什么呢？显而易见，是一夫一妻制的本质使然，就是这个原因。"

德伦卡拖着脚步，神情抑郁地跟在他身边。两人沿着长满树木的陡坡一直往上爬，来到一条小溪边，他们曾在此共浴。小溪不停地往外冒着水泡，清澈的溪水沿着拾级而下的花岗岩大石汩汩流淌，

---

① Jim Henson（1936—1990），美国木偶艺人、电影、电视导演和制作人。

② Bob Hope（1903—2003），美国喜剧和电影演员。

时断时续，蜿蜒流经几棵经暴风雨吹打后斜倚在河岸两旁的银绿色白桦树。在这场婚外恋刚萌芽的几个月，她为了寻找两人的爱巢，独自一人冒险登山。她在离这条小溪不远的老杉树丛中发现了三块巨石，每一块石头的体积和背阴面积都有一头小象那么大，共同围成了一块三角空地，此地便成了他们的家。考虑到通往山顶的道路由于下雪变得泥泞不堪，以及喝得醉醺醺的猎人有时也会出门朝树林乱放几枪，所以山顶这儿一年四季人迹罕至。但每年五月到十月初，只要天不下雨，他们就藏身于此，逍遥快活。几年前，两人一丝不挂地躺在防水帆布上，不知从哪儿飞来的一架直升机在他们头顶一百英尺的高空盘旋了一阵。此外，这个被他们唤作藏身之处的岩洞距离附近的道路步行需要十五分钟。那是唯一一条铺设完的路，从马达马斯卡瀑布一直通往山谷。没有其他人在此出现，对他们的营地构成威胁。

德伦卡是南斯拉夫达尔马提亚海岸的克罗地亚人，皮肤黝黑，长得有点像意大利人。她和萨巴斯一样身材矮小，体格丰满健硕，体形偏胖但又十分性感。体重达到高峰时，她的身型让人想起公元前两千年左右制成的泥人小雕像。从欧洲到小亚细亚一路都出土过这种肥胖的小泥像，她们的乳房丰满，大腿壮硕。不同地域的人对此有不同的称呼，但无一例外奉之为众神之母。她的美给人一种精明干练的感觉。美中不足的是她的鼻梁塌陷，长相奇怪，像挨了拳击手一拳。一张丰满的嘴巴，一双乌黑的大眼睛，中间有一个长歪了的鼻子，整张脸中央因缺乏立体感而变得模糊不清。萨巴斯渐渐发现，在她看似良好的天性下隐约流露出几分温顺和犹疑。她的外表让人误以为她曾在童年时期遭遇过致命的伤害，而事实上，她的父母都是高中老师，为人善良，坚定信仰铁托领导的共产党制度。她是独生女，善良又略显单调乏味的父母给了她无尽的宠爱。

是德伦卡给这个家庭带来了沉重的打击。二十二岁那年，她是国家铁路系统的助理记账员，和一个长相英俊、志向高远的年轻服务生马蒂亚·巴利克结了婚。新郎是她在度假的酒店里遇上的，这家酒店隶属于铁路辛迪加工人协会，坐落在斯普利特[①]附近的布拉克岛上。他们在的里雅斯特[②]度完蜜月后一去不归。夫妇俩逃离故土并不仅仅是为了在西方发财致富，还因为马蒂亚的外祖父曾于一九四八年被捕入狱。外祖父是当地政党的一个官僚，一九二三年就加入了共产党，对俄国母亲怀有理想主义者的赤子之心。铁托与苏联关系破裂时，他曾就此事公开发表言论。“我的父母，”德伦卡对萨巴斯解释，“都是拥有坚定信仰的共产党人，敬仰铁托同志。因此，我比南斯拉夫其他儿童都更早明白应该如何表达对他的爱戴之情。我们这些孩子都是少先队员，系着红领巾，出门一路高歌。我们唱着颂扬铁托的赞歌，歌词把他比喻为一种花——紫罗兰，描述年轻人如何爱戴他。但孩提时代的马蒂亚是个例外，他深爱着外祖父。他的外祖父被人告发了。是这个词吗？被举报了。他被举报为政权的敌人。政权的敌人们都被送往一个恐怖的监狱。那一阵子最为恐怖，他们如同牲畜一般被扔上船，从大陆带往岛屿。在那儿自生自灭。一些幸运的活了下来，那些不幸的则没能撑过去。岛上荒芜一片，全是石头。他们所能做的就是围着这些石头转，莫名其妙地去切割石头。很多家庭都有家人被送往戈利奥托克，意为‘裸岛’。人们不择手段地互相揭发，或为了升官，或因为仇恨，如此等等。空气中始终弥漫着一种氛围，警告人们言行要合乎体统，合乎体统就意味着维护这个政权。他们在岛上没吃的，甚至连水也没得喝。这个岛就在海岸附近，位于斯普利特的偏北方向，站在海边往远处眺望你就能见到。外祖父在岛上患了肝炎，在马蒂亚高中毕业前夕去世了，死于肝硬化。那些年他痛苦不堪。囚犯们

① Split，克罗地亚历史名城。
② Trieste，意大利东北部边境港口城市。

都会给家人寄卡片，声称自己已改过自新。母亲告诉马蒂亚，她的父亲不是个好人，不听铁托同志的话，所以被投进了监狱。那年马蒂亚才九岁。她清楚自己说这些话是要向马蒂亚传递一些信息，这样他在学校才不会因为被激怒而口不择言，说出另一番不当言论。外祖父说自己会洗心革面，会爱戴铁托，所以只在监狱里待了十个月，却在那期间患上了肝炎。马蒂亚的母亲为庆祝父亲回家举办了一场盛大的宴会。他被释放回家时，体重只有四十公斤，大约九十磅。而之前他的身材和马特[①]一样魁梧高大。他的身体彻底垮了。有人告发了他，就是这样。这就是结婚后马蒂亚想要逃离的原因。”

“那你为什么想要逃跑呢？”

“我吗？和我父母一样，我不关心政治。南斯拉夫实行共产主义之前，有国王及与此相关的一切时，他们就拥护国王。接着，共产主义来了，他们就拥护共产主义。我不在乎这些，所以我也拥护他，对他的一切都点头称是。我真正热爱的是冒险。美国看起来是如此秀丽壮观，如此富有魅力，如此与众不同。美国！好莱坞！金钱！我为什么要逃跑呢？我当时还是个小女孩，世界上哪儿最好玩就想去哪儿。”

德伦卡逃往资本主义国家这一举动令她的父母蒙了羞，也伤了他们的心。在她叛逃后不久，父母都因癌症离世了。然而，她如此热衷于金钱与“好玩”，这一切都多亏了这些坚定的父母的庇佑，让长着撩人脸庞和有着年轻而丰满的肉体的她仅仅成了资本主义的奴隶，而没有做出更加令人匪夷所思、捉摸不定的事。

萨巴斯提出与克里斯塔共度良宵的愿望后，德伦卡承认十三年以来，这个木偶艺人萨巴斯是唯一一个被自己收取过夜服务费的男人。克里斯塔是个德国姑娘，逃离了原来的寄宿帮工家庭，目前在一家美食店工作。萨巴斯经过跟踪监视，极富耐心地将她纳入其中，三

---

① Maté，马蒂亚的昵称。

人共享声色之娱。“现金。”德伦卡向他提出要求。尽管自萨巴斯第一次遇见克里斯塔搭便车进城已是几个月前的事了，但德伦卡对这次冒险所怀的期待与兴奋并不亚于萨巴斯，不需要他催促便已开始策划行动。“簇新的钞票，”她说道，半开玩笑似的眯着双眼，但要钱的本意丝毫未变，“挺括，簇新。”他毫不犹豫，迅速融入到德伦卡为他设计的角色中，问道：“多少钱？”她的回答十分简洁：“一千。”“付不起。”“那就算了，离我远一点。”“你真是个狠心的女人。”“是啊，狠心，”她玩味地回答道，“我知道自己值多少。”“你知道的，要促成这件事得费些周折，并不是上下嘴唇啪地一碰就能实现。克里斯塔或许还只是一个任性的孩子，还要操很多心。你应该付我酬劳。”“我不希望充当一个冒牌妓女，我希望被当作一个真正的妓女。一千美元，否则我就待在家里。”“简直是狮子大开口。”“那就算了。”“五百。”“七百五。”“五百，这是我能承受的极限了。”“我们去那儿之前你得先付钱。进去时我要把钱装在钱包里，让自己意识到有份活儿正等着我去干。我希望体验一回真正的妓女的感觉。”“我对此表示怀疑，”萨巴斯建议，“即要体验真妓女的感觉，仅仅有钱就够了。”“对我来说就是这样。”“走运了你。”“你才走运。”德伦卡挑衅道，“好吧，五百。但得提前给钱，我要提前一个晚上拿到这笔钱。”

讨价还价时，两人正在山上的岩洞里用手抚摸着对方，身下垫着防水帆布。

如今，萨巴斯对金钱已兴味索然。但自从关节炎结束了他作为木偶表演艺人在国际庆典上的演出，他堕落浪荡的形象曝光后木偶工作室也不再受四所高校联合项目课程的追捧，他便只能靠吃软饭度日。罗莎娜在当地的一所高中工作，年收入有两万二千美元，结果萨巴斯不得不忍痛从这笔钱中挤出五百美元，交给一个经营家庭旅馆且年纯利润高达十五万美元的女人。

当然，萨巴斯本可以叫她滚，因为不管有没有嫖资，德伦卡加入三人游戏的热忱丝毫不会减弱。但他依然同意了这个要求，与她姘宿一夜。萨巴斯装成她的嫖客，她装成为萨巴斯服务的妓女，互惠互利。再者，萨巴斯根本无权不妥协，只因为她如此淫乱完全归功于他。作为家庭旅馆的女主人兼经理，德伦卡·巴利克工作有条不紊，卓有成效，但把这份工作做到完美无缺并非她唯一的乐趣。如果她只热衷于年复一年把盈利存入银行，如果萨巴斯没有怀疑她那塌鼻子和丰腴的四肢下隐藏着骚动——至少开始他只是看到了这些——那么她的生活早就干涸了。正是萨巴斯这位极富耐心的老师，指导她一步一步地脱离有序的生活，发现偷情能够成为她琐碎日常的调剂品。

偷情？谁知道呢。随心所欲吧，萨巴斯说。她照实做了，不仅沉迷于此，同时还乐于与萨巴斯分享自己沉迷其中不可自拔的感受，而萨巴斯也乐闻其详。在旅馆与妻儿度完周末后，那些丈夫会偷偷躲进办公室给德伦卡打电话，说想见她。挖掘工人、木匠、电工、画家、等在旅馆附近的那些帮工，无一例外地都把午餐地点选在了她那间记账办公室的附近。无论她走到哪儿，男人们总能感受到从她身上散发出的无形诱惑。萨巴斯一旦默许了她释放越来越多的欲望——对于这种欲望的召唤，在萨巴斯出现前她便从不抗拒——男人们便开始意识到这个穿着紧身胸衣、笑不离口的中年妇女，虽然身材矮小、相貌平平，却如男人一般浑身充满了肉欲的冲动。这个女人的体内像男人一样放浪形骸。而她所想到的这个放浪形骸的男人就是萨巴斯。如她所言，他们是同类。

凭良心说，他怎么能拒付这五百美元呢？拒绝可不行。她曾努力学习，就为了实现自己的目标（变得符合他的期望），她需要获得萨巴斯的肯定。不要介意她用这笔钱给她儿子的地下工作室添置动力工具。马修现已成家，是个州警察，驻扎在山谷的营房里。德伦卡深爱着儿子，自他当上警察就一直为他担惊受怕。马修的身材并不高大，但长相英俊，像他的父亲一样有着一头豪猪棘刺似的黑发，下巴上有一道深深的频裂。他继承了父亲的英国化的名字①，但显然更像德伦卡的后代，身材矮小，只有五点八英尺，体重一百三十五磅。在警察学院念书时，马修是班级里个子最矮、年纪最小的。他的脸部中间并不立体，扁塌塌的鼻子完全遗传了母亲的特点。他曾接受过培训，以便有朝一日能接管家庭旅馆，但最终没能让他的父亲如愿。他在酒店管理学校才待了一年就退了学，成了一名肌肉发达、留着板寸头的警察。他戴着大帽子，别着警徽，好不威风。他接受的第一个任务是和交通分队一起操作雷达，驾驶巡逻车在几条交通主干道上来回巡逻。在这个小警察眼中，全世界最棒的工作莫过于此。你可以遇见形形色色的人，叫停各式各样的汽车接受检查，情形不一，人人各异，车速不等……德伦卡把马修的警员生活一字不漏地转述给萨巴斯，从七年前马修进入警察学院，学院的教练冲他们破口大骂，而马修则对母亲发誓"我不会被这事打败"，直到毕业那天，尽管他个子小，学校还是给他颁发了一枚表彰体能的荣誉徽章，勉励他和所有顺利通过二十四周学习课程的学员们，"你们不是上帝，但你们是距离上帝最近的人"。她向萨巴斯描述了马修出色的射击表现，九毫米口径的手枪能十五弹连发，以及他下班时把枪藏在靴子里或别在后背的皮带中间，吓得她心惊胆战。她一直担心马修会因公殉职，特别是马修从交通分队调往营房后，每隔几周还得值夜班，她的担心也随之剧增。马修则开始爱上了驾驶警车巡逻，就像之前痴迷雷达操作一样。"你一出外勤，就感觉自己当了老大。一坐进车里，你就可以随心所欲，想干什么就干什么。自由，妈妈。自由自在。如果没事发生，一直开车就行。没有人呼叫你的话，就一个人开车沿马路巡逻。"他在警察局的北部巡逻区工作，经受历练。马修熟知这个地方，熟悉这座小镇里的每一条道路，每

① "马修"（Matthew）是"马蒂亚"（Matija）的变体，前者多见于英语，后者多见于克罗地亚语。

一片树林，每一家店铺。每个执勤的夜晚，他驾车经过时会盯着这儿的银行、酒吧，看着人们穷困潦倒地离开酒吧，一种男子汉无与伦比的满足感便会油然而生。马修告诉母亲，在观看世界上最棒的表演时，他占据了前排位置，可以欣赏车祸、偷窃、家庭纠纷、自杀等等。绝大多数人从没亲眼看见过自杀的景象，但马修看到过以前的一个女同学坐在林中一棵橡树底下，打爆了自己的头，脑浆四溅。那年马修刚从警察学院毕业，到达案发现场后呼叫了法医，并在现场等候法医到来。入职第一年，马修告诉母亲，感觉自己打足了气，所向无敌，坚信自己刀枪不入。他偶遇一场家庭纠纷，双方都喝醉了，互相仇视，借着酒劲互相辱骂，拳打脚踢。而马修，她的儿子，则与当事人沟通，让他们冷静下来，等到他离开时，一切都搞定了，双方都不必因闹事而戴上手铐。有时候遇到的一些人实在过分，马修也会给他们一拳，用手铐把双方铐住，等另一位警察来了以后一起把这对夫妻带去警察局，否则双方都恨不得杀了对方。有一次，一个孩子手持枪械出现在第六十三大街的披萨店，离店前故意挑衅，晃了晃枪，是马修发现了这个孩子驾驶的车，在明知道他手里有枪且没有任何后援的情况下，马修用喇叭喊话，要求他举起双手从车里出来，马修用自己手中的枪瞄准了这个人……所有这些故事，都在他母亲的心中塑造了一名警察的光辉形象。马修想要恪尽职守，学以致用，这让德伦卡心惊胆战。于是，她购买了一台步话机——一个装有天线和晶体管且能监听马修所在频率的警察信号的小盒子。马修值班的夜晚，她就会失眠，于是她便打开这台设备，彻夜收听信号。每次有人呼叫马修，这台步话机都能收到信号，德伦卡由此可以大概掌握马修的动向，了解他是否遇到生命危险。一听到步话机里响起了马修的警号415B，她便会惊醒。马修的父亲也担心儿子的安危，但一想到子承父业的希望落空，他便怒火中烧。他是个移民，身无分文，白手起家，创下了自己的事业。每年夏季，他都在厨房训练儿子，想把他培养成接班人，如今儿子却精通空手道和柔道，凌晨三点傻乎乎地跟踪一辆破旧皮卡，只因为这辆车穿越巴特尔山时速度十分缓慢，让人生疑。父子之间水火不容，德伦卡只有和萨巴斯在一起时才能倾诉对马修安危的担忧，骄傲地讲述马修在一周内要处理多少起机动车辆违章事件。“那儿，”他告诉德伦卡，“总会发生些事情：超速、未按标志停车、不开尾灯，各种违反交通法规的行为……”于是，萨巴斯并不意外德伦卡把他支付的五百美元嫖资全部用来给儿子买了生日礼物：一台牧田牌便携式推台锯和一套漂亮的开槽锯片。

总而言之，事情的结局让每个人都称心如意。德伦卡找到了方法，让自己成为丈夫的密友。在曾经的曼哈顿下流剧院木偶大师的帮助下，她开始享受之前几乎令她窒息的婚姻中的例行公事。如今她开始珍惜这些僵死的例行公事，来平衡身上轻率无所顾忌的行为。她不仅没有因丈夫无动于衷而讨厌他，反而对马蒂亚的麻木愚钝欣赏有加。

对于所有想要扫清障碍获得慰藉和满足的人来说，五百美元确实便宜。因此，无论萨巴斯在付出这些簇新挺括的钞票时多么心绪难平，他在德伦卡面前还是表现得和她一样泰然自若。她惬意地享受电影中那些套路，从容淡定地把钞票对折，塞进内衣包裹的双乳中间。这对柔软丰腴的乳房自始至终把他迷得神魂颠倒。她全身的肌肉渐渐松弛，不再紧致，甚至领口下方的皮肤也变得干瘪，失去了弹性，但那块带有细纹的手掌大小的菱形肉体不仅增添了她持久的吸引力，同时也让萨巴斯对她更加情深意浓。他现在已经六十四岁了，除了不断松弛的臀部，他还抓住了什么呢？时光这位雕刻师似乎没有给两瓣屁股添加任何有趣的装饰，但他知道这场游戏注定即将结束。

萨巴斯最近在吮吸德伦卡那对充满生育能力——充满生育能力（uberous），是“生机勃勃”一词的词根，“生机勃勃”一词由“ex”加上“uber-are”构成，意为“丰硕的”，就如朱诺斜卧在丁托列托的油画中，画中的银河正好从她的乳头喷涌而出——的乳房时，他没完没了地疯狂吮吸着，德伦卡随之兴奋地转过头，呻吟着（朱诺自己可能也这样呻吟过），“我感觉它进入了我的最深处”。他想到了过世的母亲。两人在一起度过的第一个十年无可比拟，如今她依然享有独一无二的地位，这一点与那十年间一样不容置疑。一种近似敬畏的感觉在萨巴斯内心油然而生，这种感觉类似于她所相信的命运——在似老黄牛一般操劳的女人生命中，敬畏植根于那股涌动的能量之中的灵魂，这个灵魂明白无误地存在于放学后家里烤箱烘焙出来的香气扑鼻的蛋糕中。他内心泛起八九岁之后从未有过的复杂情绪，她在哺育两个儿子的过程中找到了至上的快乐。是的，抚养莫迪和米奇长大曾是她的人生目标。当萨巴斯回想起每年春天她轻松愉快地为逾越节所做的准备时，有关母亲的回忆以及母亲的价值在儿子的心中便无限放大。要干的活儿有很多，把用了一年的两套盘子收起来，之后费力地把它们放入纸箱中。逾越节的那些玻璃盘需要从车库里取出来，清洗归类后再放到架子上。所有这些事要在一天内完成，在他和莫迪早晨出发去上学到兄弟俩中午回家这个时间段内完成。她要清空食品储藏室的含酵母食物，把厨房打扫得光亮如新，让一切都符合每一个节日的程序。从她干活的方式来看，很难断定是她在为这种必要的程序服务，还是必要的程序在为她个人服务。一个大鼻子、黑鬈发的小个子女人，犹如浆果丛中的小鸟一般来回跳跃，嘴里哼唱的曲调如歌颂红衣主教的音符般清脆嘹亮。歌声从她嘴里缓缓哼出，犹如她在做诸如除尘、熨烫衣物、修理、擦亮或者缝补东西的家务活那般自然。整个童年时代，母亲会折叠整理，会打点一切，会拆分东西，也会捆绑东西，灵巧的双手忙个不停，口中的歌声也从不停歇。她要确保丈夫的账目井然有序，与年迈的婆婆和平相处，打理好两个儿子的日常所需，沉浸在这些琐碎的家务中让她感到惬意满足。即使在大萧条最为严峻的时期，黄油和鸡蛋这笔小生意收入微薄，她也要料理好一切，确保自己制定的预算不会影响孩子们的快乐成长。比如，米奇穿的几乎所有衣服都是莫迪剩下的，但在米奇穿上身之前都会经过精心缝补，高温晾晒，使之变得洁白如新。她的丈夫自豪地对顾客说，自己的妻子真是巧手能干。

之后，莫迪上了战场，一切都变了。之前，无论做什么事，一家人总是一起行动，彼此从未分开过。之前，萨巴斯一家从没因经济需要在暑假出租房子，效仿海滩附近的邻居们搬到车库那边的蹩脚小公寓住。但参照美国标准，他们仍属于穷困家庭，一家人从未离开过这个地方。但是，接下来莫迪离开了，兄弟俩共用的房间如今只剩下米奇一人居住。莫迪在纽约奥斯威戈训练时，有一回他们北上去看望他。莫迪在大西洋城受训半年，每逢周日他们就驱车去看望他。莫迪在北卡罗来纳州飞行学校时，他们又专程开车一路南下，尽管父亲不得不留下卡车，在他们离家期间雇一个邻居帮忙运送货物。莫迪肤质不好，长得不是十分英俊，在学校里表现平平，除了擅长手工和健身外，其他方面都处于中下水平。他并不受女孩的欢迎，但所有人都认为凭借强壮的体魄和坚强的性格，不管遇到什么困难，他都能照顾好自己。高中时，他在一个舞蹈乐队里吹单簧管，曾在田径赛场上叱咤风云，游泳也十分出色。他帮助父亲打理生意，帮助母亲料理家务。他的双手非常灵巧，他们一家人都拥有一双巧手，身强力壮的父亲会小心翼翼地把鸡蛋放在光照下检查，母亲则动作娴熟，一丝不苟地料理家务。萨巴斯一家灵活的手上功夫有一天也会通过米奇呈现给世界。他们的自由掌握在自己手中。莫迪会修水管，修电气设备，无所不能。他妈妈过去常说，把它交给莫迪吧，他会修好的。当母亲夸赞他是世界上最体贴的大哥哥时，可毫无任何夸张成分。莫迪从阿斯伯里高中毕业时才十八岁，他不等征召便主动从军，加入了陆军航空队。入伍当年十八岁，阵亡那年才二十岁。一九四四年十二月十二日，他所在的轰炸机在菲律宾上空被击落。

几乎整整一年，母亲都卧床不起。起不来了。她再也不是别人口中说的那样心灵手巧。有时候她的行为举止让人感觉她已变得笨手笨脚的。在仍健在的这个儿子的记忆中，当他仿佛要把德伦卡榨干似的直喘气的时候，他记得自那以后，人们再也听不到她轻快地哼唱那首标志性的歌曲。现在，米奇放学回家走在沙路小道上时，海边的这幢小屋里鸦雀无声，死气沉沉。他只有进入屋子才能确认母亲是否待在里面。烤箱已弃之不用，放学后他再也没有见过蜂蜜蛋糕、蜜枣坚果面包或纸杯蛋糕。天气晴朗时，她会坐在木板路的木质长凳上，眺望远处的沙滩。过去，一大清早她就带着两个儿子冲向沙滩，从渔船上购买比目鱼，价格比商场便宜一半。战争结束后，其他人都回家了，她便来到沙滩边和莫迪聊天。几十年过去了，她和莫迪说话的次数不减反增，直到她九十岁那年，萨巴斯把她送到了朗布兰奇的一家养老院，她在那儿可以独自与莫迪说话。在母亲去世前两年，萨巴斯驾车四个半小时去养老院探望，但她已认不出他，其实早在一九四四年，她就认不出这个活在人世的儿子了。

现在，轮到萨巴斯和她说话了，这让他始料未及。尽管莫迪的早逝也让父亲心碎，但他从未遗弃这个小儿子。无论米奇高中毕业后出海当水手，还是开始去纽约街头表演木偶戏，不管父亲多么理解不了这个儿子的生活，出于父爱的本能，他始终如一地予以支持。他的妻子生于美国，他则出生在大西洋的另一边，目不识丁，思想简单，十三岁时凭一己之力来到美国，以贩卖黄油和鸡蛋为生，七年间挣了足够的钱，把父母和两个弟弟接了过来。十四年前，他在睡梦中溘然长逝，终年八十一岁。从那以后，虽已过了这么多年，萨巴斯从未和父亲有过只字片语的沟通，也没有感觉到父亲的灵魂萦绕在侧。这不仅是因为父亲是家人中最不爱说话的，萨巴斯也还没有任何证据证明人死后灵魂不灭。诚然，和死人说话，完全是人类的非理性行为，可同时又最情有可原。但这种行为于萨巴斯而言是全然陌生的。萨巴斯是现实主义者，十足的现实主义者，所以六十四岁的他几乎不再与活人交流，更不用说和那些死人去讨论自己的问题了。

但与逝者交流是他现在每天的必修课。母亲每天都在那儿，他和母亲交流，母亲也有所回应。妈妈，您到底是以何种方式存在着？您只出现在这儿还是无处不在呢？您能看到您自己，就像我有办法看到您一样吗？我看到的画面在不停地变化。您现在只知道那些您活着时早已知道的事，还是现在的您已无所不知，抑或“知情”已不再是个问题了呢？有什么故事吗？您还像以前那样伤心欲绝吗？莫迪和您在一起，您又和从前一样吹起了口哨，如此便是最好的消息。莫迪在吗？爸爸在吗？如果你们仨在一块儿，上帝应该也和你们同在吧？一个无形的存在正如其他一切事物一样吗？那么，上帝既不在那里，也不在这里？您不再询问死亡之事，正如您不再关心生存这事了吗？死亡这个状态是不是和您操持家务一样自然呢？

这一切都神秘兮兮，荒唐可笑，让人不可思议，但逝者的显灵却是如此真切。无论他做何种解释给自己听，都无法驱赶母亲的幽灵。他很清楚，母亲就在那儿，正如他清楚自己就站在太阳光下或躲藏在阴凉处。这种能感知到她的想法是如此自然，就算他嘲弄似的抵制也无法打消。母亲并不只在他绝望时才出现，也并不只在深夜梦醒时分，在他迫切需要找到消失物的替代品时才出现。母亲就在树林里，在他和德伦卡半遮半掩的身体躲藏在岩洞内时，母亲犹如盘旋在头顶上方的那架直升机，与他们同在。也许那架直升机就是母亲的化身。逝去的母亲陪伴着他，看着他，到处包围着他。母亲曾给予他自由，她的回归是要陪着他走向死亡。

和别人做爱的话，这段感情就玩完。

他问德伦卡原因。

“因为我希望你这么做。”

“那不行。”

“不行吗？”德伦卡泪眼蒙眬地问道，“你爱我就能行。”

“我爱你。爱是束缚吗？”

“我生命中的男人是你！不是马蒂亚，是你！要么让我成为你的女人，你唯一的女人，否则我们之间的一切都必须结束！”

这是五月一个阳光明媚的下午，阵亡将士纪念日前一周，树林上空一阵大风刮过，吹落了不少大树嫩枝条上新长出的树叶，盛开的花朵以及枝条生长发芽带来的芳香让萨巴斯想起了位于布拉德利的那家夏拉帕理发店。小时候，莫迪曾领着他去那儿理发，兄弟俩也曾让夏拉帕的妻子帮忙缝补过衣服。如今物是人非。一切都在提醒他，有些事早已远去，时光的脚步未曾停歇。他在精神上与母亲展开对话。“您能闻到这些味道吗？户外这一切是否让您留下印象？死了是不是比垂死时更糟糕？是巴利克太太让您不开心吗？如今各种琐事会惹您心烦吗？”

不是他坐在过世的母亲的大腿上，就是母亲坐在他的大腿上。也许母亲的气息正混合着氧气，随着山中盛放的花朵散发的芳香一点点地钻入他的鼻子，飘进他的体内。这种气息包裹着他，在他体内流动。

“你什么时候做的这个决定？发生什么事了吗？德伦卡，这不像你。”

“我没变，我还是我自己。告诉我，你以后只有我一个女人。请你告诉我，你以后会这么做！”

“首先告诉我原因。”

“我很痛苦。”

她没有说谎。他目睹了她痛苦不堪的模样。德伦卡的脸部中心越来越模糊，犹如一块黑板擦扫过黑板，留下一大块擦痕。你再也看不清这张脸庞，取而代之的是一副呆若木鸡的状态。丈夫和儿子一爆发冲突，尖叫打闹声响起，她便不可避免地跑来找萨巴斯，萨巴斯看到的就是她这一副呆头呆脑、前言不搭后语的傻样子。父子俩都不会勃然大怒，也不会恶语相向，可德伦卡的活泼与狡黠却消失了。萨巴斯向她保证——这保证多半让人心存疑虑——父子俩不会当真弄死对方。巴利克家族的男人始终如一的友好和风度使他们看上去沉闷又无趣，但这平静的表面下会掀起什么风浪呢？每次想到这一点萨巴斯就不寒而栗。这个小男孩为什么要当警察？他为什么想要携带一把左轮手枪、一副手铐和一根能让人致命的短警棍，宁愿冒着生命危险出去搜捕罪犯，而不愿留在旅馆迎接客人挣点小钱呢？七年后，和蔼的父亲为什么还不能原谅他？为什么每次父子见面，父亲都要指责儿子毁了他的生活呢？的确，他们都有自己秘而不宣的原因。和别人一样，父子俩也有双重性格，他们并不是完全理性的人，不够机智，缺乏幽默细胞——然而，马修一家人的底线在哪儿呢？萨巴斯私下承认，德伦卡夹杂在水火不容（尤其是其中一人还身佩武器）的父子俩之间，表现得如此焦虑不安，完全情有可原。但父子俩绝不是冲她来的，萨巴斯建议她保持中立，也不要试图调解——父子间的怒火迟早会浇灭，等等。终于，当恐惧消散，她的脸上重新焕发生命的光彩，她说自己爱他，离开他会活不下去，她直截了当地告诉萨巴斯："没有你，我无法履行自己的责任。"如果两个人分开了，她再也不会有现在这样美妙的感觉！舔舐那丰满的胸部，结结实实的胸部和他十四岁时感受到的毫无差别，充满了挑逗和新奇。萨巴斯说自己与她感同身受，他抬起头，含笑望着她，让人捉摸不透此刻他脑海里在揶揄什么——与德伦卡慷慨激昂、热情满满的承认不同，他的话似乎刻意显得敷衍了事。但是，抛开所有这些略带揶揄的陷阱，他的那句"我与你感同身受"却千真万确。如果萨巴斯没有这位轻浮淫荡的女人做伴——她的丈夫是事业有成的旅馆老板——生活对于他来说是难以想象的，而如果德伦卡离开这个冷酷无情的木偶艺人，她的生活也会变得难以想象。没有了彼此，他们找不到人可以互诉衷肠，出谋划策，没有人可以和他一起自由地释放内心最富生命力的需求！

"那么你呢？"他问，"你以后会只有我一个男人吗？你是这个意思吗？”

“我不想要其他人。”

“什么时候开始的？德伦卡，我知道你很痛苦，我不希望你痛苦，但我不可能把你的要求当回事。你对我强加各种要求，却对自己网开一面，你作何解释？你要求我对你忠诚，而你自己却从未对丈夫从一而终。即使我答应你的要求，你仍然会因为我而拒绝你的丈夫。你既想要一个忠诚的情人，又要一份稳定的婚姻。或许你是对的，这是唯一可行的办法。但你得另找一个品行更加端正的老男人才能如愿。”解释得既详细又规范，而且精准无误。

“你的回答是不同意。”

“有同意的可能吗？”

“所以现在你要抛弃我？这么突然？十三年的感情就这样结束了吗？”

“我被你弄糊涂了，跟不上你的思路。今天这儿到底发生了什么？他妈的突然要求结束的是你，不是我。是你让我二选一。突然之间是你要把我蹬了……当然，除非我立马同意改变现状，沦为你的性玩物。请听我说。你现在要我沦为你的性玩物，连你自己都不曾想过要成为这样的玩物。为了维持一直以来我们坦率地追求性欲的这种关系——你在听我说吗？——就得扭曲我的性欲吗？和你一样，直到今天，就天性、爱好、行为或信仰而言，我都不是一个受一夫一妻制控制的人，这一点毋庸置疑。到此为止吧。你想强加于我的那个条件不是扭曲了我的天性，就是让我失信于你。和其他生物一样，天性受到扭曲，我也会痛苦万分。再说，坦诚相见让我们相互支撑，也让我们彼此兴奋。夫妻间的日常欺骗已成为无数婚姻的标志，你我如果结婚也不例外，而现在我们之间互相坦诚，这种关系很健康，恰恰与欺骗性的婚姻形成鲜明对比。想到这种坦诚现在并不能投你所好，你反倒喜欢一般的谎言和压抑人性的清教思想给你带来的安慰，实在令我震惊。

清心寡欲，自我抑制，自讨苦吃，我可以接受，但这是自以为是地压抑邪恶的性欲，以此为准则并强加给别人，德伦卡，这是不近人情的。”

“你这样对我说教，听起来就像一个愚蠢的独裁者。请不要再说了！”

他们还没铺开防水帆布，都还穿着运动衫和牛仔裤。萨巴斯头戴一顶针织水手帽，靠坐在一块岩石上。德伦卡则围着这些巨石飞快地绕圈，一会儿双手不安地拂过头发，一会儿又伸出双手，指尖触摸着为两人提供藏身之处的石壁，感受熟悉的冰凉与粗糙——此情此景让萨巴斯不由自主地想起了尼基在《樱桃园》最后一幕的表演。尼基是他的发妻，一个外表柔弱、情绪多变的希腊裔美国人。她有十分强烈的危机感，萨巴斯误认为是她性格内敛，给她取了一个契诃夫似的绰号，叫“天天一危机”。直到有一天危机真正降临到尼基身上，让她消失得无影无踪。

根据《退伍军人权利法案》，萨巴斯在罗马的一个木偶学校待了两年，回纽约后执导了人生中的第一批戏剧，《樱桃园》便是其中之一。尼基扮演挥霍无度终至破产的郎涅夫斯卡雅夫人[①]。作为年轻演员，她扮演的这个角色在讽刺与哀伤之间维持着微妙的平衡。最后一幕中，行李都已打包，心烦意乱的一家人准备永远离开祖屋时，萨巴斯要求尼基沿着空荡荡的房间，默默地走一圈，让指尖轻拂过四周的墙壁。请不要流泪。只需要沿着房间触摸空空的墙壁，然后离开——这样就可以了。无论导演要求做什么，尼基都会精致细腻地予以呈现……但不管演得如何惟妙惟肖，萨巴斯始终不满意她的表现，认为演出的角色依然带有尼基本人的特点。演员身上这一特点促使他最终回到了只需本色出演的木偶表演。萨巴斯设计了人物动作，为每个人物角色配音，但这些都无法违背事实本身。因为尽管年轻的尼基具有表演天

① Ranyevskaya，即柳苞芙，《樱桃园》的女主人公。

赋，对未来充满渴望，但在萨巴斯看来，她作为一个真正的人似乎并不总能让他信服。木偶表演则不需要演员在塑造某个特定的角色时完全忘掉自我。木偶表演真实可信，并不是对人类的"隐喻"描述。他们只需要本色出演，别人也不用担心一个木偶表演艺人会像尼基那样突然从地球表面离奇消失。

"为什么，"德伦卡喊道，"你在笑话我吗？当然，你比我聪明，比任何人都聪明，巧舌如簧胜过每一——"

"是的，是的，"他回答，"越是聪明的人，越能透过华丽的词藻和玩世不恭的态度感受到背后的深意。如果萨巴斯说话时重视细节、一丝不苟、滔滔不绝、充满理性，那么他说的话一般都值得怀疑。尽管甚至连他本人都不能确定，他说出来的废话是否全无意义。不，误导人的话一丁点儿也不容易构思——"

"住嘴！住嘴，拜托了，别像个疯子一样！"

"等你像个正常人再说！这个问题上你怎么就犯傻了呢？你到底要我怎样，德伦卡？要对天发誓吗？你来监管这个誓言吗？这个誓言该如何表述？请你把不允许我做的事都罗列出来。插入。是这样吗，够了吗？对接吻有要求吗？对打电话有要求吗？你也会发誓吗？我如何才能知道你有没有坚守誓言呢？你之前可从未立过誓。"

就在西尔维亚快要回来时，萨巴斯陷入了沉思。在两人极尽欢愉时，她担心自己会被强迫为萨巴斯做些什么，因而引发了这场争吵吗？去年夏天，马蒂亚的侄女西尔维亚在旅馆的餐厅里做服务生，就住在巴利克家。西尔维亚来自斯普利特，是个十八岁的大学生，趁暑假到美国学习英语。一天后，德伦卡克服了内心的不安，给萨巴斯捎来了西尔维亚穿脏的内衣裤，有些是塞在她的口袋里带来的，有些则藏在她的小提包里。她为萨巴斯穿上这些内衣裤，把自己扮成西尔维亚。她提着这些内衣裤，沿着萨巴斯的白胡子周围上下晃动，把它们压在他张开的双唇上。她用西尔维亚的丝质小胸罩绑着他，双手抚摸着萨巴斯。她让萨巴斯的双脚伸进西尔维亚的比基尼内裤中，再一点点地把内裤卷到他粗壮的大腿处。“说话，”他对她说，“说点什么。”她照实做了。“好，我答应你，色鬼，好吧，”她说，“你可以得到她，我把她交给你，你可以得到她年轻紧致的身体，你这老色鬼，流氓……”西尔维亚是一个长得像天使一般的姑娘，身型瘦小，皮肤白皙，一头红色鬈发，戴着一副圆形金属边框的小眼镜，显得一副勤奋好学的样子。“照片，”萨巴斯对德伦卡下了命令，“找些照片来。一定要有照片，她们这些年轻女孩都拍照片。”不，没门。温顺的小西尔维亚没有照片。绝无可能，德伦卡说。但第二天，德伦卡检查了西尔维亚的梳妆台，在她的棉质睡袍下面找到了一大堆宝丽来一次性成像照片。这些照片是她从斯普利特带来的，她想家的时候就看看这些照片。绝大部分照片中都有她的父母、姐姐、男朋友以及她的狗，但其中一张照片拍摄了西尔维亚和另一个年龄与她相仿的女孩，只穿着长筒裤袜，身体倾斜，站在公寓两个房间之间的走道上。那个女孩长着一张南瓜脸，比西尔维亚健壮得多，身材结实，体形庞大，胸部丰满。她从后面搂着西尔维亚，而西尔维亚则上身前屈，小巧的臀部正好顶着那个女孩的胯部。照片中的西尔维亚转过头，张大嘴巴，故作兴奋，也许是在对两人所摆出的傻乎乎的动作开怀大笑。在每张照片的背面，距离顶部零点五英寸的地方，她都仔细记录了拍照人的信息。这张照片背面，西尔维亚用塞尔维亚-克罗地亚语记录了五个字，“背后是聂拉”。“背后”这个词和这张照片令萨巴斯血脉偾张，他翻来覆去地欣赏着照片，与此同时德伦卡把玩着西尔维亚的胸罩，随之为他带来一场即兴表演。某个星期一，旅馆厨房停工，马蒂亚一整天带着西尔维亚游览了历史名城波士顿。趁他们外出时，德伦卡把自己塞进了西尔维亚的一条纯黑色短裙和一件紧身的刺绣上衣——这套民族服饰是巴利克家庭旅馆的女服务生们招待客人时的标配。德伦卡穿着这套服装，躺在西尔维亚暑假入住的客房床上。她在那儿“被引诱”了，“西尔维亚”一直都在申明，要求“萨巴斯先生”务必保证，绝不将她卖身挣钱这事告诉叔叔婶婶。“我以前从没有过男人。我只有一个男朋友，他马上就会过来。我从没拥有过你这样的男人。”“我可以进去吗，西尔维亚？”“是的，好的，我一直希望有个男人能进入我的身体，只要别告诉我的叔叔婶婶！”“我和你的婶婶做爱，我和德伦卡做爱。”“哦，是吗？和我婶婶？你吗？和她做爱比和我更舒服吗？”“不，从来不是。”“她有我紧致吗？”“哦，西尔维亚——你婶婶正站在门口。她正看着我们！”“哦，天呐——！”“她也想加入。”“哦，天呐，我以前从没尝试过——”

那个星期一下午他们玩遍了各种花样，在西尔维亚和马蒂亚回家前几小时，萨巴斯顺顺利利地离开了西尔维亚的房间。他们从未玩得如此尽兴，西尔维亚、马蒂亚、德伦卡和萨巴斯一致认为。那年夏天，包括萨巴斯太太在内，每个人都很开心。他如今对妻子的态度比前些年更为体贴，有时会在早餐时装模作样地询问她参加戒酒互助会的情况，也会摆出一副在听她回答的模样。每周一，马蒂亚会开车载着西尔维亚到佛蒙特州和新罕布什尔州游玩，有一次甚至远行至科德角，他似乎重新发现了与哥哥的女儿之间这种叔侄亲情，这种满足感不亚于他曾把自己的儿子成功地培养成了一个美国公民。这个暑假每个人都过得既恬静又惬意。劳工节后，西尔维亚动身回家，那时她已能讲一口蹩脚的英语，十分惹人喜爱。她带着德伦卡写给她父母的信——并不是萨巴斯使坏写的那封英文信——信中反复发出邀请，希望这个年轻人明年暑假能再来旅馆工作，和他们一起生活。

对萨巴斯的问题——即她本人是否也能起誓忠诚于萨巴斯，是否有能力坚守誓言——德伦卡的回答是当然，因为她爱他。

“你也爱你的丈夫，你爱马蒂亚。”

“那不一样。”

“但从现在起半年之后呢？多年来你一直冲他发火，恨他，觉得他没有给你自由，甚至想要毒死他。一个男人把你逼到这种程度。然后你开始爱上了别的男人，最后却发现你现在也可以爱自己的丈夫了。如果你不需要装出一副对他动情的样子，你在他眼中会是个好妻子，幸福的妻子。有你在，罗莎娜在我眼里也没那么讨厌了。我崇拜罗莎娜，她是一名真正的战士，每个晚上都和别人结队参加戒酒互助会，这些聚会之于她，正如幽会之于我们，完完全全给了她另一种人生，让她得以勉强把家维持下去。而现在你想要改变这一切，这不仅仅是对我们，同时也给罗莎娜和马蒂亚带来变化，你却不愿告诉我这么做的原因。”

“因为在一起十三年，我想听你说：‘德伦卡，我爱你，你是我的唯一。’是时候对我表白了！”

“为什么呢？我忽略了什么吗？”

她再次啜泣：“有时候我觉得你忽略了一切。”

“我没有。不是的。我不同意。事实上我并不认为我忽略了一切。我没有忘记，情况最糟时，一想到要离开马蒂亚，你就感到恐惧。因为你一旦离开，就得不到旅馆的股份，会陷入困境。你不敢离开马蒂亚是因为他和你说着同一种语言，能把你与你过去的经历连在一起。你不敢离开马蒂亚是因为，毫无疑问，他这人善良、强壮又有责任心。但更大程度上马蒂亚意味着金钱。你虽然爱我，但你从没建议过我们抛下各自的另一半，一起私奔。原因很简单，我是个穷光蛋，而他比我有钱。你不想做一个穷鬼的老婆，但做一个穷鬼的女朋友还是可以的，特别是这个穷鬼还鼓励你和其他人私通。”

听完这番话，德伦卡痛苦不已，但还是微微一笑，除了萨巴斯几乎没有人会欣赏她露出的这种狡黠的微笑。“是吗？如果我以前说离开马蒂亚，你就会和我一起走吗？会和我一样蠢，是吗？和我一样有很重的口音吗？逃离把我团团困住的生活？的确，是你让我与马蒂亚的婚姻得以维持下去，但也正是因为马蒂亚，你才能一直吃我的豆腐。”

“所以你和马蒂亚在一起是为了让我开心。”

“一点也没错，对极了！”

“这也为你和其他男人有染做了辩解。”

“事实就是如此！”

“克里斯塔呢？”

“当然是为了你了。你很清楚是为了你。为了取悦你，让你兴奋，把你想要的送给你，把你从没到手的女人送到你手中。我爱你，米奇。为了你，我乐意变得肮脏下流，我所做的一切都是为了你。我会把我的全部都给你，但我再也无法忍受你的身边还有别的女人。这太伤人了，让我心如刀割！”

自从几年前与克里斯塔搭讪相识后，萨巴斯其实再也不是德伦卡口中那个胆大妄为、让她忍无可忍的好色之徒了。尽管她本人还被蒙在鼓里，可是事到如今，她已拥有了自己想要的唯一的男人。除了德伦卡，如今的萨巴斯对别的女人没有任何吸引力，不仅是因为他留着滑稽的胡子，看上去古怪又固执，身材发福，浑身明显透着一副老态，而且四年前与凯西·古尔斯比的性丑闻让他变得更加专注于激起别人的反感和厌恶，他这么做实际上是在为自己的权利而战。之后，他一直都在欺骗德伦卡，而德伦卡对他的这些谎言笃信不疑。德伦卡如此轻易就上当受骗，相信他身上具有强大的诱惑力，这让萨巴斯诧异不已。如果他继续欺骗下去，不是为了自欺欺人，也不是为了美化自己在她眼中的形象，而是因为情况变得让人欲罢不能。德伦卡上当受骗后会急切地恳求：“出什么事了？把一切都告诉我吧。不要遗漏任何细节。”甚至当萨巴斯模仿照片中聂拉和西尔维亚的假动作轻松地进入德伦卡的身体时，她也恳求着。德伦卡对于他讲述的所有动人故事的小细节都记忆犹新，而萨巴斯本人早已忘得一干二净，甚至连故事的梗概都已忘诸脑后。但接下来，她的故事也惊呆了萨巴斯，不同的是她的故事关乎真人真事。他明白这都是真事，因为德伦卡每结束一次新的私通，他都会一只手拿着床边的移动电话听她讲述，另一只手握着那根勃起的东西。她动动嘴皮子就能让最近的这个情人疯狂，这一招从未失过手。之后，每一个餍足的人，不论是扎着马尾在公寓里与德伦卡共浴的电工，隔个周四便与德伦卡在邻州汽车旅馆里私会的拘谨的精神病医生，某年夏天住在旅馆里弹奏爵士钢琴的年轻音乐人，还是她在里兹饭店的电梯里遇到的那个面带肯尼迪式微笑的不知名的陌生中年人……等呼吸平稳以后，对德伦卡说的话如出一辙，他们都毫无例外地向她承认："你真是独一无二。"萨巴斯听到他们这么说，也渴望他们这么说，因他们说的这句话而狂喜，他明白这是不容置疑明白无误的少数真相之一，并将赖此为生。

而她现在告诉萨巴斯，不愿再被别人千篇一律地视为女人中的异类。五十二岁的她虽然仍能把那些传统男人迷得神魂颠倒，但她希望有所改变，让自己脱胎换骨——但她知道原因吗？是那个充满兴奋感和神秘感的秘密领域才让她的人生充满诗的意境。天然不做作正是她生命中最重要的能量，赋予她的生命与众不同的魅力。除此之外，她还有什么可取之处呢？他又会怎样呢？她是将他与另一个世界联系起来的最后一根纽带，她这个人以及她那为世俗所不容许的绝佳品位。作为一个特立独行的老师，他从未教过比德伦卡更具天赋的学生。他们结合在一起不是因为契约关系，而是因为本能所需。两人在一起能让一切（除了他们各自的配偶）都充满色情。两人的婚姻都迫切需要另一份与之相抗衡的婚外情，两个情人之间可以互相吐槽婚姻的束缚。难道她不明白这是他们共同创造的一个奇迹吗？

他锲而不舍地纠缠着德伦卡，是因为他在为自己的生命而战。

而她听起来和看起来都让人感觉她似乎也在为自己的生命而战。与萨巴斯过世的母亲相比，她看起来更像一个鬼魂。过去半年左右，德伦卡一直饱受腹痛和呕吐的折磨。他如今怀疑这些症状并不是她内心不断累加的焦虑所致——五月的某一天日益临近，她选择在那天下疯狂的最后通牒。今天之前，他一直都倾向于将她的腹部绞痛和偶尔的呕吐解释为旅馆工作带来的多重压力的表现。她从事这份工作二十三年有余，她本人并不意外这份工作给她的健康造成的伤害。“你得了解各种食物，”她疲惫地哀叹道，“你得了解法律，你得了解生活的方方面面。干这行这些事都会碰到。米奇，如果你一直要为公众服务的话，你会精疲力竭的。马蒂亚还是不够灵活。左一条规矩，右一条规矩，但聪明的办法是给这些人妥善地安排好住处，而不是一味地拒绝他们。如果我能摆脱厚厚的账本，休息片刻，如果我能甩开员工的那一摊事。我们的那些老员工，一辈子都麻烦缠身。那些成了家的、客房部的经理，还有洗碗工，你可以从他们的行为中判断出，他们手中正忙乎着的并不是我们旅馆的活儿。他们把外面的活儿带进来做。而且他们遇到问题从来不找马蒂亚，他们都来找我，因为我更好说话。每年夏天，他都要出门，外出，外出，而我会说：‘谁干了这个，谁干了那个。’但马蒂亚会回复我：‘为什么你总要告诉我这些麻烦事？你为什么不告诉我一些开心的事呢！’好吧，因为我一直被不停发生的事情搞得心烦意乱。员工中的孩子太多了。我不能再招孩子了。他们狗屁不通。所以最后只能由我亲自打扫，好像我才是那个该干活的家伙。托盘都堆在那儿，我得清洗干净，再把它们归位。一个勤杂工。长年累月积劳成疾，米奇。要是儿子能帮我们就好了。可是马修认为干我们这一行很蠢，有时候我并不责怪他。我们购买了一份责任保险，保额一百万，现在我得再购买一百万保额。有人建议我们这么做。大家都喜欢旅馆前那片沙滩水域的码头吧？保险公司的人说：‘别再那么干了。会有人伤到自己的。’所以，你想要为美国公众做点好事，他们反倒会把你卷入麻烦。而现在——计算机来啦！”

夏天开始之前要完成一件大事，把计算机全都搬进来，这套昂贵的系统需要在房间四周布上电线。每个人都要学会使用这套新系统，德伦卡在肯德尔山社区学院学了为期两个月的课程（萨巴斯也上这门课，每周两人可以在肯德尔山下的小憩汽车旅馆私会一次），她回来之后得教会员工。德伦卡会记账，有这一技能傍身，计算机课程在她眼中只是小菜一碟，但给员工上课可就不那么容易了。“你得像电脑那样思考，”她告诉萨巴斯，“而我们店里绝大部分员工甚至还不能像正常人那样思考呢。”“那么你为什么一直那么卖力地工作呢？你总是生病，就无法再享受生活了。”“我在享受，金钱。我仍沉浸在挣钱的快乐中。不管怎么说，我干的毕竟不是最苦的活儿。厨房里的工作更辛苦。工作再辛苦，精神压力再大，我都不在乎。在厨房里干活需要充沛的体力，得像头牛那样。马蒂亚是个绅士，感谢上天，他并不讨厌自己要像一头老黄牛那样干活。是的，我喜欢利润。看到生意在正常运转我就高兴。二十三年来，只有今年一年我们的经济收入没有增加。这是另一件让人心烦的事。今年我们的收入会减少。我管着账本，眼睁睁地看着里根执政以来我们餐馆的生意一天不如一天。八十年代，波士顿的游客会过来。他们不介意在星期六的晚上九点半吃晚餐，所以我们的营业额非常可观。但这附近的人可不愿意这么晚吃饭。那时候到处有钱可赚，那时候还没什么商业竞争……”

难怪她会腹绞痛……工作辛苦，忧心忡忡，利润下滑，新进电脑，还有她身边那些男人要应付。还有我，和我一起要干的活儿。说说这老黄牛干的活儿。“我无法搞定一切，”腹痛至极时，她向萨巴斯抱怨，“我只能做我自己。”而萨巴斯依然相信这个女人无所不能。

他和德伦卡在岩洞里做爱时，母亲的魂魄在他的肩上盘旋，好像打出本垒打时站在捕手正后方的裁判一般凝视着他。他想，母亲会不会在他进入德伦卡身体之前，就已从德伦卡的阴道里跳了出来，母亲的魂魄是不是就蜷缩在那儿，耐心地等待他的出现。魂魄还会从其他什么地方出来吗？德伦卡似乎无缘无故地受到各种禁忌的影响，可他那位身材娇小却精力旺盛的母亲则不一样，如今已百无禁忌。她会在任何地方注视着他，无论她身处何方，儿子都能发现她，就好像他本人也拥有了超自然的能力，好像他能在自己身上发射一束光波，从隐形的母亲那儿弹开，折返后告诉他母亲的确切位置。要么是这样，要么就是他疯了。不管怎样，他十分清楚母亲就在距离德伦卡的脸颊靠右大约五十厘米的地方，德伦卡因充血而满脸涨红。也许她在那个地方仔细倾听他所说的每一个字，也许他说的每一个挑逗性字眼儿都经由她操控，萨巴斯犹如她手下操纵的提线木偶般说出了那一番话。或许也正是在母亲的引导下，他一步步走向灾难，失去了他唯一的慰藉。突然，母亲的关注点变了。这是自一九四四年以来，健在的儿子第一次比死去的那个更加活生生地呈现在她面前。

萨巴斯寻思，最后一步是寻找摆脱这一困境的办法——最终的方案是使浪子回头，忠于婚姻。为什么不对德伦卡说“好吧，亲爱的，我会按你说的做”呢？

德伦卡已筋疲力尽，瘫倒在一块巨大的花岗岩上，这块裸露的岩石靠近空地中央，遇上像今天这样的好天气，他们有时会坐在这块岩石上，品尝她从旅行背包里取出的三明治。她的脚边放着一束枯花，那是春天的第一波野花，是她前一周步行穿越树林和他幽会时摘的。每年她都会分别用英语和她家乡的语言教他辨认不同品种的花名。而一年以后，他甚至连这些花的英文名字都淡忘了。萨巴斯在这群山之中流放了近三十年，却几乎依然叫不出任何一种植物的名字。他的故乡可没这种东西。这些植物只生长在这一带，可他的故乡在海边。那儿有沙漠和海洋，海天相接，日夜分明，白昼，黑夜，潮水，星辰，渔船，阳光，薄雾，海鸥。还有各种防波堤、码头、木栈道以及一望无际的大海，时而波涛汹涌时而风平浪静。他在大西洋边长大。美国就在脚下。他们住在一幢粉刷一新的平房里，距离美国边境仅有两条短短的街道。这幢房子有走廊、窗户、冰箱、浴池、油地毡、扫帚、厨房、蚂蚁、沙发、收音机、车库，室外的淋浴房里有莫迪用板条铺成的木地板以及经常堵塞的下水道。一到夏天，海风夹杂着咸味迎面吹来，阳光夺目耀眼。九月，飓风肆虐。一月，暴风雨侵袭。年复一年，周而复始。只要说出任何一个月份，那儿就一定有这个时间对应的气候。循环往复，永恒不变。他和母亲都会这样永恒不变，从一开始他们就是一样的。他的母亲，母亲，母亲，母亲，母亲……接着出现了他的母亲、父亲、祖母、莫迪以及街道尽头的大西洋。大海、沙滩、最初的两条美国街道，接着是一幢房子，还有住在房子里的母亲，以及曾经不绝于耳，直到一九四四年十二月才戛然而止的口哨声。

如果莫迪能活着回来，如果这种周而复始的状态没有被一份电报给打破，而是顺其自然地结束，如果战后莫迪开始做电工或管道工，当海岸边的建设工人，去蒙茅斯县在开始蓬勃发展的建筑公司工作……这些都不要紧。随你自己选择。受到这种周而复始的幻觉的欺骗或有限的现实的背叛。不，萨巴斯最终还是会成为萨巴斯，乞求他所乞求的，注定变成他如今这样，他情不自禁地说出了内心真实的想法。

"我来告诉你，"他用充满人情味的语调说，"我和你达成协议，我会如你所愿做出牺牲。除了你之外，别的女人我都不要。我会说：'德伦卡，我只爱你，只要你，会根据你的指示逐条发誓绝不做什么。'但作为回报，你也要做出牺牲。"

"我愿意！"她兴奋地站了起来，"我希望这样！永远不会有别的男人！只有你！直到地老天荒！"

"不，"他伸出双臂，慢慢靠近她，说道，"不，不，我不是这个意思。你告诉我的，那不算是你做出的牺牲。不算，正如你要考验我，我也要让你做点事情，考验你能不能禁欲，是不是诚实。你要完成的这个任务会和我违背不忠的誓言一样令人讨厌。"

现在他搂着她，双手隔着牛仔裤抓住她丰满的臀部。你喜欢看我转身背对着你，让你看到我的臀部。男人都喜欢这个姿势。但只有你能把你的那根东西放进去，只有你，米奇，能够这样和我做爱！虽不真实，但这个观点棒极了。

“我会放弃别的女人。作为回报，”他告诉德伦卡，“你得每周吮吸你的丈夫两次。”

“啊！”

“啊，是的。啊，千真万确。你已经在作呕了。‘啊，我永远都不会这么做！’难道我找不到更好的办法了吗？找不到了。”

她呜咽着挣脱他的怀抱，恳求道：“认真点，这不是开玩笑！”

“我很严肃。这能有多讨厌呢？这仅仅只是以最不人道的方式实行的一夫一妻制。把他当作别人。所有好女人都这么做。假装他是电工，是信用卡大亨。无论如何，马蒂亚两秒内就会射。你就会得到你想要的一切，在这场交易中让你的丈夫收获惊喜，一周只要花你四秒钟。想想这会让我多么兴奋。这是你做过的最淫乱的一件事。吮吸自己的丈夫来迎合自己的情人。你想体验一个真正的妓女的感觉吗？这么做就可以了。”

“别说了！”她一边喊，一边用双手捂住他的嘴，“我得了癌症，米奇！别再说了！肚子痛是因为癌症！我无法相信！我不相信！我会死！”

此时，不可思议的事情发生了。一年中第二次，一架直升机飞过树林上空，绕了一圈之后又飞了回来，在他们头顶上方盘旋。这一次应该是他母亲的魂魄来了。

“哦，我的天呐。”德伦卡的双臂紧紧抱着他，浑身的力量都倚靠在他身上，挤得他膝盖都弯了——或许两人的双膝都无法站直了。

他心想，妈妈，这不是真的。先是莫迪走了，接着是您，接下来是尼基，现在轮到德伦卡。真是世事无常。

“哦，我想要，哦。”直升机引擎在他们头顶上方隆隆作响，德伦卡在下面大喊，这股力量把漫无边际的孤独无限放大，噪音之墙在他们上方轰然坍塌，维系二人肉欲的根基倒塌了。“我想要你在不知情的情况下说出来，我想要你自愿这么做，”说到这儿，她放声痛哭，还原了一部经典悲剧的最后一幕，“我要死了！要是控制不了，亲爱的，一年之内我就会没命的！”

半年后她就去世了，死于肺动脉栓塞。那个时候癌细胞已经通过血液系统从她的卵巢扩散到全身。她的意志再坚韧，也难敌这种病魔的折磨，总算老天仁慈，让她幸免罹苦。

萨巴斯躺在罗莎娜身旁，一股从未体验过的异样情感向他袭来，令他睡意全消。德伦卡在世时曾向他提及与她有染的那些男人，他百听不厌。如今萨巴斯却妒火丛生。他脑海中回忆着德伦卡在电梯、机场、停车场、百货商店、酒店协会会议和食品会议等不同场所遇到的形形色色的男人们，有些男人外表俊美，让她欲罢不能，志在必得；有些只和她有过一次露水情缘；有些则与她苟合多次；还有些五六年前和她偷情的男人会突然打电话到旅馆，对她极尽溢美之词，用绘声绘色的下流话盛赞她是他们所认识的最为豪迈奔放的女人。他记得德伦卡曾应自己的要求，解释她选择这个男人而不是另一个男人上床的具体原因。如今想来，萨巴斯感觉自己无异于世上那个最愚昧无知的丈夫，亲自揭示了妻子出轨的真相——他感觉自己和那个圣徒般的呆子夏尔·包法利医生一样愚不可及。如此残忍，曾经的他竟沉迷其中不可自拔！她健在时，他就听她绘声绘色地讲那些令她焕发第二次生命的故事细节，没有什么能比这更能让他兴致勃勃、兴奋异常的了。她所焕发的第三次生命——他才是她的第二次生命。“我的肉体有了感觉。外表能让人产生化学反应，我几乎可以这么说。我感到一种能量将我唤醒。这种感受一来，我就产生了性快感。我的乳头有了感觉，我的体内有了感觉。只要他性感、强壮，走姿和坐姿真实自然，富有吸引力。嘴唇干瘪瘦小的男人，或者身上有股书卷气——你懂的，那种带有迂腐书卷气的男人，让我倒胃口。通常，我会观察他们的双手，判断他们的手活是不是强劲。接下来，我会想象他们有一根巨大的阴茎。我不知道这有没有道理，但我仍然把它当作一项小小的研究。他们走路的姿态透露着自信。并不是非得要他们看起来优雅——实则要在优雅的外表之下掩藏兽性的本质。所以这完全得凭直觉。我一眼就能判断出来，这种能力由来已久。所以我会说：'好吧，我会和他上床。'那么，我就得为他打开通道。我对他暗送秋波，眉目传情。我只要魅惑地笑一笑，或者露一露腿什么的，就搞定了。有时候我会摆出一副非常奔放的姿态。'我不介意和你偷一次情。'没错，"她说，嘲笑自己过于冲动任性，"我会说类似的话。我在阿斯彭遇到一个男人，我感觉到他对我产生了兴趣。但他那时候已五十多了，我一直心存疑虑，五十多的男人勃起要费多大的劲。你知道，和年轻人就容易多了。和一个老男人，你没把握。但我感受到了心的悸动，浑身躁动。你懂的，你向他伸手，或者他的手慢慢向你靠近，你就知道你们正一起感受荷尔蒙的冲动，房间里其他人都被屏蔽了。我想我曾公然对这个男人示爱，好吧，我对你感兴趣。"

追求男人时的她如此豪放大胆，义无反顾！唤起男人性欲时的她激情澎湃，技艺高超！注视着男人自慰，她欣喜不已。她对学到的性欲知识以及男人们的感受津津乐道，乐此不疲……如今只能由他一人独自承受这一切带来的无尽折磨。他以前丝毫没有预料到自己有朝一日竟会如此痛苦不堪。"我喜欢看他们自娱自乐。我会在旁边观察他们把玩自己的阴茎，它的形状变化，什么时候会变硬，也会观察他们手握的方式——这让我兴奋不已。每个人自慰的方法各不相同。当他们放松心情，放纵自己沉浸其中时，场面十分刺激。看着他们用这种方式达到高潮。那个叫路易斯的家伙，六十多了，他说自己从来不会当着女人的面自慰。他的手势是这样的，"她翻转手腕，掌心握拳，小指朝上，大拇指的中间关节置于底端，"嗯，瞧这个特殊的动作，我的意思是，看到他们不顾羞涩，浑身燥热，根本停不下来，十分刺激。我最喜欢看他们控制不住自己。”遇到那些羞怯的男人，她会先用嘴唇温柔地吮吸几分钟，然后再把他们的手放在上面，她则一直在旁辅助，直到他们顺利进入状态，并能自如地活动。接下来，她开始用手指轻轻地撩拨自己，斜倚着身体在一旁欣赏。等到她和萨巴斯下一回幽会时，她会把每个男人独特的自慰方式详细地演示一遍。萨巴斯看了以后，极为亢奋……而今，这一切让他嫉妒，嫉妒得发狂——现在她死了，他多想晃动她的身体，大声地喝令她住嘴。“只有我！迫不得已时你才和你丈夫做爱。其他时候，只能和我一个人上床！”

事实上，萨巴斯也不愿德伦卡和马蒂亚做爱。最不愿她和马蒂亚做爱。屈指可数的几次，德伦卡也向萨巴斯描述自己和马蒂亚做爱的细节，但几乎都引起不了他的兴趣，丝毫激不起他一星半点的性欲。如今，几乎每个夜晚他都会尴尬地回忆起德伦卡允许丈夫对她履行夫妻义务。“确认马蒂亚已躺在床上，我看到他勃起了。我十分肯定，如果我不主动，他是不会行动的。于是，我三下五除二就把衣服脱光。即使我深爱着我的丈夫，我也不会被他挑起欲望。看到他的家伙变硬，米奇，比你的小，还带着包皮，包皮被拉下来后，露出的颜色比你的还要红……回忆我们做爱的方式……哦，渴望你那又大又硬的家伙，我痛苦不已。我如何才能让自己忘情地投入这个深爱我的男人的怀抱呢？当马蒂亚压在我身上，进入我的身体时，他发出了我印象中最响亮的呻吟声，听上去像嚎啕大哭。他每次迅速达到高潮，整个过程很快就结束了。睡了一两个小时后，我醒了，觉得恶心极了。吐完以后，我吃了一些胃药。”

他胆儿太肥！简直放肆！萨巴斯恨不得杀了马蒂亚。可我为什么没这么做呢？为什么我们没有这么做呢？没受过割礼的家伙！揍扁他，就这样！

……二月的一天，阳光明媚，萨巴斯在坎伯兰县一家Stop &

Shop[①]偶遇了德伦卡的丈夫,那时她已离开了人世。那年冬天,第一次出现连续四日不见风雪的晴好天气。萨巴斯头戴一顶针织的老旧水手帽,在家清洗了浴室,擦洗了厨房地板,打扫完屋子后,驾车前往坎伯兰县购买食品杂货,这是他每周必干的家务。公路两侧堆满了厚厚的积雪,经太阳光的反射一路晃得他几乎睁不开眼睛。马蒂亚也在那儿,萨巴斯几乎没认出他。上一次见到马蒂亚是在德伦卡的葬礼上,当时他面无表情,一言不发。短短三个月,他的黑发都已变白,满头白发。他看上去虚弱不堪,形销骨立,神情憔悴。仅仅三个月竟然发生了如此巨变!别人会误以为他已进入耄耋之年,甚至比萨巴斯更显老态,事实上他才刚过花甲。每年元旦到四月一日期间,家庭旅馆都会闭门歇业,马蒂亚趁此空歇外出采购他个人生活所需的寥寥几件物品。现在只有他一个人孤零零地住在巴利克家那幢宽敞簇新的大房子里。那儿靠近湖泊,离旅馆不远。

排队付款时,巴利克恰好站在萨巴斯后面。萨巴斯望向他,他冲萨巴斯点了点头,但并没认出他。

“巴利克先生,我是米奇·萨巴斯。”

“哦?你好!”

“米奇·萨巴斯这个名字你有印象吗?”

“是的,”巴利克佯装沉思了片刻,友好地回答,“我想你是我的客人。我们是在旅馆里认识的。”

“不是,”萨巴斯说,“我住在马达马斯卡瀑布那儿,但我们不常去外面吃饭。”

“我明白了。”巴利克脸上的微笑僵持了几秒后又恢复阴沉,陷入沉思。

“我来告诉你我们是怎么认识的。”萨巴斯说。

---

① 主要分布于美国东北部的大型连锁超市。

“哦？”

“我妻子是您儿子的高中美术老师。罗莎娜·萨巴斯。她和马修是好朋友。”

“啊。”他又礼貌地微微一笑。

萨巴斯之前从未意识到德伦卡的丈夫会像欧洲的绅士一般低调温和，谦恭有礼。或许他满头白发，神情悲伤，说话带口音，但这些丝毫不影响他浑身散发着小国资深外交官的威严气质。不，萨巴斯对此毫不知情，他镇定自若的高贵气质让萨巴斯诧异不已，但他平常的表现并未给人留下深刻的印象。即使他以前是你最好的朋友，或是那个住在街对面不止一次帮你发动汽车的人，他也变成了模糊的背景。他变成了德伦卡的丈夫，原先萨巴斯对他的好感渐渐减弱，内心的愧疚感也随之慢慢消失。

在这之前，萨巴斯唯一一次在公共场合观察马蒂亚是在四月，当时他与凯西·古尔斯比的丑闻尚未曝光。那是四月的第三个星期二，他受服务中心的主人格斯·克罗尔的邀请，去旅馆参加聚会。当天有三十来个扶轮社成员在那儿参加午餐例会。每月的第三个星期二是他们例行聚会的时间。卡车司机们在服务中心停车加油、上洗手间，格斯不厌其烦地把从他们那儿听来的笑话转述给萨巴斯。萨巴斯是他的忠实听众，尽管格斯转述的笑话有些走样，但他一讲笑话就顾不得戴假牙，光这一点就让萨巴斯乐不可支。很早之前萨巴斯就明白，在激情满怀地重复这些笑话时，格斯统一了他的人生观。每天面对油泵的格斯，全靠这些叙事简洁的笑话来满足他作为精神存在的需求。他光秃秃的嘴里讲出来的每一个笑话都让萨巴斯深信，即使如格斯般简单的凡人都无法摆脱人性的需求，需要找到一丝人生真谛，能把电视以外的现实生活串联成有意义的整体。

萨巴斯问格斯是否愿意邀请自己去听马蒂亚·巴利克的讲座，讲座名为“今日酒店管理”，面向扶轮社俱乐部成员。问这话时，他已获悉马蒂亚为这次演讲痛苦地准备了好几个星期——萨巴斯甚至已提前看过他的演讲稿，当时德伦卡把那份简短的初稿捎去请他过目。她为丈夫打印了那六页发言稿，费了九牛二虎之力帮助纠错，但她还是希望萨巴斯能够对英语表达把把关，他也欣然同意帮这个忙。“很有意思。”他通读了两遍后说道。“真的吗？”“就像该死的火车稳稳地沿着铁轨运行。真的，很棒。但是，有两个问题。太短了，他讲得不够透彻。最好比目前的稿子长三倍。还有这个表述，这个习语用错了。不是‘基本要点’。英语中我们不说‘如果你看看基本要点’……”“不是吗？”“谁告诉他是‘基本要点’的，德伦卡？”“德伦卡这个笨蛋说的。”她回答。“基本重点[①]。”萨巴斯说。“基本重点。”她重复了一遍，并把它记在最后一页讲稿的反面。“在那儿记一下，他收尾收得太快了。”萨巴斯说道，“至少要比这篇稿子长三倍。他们会听下去的，”萨巴斯告诉她，“这些东西没人了解。”

格斯驾驶一辆拖车，取道砖窑公路，捎上萨巴斯。一上路，格斯就迫不及待地打开话匣子，同萨巴斯调笑。这次讲的笑话与镇上被格斯称为“教会分子”的禁忌有关。

“你能接受一个对女性不那么友好的玩笑吗？”格斯问他。

“这是我唯一可以接受的玩笑。”

“嗯，有一个卡车司机，他一离开家，他的妻子就会觉得清冷孤单。所以，有一次他外出回来时给她带了一只臭鼬，一只毛茸茸的、体型庞大的活臭鼬。他告诉妻子，下次他外出时，她就可以把臭鼬带上床，陪她睡觉。要入睡时，她可以把臭鼬放在两腿之间。于是，妻子问丈夫：‘那身上的臭味怎么办？’丈夫回答：‘它会渐渐适应的。我都习惯了。’

① 此处因“bolts”和“bulbs”发音相近而混淆了“nuts and bolts”和“nuts and bulbs”，前者意为“螺帽和螺栓”，也作固定搭配，意为“基本要点”；后者意为“螺帽和灯泡”，为了与前者有所区分，译作“基本重点”。此处萨巴斯用错误的“基本重点”一说误导了德伦卡和马蒂亚；后文病榻上的德伦卡纠正了萨巴斯的错误。

“嗯，如果你喜欢这个笑话，”格斯听到萨巴斯发出爽朗的笑声，接着说，“我还有一个类似的笑话。”不知不觉他们就抵达了聚会地点。

扶轮社会员们已经在乡间酒吧中到处转悠了。室外的阳光洒满低矮的屋顶，一直照射到白瓷砖壁炉，火焰在其中欢快地跳跃着。大家都挤在一间狭小的房间里，也许是因为在这样一个春寒料峭、狂风大作的日子里，大家才围着温暖的炉火取暖，也许是因为吧台上的大盘子里装满了烤肠，这是旅馆特供的一种南斯拉夫特色菜。“我要喂你吃烤肠。”刚开始偷情的那阵子，两人欢爱后会躺在床上开玩笑，德伦卡曾对萨巴斯这么说道。“你要喂我吃什么都行。”“三种不同的肉类，”她告诉萨巴斯，“牛肉、猪肉和羊肉，都绞成碎末，然后加入一些洋葱和胡椒粉。有点像肉丸，但和肉丸不一样。很小。吃烤肠必须要配洋葱。把洋葱剁碎。你也可以放一些红色的小辣椒。非常辣的那种。”“听起来还不错。”萨巴斯说，满心欢喜地看着她，对她的话一笑置之。“好，那我就喂你吃烤肠。”她深情款款地说。“作为回报，我会用力和你做爱。”“噢，我的美国男友，你的意思是会很认真地和我做爱吗？”“非常认真。”“意思是很用力吗？”“非常用力。”“‘用力’还有什么别的意思吗？我要学会用克罗地亚语来表达这个意思，大胆地说出所有的单词，但从没有人教过我如何用英语表达。告诉我吧！教教我吧！教会我美国英语里它所包含的全部意思！”“它的意思是以各种方式。”接下来，像德伦卡方才向他解释怎么做烤肠一样，萨巴斯身体力行，认真尽责地教会她什么是以各种方式。

……或许他们挤在酒吧里是因为德伦卡在料理酒吧的生意时都穿着一件纯黑色的绉绸衬衫，扣子一直系到V字领口，她低头弯腰往杯子里加冰时，丰满的胸部便展露无遗。萨巴斯站在门边，静静地注视着她先与按摩师调了半小时情。按摩师是一个身材健硕的青年，笑声洪亮，毫不掩饰自己的性取向。之后她又和前任州议员调情，这个州议员拥有坎伯兰县合众银行的三家分行。最后她甚至和格斯调情，此时的格斯浑身装扮一新，工作服的领口系着一个蝶形领结，尽显魅力。他喜欢看到德伦卡与如此装扮的男人做爱，使他确信她就是自己中意的女人。哦，她兴高采烈，好吧———这个男人丛中唯一的女人就是幸福的源头，给他们提供了幸福的兴奋剂，她也毫不掩饰活在人世的狂喜。

萨巴斯费力地穿过骚动的人群，进酒吧点一杯啤酒，他的突然现身惊得德伦卡瞬间脸色煞白。“你要什么，萨巴斯先生？”“有南斯拉夫的波斯猫[1]吗？”“散装还是瓶装？”“你推荐哪一种？”“散装的泡沫更多。”她一边回答一边冲他微笑。现在她已恢复理智，面带微笑。要是萨巴斯之前没看到她也曾向格斯展露过一模一样的微笑的话，他会误以为她的这种笑容像要突然公开宣告两人之间的秘密。“给我来一杯，好吗？”他边说边朝她眨了眨眼，“我喜欢泡沫。”

午餐是大块猪排、卡尔瓦多斯酱苹果圈、巧克力圣代和雪茄。那些需要餐后饮料的人可选普罗塞克，这是一种产自达尔马提亚的略带甜味的白葡萄酒。德伦卡常常以迷人的东半球女主人身份把这种酒当做心意送给入住的客人。午餐结束后，扶轮社社长介绍马蒂亚时称他为“马特·巴利克”。这位旅馆老板身着红色羊绒高领毛衣，外面套着镶金扣的运动夹克，下身穿一条崭新的羊毛斜纹裤，脚蹬一双尚未磨损的巴利男靴，擦得一尘不染，油光锃亮。如此时髦的装扮比他穿着T恤牛仔裤干活时更显得肌肉发达，引人注目，营造出肌肉猛男的形象，这一形象所散发出的魅力，通常是为社交活动而准备的。优雅的外表之下掩藏着兽性的本质。萨巴斯以前也曾如此魅力四射，或者是尼基在催促他买下一套深蓝色西装配马甲时，告诉他说穿上这套西装全世界都会赞叹他多么光彩夺目。光彩夺目的萨巴斯。那是五十年代的事了。

---

① Pussy from Yugoslavia，一种鸡尾酒。

马蒂亚将满腔热情倾注到石墙的修复中。那些坍塌的石墙占地五十英亩，紧邻他的房屋和旅馆。他在布拉克岛上有亲戚，遇见德伦卡时一直在那儿当服务生。那儿有垒石筑屋的传统。他在岛上时，会花时间去帮助正在建石屋的堂兄。当然了，马蒂亚从未忘却祖父在采石场切割石头的经历，当时年迈的老人被当作政敌囚禁在戈利奥托克岛上……对马蒂亚而言，搬运沉重的巨石并把它们堆好似乎成了一种纪念仪式。他不在厨房干活时就这样打发闲暇时光：在室外搬半个小时的石块，并准备在将近四十摄氏度的高温下光脚再干上三到五个小时。每年冬天，绝大部分时间他都在搬运石头。“他唯一的朋友，”德伦卡哀伤地说，“便是我和那些石墙。”

“有些人，”马蒂亚开始演讲，“认为做这种生意纯属乐趣，这是正儿八经的生意，无关乐趣。阅读那些行业杂志。人们说：‘我要远离公司生活。开一家旅馆是我的梦想。’但我为这家旅馆所投入的心血丝毫不亚于那些每天出去为公司打拼的人。”

尽管马蒂亚讲话时带有浓重的口音，但他语速不快，客人们可以毫不费劲地跟上他的思路。一句话讲完后他会停顿良久，让他们消化他刚讲过的内容。萨巴斯尤为欣赏句子后的停顿，也欣赏那些单调沉闷、没有屈折变化的句子。这些句子促使他多年来第一次想起那艘商船离开韦拉克鲁斯向南航行时曾路过的那些荒无人烟的群岛。萨巴斯欣赏句后的停顿，是因为这些停顿是他的主意。他曾让德伦卡告诉马蒂亚务必放慢速度。业余的演讲者总是着急忙慌，仓促行事。他让德伦卡告诉马蒂亚不要着急。听讲的人有许多信息需要消化。越慢，效果越好。

“打个比方，我们曾两次受到财务审计。”马蒂亚告诉他们。

萨巴斯与同坐在一侧的客人们透过矩形餐厅一端的巨大飘窗放眼望去，清楚地看到寒风正猛烈地吹打着马达马斯卡湖的湖面。他们的眼睛本可以在马蒂亚看似得出结论前，从那片狭长湖面的一端移动到另一端，然后再听他总结道，两次审计的影响已被充分吸收了。

“没有任何问题，”他继续说，“我妻子整理的账目一清二楚，我们也咨询了一位会计师的意见。所以说，我们把旅馆当成生意来经营，这是我们的营生。如果你留意这些基本重点，这笔生意就给你带来盈利。如果你不上心，总是出去和客人们聊天，你就会亏本。

“多年前，整个周六下午我们并不为客人提供服务，现如今我们依然如此。但现在，我们的客人可以自取食物。聪明的做法是满足客人的需求，而不是一味拒绝，左一条规矩，右一条规矩。我对事情的思考方式十分严格，但公众教会我不要那么严格。

“我们共有五十名员工，其中包括兼职人员。服务人员有三十五人——女服务生、客车司机、餐厅主管等。我们有十二间客房，外加一栋附属建筑。我们可容纳二十八位客人。除了工作日，绝大多数周末我们的房间都会客满。

“室内的餐厅可容纳一百三十人就餐，厅外阳台还可容纳一百人。但我们从不让二百三十个座位全部坐满。厨师们忙不过来。我们注重的是翻台率。

“另一个重要问题与员工有关……”

围绕这个话题谈了一个小时。大餐厅里的火苗正熊熊燃烧，酒吧里的小火焰也在跳跃着。室外寒风呼啸，因此房间的窗户紧闭。火炉就在马蒂亚身后六英尺的地方，但炉温似乎对他不起作用，只影响到了围坐在桌旁的那几个喝威士忌的人。他们先醉倒了，喝啤酒的人还在坚持听讲。

“我们作为老板常待在旅馆里。我是主心骨。不管谁离开，我始终都伫立在那儿，岿然不动。我的妻子简直无所不能，只有两种厨房的活儿她干不了。她不会使用烤炉，因为她对烹饪一窍不通。她也不会煎炒，煎炒不就是用平底锅简单地油煎食物嘛。但别的活儿她都能干：招待客人、洗碗、上菜、记账、清洗地板……”

格斯近来正在戒酒，只喝了健怡可乐，可是萨巴斯看他只喝健怡可乐就已醉了。此时，那些喝啤酒的——银行家、按摩师，还有留着大胡子的经营园艺中心的家伙等等——也喝醉了，看上去软绵无力。

德伦卡正在酒吧里聚精会神地听讲。木偶艺人坐下后冲德伦卡微微一笑，看到她双肘倚着吧台，双手握拳托着脸正在哭泣，这时候扶轮社一半的社员们都尚未喝醉，竭力保持清醒。

“员工不喜欢我们，这对我们来说并不开心。我认为我们的一些员工非常喜欢我们。他们当中也有很多人对我们毫不在乎。有些地方的酒吧歇业后仍开放给自己的员工。我们这儿可没这种事。那些酒吧往往会破产，员工也会在回家路上发生严重的车祸。这儿不一样。来旅馆可不是和主人一道聚会消遣。我们夫妻俩可不是为了玩。我们在干活，在做生意。所有远在异国他乡的南斯拉夫人都勤勉辛劳。历史的车轮推动着他们为生存而奋斗，生生不息！谢谢大家。”

没人提问，但过了一会儿长桌那边有零星的几个人勉强还能提一个问题。扶轮社社长说：“那么，谢谢，马特，万分感谢。让我们相当完整地了解了整个过程。”不一会儿人们陆续开始清醒，回去各忙各的。

同一周的周五，德伦卡赶去波士顿，分别与她的皮肤科医生、信用卡大亨以及大学系主任云雨一番，之后赶在午夜之前回到家———天之内整整四次——与娶了自己的那个演讲者也做了爱，整个过程没持续多久，期间她一直屏着呼吸。

眼下，坎伯兰县中心早已废弃，电影院已消失一空，绝大多数商店都空无一人，只剩下一家破败又寒碜的杂货店。萨巴斯每周采购完物品后，喜欢来这儿买一罐咖啡，站在那儿细细品尝。这家店名叫弗洛和伯特之家，店内一片漆黑，破旧的木地板肮脏不堪，满是灰尘的架子上几乎没有货，只摆了一些萨巴斯见过的最烂的土豆和香蕉，这些东西到处都有出售。然而，尽管弗洛和伯特之家像太平间那样阴森可怕，散发出来的气味却与皇后纹章公寓地下室那间古老的杂货铺一模一样。以前，萨巴斯每天早晨的第一件事便是走过一个街区，帮母亲到那儿买两个新鲜的面包卷。母亲做好三明治后让莫迪带去中学当午餐——奶油芝士加橄榄油，花生酱加果酱，但多数情况下是罐装金枪鱼，三明治用两层蜡纸包裹好后塞入从公寓大楼买来的纸袋中。萨巴斯每周从停车购物超级市场出来后，手里都会拿着一罐咖啡，在弗洛和伯特之家周围走来走去，试图辨析这个与他深秋在岩洞里闻到的相差无几的气味里到底有哪些成分。深秋时节，满地落叶与垂死的灌木经雨水吹打后开始散发腐烂的味道。或许这是潮湿腐烂味。他喜欢这种味道。那儿的咖啡让他难以下咽，但他从来都无法抗拒这一气味带给他的愉悦。

萨巴斯守候在超市外，看见巴利克一手拎着一只塑料袋出现在门口，问道："巴利克先生，喝杯热咖啡吧？"

"谢谢你，先生，不喝了。"

"来吧，"萨巴斯友好地发出邀请，"为什么不喝呢？室外才十度。"每次出发去岩洞前，德伦卡会打电话向他了解外面真实的天气情况，他都会告知摄氏温度，这一次他对马蒂亚也不例外。"山脚下有一个地方。跟我走吧。那辆雪佛兰轿车。喝一杯热咖啡能让你浑身都暖和起来。"

萨巴斯给巴利克带路，行驶在足有一层楼高的雪堤中间，穿过因霜冻而发光的铁轨。萨巴斯不得不承认他不清楚自己打算做什么，满脑子想的都是这家伙胆敢躺在他的德伦卡身上，哭似的高兴地呻吟着，用猩红的阴茎进入她的身体，之后她便吐了。

没错，他与巴利克是时候见一面了——一辈子没有和他打个照面，会让他感觉活得太过舒坦。要是没经历这重重困难他早已无聊死了。

一个看起来闷闷不乐、傻里傻气的十来岁小姑娘从渗滤壶里倒了两杯散发出腐臭味的咖啡。大约十五年前，自从萨巴斯开始光顾弗洛和伯特之家嗅这股特殊气味以来，他就一直看到一个闷闷不乐、傻里傻气的十来岁小姑娘。或许她们都是一家人，弗洛与伯特家的女儿们陆续长大，逐个接替这份工作；也许是坎伯兰县的学校源源不断地培养出这类女生，这种可能性更大。萨巴斯在寻找性伴侣时不加选择，发出各种暗示，但在这类女学生身上从未如愿，最多只从她们那儿收获几句咕哝声。

巴利克尝了一口和外面的天气一样透心凉的咖啡，不由自主地皱了皱眉。当萨巴斯询问他是否需要续杯时，他礼貌地拒绝了："哦，不用了，味道不错，但一杯就够了。"

"太太不在，一个人生活不容易吧，"萨巴斯说，"您看起来消瘦了不少。"

"简直是暗无天日。"巴利克回答。

"还是老样子吗？"

他悲伤地点了点头。"还是很糟。我正活在地狱中。三十一年过去了，我刚适应这个新环境才三个月。不知怎么的，日子越过越糟。"

的确如此。"您儿子呢？"

"他也有点震惊。他特别怀念母亲。但他毕竟年轻、坚强。他妻子告诉我，夜深人静时……但他似乎正在努力适应。"

"那就好，"萨巴斯说，"世上母子关系最为牢固。没什么比母亲与孩子之间的感情更牢固了。"

"是啊，没错，"巴利克附和着，那双柔和的灰眼睛开始泛起泪光，感觉正在和一个知心人聊天，"是啊，半夜里，我和儿子在医院看着她走了……她躺在那儿，浑身插满管子。我看着她，知道她和儿子之间的联系断了。我无法相信您口中所说的世界上最牢固的关系再也不存在了。她躺在那儿，美丽依旧，但最牢固的东西消失了。她走了。我和她吻别，儿子和我都这么做了，他们拔了所有的管子。这一缕人性之光仍在，但她已去世了。”

“她多大年龄？”

“五十二岁。再也没比这更残忍的了。”

“世上五十来岁去世的人都这样，”萨巴斯说，“我从没料到您妻子会在这份名单上。难得有几次我在镇上见到她，正如您所说，她把一切都照亮了。儿子和您一起经营旅馆吗？”

“我现在一点也不惦记旅馆那摊事。我不知道以后还会不会恢复。我确实有一群出色的员工，但我现在根本不去想经营旅馆这件事。我们整个婚姻都与这个旅馆息息相关。我正在考虑把它租出去。如果有某家日本公司想过来收购……每次我一进她的办公室，想去整理一下她的遗物，太糟了，我就浑身不舒服。我不想待在那儿，于是离开了。”

萨巴斯心想，自己一封信没写给德伦卡，同时坚持由他本人而不交由德伦卡保管那些在小憩旅馆里为她拍的宝丽来一次成像照片，真是一点没错。

“那些信，”巴利克一边说，一边用哀求的眼神望向萨巴斯，仿佛在恳求他，“有二百五十六封。”

“慰问信吗？”萨巴斯问道，当然，他本人一封也没收到。但尼基失踪以后，他收到了许多关心她以及关心剧院的信件。如今他已记不清收到了多少封——也许一共五十封——那时候，他整天昏昏沉沉的，也没仔细点一点数量。

“慰问信，是的。二百五十六封。她点亮了每个人的生活，对此我一点儿也不意外。信件仍源源不断地涌来。我甚至完全不记得那些写信人。有些还是那些最初光顾旅馆的客人，那时旅馆建在湖的对岸。各式各样的人写信提到她，提起她如何影响了他们的人生。我相信他们。他们所言不假。我收到一封伍斯特前市长的亲笔信，写了整整两页。”

“真的吗？”

“他对我们提供给客人的烧烤以及她给每个人带来的欢乐记忆犹新。早餐时，她走进餐厅和大家聊天。她感动了每个人。我很严格，给每一件事都定了一条规矩。但她知道该如何招待客人。客人提出的每一个要求都尽可能予以满足。对她来说，笑脸迎客从不是难事。一个主人严厉，另一个灵活友善。我们配合得十分完美，旅馆生意红红火火。她做的一切都太了不起了。事情纷繁复杂，千头万绪，可她处理起来从容不迫，游刃有余。我忍不住老想着这事。没有任何东西能减轻哪怕一丝痛苦。难以相信，一分钟前还在这儿，下一分钟人就不在了。”

伍斯特前市长？噢，马蒂亚，她有秘密没有告诉我们。

“您儿子是做什么的？”

“州警察。”

“结婚了吗？”

“他的妻子怀孕了。如果生个女儿，会取名叫德伦卡。”

“德伦卡？”

“我妻子的名字。”巴利克说。“德伦卡，德伦卡，”他喃喃自语，“永远不会有另一个德伦卡了。”

“您常见到儿子吗？”

“是啊。”他撒了一个谎，除非德伦卡死后父子俩和解了。

突然之间，巴利克觉得再也无话可说了。萨巴斯趁此空隙，闻了闻这个日薄西山的市场的气味。巴利克不想继续和一个陌生人讨论丧妻后的悲伤，也不想谈论自己对这个警察儿子透顶的失望，他竟认为经营旅馆是在干一桩蠢事。

“您儿子怎么没去旅馆帮忙呢？您妻子过世了，他为什么不接替您呢？”

“我看出来了，”巴利克把还剩一半的咖啡杯小心翼翼地放在收银台旁的柜子上，说道，“您的手指患了关节炎。手指不灵活，很痛苦。我哥哥也得了手指关节炎。”

“是吗？西尔维亚的父亲吗？”萨巴斯问。

巴利克显然大吃一惊，问道：“您认识我的小侄女？”

“我妻子见过她，和我提到过她。她说西尔维亚是一个十分可爱、非常漂亮的小姑娘。”

“西尔维亚非常喜欢她的婶婶，崇拜她。西尔维亚也成了我们的女儿。”他嗓音低沉，声线平稳，唯有悲伤不容置疑。

“暑假期间，西尔维亚都在旅馆吗？我妻子说她在那儿打工，学习英语。”

“西尔维亚念大学时每年夏天都会过来。”

“您是在培养她接替您妻子吗？”

“不，不是。”巴利克回答，萨巴斯对此大感失望，这让他自己也诧异不已，“她想做计算机程序员。”

“那太糟了。”萨巴斯说。

“那是她自己的想法。”巴利克淡淡地说。

“但如果她能够帮你经营旅馆，如果她能和您妻子一样，给这个地方带来光芒……”

巴利克把手伸进口袋掏钱。萨巴斯说：“拜托——”，但巴利克没再听他说话。萨巴斯心想，不喜欢我。不喜欢我。一定是我刚才说错话了。

“我的咖啡？”巴利克询问坐在收银台后那个闷闷不乐的女孩。

她简短地做了回答，心里想着别的什么事。

“什么？”巴利克问。

萨巴斯解释说：“五十美分。”

巴利克付了钱，非常正式地向萨巴斯点头致意，结束了与这个人的初次会面，但愿以后再也不会遇到他。正是因为西尔维亚才把天聊死了，萨巴斯对此百分百肯定。但其实这个木偶艺人在与巴利克才接触五分钟后就恨不得告诉他那个与他做爱后呕吐的女人有十足的理由去呕吐，因为她一直都在恪尽职守地扮演别人的妻子。当然萨巴斯理解巴利克的感受——对他来说，德伦卡的去世给他带来的震惊也在日益增长——但这并不意味着他会原谅巴利克。

四月份了，她已去世五个月。夜晚潮湿、温暖，一轮明亮的满月高悬在树梢，正轻盈地飘向座天使[①]。萨巴斯伸展身体躺在地上，身下正是她的棺木，说："德伦卡，你这肮脏又美好的婊子！嫁给我！嫁给我！"这一小块墓地既没长草也没立碑。萨巴斯的白胡须贴着泥土，想象着他的女人德伦卡：棺材内光线充足，她看起来与患癌前一样身材丰腴，魅力四射——成熟，丰满，待人采撷。今晚她穿着西尔维亚的紧身连衣裙，正冲他微笑。

"所以现在你想完全占有我。现在，"她说，"你并不只需要我，并不只要我和你一起生活，只有我才让你心烦，现在我完全可以胜任你的妻子。"

"嫁给我吧！"

她面带诱人的微笑，回答说："首先你得去死。"她撩高了西尔维亚的那条紧身裙，露出一双黑色的长筒袜和一条束腰带，她没穿内裤，没有内裤。德伦卡即便死了也能让他勃起；无论活着还是死了，德伦卡再次让他重返二十岁。即使外面天寒地冻，只要她躺在棺材里如此这般引诱，他便会产生生理反应。他已学会背朝北方站立，这样冰冷刺骨的寒风就不会直接吹打到他，但即便如此，他仍不得不摘下一只手套才能自如地进行自慰。有时候，没戴手套的那只手冻得僵硬麻木，他才迫不得已重新戴上手套，换另一只手继续。无数个夜晚，他的

① the throne of God，犹太教认为希伯来人的祖先升天后，会具化为座天使。

身影出现在她的墓穴前。

老公墓在城外六英里处，一条几近废弃的公路蜿蜒着通往树林，之后再一路蜿蜒向下通往大山的西侧，消失在一条已废弃的通往奥尔巴尼的货车道上。公墓建在空旷的半山腰，往上地势较为平坦，一直通往一片古老的铁杉和五针松林。那儿景色迷人，寂静无声，美得令人心醉，或许略带一丝忧伤，但你一进入这片区域，并不会因为这儿是公墓而觉得情绪低落。事实上，宜人的景色有时会让人觉得这儿与死亡无关。这里历史悠久，尽管附近的小山林里有更为古老的东西，但经风化腐蚀斜倒在地的墓碑可追溯至美国最初的殖民时期。第一个埋葬于此的人叫约翰·德里斯科尔，那是在一七四五年；最近在这儿下葬的是德伦卡，在一九九三年十一月最后一日。

那年冬天刮了十七场暴风雪，上山前往公墓的道路常被阻断。甚至有几个夜晚罗莎娜急急忙忙开车去了戒酒互助会，剩他一个人在家，他也出不了门。但等天气放晴，路上的积雪被扫除以后，他便趁太阳下山罗莎娜出门在外，驾驶雪佛兰轿车前往巴特尔山顶。他把车停在公墓东侧四分之一英里的一条上山小径旁，那儿有一个空荡荡的入口。借着零星飘落的雪花所折射的亮光，他沿着公路步行至她的墓穴，途中尽可能不打开手中的电筒。无论内心的渴望多么强烈，他从不在白天出门，担心会遇见她的男人们，也担心一旦有人发现他的身影便会开始刨根问底：当地有史以来最为冰冷刺骨的冬天，名誉扫地的木偶艺人为什么会在这个“冰窖”中心祭拜旅馆经营者那个精力充沛的妻子。到了晚上，除了母亲的魂魄，他可以避开所有人的耳目，随心所欲地做自己想做的事。

“您要什么？如果有什么要吩咐……”但母亲未曾与他有过任何交流，他也因母亲的沉默越发感到危险，相信母亲并非是自己幻想的产物。如果是他产生了幻觉，那么他很容易便能幻听她说的话，用他曾使木偶活灵活现的声音来放大母亲的存在。母亲的显现如此频繁，不可能是他精神失常所致……除非他确已精神失常，由于生活越来越让人难以忍受，这些虚无缥缈之物也变本加厉地出现。没有了德伦卡的生活，让人无法忍受——只有在公墓，他才有活力。

德伦卡去世后迎来了第一个四月，萨巴斯在这早春之夜伸展四肢，平躺在她的墓穴上，与她一起回忆克里斯塔的往事。“永远忘不了你的高潮，”他冲着泥土喃喃低语，“永远忘不了你向她恳求，‘再来，再来……’”德伦卡对克里斯塔的祈求没有让他妒火中烧，只是让他更为失落。他记得德伦卡躺在他怀里，克里斯塔则一直力度适中地用舌头舔舐后者（近一个小时——他给她们计了时）。尽管三人第一次相聚后不久，克里斯塔便开始带德伦卡去斯波兹菲尔德的酒吧跳舞，她甚至离谱到把自己从前任雇主家顺走的那条金链子作为礼物送给了德伦卡。那天早晨，她觉得自己受够了照看这个多动症孩子——即将被一所特殊的“天才”学校录取——便打定主意，从雇主家存放珠宝的抽屉里偷走了一条金链子。她告诉德伦卡，自己离开时拿走的所有物品的总价值（包括一对钻石耳钉，一只光滑的钻石小手镯）都不到她应得回报的一半，因为和那个孩子在一起她就被困住了，见不了世面。

克里斯塔住在市镇大街的一个阁楼里，从那儿可以眺望一片草坪，阁楼就位于她打工的那家美食店上面。她不用支付房租，享受免费的午餐，每周还能额外挣得二十五美元。整整两个月，每个周三的晚上德伦卡和萨巴斯会分别驱车前往克里斯塔的阁楼一起偷欢。天黑以后，市镇大街上的店铺全都打烊了，他们沿着屋外的备用楼梯神不知鬼不觉地来到克里斯塔的房间。德伦卡曾三次独自一人去那儿与克里斯塔碰面，但因害怕萨巴斯知情后会冲她发火，所以直到克里斯塔背叛他们并搬到乡下后一年，才向萨巴斯道出实情。克里斯塔和一位阿西纳学院的女历史老师在租借的农舍内同居了。消失之前，克里斯塔就已开始和这个三十岁的女人恋爱了。她突然不再接听萨巴斯的电话。有一天萨巴斯遇到她，当时他佯装在研究美食店的橱窗展示品——自顶呱呱杂货公司在六十年代末更名为顶呱呱美食公司以适应时代发展以来，展示品一直一成不变地摆在那儿——她紧抿双唇，怒气冲冲地说："我再也不想理你了。""为什么呢？出什么事了？""你们两个利用我。""我想那不是真的，克里斯塔。利用一个人意味着自私自利地愚弄一个人以达成个人目的，或者利用他们来牟利。我并不认为我们两个人利用了你，占了你的便宜，就像你也没利用我们一样。""你是个老男人！我才二十岁！我不想理你！""你至少可以和德伦卡聊聊吧？""滚开！你除了又肥又老以外什么都没有！""福斯塔夫也又胖又老，丫头。那个大腹便便、体形像座大山丘一般、辞藻华丽的约翰·福斯塔夫爵士也是如此！'那邪恶而可憎的诱惑青年的，福斯塔夫，那白胡子的老撒旦'！"然而此时她早已走进店铺，留下萨巴斯一人满脸愁容地注视着两大罐迈克甜面酱、两大罐克里诺斯葡萄叶盐水、两罐拉维多利亚炸豆泥以及两罐巴克斯特烟熏鳟鱼浓汤。这些罐头围成一圈，窗户中间的一个底座上摆放着一个包装华丽的瓶子，包装纸因过度光照已褪色泛白，似乎这瓶李派林喼汁便是对我们所有的渴望的回应。留下萨巴斯一人为一个没有克里斯塔的未来而苦思冥想。是的，这是完全类似于萨巴斯本人的一个遗物，人们认为它"哦，真是下流"，在逝去的岁月里更少的……在逝去的岁月里更多的……在逝去的岁月里当时……在逝去的岁月里谁的……傻瓜！错在从没给她支付任何费用。错在反而把费用给了德伦卡。他偷偷塞给克里斯塔的费用只有三十五美元，那是用来购买她做的被子的，这也只是他第一次进门的敲门砖。他本该每周都塞给她那么多钱。他以为克里斯塔只是为了欣赏德伦卡发狂的模样才加入，德伦卡达到了高潮就足以支付她的酬劳——真是个傻瓜！傻瓜！

萨巴斯和克里斯塔两人相遇于一九八九年的某个夜晚。当时萨巴斯看到她身穿燕尾服从一四四号公路的紧急停车道走出来，于是把车绕了回来，免费送她回了家。要是她随身带刀的话，她随身带刀的话——少活几年又有什么关系呢？把一个竖着大拇指候车的金发少女孤零零地扔在路边是绝不可能的。当时的她看上去就像一个穿着燕尾服的金发少年。

她向萨巴斯解释这身打扮是刚去参加了阿西纳学院的舞会，舞会的着装要求是“奇装异服”。她身材娇小却并不孩子气，更像一个缩小版的女性，樱桃小嘴紧闭，浑身散发着干练自信的气场。她说话时带有德国口音，听起来温文尔雅又令人激动（每个魅力四射的女人的口音都令萨巴斯激动万分），剪了入伍新兵似的短发，一身燕尾服的装扮表明她在生活中有扮演挑逗性角色的倾向，但绝不会是一个安分守己的角色。除此之外，这个孩子显得一本正经：喜怒不形于色，没有不切实际的幻想，也不干蠢事。而且，他敢用自己的性命打赌——他的确打了赌——她说话时一定百无禁忌。萨巴斯欣赏这种冷酷坚韧、精于算计、典型的德国人的小嘴所透露出的不轻信，他立刻从中窥见了无限可能。虽然这种可能性遥不可及，但它就在远方。没被无我的思想褪去本色，一只即将成熟的猛兽，他赞叹道。

他开车时正在收听本尼·古德曼《卡耐基音乐厅现场》的歌曲磁带。他和德伦卡刚刚在位于一四四号公路以南二十英里处的小憩旅馆共度良宵，才分开不久。

“他们都是黑人吗？”这个德国小女孩问道。

“不是。有些是黑人，但绝大多数，小姐，是白人。白人爵士音乐家。一九三八年一月十六日晚在纽约的卡耐基音乐厅。”

“你在现场吗？”她问。

“是的。我带着孩子，我的孩子们，他们一起见证了音乐史上的里程碑。这个夜晚永远改变了美国，我希望他们陪在我身旁。”

两个人一起听了《忍冬玫瑰》这首歌，古德曼的乐队成员们和贝西乐队的六名成员在一起即兴演奏爵士乐。“这是在跳动，”萨巴斯告诉她，“这被称为舞步。双脚不停舞动……听到后面的吉他声了吗？注意到这个节奏片段是如何让他们煽动气氛的吗？……贝西。非常精妙的钢琴演奏……听到那阵吉他声了吗？在为其他演奏者控制节奏……这就是黑人音乐。你现在听到的就是黑人音乐……你马上会听到重复片段。那是詹姆斯……这一切下面是平稳的节奏片段一直贯穿整首歌……弗莱迪·格林在弹吉他……詹姆斯。总给人一种他要把乐器扯碎的感觉——你能听到他扯……他们只是幻想这一人物——看着他们此刻正在营造……他们正一路朝着高潮前进。来了。他们互相和着音……他们下来了。他们走下了舞台……嗯，你有什么想法吗？”萨巴斯问她。

“这就像卡通片里的歌。你知道电视上放给孩子们看的卡通片吗？”

“哦？”萨巴斯说，“那时候这首歌很火。以前的生活纯真无邪——无论你往哪儿看，除了我们这个寂静的小村庄。”他边说边抚了抚胡须，“世界正和他们过不去。你呢，什么风把你吹到马达马斯卡瀑布来了？”时光老人笑嘻嘻地问道。没有其他角色可供他扮演了。

她告诉萨巴斯自己在纽约做互惠生，干的活儿十分无聊，第二年再也受不了寄宿家庭的那个孩子，一天收拾了行囊，最后一走了之。之所以来到马达马斯卡瀑布，是因为当时她闭着眼睛，在美国东北部的一张地图上随手一指，虽然马达马斯卡瀑布这个地名甚至都没出现在地图上，但她遇到绿灯就搭便车，在一家美食店停下来买了一杯咖啡，打听附近是否有活可干，这时一份工作从天而降。迄今她已在这位绅士所在的寂静小村庄里待了五个月，把这儿当成了自己的家。

“你从纽约那份照顾孩子的工作中逃走了。”

“当时我快疯了。”

“你还在逃避别的什么呢？”他问道，但语气轻松随意，并不带一丝刺探的意味。

“我吗？我没逃避任何东西。只是为了体验生活。德国对我而言过于平淡无奇。我了解那儿的一切。对我来说，回家之后就再也遇不上这儿发生的那么多事了。”

“你不感到孤单吗？”男人亲切地询问，充满了关心。

“当然了，我会孤单。和美国人交朋友并不容易。”

“是吗？”

“在纽约是这样的。当然。他们一心想要利用你。穷尽各种可能。他们脑子里想的首先就是这个。”

“听你这么说我很惊讶。纽约人比德国人更坏吗？历史告诉我们情况并非如此。”

“哦，不，纽约人确实坏，人皆自私，把真实动机藏在心间，从不外露。”

“是年轻人吗？”

“不是，绝大多数人年纪都比我大。二十多岁。”

“你受伤了吗？”

“是啊，是啊。但接下来，他们变得非常友好——‘嗨，你怎么样？见到你很高兴。’”她兴致勃勃地模仿一个美国人的说话方式，萨巴斯也发出一阵赞赏的笑声。“你甚至都不认识这个人。在德国就完全不同，”她告诉萨巴斯，“这儿洋溢着真挚友好，但那都是假的。‘嘿，嗨，你好吗？’你不得不这样，典型的美国人行为。刚来这儿时我才十八岁，还很天真，遇到了形形色色的人，那些我不认识的陌生人。我外出喝咖啡。初来乍到，你只得轻信别人。当然你在学习。你马上就吸取教训了。”

本尼、克鲁帕以及泰迪·威尔逊的钢琴组成了三重奏。“灵与肉的结合。”如梦如幻，适合跳舞，非常可爱，克鲁帕重击三次鼓声收尾。尽管莫迪认为克鲁帕炫技总在起破坏作用。“只要用摇摆舞的节奏演奏就行了。”莫迪会这样说。“遇到克鲁帕是古德曼最糟糕的一件事。太扎眼了。”米奇会在学校重复这些评论，把它们当做自己的观点进行发表。莫迪说，“捡起半首曲子来弹，本尼从不觉得难为情”，米奇也会照搬这句话。“一个美妙的单簧管演奏家，没人可与之比肩”，这些话，他也照搬不误……他怀疑这些可能无法讨好这个德国女孩，这样的节奏在午夜时分让人意兴阑珊，古德曼老练的演奏让人感伤。因此，说完那句撩人的“灵与肉的结合”后，他沉默了整整三分钟。山间林木葱郁，他们在一片夜色中驱车前进。路上空无一人，同样摄人心魄。他可以带她去往天涯海角。他可以在街角的剪刀店转一个弯，把穿着燕尾服的她带到巴特尔山顶活活勒死。那场面像是奥托·迪克斯的画。也许不是在友善的德国冒险，而是在这个损人利己、充满剥削的美国，她正穿着燕尾服站在公路上冒着险。如果她没上我的车，而上了其他美国人的车的话，这种危险就会发生。

威尔逊用肖斯塔科维奇的风格弹奏格什温的作品《爱人》。汉普顿演奏的电颤琴风格神秘又怪诞。一九三八年一月，我即将满九岁，莫迪马上要满十四岁。冬天放学后，他在麦凯布大道附近空无一人的海滩上一遍又一遍地教我扔飞盘。

“我能问问你受了什么伤害吗？”萨巴斯说。

“要是你长得漂亮，性格外向，面带微笑，他们就待在你的身边。但一旦你遇到了困难，他们会说‘情况好转后再来吧’。我在纽约几乎没交到真心的朋友。认识的绝大多数人都是垃圾。”

“你在哪儿遇到的这些人？”

“在各种俱乐部里。晚上我就去俱乐部。从工作中释放出来，脑子里想点其他事。整天都和一个孩子待在一块儿……呃。我受不了，但这份工作让我来到了纽约。我只去那些我认识的人会去的俱乐部。”

“俱乐部？有点超出我的理解范围。什么是俱乐部？”

“嗯，有一家俱乐部我可以免费入场，有喝的东西，有入场券，这些我都不用操心，只要人在那儿就行。我去了一年多。每次去那儿的都是同一群人。你甚至不知道他们的真实名字，只知道他们在俱乐部里的绰号。你永远也不会知道他们白天干什么工作。”

“他们去俱乐部做什么呢？”

“尽情地玩。”

“是吗？”

“当然了。我去的俱乐部有五层。地下室播放雷鬼音乐，黑人都去那儿。一层是舞曲，迪斯科。雅皮士在这一层跳迪斯科，他们喜欢迪斯科。二层是电子音乐，再往上是重金属音乐，机器发出的音乐。一听到这种音乐就让人产生跳舞的欲望。炫目的灯光让人疯狂。但那也只是在你很有乐感的前提下。你不停地跳舞，可以连着跳上三四个小时。”

“和谁跳呢？”

“大家只要站着自己跳舞就行了。这有点类似冥想。偌大的主场内每个人都混在其中，自己站在那儿跳舞。”

“嗯，你一个人跳不了娘娘腔的男子顿足爵士舞，明白吗？”萨巴斯好脾气地说完，咧嘴一笑，“要跳娘娘腔的男子顿足爵士舞，你得跳林迪舞，得有一个舞伴和你一起跳林迪舞。亲爱的，和着这首歌，你一定要跳吉特巴。”

“是的，”她谦恭地回答，对年长者恭敬有加，“这种舞非常优美。”这个冷酷无情的女孩毕竟还是展现了甜美温顺的一面。

“俱乐部有毒品吗？”

“毒品？是的，有毒品。”

他娘娘腔的男子顿足舞这一套说辞糟透了。完全和她疏远了。他甚至扮演一个毫无威胁性、让人毫不恐惧的老古板过了头，引起了她的厌恶。他抢了她的风头。但现在的情形是做任何事都会出错，除了谨记一点，要不厌其烦，戒骄戒躁。如果需要花上一年的时间，那就花一年时间。你还指望多活一年呢。这就是两人的相遇过程。为此欣喜吧。让她回忆了毒品，让她重新做回自己，找到了她在俱乐部那段经历的意义。

他关了磁带。她只要听到埃尔曼的演奏通过小号圆润地传送出“与我而言，你是光”的歌声，就会从飞驰的车子里跳起来，有时甚至会无缘无故地跳起来。

“什么毒品？哪种毒品？”

“大麻，”她回答说，“可卡因。有种毒品是海洛因和可卡因的混合物，他们称之为特殊的K粉。男扮女装的同性恋就吸食这种毒品失去了理智。非常好玩。他们跳舞。他们很迷人。现场无疑非常欢乐。许多西班牙人。波多黎各人。许多黑人。他们中有很多人都是年轻的男孩，十九岁，二十岁。他们哼唱着某一首老歌，打扮得像玛丽莲·梦露，令你开怀大笑。”

“你穿了什么？”

“我穿了一条黑裙子。长款紧身裙。低领。戴着一个鼻环。刷了又长又浓的眼睫毛。穿一双大号的松糕鞋。大家都在互相拥抱，互相亲吻，你只要彻夜狂欢跳舞就行了。半夜到那儿，一直待到三点。这是我认识的纽约和美国。就是这样。我觉得我应该多看看，所以来了这儿。”

“因为你被人利用了。有人利用了你。”

“我不想聊了。一切都已不可收拾。归根结底都是为了钱。我以为交到了一个朋友，但这个朋友一直在利用我。”

“真的吗？太可怕了。怎么利用了你？”

“哦，我和她一起工作，她却只把我应得酬劳的一半给了我。我为她卖命工作了很久。我把她当朋友。我说：‘你骗了我的钱。你怎么能这么对我呢？’‘噢，你发现了？’她说，‘我不会把钱还给你的。’于是，我再也没理她。但你能有什么期望呢？这就是美国人。下一次我要有所防范了。”

“我说，你是怎么认识这个人的？”

“在俱乐部里。”

“难过吗？”

“我感觉挺蠢的。”

“你当时在干什么？做什么工作？”

“我过去在一家俱乐部跳舞。”

“你年纪轻轻的怎么会回忆过去？”

“哦，是啊，”她说，大声嘲笑自己早熟，与少女气质格格不入，“我确实有一段过去。”

“二十岁的女孩有一段过去。你叫什么名字？”

“克里斯塔。”

“我叫米奇，但这儿的人都叫我肯特利。”

“嗨，肯特利。”

“绝大多数二十岁的女孩还没真正开始体验人生呢。”他说。

“那是美国女孩。我从不和美国女孩交朋友。男孩，倒可以。”

“你的冒险是为了认识女人？”

“是的，我想要和那些女孩交朋友。但是，遇到的绝大多数都是年纪稍大的女人。你懂得，就是那种妈妈型的。我倒无所谓。但和我年龄相仿的女孩呢？根本不行。她们太孩子气。”

“所以，克里斯塔喜欢妈妈型。”

“我猜是。”她说完又开始大笑。

他在街角的剪刀店转了弯，往巴特尔山方向驶去。建议他要有耐心的声音渐渐听不到了。妈妈型。他不能让她离开。他一生中永远都不会放走一个新猎物。引诱的关键在于持之以恒。持之以恒，这是耶稣会会士的目标。如果这压力是持之以恒的话，百分之八十的女人会屈服在这股巨大的压力之下。你做爱时得像修道士献身上帝那般全身心地投入。许多男人把做爱弃之一旁，把精力放到他们认为更为紧迫的事情上：追逐金钱、权力、地位、时尚，鬼才知道还可能是——热衷滑雪。然而，萨巴斯简化了自己的人生，专注于做爱。尼基从他身边逃走了，罗莎娜受够了他，但总的来说，像他这种臭名昭著的男人，不大可能功成名就。苦行僧米奇·萨巴斯，六十多仍一事无成。做爱的修道士，乱伦的传教士。为主增添荣光。

“在俱乐部跳舞是什么感觉啊？”

“就像——怎么说呢？我喜欢。这是为了满足好奇心必须要做的事。我不知道。我只是要把人生的各种事情都尝试一遍。”

“你做了多久？”

“哦，我不想提这件事。每个人都给我忠告，但我还是我行我素。”

他不再说话，默默地开着车。黑暗弥漫，寂静无声，每一次呼吸都显得至关重要，似乎离了这呼吸你再也无法活下去。他的目标十分明确，阴茎已然坚硬。他开启了自动驾驶，兴奋不已，兴高采烈，车前灯犹如一群高举火把的人群，引导他往星光闪烁夜雾笼罩的山顶前进，那儿早已聚集了一群人，表达对坚硬阴茎的狂热崇拜。他们有穿衣服的，有没穿的。

“嘿，我们迷路了吗？”她问。

“没有。”

车行驶至半山腰时，她终于打破沉默。是的，完美无缺的表演。“你要是想了解的话，我在私人派对上玩得更尽兴。各种单身派对。持续了近一年。和我的女朋友一块儿。但之后，两个人一起购物就把钱花完了。干这行的女孩都十分孤单。她们说话恶毒，因为尝尽了人间冷暖。我只是看着她们，说：‘哦，天呐，我太小了，干不了这个。’我完全是为了钱才做的。可我上当受骗了。但这是纽约。不管怎样，我需要改变。我想花时间干点别的，干点和人打交道的活儿。而且我想念大自然。在德国时，父母离异之前我一直待在村子里。我想念大自然以及它平和安详的氛围。生活除了钱以外还有很多别的东西。所以我来这儿生活。”

“这儿怎么样？”

“太棒了。当地人非常友好，非常和善。我在这儿感觉不到自己是个外地人，这样很好。在纽约，无论我去哪儿，他们都试着和我搭讪。这种事常发生。纽约人就喜欢这么做。我让他们走开，他们就走开了。我很擅于应付这种事情。秘诀在于不要把害怕表露出来。我不怕你。纽约人会有点小奇怪。但这儿不一样。我感觉像回到了家。现在我喜欢美国，我甚至干了缝缝补补的活儿，”她咯咯傻笑，“我，一个真正的美国人。我会制作被子。”

“怎么学会的？”

“从书上学的。”

“哦，我喜欢被子，我收集被子。”萨巴斯说，“我想找一天去瞧瞧你的被子。你能卖一条给我吗？”

“卖？”她此刻开怀大笑，笑声沙哑得像从一个年纪是她两倍的酒鬼口中发出的，“为什么不呢？当然，我会卖给你，肯特利。你的钱你做主。”

他也突然爆发出一阵笑声。“天呐，我们现在迷路了！”他急忙调转车头，十五分钟后把她送回了美食店楼上的住所。一路上，他们聊起了彼此共同的兴趣，相谈甚欢。这似乎有点难以想象，但确实拉近了两人之间的距离——反感烟消云散，亲近感生根发芽，敲定了下一次约会。被子。美国人的处事方式。

“谢谢你，”这对老情人起身穿完衣服准备回家时，德伦卡对克里斯塔道谢，“谢谢你，”她说话时声音微微颤抖，“谢谢你谢谢你谢谢你……”她拥克里斯塔入怀，像怀抱着一个婴儿，轻轻晃动着她。“谢谢你谢谢你。”克里斯塔在德伦卡的两侧乳房上轻轻落下一吻。她紧紧依偎在德伦卡怀中，小巧的嘴巴露出一个温暖而富有青春活力的微笑，睁大眼睛娇羞地说：“许多异性恋的女人喜欢这样。”

尽管萨巴斯策划了当晚的活动，也按照德伦卡的要求支付了她参与其中的酬劳，但他发现自从德伦卡敲门进入这间屋子以后，自己几乎变成多余的了。他提前到了，认为即使这一个月已采取一些微妙的小手段，也有必要一鼓作气，继续交涉，直到最后达成一致。他认为不能忽略这种尝试，何况他至今还无法确认克里斯塔是否可靠——她在马达马斯卡瀑布地区尚未完全抛掉自己作为欧洲人的猜忌，萨巴斯在她身上也没看到自己所希望看到的任何一丝往无我境界发展的迹象。“德伦卡，”他开门让她进屋时介绍道，“这是我的朋友克里斯塔。”尽管在这之前，德伦卡在萨巴斯的建议下，好几次散步路过美食店，但她只隔着橱窗看到过克里斯塔。她径直走到克里斯塔面前，此时克里斯塔正坐在一张二手沙发上，身着一条紧身破洞牛仔裤和一件缀有闪亮小圆片的天鹅绒夹克衫，衣服上面的一片紫色和她的双眸相得益彰。德伦卡双膝跪在光秃秃的地板上，双手紧紧抓住克里斯塔留着短发的脑袋，用力亲吻着她。德伦卡瞬间就解开了克里斯塔的夹克纽扣，克里斯塔转眼也脱下了德伦卡的丝裙和聚拢型文胸，两人闪电般的动作让萨巴斯目瞪口呆。然而德伦卡的胆量一直让萨巴斯诧异不已。他曾想过需要先热身——在他的注视下，两个人谈笑着，坦诚相待，或许甚至还需要同情地看一眼克里斯塔那条碍眼的被子才能放宽心——事实上，进入德伦卡腰包的五百美元给她壮了胆，用她自己的话说，就是“只要像个妓女一样上门，开干就是了”。

完事后，德伦卡对克里斯塔极尽溢美之词。萨巴斯把德伦卡送到她停车的市镇大街后面，她充满爱意地紧紧依偎在萨巴斯的身旁，吻他的胡须，舔舐他的脖颈。这个四十八岁的女人犹如刚欣赏完马戏回家的孩子一般兴奋不已。“和一个女人在一起，我能从她身上感受到爱。她对如何抚摸女性的身体熟门熟路。还有那热吻！她熟悉女性的身体，懂得如何爱抚，如何亲吻，如何抚摸，如何吮吸，还有那些柔情蜜语，娴熟手法，像极了男人的手法，她传递给我的性爱的震颤让我浑身燥热难耐。她对我的身体了如指掌，抚摸时比男人技高一筹。找到我的那个小开关后坚持不放，掐准时间让我达到高潮。她开始亲吻我时——你懂的，吮吸——灵活的舌头力道刚好的吮吸……哦，真让我兴奋。”

他躺在床上，离她们咫尺之遥，像第一次进行外科手术的医科学生那般紧盯着每一个动作，从中也获得了快乐。有一次，当克里斯塔强劲有力的舌头停留在德伦卡的大腿根部，手在被单中四处摸索震动棒时，他能在旁协助。她已提前从床头柜上拿走了三个长度在三至六英寸的象牙色震动棒，她伸出手时，萨巴斯可以准确无误地把最长的那个递给她。“所以，你压根儿不需要我。”他说。“噢，不。我发现多一个女人非常棒，让人非常兴奋，但，”事后德伦卡躺在床上回答，“我不想和她一个人温存。这样我兴奋不起来。我需要男性的刺激，促使我兴奋。但我确实发现年轻女性的身体十分性感，十分美好，圆润的曲线，小巧的乳房，优美的形体，还有体香和柔软的触感。接着，我往下移，发现那儿的光景更美好，仅靠照镜子的话我永远都不这么觉得。你看到镜中的自己会自惭形秽，你望着自己的性器，从美学角度而言，它并不令人满意。然而在这个环境中，我能看到一切，尽管我个人是这神秘感的组成部分，但对我来说阴道是神秘的，完全神秘。”

德伦卡的墓穴坐落在山脚附近，距离那面美国独立战争前业已存在的石墙和一排枫树大约四十英尺。石墙和枫树分隔了公墓与蜿蜒通往山顶的柏油路。这几个月以来，萨巴斯在这儿为德伦卡的病故悲伤不已时，大约有六辆咔嗒咔嗒作响的汽车前灯闪烁而过，听声音应该是皮卡。他只有跪在地上才能和葬在周围的死者一样不被马路上的人发现。通常情况下，他早就双膝跪地了。除了他自己，夜间的公墓里再也找不到一个人。这个位于偏远乡村的公墓海拔有一千八百英尺，即使是作为春日天黑后的漫游场所也吸引不了任何游人。公墓远处传来阵阵响声，那是栖息在巴特尔山的群鹿发出的，萨巴斯来公墓的最初几个月曾被吓得魂不附体。在他视线所不及的地方，有东西在墓碑中间飞速穿梭，他坚信那是母亲的魂魄，他常常对此确信无疑。

起初他并不知道自己以后会成为公墓的常客。但他之后也没料到低头透过这一小块墓穴会看到德伦卡，看到她躺在棺材里把裙子撩到袜子末端连接吊袜带的地方，让人血脉偾张。再次看到她雪白的肌肤总让他回想起小时候葵花牛公司派送的牛奶瓶顶端覆盖的那一层奶皮，由此自然就会联想到肉欲。"给我口交。"她对萨巴斯说，"吃了我，肯特利，就像克里斯塔那样。"萨巴斯扑向墓穴，尽情宣泄在葬礼上未能流下的眼泪。

如今德伦卡已永远离开了人世，萨巴斯难以相信自己在德伦卡去世前竟没如此狂热地喜欢做爱，甚至之前都没有动过这样的念头：在德伦卡变成供人享乐、与人做爱、被人算计的诱人的消遣之物前，休掉让人毫无性欲的醉鬼罗莎娜，与这个他在妓院之外最为灵肉契合的女人结合。一个无所不能的传统女性。一个令人肃然起敬的女性。一个和他势均力敌，敢于向他的厚颜无耻发起挑战的勇士。放眼全国，这样的女性找不到一百个。在美利坚合众国，这样的女性总数不到五十。而且他曾对此一无所知。十三年来，他乐此不疲地看她的衣衫之下，或抬头望向她的裙子，但他依然一无所知！

现在，以上这个想法扰乱了他的思绪——没人会相信该镇的污染源、无耻骗子萨巴斯竟会受到这一股诚实的感情洪流影响。他尽情释放内心涌动的激情，甚至超过了她丈夫在十一月清晨那个冰冷刺骨的葬礼上的表现。年轻的马修身着警服，面无表情，强忍着愠怒一声不吭，以警察的良知熟练地控制着内心暴走的冲动。似乎他的母亲不是被一场可怕的疾病夺去了生命，而是丧生在一个精神病患者的暴力之下，葬礼仪式一结束，他就会冲出去抓捕凶手，再悄悄将其拘留。德伦卡一直希望他在大街上执勤时能像他的父亲那样表现出令人钦佩的自制力。他听母亲说这些话时，无论多么恼怒，永远都不会难过或失控。德伦卡把马修自夸的话毫无保留地告诉萨巴斯。在萨巴斯眼中，她沉醉于儿子取得的成就之中，这也许并不是她身上最诱人的特点，但无疑是她最纯真的特点。如果你自己就是一个胸无城府的少女，你想象不到一个人身上可能会出现如此极端的表现，但萨巴斯作为人类反复无常的狂热爱好者，依然经常被他那位无所禁忌、追求刺激的德伦卡如此崇拜儿子的样子给惊得目瞪口呆。马修视公正无私的执法为人生中最严肃的事，他的朋友也全是警察。他向母亲解释，自己对那些不是警察的人毫无信任。马修刚从警官学院毕业时曾对母亲说："您知道在有些事上，我的权力比总统还大。您知道原因吗？我可以剥夺人的权利。他们自由的权利。'你被捕了。你完蛋了。你失去自由了。'"对这份权力的高度责任感使得马修一丝不苟地履行职责。"他从不生气，"他的母亲告诉萨巴斯，"如果有个警察说话粗鲁，对嫌疑人骂骂咧咧，马修会告诉他：'不值得。你会惹上麻烦的。我们只要做好分内事就好。'上周，他们拘留了一个毁坏警车和其他公物的家伙，马修说：'让他做想做的事吧，他完蛋了。我们冲他大声嚷嚷做什么呢？他会把这一切都呈上法庭。那样只会让这个犯了错的家伙又多了一个逃脱法律制裁的理由。'马修说他们可以骂人，他们想做什么就做什么——他们已被铐上手铐，控制当前局势的是他，而不是那些人。马修说：'他想让我失控，的确有些警察会控制不了自己，会冲他们大声嚷嚷——为什么，妈，为了什么呢？'马修只是不动声色地拘留了他们。"

对马达马斯卡瀑布这个小地方而言，参加葬礼的人数已实属庞大。除了许多镇上的朋友，旅馆以前的和现在的许多员工外，还有不少从纽约、普罗维登斯、朴茨茅斯、波士顿等地赶来的客人。多年来女主人德伦卡一直亲切大方、精神饱满地招待他们，客人中有不少男人曾和她上过床。萨巴斯选择站在人群后观察，每张憔悴不堪的脸庞所流露出来的失落和忧伤，他都瞧得一清二楚。哪一个是爱德华？哪一个是托马斯？哪一个是帕特里克？那个高个子一定是斯科特。巴雷特也挑了一个尽可能远离棺材的地方，他就站在萨巴斯附近。他是个年轻的电工，老家在布莱克沃，那是北部一座破败萧条的小城，那儿有五家酒馆和一家州精神病院。在山下那个拥挤不堪的公墓停车场，萨巴斯的车碰巧停在巴雷特的皮卡后面，卡车后挡板上用油漆喷着"巴雷特电力公司。我们会修理您家短路的问题"。这几个字。

巴雷特扎着马尾辫，蓄着络腮胡，站在怀有身孕的妻子身边。他的妻子怀里抱着一个尚在襁褓之中的婴儿，正在放声大哭。巴雷特太太在山谷里的一家保险公司做秘书，每周有两个上午会驾车外出工作。德伦卡会趁巴雷特太太外出时，开车经过水库，前往布莱克沃与巴雷特先生共浴。那天他看起来十分憔悴，或许是因为西装太紧身，或许是因为他没穿外套被冻得半死。他似乎正处在仪式一结束就会被处死的危险之中，两条长腿一直不停地轮流瑟缩。巴雷特是德伦卡的最后一个猎物，是她最近从那群旅馆周围的维修工人中挑选出来的，比她儿子小一岁。他的话不多，只在洗完澡后才会表现出乡下人的热情，会说一些情话取悦德伦卡："你真棒，你真了不起。"他的年轻力壮令德伦卡兴奋，此外他还是"一个型男"。"他一点也不丑，"德伦卡告诉萨巴斯，"他身上具备我喜欢的那种兽性。只要我需要，他仿佛能为我提供全天二十四小时的性爱服务。他肌肉结实，腹部平坦，而且他还有一根大家伙，汗腺发达，身上会流很多的汗，脸涨得通红，他和你一样，也说'我还没去，德伦卡，我还没去'。一会儿他说，'哦，我的天呐，我要去了，我去了'，接着发出响亮的'哦哦'声。心满意足，两个人就像瘫了似的。他和工人们住在一起，我去他住的地方，这一切都增添了刺激。一幢墙上饰有可怕马匹的小公寓楼。有两间房，气味十分难闻。另一间屋里住的是精神病院的工作人员。浴室地板上安着老式浴缸。我对他说：'把浴缸打开，我要泡个澡。'记得有一次，我到的时候正值中午，饥肠辘辘，我们去吃了一个披萨。我迅速脱了衣服躺进浴缸。没错，我想我们在浴缸里亲热，让他自慰了一小会儿，你知道的。你可以在浴缸里做爱，我们做了，但接下来水溢了出来。我喜欢我们的做爱方式，对他而言尤为特别。他微微坐起，因为他那家伙很大，我们就这么半坐着做爱。我们非常用力，流了很多汗，做了很多身体运动，我印象中比其他任何人都多。我喜欢泡澡，也喜欢淋浴。兴奋部分源于泡沫。肥皂泡。从脸部开始，之后到胸部，腹部，一路向下，慢慢变大，有时候一开始就很大。接下来你们开始做爱。如果你站着淋浴，那么就站着做爱。有时候他把我的双腿抬起来，以这种姿势抱着我淋浴。如果是在浴缸里，那么我喜欢坐在他身上做爱。或者我弯下腰，他再和我做爱。我爱浴缸，喜欢和我那蠢笨的电工在那儿做爱。我喜欢这样。”

她不该把坏消息告诉巴雷特。“你对我说过，”他说，“你答应过我，你不会把一切复杂化，可现在你食言了。我有一个婴儿要抚养，我要照顾怀孕的妻子。我要操心新的工作。眼下，我不需要的就是癌症，不论是你的，我的，还是别人的。”

德伦卡给萨巴斯打了电话，立即驱车前往岩洞与他会面。“你永远都不应该告诉他。”萨巴斯坐在一块凸起的花岗岩石上，边说边晃动着坐在腿上的德伦卡。“可是，”德伦卡可怜巴巴地哭诉，“我们是情人——我想让他知情。我没想到他这么混蛋。”“那么，如果你是站在怀孕的妻子的角度来看这个问题，这种事可能会发生在你身上。你早就知道他是个蠢货。你喜欢他笨手笨脚。‘我那蠢笨的电工。’电工有野兽般的欲望，居住环境差，笨手笨脚，这些都令你着迷。”“但我在和他谈论癌症。即使是个傻瓜——”“嘘，嘘，显然，没人像巴雷特那样蠢。”

萨巴斯把他的种子撒在掩埋德伦卡的椭圆形坟地上以此走完哀悼的整个流程，此时一辆轿车的车前灯灯光拐离了柏油马路，转向一条宽阔的石子路，灵车通常从这儿驶入公墓。汽车打着灯摇摇晃晃地向前行驶，接着灯都灭了，引擎悄悄地熄了火。萨巴斯拉上裤子拉链，猫着腰，仓皇跑向最近的一棵枫树。他躲在那儿，双膝着地，把雪白的胡子掩藏在巨大的树干与古老的石墙之间。他根据车子的轮廓——与灵车的形状和大小差不多——依稀看出那是一辆豪华轿车。一个人影正稳步走向德伦卡的墓穴，高个子，穿着一件宽大的外套，看上去还穿了一双高筒靴。他不时开关手电筒，借着手电筒发出的微弱的灯光前行。在月光笼罩雾色朦胧的公墓里，他穿着靴子跨步前行，看上去像一个巨人。他一定预料到了这儿气温很低。他一定是——信用卡大亨！斯科特！

斯科特·路易斯身高六英尺五英寸，五点二英尺的德伦卡在波士顿的电梯里仰头冲他微笑，向他询问当时的时间。就这么简单。路易斯坐在豪车的后座，德伦卡整个人坐在他的阴茎上，司机则负责驾车载他们在郊外慢悠悠地兜圈子，有时会经过路易斯的豪宅。许多男人曾对德伦卡说，像她这样的女人世上独一无二，斯科特·路易斯便是其中之一。萨巴斯曾听他从豪车的电话里讲过这句话。

"他非常迷恋我的身体，"她迫不及待地向萨巴斯报告，"他想要拍些照片，时刻想见到我，时刻亲吻我。他大方地舔舐，而且非常温柔。"然而，尽管他充满柔情蜜意，在他们相约的第二个夜晚，德伦卡抵达波士顿的一家酒店才十分钟，一个应召女郎便来敲门了。"我不喜欢，"德伦卡次日上午给萨巴斯打电话，"是因为我在其中没有话语权，完全是被动接受。""所以，你是如何应对的？""我只能勉为其难，米奇。她打扮得像个高级妓女，走进酒店房间，打开手提包，包里什么东西都有。你要小女佣的制服吗？你要印度服饰吗？接着，她掏出了人造阴茎，问：'你喜欢这个还是那个？'之后，好吧，你现在可以开始了。但你怎么会被这个东西唤起性欲呢？对我来说这都有点困难。不管怎样，我想我们算是开始了。设想是由那个家伙扮演窥淫癖者，对偷窥两个女人如何做爱兴趣盎然。绝大部分时间，他要求这个妓女俯身与我口交。我认为这一切不近人情，太过冰冷，但我做了决定，好吧，我在游戏里扮演猎物吧。最终，我亲自出马让自己兴奋起来。但最后，我和路易斯做爱做得更多——我们在做爱，而她却沦为了背景。等他高潮过后，我开始亲吻她，但她那儿非常干涩，尽管过了一会儿她有点蠢蠢欲动，剩下的活儿就交给我了。我能让一个妓女兴奋起来吗？我想也许一定程度上能够做到，但很难弄清楚她是不是装出来的。你知道她对我说了什么吗？对我？我们穿衣服时，她说：'你很难达到高潮！'她火冒三丈。'那些丈夫一直希望我这么做，'——她以为我们是夫妻——'但你让我的工作变得异常艰难。'夫妻之间这种事非常普遍，米奇。这个妓女说她一直就是干这个的。""这让你难以置信吗？"他问。"你是说，"她开怀大笑，回答道，"我很难相信人人都像我们这样疯狂吗？""更加疯狂，"萨巴斯宽慰她，"要疯狂得多得多。"

德伦卡称路易斯的勃起为"彩虹"，她一向喜欢解释清楚，因为"他的家伙好长，而且有点歪。有一个小弧度，弯向一侧"。在萨巴斯的要求下，她在一张纸上描摹了它的轮廓。萨巴斯至今依然保存着这幅画，也许和她画的其他那些下流画作混杂在了一起。她去世以后，萨巴斯始终不敢再看一眼她的那些画。除了萨巴斯，路易斯是唯一一个获准从后面进入她的男人。他就是那么与众不同。当路易斯也想和妓女进行这样的尝试时，妓女说对不起，那是她的底线，不能触碰。

哦，是的，德伦卡与这个家伙那歪歪的玩意儿度过了欢乐的时光！多么让人气愤！然而，当时她绘声绘色地分享这些故事时，萨巴斯不得不经常提醒她放慢语速，提醒她不要遗漏任何细节，任何一个微小的细节都会吸引他的注意。以前他常常恳求德伦卡讲这一类故事，她欣然应允。一个听一个讲，两个人都兴奋不已。他的性伴侣，他最了不起的学生。

可是，他花了好多年才教会德伦卡恰当地讲述她的奇妙经历。她喜欢把许多断句堆砌在一起，至少在使用英语表述时如此，弄得萨巴斯完全听不懂她到底在说些什么。但随着两人交流的次数日益增加，她的思维方式和说话方式都发生了相应的变化。她当然比百分之九十住在山上的当地人在句法使用方面显得更有礼貌。美中不足的是，直到去世，她依然存在很重的口音："有"说成"咬"，"心"说成"生"，发"外人"和"危险"的最后音节时，会加重卷舌音"儿"，发L这个音时非常像俄罗斯人，从口腔深处一直往前发声。结果她说出的词汇令人忍俊不禁。最稀松平常的发音在她的口中都显得有点神秘莫测——语音的魅力更让萨巴斯欲罢不能。

她最不擅长使用英语习语，但一直在努力尝试把那些烂俗的短语、谚语或者老生常谈转变为完全由她独创的天然艺术品。直到去世，她始终都在展示这一项本领，萨巴斯也从未想过要干涉她——确实，有一些（如"两人之间的纠缠"）表述最终连他自己都采用了。德伦卡自以为娴熟地运用习语时那自信满满的样子以及这些年来她所误用的词语，都仿佛历历在目，令萨巴斯难以忘怀。如今回忆起来，让他丢盔卸甲，毫无招架之力，再一次陷入悲伤的深潭：逆来顺受……大限将至……本末倒置……惹祸上身……不可相提并论……自作自受……易如反掌……民以食为天……你在开我玩笑……我准备好了……脱口秀……一目了然……别让我焦急……多此一举……不积跬步无以至千里……他觉得我神秘莫测……自食其果……笨鸟先飞……笑里藏刀……让我大吃一惊……多此一举……我感觉精疲力竭……我得和你说道说道……天网恢恢，疏而不漏……江山易改，本性难移……德伦卡想让马蒂亚的狗站在自己身边时，她会唤"脚！"，而不说"脚后跟！"。有一次德伦卡开车沿着砖窑公路到萨巴斯夫妇的卧室里待了半天——罗莎娜当时在坎布里奇看望妹妹。虽然她抵达时下着蒙蒙细雨，但等他们吃完萨巴斯准备的三明治，吸完一根大麻烟卷上床时，天色一下子黑得伸手不见五指，仿佛没有月光的黑夜。

寂静无声、漆黑恐怖的一个小时过后，山上暴雨侵袭。稍后萨巴斯从收音机中获悉，距马达马斯卡瀑布以西十五英里的一个停车场被龙卷风席卷得四分五裂。头顶上空的狂风暴雨发出噼里啪啦的响声，似一门大炮瞄准了萨巴斯的家。德伦卡躲在被单下，紧紧地靠在萨巴斯身上，虚弱地说："我希望屋顶上安装了一根避雷针。""我就是屋顶上的避雷针。"萨巴斯安慰她。

萨巴斯瞧见路易斯弯下腰，把一束鲜花放在墓穴前的空地上，他心想，可德伦卡是属于我的！她属于我！

萨巴斯对路易斯接下来的行为深恶痛绝，恨不得趁着夜色拿起一块石头或一根棍子冲到这畜生面前，狠狠地往他头上砸下去。路易斯拉下前裆拉链，从短裤中掏出勃起的家伙，萨巴斯记得这东西的轮廓图被他收藏在名为"其他"的文件夹里。他前前后后晃动了很长一段时间，一边晃动一边呻吟，最后一刻他面朝星空，一阵低沉的男低音回荡在群山之间。"吸了它，德伦卡，把我吸干净！"

尽管没有磷光能让萨巴斯清晰地辨认方向，尽管山顶万籁寂静，但精液并不凝结也并不稠密，萨巴斯听不到它们溅落到地面的声音。仅从路易斯静止的身影以及三十英尺外的呼吸声他便可判断出，这个高个子情夫刚刚把大量的精液喷洒到土地上，与德伦卡合二为一。下一刻，路易斯跪倒在她的墓前，带着低沉的哭腔深情地吟唱着："……乳头……乳头……乳头……乳头……"

萨巴斯忍无可忍，从枫树那些凸起的大根茎中间踢出一块肥皂大小的石头，捡起来朝德伦卡墓穴的方向狠狠地扔了过去。石头飞到附近的一个墓碑上，发出哐当的响声，把路易斯吓了一跳。他神色慌张地到处张望，然后飞快地向山下跑去，等候在那儿的豪华轿车立马发动引擎，倒出车道，驶上公路后打亮了车前灯，疾驰而去。

萨巴斯冲到德伦卡墓前，看到路易斯带来了一大束鲜花，可能足足有四打。在手电筒的照射下，他只能辨认出其中有玫瑰和康乃馨。

虽然那几个夏天德伦卡曾不厌其烦地教他识别花名，可他依然叫不出别的花儿的名字。他跪在地上，抓起花束粗大的枝干放在胸前，沿着泥路朝公路和自己的那辆车奔去。一开始他以为这束花从花店买来时就是湿漉漉的，店家为了保鲜会把花朵置于注了水的花瓶中。可接下来，手感让他突然意识到湿漉漉的东西到底是什么。花朵都被它淋湿了。他的双手也沾满了这东西。他身上穿的又脏又旧的猎装夹克胸前也未能幸免。他和凯西·古尔斯比的性丑闻案件闹得沸沸扬扬之前，他去大学授课时曾把木偶装在这件夹克的大口袋里。

德伦卡曾告诉萨巴斯，他们结婚移民的第一年马蒂亚得了抑郁症，提不起半点兴趣和她做爱。那时她感到孤苦无依，去多伦多就医。他们逃离南斯拉夫后曾在多伦多短暂居住过一段时间。她问医生，丈夫应该满足妻子多少次。医生反问她希望有几次才算合理。这位年轻的新娘不假思索地回答："哦，一天四次左右。"医生问，上班的夫妻除了周日，哪能挤出那么多时间来做爱。她扳着手指边数边解释："凌晨三点你意识不清醒时可以有一次，七点醒来时有一次，下班回家有一次，入睡前再一次，甚至可以来两次。"

他小心翼翼地摸黑从山上的公墓往下走，双手仍紧紧拽着那一束肮脏的鲜花，之所以会突然想到这件事，是因为那个让她洋洋得意的星期五，在马蒂亚为扶轮社成员做完讲座后仅三天，这一天——不是一周，而是一天——下来，她的体内充斥着四个男人的精液。"冲着你的这些性幻想，没人可以谴责你是个胆小鬼。四次，"他说，"嗯，如果下次有机会，我很荣幸能成为你的裙下之臣之一。"他发现这个故事不仅点燃了自己的欲望之火，同时令他肃然起敬——从中可以看出她的伟大和英勇。这个逃亡的美女身材矮小，略微发福，皮肤黝黑，但鼻子长得怪异像被毁过容，她除了对上学时的斯普利特（人口总数为99 462）以及风景如画的新英格兰马达马斯卡瀑布村（人口总数为1 109）有所了解外，对外面的世界一无所知，但在萨巴斯眼中，她是不可或缺的一个女人。

她告诉萨巴斯："我那次去波士顿看皮肤科医生，非常刺激。坐在医生的办公室，心里明白自己就是他的情人，他已性欲高涨，就在检查室里亮出了勃起的阴茎，掏出来当场和我做爱。就在预约的时间段。几年前，每个周六我都会去诊室和他做爱。他功夫了得。从他那儿出来后，我去找信用卡大亨，那家伙叫路易斯。另一个男人在等我，我会撩拨起另一个男人的性欲，想想就让人兴奋。也许我内心有一种强烈的渴望，希望可以诱惑不止一个男人。路易斯和我做爱，进入我的身体，实在太爽了。除了我以外没人知道。我四处走动时体内携带着两个男人的精液。第三个男人是一个大学系主任，他和妻子曾住过我们的旅馆。他的妻子在欧洲，所以我和他共进晚餐。我以前并不认识他，那是我们初次见面。你想让我毫无保留地把整件事情告诉你吗？我发现自己来了例假。我是在为客人准备的鸡尾酒会上遇到他的，他站在我的身边，手臂碰到了我的乳头。他对我说自己那家伙变得又大又硬，我几乎也看出来了。大学的系主任——我们在鸡尾酒会上就是这么聊天的。那种场景撩起了我的性欲，在大庭广众下偷偷摸摸地做爱。就这样，他准备了一顿精致的晚餐。我们激情满怀，但同时也有所顾忌，紧张不已。我们在餐厅用餐，我对他提出的一些有关我的童年的问题作了回答，最后一起上了楼。他是个壮汉，紧紧抱着我，差点压断我的肋骨。他表现得文质彬彬，让人觉得不可思议，或许是因为他腼腆又害怕。他说：'嗯，如果你不愿意的话，我们可以什么都不做。'我有点犹豫，因为我那时在生理期，但又迫切想和他上床，于是去浴室扔掉了卫生棉。我们开始脱衣服，气氛火热刺激。这个男人身材修长，非常健壮，说了不少甜言蜜语。我很兴奋，想要知道他的尺寸。可是当我们脱得一丝不挂时，我发现他的家伙十分细小，顿时失望透顶。我不知道是不是因为他有点怕我，所以无法勃起。然后我说：'嗯，我在生理期。'他回答：'没关系。'我说：'我去拿条毛巾吧。’于是，我们在床上铺了一条毛巾就进入了状态。他在我身上尝试了各种姿势，但勃起效果并不理想。我使出浑身解数努力让他勃起，但我猜他害怕了。他被我的放荡不羁吓怕了。我感觉他有点不知所措。虽然他还是达到了三次高潮。”“硬不起来，而且不知所措。技艺真精湛。”萨巴斯点评道。“他有一点点勃起。”她解释说。“他是怎么做到的？你吮吸了他吗？”“不，并不是，事实上他进入了我的身体。尽管我的经血流得到处都是，他还是吮吸了我。所以到处都一塌糊涂，次数越多，血流得也越厉害。有血这个事实——说起血还有额外的插曲。许多液体和油脂——并不是油脂。我该怎么描述呢？浓稠的液体，体液混在一起。完事以后我们坐了起来。你对这个人不了解，起来后你会做什么呢，会有点尴尬。我们被那条毛巾难倒了。”“描述一下那条毛巾。”“那是一条白毛巾，并没被经血全部染红。和浴巾差不多大，上面有无数红点。要是拧它的话，会从里面拧出血来。它就像果汁，一种果汁饮料。但问题绝不是毛巾染红了，问题是毛巾上面有大块大块的污渍，而且很重。这是确凿无疑的，不是托辞；英语怎么说来着？它的反义词是？”“证据？”“对，那是犯罪证据。于是我们开始商量，他说：‘那么，我要怎么处理它呢？’他站在那儿，这个高大健壮的男人拿着那条毛巾，像个孩子似的手足无措。有点尴尬，但又不想在我面前流露出来。我不希望自己看上去像个罪犯，也不想假装，便说：‘哦，真糟糕。’这种事对我来说很自然，我想冷静处理。他说：‘我不能让家政女工洗了它，也不能把它扔进垃圾桶。我想我只能把它扔到外面。但能扔到哪儿呢？’我说：‘我来拿着。’他松了一口气，如释重负。我把湿漉漉的毛巾装入一个塑料购物袋，随身拎走了。于是，他放心了。我驱车回家，把毛巾扔进洗衣机。洗完以后，毛巾变得干干净净。第二天他果然给我打了电话，说：‘亲爱的德伦卡，太刺激了。’我说：‘嗯，毛巾在我这儿，洗干净了，想拿回去吗？’他说：‘不用了，谢谢。’他没要回毛巾，我猜他的妻子永远也不会发现有条毛巾不见了。”“所以那天第四个和你做爱的人是谁啊？”“嗯，我回家后去了地下室，把毛巾扔进了洗衣机，然后上楼，午夜时分马蒂亚要求我履行婚姻义务。看到我赤身裸体进去洗澡，他兴奋了。这是我必须要做的事，所以我做了。感谢上天这种事并不经常发生。”“和四个人做爱后感觉如何？”“嗯，马蒂亚睡着了。你真的想知道的话，我想我心里很乱。我以为会非常吃力。以前我和三个男人上床，很多次，但从来没试过四个。这是非常大胆的性行为，而且非常刺激，即使第四次是和自己的配偶一起。也许某种程度上有点变态。一方面，我享受其中。但说到真实的感受，我失眠了，米奇。我感到很不习惯，坐立不安，搞不清楚自己到底属于谁。我不停地想起你，这才感觉好点，但所有这一切困扰是我为此付出的巨大的代价。如果我能摆脱这些困扰，你们怎么说的——往外推？——仅仅把它看作一场性事，那么在我看来这是一件令人兴奋的事情。”“迄今最令你兴奋的吗，唐娜·乔凡娜[1]？”“哦，我的天呐，”她开怀大笑，“我不太清楚。让我想想吧。”“好，想一想。好好回忆一下。”“噢，过去，也许三十年前，也许更久，我会乘火车，比如说，穿越欧洲，和列车员做爱。你知道的，那时还没发现艾滋病。没错，和一个意大利的列车员。”“在哪儿和列车员做爱呢？”她耸了耸肩。“找一个不太拥挤的车厢。”“是真的吗？”她又笑了，回答说：“是真的。”“那个时候你结婚了吗？”“不，还没有，是我在萨格勒布工作那一年发生的。我猜一个说意大利语、长相英俊的小个子男人会走进列车车厢，你知道的，他们很性感。也许我的朋友们，当时我们在举办聚会或类似的活动，我不记得谁提议了什么。不对，是我主动的。我卖了香烟给他。在意大利的旅游很花钱，所以得随身带点东西出售。在南斯拉夫低价买入便宜的香烟，卖给有需要的意大

① Donna Giovanna，对“唐·乔瓦尼”的戏仿。“唐·乔瓦尼”是莫扎特同名歌剧的主人公，一个不知羞耻、放荡成性的男子。

利人。南斯拉夫的香烟品牌是各种河流名称。德里纳河。摩拉瓦河。伊巴尔河。没错，那时候都是河流名。卖出价比买入价高出两倍甚至三倍，于是我把香烟卖给了他。就这样开始了。高中毕业后在萨格勒布工作的那一年，我喜欢与人做爱。被填满的感觉棒极了，也许还带有些许震撼。第二天去工作时，知道自己酣畅淋漓地做了爱——不管是和谁做，浑身湿透，裤子也湿了，四处走动时身上也是湿的——这让我十分享受。我记得自己认识一个老男人，他是个退休的妇科医生，不知怎么的我们谈到了这件事，他认为这样做有益健康，我同意他的观点。他被勾起了性欲。但没什么用，因为他太老了。尽管我很好奇和一个老男人上床会是什么样子，但他已经七十了，显然没机会了。”

萨巴斯来到自己的车旁，又沿着登山小径继续往前走了大约二十英尺，把花束扔向了黑压压的树丛。接下来他干了一件令人匪夷所思的事，尽管他认为自己已习惯了笼罩在我们生活中的无穷无尽的矛盾，但就连他这么怪诞不经的人也觉得这么做有点不可思议。许多人受不了他怪诞不经的做事风格。想象一下，那一晚正好有人在公墓下方四分之一英里左右的树林里碰到他，看到他站在一轮满月下，舔舐着手指上路易斯残留的精液，大声高呼“我是德伦卡！我是德伦卡！”，那会是怎样的情景。

厄运即将降临到萨巴斯身上。

然而，可怕的事每时每刻都在发生。第二天一早，萨巴斯便获悉林茨·格尔曼自杀的消息。五十年代末至六十年代初，萨巴斯曾在下东区创办了萨巴斯下流剧院，吸引了零星的观众。林茨时任剧院兼波威里街地下演艺团队的制片人。尼基失踪以后，萨巴斯曾在格尔曼位于布朗克斯维尔的豪宅里住了一个星期。

林茨的合伙人诺曼·考恩打电话来告知了这一噩耗。诺曼性格较为温和，不擅长在办公室里天马行空地想象，但他是一位冷静的守护者，刚好和野心勃勃的林茨性格互补。即使在讨论诸如走廊尽头男厕的选址等琐碎问题时林茨喜欢有理有据，长篇大论；而诺曼则更喜欢言简意赅，一语中的。诺曼的父亲是泽西市一个唯利是图的自动点唱机经销商。诺曼受过良好的教育，把自己塑造成了一个精明严谨的商人。当他像其他那些英年早秃、身型精瘦的男人一样身穿灰色细条纹西装，打扮得一丝不苟时，即使一言不发也散发出强大的气场。

“他死了，”诺曼诉说道，“很多人都松了一口气。我们正在寻找葬礼上的发言人，但很多人都已有五年没见过他了。”

萨巴斯已整整三十年没看到过他。

“这些曼哈顿的朋友都是目前的业务伙伴，交往密切。但他们见不了他。林茨得了抑郁症、强迫症，受了惊吓，一直在发抖，根本无法与人接触。”

“他这种情况持续多长时间了？”

“七年前，他突然得了抑郁症，从此没有一天不痛苦，每时每刻都饱受病痛的折磨。整整五年，我们领着他去办公室。他手拿一份合同，四处晃荡，念念有词：‘我们确定这都没问题吗？确定这不违法吗？’去世前两年，他一直待在家里。一年半以前，伊妮德再也受不了了，为他在路口找了一间公寓，把房子装修一番后，把他安置在了那儿。每天有清洁工上门喂他吃饭，打扫卫生。我强迫自己每周过去探望他一次。太可怕了。他就坐着听你说话，接着叹口气，摇摇头，说：‘你不知道，你不知道……’这么多年以来，我从他口中听到的只有这一句话。”

“你不知道什么？”

“恐惧、痛苦，持续不停。吃什么药都没用。他的卧室看起来就似一间药房，但里面没有一种药物奏效，反而加重了他的病情。百忧解和安非他酮让他产生幻觉，之后他们开始给他吃右旋苯异丙胺安非他命。头两天，病情似乎有所好转，之后又开始呕吐。药物只在他身上产生了副作用。入院治疗也无济于事。他在医院待了三个月，医生说他不会自杀了，就把他送回了家。”

在萨巴斯的印象中，林茨热情洋溢，活力充沛，精力旺盛，行动高效，踏实勤勉，爱喋喋不休地开玩笑，是一个在狂热的现实中如鱼得水的纽约客，完全与他所处的时空融为一体。他满怀激情，激励自己要生存下去，要出人头地，同时也要纵情享乐。他多愁善感，常常热泪盈眶，深得萨巴斯的欢心。他语速飞快，说起话来滔滔不绝，显示出助他保持旺盛精力的力量有多强。他曾胸怀大志，成就斐然，乐于传播正能量。但之后，人生却突生变故，再也没回归正途，一切化为乌有。荒谬颠覆了一切。“具体因何而起呢？”萨巴斯问。

“人会垮掉，越老越不中用。我认识的很多同龄人，就是曼哈顿这儿的客户和朋友，都在经历同样的危机。在他们六十多岁时，就像板块运动引发的地震导致照片从墙上掉下来那样，有些冲击足以击垮他们。去年夏天我也经历了一次。”

“你吗？难以相信竟会发生在你身上。”

“我还在服用百忧解。我经历了整个过程，幸运的是持续时间并不长。我没法告诉你具体的原因。有一阵子，我突然失眠，几周之后，抑郁症袭来——惴惴不安，瑟瑟发抖，产生轻生的念头。当时，我打算买把枪打爆自己的脑袋。这种状况持续了六周，直到百忧解开始奏效。另外，这药对阴茎有副作用，至少对我来说是这样。我现在已连续吃了八个月，都记不清勃起是什么感觉了。但不管怎么说，到我这个岁数，仅仅只是勃不勃起而已了。我活了下来，而林茨没有，他的病情越来越糟。”

“除了抑郁症以外会不会还有其他原因？”

“仅抑郁症就够他受的了。”

然而，萨巴斯对此心知肚明。他母亲虽然从未做出轻生的举动，可在失去莫迪以后的半个世纪，她活像一具行尸走肉生存在这世上。一九四六年，高中毕业仅过了几周，十七岁的萨巴斯未等次年应征入伍，便迫不及待地出海当了水手。之所以做出这个决定，不仅因为他想逃避母亲可怕的消沉、伤心欲绝的父亲可怜兮兮的模样，同时还因他体内不断积聚的情欲无法得到宣泄。自慰几乎占据了他的生命，过去他只能浸淫在任性无度的情境里的性幻想，而现在他穿上了水手服，将要真枪实弹地去摸摸大腿，亲亲小嘴：凡是轮船抛锚靠岸的地方，码头和码头区的酒吧里就有成千上万的妓女在服务，满世界的皮肉交易。妓女们深浅不一的各色肌肤点缀了每一处可供遐想的欢乐，她们口中说着来自贫民窟的下流方言，操着并不太标准的葡萄牙语、法语和西班牙语。

“他们想给林茨进行电休克治疗，但他惊恐万分，果断拒绝了。电击可能会起作用，但每次一提起，他便蜷缩在角落里哭泣。他一看到伊妮德就情绪崩溃，喊她‘妈咪，妈咪，妈咪’。当然，林茨是犹太人中数一数二的爱哭鬼——谢亚球场播放国歌时，他激动得流泪；看到林茨纪念馆，他兴奋得落泪；我们一起带孩子去库珀斯敦[1]，见到贝比·鲁斯[2]的手套，他喜极而泣。可是此次非同以往，他不再低声啜泣，而是放声大哭。他顶着巨大的压力，忍受着无法言说的痛苦，嚎啕大哭。那个嚎啕大哭的林茨已不再是你我认识的林茨了。等到他真正去世时，我们所认识的那个林茨已经过世七年了。”

“葬礼呢？”

“明天下午两点，阿姆斯特丹大道和第七十六大街路口的河畔教堂。你会见到一些老朋友。”

“再也见不到林茨了。”

“你想看的话，其实能见到。纽约法律规定，火化前得有人去确认尸体的身份。我会去确认。他们开棺时你也过去吧。你会看到我们的朋友到底发生了什么。他看上去像到了风烛残年，头发全白了，脸消瘦得可怕，头骨像是遭到了野人的蹂躏。”

萨巴斯回答：“我不知道明天能不能过去。”

“如果来不了，就算了。我只是觉得你应该提前知道这件事，而不是从报纸上获悉。报纸刊登的死因会是心脏病突发，他的家人更喜欢这个病因。伊妮德不希望验尸。人们发现林茨时，他已死了十三四个小时。听说死在床上。但清洁工有不同的说法。我想现在伊妮德已经相信她自个儿的说法了。一直以来，她都真诚期盼着林茨的病情会好转。尽管十个月前林茨就割过腕，但直到最后一刻，她都坚信林茨会康复。”

“听我说，谢谢你记得我，感谢你打来电话。”

---

① Cooperstown，位于纽约州的一个小镇，美国的棒球名人堂设立于此。
② George Herman “Babe” Ruth Jr.（1895—1948），美国职业棒球运动员，带领扬基队多次取得世界大赛冠军，有“棒球之神”之称。

“大家都记得你，米奇。很多人对你充满敬意。林茨一提到你就泪流满面。我是说在他意识清醒的时候。他觉得你这样的人才真不应该跑去偏远山区。他爱你的剧院，在他眼里你是一个奇才。‘米奇为什么要这么做呢？’他认为你绝不应该跑去偏远地区生活，不该离开这儿。他经常谈到这些。”

“哦，那都是很久以前的事了。”

“你要知道，林茨认为尼基失踪和你没有任何关系。当然我也一直这么认为。他妈的那些对你进行人身攻击的——”

“好了，他们没错，是你们几个错了。”

“任性，典型的萨巴斯风格。你不会相信，这是尼基的命。她虽然天赋异禀，貌美如花，但同时又脆弱，缺爱，神经质，一团糟。这样的女孩绝不可能支撑多久，可能性为零。”

“对不起，明天去不了。”萨巴斯挂了电话。

罗莎娜这几天一直穿着一件李维斯牛仔夹克，细如麻秆的双腿上一条洗得发白的紧身牛仔裤。最近，阿西纳的哈尔给她剪了一头短发。早餐时，萨巴斯时不时地把身穿牛仔服的妻子想象成哈尔在大学期间结识的其中一个年轻貌美的同性恋朋友。但之后，即使她留着齐肩短发，身上也散发着假小子的气息。她从青少年时期就是这个样子：胸部平平，身材高挑，走路时大步流星，说话时习惯翘起下巴，在柔弱的奥菲利亚消失之前，她的这些特点深深地吸引了萨巴斯。罗莎娜的外表完全像莎士比亚戏剧中的另一类女主人公：像粗野健壮、注重实际的米兰达和罗瑟琳。她仿佛是居住在亚登森林中的罗瑟琳，穿着打扮像个假小子，不涂任何脂粉。她的秀发是迷人的金棕色，即便剪短了，依然散发着光泽，发质柔软，轻如羽毛，让人忍不住想要摸一把。一张鹅蛋脸，宽宽的鹅蛋脸，小巧的鼻子微微上翘，宽大丰满的嘴唇充满女性的魅力，五官立体，整个容貌如精雕细刻一般。她年轻时给人童话中的木偶降临人世的幻觉。如今她已戒掉酒瘾，萨巴斯从她脸上仿佛看到了她小时候的模样，那时她还是个可爱的孩子，没有被母亲抛弃，也还没有被父亲毁掉。现在，她比丈夫高出一头，却比他更加纤瘦。她已经五十六岁了，但坚持每天慢跑，开展激素替代治疗。他们难得一起外出时，看起来完全不像一对夫妻，反而更似一个父亲领着一个瘦骨嶙峋的女儿。

罗莎娜最恨萨巴斯什么呢？萨巴斯又最恨罗莎娜什么呢？嗯，岁月更迭，激怒彼此的原因也随之而变。有很长一段时间，罗莎娜恨丈夫都不愿动一动生孩子的念头，而萨巴斯则恨她没完没了地给她的妹妹艾拉打电话，抱怨自己生物钟紊乱。终于，他抢走她手中的电话，直言不讳地告诉艾拉，她们姐妹俩的对话多么令人不快。“当然了，”他对艾拉说，“上天赐予我身为男人的特征，并不是希望我来解决像你姐姐那些芝麻绿豆大的小事的！”罗莎娜一过生育年龄，就更能准确描述她的憎恨，她单纯因为萨巴斯的存在而鄙视他，而萨巴斯也同样鄙视她的存在。除此之外便是一些可以想象得到的日常琐事：她讨厌萨巴斯擦餐桌时不够小心，把面包屑抹到地板上；萨巴斯则讨厌她这个异教徒讲的幽默笑话着实无趣；她嫌弃他那件高中以来就一直穿在身上的海军蓝衣服，而他则嫌弃妻子从两人相识以来，即使是在两人尽情放纵享受性爱欢乐时，也从不愿意大方地吞下自己的精液；她恨丈夫整整十年都没在床上碰过自己；他恨妻子给当地朋友打电话时死气沉沉的样子，他也讨厌她的那些朋友，比如不切实际想要保护环境的狂热分子或者正在戒酒的老酒鬼。每年冬天，镇上的公路养护人员会到处砍伐泥路两旁有着一百五十年树龄的枫树，这时马达马斯卡瀑布的枫树爱好者则会向行政长官请愿。次年，公路养护人员会宣称这些枫树死了或病了，会又一次清理掉一条车道旁的老树，把这些树当成柴火卖了赚钱，再用这笔钱买烟酗酒、观看色情录像。她鄙视丈夫沉浸在对事业无尽的悔恨之中，他也同样鄙视妻子酗酒豪饮，鄙视她酒后失态，在公众场合与人争论不休，无论在家还是在外都大声讲话，出言不逊，咄咄逼人。现在，她戒了酒，萨巴斯便看不惯她从戒酒互助会学来的那些口号，以及她从戒酒互助会上或从受家暴妇女群体那儿学会的说话方式。在这个妇女团体中，可怜的罗莎娜是唯一一个没受到丈夫毒打的妇女。有时候夫妇俩争吵，罗莎娜觉得自己难以应对时，会责备萨巴斯在“言语上”虐待自己。那些绝大多数目不识丁的村妇，她们有些曾被打落牙齿，有些曾被椅子砸中脑袋，有些甚至被香烟烫过臀部和胸部。在她们眼中，罗莎娜口中的言语虐待根本算不了什么。萨巴斯也受不了她的措词！“之后有一场讨论会，我们分享了具体的操作步骤……”“很多次我都还没分享……”“很多人昨晚分享了……”他厌恶罗莎娜常把“分享”当成口头禅，正如那些正人君子厌恶把他妈的挂在嘴边一样。他没枪，甚至在他们居住的孤山上外出时也不带枪，因为家里有一个天天都把“分享”挂在口头的妻子，他不想把枪放在那儿。罗莎娜看不惯萨巴斯不打任何招呼就匆匆离家，不管白天黑夜随时都离家外出；萨巴斯则看不惯妻子虚伪的笑声，有时候是刺耳狂笑，有时候是放声大笑，有时候则是咯咯大笑，但这些笑从来不是发自肺腑的快乐。她讨厌萨巴斯沉浸在自己的世界中，讨厌毁了他事业的关节炎突然发作。当然，她也讨厌他与凯西·古尔斯比之间的丑闻。尽管要不是这件丑闻给她带来的羞辱导致她精神崩溃，她也不会入院治疗，从而真正开始康复。她也讨厌萨巴斯因为关节炎、丑闻事件和自视甚高而自认为不可能失败，讨厌她一个人挣钱养家，而萨巴斯坐享其成。但萨巴斯也因这些恨妻子。这是他们夫妻俩为数不多能达成共识的地方。他们哪怕瞥一眼对方的裸体都觉得恶心。罗莎娜讨厌他日趋肥胖的腰身、不断下垂的阴囊以及猿猴般毛茸茸的双肩，讨厌他留着恼人的络腮白胡须；萨巴斯讨厌她因慢跑而干瘪的身材——肋骨、骨盆、胸骨，这些部位在德伦卡身上那么柔软舒适，而罗莎娜却像饥民一般瘦骨嶙峋。这些年他们依然能同住在一个屋檐下，是因为罗莎娜沉溺于饮酒，对身边的事不闻不问，而萨巴斯则找到了德伦卡的陪伴，他们因此维持了一个非常稳定的联盟。

罗莎娜从学校一路开车回家，满心盼望着进厨房先喝一杯霞多丽酒，准备晚餐时再喝上两杯，等萨巴斯从工作室出来后再喝上一杯，晚餐时喝第五杯，等他带着甜点回到工作室后，她还可以喝第六杯，入睡前，她还能独自再喝下一瓶。通常情况下，她和她的父亲一样，次日早晨会在客厅的沙发上醒来，仍然穿着前一天的衣服，手里拿着酒杯，酒瓶滚落在身旁的地板上，瞪着壁炉里的火苗发呆。每个早晨宿醉醒来，她都会脸色浮肿，满头大汗，自惭形秽，和萨巴斯一句话也不说，两人也很少一起坐下来喝咖啡。萨巴斯捧着咖啡去工作室，直到晚餐时两人才会再次见面，每日的例行公事便会再重演一次。晚上，两个人都心情愉悦，罗莎娜有霞多丽酒陪伴，萨巴斯则驱车外出，与德伦卡幽会做爱。

罗莎娜"康复"以来，一切都变了。如今，每天一吃完晚饭，她就开车去参加戒酒互助会的活动，十点左右带着一身臭烘烘的烟味心静如水地回到家。一周七天，每个晚上都不落下。周一晚上，他们在阿西纳举行公开讨论会，周二晚在坎伯兰县有分步会议①，那是她的主场，最近她刚在那儿举行了庆祝自己成功戒酒四周年的纪念活动。周三晚的分步会议在布莱克沃举行。罗莎娜不是很喜欢当晚的会议，因为那儿的工作人员和精神病院的服务人员都十分激进，气势汹汹，还经常做出猥琐下流的举动，令她紧张不已。她从出生到十三岁一直生活在坎布里奇，那儿的学术氛围非常浓厚。然而，尽管参会者都极易动怒，相互大喊，她照去不误，因为当晚马达马斯卡瀑布方圆五十英里范围内只有这一场聚会。周四晚，她去坎伯兰县参加闭门演说会②。周

① a step meeting，戒酒互助会成员结合流行的十二步戒酒法举行的分享会。
② a closed speaker meeting，不接受新人参加的分享会。

五晚去肯德尔山参加另一个分步会议。每个周末下午的聚会都在阿西纳举行，周末晚上的聚会则都安排在坎伯兰县。这四场聚会，罗莎娜场场不落。通常，由一个酗酒者分享自己的故事，之后大家会选择一个诸如“诚实”“谦逊”或“清醒”之类的话题展开讨论。“康复原则的其中一个部分，”她无视丈夫的意愿，侃侃而谈，“是你得对自己诚实。今晚我们就这一点展开了激烈的讨论。去寻找让自己内心感到舒适的地方。”他也因为舒适这个词而没去买枪。“太过‘舒适’不是很无聊吗？难道你不想念家里的种种不适吗？”“目前为止我并不觉得。当然了，你听有些人陈述自己的醉酒日志时，你会昏昏欲睡。但故事的形式，”她不仅忽略了丈夫的讥讽，也忽视了丈夫的眼神，这种眼神就像他在看一个吃了太多安神丸的人，继续道，“是你所认同的。‘我能认同这一点。’我能理解那个女人，她不在酒吧喝酒，而选择午夜时分悄悄坐在家里喝。我对她的痛苦感同身受，这种感觉让我很舒服。我并不特殊，别人可以理解我的出身。那些长期保持清醒的人给人内心平和、富有灵性的感觉，这让他们看上去非常吸引人。只要和这些人坐在一起就已了不得了，他们似乎能与生活和平共处。这太有启发了。你可以从中看到希望。”“对不起，”萨巴斯咕哝着，恨不得自己粉碎她的醒酒日志，“不敢苟同。”“我们都知道，”既然自己如今已不再是萨巴斯眼中的酒鬼，她便不依不饶，继续直言不讳，“参加聚会时你反复听到人们说是他们的家人搞砸了一切。但在互助会，你身处一个更加温和的家庭中，也就是说，他们反而比你自己的原生家庭更关爱你，更理解你，而不对你评头论足。而且我们不会打断对方说话，这一点也和家里不一样。我们称之为干扰发言，我们不会这么做。此外，我们不开小差，有人发言时，其他人都认真听他讲完。我们不仅要了解自身的问题，还要学会聚精会神地听讲。”“戒酒的唯一方式难道就是像个二年级学生那样说话吗？”“我以前是个酒鬼，纵容自己做出藏酒、隐瞒疾病和藏药等偷偷摸摸的行为。我不得不洗心革面，重新开始。哪怕我听起来像一个二年级学生，那也无所谓。你和你心中见不得光的秘密一样令人恶心。”他已不止一次听到这个不得要领又肤浅的习语。“你错了，”萨巴斯告诉她——似乎她说的话，或他说的话，或其他人说的话都对他至关重要，似乎他们口中所言都将接近真理——“你和你心中的秘密一样冒失，一样令人厌恶，一样孤苦无依，一样充满诱惑，一样肆无忌惮，一样空虚寂寞，一样不知所措。你和人类一样——”“不对。你没人性，不近人情，让人恶心。这些不可告人的秘密妨碍了你与自己的内心和平相处。你不可能心揣秘密，”她用十分肯定的语气告诉萨巴斯，“还能获得内心的安宁。”“那么，既然制造秘密是人类的主要行当，它就会确保内心的平和。”她失去了原先的平和，被宿仇吞没，狠狠地瞪了一眼这个畜生后全身心投入到其中一份聚会宣传册中，萨巴斯则回到自己的工作室，开始阅读又一本关于死亡的书籍。如今他待在那儿就只干这一件事，一本接一本地阅读关于死亡、墓穴、落葬、火化、葬礼仪式、丧葬建筑、丧葬铭文，数百年来人们对待死亡态度的书籍，以及自马可·奥勒留之后关于死亡艺术的指导书。当晚，他阅读了《汝之死》，他对这本书有种似曾相识之感，注定会对此问题有更加深入的探究。“到目前为止，”他读道，“我们已详细阐释了两种关于死亡的态度。第一种最为古老悠久，同时也是人类普遍所持的态度，即为人所熟悉的对物种集体命运的顺从，可以用*死亡这个词语来概括，我们都是必死之人*。第二种态度出现于十二世纪，揭示了贯穿于整个现代时期人类对于自我和个体生存的重视，可以用*个人主动的死亡*来表达。十八世纪以来，西方人趋向于赋予死亡一个新的定义。他们提升死亡的意义，将死亡戏剧化，并视死亡为令人不安的贪婪之物。但人类此时早已不再过分关注自身的死亡，而将关注点更多地放在*他人的死亡*之上……”

周末，夫妇俩碰巧一起走在半英里长的市镇大街上，罗莎娜几乎和路过或开车经过的老太太、报童、农场主等每个人打招呼问好。有一天，她甚至向克里斯塔挥手致意，当时克里斯塔正站在美食店窗口旁喝咖啡。德伦卡和他的克里斯塔！他们一起去山谷看医生或牙医时，罗莎娜也习惯与人打招呼——她因参加聚会也认识了山谷里的每一个人。“全村的人都是酒鬼吗？”萨巴斯问。“几乎都是。”罗莎娜回答。有一天在坎伯兰县，她告诉萨巴斯，刚刚那个路过朝她点头示意的老人曾在里根执政时担任副国务卿，他总是提前到达会场，帮忙煮咖啡，摆放曲奇饼当零食。她去坎布里奇拜访艾拉并在那儿留宿——那是萨巴斯和德伦卡幽会的好日子——回家后对那边的一个女性聚会意犹未尽。“她们让我着迷。她们看起来十分能干，成功又自信，气色也不错，让我惊讶不已。完全适应了那里的环境。她们真是鼓舞人心。我走进去，一个人也不认识，她们问：‘有外地来的吗？’我举起手说：‘我叫罗莎娜，从马达马斯卡瀑布来。’大家都鼓掌欢迎。接下来轮到我发言，我便畅所欲言。我和她们分享了在坎布里奇度过的童年生活，父母的情况以及之后发生的事。她们在倾听，这些了不起的女人在倾听。我感受到她们对我的关爱，感受到她们理解我所遭受的痛苦，感受到她们对我深切的同情、深深的共鸣，以及她们对我的接纳。”“我理解你的痛苦。我同情你，我和你感同身受，我接纳你。”“哦，没错，有时候你会过问聚会的情况，这不假。我无法和你沟通，米奇。你不会理解，你理解不了。你骨子里就无法理解，才会认为这很无聊很愚蠢，对此冷嘲热讽。”“我讽刺那些自己厌恶的东西。”“我想你应该更喜欢那个曾嗜酒如命的我，”她说，“你享受这种优越感。仿佛即使你没那么高高在上的话，你也可以因此而瞧不起我。你全部的失望和我脱不了关系。你的生活都被这个恶心堕落的酒鬼给毁了。一天晚上，有个家伙说自己变成酒鬼后堕落无比，当时他在纽约州特洛伊的街头流浪。别的酒鬼把他塞进一个垃圾桶，他蜷缩着双腿在里面待了几个小时不得动弹。街上人来人往，对这个被困坐在垃圾桶里的人视而不见。我喝酒时在你眼中也是这个状态吧，就像被扔进了垃圾桶。”“我同意你说的。”萨巴斯回答。

既然她从垃圾桶中脱身已达四年之久，为什么仍对他不离不弃呢？萨巴斯十分好奇，山谷里的治疗师芭芭拉到底花了多长时间才帮助罗莎娜积蓄力量闯出了自己的一片天，让她变得和那些曾对她的痛苦感同身受的坎布里奇女性一样能干、自信且成功。然而接下来，芭芭拉认为罗莎娜和萨巴斯之间存在的问题，即“束缚”，源于她曾经的悲惨遭遇。她的母亲喜怒无常，父亲是一个有暴力倾向的酒鬼，而萨巴斯正如这两个施虐狂的化身。她的父亲卡瓦诺是哈佛大学的地质学教授。她的母亲对丈夫的酗酒家暴行为忍无可忍，又担惊受怕，之后离家出走，与一名罗曼语的客座教授私奔去了巴黎。打那之后，罗莎娜和艾拉便由父亲独自抚养。母亲在和这个客座教授一起生活期间也饱受束缚，过得十分痛苦。五年后她独自回到故乡波士顿，那一年罗莎娜十三岁，艾拉十一岁。母亲希望两个女儿和她一起住在海湾州路。两姐妹决定离开令她们胆战心惊的父亲和他新婚的继任妻子，那个继母对罗莎娜简直忍无可忍。姐妹俩离开没多久，父亲就在坎布里奇家中的阁楼内上吊了。这些经历可以解释为什么罗莎娜这些年坚持和萨巴斯在一起，她对萨巴斯那盛气凌人的自我陶醉的上瘾程度不亚于她对酒精的依赖。

对于罗莎娜与父母以及丈夫之间千丝万缕的联系，芭芭拉看得比萨巴斯更为透彻。她常说，如果这儿存在一种模式的话，那么他理解不了这种模式。

“那么你生活中的模式，”罗莎娜怒气冲冲地质问，“你也理解不了吗？你就拒不承认直到羞得面红耳赤吧。但它就在那儿，就在那儿。”

“否认这种模式。否认是个及物动词，或曾是那些被散放在地球上的笨蛋表现口才时才会用到的词。至于主导人生的那个‘模式’，你去告诉芭芭拉，一般人都称之为混乱。”

“尼基像个无助的孩子任由你掌控，而我是个在堕落中成长的酒鬼，正在找寻救世主。难道这不是一种模式吗？”

“印在布上的才叫花样[①]。我们是人，不是布。”

“可是那个时候，我正在寻找救世主，而且我确实在堕落中成长。我以为我找到了。疯狂、吵闹、混乱占据着我的生活。三个本宁顿姑娘合住在纽约，房间里四处晾挂着黑色的内衣。男友们一刻不停地打来电话。男人打来的。老男人。一个已婚诗人赤身裸体地出现在某个人的房间里。屋内乱七八糟。从不开火做饭。电视一直在播放肥皂剧里愤怒的情人和暴怒的父母。直到有一天，我在街上看到你扭曲着手指正进行木偶表演，我们就这样相遇了，你邀请我去你的工作室喝一杯。工作室位于B大道和第九大街的交叉路口，毗邻公园。爬了五段楼梯，来到这个幽静的白色小屋，里面收拾得井井有条，房顶还有几扇窗。我有身处欧洲的错觉。所有的木偶都一字排开。你的工作台上，每一件工具都妥善放置，每一样物品都整整齐齐，干干净净，井然有序。还有你的文件柜。简直让我难以相信。你看上去那么沉着冷静，头脑清醒，镇定自若，但在街上表演时给人的感觉却像一个躲藏在幕布背后的疯子。你很清醒，当时甚至都没问我要不要喝点什么。”

“犹太人从不这么做。”

“当时我并不知道。我只知道你对木偶艺术痴狂，对你而言，让你狂热的艺术是这个世界上至关重要的东西。而我到纽约来是为了我的艺术梦想，学习画画和雕刻，但我得到的却是癫狂的人生。你以前那么专注，那么热情。一双绿眼睛。以前的你多么风流倜傥。”

“男人三十多岁时都英俊潇洒。罗莎娜，你现在还和我待在一起干什么呢？”

“我整天喝得醉醺醺的时候，你为什么没离开我？”

是时候向她坦白和德伦卡的私情了吗？时机来了。从他获悉德

① 原文为pattern，有“模式”“花样”之意。

伦卡过世的那天早上开始，已有好几个月可供他坦白了。多年来，他一直毫无目的地生活，从没一件事如此迫在眉睫。如今这迫在眉睫的一刻正向他飞驰而来，他也正冲这一刻飞奔而去，并将远离他曾熬过的一切。

“为什么？”罗莎娜又问了一遍。

他们刚用完晚餐，罗莎娜正准备出发参加聚会，而萨巴斯等她出门后将前往公墓。罗莎娜已穿上牛仔夹克衫，但由于她已不惧怕以前曾需要借助霞多丽酒才能躲避的“冲突”，这一次她并不急着离开，非要迫使萨巴斯认真对待夫妻俩的悲惨过往不可。

“我烦透了你那滑稽的优越感，烦透了你的冷言冷语和千篇一律的玩笑。回答我。你为什么要和我在一起？”

“因为你的薪水。我留下来，”他回答说，“是为了得到供养。”

她看起来就要哭了，却紧咬着嘴唇，一声不吭。

“好了，罗茜[①]。芭芭拉今天不会透露这个消息的。”

“只是让人难以置信。”

“你怀疑芭芭拉？你的下一个怀疑对象将会是上帝。除了马达马斯卡瀑布的村民外，世界上还剩多少人完全了解周围正在发生的事呢？我一直假设在我的人生中这个世界上没这样的人，而我将领导他们。但要找到一个像芭芭拉这样对周围发生的一切了如指掌的人，走出这偏远乡间，去寻找一个能完全掌握一切的人，一个真正的人，她对生活的判断源于她在大学所学的心理学知识……芭芭拉还帮你深入洞悉了哪些黑暗的奥秘？”

“噢，没有这样的奥秘。”

“无论如何，告诉我。”

“你亲眼看着尼基自毁前程，看到我摧毁自己，可能会给你带来真

① Rosie，罗莎娜的昵称。

正的乐趣。这是吸引你留下来的又一个原因吧。”

“我兴致勃勃地欣赏着两个妻子的毁灭。模式！但现在这个模式不是要我欣然看到你消失在我面前，就像我乐于看到尼基失踪一样吗？现在这个模式不正要让你也消失吗？”

“的确如此。四年前我就定下了这个目标。当时我快要死了。我熬不过那个冬天，唯一的想法就是躺在结了冰的池塘底下。你盼望着凯西·古尔斯比会陷我于那种境地吧。相反，是你那个自讨苦吃的荡妇学生救了我。”

“为什么我要把自己的快乐建立在妻子们的痛苦上呢？我十分确定那是因为我恨她们。”

“你恨所有的女人。”

“什么事都瞒不过芭芭拉。”

“你的母亲，米奇，你的母亲。”

“该受到责备吗？我娇小的母亲死前已神志不清。”

“她不‘该受到责备’。她就是她本人。她最先消失了。你哥哥死后，她就从你的生命里消失了。她把你遗弃了。”

“按照芭芭拉的逻辑，你让我感觉无聊透顶的原因就在于此。”

“你迟早会发现每一个女人都是无聊的。”

德伦卡不无聊。德伦卡永远也不会。

“所以芭芭拉打算让你什么时候把我赶出去啊？”

这次冲突比罗莎娜预计的时间要持久得多。萨巴斯清楚这一点，因为她突然看上去像四月的爱国日[①]当天，她初次参加波士顿马拉松大赛时倒在了终点线前。是的，摆脱萨巴斯这个念头是直到她身体稍微有些好转，准备自力更生时才萌发的。

---

① Patriot’s Day，马萨诸塞州和缅因州的法定假日，为纪念1775年4月19日的列克星敦和康科德战役而设立。

“所以把我赶出去的日子定好了没？”萨巴斯又问道。

萨巴斯看着她放弃了之前的计划，做出决定说“现在”。话一出口，她便无力地瘫坐下来，双手掩面，套在她手指上的车钥匙不停晃动着。当她再次抬头时，泪水从脸颊滑落——也只有在那天早上，萨巴斯听到她在打电话，也许是和芭芭拉通话：“我想活下去。我会不惜一切代价让自己好起来。我感到自己很强大，可以为了工作付出一切。我要去工作了，我爱工作的每一分每一秒。”此刻，她的双眼满含着泪水。“我并不希望把事情搞成这样。”她说。

“芭芭拉打算让你什么时候把我赶出去啊？”

“别说了，求求你。你在我生命里唠叨了三十二年！这一点也不容易。”

“假如我能速战速决。今晚就把我赶出去，”萨巴斯说，“我们看看你对此是否够清醒，把我赶出去，罗莎娜。让我滚，永远不要回来。”

“你这么说不公平，”她边说边哭，这么多年来这是他见到她哭得最为撕心裂肺的一次，“先是我的父亲，经历这一切之后，请不要说‘把我赶出去’这几个字。我承受不了。”

“告诉我，如果我不走你就要报警了。警察很可能是戒酒互助会的成员。打电话给州警察，那个家里开旅馆的孩子，巴利克家的儿子；告诉他你在互助会的那些亲人比你的丈夫更为体贴，更加善解人意，不会像你的丈夫那样对你评头论足，所以你想把他赶出家门。谁写了《十二个步骤》[①]？托马斯·杰斐逊吗？那么，打电话给他，找他倾诉，告诉他你的丈夫讨厌女人，必须得把他赶出家门！打电话给芭芭拉，我的芭芭拉。我来打给她。我要问问她，你们这两个良家妇女为了把我赶出去蓄谋了多久。你和你的秘密一样让人恶心？那么，亲爱的，你和卸货的莫里斯之间的小秘密维持多久了？”

---

① *Twelve Steps*，全名为《十二个步骤与十二条准则》，是戒酒互助会的康复指南。

"我受不了了！我不该受到这样的对待！你不必担心重蹈覆辙——你一直生活在堕落之中！——但我担心！我忍受巨大的痛苦，竭尽全力才让自己回归正途，米奇。把我自己从一场可怕的、破坏力极强的甚至有可能致命的疾病中拯救回来。别露出这副表情！如果我不把自己遭受的种种困难告诉你，你永远也不会懂。我这么说不是为了自怜或感伤。康复的过程已让我心力交瘁。但是，我仍处在摇摆不定的状态之中，仍常常感到痛苦、害怕。我无法忍受你这样的大呼小叫。我也不会忍受！住嘴！你像我的父亲一样，冲我大呼小叫！"

"他妈的你说我像谁一样冲你大呼小叫！冲你大呼小叫的人是我！"

"大呼小叫一点也不理智，"她绝望地哭喊，"你大呼小叫的话就无法心平气和地思考！我也不能！"

"错了！我只有在大呼小叫时才开始清醒地思考！是理智让我吼叫！犹太人全面考虑问题的方式就是大呼小叫！"

"这和'犹太人'又有什么关系呢？你故意用'犹太人'来吓唬我！"

"我所做的一切都别有用心，就是为了恐吓你，罗茜！"

"可是，你要走的话，能去哪儿。你都没有考虑该怎么活下去呢？你已经六十四岁了，身上一个子儿都没有。你不能走，"她痛哭，"会害死你自己的！"

他的回答毫无半点痛苦："不会，是你承受不了，对吗？"

事情就是这样。德伦卡去世五个月以后，过去的种种不快最终促使他选择离去，离开罗莎娜，最后重新开始离家出走，就这样上了车，驱车前往纽约，去见林茨·格尔曼最后一面。

萨巴斯选了一条远路去往阿姆斯特丹大道和第七十六大街。全程开车只需要三个半小时，但萨巴斯有十八个小时，时间足够，于是他没有向东行驶十二英里后拐往收费公路，而是决定穿越巴特尔山，取道九十二号公路，接着走一条小路后往南行驶四十英里再上收费公路。这条行车路线可以让他最后一次祭拜德伦卡。他不知道将去往何方，不知道自己在做什么，也不知道以后是否还会再到公墓来。

他妈的他到底在搞什么鬼？主动跟她了解一下戒酒互助会。问问她学校里孩子们的情况。抱抱她。带她出去玩一趟。亲吻她的阴部。这些都算不了什么，也许一切就会峰回路转。四肢修长的她刚踏出校门时是个充满抱负的艺术家，和那些痴迷于性爱的女孩们合住在一间公寓。那时你总在这么做，永远也不满足于她骨瘦如柴的身体围绕在你耳边。生机勃勃、性格开朗、独立自主——他认为这不是一个需要无时无刻不施以保护的对象，而是一个绝妙的新新人物，与尼基恰恰相反……

罗莎娜做了他多年的木偶戏搭档。两人初识时，她已经干了半年的裸体雕塑，画了半年的抽象画，之后开始制作陶艺，编织项链。再往后，虽然有客人喜欢这些作品开始掏钱购买，但一年以后她对编织项链失去了兴趣，转而开始玩摄影。之后，她通过萨巴斯发现了木偶戏，也为她全身的技能——素描、雕刻、彩绘、缝补，甚至于收集各种破烂，储藏各类东西等——找到了用武之地，在此之前她纯粹是漫无目的地做这些事。她制作的第一个木偶是一只小鸟，一只浑身长满羽毛和亮片的手玩木偶，与萨巴斯理想中的木偶相差甚远。他解释说木偶不是孩子的玩物；木偶不会传达“我天真无邪，是个好人”。恰恰相反，它们传达的是“我会随心所欲地玩弄你”。她虚心受教，但这并不意味着她作为一个木偶制作人已真的放弃寻找她七岁时即已熟知的幸福。当时她身边还有妈妈、爸爸，拥有快乐的童年。不久之后，她帮萨巴斯用木头雕刻木偶脑袋，就像制作欧洲古老的木偶那样。雕刻、打磨、用油彩上色，自己学会了让木偶眨眼、张嘴的技能，也学会了雕刻木偶的双手。刚开始时，她一兴奋就会天真地告诉别人：“开始时我想做成这种，结果做成了另一种。出色的木偶是自我塑造的。我只是顺其自然而已。”之后，她出去买了一台机器，最为廉价的胜家牌缝纫机，阅读使用说明后便开始设计、缝制服装。她的母亲会缝纫，罗莎娜以前对此毫无兴趣。现在她在缝纫机前一坐就是半天。别人丢弃的布料都被她收在一块儿。“你们不要的，”她开始对朋友们说，“全都给我。”旧衣服，人们弃之不用扔在街上的衣物，人们从橱柜里清理出来的衣物，她竟然都能物尽其用。罗莎娜真是世界回收大王。她在一本大便笺本上设计千姿百态的木偶，制成成品后再上色——有些可以卷起来，有些可以像纸张那样翻转——常常一丝不苟，一天忙碌十至十二个小时，是最精益求精的制作者。在她眼中一个木偶就是一小件艺术品，而且木偶具有神奇的魔力，甚至在萨巴斯剧院那暗含着反道德、险恶且恶搞的氛围中，它们也能吸引观众全部的注意力。她说萨巴斯的双手赋予了她手下的木偶以生命。“你手到之处赋予木偶以灵魂。我只是工匠，你才是灵魂塑造者。”尽管她对“艺术”怀有一丝浪漫的幻想，野心勃勃，有点肤浅，萨巴斯则擅长毫不留情地捣乱，但这并不影响他们合作，即使两人从未感受到幸福，意见也不统一，但依然合作了相当长的时间。她失去了父亲，不久就遇上了生命中的那个男人，那时她还尚未完全了解这个社会的险恶。她从未彻底坦露自己的心声，这么多年来，要是没有萨巴斯的指导，她从来都不知道自己该想些什么。萨巴斯年轻时所要承受的生活的重量，包括失去尼基，对她而言十分新奇。即使偶尔她会因萨巴斯的存在感降低而不知所措，但年轻的她依然拥有萨巴斯这一盔甲，不敢离开他独自生活。他如同孜孜不倦的小学生提前品尝了生活的苦难，而他的航海经历、小聪明以及冷嘲热讽则让她天真地看到了生存所要学会的艰难一课。毫无疑问，她待在萨巴斯身边一直危险重重，精神紧张，怕他讥讽，但离开萨巴斯她的情况只会更加糟糕。直到五十出头时她因呕吐陷入昏迷并参加了戒酒互助会，她或许没有彻底明白互助会成员们所说的语言，但依然不带一丝讽刺不加任何批判地予以全盘接受，她才找到了属于自己的智慧，这种智慧有别于充满怀疑和挖苦的萨巴斯智慧。

德伦卡。妻子被逼着借酒浇愁，丈夫则被推向了德伦卡。但是，自十七岁以后，他便无法抵御妓女的诱惑。十八岁那年，他就应该把尤卡坦半岛的那个妓女娶进门。他应当去拉皮条，而不是做什么木偶艺人。皮条客至少可以依靠妓院为生，不用每次打开电视看到木偶粗俗的大嘴而抓狂。没人会把妓女当成供孩童们消遣的玩偶——妓女就像意义非凡的木偶戏，她们的存在是为了供成人消遣。

令人欣喜的妓女们。高中毕业一个月后萨巴斯和死党罗恩·梅茨纳搭便车北上纽约。那儿有人告诉他们，只要前往布鲁克林的挪威渔人中心，无需护照便可出国。那时，涉世不深的萨巴斯对世界另一端声色犬马的生活毫不知情。彼时，他有限的性生活只限于猥亵那些来自阿斯伯里的意大利姑娘们，以及逮住机会就自慰。迄今他依然清晰地记得，随着轮船驶入拉美港口，一股混杂着廉价香水、劣质咖啡和阴部的味道扑面而来，让人难以置信。里约、桑托斯、巴伊亚或南美任何一个港口，无不弥漫着这种宜人的味道。

最初只为单纯地逃向大海。从小到大，每个清晨他都在远眺大西洋，心里默想着，“有一天，有一天……”这种感觉时断时续，那时的他并未完全将之与逃离自己愁闷的母亲这一愿望相联系。他打出生以来一直与海为伴，眺望大海，在海中捕鱼，在海中游泳。虽然失去莫迪才十九个月的双亲并不这么认为，但对他而言，既然学校的义务教育教会了他读书写字，那么出海接受真正的教育便顺理成章地成了不二选择。他一登上那艘开往哈瓦那的挪威流动货轮，就得知了女人的阴部。极目望去，每个人都在谈论这一话题。船一靠岸便奔向妓院，船上的那些老手对此早已习以为常，但对十七岁的萨巴斯——嗯，你可以想象一下。

在月色下他们悄悄驶过哈瓦那港的莫洛城堡，这儿和世界上其他港口的入口一样令人难忘，但这似乎不够刺激。等他们一系上缆绳，他就行色匆匆地下船，直奔他从未有过的体验。巴蒂斯塔统治时期的古巴就是一家大型美国妓院兼赌场。十三年后，卡斯特罗将走出深山，下令关闭一切娱乐场所，但萨巴斯这个普通水手运气不错，及时享受了声色犬马的生活。

他取得商船证件资格以后便加入了协会，从此可以自主选择船只。他在工会大厅里闲来荡去——彼时他已尝到了飘飘欲仙的滋味——等候这场"浪漫之旅"：桑托斯、蒙得维的亚、里约、布宜诺斯艾利斯。有些家伙一辈子都在浪漫之旅中度过。对他们而言，参与"浪漫之旅"的唯一理由便是妓女，萨巴斯也不例外。妓女、妓院，男人所知的每一种性交易。

他慢悠悠地驶向山上的公墓，盘算着口袋里有十七美元，联合账户里有三百美元。第二天一早，当务之急便是找一家纽约银行填写一张支票，赶在罗茜之前把钱取出来。非这样不可。每个月她会拉两次工资单，再过一年他就可以领取社保和医保了。他仅有的才能便是自己的双手，这愚蠢的才能，而现在这双巧手已彻底荒废。万一病了，他要住在哪里，怎么吃饭？……如果罗莎娜以遗弃罪起诉离婚，那么他的医疗保险费怎么办，他到哪儿去弄钱买消炎药，买治疗因消炎药而引起胃部灼烧的药物？如果买不起药，双手疼痛不止，如果疼痛再也缓解不了……

他的心脏开始怦怦直跳。汽车小心翼翼地驶入通常停靠的隐蔽处，这儿距离德伦卡的墓穴还有四分之一英里。他现在最该做的是冷静下来，把车倒出去，直接开车回家。他无需解释自己的行为。他从不做任何解释。他可以在沙发上睡一宿，第二天醒来像往常一样玩失踪。罗莎娜永远也不会把他赶出家门。不管芭芭拉许诺她可以获得多少内心的安宁和舒适，但她因受父亲自杀一事影响，绝对不会这么做。无论生活多么可憎，他认为待在家里比待在阴沟里更可憎。许多美国人对家庭心生厌恶。在美国，那些有家却对家充满愤恨的人远多于无家可归的人。晚上，她参加完聚会回到家时，亲吻她的阴部。她会大吃一惊。你成了妓女。虽然不如娶个妓女来得尽善尽美，但你再过六年就满七十了，放手一搏吧，看在钱的分上把她吃干抹净。

萨巴斯此刻已下了车，借着手电筒的微光小心翼翼地潜行在通往公墓的公路上。他得去看看墓穴那儿有没有人。

不见豪车。今晚是一辆皮卡。他担心驾驶座有人，不敢走近去看车牌。也许只是一些本地男孩趁着月光来到山顶，围坐在一起自慰，或者坐在墓碑上偷吸大麻。萨巴斯在坎伯兰县经常遇到他们，在超市排队付款时，每个男孩身边都跟着两三个孩子，还有一个未成年的妻子，看上去已历经人生沧桑，皮肤暗淡，挺着大肚，推着购物车，里面塞满了爆米花、奶酪妙脆角、香肠卷、狗粮、薯片、婴儿湿巾以及一些十二寸的腊肠披萨，这些物品如梦到的钱币一般堆在一起。可以通过保险杠上的车贴标识来辨识他们。有的保险杠上贴有“我们的上帝主宰一切”。有的贴着“你看不惯我开车，就拨打1800——吃——屎吧”。有的车上同时贴着这两种标签。萨巴斯曾询问布莱克沃州立医院的一个精神科医生给山里人治什么病，这个一周中抽几天经营私人诊所的医生告诉他：“乱伦、家暴、酗酒，诸如此类。”这儿就是萨巴斯生活了整整三十年的地方。林茨说得没错：尼基失踪后，他不该离开。诺曼·考恩说得没错：没人会因她的失踪而责备他。除了他自己，谁会记得这事呢？也许他前往纽约就是为了证实三十年后他无需对尼基的毁灭背负任何责任，正如他不用对莫迪的死亡担责一样。

尼基才华横溢，除了拥有令人陶醉的才华外，再没别的了。她分不清左右，就连简单的加减乘除四则运算也不会。她辨不清方向，甚至在她居住了大半辈子的纽约城内也识别不了东西南北。她无法忍受视线内出现的丑人、老年人或残疾人。她害怕昆虫，害怕一个人置身黑暗之中。如果遇到让她紧张不安的东西，比如黄色的夹克、帕金森病患者或坐在轮椅里流着口水的婴儿，她就会拿出备用的眠尔通。一片眠尔通会使她双目圆睁，眼神空洞，双手颤抖，看上去像个疯女人。遇到车辆回火或有人在附近用力甩门，她就会跳起来失声尖叫。她最了解如何屈服。她想挑衅，可短短几分钟前她还泪眼汪汪地说："你要我做什么我就做什么，只是别这么凶我！"她不知理智为何物；固执起来油盐不进，温顺起来又言听计从。她洗完澡出来遇到他挡路时，会紧裹着浴巾，从他身边飞跑向卧室，把他吓一跳。"你为什么这么做呢？""做什么？""就你刚才，不让我看你的身体。""我没做那种事。""你做了，裹着浴巾。""我让自己不要受凉。""你为什么要跑，好像不希望我看到似的？""你疯了，米奇，这是你编出来的。你为什么一直这样凶我呢？""你为什么要装出你的身体丑陋不堪的样子呢？""我不喜欢我的身体。我讨厌我的身体！我讨厌我的乳房！女人就不该长乳房！"但每经过一面镜子，她都会不由自主地飞快瞅上一眼自己是否如剧院外展示的那些剧照般年轻靓丽。她一登上舞台，各种恐惧症都消失了，身上的怪癖都不复存在。现实生活中让她惊恐万分的事物，她在演戏时可以轻轻松松地坦然面对。她不清楚自己对萨巴斯是爱浓于恨，还是恨浓于爱。唯一可以确信的是，离开萨巴斯的保护，她无法独活。萨巴斯就是她的铠甲和盾牌。

尼基二十出头便已成为一个可塑性很强的演员，深受萨巴斯这样随性而为的导演青睐。在舞台上，甚至只是在彩排过程中，或者只站在一旁静候别人提词时，她丝毫没表现出紧张不安的痕迹，也看不出她那些一直摆弄戒指，手指划过衣领，或顺手拿起什么敲击桌面等小动作。她冷静专注，不知疲倦，从不抱怨，思维清晰，聪明伶俐。凡是萨巴斯对她的要求，无论是中规中矩还是夸张过火的表演，她当场就能复制出来，与萨巴斯心中所想如出一辙。和蹩脚的演员搭档时，她不急不躁；和优秀的演员搭档时，她深受启发。工作时，她始终对每一个人都彬彬有礼。但萨巴斯曾目睹她在百货公司对店员颐指气使，趾高气昂，萨巴斯恨不得狠狠扇她一巴掌。“你以为你是谁啊？”出了百货公司后，萨巴斯有一次在街上质问她。“你现在为什么要凶我？”“为什么看不起那个女孩？”“哦，她就是一个小骚货。”“他妈的那么你是什么啊？你父亲在克利夫兰有一个木材场。我的父亲在小货车上兜售黄油和鸡蛋。”“你为什么老提我的父亲？我恨他。你胆敢提我的父亲！”萨巴斯生命中又一个女人把自己的父亲视为失败者。德伦卡的父亲是一个愚蠢的党员，她瞧不起父亲的愚忠。“如果你是个投机分子，我倒可以理解，可你对此深信不疑。”罗茜的父亲酗酒自杀，把她吓坏了。尼基的父亲是个粗鄙跋扈的商人，对他而言吃喝嫖赌比身为人夫和人父的责任更为重要。她的父亲在和祖父母去希腊参加她曾祖母的葬礼时遇见了她的母亲。葬礼结束后，他独自一人在希腊旅行，主要是为了看看阴部长什么样。在旅行途中，他向这个来自萨洛尼卡一户资产阶级家庭的姑娘求爱，这个姑娘后来成了他的妻子。几个月后，他带她回到克利夫兰。他的父亲是个商人，在那儿经营着一个木材场，性格更加跋扈粗鄙。这个老头的家人都是乡下人，他说希腊语时带有非常浓重的乡村口音。打电话时的诅咒声尤甚！“操！操你妈！操你的圣母！”……甚至会掐儿媳妇的屁股！尼基的母亲幻想自己是一个充满诗意的少妇，她那个纨绔的丈夫，粗鲁的婆家，穷乡僻壤的克利夫兰，以及当地人喜爱的布祖基琴乐，所有这一切都把她逼疯了。嫁给坎塔拉基斯，与他那些可怕的家人结亲是她一生中犯过最为严重的错误。芳龄十九，她当然想要逃离那个自己厌恶的强势古板的父亲，而那个兴致勃勃、轻而易举便能让她脸红的美国人当时在她看来是一个了不起的男人。她人生中的第一次脸红来得如此容易。

美丽的小尼科莱塔拯救了她。她溺爱着女儿，去哪儿都带着她，母女俩形影不离。她开始教乐感不错的尼基唱希腊语歌和英语歌。她大声教尼基读诵。然而，尼基的母亲依然每夜以泪洗面，最终带着尼基搬到了纽约。为了养活母女俩，她去洗衣房洗衣，之后又去邮局分拣信件，最后又去了萨克斯百货上班，先卖帽子，几年后当上了女帽部的领班。尼基进入表演艺术高中学习，她与母亲相依为命，对抗世界。直到一九五九年，一种罕见的血液病猝不及防地终结了母亲的奋斗……

萨巴斯沿着公墓外围那堵长长的石墙往前走。他猫着腰，双脚踩着路沿边松软的泥土，悄悄地向前移动。公墓里有个人影。在德伦卡的墓前！穿着牛仔裤，身型瘦长，走路内八，扎着马尾……那辆皮卡是电工的。是巴雷特，德伦卡喜欢和他在浴室做爱，淋浴时帮他涂抹泡泡。从脸部开始，之后到胸部，腹部，一路向下，慢慢变大，有时候一开始就很大。没错，今晚轮到巴雷特祭拜死者，且此时他的阴茎已经肿胀。有时候他把我的双腿抬起来，以这种姿势抱着我淋浴。萨巴斯再一次四下找寻石头。此时他离巴雷特站立的位置比他当时距离路易斯的位置要远十五英尺，他因此寻了一块重量较轻的石头，如此便能更精准地击中目标区域。夜色中要找到一块重量和大小都合适的石头需要花点时间。这时，巴雷特正站在德伦卡的墓脚下默默地自慰。准备趁他射精的那一刻稳稳地击中他的阴茎。萨巴斯正观察巴雷特抚摸动作的快慢来估计他射精的时间，这时发现公墓里又出现了一个人影，正慢悠悠地往山上爬。穿着制服。是教堂司事吗？身着制服的人影鬼鬼祟祟地移动着，神不知鬼不觉地出现在巴雷特身后大约三英尺的地方。巴雷特此时满脑子都是即将到来的高潮，对周围发生的一切都毫无察觉。

制服身影从容不迫、慢悠悠地一点点举起右臂。他手握一个顶端鼓起的长条物。是只手电筒。巴雷特发出一阵嗡嗡声，单调平缓的嗡嗡声突然变成时断时续的大喊大叫。萨巴斯没有采取行动，但这令人兴奋的高潮也提醒了那个手握电筒的身影，只见他把手电筒当成斧头，重重地砸到了巴雷特的头颅上。巴雷特闷声倒地，接着是两声快速的重击声——年轻的电工……你真棒，你真了不起……裆部被踹了两脚。

萨巴斯已经悄悄溜走，躲到了皮卡后面，等身手矫健的袭击者跳进车内发动了引擎，他才意识到这个身影的身份。或者是出于傲慢和公然挑衅，或者完全是因为遏制不了怒火，这个州警察打亮车的警灯，驾着警车呼啸而去。

当晚，驱车前往纽约参加林茨葬礼的途中，他的脑海中一直萦绕着尼基的身影。一路上，他与母亲聊天的话题始终围绕着尼基为什么会离奇消失。母亲的魂魄在车厢里飘荡着，如同被潮水裹挟的垃圾，忽隐忽现。和尼基结婚的四年里，他的母亲只见过尼基五六次。善良无比的尼基带着孩子般的认真与烂漫和婆婆说话，但他的母亲几乎总是一声不吭，甚至无法认出尼基是谁，想不通她为什么要在那儿，这让尼基伤心不已。尼基害怕与那些老弱病残待在一起，而且乘车前往布拉德利时她总会得胃痉挛，所以几乎没怎么遭受照顾萨巴斯那位久病缠身的母亲的折磨。有一回，他们看见萨巴斯太太蓬头垢面地坐在餐椅上打盹，假牙放在身旁的餐桌油布上，整个人看起来憔悴万分。尼基见状再也控制不住，从后门夺门而出。从那以后，萨巴斯便只身一人去探望母亲。他带母亲去贝尔马海鲜餐馆用餐，那儿供应的帕克屋卷曾是她的最爱。回到布拉德利后，萨巴斯坚持要求搀扶着她，一起在木栈道上溜达十分钟，等母亲溜达累了再把她送回家。他不勉强母亲说话，多年下来，他来探望母亲时只需说“您好吗，妈？”和“再见，妈”。另加一个问候吻和一个告别吻。他给母亲捎来一盒外层涂有巧克力的樱桃，母亲接过后随手放在了一旁，等他下次再来探望时，发现这盒东西原封不动地摆在那儿。萨巴斯也永远放弃了在他与莫迪以前合住的房间里留宿一晚的念头。

然而，此时此刻，母亲脱离了苦难，摆脱了悲伤，隐身在这辆黑漆漆的轿车中来回飘荡。他那娇小的母亲已化身为纯粹的精灵，纯粹的思维，虚无缥缈，成为不朽的存在。萨巴斯料想母亲此时应该会耐心地听儿子讲完他的第一次婚姻是怎么结束的。毫无疑问，她早就出现了，眼睁睁地注视着儿子结束第二次婚姻。每当他凌晨四点醒来再也无法入眠时，母亲不就在旁边吗？那天早晨在浴室打理胡须时他不是问了母亲，自己飘垂的胡须是否有别于外祖父的胡须呢？她的父亲是一个拉比，萨巴斯一生下来是不是就和同名的外祖父长得十分相似？母亲不是经常出现在他身旁，钻入他的嘴巴或萦绕在他的脑海，时刻提醒他去了结自己荒谬的生命吗？

整整三个半小时，他的脑海里别无他想，完全被死亡和逝者所充斥。尼基始终浮现在眼前，她的无理取闹，她的古怪行为，她的容颜相貌，以及如初生婴儿般乌黑的秀发，乌亮的双眼，晶莹透亮，细腻粉白的肌肤……尼基和她表现灵魂深处一切互相矛盾而深邃诡谲之物的才能，以及表现那种完全被恐惧吞噬的怪诞的禀赋。

尼基获得了皇家戏剧学院给予的全额奖学金资助，与母亲一起搬到了伦敦。起初，母女俩依靠母亲的堂姐接济度日，堂姐的丈夫是一位英格兰内科医生，他们夫妇俩在肯辛顿住得很惬意。母亲在南奥德利大街的一家高档礼帽店找了一份工作。比尔和内德这两个主人十分仁慈，他们被尼基身上那种胆怯又动人的柔弱所吸引，几乎让母女俩免费住店铺楼上的两个小房间。他们甚至把乡下别墅阁楼上的部分家具运回来，包括一张小床，放置在为尼基临时隔出的迷你房间里，以及一张沙发，摆放在“客厅”里。饱受失眠折磨的母亲每晚都坐在这张沙发上阅读小说，一支接一支地抽烟。洗手间在一楼，店铺的后面。居住的地方十分逼仄狭窄，尼基恨不得把自己变成一只袋鼠，藏身于母亲的袋子。不过就算空间再小，哪怕母女俩仅有一张床，她也不会真的在意。

尼基从戏剧学院毕业以后便回到纽约，母亲却留在了伦敦。她始终无法忘记克利夫兰的那些往事，同时她认为所有美国人都过于喧闹粗俗，当然这是与光顾高档礼帽店的顾客比较后得出的结论，那些客人对待售卖帽子的寡妇（说来话长）营业员（据比尔和内德讲，她具有克里特岛贵族血统）也一样亲切和善，体贴入微。那时，尼基要开始自谋生路，而母亲周围仍有众多好友，可以继续安定地生活。这些朋友是通过这两个雇主结识的，人人都称雇主为“大男孩”。母女俩经常受邀前往某个大人物的乡村别墅欢度周末，甚至有不少家境殷实的顾客把坎塔拉基斯太太视为知心密友。之后，堂姐丽娜和她的医生丈夫为母女俩提供了经济保障，他们对尼基尤为慷慨。每个人对尼基都宽厚大方。她就似一个小魔女，可她离开伦敦前往美国时依然拥有处子之身。说到这个，自七岁在母亲的羽翼下逃离父亲家以后，她几乎对那些直男一无所知。男人被她迷得神魂颠倒的情形尚未出现。

“她的母亲，”萨巴斯对自己的母亲说，“一天凌晨去世了。尼基飞往伦敦，陪伴重病缠身的母亲度过人生的最后阶段。比尔和内德帮她支付了机票。住院已无济于事了，于是母亲回到了礼帽店，住在楼上等待死神的召唤。母亲大限将至时，尼基已陪在她身旁几乎坐了整整四天，一直握住她的手，让她不那么难受。第四天早上，尼基下楼去店铺后面的洗手间，等回到楼上时，母亲已停止了呼吸。‘我妈妈刚刚走了，’她打电话告诉我，‘当时我走开了，没陪着她，没陪在她身边，米奇！她孤零零地走了！’比尔和内德给我买了一张夜航机票，我在次日早餐时分抵达伦敦，一下飞机便直奔南奥德利大街。我见到尼基时，她正镇定自若地坐在母亲身旁。那已是她母亲去世后的第二天，遗体依然穿着睡袍，摆放在原地。遗体在原地又停放了三天。我忍无可忍，冲尼基大吼：‘你不是西西里岛的乡巴佬！适可而止吧！是时候放你母亲离开了！’‘不，不，不要！’她挥舞着拳头开始向我发起攻击，我往后退了几步，走下楼梯，在伦敦街头漫无目的地徘徊了几个小时。我想告诉她从开始守灵到现在，她所待的时间已超出了我认为适当的程度，变得不太正常了。我想告诉她，如此无所顾忌地与母亲的遗体亲密接触，每天坐在遗体旁用唠唠叨叨的自言自语来告慰这个死去的妇人，编织她尚未完成的织品，接待两个店主的朋友，爱抚遗体的双手，亲吻她的脸颊，抚摸她的头发，所有这些对原本事实的忽略都使我忌讳。”

萨巴斯的母亲在听他讲故事吗？他怎么感觉母亲的兴趣不在于此。他现在已进入康涅狄格州，正沿着一片风景优美又怪异可怕的河道驱车前进。他琢磨着母亲此刻也许正在思考：“跳进那条河应该不难。”但在我见到林茨之前不能这么做，妈……在亲自动手之前，他得先看看到底是怎么一回事。

这是他破天荒头一遭意识到或承认自己该做点什么。他的人生难题永远得不到解决。他这一生中没有清晰的目标，没有明确的手段，也不会“区分轻重，有所为有所不为”。以任性为主并以此为乐的人生不需要解决问题。他想让母亲知道，自己无意责备莫迪白白送死，也无意责备母亲情绪崩溃，抑或是责备尼基无故失踪，自己的职业令人生厌以及双手患了关节炎而一事无成，他仅仅是在如实讲述这一刻之前业已发生的事。这就是你所能了解的一切，而当你认为发生的事情甚至与其他人心中所想完全不同时，那么你又怎么能说自己是知晓这一切的呢？每个人都弄错了。他正和母亲说的是不对的。如果这个听众不是母亲，而是尼基的话，她就会大喊：“事情不是那样的！我不是那样的人！你误会了！你总是误会我！你总是不分青红皂白地冲我发火！”

无家可归，光棍一个，孑然一身，身无分文……跳进冰冷的河水中，溺水而亡吧。爬上山坡，在山林中入睡，第二天一早要是还能醒来的话，趁迷路之前继续不停地向上攀爬。入住汽车旅馆，向值夜班的工作人员借一把剃刀，从双耳两侧划破喉管。

就完成了。林茨·格尔曼做到了，罗莎娜的父亲做到了，十有八九尼基自己也握着剃须刀这么干了，这把刀类似于她在扮演《朱莉小姐》[1]时每晚退场前用来自杀的折叠式剃刀。她失踪大约一周后，萨巴斯突发奇想，去道具室寻找那把剃刀。剧中她和仆人吉恩发生了关系，觉得自己被玷污了，最后问吉恩："如果你是我，你会怎么做？""走吧，天亮了——到谷仓去……"吉恩边回答边把自己的这把剃刀塞给了她。"只剩一条绝路了……走吧！"他说。剧本的最后一个词是：走吧！于是朱莉握着剃刀离开了——尼基深陷困境，必然跟着效仿。剃刀就在道具室的抽屉里，就在老地方，然而有的时候萨巴斯依然相信是自我催眠产生的恐惧，相信两人之间的灾难源于尼基错误地接受了那些虚幻角色所受的苦难，并对这些角色产生了无我又彻底的共情。她热切地放任自己的想象力驰骋于斯特林堡那专横的兽性般的想象力之下，而未屈从于萨巴斯那飞扬跋扈的兽性般的想象。斯特林堡已经替他做了这些。谁做得更好呢？

"直到第三天我才想起来，'再这么下去，我再也不能和这个女人做爱了，再也不能和她躺在一张床上'。这并非因为她所策划的这些仪式让我感到无所适从，也不是因为这一切迥异于我所习惯的犹太习俗。要是她是受这种或那种宗教悼念仪式所引导的天主教徒、印度教徒或穆斯林，要是她是生活在伟大的阿蒙霍特普统治时期的埃及人，必须严格遵守冥王奥西里斯有关恪守典仪的那些冗长复杂的手续，我相信自己只需虔诚地保持沉默，旁观即可。让我懊悔不迭的是尼基孤身一人在外漂泊，她和母亲对抗这个世界，远离俗世，只有彼此相依，与世隔绝，既没有宗教信仰也没有庞大的家族帮她度过苦难，甚至在她的至亲死后，连一个相应的简单的民间仪式都没有。在她守灵的第

---

[1] *Miss Julie*，瑞典戏剧家、小说家、诗人奥古斯特·斯特林堡的著名剧作。

二天，我们偶遇了一个路过南奥德利大街的牧师。‘他们是真正的食尸鬼，’尼基说，‘我讨厌他们。牧师，拉比，教士，以及与他们有关的那些蠢不可及的童话故事！’我想对她说：‘那你就拿把铁锹自己干吧。我本人也不是牧师的信徒。拿一把铁锹，把她埋在内德的花园吧。’

“她母亲的遗体躺在沙发上，盖着一条鸭绒被。她看上去——防腐师到来之前，用尼基的话来说，‘像被腌制过了’——她看上去似乎只是当着我们的面昏睡了一整天。她的下巴像平时一样略微侧偏。窗外，春日早晨的空气清新，她每天喂养的几只麻雀在花团锦簇的树丛间飞来飞去，在院子里花棚棚顶的沙砾中沐浴着阳光。透过打开的后窗，你可以往下看到郁金香的光泽。门边放着吃剩的半碗狗粮，但此时她母亲喂养的那只哈巴狗已被丽娜带走了。我后来是从丽娜那儿得知她母亲去世那天上午所发生的事。尼基告诉我，上门检查遗体负责开具死亡证明的那个医生叫来了一辆救护车，但她决定在举行葬礼之前把母亲留在家里，于是把救护车打发走了。当时，丽娜匆匆赶来陪伴尼基，她告诉我医生叫来的救护车不是被‘打发走的’。救护车司机进门后沿着狭窄的楼梯往上爬，尼基对他说：‘不，不要！’司机坚持说那是他的工作，尼基狠狠地甩了他一巴掌，司机跑了，她的手腕酸痛了好几天。我注意到她在守灵时不停地揉捏手腕，但直到丽娜告诉我这番话，我才了解了前因后果。”

他以为自己是在和谁说呢？是自我幻觉，是理智的对立面，一种用来放大毫无意义的混乱的无足轻重的东西——那就是他的母亲，是他手下的又一个木偶，他的最后一个木偶，一个绕着绳索飞舞的隐形提线木偶。她塑造的并不是一个守护天使的角色，而是准备将他渡往下个住所的亡灵，引导他去过一切归为虚无的生活，一种原始的戏剧本能为剧本的收尾赋予绚丽多姿又荡气回肠的色彩。

车程似乎永远穷尽。是他错过了某个转弯口还是这儿就是他的下个住所：你在一片漆黑中没完没了地驾驶着一口棺材，分不清置身何处，一遍又一遍地讲述那些脱离掌控的事件把你变成一个不可预知之人。如此迅捷！如此快速！从你本人开始，一切都在飞速离去，在某个不可名状的点，你开始似懂非懂地意识到那个冷酷无情的对手不是别人，正是你自己。

他的母亲此时已用灵魂覆盖着他，把他紧紧包裹在自己体内，以此向他保证自己确实无拘无束地独立存在于他的想象之外。

"我问尼基：'什么时候举行葬礼？'她默不作声。'非常让人难以接受，'她说，'悲伤得让人难以接受。'她坐在安放母亲遗体的沙发边缘。尼基的一只手被我握着，另一只手伸过去抚摸母亲的脸庞。用希腊语呼唤着'亲爱的娇小的母亲'。'受不了，太可怕了，'尼基说，'我要和她待在一起，我要睡在这儿，我不希望她孤零零一个人。'我不希望尼基一个人留下，陪她坐到了傍晚，直到丽娜的医生丈夫联系了伦敦的一家大公司，对方派了一个殡仪员过来讨论葬礼的安排。我是犹太人，在条件许可的情况下，习惯在二十四小时内就把遗体埋葬，但尼基没有任何宗教信仰，她只是母亲的孩子，在等候殡仪员时我提醒她犹太人的习俗，她说：'第二天就把他们埋到地底下吗？犹太人可真冷血无情！''好吧，这是一种看法。''没错，'她说，'冷血无情！骇人听闻！'我不再多言。她确认没举行葬礼的必要。

"四点左右，穿着黑色燕尾服和条纹裤的殡仪员到了。他谦恭有礼，毕恭毕敬，解释说自己刚从今天的第三个葬礼上赶过来，所以还没来得及换衣服。尼基宣布她的母亲要留在原处，不准移动。在沟通过程中，他在回答问题时坚持使用高级的委婉语，但只维持了一会儿。他做作地使用了上层阶级特有的口音，说：'如您所愿，坎塔拉基斯小姐。我们无意冒犯您。如果您继续和令堂待在一起，那么我们得派人过来给她打上一针。'我把他的意思理解为有人会过来清理遗体并做防腐处理。'别担心，'他十分爽快地向我们保证，'我们的工作人员是全英格兰最好的。'他自豪地笑了笑，'他为皇室提供服务。

事实上，是个绝顶机智的家伙。你们需要这项服务。我们不会那么恐怖。'

“其间，一只苍蝇停在遗体的脸上，我暗自祈祷在尼基发现之前苍蝇便会飞走。然而，她看到了，惊跳起来，爆发出我到伦敦后第一次疯狂的怒吼。'随她去吧。'殡仪员对我说。我也站起来驱赶苍蝇。'让它飞出去。'[①]他像个智者一般说道。

“尼基平静下来以后往母亲的脸上盖了一片纸巾，防止苍蝇再次飞回来。当天晚些时候，我应她的要求去购买驱虫剂，回来后喷洒在房间里，喷洒时小心翼翼，避开遗体的方向。尼基取下那片纸巾，塞进了毛衣口袋。黄昏时分，她毫无察觉地拿着这片纸巾擤鼻涕，或者是有意为之……在我看来，一切都乱套了。'冒犯了，'殡仪员问，'您母亲有多高？我打电话时同事会问这个问题。'

“几分钟后，他往办公室打电话，询问周二那天殡仪馆是否有空档。那天才周五，考虑到尼基的情况，周二似乎还远得很。但鉴于她会迅速拍板选择取消葬礼，表示要永远和母亲在一起，我做了决定，周二总比遥遥无期来得好。

“殡仪员在电话里等他们确认殡仪馆的日程安排。一会儿，他抬头告诉我：'我的同事说一点钟有个空档。''哦，不。'尼基啜泣，但我点头同意了。'就趁这个空档。'他啪的一声挂了电话，最后露出一副他能在真实世界里和活人说话的样子。'仪式呢？'他挂断电话后问尼基。'我不在意谁主持仪式，'她含糊地说，'只要他们不举行与上帝有关的仪式。''不按宗教仪式。'他边说边在本子上做了记录，一并记下了母亲的身高以及尼基为她挑选的棺材等级。接着，他开始小心翼翼地描述火化程序，罗列了几个选项。'你们可以在下葬前离开，也可以待到下葬结束。'尼基被这一想法惊得哑口无言，于是我说：'我们

---

① 原文为Let it come out，另有“让她的情绪尽情释放吧”之意。

等到结束。'骨灰呢？'他问。'在遗嘱里，'我说，'她只要求把骨灰都撒了。'尼基目不转睛地盯着那片纹丝不动地遮盖着她母亲的鼻孔和嘴唇的纸巾，喃喃自语：'我想我们会把骨灰带回纽约。她讨厌美国。但我想她的骨灰应该和我们在一起。''你可以带走，'殡仪员回答，'当然可以，坎塔拉基斯小姐。根据一九〇二年颁布的法律，这些骨灰随你处理。'

"防腐师直到七点半才来。殡仪员带着一丝狄更斯式的诙谐幽默，已向我描述过他：'高个子，戴厚眼镜，十分机灵。'除了在英伦三岛，你无法在别的地方从殡仪员口中听到这样的描述。黄昏时分，防腐师的身影出现在一楼门口，他看上去不仅长得高，而且体形魁梧，像从马戏团里走出来的强壮巨人，戴着厚厚的眼镜，除了硕大脑袋的两侧各贴着一缕黑发外，已经完全秃了。他穿着黑西装站在门口，扛着两只巨大的黑箱子，每一只箱子都足以装进一个孩子。'你是卡明斯先生吗？'我问他。'先生，我是里奇利殡仪馆的员工。'他本可以介绍自己和撒旦一样来自地狱。他满口伦敦腔，我本来会相信他。我看他一点儿也不机灵。

"我领着他走到盖着鸭绒被的遗体旁。他摘下帽子，向尼基微微一鞠躬，对我们毕恭毕敬的样子像把我们当成了皇室成员。'你一个人留在这儿吧，'我说，'我们出去散会儿步，大概一个小时后回来。''给我一个半小时，先生。'他说。'好的。''先生，我能问您几个问题吗？'

"尼基已完全被他魁梧的身躯震慑住了，那种无与伦比的庞然大物，我想她没必要留下来听这些只会让人毛骨悚然的问题。实际上，她正目不转睛地盯着那两个被他放在地上的大黑箱。'你去外面待一会儿，'我对她说，'下楼去呼吸点新鲜空气，等我和这家伙谈完。'她默不作声地走了。自前天从洗手间回来发现母亲去世，这是她第一次离开她的母亲，但她决不愿意和那个男人以及两个大箱子待在一起。

“回到屋内，防腐师问我要给遗体穿什么衣服。我不清楚，但我没冲出去征求尼基的意见，我告诉他说就穿睡袍吧。接着，我意识到如果他要给岳母准备葬礼并火化的话，得先摘下她身上的珠宝。我问是否能请他代劳。‘我们看看她戴了什么，先生。’他说完示意我一起检查遗体。

“这完全出乎我的意料，但对他来说这似乎关系到职业道德，没有证人在场就不会从逝者身上取下任何贵重物品。我站在他身旁，看着他掀开鸭绒被，露出遗体僵硬泛蓝的手指，睡袍往上滑，露出两条麻秆似的细腿。他取下一枚戒指后递给我，接着抬起她的头，准备摘下两只耳环。可是他一个人不行，于是由我扶着脑袋，他负责取耳环。‘还有珍珠。’我提醒说。他把脖子上的项链锁扣转到正面，只是这个锁扣无法解开。我继续一只手捧着脑袋，他用那双像马戏团大力士的大手费力地解锁扣，但最终还是解不开。她和我从未有过如此温馨的肢体接触，这是至今我们之间最亲密的一次接触。这颗脑袋沉得要死。我想，她彻底死了，而这越来越让人难以忍受。最后，我试着自己用力解锁扣，但胡乱摆弄了几分钟后，我也没能解开。我们放弃了，合力把这串和她的脑袋十分贴合的珍珠项链从她头上扒了下来。

“我小心翼翼地往后退，以防被那两个黑箱子绊倒。‘好了，那么，’我对他说，‘一个半小时以后我再回来。’‘先生，您最好先打个电话。’‘你就让她维持现在这个模样吗？’‘是的，先生。’但接下来，他的视线转向面朝内德花园的那扇窗户以及街对面的建筑的后窗，问：‘从他们那儿能看到屋内的情况吗，先生？’想到要把这个虽已过世但风韵犹存的四十五岁女人单独留给这个男人，我的内心突然警铃大作。但我想应该是我多虑了，于是我对他说：‘你最好拉上窗帘以确保安全。’窗帘是尼基前年送给母亲的生日礼物，母亲患病的最后一周才刚刚挂上，所以还是崭新的。母亲坚持认为自己不需要新窗帘，甚至拒绝打开这份礼物，直到她濒临死亡时，尼基躺在她床边告诉她窗帘的售价不足十镑，她才同意收下。

“我们在丽娜家，我和丽娜都试着劝说尼基去洗个澡，吃点东西，可她置若罔闻。她那双手抚摸了母亲的遗体一整天，我劝她去洗手，她也不听。她坐在椅子里，一言不发，等时间一到就回去。一小时后，我打电话给防腐师询问进度。

“‘我做完了，先生。’他说。‘什么都没变吧？’‘是的，先生。在她枕边放了鲜花。’我们走的时候还没有鲜花呢；他一定是把内德当天早些时候采摘的鲜花挪了位。‘得把她的头摆正，’他说，‘好放进棺材。’‘好的。你走的时候把楼下的门关上就行了。我们马上回去，你能留一盏灯吗？’‘我留了，先生。她的头侧亮着一盏小灯。’他已安排了一个舞台场景。

“我首先看到的是——”

他意欲袭击的目标是萨巴斯的脑袋。不容置疑！他出去抓捕的对象正是亵渎母亲墓穴的萨巴斯！夜间巡逻时马修一定坐在警车里监视着他，迄今已连续好几个星期，甚至可能已有好几个月了。自从萨巴斯道德败坏地利用了凯西・古尔斯比，马修和当地的许多居民一样，感觉受到了冒犯，不再尊重他。马修表现得非常明显，每当他开车途中遇到迎面驶来的萨巴斯，完全视他为陌生人。马修驾车巡逻时，常常喜欢向从小就认识的当地居民敬礼，也因在处理居民的违章行为时手下留情而在镇上收获了不错的口碑。有一次，他略带谄媚地宽容了萨巴斯。那时他刚从警察学院毕业没几个月，还没那么圆滑，和交通分队一起驾驶着一辆警车追赶萨巴斯，鸣笛警告他靠边停车。萨巴斯刚在岩洞度过了一个愉悦的下午，正在路上超速行驶。然而，当马修阔步走到车旁，透过车窗看到里面的司机时，脸涨得通红，一声“哎呦”脱口而出。念高中的最后一年，他和罗莎娜成了朋友。罗莎娜不止一次（她喝醉以后对任何事都会反复唠叨）提到马修・巴利克是坎伯兰县她带过的班上最敏感的男孩。“我犯了什么事，巴利克警官？”萨巴斯行使居民享有的权利，严肃地问道。“天呐，您知道您在开飞车，先生。”“呃，哦。”萨巴斯回答。“听我说，不要担心，”马修告诉他，“遇到我认识的居民时，我就不是您心目中典型的热心警察了。您不要告诉别人，但我知道我不该这样对自己的熟人。当警察之前我也超速行驶，我不会那么虚伪的。”“你对我太好了。那么，我该怎么做呢？”“嗯，”马修那张塌鼻子的脸上笑开了花，这副表情和他母亲下午经历了三次或四次高潮后如出一辙，说道，“一来，您要减速，然后您就可以离开了。快走！再见，萨巴斯先生！代我向罗莎娜问好！”

就这么结束了。他再也没胆来德伦卡的墓穴祭拜。他再也回不了马达马斯卡瀑布。他不仅逃离了家，逃离了婚姻，眼下正如一名亡命之徒在逃离法律的制裁。

“我们回去时首先映入我眼帘的是在稍大的那个房间角落里，一台真空吸尘器摆在壁橱外。他用吸尘器打扫卫生了吗？扫什么呢？接着，我嗅到了一股刺鼻的化学品味道。

“鸭绒被下的女人已不再是那个一整天和我们待在一起的人了。‘这不是她，’尼基说完就嚎啕大哭，‘它像我！这就是我！’

“我能理解她的意思，尽管乍一听有点荒唐。尼基继承了母亲优雅精致的容貌，只是她比母亲更严肃、更引人注目。无论防腐之前母女两人的容貌多么相似，如今两人越发相像，令人毛骨悚然。她走过去目不转睛地盯着遗体。‘她的头摆正了。’‘是他摆正的。’我告诉她。‘可一直以来她的头都歪向一边。’‘现在她不一样了。’‘噢，您看起来相当严肃，妈妈。’尼基对着遗体自言自语。

“严肃的脸庞，犹如刀刻斧凿的雕塑，毋庸置疑已离开了人世。然而，尼基又坐回椅子上，重新进入守灵状态。屋内窗帘紧闭，只有一盏灯发出微弱的亮光，做完防腐的她头靠在枕头上，旁边摆着鲜花。我拼命压抑着冲动，恨不得一把抓起这些东西，扔进垃圾桶，结束这一切。我想，她全身的液体都已抽干，被吸进那几个黑箱子，下一步是什么呢？倒进店铺后头的抽水马桶里吗？我仿佛看到了这幅场景，窗帘紧闭的房间里只剩下那个黑西服巨人和一个赤裸的遗体，他不再像处理珠宝时那般小心翼翼，遗体在他手中翻来覆去地来回倒腾。挖空内脏，清空胆囊，抽干血液，再把福尔马林——要是我嗅到的就是福尔马林的话——注入体内。

“我想，我永远都不该同意。我们应该自己动手把她埋在花园里。我起初的想法没错。‘你要做什么？’我问道。‘今晚我要待在这儿。’她回答。‘不行。’我说。‘我不希望留下她孤零零一个人。’‘我不希望你一个人留下来。你不能一个人待着。我不打算睡在这儿。你回丽娜家，明天一早再过来。’‘我不能丢下她。’‘你得和我一起走，尼基。’‘什么时候？’‘现在。现在和她告别，走吧。’她从椅子上起身，跪在沙发旁，抚摸着母亲的脸颊、发丝和双唇，呢喃着：‘我爱您，妈妈。哦，我的妈妈。’

“我打开窗户给房间通风。走廊的尽头是一间厨房，我开始清理冰箱里的食品。我把已开封的牛奶倒入下水道，找到一个纸袋，把冰箱里的东西装进袋子。然而等我回来时，尼基仍在喃喃自语。‘太晚了，得走了。’我提醒道。

“我伸手扶她从地板上站起来，尼基没有拒绝。但她站在楼梯井门口，转身注视着母亲，问道：‘为什么就不能让她这样一直待着呢？’

“我拎着垃圾，领着她走下楼梯来到边门。但尼基又一次转过身，我提着垃圾跟着她回到客厅。她再次走向尸体，伸手抚摸。我在一旁等候。妈，我一直等啊等，我心想，帮帮她，帮她走出来，但我不知道怎么做才能帮助她，是让她留下来，还是强迫她离开。她指着遗体说：‘这是我的母亲。’‘你得和我走了。’我说。我不记得过了多长时间，最后她和我一起离开了。

“可是第二天情况变得更糟——尼基好多了。一大早，她便迫不及待地去了母亲那边，我把她送到那儿，一小时后给她打电话，问：'情况怎样？'她说：'哦，内心非常平静。坐在这儿织衣服。我们还聊了一会儿天。'那天傍晚，我过去接她回丽娜家时找到了她。'我们聊得很开心，'她说，'我刚告诉妈妈……'

"终于，终于，终于到了周日早晨，暴雨倾盆，狂风肆虐，我过去开门让灵车把她的遗体运走。'周日喊工人出工，'殡仪员提醒我，'需另付二十五英镑，先生，操办葬礼早已变得十分昂贵了。'但我对他说：'让他们来吧。'如果丽娜不支付这笔费用，我来付，那个时候的我和现在一样手头拮据。我不希望尼基跟着我，她坚持要和我一起出去，我提高嗓门大喊：'听我说，动脑子想一想。外面大雨倾盆，令人难受。你不会乐意看到他们把你的母亲装进箱子，从房间扛到暴雨中。''可是今天下午我必须见到她。''你可以，你可以，我肯定你可以见到。''你一定得问问他们，今天下午我能不能过去！''只要他们准备好了，我肯定你可以到那边去。但你可以不看今天上午的场景。你想看着她离开南奥德利大街吗？''也许你说得对。'她回答。当然，我在考虑我的说法是否正确，也在思考或许她需要亲眼看着母亲离开南奥德利大街，才能让现实渗透进她的脑海。但是否远离真正的现实才能避免让她彻底崩溃呢？我不知道。没人知道。这就是那些举行仪式的宗教令尼基讨厌的原因所在。

"但三点钟，她又回到殡仪馆，陪在母亲身旁，殡仪馆正好距离我打算去拜访的一位英国朋友的公寓不远。我把地址和电话号码留给她，告诉她结束后就去我的朋友家。她却打电话说要在那儿一直待到我拜访结束，之后再由我去殡仪馆接她。这并不是我的计划。我心想，她被困住了，我却不能把她解救出来。

"我并不死心，一直期盼着她会出现在我的朋友家里，但快到五点时，我走到殡仪馆前门请值勤的保安通知她。当天正逢星期日，只有这一个保安在岗。他说尼基留了口信，要他把我带过去，她正在那儿

‘拜访’母亲。他领着我穿过好几条走廊，走下一段长长的楼梯，又进入一条走廊，走廊两侧排列着无数扇门，我猜这些门通向一个个小隔间，那儿存放着遗体供亲属瞻仰。尼基就在这样一个小房间里陪伴着母亲。她直挺挺地坐在椅子上，又在编织母亲尚未织完的衣物，她的旁边是掀开的棺材。看到我时她淡淡地一笑，说：‘我们聊得很开心。我们开玩笑说这个房间和我们逃跑时克利夫兰的那个房间差不多大。瞧，瞧瞧她这双小巧柔美的手。’她撩开蕾丝罩子，露出了母亲交叠在一起的手指。‘我的妈妈。’她一遍又一遍地亲吻着。

“门没关，值勤的保安一直站在门口，等着陪我们上楼，我想就连他也被刚才目睹的一幕吓得浑身发抖。‘我们得走了。’我语气平淡地提醒她。她开始抽泣。‘再给我几分钟。’‘你在这儿已经待了两个多小时了。’‘我爱我爱我爱我爱——’‘我知道，但我们现在得走了。’她起身，开始亲吻、抚摸母亲的额头，重复着，‘我爱我爱我爱我爱——’我只得一点一点地把她拖出房间。

“她走到门口向保安道谢。‘你们都是心地善良的人。’她说，看上去有些茫然。接着，我们走出殡仪馆，她问我是否同意第二天早晨第一时间先用一些鲜花装饰母亲的房间。我心想，我们在这儿办丧事，鲜花有个鬼用！五月的周日，阳光灿烂，我们穿过荷兰公园，路过成群的孔雀和精心布置的花园，再往南穿过肯辛顿公园，那儿的栗树花正在怒放，最后回到了丽娜家。这一路上我们谁都没有说话。一进房间，我的怒火终于彻底爆发了。‘听我说，’我关上房门对她说，‘我再也不能坐视不理，冷眼旁观了。你不是和死人一起生活，你是和活人生活在一起。就这么简单。你还活着，你母亲死了，终年四十五岁，死得很惨，但我受够了这一切。你母亲不是供你玩乐的娃娃。她没和你开什么玩笑。她死了。没有人在开玩笑。这一切必须结束了。’

“但她似乎还不太明白，回答说：‘我看着她经历了人生的每一个阶段。[①]’‘哪有什么阶段。她死了。这是唯一的阶段。你听懂了吗？这是唯一的阶段，而你不在舞台上。这不是在演戏。一切都变得令人讨厌。’说完之后，她茫然了一阵，接着打开钱包，掏出一瓶处方药。‘我从来都不该吃这些。’‘这是什么？’‘药片。我咨询了医生。他来给妈妈看病时，我让他给我开点药片，让我挺过葬礼。’‘你吃了多少？’她只回答了‘我别无选择’这几个字。之后，整个晚上她都在哭，我把药片全都扔进了抽水马桶。

“第二天早晨，她刷完牙走出浴室后直勾勾地盯着我——用那种我再熟悉不过的眼神望着我——说：‘都结束了。我母亲不在了。’她再也没有回过殡仪馆，再也没有亲吻母亲的脸颊，再也没陪她一起大笑，再也没为她购买窗帘或者其他物品。从此以后，日复一日，她对母亲的思念从未间断——思念她，为她哭泣，与她交谈——直到她自己消失的那一天。自那时起，我接受了一份工作，开始了与死人相伴的生活，一直持续到现在。与这种生活相比，尼基的古怪举止就显得相形见绌了。想一想她引起了我多大的反感——似乎越界的是尼基而非死神。”

一九五三年——大约十年以后，历史上臭名昭著的十年将会到来，杂耍艺人、魔术师、音乐家、民谣歌手、小提琴演奏者、马戏团的空中飞人、宣传表演剧团以及年轻人全都穿着奇装异服在街上无所事事，成天热衷于在曼哈顿各个街头表演自己的拿手绝活——二十四岁的萨巴斯刚从罗马学成归来，在哥伦比亚大学校门外的百老汇大道东侧和第一一六大街的路口搭设了幕布，正式成为一名街头艺人。那时候，手指表演是他在街头的特色演出，成了他的标志。毕竟手指是用来活动的，尽管它们活动的范围有限，但当每根手指都带着目的移动

① 原文为stage，有“阶段”“舞台”之意。

并发出各自独特的声音时，那么每根手指创造自己存在的能量大得令人叹为观止。有时，萨巴斯只需单手拉长一只薄薄的女式丝袜，就足以制造出各种色情的想象。有时，萨巴斯把网球刺破一个洞，把指尖伸入洞口，给一个或多个手指安上一颗脑袋，那是一颗会思考的脑袋，里面充斥着计谋、狂热、恐惧与各种手腕；有时，勾勾手指邀请一个距离幕布较近的观众现场打个小洞，之后再从旁协助把那个充当脑袋的网球套在指尖上。在早期的表演节目中，萨巴斯偏好以审判自己左手的中指收尾。法庭审判手指，判决它有罪，犯了猥亵罪，启动一架小型绞肉机，中指被警方（右手）用力拉了出去，直到指尖被用力拖到绞肉机顶端的椭圆形口中。警方转动曲柄，中指激烈地为自己的清白辩解，说自己只是天性使然，做了一根中指该做的事，最后消失在绞肉机里，生汉堡肉像意大利面条一样开始从绞肉机下面的喷口处一缕缕缓缓涌出。

那些裸露在外或装扮得带有暗示意味的手指总能让人联想起男人的阴茎，萨巴斯在街头表演的最初几年里这种性暗示并不那么含蓄，于是他为滑稽短剧的发展做出了自己的贡献。

在其中一个短剧中，他的双手藏在一副贴身的黑色山羊皮手套里，手套在手腕收口处各有一个扣件。他一根手指一根手指地脱，总共花了十分钟才脱下手套——时间很漫长，十分钟，最终每根手指都在其余手指的帮助下，全部露了出来，有几根手指似乎并不那么情愿——观众中不少年轻男性已经勃起。这一表演对年轻女观众的影响肉眼不易察觉，但她们留下来继续观看，丝毫不觉尴尬。二十五分钟的表演结束后，萨巴斯从幕后现身，剪得短短的黑色山羊胡上方露出邪恶的微笑，一九五三年的女性观众甚至会往他的意大利鸭舌帽中扔下几枚硬币。多年的航海经历使他的胸膛如野牛般结实，他看上去就像一个身材矮小，碧眼凶狠的海盗。你不会愿意遇到一个像他这样的矮胖子，结实的胸膛犹如一座坚不可破的巨型机器，无疑十分性感，目无法纪，毫不在意别人的想法。他一出现便唾沫横飞、喋喋不休，语速飞快地讲意大利语，做着夸张的动作以表达感激之情。即使对他这样二十多岁身强力壮的年轻人来说，持续举手二十分钟也需要十足的耐力，十分痛苦，但他一点也没表现出干的是一份苦差事。当然，萨巴斯表演时都讲英语，只在表演结束后才说意大利语，纯粹是为了达到娱乐效果。正是为了娱乐，他才成立了曼哈顿下流剧院。正是为了娱乐，他才同意参加六次“浪漫之旅”。正是为了娱乐，七年前离家后他才几乎随心所欲地经历了一切。他想为所欲为。这是他的事业，也导致他最终被捕，受审，定罪，他在那个绞肉机短剧中精准地预见了自己的罪行。

萨巴斯即使躲在幕后，也能从某些角度瞥见外面的观众。当他在驻足看戏的二十来个学生中发现一个漂亮的女孩时，就会中断或结束演出，十根手指则开始凑在一块窃窃私语。接着，最胆大的那根手指——中指——不动声色地缓步向前，风度翩翩地斜靠在幕布上，示意她靠前。果不其然，姑娘们往前走，有些勇敢地哈哈大笑，或咧嘴大笑，有些神情严肃，不露声色，似乎已微微有些恍惚。一番礼貌的寒暄之后，手指开始严肃地审问这个姑娘是否曾与手指有过约会，她的家人是否对手指持赞同意见，她本人是否能找到一根心仪的手指，她是否可以想象只和一根手指愉快地生活……与此同时，另一只手开始悄无声息地去解她的外套。通常这只手会止步于此；萨巴斯十分清楚不能继续更进一步的动作，这一插曲就以一场无伤大雅的闹剧告终。然而萨巴斯有时从姑娘的回答中估摸着这次的搭档比绝大多数人更开得起玩笑或十分入迷，那么审问会突然变得肆无忌惮，手指会继续解她的裙子。只有两回，手指解开了一个文胸钩扣。只有一回，手指试着去抚摸裸露的乳头。就在那时，萨巴斯被逮了个正着。

他们怎么会拒绝彼此呢？尼基刚从皇家戏剧学院毕业，正在四处试镜。她住在哥伦比亚大学附近，接连好几天她和其他年轻貌美的女人一样，在那根狡猾淫荡的中指召唤下走向幕布。她的人生中第一次没有母亲陪在身旁，于是她乘坐地铁时惊呆了，走在街上时吓坏了，闷在房间里备感孤独，但对外出又怕得要命。一次又一次的试镜失败也让她开始绝望。要不是那根中指召唤她一起娱乐，或许不用一周她便会飞越大西洋，像袋鼠一样跳回妈妈的口袋寻求保护。此外，别无他法。他身高五点五英尺，而她则接近六英尺，满头青丝，肤若凝脂。她的微笑意蕴深远，女演员式的微笑甚至能唤醒理智之人的荒谬欲望，对其顶礼膜拜。怪得很，她的微笑传递的信息从不忧伤，仿佛在说"生活绝无苦难"。然而，她站立在人群外围，仿佛生了根似的，寸步不愿离开。表演结束，当留着黑色山羊胡、碧眼凶狠的萨巴斯突然从幕布后跳出来，说着一连串意大利语时，尼基还停在原地，似乎也没离开的打算。他朝她走过去，乞求道："美丽的小姐，求求您了，我什么也不是，也不是什么大人物，只是一个生活窘迫的卑微小人，这些钱要用来养活我那六个嗷嗷待哺的孩子和患病的妻子——"她把手中的美钞塞进了他的帽子，那是她每个月生活费的百分之一。以上就是这对夫妻的相遇经过，尼基之后成了波威里街地下演艺团队的当家花旦，萨巴斯也由此获得了既用手指操控木偶，同时也操纵活物的机会。

虽然他从未导过戏，但他无所畏惧，特别在猥亵案审判后他被判有罪，被处以缓刑和罚款也毫不害怕。诺曼·考恩和林茨·格尔曼为这个九十九座的剧院提供了启动资金。剧院位于C大道，当时那儿还是曼哈顿下城一条破败的小街。每周三个晚上的六点到七点，下流剧院会上演手影木偶戏；晚上八点，波威里街地下演艺团队义务演出，几乎不收任何报酬。团队中所有的演员与萨巴斯年龄相仿，有些比他年轻。舞台上的演员年纪都不超过二十八九岁，甚至连完全失败的《李尔王》也不例外，菜鸟导演在这部剧中扮演李尔，尼基扮演考狄利娅。完全失败了，但那又怎样呢？主要在于做自己想做的事。他高傲自大，自以为是，一个蕴藏着邪恶因子且带有威胁魅力的艺术家形象，让许多人难以忍受。而且他容易树敌，包括许多戏剧专家都认为他是一个行为乖张、让人十分反感的天才，缺乏一种恰当得体、“循规蹈矩”的表达。萨巴斯·安塔戈尼斯特[①]，一九五六年因猥亵罪被捕。萨巴斯·阿波斯康狄忒[②]，他身上到底发生了什么？他漫长的人生旅程是在逃离什么？

萨巴斯到达纽约时刚过午间十二点半，他把车停在距离诺曼·考恩位于中央公园西大道的公寓几个街区附近。他已阔别这座城市近三十年，但夜色下的百老汇大道北端依然保持着他记忆中的模样，那时他开始在第七十二号大街地铁站外搭建幕布，赶在上班高峰期表演手指秀。他眼中的小巷一如往昔，除了小巷里的那些乞丐，有些穿着破衣服，裹着毛毯，躺在纸板箱下，有些衣衫褴褛病倒在公寓楼砖石旁以及褐石建筑公寓的栏杆沿线。时值四月，他们无家可归。萨巴斯只有在偷听罗莎娜打电话给献爱心的朋友时才听说过这些乞丐。多年来，不到万不得已他不看报纸也不听新闻。新闻对他而言一无是处，它是人们的谈资，而萨巴斯对人们循规蹈矩的追求毫不在意，也不想和别人谈论这些事。谁和谁交战了，哪儿有架飞机失事，或巴格达发生了什么，他都漠不关心。他甚至连谁是美国总统都不想知道。他宁愿与德伦卡做爱，与任何人做爱，都不愿看汤姆·布罗考播报新闻。他的兴趣爱好范围狭窄，从未扩展到晚间新闻。萨巴斯其人犹如浓缩后的调料，经炉火的烹煮后只剩下他的本质，蔑视习俗，只做纯粹的自己。

但是，他不关注新闻更多的原因还是在于尼基。每每迅速浏览一

---

① 原文为Antagonistes，戏仿古希腊人名，有“敌人”“对手”之意，暗示萨巴斯容易树敌。

② 原文为Absconditus，戏仿古希腊人名，有“隐藏的”之意，暗示萨巴斯在山区隐居多年。

份报纸，任何地方的任何一份报纸，他都必然不会落下任何一条有关尼基的线索。多年前，他接起电话不假思索就认为那是尼基或者其他认识尼基的人的来电。稀奇古怪的来电最为糟糕。罗莎娜接起电话，要是对方说着下流话或者一声不吭，静得只能听到呼吸声，他就会想，来电的人认识我妻子，是想要告诉我一些消息吗？那个一句话不说，只能听到呼吸声的来电者是尼基本人吗？但尼基知道他搬家后的新地址吗？听说过马达马斯卡瀑布吗？她知道自己娶了罗莎娜吗？那个夜晚她悄无声息地离家出走，消失得无影无踪，是因为当天傍晚她亲眼看到了他和罗莎娜两人横穿汤普金斯公园前往工作室吗？

置身纽约，尼基的失踪成了他心中唯一的牵挂——走在街上依然魂牵梦萦，无休无止——这也是他离开纽约一去不复返的原因所在。他当时还住在他们位于圣马可坊街的公寓，只有认为自己可能会在街上邂逅她时，萨巴斯才会走出家门。于是，他密切注视着每个行人，开始有选择性地进行跟踪。遇到一个身材高挑、发型相似的女人时，他会一直跟踪她（也有尼基染了头发或者戴假发的可能），靠近之后会以自己为参照物目测对方的身高。如果她和尼基身高差不多，萨巴斯会走到一旁，直勾勾地盯着她的脸庞——让我瞧瞧这是不是尼基！但从来都不是尼基，尽管他因此结识了一些女人，带她们喝咖啡、散步，试着与她们做爱；有百分之五十的成功率。但他没找到尼基，警方、联邦调查局以及他在诺曼和林茨的帮助下雇用的知名侦探都没能探寻到尼基的下落。

四十年代，五十年代，以及六十年代早期，那时候人们不像今天这样动不动就玩失踪。今天，如果有人失踪了，这个人确定就是失踪了，你马上就会得到消息，知道发生了什么事：他们被谋杀了，他们死了。但在一九六四年，没人会首先想到谋杀。如果没有他们已经死亡的证据，你最好相信他们依然活在世上。那时候的人们不会像现在这样频繁地动不动就从地球上消失。因此，萨巴斯不得不相信，她还在某个地方生活着。在没有埋葬她的尸体之前,他不会提前臆想她已死亡。尽管自移居到马达马斯卡瀑布以后,他对妻子失踪一事守口如瓶,甚至连德伦卡也未吐露半分,事实是他死了尼基都不会死。他感觉在纽约街头四处找人找得快疯了,于是迁往马达马斯卡瀑布。那些年人们仍可以在城市里到处走动,他当时就是这么做的——到处走动,四处寻找,却一无所获。

警方将寻人通知下发到全国各个警察局,同时也传到了加拿大。萨巴斯亲自把数百份寻人通知发往各个大学、修道院、医院,也发给了新闻记者、专栏作家,以及全美国希腊人聚居区的希腊餐馆。警方汇总完信息后打印了寻人启事:包括尼基的照片、年龄、身高、体重、发色,甚至包括她失踪时的穿着。他们知道她穿了什么衣服,是因为萨巴斯花了一个周末的时间翻查了她的梳妆台和衣柜,最终想起来少了哪些衣服。看起来她离开时没带走额外的衣服。她会带多少钱呢?十美元?二十美元?他俩的小额银行账户里分文未少,甚至连餐桌上的一堆零钱也没动过。她连那些钱也没带走。

萨巴斯能提供给侦探的信息只有对她当时穿着的描述以及一张照片。她离开时没留下只言片语,侦探说这和绝大部分出走的人一样,他称之为"自愿走失"。侦探从办公桌背后的书架上取出了十本活页笔记本,里面保存着那些至今依然失踪的人员照片和文字描述。他说:"通常他们会留下一点东西——一张便条,一个戒指……"萨巴斯告诉他,尼基深爱着已过世的母亲,憎恨依然在世的父亲,这两人使她心神不宁。也许她一时冲动——老天知道她是冲动型人格——飞到克利夫兰去宽恕她七岁以后再也没见过的那个愚蠢暴发户,或是去谋杀他。或许,虽然她的护照还放在他们公寓的抽屉里,她想方设法回了伦敦,到了肯辛顿公园蛇形画廊附近。那个星期日上午,孩子们在那儿划船放风筝,萨巴斯看着她把骨灰撒在了九曲湖面上。

但她可能去往任何地方,侦探该从哪儿入手呢?不行,他无法接这个案子，于是萨巴斯回去散发了更多的寻人启事，每张上面都有他手写的文字：“这是我的妻子，她失踪了。您认识或者见过这个人吗？”他把这些寻人启事散发到凡是天马行空能想到的地方，甚至想到了妓院。尼基天生丽质，性格温顺，身材修长，拥有典型的希腊人的容貌，长鼻子，黑眼睛，白皮肤。在美国，这种长相当然夺人眼球——或许她像《圣殿》里的女大学生那样被送进了妓院。他记得曾有一次，唯一一次，在布宜诺斯艾利斯的一家妓院里遇到了一个非常文雅的年轻女性。

萨巴斯到了纽约后，开始挨个妓院寻找妻子，一边是隔壁的美国女孩（罗莎娜），一边是异国女子（尼基，港口的罗曼史，妓院生活）。你在第三大道有些场所会偶遇住在隔壁的那个姑娘。你拾级而上，步入一个美术展，有时他们甚至用罗特列克的画或一些赝品故意营造复古感。很多年轻女性在那儿晃荡，可能会遇见住在隔壁的那个女孩，但尼基却从未在此出现。他光顾了三四个这样的场所，给年轻的女孩们看尼基的照片。他问她们是否曾在附近见过尼基，她们的回答千篇一律：“我多么希望看见过她啊。”

此后，萨巴斯收到了寄往剧院的五十来封信，都是一些曾欣赏过尼基表演的观众向他表达同情的信件。他把这些信存放在尼基的化妆台抽屉中，等她回来后亲自阅读。这只抽屉里还放着母亲留给她的珠宝，其中有一些是他和防腐师从遗体上取下来的——这些珠宝她一件也没带走。如果他能把这些信转交给尼基——不，最好是他能把这些写信者送出去，把他们运送到任何一个她可能藏身的地方，让她坐在房间正中心的椅子上，要求她保持安静，让写信者依次逐个走到她面前，讲述她在表演斯特林堡、契诃夫以及莎士比亚的作品时对他们的重要意义，他们想说多久就说多久。不需多时，他们都会走上前去，向她倾诉心中的敬意，而尼基也会不由自主地啜泣。此时她不再为了母亲而哭泣，而是为她自己以及为曾被她放弃的天赋而哭。等她的最后一位仰慕者讲述完毕，萨巴斯进入房间。这时她会站起来，穿上外套——就是橱柜里消失的那件黑色贴身外套，是夫妇俩一起在阿尔特曼百货公司买的——不带一丝反抗就默许他把自己带回舞台。舞台上的她表达力强，浑然一体，意志坚定，信心十足，可以掌控事件，哪怕只有两个小时，这个舞台也是世界上唯一不需要她表演而且是她的心魔停止发挥作用的地方。站上舞台使她彻底成为一个完整的人，也让他俩融为一体。聚光灯下，她走上舞台，给万物带来了光亮。

尼基对母亲无休止的哀悼让萨巴斯忍无可忍，他得去拯救这个女演员。

和其他成千上万对年轻夫妻一样，一开始两人之间主要靠性兴奋相互吸引。无论尼基是一个多么让人困惑不解的混合体，她的自恋犹如喷涌而出的泉水一般纯洁，而当她赤身裸体地躺在床上用哀求的双眸期待着萨巴斯会先对她做什么时，她那了不起的克制自己的才华似乎完美地融于体内。她饱含着深情，始终饱含着深情，这是她身上多情又超凡的一面，她用深情无力地反抗着世间的一切丑陋。她的腹部线条十分紧致，双臀如苹果般光滑，乳头似长在十五岁少女身上般呈浅粉色，胸部小得一只手就能完全握住，就像握着一只瓢虫防止它飞走，一双美眸深不见底，让你深陷其中，虽一言不发却让人感觉此时无声胜有声。这副温柔纤弱的模样让人兴奋异常！只需微微低头看她一眼，他便欲火焚身。

“你站在那儿就像一头饿狼。”她说。“吓到你了吗？”“是的。”她回答说。他第一次用皮带抽打她的臀部时，两个人都吃了一惊。几乎人人都能欺凌的尼基在被鞭打时并没表现出真正的害怕。“别太用力，”她顺从地趴在床上，刚开始时皮带轻轻擦过她的皮肤，之后力道加重，让她兴奋不已，“这，这……”“告诉我！”“温柔又狂放！”很难说清到底是谁把自己的意志强加到另一人身上——仅仅是尼基又一次向他屈服，还是这正是她的欲求呢？

当然也存在荒谬的一面，且不止一次以喜剧的方式从戏剧中跳脱出来，萨巴斯会从床上跳起来做一番描述。“哦，不要放在心上，”尼基笑着说，“有些东西比这更疼。”“比如？”“晨起[①]。”“我爱死了你的低俗，尼科莱塔。”“我只希望能多为你做一点。”“你会的。”她又是微笑又是皱眉，伤心地说：“我不这么认为。”“你拭目以待吧。”得意洋洋的木偶艺人正如同一座雕像般俯视着她，一手握着勃起之物，另一只手用丝带把她捆绑在床架上。

结果证明尼基是对的。过了一段时间，床头柜上的物件一件接一件地消失了——皮带、丝带、封口布、眼罩以及放在平底锅里加热的婴儿润肤油等；只有两人先合抽一根大麻烟卷后，萨巴斯才能提起兴致和她纵情欢爱；之后那个人不必非得是尼基或是任何人。

不久，令他意乱情迷的高潮也逐渐让他索然无味。高潮似乎从外部突然降临到她身上，如八月中旬离奇突降的冰雹，毫无预兆地向她袭来。高潮来临前发生的一切，于她而言犹如某种攻击，让她毫无招架之力。然而，无论多么艰巨，她却一直在忍耐，并不费力地坚持了下来；高潮时她极度兴奋，拍打，呜咽，大声呻吟，双眼无神一动不动地注视着上空，指尖深深地刺入他的头皮——她似乎再也没法从这一段几乎无法忍受的经历中恢复过来。尼基的高潮类似一阵抽搐，仿佛灵魂出窍。

相反，罗莎娜的高潮则如同一只遭到猎捕的狐狸，必须被催着跑，她自己在其中扮演嗜血的捕猎者。罗莎娜的高潮需要她付出艰辛的努力，在不断的催促下向前推进，看得他惊心动魄（直到他看腻）。罗莎娜得跟阻碍她的事物作斗争，全心全意致力于另一番事业——高潮并不是自然而然发生的，而是一件十分罕见的怪事，得拼尽全力才能让它发生。她到达高潮的过程吊足了人的胃口，充满了英雄气概。只

① 原文为getting up in the morning，有“晨勃”之意。

有到最后一刻，你才会明了她到底能不能做到，或者你不会猝死，继续屹立不倒。他开始怀疑，她苦苦挣扎是否有夸张虚假的成分，正如成年人和孩子玩跳棋时，会假装被孩子的每一步棋挡住了去路。什么东西不对劲，错得离谱。但接下来，在你准备放弃希望时，她做到了，她成功了，她亲自上阵骑坐在他身上，她全部的身心都浓缩在自己的阴道里。最终他开始意识到自己不必待在那儿。他的角色原本可以由一个长着木质长阴茎的古董提线木偶所替代。他不必出现在那儿——于是他便不再出现。

与德伦卡在一起，犹如往平静的池塘里掷入了一块鹅卵石。你一进来，池水便从中心一圈一圈向外扩散着涟漪，蜿蜒缠绵，直到整塘池水被搅动得起伏不休，泛着波光。他们无论在白天抑或夜晚的什么时候叫停，都是因为萨巴斯的耐力到了极限，而且对一个年过五旬的胖子来说已到了相当危险的程度。“高潮是和你一起打下的一份事业，”他对她说，“你是一座工厂。”“老前辈，”他挣扎着调整呼吸时，她用了萨巴斯教给她的这个词，“你知道下次你硬起来时我要什么吗？”“我不知道要等到猴年马月了。现在告诉我，我永远也记不住。”“那么，我要你一直都挺立着。”“那么，接着做什么呢？”“像有些人脱手套那样，让你的老二把我弄得神魂颠倒。”

一年以后，他开始担心自己会因找尼基找得走火入魔，即使远离小镇也无济于事。离开纽约以后，他在当地的电话簿里搜寻尼基的名字。当然，她可能改了名字，也可能仿效那些希腊裔美国人为图方便经常缩写姓氏。坎塔拉基斯（Kantarakis）这一姓氏常被缩写为卡翠丝（Katris）——尼基曾一度考虑用卡翠丝作为自己登台表演时的艺名，或者这是她给自己改名编造的理由，也许连她自己都不明白，姓氏的更改半点儿都减轻不了她对父亲的痛恨，她认为是父亲没能让母亲过上体面的生活。

某个冬季的一天，萨巴斯在亚特兰大的木偶节表演结束后乘飞机回家。当时纽约受暴风雪袭击，他所乘坐的飞机改道飞往巴尔的摩。候机时，他去电话亭查找姓氏为坎塔拉基斯以及卡翠丝的电话，发现了一个名为N. 卡翠丝的名字。他拨打了这个电话，但无人接听，于是他冲出机场，叫了一辆出租车直奔那个地址。下车后他看到一栋棕色的木制平房，比一个大棚屋宽敞不了多少，街道沿线分布着许多类似的木制小平房。前院疏于管理，院子中间竖着一块"小心有狗"的标牌。他走上破败的台阶去敲门，绕着房子四周转了一圈，试图透过窗户窥看屋内的情况，他甚至爬上了环绕前院足有六英尺高的铁丝网。有邻居报了警，两名警察驾驶警车前来逮捕了萨巴斯。萨巴斯被押解到警察局以后，才获准打电话联系林茨，告诉他发生了什么事。等林茨解释清楚萨巴斯先生的妻子确实已失踪了一年，警察才撤销了对他的控诉。一经释放，萨巴斯便无视警察的警告，重新叫了一辆出租车把他送回N. 卡翠丝的家。他一直等到天黑，屋内也没有亮灯。这一次，回应他的只有狗吠，听声音可以分辨出这条狗体型庞大。萨巴斯大喊："尼基，是我。米奇。尼基，你在里面！我知道你就在屋里！尼基，尼基，请把门打开！"回应他的只有狗吠，尼基没开门，因为她再也不想见到这狗娘养的，或许是因为她并不在屋内，因为她死了，因为她了结了自己的生命或者已被奸杀分尸后装入了一个麻袋，之后这只沉甸甸的装尸袋被人从羊头湾码头抛向了大海。

为了避免进一步激怒屋内的那只狗，他跑去敲隔壁邻居的门。一个黑人女性的声音从屋内传来，"是谁啊？""我在找你的邻居——尼基！""找什么？""我在找我的妻子，尼基·卡翠丝。"他从邻居口中听到的答复只有两个字"没有"。"你的邻居，隔壁五八三号的N. 卡翠丝。求求你，我一定要找到我的妻子。她失踪了！"门打开了，一个上了年纪的黑女人拄着拐杖站在那儿，她戴着墨镜，满脸皱纹，整个人形销骨立，用略带揶揄的口吻说："你打了她，现在又想把她带回去继续毒打。”“我没打她。”“那她怎么会失踪呢？你打女人，打得她神志不清，所以她逃走了。”“求求你，隔壁住的是谁？告诉我！”“你的妻子，她现在交了新男友。知道吗？他也殴打她，有些女人就这命。”说完，她关了门。

他乘当晚的航班飞往纽约。那个年迈的瞎眼黑女人让他醍醐灌顶，他被抛弃了，被丢弃了，被离弃了！尼基不屑一顾地踢开了他，一年前就和别人私奔了，而他还四处奔走寻找她的下落，为她痛心不已！并不是因为他与罗莎娜偷情才逼得尼基出逃！而是尼基与别的男人有染！

尼基失踪以后，萨巴斯曾住在格尔曼位于布朗克斯维尔的家里，那时的他每天晚上都躲在房间里痛哭流涕，这种情形持续了整整半个月。从那之后，他乘飞机回到家后第一次感觉浑身虚软无力，精神即将崩溃。罗莎娜现在已搬到公寓和他同居，开始重操旧业做起了陶制项链，做完后出售给格林威治村的一家店铺，两人以此谋生。萨巴斯的剧团即将解散，观众弃他而去，主要是因为剧团里没有演员的魅力能与尼基比肩，也许是因为纽约没有与尼基年纪相仿的演员。几个月后，因萨巴斯无心打理公司——尽管他会出现在彩排现场，但心思却飞到了远方——演出内容每况愈下。他也几乎不怎么出门去街上表演手指秀了，因为他出现在街头的唯一目的便是寻找尼基。观察各色女人，跟踪她们，有时也与她们做爱。没理由不这么做。

当晚他回到家时发现罗莎娜的癔病发作了。“你为什么不给我打电话！你去哪儿了？航班降落时没见你出来！我会想些什么？你觉得我当时心里在想什么？”

萨巴斯跪在浴室的瓷砖上，喃喃自语：“你不能再这样下去了，你会疯掉的，罗莎娜会疯掉的。整个下半生你都会疯疯癫癫。我再也不会为此流一滴眼泪。哦，天呐，别再让我这么做了！”

他不止一次回想起母亲坐在木栈道上等待莫迪从战场归来的情

景。母亲也从不愿相信莫迪已为国捐躯。你不能去想他们都死了。他们拥有了新的人生。你有无数个理由说服自己他们为什么还不回家。你开始相信谣言。有人信誓旦旦地说曾看到尼基用艺名在弗吉尼亚的一家夏日剧院里演出。警方播报说有人发现一个外形酷似她的疯女人出现在加拿大边境。只有林茨在他们两个人时才敢对他说："米奇，你真的不知道她已经不在了吗？"他的回答始终只有一句话："尸体在哪儿？"不，伤口永远无法愈合，正如他的母亲直到生命的终点，身上的伤口依然血淋淋的。莫迪一死，母亲的生命也戛然而止，不再往前，她的人生中再无道理可言。她和其他人一样，渴望循规蹈矩、波澜不惊的生活，渴望生活像她操持的家务那般井井有条。她卖力工作以维持一家人的生计，掌控自己的命运。终其一生，除了等待莫迪归来，她也在等待莫迪的解释：为什么呢？这个问题始终困扰着萨巴斯。为什么呢？为什么呢？如果有人向我们解释原因，也许我们能予以认可。你为什么死了？你去哪儿了？无论你多么恨我，你为何不肯回来继续和我们一起生活，如其他相看两生厌的夫妇一般过波澜不惊、循规蹈矩的生活呢？

那天晚上，尼基有《朱莉小姐》的演出，她从未旷过工，即使烧得头脑发晕也坚持带病演出。萨巴斯像往常一样先与罗莎娜共度良宵，在尼基回家前半小时回了家——娶女演员做老婆的好处是你总能掌握她夜间的去向以及离开的时间——到家以后才察觉情况不对劲。起初，萨巴斯以为尼基可能出去找他了，她可能产生了怀疑，去剧院的路上绕了个大圈，碰巧看见萨巴斯穿过公园时把手搭在了罗莎娜的臀部。很可能她早就看见他们成双结对地出入褐石建筑公寓的前门，萨巴斯的小型工作室就位于那幢公寓顶楼的后面。尼基脾气暴躁，情绪无常，言行举止离经叛道，甚至不消一会儿便把自己的一言一行忘得一干二净，或者坚持自己的言行绝非离经叛道。

那天晚上，萨巴斯向罗莎娜抱怨自己的妻子既不辨虚实，也分不清因果关系。早先时候，要么是她本人要么是她母亲，或者母女俩串通一气，视小尼基为无辜的受害者，最终导致她想当然地以为自己无需对任何事情负责。只有站上舞台她才会卸下病态的无辜表情，掌握主动权，决定不同的角色该如何呈现，凭借精湛的演技把想象变为现实。他告诉罗莎娜，尼基曾在伦敦掌掴救护车司机，之后连着三天对着母亲的遗体自言自语，以及直到她失踪的前几天，还在重复能“向母亲告别”她有多么高兴，这种满足感留存至今。每当回忆起那三天抚摸遗体的情景时，她都会取笑犹太人在人死后立即把遗体“像扔垃圾一样扔掉”这一行为多么残忍，萨巴斯下决心对她的话一忍再忍。为什么偏要纠正这一项愚蠢行为而不纠正其它的呢？《朱莉小姐》这部剧实现了她在现实生活中不可能实现的事情：狡诈世故、容光焕发、飞扬跋扈——什么都有，唯独没有逃避现实。戏剧中的现实。只有现实中的现实才让她迟钝麻木。尼基沉浸在自己的厌恶、恐惧以及失控的情绪中，却浑然不知，他满腹委屈。他告诉罗莎娜，不知道自己还能承受多少。

做爱后，罗莎娜离开了，萨巴斯则前往圣马可坊街，诺曼和林茨正坐在公寓楼前的台阶上等他。萨巴斯急急忙忙回家是想赶在尼基进门之前洗掉罗茜留在他身上的味道。有天晚上，尼基以为萨巴斯已经睡着了，便在被子里嗅来嗅去，萨巴斯那时才想起罗茜午餐时来过家里，而自己上床睡觉前只洗了一把脸。这些都是一周之前发生的事。

林茨双手抱头坐在那儿，诺曼把事情经过告诉了萨巴斯。当晚的演出票和开演以来一样被抢购一空，可由于尼基没有替身演员，他们不得不取消演出，退钱给观众并劝他们回家。当时没人能找到萨巴斯并把此事告诉他。他的两个制作人坐在台阶上等了他一个多小时。林茨因这事愁眉不展，痛苦不堪，请求萨巴斯告知尼基的下落。萨巴斯向他保证说只要尼基冷静下来，想通了那些让她烦心的事就会打电话来，人也会回来。他一点儿也不担心。尼基行为乖张，极其古怪，他们根本不了解她古怪到了何种程度。萨巴斯说："这只是她特立独行的一个表现。"

然而，上楼进入公寓后，两个年轻的制作人让萨巴斯报了警。

到达纽约还不到五分钟，"为什么"这个问题便在他脑海里挥之不去。他不得不克制自己别用沾满泥巴的破靴子头（徒步走向墓地时沾上了泥巴）去吵醒一个又一个衣衫褴褛的乞丐，看看是否有一个白衣女人隐藏其中，那个女人曾是他的妻子。尼基虽然性格孤僻，却谦恭有礼；她情感炽热，却生性敏感，喜怒无常；她优雅迷人，却仿佛不食人间烟火；她有信心自己能模仿好别人，却没信心做好自己。失踪之前，她始终坚持情感的纯真；即使眼前没有任何危险或不幸，恐惧也一刻不停地在她体内流动。萨巴斯娶她纯粹是因为迷恋她的天赋，虽然才二十二岁，但她塑造的角色毫不矫揉造作，能复制那些即使是她一无所知的现实，而且总能可靠地把大家口中那种精神的、异质的甚至冒犯性的含义赋予一切事物。她在童话外面的世界中从没感受过真正的自在，这个幼稚青年的戏剧专长却在于扮演极其成熟的角色……她那难以捉摸、深不可测的个性给他留下了难以磨灭的印象。摆脱他的束缚以后，她变成了怎样一个人呢？她怎样了呢？这一切又是为什么呢？

一九九四年四月十二日，还是没有证据证明她已死亡，尽管我们渴望能让逝者入土为安，可是我们首先需要确认当事人的确已经死亡这一事实。她已回到克利夫兰了吗？回到伦敦了吗？假装母亲在萨洛尼卡，所以回到了那儿？可她既没护照，也没路费。她是为了逃离他，还是逃离一切，还是在演艺事业势不可挡要如日中天的当口却不想当演员了？成名所要付出的代价早已让她开始不寒而栗。到五月，她就要满五十七岁了。萨巴斯从不曾遗忘她的生日，也不曾忘记她失踪的那个日子。尼基如今变成什么样了？像她母亲生前的模样还是被福尔马林浸泡之后的模样呢？如果一九六四年十一月七日她还活在人世的话，她已比她的母亲多活十二年了。

如果一九四四年莫迪没有在被击落的飞机中丧生，现在他会长成什么样呢？德伦卡如今会是什么模样呢？如果她的尸体被挖出来，你还能认出她吗，认出那个曾最为风情万种的女人吗？他还会和死后的她做爱吗？为什么不会呢？

没错，他相信那一晚逃往纽约是为了向林茨的遗体告别，但时刻萦绕在他脑海里的却始终是他第一任妻子的肉体，他最终可能被引向她那活生生的肉体。这个想法毫无意义，但不要紧。萨巴斯六十四年的人生经历早已使他看透了意义的虚假。你会认为这一切会让他比从前更为理智地看待失去，最终却证明了每个人迟早都要学会失去：一个活人就这么消失了，足以压垮最强壮的人。

“但为什么要提起呢？”他冲母亲咆哮，“我自己就要死了，为什么总是尼基，尼基，尼基个没完！”从他十二岁起，母亲就不敢向他抱怨。那时的他早已肌肉发达，如咄咄逼人的成年人。在中央公园西大道与第七十四西大街的转角处，他那娇小的母亲终于发声了。“这件事你最清楚，”母亲告诉他，“你想得最多，而现在却一无所知。”

“奇怪。”诺曼沉浸在萨巴斯遭受的苦难中，喃喃自语。

萨巴斯等诺曼心里涌满了同情，才悄悄地纠正他，说：“绝非寻常。”

“是啊，”诺曼马上回答，“我认为绝非寻常。”

他们坐在一张华丽的餐桌旁。餐桌表面铺着大块象牙色的意大利亮釉瓷砖，四周的瓷砖上印着色泽鲜艳的手绘蔬菜和水果。诺曼的妻子米歇尔正在卧室沉睡，两个老伙计在餐厅相对而坐，轻声细语地聊起了尼基没有如约出现在剧院、不知所踪的那个夜晚。萨巴斯环顾四周，甚至在直视诺曼那双明亮和善的褐眼时看得十分清楚，与前晚和萨巴斯通话时的状态相比，诺曼今晚显得有些局促不安。岁月对萨巴斯的摧残令他大吃一惊，或许部分是因为他实现了梦想，家境殷实。度假期间，他在烈日下打网球，把皮肤晒成了小麦色，身材如年轻人一般清瘦，似运动员一般灵活矫健，萨巴斯丝毫没瞧出他近期曾患过抑郁症的痕迹。大学毕业时他已完全谢顶，因此他的容貌看起来毫无变化。

诺曼可不是傻子，他博览群书，周游四方。但他很难理解萨巴斯会穷困潦倒至这种地步，就像他无法接受林茨会自杀这一事实，或许萨巴斯的境况更让他难以接受。他目睹林茨的状态每况愈下，一年不如一年。而萨巴斯自一九六五年离开纽约，直到一九九四年才回来。此时坐在餐桌旁对着一只三明治唉声叹气的男人和当时的他几乎判若两人。萨巴斯已在卫生间洗了手，洗了脸，刮了胡子，但他依然能感觉到自己让诺曼神经紧张，仿佛诺曼傻乎乎请进家门过夜的人不是自己，而是一个流浪汉。或许随着时间一天天过去，萨巴斯的离开已在诺曼心中升华为一场艺术气息浓厚的戏剧——前往偏远山区寻求独立，追求精神的纯净以及静心冥想。如果诺曼真的想起萨巴斯，这个天性善良的好人会努力回忆起萨巴斯身上那些让自己钦佩的特质。为什么这会惹恼萨巴斯呢？惹怒萨巴斯的与其说是完美的厨房、完美的客厅以及书籍林立的过道通向房间内这完美的一切，不如说是诺曼的慷慨大方。萨巴斯心里竟被激发出如此五味杂陈的感受，这当然让他觉得有趣。诚然，看到诺曼眼中的自己有趣极了，但也同样令人讨厌。

诺曼问萨巴斯，尼基失踪后是否曾找到过她的下落。“我离开纽约就是为了不再找她，”萨巴斯回答，“有时想到她不知道我住在哪儿，会让我不安。要是她想找我呢？可她要是有这个念头，她也能找到罗莎娜。我一住进山里，就命令自己断了曾拥有尼基的快乐念想。我不去想她的身边有丈夫和孩子们陪伴。我去找她，她才出现——我放弃了。我想通了，我唯一能做的就是不要再执迷不悟了。你得接受这桩怪事，把它放在一边，生活才得以继续。总想这件事又有什么意义呢？”

“这就是山区的意义吗？这地方能让你不再想起尼基吗？”

诺曼十分谨慎，只问一些巧妙的问题。以上这些问题都是巧妙的，与萨巴斯的堕落毫无关联。

萨巴斯继续与诺曼交谈，他毫不在意这些话语是出自真心还是假意。“我的人生发生了变化。我只是无法再那么飞速地前进了。我的生活停滞不前。我已把掌控一切的想法抛之脑后，尼基的事，”他边说边挤出一丝苍白的微笑，“让我处境有点尴尬。”

“可以理解。”

要是我没在马路对面叫他，而是直接出现在他的家门口；要是我趁门房不注意溜进门，直接乘电梯到十八楼敲响考恩的门，那么诺曼永远也不会认出站在门厅里的那个人是我。我穿着宽大的猎装外套，里面穿着乡巴佬才会穿的法兰绒衬衫，脚蹬一双沾满了泥巴的大靴子，看起来活像是一名从多帕奇区[①]来的游客，像连环画里留着胡子的人，或一九〇〇年从俄罗斯远道而来出现在你家门口的流浪大叔。来到美国以后，这个大叔的余生将在煤箱旁的地窖里度过。萨巴斯从措手不及的诺曼眼中看到了自己过去的样子、后来的样子、对自己的形象毫不在意的样子，还有故意伪装成的样子——这一点取悦了他自己。他从来都不会失去这种纯粹的快乐，那就是长久以来给周围的人，尤其是那些过得安逸的人找不痛快。

然而，见到诺曼后，激动人心的事发生了。萨巴斯就像一贫如洗的父母前往郊区看望功成名就的子女——态度谦卑，困惑不解，手足无措，却又引以为豪。他为诺曼感到骄傲，虽然诺曼一生从未离开剧院鱼龙混杂的环境，却洁身自好，没让自己沦为愚蠢的废物。他能在工作中做到思虑周全，性格温顺，行为正派又体贴周到吗？他们会把他大卸八块的。而且在萨巴斯看来，随着年岁的增长和财富的积累，诺曼善良的本性有增无减。他极尽所能让萨巴斯感受到家的自在与温暖。见到白胡子的萨巴斯时他也许丝毫没觉得厌恶，反而心生敬畏。萨巴斯如圣人一般从居住的山顶步入凡尘，舍弃了雄心壮志，抛下了尘世万贯家产。从中会发现我身上的虔诚吗？我的行为——也就是我未能做到的——神圣吗？我得打电话给罗茜，把这些告诉她。

无论出于什么动机，诺曼始终对我关心备至。但那时他和林茨都是富家子弟，从小在泽西市一起长大，私交甚笃。他们刚从哥伦比

① Dogpatch，美国讽刺漫画家阿尔·卡普的连环漫画《莱尔·艾布纳》中虚构的场景，漫画中的多帕奇区坐落于荒凉的山谷中。

亚大学毕业就建立了合作关系，并好心地帮萨巴斯支付了猥亵罪的罚金。他们对萨巴斯恭敬有加，在萨巴斯看来，他们没把自己当成艺人来看待（艺人是他最主要的身份——尼基则是艺术家），而视他为一名年迈的牧师。那时，这两个家境优越的犹太男孩喜欢兴奋地把“发现了米奇·萨巴斯”挂在嘴边。他们了解到萨巴斯来自泽西市的一个滨海小镇，卑微的劳动阶层出身，穷困潦倒的父亲以卖黄油和鸡蛋为生。萨巴斯十七岁时没去上大学，而以商船水手的身份出海作业，从部队复员后又因《退伍军人权利法案》的规定在罗马待了两年，新婚才一年便在四处奔波寻找失踪的妻子。无论在生活中还是工作上，他都盛气凌人地对待年轻美艳的妻子，但显然她的家庭出身比丈夫好得多。他的妻子是演员，也是个天才，行为古怪，她似乎不能离开丈夫超过半小时，否则便无法独立生存。他通过肆无忌惮地冒犯别人来寻求刺激。他不仅仅是一个天赋异禀的戏剧新人，而且是一个与生活斗智斗勇的年轻冒险家，二十多岁的小伙已历经生活的磨炼，身上有一种比诺曼和林茨更为强烈的想出人头地的品质。过去的五十年代，“米奇”这个名字代表令人兴奋的异类。以上这些信息点燃了诺曼和林茨这两个年轻人的梦想。

萨巴斯平平安安地坐在曼哈顿的厨房间，喝着诺曼为他倒的最后一点儿啤酒，此刻他已洞悉巴利克警官想要打爆的是哪个家伙的脑袋了。要么是德伦卡的随身物品中出现了一些涉案证据，要么是萨巴斯夜访墓地已被人发现。光棍一个，孑然一身，身无分文，无所事事，无家可归……而今事到临头还在畏罪潜逃。如果不是因为年纪太大出不了海，如果手指没有残疾，如果莫迪还活着，如果尼基心智健全，如果他没有——如果没有爆发战争，没有出现精神错乱，如果没有堕落，没有生病，没干蠢事，没有自杀和死亡，他的情况可能会比现在好得多。他为艺术付出了惨重的代价，只是依然一事无成。所有过气艺术家经历的痛苦他都感同身受——孤独、贫困、绝望、身心障碍等——这些都无人知晓，也无人问津。尽管无人知晓或无人问津是另一种受艺术折磨的形式，但在他看来，默默无闻并没有任何艺术价值。他仅仅是百万人中的一员，变得越来越丑，越来越老，越来越怨愤难平。

特立独行的萨巴斯顺从沮丧的定律，开始嚎啕大哭，甚至连他自己都辨不清这么做是在表演，还是经历了多大的苦难。当晚，母亲第二次和他说话，这一回是在厨房间，她试着安慰唯一健在的儿子："这就是人生。每个人都得承受巨大的伤害。"

萨巴斯（倾向于对人们的真诚持怀疑态度，这能让他在面对任何背叛时给自己一些保护）想：我连鬼魂都糊弄。但他脑海里想到这一点时——他的脑袋犹如桌上一只浸了水后变得笨重的沙包——他同时也在想，我多渴望哭泣啊！

渴望？得了吧。不，萨巴斯对他说的话一个字也不信，这么多年来一直都不信；他越是想尽可能真实地描述自己为何一事无成，真相似乎离他越远。真实的生命属于别人，或者其他人相信这一点。

诺曼把手伸过餐桌，握住萨巴斯的一只手。

太棒了。他们至少会让他在这儿住一周。

"你，"他对诺曼说，"你知道什么最重要。"

"是啊，我是生活艺术的大师。这就是我连续八个月服用百忧解的原因。"

"我只知道去激怒别人。"

"嗯，激怒别人和别的一些事。"

"人生真是微不足道，真是糟糕透顶。"

"你让啤酒冲昏头了。有人像你这么累、情绪这么低落时，就会把什么事都夸大了。林茨自杀很大程度上是因为这个原因。我们都要经历的。"

"人人都嫌弃我。"

"好啦。"诺曼边回答边用力握紧了萨巴斯的手……但什么时候他才会对萨巴斯说“我想你最好和我们一起住”呢？因为萨巴斯回不去了。罗莎娜不会允许他进家门，而且马修·巴利克已经识破了他，怒不可遏，恨不得将他千刀万剐。他已穷途末路无事可做。如果诺曼不发出邀请“你住这儿吧”，那么他就完了。

萨巴斯突然从餐桌上抬起头，说道：“我十五岁时，母亲就得了紧张性抑郁障碍。”

“你从来没告诉过我。”

“我的哥哥在战场上牺牲了。”

“这我也不知道。”

“我们家的窗户上挂着一枚金星[①]，这不仅意味着我的哥哥死了，我的母亲也如同行尸走肉。上学时我整天在想，‘要是我回到家时他在家就好了，要是战争结束他还活着就好了’。放学回到家瞅见那颗金星多么让人恐惧啊。有些日子，我确实不再想起他，但步行回家后却无法对那颗金星视而不见。或许这就是我出海的原因，远离那颗该死的金星。它仿佛在说：‘这户人家遭遇了不幸。’悬挂金星的房子便蒙上了阴影。”

“之后你结了婚，接着妻子失踪了。”

“是的，但吃一堑长一智，我再也不会憧憬未来。未来与我有什么关系呢？我从不考虑诸如期望之类的东西。我唯一的期望便是如何应对噩耗。”

于他而言，努力通情达理地谈论自己的人生似乎比流泪更虚伪——每说一个词，每发一个音，都像飞蛾把真相啃噬出窟窿。

“你还会不自觉地想起尼基吗？”

“不会，”萨巴斯回答，“一点也不会。三十年过去了，我只想说，

---

① the gold star，有直系亲属参战的美国家庭都会在星条旗上挂一颗蓝星，如亲属在战争中殉职，则会用金星替换蓝星，彰显该户家庭对国家和军队所做出的贡献。

‘这他妈是什么玩意儿？’年岁越大，这事变得越不真实。我年轻时曾告诉自己，也许她去了这儿，也许她去了那儿，这些自欺欺人的把戏现在都不再奏效了。她一直苦苦追寻的东西似乎只有她母亲才能给予，也许她依然在四处寻找。我当时就是这么想的。而到了现在这把年纪，就只剩下‘这一切都实实在在地发生过吗？’”

“结果呢？”诺曼问道。看到萨巴斯恢复了常态，他松了一口气，但依然紧攥着他的手不放。虽然萨巴斯已不胜其烦，但依然不动声色地默许他握着自己的手。“对你的影响。怎么伤害了你？”

萨巴斯沉思了一会儿，他心中所想大致如下：回答这些问题毫无意义。一个答案背后还有另一个答案，另一个答案背后还有另一个，无穷无尽。萨巴斯为了讨好诺曼，装出一副茫然无知的样子。

“我看上去像受伤了吗？”

两人哈哈大笑，此时诺曼松开了他的手。又一个多愁善感的犹太人。犹太人的多愁善感就像一锅油，甚至能把他们放进油里煎熟。总有令他们为之动容的东西。萨巴斯从来都受不了这些道德正直、娇生惯养的成功人士，如考恩或格尔曼之流。

“这就像在问我出生时我有多痛一样，我怎么会知道呢？我对此会知道点什么呢？我只能告诉你，现在我已不再心存掌控一切的想法了。这就是我选择的继续生活下去的方式。”

“疼痛，疼痛，痛不欲生，”诺曼说，“你是如何做到让自己不在意的？”

“我在意的话又怎样？它不会改变任何东西。我在意吗？我从没想过要在意。好吧，我情绪太激动了。但是在乎吗？在乎有什么用呢？试着从中找出理由或者意义有什么用呢？二十五岁时，我就已明白在意毫无意义。”

“没有任何意义吗？”

“明天他们开棺时，问问林茨吧。他会告诉你答案。他滑稽古怪，精力充沛。我对林茨的印象特别深。他回避一切丑陋的东西。他希望一切都是美好的。他爱他的父母。我记得他的老父亲，那个汽水生产商到后台来过。我记得没错的话，是个生产赛尔脱兹矿泉水的大亨。”

“不对，是昆奇[1]。”

“昆奇。就是这个东西。”

“昆奇野樱桃把林茨送去了塔夫脱。林茨总是叫它克维奇[2]。”

“这个老人吃苦耐劳，身材矮小，肤色黝黑，头发灰白。他白手起家，刚开始时穿着背心驾驶卡车运输粪便。不修边幅，语无伦次，笨重得像一捆稻草。林茨坐在尼基化妆间的椅子上，拉着父亲坐到自己腿上，抱着他。当时演出已经结束，我们在一起讨论，父子二人对此毫不在意。林茨崇拜这个老人，爱慕自己的妻子，疼爱孩子们。至少我认识他时，他是这样。”

“他一直都这样。”

“所以意义何在呢？”

“我有一些想法。”

“你什么都不懂，诺曼，你对所有人都一无所知。我了解尼基吗？尼基拥有另一种生活，每个人都有另一种生活。我知道她古里古怪，可是我也一样。我知道自己并没有和多丽丝·戴[3]在一起生活。有点荒谬，脱离现实，容易发怒，但偶然发生的事情是否够荒谬够疯狂呢？我了解我的母亲吗？毫无疑问。她整天都吹口哨哼小曲儿。对她来说，什么事都不重要。瞧瞧她变成什么样了。我了解我的哥哥吗？他掷铁饼，游泳，吹单簧管，二十岁牺牲。”

“失踪。光这个词就让人觉得奇怪。”

---

① Quench，一家软饮公司。
② 原文为Kvetch，发音近似Quench，意为“爱发牢骚的人”。
③ Doris Day（1922—2019），美国歌手、电影演员。

“更怪的是重现这个词。”

“罗莎娜好吗？”

萨巴斯瞅了一眼那块他已经戴了整整半个世纪的圆形不锈钢手表。黑色的表盘上有白色的荧光刻度盘和指针。这是莫迪的贝罗司军用手表，上面分别有十二个和二十四个数字，在顶部拉一下就能让秒针停下来，这是为了在执行飞行任务时确保时间同步。这个功能给莫迪带来了巨大的好处。每年萨巴斯都会把这块手表送去波士顿清洗、上油，替换磨损的零件。一九四五年这块手表归萨巴斯所有以后，每天早晨他都会上一次发条，从未间断。他的祖先每天早晨都摆放经文匣，感念上帝，而他则每天早晨给莫迪的手表上发条，追忆莫迪。一九四五年，政府归还了这块表以及莫迪的其他一些遗物。他的尸骸则在两年后才运回国内。

“嗯，”萨巴斯说，“罗莎娜……大约七个小时之前，我和罗莎娜离婚了。现在她失踪了。事情追根究底，如莫迪所言：不计其数的人都消失了。”

“她在哪儿，你知道吗？”

“哦，在家。”

“那么消失的人是你。”

“我倒是想。”萨巴斯回答，泪水再次决堤，猝不及防地喷涌而出，他被巨大的痛苦吞噬，一时甚至无法自问今晚这第二次崩溃是否比第一次来得更加真实。他曾所持的怀疑态度、玩世不恭、讽刺挖苦、愤愤不平、揶揄自嘲，以及他所拥有的标志性的特质，如头脑清醒、条理清晰、就事论事都已消失殆尽，只剩下绝望；绝望他倒有超级多。他把诺曼称为莫迪。此时的他哭得和别人一样伤心。他的哭声中夹杂着激情，有恐惧，有悲痛，也有挫败。

有吗？尽管关节炎毁了手指，他在内心深处仍是那个木偶师，那个阴谋诡计和子虚乌有的爱好者和大师，他尚未将自己从中抽离出来。当这一切都逝去，那么他也就死了。

“你还好吗，米奇？”诺曼绕过餐桌，双手搭在萨巴斯的肩头，“你真的离开了你的妻子吗？”

萨巴斯抬起手握住诺曼的双手。“我突然对当下的一切失忆了，但……是的，就是这样。她戒了酒，也摆脱了我的束缚，戒酒互助会把酒精和我这两个魔鬼都赶走了。归结起来很有可能是她想要保管自己的工资。”

“她在养活你。”

“我得活下去。”

“葬礼结束后，你打算去哪儿？”

他看着诺曼咧嘴一笑。“为什么不随林茨一起去了呢？”

“你在胡说什么啊？你想要自杀？我想知道你现在是不是心存这种念头。你在考虑自杀吗？”

“不，不，我会坚持活下去。”

“是真的吗？”

“我想要这么想。我说要自杀，其实和我做任何事一样：都是装出来的。”

“听我说，这可不是开玩笑，”诺曼告诉他，“现在我们共同来面对这一切。”

“诺曼，我们几百年没见了。我们之间毫无共通之处。”

“我们就在一条船上！你要是自杀的话，那么我会紧随其后。你准备好了得等着我，你自杀以后，下一个就轮到我了。”

萨巴斯沉默不语。

“你得去看医生，”诺曼告诉他，“你明天就得去看医生。你缺钱吗？”

萨巴斯那只胖鼓鼓的钱包里除了信用卡和现金，其他应有尽有，里面的烂纸头和火柴盒面上胡乱地涂满了潦草的笔记和电话号码。

他从钱包里掏出一张需要他和罗莎娜联名签字的空白支票，在上面填写了三百美元。当萨巴斯意识到诺曼正注视着他写字，而且支票上印着夫妻两个人的名字时，便解释说："我把里面的钱全都取出来。要是她赶在我之前把钱取光了，银行不兑换支票的话，我会把现金寄给你。"

"别放在心上。三百美元怎么够你花呢？你的状况很糟，老兄。"

"我没任何指望。"

"你这么说我很难受。为什么你不能明晚也睡在这儿呢？只要你需要我们，你在这儿想住多久就住多久。孩子们都不在。黛博拉这孩子在布朗大学念书。房子里空荡荡的。你不知道去哪里，又有这种念头，葬礼结束后可不能一个人匆匆跑掉。你得去看医生。"

"不了，"萨巴斯说，"不了，我不能留在这儿。"

"那么你得住院治疗。"

这句话使萨巴斯第三次落下泪来。以前只有尼基失踪那一次他才哭得这般伤心欲绝。莫迪牺牲时，他曾目睹母亲哭得比他更撕心裂肺。

住院治疗。诺曼说出这个词之前，萨巴斯一直以为自己这一场痛哭无疑是虚假的，发现哭得不能自已后，他颇为扫兴。

诺曼哄着他离开餐椅，陪着他穿过餐厅和客厅，沿着过道一路来到黛博拉的卧室，指引他躺到床上，帮他解开因沾了泥而粘在一起的鞋带，脱下多帕奇靴，这个过程中萨巴斯浑身抖个不停。如果他没有崩溃，而是在装可怜，那么这将是他人生中最为精彩的一次演出。他的牙齿咯咯打颤，脸颊在滑稽的胡须掩盖下不停地抖动。萨巴斯心想，人生的新篇章就此展开。还有更多值得期待。与他为人的本质已不复存在这一事实相比，或许他的这些伎俩就不算什么诡计了。无论他的本质是什么，抑或他的本质本来就是诡计。

诺曼费力地听，却只能从他口中完整地听懂六个字。"大家都在哪儿？”

“他们在这儿，”诺曼安慰他，“他们都在这儿。”

“不，”萨巴斯独自一人时喃喃自语，“他们都逃走了。”

黛博拉的卧室隔壁有一间充满少女情怀的浴室。萨巴斯在这间粉白色的浴室沐浴时，看到水槽下方的两个抽屉中杂乱地堆放着各种皂液、软膏、药片、粉饼、美体小铺的瓶瓶罐罐、隐形眼镜洗液、卫生棉条、指甲油、洗甲水……这一切都让他兴趣盎然。他把两个抽屉里的物件里里外外都翻查了一遍，却连一张照片也没找到，更别说一叠了。去世前一年的那个夏天，德伦卡从西尔维亚的一堆物品中翻找到了一叠照片。除了那些卫生棉条，最诱人的一件物品是一管已卷成一团的即将用完的阴道润滑膏。他拧开盖子，往掌心挤了一小块黄褐色的润滑膏，用大拇指和中指轻轻摩擦，回想自己曾在指尖上涂抹过的所有这些东西都与德伦卡紧密相连。他重新扭上盖子，把那管润滑膏放在铺了瓷砖的柜台上，留着后续使用。

他在黛博拉的卧室内脱了衣服，逐一浏览了摆放在衣柜和书桌上的透明塑料框内的照片。他下一步的目标是那些抽屉和柜子。黛博拉一头乌黑的秀发，甜美羞涩的笑容闪着智慧的光芒。由于照片中其他年轻人挡在她身前，萨巴斯无法对她做出更多的描述。但众人之中，唯有她的脸庞至少带有一丝神秘的色彩。尽管镜头记录的绝大多数是她的年少纯真，但她看上去是个聪明人，甚至有点风趣，凸出的双唇是她最大的财富，一张充满饥饿感和诱惑力的小嘴，你想象不出还有比这更天真无邪的脸庞。以上是快凌晨两点时萨巴斯看到照片的感想。他一直期盼着一个更具诱惑力的女孩，但光凭这张嘴和这份青春洋溢就足够撩人心弦了。沐浴前，他赤裸着身体慢悠悠地踱回卧室，取走桌上最大的一张照片。照片中，黛博拉依偎在一个与她年龄相仿的红发男子怀中，头靠在他强壮的肩膀上。几乎每一张照片中，她的身旁总有这个红发青年。讨人嫌的男朋友。

萨巴斯此刻正悠闲地躺在由粉白瓷砖铺就的浴室中，舒适地泡着温水澡，端详着照片。他那凝视的目光中似乎蕴含着一股神奇的力量，能将黛博拉带回家，送入浴缸。萨巴斯伸出一只手臂，掀起马桶盖，露出黛博拉那只粉色马桶的座圈。他一遍又一遍地抚摸光滑的座圈，情欲高涨时突然听到浴室门口传来轻轻的叩门声。“你在里面还好吗？”诺曼边问边把门微微推开，确认萨巴斯没有淹死自己。

“很好。”萨巴斯回答。他以迅雷不及掩耳之势把手从马桶座圈上收了回来，但另一只手还拿着照片，卷曲的那管阴道润滑膏此时正放在台面上。他把照片递到诺曼跟前，好让他看清是哪一张。“黛博拉。”萨巴斯说。

“没错，这就是黛博拉。”

“很可爱。”萨巴斯说。

“你为什么把照片带进了浴缸？”

“想看一看。”

萨巴斯无法想象这耐人寻味的沉默意味着什么或将预示着什么。他唯一可以确认的便是虽然诺曼的到来吓了他一跳，但诺曼受到的惊吓比他更多。此时，赤身裸体似乎赋予了他一种优势，这个优势让他显得毫无防备，足以和诺曼的良心相匹敌。萨巴斯应付这种场景时的天赋让诺曼望尘莫及：那是一个被毁掉了的人身上无所顾忌的天赋，一个破坏者企图颠覆一切的天赋，甚至是一个疯子——或一个装疯卖傻的人——威慑众人，令人不寒而栗的天赋。萨巴斯清楚自己拥有这种力量，他微不足道，已经没什么可以失去的了。

诺曼似乎并没有留意到那管阴道润滑膏。

萨巴斯心想，此时此刻我们之间谁更孤独呢。他在想些什么呢？“我们的恐怖分子进来了。我要淹死他。”然而，诺曼身上具有萨巴斯永远也不具备的令人敬仰的品质，十有八九他不会这么做。

“要是弄湿了的话，”诺曼最后说，“会很可惜。”

萨巴斯不确信自己已经勃起，但诺曼模糊的用词让他开始想入非非。他没有低头确认，却抛出了一个十分天真的问题：“那个幸运的男孩是谁啊？”

“大学一年级时的情人，叫罗伯特。”诺曼边回答边把手伸向照片，“直到最近才换了威尔。”萨巴斯在浴缸中探过身去，把照片递给他。唉，他在挪动时才发现自己的阴茎正高高挺立在水中。

“你又变得像以前那样了。”诺曼直视着萨巴斯的双眼，说道。

“是的，谢谢你，好多了。”

“说出自己真实的样子并不容易，米奇。”

“哦，失败就很容易啊。”

“但，是什么样的失败呢？”

“比如，在做不到这事上失败了。”

“从我认识你那时候起，你就一直在努力活得像个人样。”

“恰恰相反，”萨巴斯说，“关于做人，我的口头禅是，‘顺其自然’。”

这时，诺曼从瓷砖柜上拿起润滑膏，打开水槽下方的底层抽屉，把软管扔进去。他用力关上抽屉，力气大得似乎连他自己都吃了一惊。

“我在床头柜上给你放了一杯牛奶，”诺曼说，“你可能需要。有时候热牛奶能助我入睡。”

“太好了，”萨巴斯说，“晚安，睡个好觉。”

诺曼离开时往马桶那儿瞅了一眼。他绝不会猜到马桶盖为什么被掀了起来，但他最后朝萨巴斯瞥了一眼，别有深意。

诺曼离开以后，萨巴斯从浴缸中站了起来，边走边抖落身上的水珠，来到桌子前，拿起了诺曼刚刚归位的那张照片。

萨巴斯重新回到浴室，打开抽屉，取出润滑膏，把软管放到唇边。他往舌头上挤了豌豆大小的一团膏体，随着舌头的卷动将之涂满整个口腔，沾满齿间。隐约有凡士林的余味。就是这样。但接下来，他在期待什么呢？黛博拉本人的味道吗？

他拿着照片再次回到浴缸，继续之前被打断的动作。

从未使用过抽水马桶，这么多年来头一遭。是父亲送来的牛奶还是女儿的睡床抚慰了他的前列腺呢？首先他得把这个清爽的枕套取下来，用鼻子嗅一嗅枕头上是否残留着她的发香。接下来，经过一系列的反复试验，他发现了一条几不可见的印痕，就在床垫垂直中心点的右侧，这是她身体躺下后留下的极其微小的印痕。萨巴斯躺在那道印痕中，盖着她的被子，枕着一个没有枕套的枕头，进入了梦乡。这间房间内布满了粉色和黄色的萝兰爱思产品，桌子上摆放着一台关了机的电脑，镜子上装饰着道尔顿学校的贴花纸，柳条篮内扔满了东倒西歪的泰迪熊，墙上贴着大都会艺术博物馆的招贴画，书架上摆放着凯特·肖邦、托妮·莫里森、谭恩美、弗吉尼亚·伍尔夫等女作家的著作，以及一些儿童喜爱的读物：《鹿苑长春》和安徒生的《童话故事》，桌子和梳妆台上摆放着好多相框，照片中的她穿着各式服装，有棒球队服、泳衣、滑雪装备以及正式的礼服……黛博拉曾在这间装饰着条纹图案和花边的卧室里第一次享受阴蒂的刺激。萨巴斯仿佛又回到了十七岁那年，登上一艘停泊在巴伊亚的流动货轮，船上挤满了喝得烂醉如泥的挪威人。巴伊亚是巴西最大的一个港口，位于托多苏斯桑托斯湾入海口，亚马孙河，波澜壮阔的亚马孙河就在不远处肆意奔腾。那儿弥漫着一股味道，让人不可思议。那是廉价香水、劣质咖啡以及阴部的混合味。他的脑袋裹在黛博拉的枕头中，全身压在她留下的印痕上。他脑海中浮现出在巴伊亚的那段时光。那儿有一座终年开放的教堂和一家全年无休的妓院。那些挪威水手如是说，十七岁的他对此深信不疑。故地重游验证一番多好啊。如果黛博拉是我的女儿，我会在她大三那年把她送到那儿。在巴伊亚自由玩耍，尽情想象。只和美国水手们待在一起，她也会过得非常开心——西班牙人、黑人甚至芬兰人，芬兰裔美国人，形形色色的乡下人、老年人、年轻人……在巴伊亚待上一个月，会比在布朗大学待四年更能学会如何进行创意写作。让她做点离经叛道的事，诺曼。瞧瞧这种事对我产生的影响。

妓女。在我的生命中扮演着最重要的角色。和她们在一起总会感觉无拘无束。特别喜爱妓女。那些洋葱状部位散发出的那股焖炖般的臭味。对我来说，什么才更有意义呢？当时这些是让我活下去的真实原因。而如今，荒唐透顶的是，晨勃已一去不返。这是我们一生中不得不忍受的事情。晨勃如同你手中的铁撬棍，如同从食人恶魔体内长出的东西。其他物种醒来也会晨勃吗？鲸鱼有吗？蝙蝠有吗？晨勃是进化过程对现代男性的每日提醒，以防他们第二天醒来忘了自己为什么会在这儿。如果女性对晨勃毫无概念，她极有可能会被吓死。因此无法把尿撒进马桶，只能用手把它往下压——得像训练狗去适应拴在脖子上的皮带一样来训练它——如此尿液才会滴进水里，而不会溅到上翻的座圈上。你坐下来大便时，它就在那儿，抬起头一脸忠诚地仰望着主人。你刷牙时它就在那儿热切地等待着——“今天我们要做什么呢？”生命中没有什么比晨勃的强烈渴望来得更诚实了。它不欺骗，不冒充，不虚伪。所有人都向这股驱动力致敬！书写了一个大写的人生！确定真正重要的东西需要花一生的时间，到那时它已不复存在。那么，人必须得学会适应，唯一的问题是该如何适应。

连站起身他都要努力找个理由，更不必说要活下去了。黛博拉的马桶座圈？瞅一眼林茨的遗体？她的物件——他记得翻找过那些物件，于是下了床，走到铂傲牌音乐播放系统旁的梳妆台。

大丰收！好大一个宝藏！绫罗绸缎色泽鲜艳。带有红色马戏团条纹略显孩子气的棉质内裤。臀部为绸缎质地的吊带比基尼泳衣。弹力缎丁字裤比基尼泳衣。那些可用作牙线清洁牙齿的丁字裤。紫色、黑色和白色的三色吊袜带。雷诺阿的调色板！玫瑰色、浅粉色、藏青色、雪白色、紫红色、金黄色、大红色、桃红色。带钢圈的黑色刺绣文胸。有小蝴蝶结装饰的聚拢型蕾丝文胸。扇形半罩式蕾丝文胸。半罩式缎子文胸。C罩杯。一堆如蝰蛇般缠在一起的五颜六色的长筒裤袜。白色、黑色以及巧克力色的女士裤袜。德伦卡曾穿过一条纯丝绸蕾丝花边的类似女式裤袜，让他为之疯狂。一件看起来十分美味的奶油糖果色丝质背心。一整套的豹纹短裤及文胸。三条蕾丝紧身衣裤，都是黑色的。一件抹胸的黑色缎子紧身衣，内带衬垫的聚拢罩杯，周围有蕾丝、吊钩和肩带。带子。文胸肩带，吊袜带，维多利亚式紧身衣吊带。谁的理智会不喜欢带子呢，所有关于提拉的魔咒？没有带子会怎么样呢？抹胸文胸。哎呀，没什么是多余的。他们把那种上半身衬衫，下半身裤腿有洞的宽松裤子称为连衫衬裤[①]（还是罗斯福？肯尼迪？赫茨尔？），你用不着脱什么便能把它一下子全套在身上。丝质花纹比基尼底裤。短衬裙。爱上了那条过时的短衬裙。一个穿着短衬裙戴着文胸的女人，站着熨烫衬衫，同时神情严肃地抽着烟。感情用事的萨巴斯老头。

他在裤袜中嗅来嗅去，找到了一双尚未清洗的，一把抓起直奔浴室。像黛那样坐在她的座圈上小便。黛的裤袜。但晨勃已经过去……德伦卡！与你在一起时那可曾是个铁撬棍啊！五十二岁，给一百个男人注入生命的源泉，没了！这不公平！性欲，冲动！你看它的次数数不胜数，使用它的次数不计其数，可五分钟以后，它会再次令你神魂颠倒。每个男人都知道：再次放纵的冲动。萨巴斯心想，我永远也不该放弃它——像巴伊亚海港，甚至是亚马孙河流域那些糟糕的小码头以及真正的丛林港口声色犬马的生活。你在那些地方能够和各式轮船上来自世界各地的水手们厮混在一块儿。他们肤色各异，如同黛比[②]的内衣裤那般色彩缤纷。大家殊途同归，最终都直奔妓院。

---

① 原文为teddy，有“连衫衬裤”之意，政要名人西奥多·罗斯福、爱德华·肯尼迪、西奥多·赫茨尔的昵称也是“泰迪”（Teddy）。

② Debby，黛博拉的昵称。

在我当学徒的地方，到处都是水手、女人，女人、水手，让人恍如置身噩梦之中。晚上八点到午夜十二点值班，之后一整天在甲板上干水手的活儿，不停地铲漆上漆，铲漆上漆，之后继续值班，站在船头瞭望。有时候这份工作令人享受。我当时已经看完了奥尼尔的作品，正在阅读康拉德的小说。船上有个家伙给我看这些书。那时的我一边看书一边自慰。陀思妥耶夫斯基——每个人都心怀愤懑，怒不可遏，怒火仿佛都带着旋律，仿佛因忍痛失去二百英镑而火冒三丈。无耻的冒牌货。我心想：陀思妥耶夫斯基爱上了他。是的，我置身于这片热带海洋，头顶满天繁星，站在船头暗暗下定决心，我要坚持下去，历经千辛万苦，立志当上船长。我要督促自己经受各种考验，成为一船之长，下半辈子以此为生。十七岁，一个意志坚定的小孩……可我还是孩子心性，半途而废，虎头蛇尾。

他拉开窗帘，发现黛博拉的卧室位于一个角落，从窗户远眺，越过中央公园便可看到东区的公寓大楼。水仙花和树叶还有三周才能长得像马达马斯卡瀑布那儿的植物那样茂盛，但是中央公园简直就是萨凡纳市[①]了。黛比一出生便能欣赏这儿的全景，但他还是更喜欢每天欣赏海景。他躲在深山老林里做什么呢？尼基失踪，他应该逃往泽西市，和罗莎娜一起在海边生活。也许已成了一个职业渔民。也许已经甩了罗莎娜，重返海洋。木偶！各种该死的职业。在木偶与妓女之间，他选择了木偶。就为这一点，他死不足惜。

直到此刻他才发现黛博拉五花八门的内衣散落在桌脚，看上去似乎是她急急忙忙地脱了衣服——或被扒光了衣服——冲出了房间。美好的想象。他只能猜想自己在夜间穿上了内衣——他一点也记不得了。他得从睡梦中醒来，看看她的衣物，再扔一些到地上。现已深深陷入自我讽刺中。我比我想象的更具威胁性。这事十分严重。未

① Savannah，美国佐治亚州大西洋岸港口城市，有“森林之城”之称。

老先衰。老态龙钟，痴痴呆呆，钟情于灾难的色情狂。

那又怎样？人之常情。俗话说返老还童。德伦卡死了，可黛博拉还活着，性工厂昼夜不曾停歇，炉火正熊熊燃烧。

无论走到哪儿，他日复一日地穿着一件磨损的法兰绒衬衫，里面是一件老旧的土黄色T恤，下面穿着裆部松垮下垂的灯芯绒裤。他侧耳倾听，确认家里是否有人。才八点一刻，屋子的主人却早已出门。他一下子有些犹豫不决，不知道该从地板上散落的一堆衣物中选择那个黑色的钢托文胸还是那条丝质花纹比基尼内裤。但考虑到文胸有钢托，可能过于笨重，容易引人注意，他挑了内裤塞进自己的裤兜，把剩下的衣物一股脑儿扔进了堆得满满当当的抽屉中。今晚他可以在那儿继续自己的恋物癖。在另外那些抽屉里。在橱柜中。

此时他发现顶层抽屉中放着两个香囊，淡紫色的那个散发出薰衣草的香味，另一个红方格袋子则散发着新鲜的松针味。这些都不是他要找的味道。真有意思——现代的孩子，道尔顿学校的毕业生，早已成为鉴赏大都会博物馆里马奈、塞尚等名家大师的行家，看上去却丝毫不解风情，不知道男人花钱想闻的可不是什么松针味。嗯，无论如何，考恩小姐一旦开始穿上这种与阶级地位无关的内衣，便会了解其中的奥秘。

曾经的老水手把她的床铺得整整齐齐。

她的床。

三个简单的词，每个词的发音都历史悠久，这三个词对萨巴斯有一种无法抵制的吸引力。他多么顽强地坚持生活！抓住青春！耽于享乐！沉迷勃起！沉迷于黛博拉的内衣不可自拔！与此同时，他站在十八层高楼往下眺望，视线越过绿色掩映的公园，心想纵身一跃的时机已到。三岛由纪夫、罗斯科、海明威、贝里曼、凯斯特勒、帕韦泽、科辛斯基、阿希尔·戈尔基、普里莫·莱维、哈特·克兰、瓦尔特·本雅明。一群大牛。把自己的名字归入这一行列并不可耻。福克纳实际上酗酒致死。艾娃·加德纳[1]亦然(罗莎娜说,要是死亡名单上的这些杰出人物能早来戒酒互助会“分享”的话,那么现在可能依然活在世上)。受到神佑的艾娃。男人身上没有什么能让艾娃大惊小怪的。优雅与淫秽完美交织。享年六十二岁,比我现在还小两岁。艾娃、伊冯娜·德·卡洛[2]——这些人都是榜样和典范!去他妈的人人称颂的思想。肤浅,肤浅,肤浅!《一间自己的房间》翻来覆去看够了,给自己来一本《艾娃·加德纳文集》吧。弗吉尼亚·伍尔夫是一个自慰的女同性恋者,她的性爱生活中淫欲占一成,恐惧占九成——过于养尊处优的英国版俄国猎狼犬,只有英国人才有天生高人一等的优渥感,地位不如她的人永远不可能扒下她的衣服。但记住,她自杀了。名单中的人数呈现逐年增长态势,令人振奋。我会成为这份名单中的第一个木偶艺人。

沉浮不定乃生存之法则。每一个想法都有一个反想法,每一种冲动都有一种反冲动。怪不得你们不是发疯死掉,就是决定消失得无影无踪。欲壑难填,这还不到故事的十分之一。孑然一身,光棍一个,无所事事,无家可归,身无分文,他的肾上腺素激增,从一个十九岁的无名小卒那儿偷走了比基尼内裤,塞进口袋保存,这些内裤正中他下怀。难道其他人不是这么想的吗?我不信。这纯粹就是变老了,是一个经历大起大落的人自我毁灭的最后狂欢。萨巴斯遇到了对手:人生。你就是木偶。你就是荒诞不经的傻瓜。你是潘趣[3],是笨蛋,是玩弄禁忌于股掌之间的那个木偶!

宽敞的厨房内铺着赤褐色的地板,在阳光的照射下,做工精良的铜器把厨房映照得金碧辉煌,犹如一间栽满了盆栽植物的温室散发出勃勃生机。萨巴斯在餐桌旁找到了一个特意为他预留的座位,可以面朝窗户。他的餐盘和刀具周围放着四种品牌的罐装谷物,三条形状不

---

① Ava Gardner (1922—1990),美国女演员。
② Yvonne De Carlo (1922—2007),加拿大裔美国女演员、歌手。
③ Punch,英国木偶戏《潘趣和朱迪》中的主角。

一、深浅不一、看上去营养丰富的面包，一盒人造奶油，一碟黄油，还有八罐类似你透过棱镜观测到的阳光色带的果酱：黑莓酱、草莓酱、弗吉尼亚草莓酱……一直到绿色的青梅酱和黄色光谱的柠檬果酱。紧绷的旭包鲜保鲜膜下面有半只哈密瓜、半只葡萄柚（切片的），一小篮他从未见过的美国脐橙品种，令人浮想联翩。餐具旁的碟子里摆放着各式茶包。黄色的早餐餐具是那种厚重的法国货，绘着农民和风车，充满了童趣。坎佩尔[①]风格。又超越坎佩尔。

为什么如今美国只有我一个人觉得这些东西一文不值呢？我为什么不想要享受如此精致的生活呢？诚然，制作人习惯享受“帕夏”[②]的待遇，而不愿沦为大胆越轨的木偶艺人，但醒来能吃到这些是非常不错的。口袋里塞满了内裤以及一罐又一罐的缇树牌果酱。那瓶弗吉尼亚草莓酱的盖子上贴着一张“8.95美元”的价格标签。除了可能是产自坎佩尔的陶器外，我还得到了什么呢？你看到这么一大摊调味品，很难不对自己心生厌恶。世界之大，而我却一无所有。

透过厨房的玻璃窗，依然可远眺公园的景致，往南是曼哈顿市中心，都市最棒的景观。萨巴斯离开纽约住在北部山区时，多年光阴就在木偶戏和纵欲中虚度了，而诺曼则发家致富，一直起着表率作用。林茨疯了，而尼基，就他所获悉的全部信息来看，已年满五十七岁，无家可归，把屎拉在第四十二大街地铁站的地面上，整个人变得迷糊又臃肿——“为什么啊？”他疾呼，“为什么啊？”她甚至不认得他了。但转念一想，她也可以轻轻松松地和自己的爱人住在如诺曼家宽敞奢华的曼哈顿公寓里。她失踪可能就是因为这个再普通不过的原因……再次置身于此，目睹纽约带来的震撼，让我想起了尼基。我会忘了它。我做不到。它永远是一颗定时炸弹。

---

① Quimper，法国城市，以陶瓷工艺品闻名。
② Pasha，旧时奥斯曼帝国和北非高级文武官员的称号。

奇怪。你的脑海里从没想过她死了这件事，甚至连死也没想过。我站在这儿，沐浴着温暖的阳光，如此挫败，仅剩下五感、思维以及八种果酱做伴——死气沉沉，万籁俱寂。那扇窗户外面便是当下的现实；如此强大，如此强烈，万物纠缠在一起……萨巴斯想要表达什么宏大的思想呢？他在问"我确确实实的人生到底怎么了"吗？难道它在别的什么地方发生着？但为什么从这扇窗户望出去的一切如此真实呢？嗯，这就是真实与现实之间的区别。我们没有机会生活在真实之中。这就是尼基逃离的原因。她是个理想主义者，是一个幻想家，天真无邪，楚楚动人，才华横溢，想要过真真实实的生活。嗯，孩子，如果你找到了这种生活，你便是开拓者。就我的经验来说，人生总是无常的——这正好是你永远都不会面临的。或许你可以考虑去做的唯一一件永恒的事是：通过死亡来否定无常。

"对吗，妈？您肯定也遭遇过断裂。莫迪牺牲这件事依然违背信念。这事发生以后，您完全有理由沉默不语。"

"失败者才会有你这种想法。"萨巴斯的母亲回答道。

"我就是失败者。昨晚我才和诺曼提到这事。我一败涂地。除此之外，我还能怎么想呢？"

"除了妓院和妓女，你什么也不要。你和拉皮条的观念一致。你真该拉一个皮条。"

观念，差不多。去世以后，她变得多么博学。他们一定给她上了课。

"太晚了，妈。黑人垄断了市场。再给点别的建议吧。"

"你本该过上正常的生活，有所成就。你该成家立业。你该有自己的一份事业。你不该逃避生活。木偶！"

"那时候玩木偶似乎是个不错的想法，母亲。我甚至在意大利学了木偶表演。"

"你在意大利学的是怎么玩妓女。你故意走歪路，活得潦倒。你该知道我对你的担心。”

“我懂。我懂……”又哭了起来，“我懂。我完全明白您的担忧。”

“既然如此，你为什么要像个老顽固似的，胡子拉碴，穿得像个小丑一样四处晃荡——竟然还和妓女厮混！”

“衣着和妓女随您怎么说。但我不想看到自己这张脸的话，胡须是不可或缺的。”

“你看上去像只野兽。”

“我看上去应该像什么呢？像诺曼那样吗？”

“诺曼一直都很可爱。”

“我呢？”

“你表达兴奋的方式与众不同，一直以来都这样。你小时候在家里就显得有点奇怪。”

“真的吗？我不知道。我那时很开心。”

“可总有点奇怪，把一切都当成闹剧。”

“一切吗？”

“你吗？一点没错。看看现在。把死亡当成闹剧。还有什么比死亡更严肃的呢？没有。但你想把死亡当成闹剧。甚至你都不愿有尊严地自杀。”

“这要求太高了。我不认为想要自杀的人会‘有尊严地’杀死自己。我觉得这不可能。”

“那么你就去当第一个。让我们感到骄傲。”

“但要怎么做呢，母亲？”

他的餐具旁留有一张以早安开头的长便签。早安两字被加粗了。便签是诺曼用电脑打出来的。

早安！

我们去上班了。林茨的葬礼两点开始，在沿河路七十六号举行。我们在那儿碰面，有人会给我们留座。清洁工（罗莎）九点到家。如果你需要清洗熨烫的话就吩咐她。需要什么就问罗莎。整个上午我都在办公室（994–6932）。我希望你睡了一觉后会有所恢复。你现在压力太大了。趁着你在这儿，我希望你去找心理医生聊聊。我的医生不是天才，但也够聪明，叫尤金·格雷夫斯博士（姓氏有点不幸①，但治疗效果不错）。我给他打了电话，他说你需要的话可以联系他（562–1186）。今天下午晚些时候他就不再接受预约了。请认真考虑一下。他帮助我从夏季乱糟糟的状态中走出来。你可以用药物治疗，并和他沟通。你状态不佳，需要帮助。接受治疗吧。请打电话给尤金。米歇尔向他问好。她会在葬礼现场。我们希望今晚你能和我们在家共进晚餐。安安静静的，就我们三个。我们希望你一直住在这儿，直到你的生活重回正轨。床你尽管睡，地方尽管住。你我是老朋友，已经没剩多少老朋友了。

诺曼

便条下面用回形针别着一个纯白色的信封。十张五十元面额的纸钞。除了前晚萨巴斯向诺曼许诺从联合账户里取出来支付账单的三百美元，额外多了二百美元。米奇·萨巴斯拥有了五百美元。足够支付三人游戏里德伦卡的费用，要是德伦卡……嗯，她不在了。十有八九诺曼不希望兑现萨巴斯的支票——很有可能早已把支票撕碎，确保罗莎娜取不出她自己的那一份钱——萨巴斯唯有加快速度，找到一个可以兑现支票的地方，花上百分之十的佣金，在联名账户上重新写一张三百美元的支票。如此一来，他总共可以得到七百七十美元。突然之间，他自杀的理由便减少了三至五成。

① 姓氏“格雷夫斯”（Graves）在英语中也有“坟墓”之意。

“你先掀起一场自杀的闹剧，现在再掀起一场求生的闹剧。”

“除此之外，我不知道要怎么办，母亲。我想一个人静一静。别说话。您并不存在。世上不存在鬼魂。”

“错了，世上唯有鬼魂。”

接下来，萨巴斯享用了丰盛的早餐。从德伦卡患病之前一直到现在，他从没有像此刻这般大快朵颐。这顿早餐下来，他变得宽宏大量了。让罗莎娜留着三百美元吧。黛博拉的印痕如今已变成他的印痕。米歇尔、诺曼、考芬博士[①]都将助他重返生活正轨。

是格雷夫斯。

他把自己的肚子撑得饱饱的，像塞满了衣物再也拉不上拉链的行李箱，然后似老水手一般一摇一摆地迈着步伐在公寓内闲逛，查看了所有的房间、浴室、书房和桑拿房；打开了全部的橱柜，检查了各式帽子、外套、靴子、鞋子，叠成堆的被单以及一摞摞五颜六色的软毛巾；他在过道徘徊，过道两侧分布着红木书柜，书柜上只摆放了世界名著；他对地上铺设的地毯以及挂在墙壁上的水彩画羡慕不已；仔仔细细地检查了考恩家里低调奢华的一切——灯具、固定设施、球形门拉手，甚至连马桶清洁剂看起来也是出自布朗库西[②]之手——同时吞咽下裸麦粉粗面包的硬干皮，上面厚厚地涂抹着一层8.95美元一罐的弗吉尼亚草莓酱，臆想这儿是他的地盘。

如果有些事情没发生的话，一切就都不一样了。

萨巴斯最后回到了黛博拉的房间，用沾着甜果酱的黏糊糊的手，仔仔细细地翻查了桌子的各个抽屉。连西尔维亚都有照片，她们也不例外。只是需要找到藏匿它们的地方而已。就连耶和华、基督和真主安拉都无法毁掉你从一架相机中所能收获的欢乐，格洛丽亚·斯泰纳

① 萨巴斯把“格雷夫斯”的姓氏错记成“考芬”（Coffin），而coffin有“棺材”之意。
② Constantin Brâncusi（1876—1957），20世纪现代雕塑家。

姆[1]她本人也办不到。在这场较量中，一边是耶和华、基督、真主安拉以及格洛丽亚，另一边则是内心的渴望给予生命以激动，我打赌这三个男孩和格洛丽亚一方会输掉十八个点。

黛博拉，你把它们藏在哪儿了？我到底是浑身燥热还是浑身发冷呢？书桌由一块巨大的古橡木制成，上面装有亮澄澄的铜手柄，很有可能出自十九世纪的某个律所。不同寻常。绝大多数孩子喜欢塑料垃圾。或者这是忸怩作态？他开始把顶层那只长抽屉里的东西全部掏出来。两大本皮质剪贴簿，每一页都夹着压扁了的枯叶和干花。诱人的生物被细致地保存下来……但你骗不了任何人。剪刀、回形针、胶水、尺子，小本通讯录的封面上印有花卉图案，尚未记录任何地址。两只灰盒子长约五英寸，宽约六英寸。找到啦！可是盒子里面只有她的一些私人文具，如薰衣草香囊一般呈淡紫色。其中一个盒子内有一些对折的手写信纸，一度曾给人希望的曙光，但仅仅是一首关于单相思的诗歌草稿。“我张开了双臂，但无人注视……我张大了嘴巴，可无人听到……”你没阅读过属于你的艾娃·加德纳的作品，亲爱的。请打开下一个抽屉。一九八九年至一九九二年的道尔顿年鉴。又出现了大量的泰迪熊，这儿有六只，加上竹篮里的八只。掩饰。真聪明。下一个。日记！中头奖了！一堆日记捆扎在印有彩色花纹图案的纸板箱内，与藏在他口袋中的内裤的彩色花纹图案相似。他把这些内衣裤带去了坎佩尔。是的，内裤、日记和通讯录相得益彰。这孩子啥都不缺。没有。没有！把照片藏哪儿了，黛比？“亲爱的黛，我发现他越来越吸引我，正想向他表白我的感情。为什么，为什么爱情如此艰难？”为什么不写些与他做爱的内容呢？难道布朗大学里没人教你写作的用途吗？连篇累牍的废话，与她好不相称，直到他发现一个别人所注的条目——“亲爱的黛”——但被一支笔划分为两栏，其中一栏

---

① Goliria Steinem (1934—)，美国女权主义代表。

标记为"我的优势"，另一栏标记为"我的弱势"。这儿会有东西吗？到目前为止，他照单全收。

我的优势	我的弱势
自律	不够自信
反手	发球
充满希望	痴情
艾米	母亲
莎拉·L.	~~不够自信~~
罗伯特(?)	罗伯特！！！！
不吸烟	太感情用事
不喝酒	对母亲不够耐心
	对母亲不够关心
	双腿
	插嘴
	不用心聆听
	贪吃

哟，这是作业。一本薄薄的三环笔记本，封面上贴有大学贴花，底下一张白色的标签上打印着"叶芝、艾略特、庞德，周二、周四，10∶30，所罗门002，克朗斯道夫教授[1]"等字样。笔记本里记录着她的课堂笔记，另有一些应该是克朗斯道夫教授发给学生的诗歌讲义。第一首是叶芝的诗，名为《迷卢山[2]》。萨巴斯慢悠悠地念起了诗……过上海员

① 以下简称"克"。

② 1933年，叶芝为印度僧人师利·普罗希大师所著《圣山》一书作序。迷卢，梵语音译"须弥楼"或"须弥卢"，是印度教神话中的神山，在佛教中是位于宇宙中心的金山，是世界之轴。现实中指中国西藏境内冈底斯山脉主峰冈仁波齐峰，藏语意为"宝贝雪山"；印度称之为凯拉斯神山。

生活以来，这是他阅读的第一首叶芝的诗，也是他最后阅读的一首诗。

文明被箍在一起，由多重幻想
置于一条规则，置于和平的
幌子之下；但是人生即思想；
他，尽管恐惧，却无法停止
劫掠，经过一个又一个世纪，
劫掠，肆虐，灭绝，以便最终他
可以进入现实世界的荒凉里：
埃及和希腊，别了，别了，罗马！
在迷卢山或者埃菲尔士山中，
在积雪之下的洞穴之中过夜，
或在那大雪和严冬的可怕厉风
抽打其裸体之处的隐士们了解
白昼渐渐引来黑夜，黎明前
他的荣耀和碑铭都消失不见。①

黛比的笔记就注在创作这首诗的日期下方。

迷卢山，西藏的高山。一九三四年，叶芝（爱尔兰诗人）为一位印度朋友的译文作了序，译文的内容与一位圣人升天，放弃尘世有关。

克："叶芝处在一个临界点，超过这一界限一切艺术皆为虚无。"

这首诗的主题有关人类贪得无厌的心理，直至亲手毁灭了自己创造的一切，如古埃及和古罗马文明。

---

① 此处译文引自傅浩译《叶芝诗选》（上海外语教育出版社，2015）。

克："这首诗强调人类有责任抛弃一切幻想，尽管最终只会剩下因虚无造成的恐慌。"

叶芝在写给朋友的一封信中做了如下评论："我们使自己摆脱可能一事无成的执念。人类的最后一吻献给虚无。"

男人=人类

同学们批判这首诗缺乏女性的视角，无意识地彰显了性别优势——男性的恐惧，男性的荣耀，以及男性的（阴茎的）丰碑。

他翻找了其余的几个抽屉。写给黛博拉·考恩的那些信件可以一直追溯到她读小学时。藏匿照片的绝佳之地。他极富耐心地打开了一个又一个信封。一无所获。一把橡子。明信片的一面空白，另一面则印有复制的博物馆图片。普拉多博物馆，国家美术馆，乌菲齐美术馆……他打开一盒订书钉，好奇地想看看这个假装喜爱鲜花、最爱泰迪熊的十九岁少女是否用这个订书钉盒子藏匿了半打大麻烟卷。然而，盒子内除了订书钉外，别无他物。这孩子怎么回事啊？

底层抽屉。两只精雕细琢的木盒。不对，没有，都是些小玩意儿，小珠子串成的手链和项链、编织完的假发、各式发带，一个黑丝绒蝴蝶结发夹散发着平常的头发的气味。闻到了薰衣草的香味。这个孩子不太正常，神经兮兮。

衣橱里塞得满满当当。各式印花百褶裙、宽松的丝绸裤、黑丝绒夹克、运动服，头顶的架子上摆放着成千上万条涡旋花纹方巾。又松又垮的那些看上去像是孕妇装。亚麻短裙。（配上她的双腿？）穿十号尺码。德伦卡穿什么尺码？他已记不得了！裤子堆成了山，灯芯绒裤、数不胜数的蓝色牛仔裤。她现在在上学，为什么把所有的内衣和衣服连同牛仔裤都留在了家里呢？她在学校还有更多的衣物，她们如此铺张奢侈吗？还是只有这些富家女才会把衣物都留在家里，就像某些动物离开时会留下自己的一摊尿液，用以标记自己的所有权？

他把所有夹克的口袋和裤袋仔仔细细找了一遍。他也没放过那一堆的方巾。此时，他变得怒不可遏。他妈的到底藏在哪儿，黛博拉？

那些抽屉。冷静下来。还剩三个抽屉没有查。由于他一直在上方寻找，那些用于存放内裤的抽屉早已翻找过多次，而且他开始感到时间越来越紧迫——葬礼开始前，他计划去市中心，重游自己的首个也是唯一一个剧院——于是，直接跳到第二个抽屉。抽屉很难打开，里面塞满了各式各样的T恤、运动衫、棒球帽和袜子，有些袜子的脚趾的颜色不同。多可爱啊！他直奔抽屉最里面。没有。他用手在一堆T恤衫中摸索。没有。他把下面的抽屉打开。各式泳衣，摸上去让人开心，但他得等会儿再予以彻底检查。还有一些棉质法兰绒睡衣，上面到处印有诸如心形之类的可爱图形，还有粉色、白色带有荷叶下摆和蕾丝花边的睡袍。这些回头也要再查。时间，时间，时间……化妆台旁的地毯上不仅散落着T恤衫，还有从橱柜里拿出来的各式裙子和裤子，床上铺满了方巾，桌上一团混乱，抽屉全部打开，她的日记散乱在上面。这一切都需要双手放回去，而这双手此刻已钻心地疼。

底层抽屉，最后一个机会。野营器材、三副没有镜盒的维阿尔内牌太阳镜。她的东西都备有三套、六套甚至十套。没有！没有！啊，找到了。

就在那儿。那块珍宝。他的珍宝。位于底层抽屉的最底端，一开始他就应该直奔那儿，在一大堆旧课本和许多泰迪熊之间，有一个不起眼的斯哥特抽纸盒，柠檬白的背景上印有白色、淡紫色、浅绿色的花朵图案。“每一个斯哥特纸盒为您的家人送去温馨与力量……”你不傻，黛。盒子上贴着一张“食谱”字样的手写标签。你这个狡猾的女孩。我爱你。食谱。我会给你数不胜数的泰迪熊！

盒子里装着她的食谱：“黛博拉式海绵蛋糕”“黛博拉式布朗宁”“黛博拉式巧克力薄片曲奇”“黛博拉式圣洁柠檬蛋糕”，是一支蓝色的自来水笔写下的笔迹，字迹整洁。最后一个使用自来水笔写字的美国娃，你在巴伊亚待不过五分钟。

一个身材矮小、体形敦实的妇人正站在黛博拉的卧室门口失声尖叫。她被吓得愣怔在原地，呆若木鸡，浑身上下只剩嘴巴一张一合。她穿着一条快被撑爆了的棕褐色弹力裤，灰色卫衣上印有黛博拉所在大学的校名和校徽。她的脸型宽大，脸庞周围不规则地点缀着几块痘痕，狭长的双唇微微凸起，唇形如蚀刻一般。萨巴斯知道，这是典型的南方靠近墨西哥边境的土著人的嘴唇。她的双眸神似伊冯娜·德·卡洛。几乎每个人的脸上都至少有一处长得还算标致。通常哺乳动物的一双眼睛令人难以忘怀。尼基觉得他的眼睛令人过目不忘。他的体重减少七十磅的时候，尼基曾对他的眼睛大加赞赏。如梅林般的绿宝石眼睛，尼基在戏剧表演时如是说道。那个时候，她仍叫尼基塔，而他则是我亲爱的，我的小米哈里，米哈里奥。

“别开枪，不要杀我。四个孩子，这儿还有一个。”她指着自己那个似小气球般触手可破的肚子，“不要开枪。钱。我去找钱。这儿没有钱。我给你钱。不要杀我，先生。清洁工。”

“我不会杀你。”他坐在地毯上，腿上放着食谱，安慰说，“别叫，别哭。没事的。”

她一会儿冲他打手势，一会儿又指向自己，显得急切又滑稽，说：“我给钱，你拿着。我留下，你走。不报警，钱都归你。”现在，她示意萨巴斯跟在她身后，离开黛博拉那间乱糟糟的卧室，穿过两侧布满书籍的走道。主卧的大床尚未整理，书籍和睡衣凌乱地扔在床沿两侧，书本如儿童房内的积木般扔满了整张床。他停下脚步，检查书套。这个受过良好教育的犹太富商这几天是如何在这儿入睡的呢？仍然是艾尔德里奇·克利佛[1]？《约翰·肯尼迪：权力画像》《我们说了算：德拉

① Eldridge Cleaver（1968—1998），美国黑人演员、黑人运动领袖。

尼姐妹的第一个百年》《沃伯格家族》……

我为何不过这样的生活呢？床单没有破损，洁白如新，散发着温暖，仿佛他和罗莎娜正躺在上面。床单上淡金色的图案让他想起了十月在岩洞里的那份荣耀，德伦卡无情地打破自己的纪录，经历了十三次高潮。“还要，”她恳求着，“还要。”可是最后，他头痛欲裂，不得不后退，告诉她自己不能继续拿生命去冒险。他瘫坐下来，脸色发白，汗流如注，上气不接下气，而德伦卡则主动接替了这次任务。这是他之前见所未见的。他心想，她似乎正在与命运、上帝或死神搏斗；似乎要是能再多突破一次，那么任何人任何事都将奈何不了她。她似乎正处于女人向女神进阶的过渡时期——他内心奇怪地感到自己正目睹有人从这个世界离开。她就要升天了，升啊升啊，震颤不停，直到最后的癫狂，但是，有障碍阻止了她，一年后她便过世了。

为什么一个女人吞咽时会爱你爱到痴狂，而另一个女人却在你建议她尝试一下时便恨你入骨呢？为什么死去的情人会贪婪地吞下它，而活着的妻子却把你推开，让你的满腔热血喷射到空气中呢？这种幸运仅降临到了我一个人身上，还是每个人身上？肯尼迪有这样的幸运吗？沃伯格家族呢？德拉尼姐妹呢？我与女人的交往已长达四十七年，我在此正式宣布告一段落……然而，罗莎的臀部像一只巨大的热气球，和她怀有身孕的肚子一样引发了他的好奇心。罗莎弯腰打开主卧的抽屉时，他脑海中闪现了初到哈瓦那的场景，步入一家传统的老式妓院，妓女们正列队迎客。年轻的女性从四周闲散的状态中围拢过来，她们穿着紧身裙，与黛博拉衣橱中那些宽松的衣物截然不同。他选了伊冯娜·德·卡洛，让他诧异的是，他的朋友罗恩挑了一个孕妇，这让他永生难忘。萨巴斯想不明白其中的缘由。等他见多识广后，怪得很，他逛妓院再也没有遇到过孕妇。

直到现在。

她以为我持枪了。我们看看接下来会发生点什么。上一回如此刺激好玩的事还是他目睹马修爆了巴雷特的头，而他则保住了自己的脑袋。

“给你，”她请求道，“拿着，走吧。不要杀我。丈夫、四个孩子。”

她打开了一个抽屉，里面堆满了女式内衣裤，足有一英尺高。这些摆放得整整齐齐的内衣质地光滑，色泽鲜亮，与孩子从某个邮购目录中订购的性感物件存在天壤之别。收藏家的藏品。萨巴斯就是收藏家，一辈子都在收藏。我分不清紫罗兰和金盏花，但内衣呢？要是连我都无法识别的话，那么其他人根本办不到。

罗莎小心翼翼地从抽屉中捧起一大堆睡袍，轻轻地摆放在床脚边。两个九号牛皮信封藏在这些睡袍中间。她递过其中一个，萨巴斯打开后发现里面有一百张百元大钞，每十张用回形针别在一起。

“这是谁的？这钱属于——？”他指着床，先指向一边，再指向另一边。

“女主人。私房钱。”罗莎正低头盯着自己的肚子，双手——胖乎乎的，却小得出人意料——交握，像一个刚挨过训的孩子。

“一直都这么多钱吗？一直都是一万块吗？”他在妓院里学会的西班牙语差不多都忘光了，然而依然清楚地记得那些数字、价格、被征收的税。你可以去外面买东西，像木瓜、石榴、手表、书，你可以用辛苦挣来的钱买下自己心仪的任何东西。“多少？几个比索？”“什么东西？”等等。

罗莎打了个手势，表示有时候多些，有时候则少些。要是他能让她冷静得够久，直至突破道德唤醒本能……

“她哪来的钱？”他问。

“不清楚。”

“这是她工作挣的钱吗？意大利语所说的工作。”

“不清楚。”

工作！天呐，又来了。工作。他曾多么热爱自己的工作。上漆，铲漆，上漆，铲漆，然后傻乎乎地在岸上自慰，这就和下船逛酒吧喝上一杯那么习以为常。这不足为奇。但在我和罗恩眼中，这绝对是世上最别开生面的事。你下了船，奔向以前从未踏足的地方，从此对此欲罢不能。

“太太以什么为生？干什么工作？”

“牙科学，她是个牙医。”

“牙医？女主人？”他用指尖弹了一下门牙。

“是的。”

整天有形形色色的患者在诊所内进进出出。让他们吸入气体，一氧化氮。“另一个信封，”他说，“另外一个，拜托。”

“没钱。”她直白地回答道。她现在产生了抵触情绪，突然看起来有点像诺列加将军[①]。“没钱。另一个信封里什么都没有。”

“什么也没有？放在底层抽屉最里边，压在十五件睡袍下的居然是只空信封？让我静一静，罗莎。”

他最后那声“罗莎”让她惊骇不已，但她显得不知所措，不知道是更害怕了还是不那么害怕了。她的名字被漫不经心地脱口而出，结果只是让她又变得不确定了，不清楚自己面对的到底是个什么样的疯子。

“完全是空的，”她仗着胆子回答，“空的，先生！空的！”此时她露了怯，开始哭泣。

“我不会杀你。我告诉过你。你知道的。你在怕什么？没有危险。”过去他向妓女们打听她们的健康问题时，得到的就是这样的回答。

“是空的！”罗莎抱着胳膊像个孩子似的抽泣，喊道，“是真的！”

他不知道该放任自己伸手安慰她，还是把手伸进裤兜，摆出更为

① Manuel Antonio Noriega Moreno（1934—2017），巴拿马政治家、军人，担任国民警卫队司令期间要求美军撤离巴拿马，恢复巴拿马在运河区的全部主权。

残酷无情的模样，加深她对口袋中藏有枪支的误解。眼下最要紧是要阻止她再次失声尖叫寻求帮助。他无法解释为何自己处在无以言表的极度亢奋之中，却依然表现得冷静自若——也许他看起来不动声色，也许他的外表一直给人这种印象，但他的的确确是个敏感脆弱的家伙。此刻这般冷酷无情并非他的本性（除了对一个长期酗酒的酒鬼）。萨巴斯想要别人痛苦时，毫不介意他们陷入痛苦的深渊；当然，他也不会因为让别人遭受痛苦而感到快乐；他也不会因为变得狡诈而感到开心。至少在这一点上，他与别人毫无二致。

抑或是罗莎在捉弄他？他敢打赌罗莎没自己这么情绪化。四个孩子，清洁女工，不会说英语，钱从不够花，双膝跪在地上，比画着十字，默默祈祷——演这一出戏想要证明什么呢？为什么要把耶稣扯进来？他有自己的烦恼。当你的双手饱受骨关节炎之痛时，你干吗还要将同情心施与一颗刺入你手掌的钉子。最近，格斯在汽油泵加油时向他讲述了妹夫和妹妹在日本某个大城市的趣闻。圣诞期间，他们去当地一家最大的百货公司购物，首先映入眼帘的是一个悬挂在入口上方十字架上的巨型圣诞老人，萨巴斯听了狂笑不已（那是德伦卡去世后他第一次笑）。"日本人不懂。"格斯说。他们为什么应该懂呢？谁又懂了呢？但在马达马斯卡瀑布，萨巴斯默默地把这些问题留在了心里。萨巴斯对罗莎娜的一位同事的专长——印第安文学——不感兴趣，是因为印第安人的吃食不合犹太教教规，但他在解释时陷入了重重困境。于是，她不得不询问一位犹太裔的美国朋友，但等她了解来龙去脉后她就随他去了。他恨所有人，除了格斯。

萨巴斯望着罗莎祷告，唤醒了他内心作为犹太人的那部分：一个天主教徒跪在地上。经常如此。你完事了吗？滚开！妓女会欺骗你。清洁女工会欺骗你。任何人都会欺骗你。你的亲生母亲会欺骗你。噢，萨巴斯求生的渴望如此强烈！他赖此为生。为什么要死呢？他的父亲天一亮就出去兜售黄油和鸡蛋，就是为了看到两个儿子英年早逝吗？他那一贫如洗的祖辈们挤在统舱里穿越欧洲大陆，就是为了让逃离了犹太人苦难的孙辈浪费美国生活的每一个快乐瞬间吗？知道了女人们把这些信封藏在波道夫女式内衣之中，干吗还要寻死呢？仅这一条理由，就够活到一百岁了。

他的双手依然紧握着一万美元。米歇尔·考恩为什么会把这笔钱藏起来呢？这笔钱的主人是谁呢？她是怎么挣来的呢？他第一次和克里斯塔厮混时，付了德伦卡一笔钱，德伦卡用这笔钱给马修购买了电动工具，信用卡大亨路易斯塞了几百美元进她的钱包，她用这些钱给家里添置了各种小玩意儿：装饰盘、木雕餐巾环、古董银烛台。至于电工巴雷特，她付钱。两人最后相拥时，她喜欢趁着巴雷特掐她乳头时，把二十美元塞入他的牛仔裤。萨巴斯希望巴雷特已把这些钱存了起来。这样他大概有一阵子手头不会那么紧了。

诺曼的第一任妻子名叫贝蒂，是高中的校花，萨巴斯对她已没什么印象了。现在他从第二个信封内的东西知道了米歇尔的容貌。他再次指示罗莎从抽屉中取出信封。他把手伸向口袋，做出掏枪的假动作，这时罗莎急忙遵照他的指示行事。

他找照片时进错房间了。米歇尔的照片几乎与他手中德伦卡的照片如出一辙。是诺曼拍的吗？两人结婚已有三十年，而且生了三个孩子，可能性不大。此外，如果这些照片出自诺曼之手，为何又要藏起来呢？为了不让黛博拉看见吗？让黛博拉好好地瞧一瞧这些照片，这样对她才最好。

米歇尔的身型极为纤瘦——双肩瘦削，双臂骨感，双腿笔直如竹竿。她的双腿十分修长，与尼基、罗莎娜的相似。在遇到德伦卡之前，他最喜欢匍匐在这种长腿上。如此瘦削的身材上长出的这对乳房着实让人喜出望外——照片中一对高耸丰满的乳房，乳头在靛蓝色的背景上呼之欲出。或许是她自己画的。或许是摄影师后来添上去的。她的乌发整齐地梳在脑后，犹如弗拉明戈的舞女。她摆了一个艾娃·加德纳的造型。事实上，她长得像那些古巴白种女人，萨巴斯曾和罗恩谈起她们："她们看起来像犹太人，但已没有了犹太性。"鼻子整了形？不好说。鼻子并不是这个探究细节的摄影师关注的焦点。萨巴斯最喜欢的那张照片最不具有人种特征的细节。照片中的米歇尔一丝不挂，双脚蹬着一双棕色的小山羊软皮长靴，松垮的靴口一直延伸到她的大腿。优雅而色情，是他赖以为生的东西。其余的那些照片都比较普通，自维苏威火山喷发掩埋了庞贝古城后，没有什么是突破人类常规的。

一张照片中，她坐在椅子边缘；另一张照片中，她躺在铺开的地毯上；第三张照片中，她向窗帘做了一个示爱的动作……他甚至在这儿都能闻到来沙尔消毒剂的味道。但他在小憩旅馆欣赏德伦卡时，便已知晓那家肮脏的汽车旅馆也让人兴奋不已，这种兴奋感丝毫不亚于他把自己当成男妓，向情人伸手索要嫖资。

他把照片塞回信封，扶起罗莎，把信封交给她放回抽屉。他当面清点了那十叠用回形针别在一起的钞票，表明自己什么也没偷，也让她放回抽屉。接着，他抱起那堆放在床上的睡袍，在手上停留了一分钟。令他极度惊讶的是，他竟然没能从中找到继续活下去的充分理由。萨巴斯示意她应该把这些睡袍放回去，压在信封上，再合上抽屉。

就是这样。再无其他。"完事了。"你一达到高潮，妓女们把你推下身，言简意赅地说道。

如今，他已将整个房间彻底搜查了一遍。一切都显得如此纯洁，我鄙视这份奢华。是的，一个彻头彻尾的失败者。有几年过得仿若童话，其余那些年则完全一败涂地。他想上吊自杀。他出海时手指灵敏，是一个打结高手。在这个房间还是在黛博拉的房间呢？他在寻找用来上吊的最佳工具。

厚重的灰蓝色羊毛毯、柔和的浅色格纹墙纸、十六英尺高的天花板、装饰性的石膏、雅致的松木桌、朴素的古董衣柜，特大双人床软垫床头板铺着灰格子呢，舒适的安乐椅上的格子呢则深了一个色调。长软椅、绣花枕头、水晶瓶里的切花、镶嵌在床背墙上松木框内的大镜子、高悬在床脚上空的五叶吊扇。就这儿了。站在床上，把绳子绑在马达上……他们最先会透过镜子看到他，曼哈顿南七十一号街会映出他来回转动的尸体。一个希腊人。前面是一个饱受折磨的身影，背后是托莱多及其教堂，可以看到我的灵魂升到右上角的基督那儿。罗莎会放我进去的。

他把双手举到她眼前，每根手指的表皮后面都有一个凸出的关节。在今天这样寒冷刺骨的早晨，两只手的小拇指和无名指根本无法动弹。很久以前，他的两根大拇指就已变形成汤匙状。他想象得出，在罗莎那样单纯的人眼中，他的双手看起来仿佛受到了诅咒。或许她的想法没错，并没有人真正了解关节炎。

“疼吗？”她满怀同情地问道，认真地打量着他每根手指的残疾程度。

“疼。很痛。恶心。”

“不，先生，不，不。”她继续仔细观察着他，就像观看马戏团里的表演者。

“您人真好。”萨巴斯对她说。

现在，他回想起在哈瓦那的第一晚，他与罗恩在光顾的第二家妓院里和伊冯娜以及那个怀孕的姑娘做爱。他们下船后干的事，在当时绝大多数地方都司空见惯。皮条客或者某个跑腿的家伙在那儿等候，催你去他们的妓院。或许我们成了他们的目标，是因为我们看起来就是毛头小子。其他的水手让他们滚得越远越好。于是，他和罗恩被带往某个场所，那儿阴暗破旧，瓷砖墙面和地面都污秽不堪，之后进入一个几乎没有家具的客厅，出来一群肥胖的老女人。罗莎让他想起了那个鬼地方的妓女们。我当时刚从阿斯伯里高中毕业两个月，脑袋瓜清醒的话应该拒绝道："不，不用，谢谢。"但我接受了。我用英语说道："年轻的，年轻的。"于是那个家伙把他们带去了另一个地方，他们在那儿找到了伊冯娜·德·卡洛以及那个怀孕的姑娘，这两个算是古巴市场上长得貌美的年轻女性。你完事了吗？滚开！

"走吧。"他说，罗莎乖乖地跟着他穿过走道，来到黛博拉的卧室，这儿乱得的确像被小偷光顾过似的。即使在桌上看到一坨热烘烘的粪便，他也不会感到惊讶。这儿被翻得一派狼藉，甚至会让罪犯都震惊不已。

躺在黛博拉的床上。

罗莎站在凌乱不堪的壁橱前犹豫不决，他则悠然地坐在床沿。

"我不会把你做的事情说出去，罗莎。我不会说出去。"

"不会吗？"

"绝对不说。我保证。"他摆出十分痛苦的姿势，暗示这事是他俩之间的秘密，这一姿势差点让他干呕，"我们的秘密。"

"秘密。"她说。

"没错，秘密。"

"向我保证吗？"

"是的。"

他从钱包里掏出一张钞票，那是诺曼给他的五十美元，示意罗莎过来取。

"不。"罗莎拒绝道。

"我不说。你不说。我不说你让我看到了女主人的钱，医生的钱，你不说你给我看了她的照片。她的照片。懂吗？我们把所有的事都忘了。西班牙语怎么说'忘记'来着？'忘记。'"他试着打手势表示有东西从脑海里飞走了。噢，噢！飞呀！飞呀！威尼托路！威尼托路的妓女们，像他在特拉斯泰韦雷区买的桃子一般香甜可口，六个十块钱，一个里拉。

“忘了？”

“忘了！忘了一切！”

她走过来收下了钱，他喜出望外。五根畸形的手指紧紧握住了她的手，另一只手又掏出了一张五十美元。

“不，不，先生。”

“添头。”他卑微地说道，伸手递给她。

他对添头这个词记忆犹新，好吧。在浪漫之旅度过的那些日子，每次回到熟悉的那几家妓院，你都会带一些尼龙长袜给自己喜爱的姑娘们。船上的家伙们会说：“你喜欢她吗？那就给她带点添头。给她捎点东西，等你回来时再给她，她记不记得你另当别论，她会心花怒放地收下这些尼龙长袜。”那些姑娘们叫什么名字来着？世界之大，妓院众多，却总有一个地方有个人叫罗莎。

“罗莎，”他喃喃低语，试着拉她滑落在自己的双腿之间，“我送给你的。”

“不，谢谢。”

“拜托了。”

“不。”

“是我自己的钱。”

黑暗中的一束强光，但看起来却释放了继续的信号——你赢了，我输了，做吧，赶紧做完。就在黛博拉的床上。

“这儿。”他边说边试图把她的下半身挤进他张开的双腿之间。他握着那话儿。他盯着要害。紧要关头。“拿着。”

罗莎一声不吭，完全听他的。

再给第三张五十美元更为保险，或许这笔交易就达成了呢？多少钱，是什么东西？重回故地，重返十七岁，在哈瓦那横冲直撞！你别得意。那个干瘪的丑老太婆常在我的房间门口探头探脑，想要让我加快速度。鸨母目光锐利，浓妆艳抹，双肩如刽子手一般宽厚，短短一刻钟后，这位监工便轻蔑地唠叨个不停。“你别得意！”一九四六年。得了，别炫耀了！

“瞧，”他满面愁容地对她说，“房间，乱糟糟的。”

她转过头。“是的，乱糟糟的。”她深吸一口气——顺从？还是厌恶？要是他多塞给她五十美元，她会像祈祷时那样直接跪下吗？要是她边祈祷边为他口交，那多带劲啊。这种事在拉丁国家屡见不鲜。

“是我弄这么乱的。”萨巴斯告诉她。当萨巴斯汤匙状的大拇指尖划过她那张长满痘痕的脸颊时，没有遭到她的抗拒。“我。为什么呢？因为我丢了东西。我丢的东西找不到了。明白吗？”

“明白。”

“我把玻璃眼弄丢了。这一只，人造眼睛。”他把她拉近自己的身旁，指着自己的右眼。他把鼻子凑过去，先从她的胳肢窝开始闻，之后再转移至全身上下。有点熟悉的味道，不是薰衣草香，是巴伊亚的味道。“这只眼不是真的，是一只玻璃眼。”

“玻璃？”

“是的！是的！眼睛，玻璃眼，玻璃眼。”

“玻璃眼。”她重复道。

“玻璃眼，没错。我把它弄丢了。昨晚睡觉前，我像平时那样把它取了出来，但由于我不在自己家，在我的家里，取下后我没把它放在老地方。你都能听懂吗？我是这儿的客人。诺曼·考恩的朋友。这个是给格尔曼先生葬礼的。”

“不！”

“真的。”

“那个格尔曼先生死了吗？”

“恐怕是的。”

“噢。”

“我知道。但我就是为此才来这儿。要是他没死，我们永远也不会碰面。不管怎么说，我掏出玻璃眼，准备睡觉，等我醒来后却不记得把它放哪儿了。我得赶去参加葬礼。可是，我不戴假眼怎么去参加葬礼呢？你明白吗？我在找我的眼睛，于是打开书桌、衣橱以及全部的抽屉”——他激动地在房间里到处指指点点，她则点头如捣蒜，嘴巴张得老大，一脸无辜样，不复之前冷峻的模样——“去找他妈的眼睛！它到底在哪儿啊？四处都找遍了，快疯了。疯了！疯了！”

此刻，看到他为自己卖力演出这些小噱头，罗莎发出了轻松的笑声。“不，”她轻轻地拍了拍他的大腿，纠正道，“没疯。”

“是啊！罗莎，你猜猜它在哪儿？猜一猜。眼睛掉哪儿了？”

当然，玩笑尚未结束，她开始不停地左右摇头。“我不知道。”

此时，她坐在床上看着他，他则一骨碌跳下了床，当着她的面开始模仿临睡前自己挤出眼睛的动作，四下望了望，没找到合适的地方放眼睛——而且担心有人进屋看到它出现在黛博拉的桌上会惊恐万分（他连惊恐这个动作也模仿了，逗得她像小姑娘似的发出一阵银铃般的笑声）——他把眼睛扔进了自己的裤兜里。接着，他刷了牙（在她面前表演了这个动作），洗了脸（在她面前表演了这个动作），回到卧室开始脱衣服，笨拙地把裤子挂在黛博拉衣橱的晾裤架上，而且双手握拳，可怜兮兮地顾不得疼痛拼命敲打着脑袋两侧，喊着：“真蠢！真蠢！”他给她看了其中一个晾裤架，上面挂着黛博拉的一条宽大的丝绸蓝短裤。接着，他又当着她的面把自己的裤子上下对折，然后挂进了壁橱。果不其然，玻璃眼就这么顺势从口袋里掉了出来，掉进一只放在地板上的跑鞋里。“你相信吗？掉进孩子的鞋子里！我的眼睛！”

她忍不住捧腹大笑，似乎只有这样才能防止把肚子笑炸。如果你想和她做爱，只需跨步走到床边，当下便可和她上床，老兄。躺在黛博拉的床上，这会是迄今为止你上过的吨位最大的女人。最后一个女人体形庞大，之后你便可以问心无愧地上吊自杀。你的生命将不会一事无成。

“这儿，”他边说边把她的一只手放进自己的掌心，把她的手朝自己的右眼拉过去，“你之前感觉得到这是一只玻璃假眼吗？来吧，”他说，“轻一点，罗莎，但来吧，感受一下。你以后可能再也没有这样的机会了。男人们都对自身的残疾感到羞耻。而我例外。我喜欢身上的残疾，让我感觉自己还活着。摸摸它。”

她不太确信地耸了耸肩。“是吗？”

“别怕。这只是交易。摸摸它。轻轻地摸一摸。”

她倒吸一口冷气，屏住呼吸，伸出小巧的指头，用柔软的指尖轻轻地覆盖住他的右眼。

“玻璃，”他说，“百分百玻璃。”

“摸起来像真的。”她说，她不像一开始那样感到恐惧，甚至想着能再多摸一下。虽然她体形臃肿，但学得很快。她是猎物。她们都是猎物，只要你愿意花点时间，动点脑筋——六十四岁一点也不老。姑娘们！所有的姑娘们！光想一想就让人欲罢不能。

“摸起来当然像真的，”他回答说，“因为这是好货。最好的。很贵。”

人生中最后一炮。她九岁出来工作，没上过学，家里没有自来水管道，一贫如洗。一个大字不识，身怀六甲的墨西哥孕妇，不知道来自哪个贫民窟，或哪个贫穷农家，体重和你差不多。不可能以另一种方式结束。完美生活的最后证明。了解每一步的走向。不，人类的生命不该被耗尽。一切不会再重复。

“罗莎，行行好，能把房间打扫一下吗？你是个好人。你跪在那儿向上帝祷告并不是要欺骗我。你只是在恳求上帝的原谅，原谅你引诱了我。你只是在照别人的指示行事。我很欣赏。我不介意向别人——比如上帝——求救。或许不用处方他就会给我开一些扶他林片。这不是他擅长的吗？”他完全不知道自己在说什么，因为血液开始流入他的靴子。

“不明白。”但她没被吓到，因为他虚弱地躺回床上冲她微笑，说话的声音只比耳语勉强大一些。

“整理一下，罗莎。弄整齐。”

“好的。”说完，她并没有像这个疯子期待的那样，去拿那两张脏兮兮的五十美钞，而开始热心地捡起散落在地板上的黛博拉的衣物。这个疯子蓄着白胡须、手指畸形、戴着玻璃眼，很有可能藏着一把上了膛的手枪。

“亲爱的，谢谢你，”萨巴斯虚弱无力地道谢，“你救了我的命。”

接下来，他靠在床边，稳住了身体，一阵晕眩蔓延至双耳，一阵苦水涌上喉咙，这种感觉就像自己小时候在冲浪时被大浪掀翻，大浪犹如一盏大吊灯砸向了他。自从莫迪在战争中牺牲以后，这盏阿斯伯里富丽堂皇的高档住宅区内的大吊灯一直出现在他的梦里，已长达半个世纪。他和莫迪一无所知地肩并着肩坐在那儿阅读《绿野仙踪》时，大吊灯的固定处开始松动，从他俩的头顶砸落。

他快死了，倾尽全力为了博罗莎一笑，却突发了心脏病。谢幕演出，不会再续演了。木偶艺人以及阴茎终结了演艺事业。

罗莎此刻正跪在床边，一只温暖的小手正抚摸着他的头皮。“病了吗？”她问。

“自尊都没了。”

“要叫医生过来吗？”

“不用，女士。手疼，仅此而已。”双手确实疼得要命！一开始他以为十指会痛得他浑身发抖。昨晚，十指痛得他牙齿开始打颤咯咯作响，他不得不在瞬间拼尽全力以防自己呕吐。“母亲？”没有应答。她又陷入沉默，还是她已消失了？“妈妈！”

“他的妈妈？在哪儿，先生？”

“死了。”

“今天吗？”

“是的，今天早上。这道曙光。曙光？”又是意大利语。又是意大利语，威尼托路。美妞儿，姑娘们！

“啊，先生，不，不。”

她的双手温柔地捧起他那毛茸茸的脸颊，趁她拉他入怀之际，他便顺势倚靠在那波涛汹涌的胸部。要是他有一把手枪的话，他会默许她把手枪掏出口袋，任凭她射向自己的印堂。她可以要求自卫。强奸。他的性骚扰早已罄竹难书。他们现在可以绑住他的双脚，把他倒挂在外。罗莎娜会看到他们使用处决墨索里尼的手段那样处决他。此外，剪断他的阴茎，就像那个女人趁丈夫熟睡之际用一把十二英寸长的厨刀割下了丈夫的阴茎。她的丈夫曾是一名海军陆战队员，一个性格暴戾的混蛋，在弗吉尼亚对妻子施虐。“亲爱的，你不会这么对我的，是吗？”“我会，”罗莎娜摆出一副乐意效劳的样子，回答说，“可惜你没有那玩意儿。”她和山谷里的朋友——那些进步人士——没完没了地讨论这件事。与割礼相比，罗莎娜看起来并未因此事而有丝毫沮丧。“犹太人的野蛮行为，”她在波士顿参加完一位朋友的孙子的割礼仪式后对他如是说，“荒唐，恶心。我想径自离场。”然而，罗莎娜谈论起那个剪断丈夫生殖器的女人时却神采飞扬，那个女人俨然已成了她心目中的英雄。“当然了，”萨巴斯建议，“她可以采用另一种方式表达抗议。”“哪种方式？报警吗？试试吧，看看有什么用。”“不，不，不是报警。这不公平。不，把某样令人难受的东西塞进他的屁眼。比如，要是他碰巧吸烟的话，用他的一根烟管，甚至可能用一根还点着火的烟管。要是他不抽烟，她可以用一个煎锅打他的屁股。以牙还牙。《出埃及记》第二十一章第二十四节。但剪断他的阴茎——真的，罗茜，生活不只是一连串的恶作剧。我们已过了学生时代。生活不仅仅只由傻笑、传递纸条构成。我们现在已是成年女性。这是一件严肃的事。还记得《玩偶之家》中的娜拉是怎么做的吗？她没有剪断托伐的阴茎——她从那扇该死的门走了出去。我并不认为你非得学十九世纪的挪威人那样走出家门。各式各样的大门一直都存在着。在美国，门的种类仍比刀具的种类丰富。只有门才需要勇气迈出去。告诉我，夜深人静时，你有没有动过剪断我的阴茎的念头，以这种好笑的方式泄恨呢？”“有，经常有这种想法。”“可是为什么呢？我做了什么，或没有做到什么，才让你产生这样的想法？我从不会在没得到医生的诊断以及你的书面允许情况下和你肛交。”“算了。”她说。“既然我现在知道了，我觉得就这么不了了之并不是个好主意。你的确动过念头要拿刀——”“剪刀。”“拿剪刀剪断我的阴茎。”“我那时候喝得醉醺醺，火气冲天的。”“哦，过去浑浑噩噩的日子里，借助霞多丽酒壮了胆。那么今天呢？你现在‘意识清醒’，想要剪断什么呢？比尔·威[1]给了你什么建议？我把双手交给你。这双手已废。我把喉咙交给你。阴茎对你们这样的人有什么巨大的象征意义？坚持下去，你会证明弗洛伊德着实令人钦佩。我无法理解你和你的那些朋友。公路养护人员一靠近那棵神圣的枫树，你们便在市镇大街路中央静坐抗议，用自己的身躯守护每一根细枝条。可一谈到这件倒霉事，你们就沆瀣一气，变得狂热。要是这个女人出门锯掉了他最爱的那棵橡树报仇泄愤，那么这个家伙可能有机会成为你们的一员。可惜他不是一棵树。一棵别人取代不了的红杉。山峦协会会全副武装地出动。她会心甘情愿地把自己的命托付给琼·贝兹[2]。一棵红杉？你们毁了一棵红杉？你和斯皮罗·阿格纽一样罪大恶极！你们这些人都非常仁慈、温柔，甚至不赞成对连环杀手施以极刑，愿意为那些关押在戒备最森严的监狱内的穷凶极恶的杀人狂魔担任诗歌比赛评委。你们怎么会对用凝固汽油弹攻击

① William Griffith Wilson (1895—1971)，戒酒互助会的创立者之一。
② Joan Baez (1941—　)，美国乡村歌手、作曲家，民权运动及和平示威的倡导者。

东南亚的共产党人感到害怕，却对在美国本土发生的被剪断阴茎的退役海军感到幸灾乐祸呢？剪断我的阴茎吧，罗莎娜·卡瓦诺，我敢打赌，十有八九或有百分之九十九的概率，明天你会回到酗酒的老路上。剪断一根阴茎可没你想得那么容易。不像你缝补袜子咔嚓咔嚓几下就能搞定，也不像你剁碎洋葱那样轻而易举。这可不是一个洋葱，这是人类的阴茎，里面充斥着血液。还记得麦克白夫人吗？他们苏格兰没有戒酒互助会，所以这个可怜的女人发疯了。'谁会料到这个老人体内的血液流不尽呢？''这儿还残留着血腥味。阿拉伯的所有香料都无法让这只小巧的手变香。'她疯了——野心勃勃的麦克白夫人！那么你身上会发生些什么呢？弗吉尼亚的那个女人成了英雄，同时也成了人人唾弃的对象。但亲爱的，你没有这种勇气，你只是一个乡村教师。我们在讨论邪恶，罗茜。你一生中能犯下的最糟糕的事便是成了一个酒鬼。他妈的什么是酒鬼啊？不计其数。每个喝醉的人都会成为酒鬼。但并不是每个人都能剪断一根阴茎。我毫不怀疑这个出色的女性鼓舞了全国其他几十位同样出色的女性，但我个人并不认为你是个当机立断的人。很早之前你就告诉过我，你吞下我的精液就会作呕。那么，你认为在不施麻醉的情况下，你能在你亲爱的丈夫身上动刀吗？"“为什么不等着瞧呢？”罗莎娜笑着说。“不，不，别再等了。我不会长生不老。过了明天，我就满七十岁了。那时你将会错失证明自己勇气的大好时机。剪断它，罗莎娜。挑一个晚上，随便哪个晚上。剪断它。我打赌你不敢。”

他不正因为这个原因才逃到这儿的吗？设备柜里放着一把巨型剪刀，相比之下，她针线包里的那把状似苍鹭的剪刀要小得多了。她书桌中间的抽屉里还有一把剪刀，那把剪刀常规大小，有着橘黄色的塑料把手。她的盆栽育秧棚里摆放着一把修剪树篱的大剪刀。自打她开始对这个案子着迷，萨巴斯已连续好几个星期都在考虑深夜去德伦卡墓前祭拜时把这些剪刀全都扔到巴特尔山的树丛里。接着，他想起罗莎娜的美术课堂上也满是剪刀；孩子们人手一把，用来裁剪粘贴。之后，弗吉尼亚州的陪审团以间歇性精神病为由无罪释放了这个女人。在那两分钟内，她的精神错乱了。路易斯在第二场比赛中花了差不多的时间击败了施梅林。把它剪断，再把它扔掉，这点时间哪够啊。但她成功了，她做到了——世界上历时最短的精神错乱，打破了世界纪录。熟悉地快速连击，搞定。罗莎娜和那些反战人士通了整整一上午电话。他们一致认为这一判决结果意义深远。对他来说，这足以构成警告了。这是妇女解放的伟大日子，但对海军和萨巴斯而言却是黑暗的一天。他再也无法在那间满是剪刀的屋内安然入眠。

眼下，谁才能给他抚慰？她捧着萨巴斯的脑袋，似乎摆出要喂奶的姿势。

“可怜的人啊，”她低声说，“可怜的孩子，可怜的母亲……”

他的泪水夺眶而出，让罗莎讶异不已。然而，她继续温柔地说着西班牙语，抚摸着他光溜溜的头皮，缓解他的忧伤。当他还是个十七岁的小伙时，一头乌黑浓密的头发衬托着火热锋利如针一般的绿眼睛。那时他常戴着一顶水手帽，成天和女孩们厮混。

“你怎么只剩了一只眼啊？”罗莎问，轻轻地来回摇晃着他，“为什么？”

“战争。”他呻吟着。

“会流泪吗，这只玻璃眼？”

“我告诉过你，这可不便宜。”

受到她肉体的蛊惑，他的鼻子一点点往下沉，充斥着她的体味，他感觉自己仿佛拥有了穿透力，似乎整个结合过程最后剩下的那个自我此刻正逐渐消失。他无需将绳子打结。他只要生命慢慢地消逝，直到血液流尽，最终拥抱死亡。

那么，这便是他的人生。该得出什么结论呢？有什么结论吗？赤裸裸暴露在外的正是他的内在本质。不是别人。要么接受，要么离开。

“罗莎，”他抽泣道，“罗莎，妈妈，德伦卡，尼基，罗莎娜，伊冯娜。”

“嘘，可怜的家伙，嘘。”

“女士们啊，如果我虚度了人生……”

“听不懂，可怜的家伙。”她说道。于是萨巴斯闭了嘴，因为他并非罗莎口中那个可怜的家伙。他心里十分清楚，自己彻底的崩溃有一半表演的成分。萨巴斯的下流剧院。

二

生存还是毁灭

参加林茨的葬礼前，萨巴斯希望能像瑞普·凡·温克尔那样在街上晃荡几个钟头，这个主意使他精神大振。萨巴斯外貌酷似瑞普老头，而且离开的时间比瑞普老头更为长久。瑞普·凡·温克尔只是错过了美国独立战争，萨巴斯多年来一直听说自己错过了纽约这座城市翻天覆地的巨变，如今这个地方已经摒弃了理智与文明的生活，到一九九〇年代已经是座将屠戮心灵这门艺术发挥到极致的城市了。如果你有一颗鲜活的灵魂（萨巴斯如今已不再这么评价自己了），它在这儿随时都可能以任何一种方式毁灭，而且这和普遍意义上肉体的消亡不能混为一谈。全城的居民，从年幼的学龄儿童到年迈无依的老人都笼罩在死亡的恐惧中，无一幸免。整座城市中，即便是爱迪生联合电气公司的涡轮电机那么强大有力，也无法与恐惧抗衡。纽约城已变得面目全非，除了地铁，其余一切都暴露在光天化日之下。在这座城市中，无论你是付出了惨重的代价还是啥都没做，总是要面临事情最糟糕的部分。纽约昔日的黄金时代以及传统的生活方式在三年前已消失殆尽。腐败横生，暴力升级，疯狂行为急剧攀升。这儿是没落的展示场，仿佛全世界的贫民窟、监狱及精神病院都在此集结，罪犯、疯子和那些为了争抢一双运动鞋而恨不得把世界搅得天翻地覆的熊孩子在此欺行霸市。在这座城市，几乎没有人会费心严肃地思考如何在这冷酷和充满欲望的森森巨齿下存活：一想到这座城市中的一切都令人深恶痛绝，揭露了人类内心真实的嘴脸，就让人不寒而栗。

如今，尽管将纽约描绘成地狱的消息依然不绝于耳，萨巴斯却不再轻信这些传言。原因如下：首先，每一座大城市都是地狱。其次，如果你对人类这种花里胡哨的卑劣行径不感兴趣，你当初来这儿做什么呢？第三，因为讲述这些故事的人是马达马斯卡瀑布的有钱人，那些专业领域中的一小撮精英分子以及上了年纪去乡下避暑的老年人，他们的话最不可信。

与邻居（如果萨巴斯能在某个地方被某个人视为邻居的话）不同，他不会下意识地躲避人性的丑陋与邪恶，他本人身上就具备这些特征。尽管他大半辈子都被困在北方天寒地冻的一个冰窖子里，但近些年来他一直都在琢磨，比如，自己或许并未被城市中日常的恐慌所击退，可以活成另一番模样。要不是因为那个一脚把他踢开的伴侣……要不是仍在为尼基的失踪而百感交集……要不是因为他一生的霉运早已注定，要不是由于他那令人生厌的傲慢以及长年累月的偏执，他可能早已离开马达马斯卡瀑布（和罗茜），回到纽约。

然而，他认为不应过分夸大自己的偏执，因为偏执从来不是他思想中的罪魁祸首，很大程度上也从未真正存在过，绝不需要压抑它。当然，到目前为止，这仅仅是每个凡人都会产生的偏执，在争吵中很容易出现偏执的苗头，但总体来说会感到疲惫，心生厌倦。

这时，他又开始浑身发颤，此刻没有罗莎身上的气味带来的安慰以及所蕴含的怀旧意味。正如之前在黛博拉的卧室翻箱倒柜的冲动一样，轻生的念头似乎一旦生根，他便很难通过自己的意志力去掐灭。在前往地铁站的途中，这个念头如影随形，始终萦绕在他的心头。他已有几十年没有走过这些街道，但他对街上的一切视若无睹，一心只想着求死，无暇他顾。带着这一念头，他默念着迪克斯堡[①]黑人军官吹

① Fort Dix，美国陆军军事基地之一，位于新泽西州，主要用于对陆军预备役士兵进行动员、训练。

出的步兵哨声，齐整划一地大步向前进。出海回来以后，他曾在迪克斯堡受训，目的是杀死共产党人。

你离开了温暖的家——
你做出了正确的选择！
你离开了温暖的家——
你做出了正确的选择！
报数，一——二，
报数，三——四，
依次报数，一——二——三——四——
三——四！

不愿苟活于世这个念头一路伴随着萨巴斯走下台阶，来到地铁站。等他购买了一张车票以后，这个念头继续紧跟着他穿过了旋转栅门；萨巴斯进入车厢后，它就坐在他的大腿上，面对着他，开始在萨巴斯畸形的手指上罗列各种可实现的方式。这只小猪[①]撕开了他的手腕，这只小猪使用了一只干洗袋，这只小猪吞食了安眠药，这只生在海边的小猪一路乘风破浪，最终溺亡。

萨巴斯揣着不愿苟活下去的念头绕着市中心兜了一圈，正好完成一份讣告。

莫里斯·萨巴斯，木偶艺人，享年六十四岁

莫里斯·"米奇"·萨巴斯，木偶艺人，曾任戏剧导演，小有成就，之后从某个名不见经传的百老汇剧场消失，似通缉犯一般隐

① 源自英文童谣 *This is Little Piggie*，其中每只小猪代表一根脚指头。不过，本文所指为手指。

匿于新英格兰，本周二他从十八层高楼窗口坠落，死在了中央公园西大街一一五号门外的人行道上。

据罗莎·康布丽卡塔所说，萨巴斯先生生前曾与她口交，之后便自杀身亡。康布丽卡塔女士作为家属代表发言。

据康布丽卡塔女士所言，萨巴斯跳窗之前，曾用五十美元收买她表演各种变态动作。“但他没有勃起。”体形庞大的发言人含泪说道。

缓 刑

一九五三年，萨巴斯先生开始了街头的演艺生涯。娱乐圈的评论员们认为萨巴斯其人衔接了正派的五十年代与喧嚣的六十年代之间的“空白”。萨巴斯先生用手指代替木偶，演绎粗鄙下流的人物形象，在下流剧院周围吸引了一小众忠实粉丝。一九五六年，他被控猥亵罪。虽然他被判有罪且被处以罚款，最终判了三十天的缓刑。他入狱服刑一个月的话，最终可能会改邪归正。

萨巴斯先生在诺曼·考恩和林茨·格尔曼（格尔曼的讣告见专栏3，B7）的赞助下，于一九五九年执导了一部索然无味的《李尔王》。尼基·坎塔拉基斯扮演的考狄利娅获得评论家的褒奖，而萨巴斯先生扮演的李尔王则被贴上了“自杀时显得过分夸张”的标签。许多熟番茄分发给了持票入场的观众，当晚演出结束，萨巴斯先生便饱尝了番茄汁的洗礼。

蠢猪抑或完人？

坎塔拉基斯小姐在皇家戏剧学院受过专业训练，是波威里街地下演艺团队的台柱，也是导演的妻子，于一九六四年十一月在家离奇失踪。她的生死至今仍是个谜，谋杀的可能从未被排除。

“福楼拜这只蠢猪谋杀了路易丝·科莱[1]。”贵族女权主义者普利斯塔伯爵夫人在今天的电话采访中如此评论。她以写虚构性的传记著称，目前正在编写坎塔拉基斯小姐的传记。“菲茨杰拉德这只蠢猪谋杀了泽尔达[2]，”伯爵夫人继续说道，“休斯这只蠢猪谋杀了西尔维娅·普拉斯[3]，萨巴斯这只蠢猪谋杀了尼基。他杀害尼基的种种手段都被写在《尼基：被一只蠢猪毁灭的女星》一书中。”

今天，记者与波威里街地下演艺团队创立之初便在那儿工作的演员们取得了联系。他们一致认为萨巴斯先生在指导自己的妻子时毫无怜悯之心。他们无一例外地希望妻子会手刃丈夫，但她未做任何尝试便消失得无影无踪，令他们备感失望。

萨巴斯先生的朋友及合伙人诺曼·考恩则有不同的说法。“米奇是一个不折不扣的好人。”考恩先生评论道，“从不给任何人添麻烦。有一点孤僻，但对每个人都和颜悦色。”考恩的女儿黛博拉是布朗大学的在读学生，她穿着内衣主演了《永别了，半个世纪的自慰》。萨巴斯先生在纵身一跃坠亡前的几个小时推出了这一场华丽的演出。

第一个妓女刻薄

萨巴斯在曼哈顿正式开始木偶表演前曾流连于中南美洲以及加勒比海地区的妓院。他从不使用避孕套，竟神奇地没有染上任何性病。萨巴斯先生常把自己遇到的第一个妓女挂在嘴边。

“我挑的那个十分有意思，”他曾对地铁上邻座的乘客说道，“我到死都忘不了她。无论如何，你都不会把你人生中的第一个

① Louise Colet (1810—1876)，法国诗人、作家，曾是福楼拜的情人。
② Zelda Fitzgerald (1900—1948)，美国小说家、诗人，是菲茨杰拉德的妻子。
③ Sylvia Plath (1932—1963)，美国女诗人，是英国诗人休斯的妻子。

给忘了。我挑她是因为她长得像女演员伊冯娜·德·卡洛，那个电影演员。不管怎么说，现在的我就像是风中摇摇欲坠的孤叶。那是在哈瓦那古城，我对满是阳台的破败街道上那奇特而浪漫的场景记忆犹新。那是我头一次性体验。我和伊冯娜共处一室，我们开始宽衣解带。我记得当时是坐在门边的一把椅子上。先映入眼帘的是她红色的内衣，红色的胸罩和内裤，这让我久久难以忘怀。真是美呆了。我还记得自己趴在这女人身上。我还记得完事以后她对我说：'从我身上滚下去！'有点刻薄。'滚开！'现在这种事并不是每次都发生，但由于当时我没经验，心想没错就滚开了。'你完事了吗？滚开！'妓女当中也不乏臭脾气的。我一辈子也忘不了。我心想：'好吧，我干吗在乎呢？'但她不友好甚至有点刻薄的样子确实给我留下了深刻的印象。我一个乡野毛头小子怎会知道，不管妓女们多么撩人，十个里面总有一个会这么刻薄粗暴呢？"

对以色列毫无贡献

萨巴斯先生在涉嫌谋杀第一任妻子后没多久，便迁往偏远山村定居，自杀前一直依赖第二任妻子养活。他妻子多年来一直盼望着剪断丈夫的阴茎，再向受家暴迫害的妇女组织寻求庇护。在藏匿的三十年间，除了无形中把来自克罗地亚的美国邻居德伦卡·巴利克太太变成了一个荡妇，他似乎专注于把尼采这个无可救药的疯子所著的《善恶的彼岸》一书改编成五分钟的木偶戏。年过花甲时，他的双手患上了侵蚀性骨关节炎，包括远端及近端指间关节，唯有掌指关节幸免。他的手指长期疼痛不止，逐渐变得僵硬扭曲，导致他的双手一直颤颤巍巍，丧失了功能。很长一段时间里，他都在衡量关节融合术与关节成形术的各自优势，导致他的妻子沉迷于霞多丽酒。他变得愤世嫉俗，整天绞尽脑汁要把巴利克太太变成一个荡妇，骨关节炎为他的上述行为提供了完美的借口。

他的母亲耶特安葬在新泽西州内普丘恩的贝思某公墓内。在生命的最后一年，他一直深受母亲鬼魂的困扰。二战期间，他的兄长莫顿·萨巴斯少尉所乘的轰炸机在菲律宾被击落。耶特·萨巴斯再也没有从这件事的打击中恢复过来。萨巴斯先生正是从母亲身上继承了这个特质，总是深受各类事件的影响。

居住在马达马斯卡瀑布的妻子罗莎娜依然健在。在坎塔拉基斯小姐失踪或被他谋杀后弃尸的当晚，她便与萨巴斯同居了。普利斯塔伯爵夫人确信，萨巴斯先生威胁萨巴斯夫人，即罗莎娜·卡瓦诺，成为谋杀案的帮凶，于是导致她酗酒成瘾。

萨巴斯先生对以色列毫无贡献。

模糊不清的东西隐约之间呼啸而过为什么现在的发明令人恶心没有人想过这些电报纸条我不想来这儿傻乎乎地发现自己丢掉了什么白痴希腊村陀螺三明治烤肉串三明治果仁蜜饼你认识尼基穿着吉卜赛服装维多利亚式的长靴上缀满亮片和珠子不强奸从不做爱扔进不不不是那儿但那是她过来的唯一通道上帝原谅那些不肛交的人嘿陀螺你知道尼基烤肉串你知道尼基花上二十五点六美元就能租上圣马可旅馆的房间你知道身材肥胖有文身的尼基你知道尼基垃圾我们离开皮具店时被绑着手脚蒙着眼睛前进想要知道一个秘密你把我当孩子利用时我只想知道秘密我是你的男孩你是我的女孩我的男孩你的木偶布袋木偶把我当成了布袋木偶民族饰品更多的皮革制品老人我就是一个宗教性服装店焚香尼基一直是尼基在焚烧礼品店内的T恤焚香从没有香火跑了仍然需要绘上长长的头发最后的边远山区搬家公司搬家公司搬家公司面红耳赤砖头粗野的女人美籍波兰移民回家煮饭除了问为什么我还能说些什么所以为什么抱怨她在这儿的可

能性小于我成为她这难以忍受有神的存在橱窗里的那些会是我们的保护神吗尼基亵渎了他们把他们吊死之后离开了我留下一百二十美元的旧衣服呸她喜欢的那些木质百叶窗是褪了色的板条三十年后即将消失的红色线带尼基的百叶窗

“抽烟吗？要抽烟吗？”

“今天不抽，亲爱的。”

“老兄，我快饿死了。我有些好烟。正品烟。我今天没吃早饭，也没吃午饭。出来两小时了。屁都没卖出去。”

“别急，别急。本杰明·富兰克林说‘急吼吼一场空’①。”

“糟了，还没吃饭呢，老兄。”

“多少钱？”

“五美元。”

“两美元。”

“呸。这可是正品烟。”

“可现在你才是饿死鬼，就该听我的。”

“混蛋，老家伙，犹太老头。”

“啧啧啧。你犯不着这样。‘既不是哲学家也不是反犹分子，正像有了白昼才有黑夜一样，对自己忠实，才不会对别人欺诈。’②”

“终有一天我不会来这儿乞讨卖货。会有犹太人来这儿乞讨。等着瞧吧，所有的乞丐只会是犹太人。你会乐于看到这一天的。”

“当拉什莫尔山上出现黑人雕像时，犹太人全都会沦为乞丐，亲爱的，拉什莫尔山上雕刻出迈克尔·杰克逊、杰西·杰克逊、博·杰克逊、雷·查尔斯这些黑人头像的这一天——这一天遥遥无期。”

“两包五美元。我快饿死了，老兄。”

---

① 富兰克林随笔中有一则名言，“唯有耐心的人才能得偿所愿”（He that can have patience can have what he will）。此处被作者改编。

② 出自莎士比亚戏剧《哈姆雷特》第一幕第三场。

“价格合理——成交。但你得学着盼点犹太人好。你们这些人在这儿待的时间比我们长，做什么都比我们有优势。”

尼娜考狄利娅戴斯迪蒙娜埃斯特洛夫药店还在这儿我的天自由图书馆以及阅览室德国的药房地下室全都是印度精品店印度餐馆饰品店日本饭馆雷氏披萨基辅一周七天每天二十四小时介绍印度教她总是在看法利欲释[1]从最终目的死亡轮回中得到解脱当然这是一个有意义的话题或许是最了不起的话题当然也是一个解决自尊缺乏的措施华沙报上的赛马报道流浪汉流浪汉波威里街的流浪汉依然在楼梯间双手掩面尿液从他们的口袋里汩汩流出

“我在赎罪之旅中，老兄。”

“请再说一遍。”

“赎罪之旅。我需要吃的。我还没吃早饭，也没吃午饭。”

“别担心。大家都没吃。”

“我是无辜的，老兄。我受人陷害。得有人帮帮我。”

“我接下你的案子，孩子。我相信你和我一样，是无辜的。”

“谢谢你，老兄。你是律师吗？”

“不是，是印度教徒。你呢？”

“我是犹太人，但我研究佛学。”

“没错，你这一身牛仔打扮，说明功成名就。”

“一个睿智的印度教老头看起来该是什么样的呢？”

“哦，并非人人都适用，而我恰巧喜欢苦难。以素食为生，一直在努力以涤净罪恶，克制自我，节制欲望，厉行节约。”

“我得吃点东西，老兄。”

“别吃荤菜。”

“呸，我不吃荤菜。”

① dharma artha kama and moksha，《爱经》里提出的“人生四大夙愿”。

“别勾搭女演员。”

“那些不信奉犹太教的姑娘呢？”

“对一个研究佛学的犹太人来说，不存在不让勾搭非犹太姑娘的诫令。本·富兰克林曾说：‘上帝宽恕非肛交者。’”

“你疯了，老兄。你真是个了不起的印度教教徒。”

“我已在世间体验了人生，履行了社会职责。现在，我重返单身状态，像个孩子般无忧无虑。我专注于在内心向自我的神圣之火祭拜。”

“压根儿没听懂。”

“我正在寻求轮回的最终解脱。”

路灯柱性交易裸体女孩剪影电话号码说的是什么我的印度语乌尔都语和孟加拉语说得很好放开我非犹太姑娘拉什莫尔山艾娃·加德纳索尼娅·海妮安·玛格丽特伊冯娜·德·卡洛遮盖了安·玛格丽特格蕾丝·凯利她是非犹太姑娘们心中的亚伯拉罕·林茨

于是，萨巴斯摆出一副沉思的模样消磨时光，让意识不停流动，这是詹姆斯·乔伊斯笔下人物的思维方式，佯装比他的真实感觉更不稳定，装出他在地下室找到尼基时既满怀期待又毫不在意的样子。尼基的额头上多了一颗眉心痣，正在兜售纱丽，或穿着吉卜赛服装在街上漫无目的地寻找他。萨巴斯就这样消磨着时间，冷眼旁观着那些互相矛盾的事物：邪恶与纯洁；真诚与欺诈；可憎与可爱；一幅关于他本人且纯粹是他本人的漫画，既对真相张臂欢迎，又对真相视而不见；他沉浸在自我之中，不可自拔，同时又对自己现在的身份诸如自我、儿子、弟弟、前夫、前木偶艺人等浑然不知；他对自己曾经的追求懵懂无知，不知该鲁莽地溜进流浪汉堆积的楼梯井，还是该像常人一样屈服于不愿苟活于世这个念头，抑或该不停地得罪别人，直至得罪世间众人。

至少他没有蠢到跑去C大道寻找，他曾亲手在那儿将番茄递到每一位看首场戏剧演出的观众手中，如果再去一次，那里会变成一个充斥着印度菜的深穴。他也没穿过汤普金斯公园抄近路去以前的工作室，他们曾长时间在那儿的沙发上疯狂做爱，动作激烈得使带轮沙发滑动到通向门口的半道上。此时他才急急忙忙地穿上衣服赶在尼基从剧院回家之前到家。现在回想起来，当时那种令他沉迷的牵挂似乎只是一个十二岁男孩的幻想而已。然而，事情确确实实发生在他与刚踏出本宁顿学院校门的罗莎娜·卡瓦诺身上。尼基失踪后，他伤心落泪，困惑不已，却又如每个年轻男子一般欣喜万分。暗门已开，尼基消失得无影无踪。一个梦，一个人人都做过的噩梦。让她消失。让他消失。这一梦境只在萨巴斯身上应了验。

他被用力往下拽，被冲向前方，被狠狠拍打，被折磨得如他妈妈搅拌机里的那一摊面糊。最终，他以臀位分娩的胎儿姿势被冲上海滩，因为没掐准时间，他被海浪席卷着冲刷过海滨的碎石，浑身擦伤刺痛。他爬起来时恍恍惚惚的，不知身处何方——他也许在贝尔马。然而，他奋不顾身地向海水深处游去，回到莫迪身边，莫迪正高举着一只亮闪闪的手臂，扯着盖过海浪的嗓门呐喊："大力士！加油啊！"莫迪稳稳地追上了每一次海浪；他在涨潮时冲浪，氧化锌鼻夹助他破浪前进，从距离最远的绳索一路往前冲，几乎快要撞向木质栈道。他们以前常常嘲笑那些从纽瓦克市来的威夸依克男孩不会冲浪。那些纽瓦克的犹太孩子都逃过了小儿麻痹症。要是在家的话，他们会央求家长领着到欧文顿游乐园的泳池里游泳，一旦买票进入，他们立马就会感染上小儿麻痹症，于是父母带他们来了海滩。泽西市的犹太孩子会去贝尔马，纽瓦克市的犹太人则去布拉德利。我们过去常躲在木质栈道下和他们玩二十一点。这些威夸依克的孩子教我学会了打二十一点，之后在当海员时这一技能进一步得到了提升。在我们这个穷乡僻壤的小地方，那些二十一点犹如神话般传奇。翻倍叫停！输得精光！吃了个零蛋！布林利大道海滩上的威夸依克犹太婆娘们穿着两件套，露出小蛮腰。她们夏天来此度假时，我们最爱看了。在此之前，大家只能听听收音机，做做家庭作业，过着与世隔绝、安宁祥和的日子。突然间一切都变了，阿斯伯里的大街小巷熙熙攘攘，夜间布拉德利的木质栈道人们摩肩接踵。从纪念日的那个周末开始，属于我们的小镇生活结束了。阿斯伯里各地的女招待、全国各地的女大学生从四面八方涌到这儿，排队找工作。阿斯伯里成为她们趋之若鹜的中心，格罗夫海次之，周日你根本无法驾车行驶在卫理公会犹太小村。接下来便是布拉德利县，一眼望去，海滩上遍布着从泽西州各地来的犹太姑娘。停车场的小偷埃迪·施内尔雇用了我和莫迪，他常常警告我们："别乱搞那些犹太姑娘，留点力气和非犹太姑娘混吧。永远别和犹太姑娘鬼混。"我们眼中那些从威夸依克城里来的犹太男孩根本不会冲浪，我们常和他们进行冲浪比赛，和他们打赌，冲浪赢了就赚钱。莫迪总是获胜。他入伍前我们一起度过了许多欢乐的夏日时光。

潮水退去，那些老弱病残的人四散到水波荡漾的海滨醉生梦死，被骄阳暴晒的孩子则拎着漏水的玩具桶在海滩上用铲子挖沙蟹，莫迪和他的小伙伴们还有"小萨巴斯"在海滩上画出一大片长方形，中间划上一条分界线，之后，把三四个浑身湿漉漉的人归入一队，玩起了一种表面看起来十分凶险的海滩游戏"快跑"。这个游戏是长在海边天不怕地不怕的孩子发明的。当轮到你时，你得去碰碰另一边的某个人，趁他们抓住你的胳膊把你拉出老巢之前，跑回己方区域。要是他们在分界线上抓住了你，你的队友把你往这一侧拉，对方则把你往另一侧拉，类似于拔河。德伦卡问他："要是他们抓住了你，会发生什么事？""他们把你摁倒在地。要是他们抓住了你，他们拉住你，抱摔你，操你的屁股。没人会受伤。"德伦卡开怀大笑！德伦卡央求他讲讲他小时候在海边的故事，被逗得哈哈大笑。快跑。沙子擦伤了你的眼睛，塞满了你的耳朵，烫伤了你的肚皮，灌满了泳裤的裤裆，沙子也钻进了你的屁股和鼻孔，一团沾满血的沙子从你的双唇中吐出，之后，齐喊："杰罗尼莫！"[1]——此时大家再次回到海浪平静的地方，你可以趴着享受日光浴，睡意蒙眬地随着起伏的波浪轻轻摇晃，尽情傻笑，高声唱着"歌剧"——"斗牛士/不要把痰吐到地上/要用痰盂/它就是派这个用处的！"——之后，突然从丹田涌出一股英勇之气，鼓舞着你潜入海底。向下十六英尺，十八英尺，二十英尺。哪儿才是尽头？接着，快要爆炸的肺为氧气而战，你抓起一把沙子，向莫迪炫耀。

莫迪不用去西区赌场做救生员的那几天，不管他出不出海，米奇总跟着他。他多能折腾啊！战前，他是一个逍遥自在的孩子，可以随心所欲地冲浪，那种感觉多棒啊。

现在一切都变了。他紧紧拽着街边小贩的摊位边角，等着用咖啡来拯救自己。万千思绪如脱缰的野马自由驰骋，往事一幕幕浮现在眼前，而他似乎正处于身不知何处的小高地上摇摇欲坠。他被困在残忍的自我分裂的过程中。这种感觉有些类似于莫迪的飞机被高射炮弹击碎：你的生活都失控了，一切都在倒退。他记得没错，那时他们正在排练《樱桃园》，他那只畸形的手小心翼翼地端起咖啡杯，另一只手结了账。尼基出现了。三十年前尼基留在他脑海里的印象如火山一般瞬间爆发。尼基出现了，即便受到的关注甚微，依然会全神贯注地在那儿仔细倾听——一副专注撩人的神情，大而乌黑的双眼不慌不乱，她只有在扮演角色时才会表现得如此恬静，用心默念着台词，把头发撩在耳后，以确保眼睛和台词之间没有任何遮挡，她轻轻地发出折服的喟叹，承认他的判断完全正确，他的心态，她的心境，他对事物的感觉以及她对事物的感觉，尼基作为他的工具，他的器具，是他在现成世界中自我毁灭的记录。狡猾的萨巴斯为她创造了无与伦比的藏身之处，他生来就是为了把她从失落及其制造的恐慌中解救出来。连一个

---

① Geronimo（1829—1909），美国印第安人阿帕切部落首领。该部落是最后一个反对美国向北美大陆西部扩张的印第安部落。美国人在蹦极、跳水、跳伞等运动中爱喊此名，象征勇气。

眼睛的动作都不会错过，如走火入魔般用一根手指对着空气疯狂地猛戳，他这样做时没人敢眨眼，同时，他用自己专横的行事风格铺陈出每一个细节——这一切在尼基眼中都无比骇人，小小的身躯里蕴含着巨大的思想，他如同一个小木桶，从中不断喷涌出醇香的白兰地。他不停地用眼神示意，警告、提醒、叱责以及模仿。在尼基眼中，这一切犹如猛烈的爱抚，压倒了她所有的胆怯，她感受到了自己这冷冰冰的责任因此而伟大。“噢，我的童年。那是个问题。要保留那种温柔、质疑的语气。念这句台词时要满怀深情。对特罗菲莫夫[①]说，那时你还小，诸如此类的话。一丝甜蜜的诱惑也要到位。更加戏谑，黯然神伤——迷惑他！你入场时，动作轻快，兴致高昂，慷慨大方——像个巴黎人！跳舞。我坐不住了，等等。确保此前早已摔碎了杯子。起身。巴黎贵妇与罗伯兴[②]共舞，把你带到舞台前部，前部。对罗伯兴在巴黎舞中惊人的表现大加赞赏。你，瓦丽雅[③]。向她摇动手指。这是虚假的惩罚。接下来充满挑逗地，迅速地在她脸颊两侧送上亲吻。你还是老样子。我没有完全听懂你这句台词——表现得更加迷糊。说完《百科全书》上都提到过（我们这座樱桃园）这一句后，要大笑出声。别忘了要有笑声和嘈杂声——制造出你想要的各种活跃的嘈杂声；欢乐的笑声，属于郎涅夫斯卡雅的笑声！罗伯兴不停地谈起这桩交易——把你强大力量来源的樱桃园给卖掉——招致了越来越多的类似玩笑的挑衅。对你而言，这种商业性的谈判仅仅只是用于魅惑新的男人的绝佳机会。诱惑他！他对你一见钟情，从他对你表白的那一刻起就已在向你发出邀请。嘲笑声在哪儿？诱人的呻吟。悦耳的嗯声。契诃夫所言：‘重点在于展现恰如其分的笑容。’深情的，尼基，无邪的，保持微笑，虚假、真实、懒散、虚荣、习惯、充满魅力——展现这种笑容，尼基，否则你

① Trofimov，《樱桃园》中的大学生。
② Lopakhin，《樱桃园》中的商人。
③ Varya，《樱桃园》中郎涅夫斯卡雅夫人（即柳苞芙）的养女。

就彻底演砸了。她的虚荣心，脸上涂好粉，喷点香水，抬头挺胸，使自己看起来光彩照人。你贪慕虚荣，却开始衰老。想象一下：一个破了产的女人，疲惫不堪，却又和尼基一样脆弱天真。从巴黎发来的电报。让我们瞧瞧你如何云淡风轻地处理这个消息——一定要看到那种笑容。分三步走——只要三步——撕碎电报，转身，精神崩溃。接下来，让我们瞧瞧你退到桌子旁情绪崩溃的一幕。如果我的心中能卸下一块重重的石头。低头。作沉思状，轻声说，如果我能把我的过去忘掉。继续低头，作沉思状，等他说完台词——再抬头，你就能看到你母亲。是母亲。介绍过往，接着彼嘉[①]神奇地现身了。她在一棵树中看到了母亲——但没有认出彼嘉。她为什么要把钱给彼嘉呢？你做这件事时并不令人信服。他和她调情了吗？迷惑她了吗？他是个了不起的老朋友吗？有些东西得先存在，此刻才能显得可信。雅沙[②]。雅沙是谁？雅沙是什么？雅沙就是她决策失误的活生生的证据。那儿空无一人。这整一篇讲稿从头至尾像是说给孩子听的。包括那句它看起来像个女人。罗伯兴小时候是吃棍棒长大的——你过着伊甸园般的童年，而他的童年却如地狱。结果便是他纯真无邪的品性并没有因感情用事而制造混乱。毫不犹豫，尼基，毫不犹豫，你哭了，瞧！母亲正在樱桃园里散步！但罗伯兴最不愿看到的就是他那醉鬼父亲复活。把这场戏当成她的梦吧，就如柳苞芙的巴黎之梦。她在巴黎流亡，和情人过着悲惨的生活，这就是她做的梦。我梦见自己回了家，家中一切照旧。母亲还活着，她在那儿——正站在儿童房那扇樱桃树状的窗前。我又变成了一个小孩，那个叫安妮雅[③]的小孩。一个怀揣着改变世界的理想主义学生正向我求爱。然而与此同时，我又变成了我自己，一个充满故事的女人。那个农奴的儿子罗伯兴，此时也长大了，不

① Petya，即大学生彼得，曾担任过柳苞芙儿子的家庭教师。
② Yasha，柳苞芙的一个年轻仆人。
③ Anya，柳苞芙的女儿。

停地警告我说如果不砍倒樱桃树，这座庄园就要被出售了。当然，我不能砍倒樱桃园，于是我举办了一场舞会。但舞会进程中，罗伯兴闯了进来，尽管我们想用棍子将他驱赶出去，他却大声宣布庄园已被出售，新主人是他，这个农奴的儿子！他把我们所有人逐出了家门，开始砍伐樱桃树。接着我醒了……尼基，你开头的台词是什么？告诉我。儿童房。没错！她回到了儿童房。一头是儿童房；另一头是巴黎——一头无法挽回，另一头无法驾驭。她逃离俄罗斯，以此躲避婚姻失败造成的后果；她逃离巴黎，留下一段损失惨重的外遇。逃离混乱的女人。逃离混乱的女人，尼科莱塔。然而，混乱存于她体内——她就是混乱！”

可是过去的我是混乱。现在的我就是混乱。

莫迪的贝罗司手表显示，大约半个小时后，林茨·格尔曼的永生仪式将在阿姆斯特丹大道的河畔纪念堂正式举行。尽管萨巴斯迫切希望看看这个家底丰厚的人能被生活折磨成什么样子，然而当他到达阿斯顿广场站时，目光却被一小群演技出色的演员吸引住了，并未匆匆下楼搭乘地铁。他们极简风格的编舞令人印象深刻，这是为了生存而进行的表演，是最具尊严的舞台艺术。曼哈顿下城这一方土地就是他们的舞台，人们在这儿各奔东西，又在下一个错综复杂的十字路口或奇形怪状的开放空间再次相遇。

“没必要非得富得流油才能伸出援手，没必要非得富得流油才能伸出援手——”一个被揍得面目全非的黑人小子端着杯子跳了出来，站在萨巴斯面前轻声吟唱单调的歌词，十分隐晦地诉说着三百年以来最终以痛苦地存在告终的那一系列事件。这家伙还在苟且偷生——萨巴斯心中盘算着周围还有多少人手里拿着杯子干着类似的营生——显然，他曾是那个年度人物。

萨巴斯呷了一口杯中的咖啡残渣，终于从自己过去所犯下的那个快被人淡忘的错误中回过神来。目前已发生的一切也在有条不紊地进行，正如战时在珀斯安博伊[①]夜以继日生产的军舰，从庄严的当下回到古代，从文艺复兴一直延续至今——萨巴斯意图摒弃的正是始终在开始却永远没有结尾的当下，对它的有头无尾颇为反感。单为这一点，他也宁愿去死。所以，要是他过着无聊的生活，又会怎样呢？任何一个有头脑的人都知道即使他本人还在主导着生活，他的人生依然无聊透顶。任何一个有头脑的人都知道他注定要过这种无聊的生活，因为别无他选。其中并不涉及个人恩怨。然而，无辜的眼泪涌上他的眼眶，随着米奇·萨巴斯——没错，这个米奇·萨巴斯，构成人类历史的七百七十亿个顶级傻瓜中精选出来的那一个——告别了他的唯一，伤心欲绝地咕哝着“谁他妈在乎啊？”

脸色黝黑，头发斑白，整个人狂野而颓废，空洞无神的眼睛距离萨巴斯自己斑白的脑袋仅咫尺之遥，那双迷糊呆滞的眼睛在萨巴斯看来已濒临理智衰退的边缘。萨巴斯尚有勇气面对这番可怜的模样，因此并未转身离开。他清楚他自身的痛苦来自于一种同样令人生厌的潜在生活，虽然程度还远不及此。这个黑人的眼神令人不寒而栗。要是他藏在裤袋底部的手指正握紧刀把的话，也许我就要落荒而逃了。

这个乞丐像摇手鼓似的晃动着手中的杯子，杯中的零钱铛铛作响。他凑到萨巴斯的嘴边，鬼鬼祟祟地说：“只是一份活儿，老兄——总得有人干。”一股浓重的腐烂味扑鼻而来。

是一把刀。一把刀猛地刺穿了萨巴斯的夹克。“什么活儿？”萨巴斯问他。

“边境买卖。”

努力保持冷静，神情淡定。“你看起来确实人生失意。”

“美国爱我。”

① Perth Amboy，美国新泽西州东北部海港。

“既然你说是，那就是吧。”然而，当乞丐的身体倾向他时，萨巴斯失声尖叫，“我们不要动手——你听到了吗？不要动手！”

袭击者闻言露出阴森的笑容。“动——手？动——手？我告诉过你——美国爱我！”

此时此刻，要是萨巴斯感觉刺入体内的刀尖距离肝脏确实仅毫秒微差，要是萨巴斯确实怀有轻生的念头，那么他为何还要把鞋跟狠狠地踩在这个亲爱的美国佬脚上呢？要是他再也不往心里去，此时为何又变得如此在意呢？另一方面，如果这无边无际的绝望只是一片假象，如果深陷无望只是他的伪装，那么除了欺骗自己，他还在欺骗谁呢？他的母亲吗？需要用自杀来使母亲明白米奇一事无成吗？除此以外，还有什么原因让她一直纠缠他呢？

黑人发出一声嚎叫，跌跌撞撞地向后退。虽然一时的冲动救了他的命，但萨巴斯依然怒不可遏，眼睛飞快地往下一瞧，发现他以为的刀尖竟是一种形似蛆虫或鼻涕虫的软体虫类，看上去像被嵌进过煤尘中。这一切让你心生疑虑，为这点小事大惊小怪到底是为什么。

与此同时，街上的行人似乎既没有留意到那只不值一提的啄木鸟，也没留意鸟的主人，这个神经病干了这么一件没过脑子的蠢事，却不过是想结交萨巴斯这个朋友，也没有人发现萨巴斯狠狠地踩了他一脚。这次偶遇让萨巴斯惊出了一身冷汗，但对两个乞丐来说却不足为奇。其中一个乞丐与木偶艺人之间的距离和另一个乞丐到拳击台一角的距离相差无几。他们相谈甚欢，隔在两人之间的超市购物车内塞满了透明的塑料袋，袋子里装满了空汽水瓶和汽水罐。就姿势和架势来看，瘦高个像是这车战利品的主人，他穿着一身得体的运动服，脚蹬一双几乎全新的运动鞋，身子正斜倚在购物车上。个子稍矮的那个衣衫褴褛，这一身很可能是用那些扔在汽车修理厂的破布缝制的。

衣着光鲜的那个家伙扯着大嗓门，慷慨激昂地说：“伙计，我定下的计划，白天根本干不完。”

“你这小贼真该死。”另一个人底气不足地骂道。萨巴斯看见他正默默流泪。“是你偷的，你不要脸。”

“抱歉，伙计。我会算你一个的，可我的电脑坏了。自助洗车系统也坏了。麦当劳的得来速餐厅无法在七分钟内出餐，他们把一切都搞砸了。咱俩过去真正在行的，如今已没啥用了。我打电话问IBM在哪儿可以买到一台笔记本电脑。拨的是他们的800热线电话。他回答说‘很抱歉，电脑都坏了’。IBM，”他幸灾乐祸地看着萨巴斯，重复道，“他们修不好。”

“我明白，我明白，”萨巴斯说，“电视有问题。”

“电视好好的，伙计。”

“白面包[①]机，”萨巴斯说，“是最不实用的机器。瞧瞧满橱窗的白面包。没有两个面包长得一模一样，但所有的面包都属于同一类型。它们看上去依然像塑料制品。这就是白面包想要达到的效果。甚至当着真塑料制品的面，也要让自己看起来像塑料面包。他们由此从白面包身上获得了塑料的灵感。”

“瞎扯。你是怎么知道的？”

“国家公共广播电台，助你获取各种信息。无论我多么困惑，国家公共广播电台都能帮我找到答案。”

此时附近只有一个白人流浪汉站在拉斐特大街中央，他是爱尔兰后裔，身材瘦弱，脸色通红，年龄不详，在波威里街一待就是几十年，以此为家。萨巴斯以前住在这个街区时便已和他相识。他紧握着一个包着棕色纸袋的酒瓶，正轻声和一只鸽子交流。那只鸽子受了伤，双腿无法站立，摇摇晃晃地走上一两步，便侧着倒地。中午刚过，它徒劳地挥动着翅膀，试着逃离来往的车流。流浪汉双腿跨立，保护着鸽子，另一只手指挥来往的车辆绕开鸽子驶过十字路口。一些司机怒气

---

① challah，犹太人传统的节日面包。

冲冲地摁响喇叭，故意把车开到他身旁，千钧一发之际差点将他撞倒。然而，他只诅咒了几声，继续站在那儿守护鸽子。他穿着凉鞋，借助一只开裂的鞋底轻轻地支撑着鸽子，让它的身体找到平衡，多次帮它一点一点地站起来，却发现小鸟一旦失去支撑，身子立即会向一侧倒下。

萨巴斯发现这只鸽子似乎遭到了车子的碾轧，或已病入膏肓。他走到路边驻足观看，流浪汉手里拿着酒瓶，头戴一顶红白相间的棒球帽，帽上印有“便民上门修理”字样，正蹲在无助的鸽子旁边。“喂，”他说，“喝一小口……喝一点……”他从瓶口倒出几滴酒，洒到街上。鸽子顽强地努力着想恢复行动力，但显然每使一次劲，浑身的力气就消失一点。流浪汉的耐心也在渐渐消失。“喂——这儿，这是伏特加，喝一点。”然而，鸽子对他的建议始终充耳不闻。它侧躺在地，身体微微晃动，两只翅膀只能偶尔抽动一下，便又垮了下来。流浪汉警告道：“你在这儿会被撞死的——喝吧，你这只笨鸟！”

面对鸽子的淡漠，他终于忍无可忍，往后退了退，铆足了劲狠狠踢了一脚，把鸽子踢出了来来往往的车流。

鸽子坠落在一条阴沟里，距离萨巴斯所站的位置不远。流浪汉大步向前，又冲它踢了一脚，彻底解决了这个问题。

萨巴斯不由自主地鼓掌。他知道，像他这样的街头艺人如今已不复存在——街头表演太过危险——街头艺人们如今都沦为无家可归的乞丐和流浪汉。乞丐的歌舞表演，乞丐的歌舞表演就如他自已那家早已销声匿迹的下流剧院，就如大木偶剧场之于那些可爱的提线木偶和木偶的大嘴巴，所有正派的木偶用他们洁白无瑕的人生观为观众带来欢乐：世上的一切都如孩童般纯白，洁净，一切都会好起来的——秘诀在于让你的阴茎乖一点，把注意力从阴茎上转移开。噢，胆怯！他多么胆怯！汉森可不是胆小鬼，他才是！胆小鬼！懦弱！最终恐惧变得完全难以启齿时，选择躲到深山老林里！在大家眼中，他一直都令人毛骨悚然；在胆小鬼眼中，他是一个危险分子，堕落粗俗，令人恶心。

他疾呼："完全不是这样！我失败的原因在于未能扬名立万！我失败就是因为逃得不够远！"

一个路人往他的咖啡杯里扔了点什么作为回应。"混蛋，我还没喝完呢！"但等他从杯中掏出东西，发现并不是嚼过的口香糖，也不是剩下的烟头——四年以来，萨巴斯头一回挣了二十五美分。

"上帝保佑你，先生。"他冲捐助者大喊，"上帝保佑你，保佑你所爱的人，保佑你珍爱的家庭拥有电力安全系统以及电脑远程服务。"

重操旧业。最终他又回到了起点，重操旧业，他悲观无望地晃荡了这么多年，与人私通、受关节炎折磨、事业上郁郁不得志，漫无目的地离经叛道地生活着。然而，三十年后，手里拿着一顶帽子重新回到街上，他对这种恶意的轮回并不感到失望，反而感到一种误打误撞回到自己设计的宏伟蓝图的幽默。你得称之为胜利：他让自己成了一个彻头彻尾的笑话。

出发前往地铁站行乞时，他的杯子里已攒了两块多零钱。显然，萨巴斯乞讨时的举手投足等一切肢体语言都令人反感，他们恨不得在把他撂倒之前立马从他身边快速溜开，再也不愿见到他的身影或者听到他的声音。

他得在阿斯顿广场站与中央车站之间换乘那趟自杀特快列车。他晃动着杯子，吟诵着《李尔王》中的台词，安分地在车厢之间缓缓穿梭。自打受到自己递出去的番茄攻击以后，他便再也没有机会出演李尔这个角色。六十四岁获得了一份新的工作！地铁里的莎士比亚，普罗大众的李尔王——富得流油的基金会喜欢那种东西。基金！基金！基金！基金！至少可以让罗莎娜知道他又出来招摇撞骗了，经历了那场让他们夫妇一年损失两千五百美元的性丑闻以后，他恢复了自力更生的能力。对她而言，他进步了。两人之间重新恢复了财务上的对等。然而，虽然他正重拾劳动者的尊严，所剩无几的自我保护本能警醒他自己并不是市镇大街上的那个小丑。在马达马斯卡瀑布，他身上集中体现了人性的堕落，萨巴斯就是威胁的源头，周围再也找不到像他一样的危险分子……除他之外，还有一个矮个子女院长，那个日本鬼子。他厌恶那矮子的勇气，并不是因为她挑头害他丢了饭碗——他讨厌的是这份工作本身。并不是因为丢了钱——他讨厌金钱，讨厌成为工资单上拿薪水支票的雇员，得带着支票到银行去，而银行柜员出于工作需要，甚至会祝福萨巴斯这种人一天愉快。或许除了看看存根上所有的开销结算外，他想不出比在支票后面签字更讨厌的事了。计算存根的数据总惹他心烦。我到银行在支票背面签字——这是我一直以来的希望。不，令他心如刀绞的不是工作，不是工资，而是失去那些姑娘们，一年失去一打，一打不到二十一岁的姑娘，反正至少有一个不到二十一岁……

那年——一九八九年的秋天——他又失去了一个珍爱的身高六英尺以上的姑娘，来自宾夕法尼亚州黑泽尔顿的凯西·古尔斯比。这个不受教规约束的犹太姑娘身材高挑，体格健壮，满脸雀斑，满头红发，满嘴龅牙，获得了学校里的奖学金。从十二岁开始，她一放学就去父亲经营的面包店帮工干活。她一直把“能”发成“棱”，像胖子沃勒[①]唱歌时那样把“想”说成“刚”，“我刚坐下来给自己写封信”。凯西在精致木偶的设计上毫无天分，这让他不禁想起了自己当初的搭档罗莎娜。要不是凯西当年“不小心”把录音磁带落在了大学图书馆二楼女洗手间的盥洗盆上，她很有可能成为他的性伴侣。她背着老师，把几天前他们的第四次通话偷偷录了音。她发誓说自己只是想躲在洗手间偷偷听一遍录音；她发誓说自己随身带通话录音到图书馆只是因为他们两个人要通电话，而她甚至无需戴上耳机便已心猿意马，欲

① Thomas Wright Waller（1904—1943），美国爵士乐大师，爵士乐史上第一位管风琴演奏家。

火难耐；她发誓说自己从没想着要去报复他，剥夺他唯一的收入来源。

事情始于某个夜晚，凯西打电话到萨巴斯教授家，说自己患了流感，第二天无法上交作业。萨巴斯抓住这次意外来电的机会，扮演起严父的角色，检查了她的“计划目标”，获悉她正和男友同居，男友夜间去了学生聚会的酒吧打工，白天则在图书馆撰写政治学论文。他们聊了半个小时，话题始终围绕凯西展开，直到萨巴斯安慰道：“嗯，至少不用担心工作室——你得了流感，就躺在床上休息吧。”她答道：“我躺着呢。”“你男朋友呢？”“噢，布莱恩在布基酒吧上班呢。”“所以你生着病躺在床上，孤零零一个人。”“是啊。”“嗯，我也一个人。”他说。“您妻子去哪儿了？”她问道。萨巴斯知道凯西是一九八九—一九九〇学年的学生。即便你不是专业的渔夫，当感受到鱼线末端被猛地一拉，你也会知道一个靓妞已经上钩。姑娘说着她那个年龄段的人常挂在嘴边的那些引人注目的俚语，当她极其没精打采，焦躁不安，气若游丝地问出“您妻子去哪儿了”时，你就得赶紧行动了。

“出门了。”他回答说。“嗯。”“你不冷吧，凯西？是不是冻得厉害才发出那种响声？”“嗯。”“你得确保自己不要着凉。你在床上穿着什么呢？”“我的睡衣。”“得了流感？就这样吗？”“噢，我穿着睡衣就快热得沸腾了。我一直头昏脑涨的，脸色发红。”“嗯，”他大笑着说，“我也是——”然而，她体格健壮，满脸雀斑，活蹦乱跳，当他开始小心翼翼地把她诱入圈套，不疾不徐温温和和地把她拖上贼船，他内心激动不已以至于并未意识到他因为欲望而上了凯西的当。上个月刚满六十岁的他却毫不知情，自己已被娴熟地放平，将很快会在某一天被除去内脏，再被填充好，当作战利品悬挂在柿崎贵美子[1]院长办公桌上方那面墙上。回想在哈瓦那时，伊冯娜·德·卡洛曾对这名年轻的商船海员说：“你完事了吗？滚开！”他开始明白与任性的人打交道，不

① 原文为Kimiko Kakizaki。

能仅仅因为欲火焚身，就把自己的狡猾连同内衣一起弃置一旁……但萨巴斯从未想到，甚至是上了年纪、诡计多端、已玩世不恭了整整五十年的萨巴斯也没有想到，一个满脸雀斑、高大魁梧的宾夕法尼亚人为了使他身败名裂，竟用如此卑劣的计谋陷害他。

距离第一次来电不到三周，凯西又打来了第二通电话，告诉萨巴斯她已经开始每天晚上收听录音了，磁带堆放在小隔间高处"西方文明"丛书的上方，但听了磁带才短短十分钟，她便欲火焚身，于是扔下一切，脱掉衣服，戴着耳机奔向女洗手间。"你在洗手间的小隔间里听录音，"萨巴斯问，"磁带最后怎么会出现在水槽呢？""我取出来，放别的磁带进去。""你为什么不在小隔间里换呢？""因为这样我就得从头开始听。我是说，我大体上不知道要做什么。我想，'这真的太疯狂了'。我，嗯，又湿又胀，注意力怎么集中呢？我在图书馆写论文，情不自禁地开始自慰。""大家都在图书馆自慰。他们去图书馆就是为了自慰。这并不能成为你留下磁带一个人离开的理由——""有人进来了。""是谁？谁进来了？""这不重要。是个女孩。我有点糊涂了。直到那时我还不知道自己在做什么。整件事把我逼疯了。我，嗯，怕自己听了这盘磁带会疯掉，所以我走了出去。我真的感觉糟透了。我刚打电话。可是我，嗯，怕你。""谁撺掇你这么做的，凯西？是谁撺掇你给我录的音？"

萨巴斯现在怒发冲冠，这要么是一个不可原谅的疏忽，要么就是彻头彻尾的背叛。凯西坐在副驾驶位，不停地啜泣，借此释放听到消息后内心的巨大压力，连他本人都知道自己不够坦白。（似乎天意使然，他停车的地方，正是几年后德伦卡死后下葬的巴特尔山。）事情的真相是他自己也偷录了两人之间的谈话，不仅录下了凯西遗忘在图书馆的那盘磁带内容，还偷录了此前的三次谈话。东窗事发时，萨巴斯偷录与工作室女学生对话的习惯已长达数年，他甚至计划将录音合集留给国会图书馆。将来某一天他找律师起草遗嘱的一个绝佳理由便是录音合集的保管问题,这也是起草遗嘱的唯一理由。

加上名为“大凯西”的四盘磁带,共有三十三盘磁带记录了他与六个选修木偶艺术工作室课程的学生的聊天内容。所有磁带都锁在一个旧文件柜的底层抽屉里,存放在两个标有“信件”字样的鞋盒中。(另有一个鞋盒印有“一九八四年纳税”字样,里面放着其中五个女孩的照片。)每一盒磁带都标记了日期,只按姑娘教名的字母顺序有序摆放——尽职尽责地——按照时间顺序归档。他井然有序地保管着这些磁带,便于需要时可迅速查找定位,而且一旦他担心有某盘磁带放错了——有时他会冒出这种荒唐的担忧——便可以迅速查明原因。德伦卡时常喜欢边听录音,边为他口交,不然这些磁带将始终被尘封在文件柜里。每当他拿出一盘宝贝磁带自娱自乐时,会给工作室的门锁上双保险。萨巴斯明白放在鞋盒里的东西十分危险,可是他始终无法说服自己把磁带录音抹去,或者把磁带埋到镇垃圾场的垃圾堆里去。这么做无异于焚烧了一面旗帜。不,更似破坏一幅毕加索的名画。因为这些磁带蕴含某种技巧,他以此帮助女孩们摆脱惯常的天真无邪的束缚。他独具匠心地为她们提供了一场非法的冒险,陪同冒险的不是她们的同龄男子,而是一个年长于她们两倍的大叔——他衰老的身体引发她们强烈的抵触情绪,让她们感觉和他一起冒险不亚于犯罪,从而尽情释放了她们体内处于萌芽状态的叛逆心理,以及羞耻的调情过后产生的说不清道不明的兴奋之情。没错,无论如何,他依然艺术性地向她们展示了生活中那些骇人的阴暗面,这常常是她们在献出首次口交秀后头一回碰到的。凯西对他的了解日趋深入,大胆用她同龄人习以为常的语言和他对话,气得他恨不得砍了她们的脑袋。“有些时候,我忧心忡忡,担惊受怕。但总的来说,”她说,“我只是想……我只想和你在一起……我想——要照顾你。”他发出爽朗的笑声,“你觉得我需要有人照顾吗?”“我是认真的。”她郑重其事地说道。“你什么意思啊?”“我的意思是我可以关心你……我的意思是我能照顾你的身体，还有你的心。”“是吗？你看过我的心电图了吗？你担心我高潮时会得冠心病吗？”“我不知道……我的意思是……我不知道我想说什么，但我是认真的。我就是这个意思——就是我刚才说的。”“那么我能照顾你吗？”“当然，当然，你棱。”“你的哪个部位？”“我的身体。”她斗胆回答。没错，他们共同体验的不仅仅是离经叛道的能力——一开始就已对此了熟于心——以及离经叛道所招致的更大的风险。在这些磁带中他毫无保留地展示了自己身为戏剧导演以及木偶艺人的天赋。一旦他年过半百，这些磁带的艺术价值将是他留给世人的唯一的艺术——在这种不可言说的艺术中，那些本就存在之物获得了许可。

之后，他被麻烦缠身。

次日早晨，凯西“遗忘”的那盘磁带便出现在了贵美子院长办公室，而在此之前，已被一个名为妇女反性虐、反歧视、反殴打和反电话骚扰的特别委员会劫走并复制，该委员会简称SABBATH[1]。次日晚餐时分，SABBATH委员会已开通了一条电话热线，循环播放磁带内容。在时长一个小时的大学广播站电话交谈节目中，委员会的两个妇女联合主席——其中一人是艺术历史教授，另一人为当地的儿科医生——宣布，可使用当地电话拨打这个号码722–2284。无独有偶，这个号码对应的字母正好也是SABBATH[2]。SABBATH委员会为此次电话播报所准备的介绍中，把这盘磁带描述为“本学术界历史上教授公然利用大学生，对其侮辱，实施猥亵，做出的最邪恶的示范”。“你将要听到，”儿科医生开始介绍，“两个人在打电话：一个六十岁的男人，另一个年轻女性是个大学生，刚满二十岁。男人是她的老师，代理监护人。男人名叫莫里斯·萨巴斯，四校联合项目中木偶剧院的一个助理教授。

① 由该委员会英文全称的后七个单词首字母组成，正好与“萨巴斯”同名。
② 九宫格输入法中，这七个字母正好对应这七个阿拉伯数字。

为保护女方的隐私及清白，磁带里凡出现年轻女子的名字时都用哔哔声代替，这是对原版对话所做的唯一改动。这是年轻女子偷偷做的转录，为的是记录她开始上萨巴斯的课后所经历的一切。该女子如实做了一份秘密声明，自愿将它交给指导的SABBATH委员会，其中揭露了这并非萨巴斯教授首次引诱她通话的事实。此外，自萨巴斯参与该项目以来，多年内有众多学生受他恐吓，她只是最近一段时间其中一个受害者。这盒磁带记录了该生所经历的第四次电话交谈。听众此时已经可以从萨巴斯教授的心理攻势看出他已成功地操控了这个涉世未深的年轻姑娘，让她误认为自己心甘情愿成为其中一员。当然，也让她认为这是她自己的过错，视自己为'坏女孩'，自愿同流合污，自取其辱……"萨巴斯听着上述介绍，觉得十分客观，恰如其分，像律师的口吻——尽管带有明显的仇恨。

汽车从巴特尔山沿着斜坡一路向下，停在小树林与田野的交会处，这片田野一直延伸至镇西街。他安排好了在这个僻静之地接她上车。在整个一百八十英尺的车程中，她哭得浑身发抖，痛不欲生，仿佛他正在一点一点将她活埋。"哦，受不了。哦，太痛苦了。我太不幸了。

---

* 以下是一份未经审核的全程对话录音，由凯西・古尔斯比（以及萨巴斯）偷偷录制。听众只需拨打电话722-2284，SABBATH委员会便会播放这份录音，时长三十分钟。热线开通的第一天，从头至尾在线收听这段性骚扰电话的听众就达百余人。不久，原版录音被批量复制后在全州火热销售。据《坎伯兰县哨兵报》报道，"在千里之外的爱德华王子岛，这份录音被一个关于加拿大妇女状况的夏洛特顿项目用作音频教学工具"。

你在干什么？
我趴着，正在自慰。
你在哪儿？
在家，床上。
一个人吗？
呃——
一个人待了多久？
很久。布莱恩去参加篮球比赛了。
我明白了。真好啊！你独自一人在床上自慰。嗯，我很高兴你打电话过来。你穿了我不知道这种事为什么会发生在我身上。”她体形庞大，泪腺发达，眼泪哗哗地流。他从未见过如此大颗的泪珠。有些眼力较差的人可能会把这些豆大的泪珠误当成珍珠。

“哭哭啼啼的，太孩子气了。”他说。

“我要吮吸你。”她边哭边呜咽着。

“年轻女人可真是想一出是一出。你们为什么不来点新花样呢？”

马路对面沿路托儿所的泥地停车场上停着几辆皮卡。白人进入这片山林时，苗圃的几个温室成了第一批让人心安的标记。(部落人员曾把当地的瀑布视为马达马斯卡的心脏地带，是神圣之地。那些人反对在此建造停车场、放置野餐桌，认为这些是亵渎神灵的行为。神圣的瀑布从岩洞旁的岩石河床溢出，形成了小溪，最远的支流流向一个

什么？

(稚气的笑声)穿着我的衣服。

穿了什么衣服？

穿着牛仔裤、高领毛衣，就是日常的穿着。

是，你平时就穿这些，对吗？上次和你聊完以后，我很兴奋。你让我兴奋万分。

呃——

没骗你。你不知道吗？

但我感到抱歉。我打电话到你家里，感觉打扰你了。

我想听到你的声音，你没有打扰我。我觉得在深谈下去之前，最好就此打住吧。

对不起。下不为例。

没关系。你误会了。为什么不呢？你对此并不熟悉。好吧。你一个人在床上。

是啊，而且，我想……上次通话时你说……关于……我告诉你我很反感，你知道的，我真的反感时……你问我原因，我一股脑儿全告诉你了，比如工作室那边我干得力不从心……而且之后我觉得自己说得太含糊，就是，我不是真的，就是，我觉得我不能真的告诉你(一阵尴尬的笑声)……更确切地说……我只是，就是……嗯，也许就是现在……就像我满脑子都是性行为。(如释重负的笑声)

是吗？

是，千真万确。我感觉自己束手无策。这很……我的意思是，这很……这很棒，有的时候。(笑声)

你经常自慰吗？

嗯，没有。

没有？

嗯，我没什么机会。我在上课。课都很无聊，我完全在神游。呃……

你在思春。

是啊。没少想。而且我只是……我觉得这很正常，但有点过了。我感到——我想，

冰冷刺骨的水潭。夏季，他和德伦卡赤身裸体在此嬉戏。见第四盘。细节可参照马达马斯卡花瓶上翩翩起舞的仙女以及晃动着阴茎的胡须男。留意小溪岸边的那个酒罐，一只公山羊以及一篮无花果。大都会博物馆馆藏。公元二十世纪。）

“下车。滚蛋。”

“我要用力吮吸你。”

除了一个穿着工装的工作人员正往其中一辆卡车上装苫布袋，这儿空无一人。薄雾正从树林中袅袅升起，渐渐向西飘散。马达马斯卡瀑布这种季节性的薄雾无疑象征着统治当地的神灵或逝者的灵魂——他们的父母、兄弟和爱人——但此情此景只让萨巴斯忆起了《秋颂》的开篇。他并非印第安人，薄雾也不代表他那些熟人的灵魂。

是羞耻。

真的？你因为什么感到羞耻呢？满脑子想着性行为吗？每个人都有这种想法。

是这样吗？我认为绝大多数人并没有这种想法。

有这种想法的人多得会让你大吃一惊。我对此毫不担心。你年轻，身体健康，又可爱迷人，为什么不能想呢？对吧？

我猜的。我不知道。有时候我看一些关于人类精神的资料，你知道的，被诊断为，像“纵欲”以及，我是，就是，有点“嗨”。现在我感觉自己就要，就是，你会觉得我是个女色情狂，其实我不是。我不……喜欢……不管怎样，我不会出去乱来。我不知道。我想我只是每次和别人互动时会联想到性，我感到羞耻。我感觉这……不好……你知道的。

你和我在一起也会产生这种感觉吗？

嗯，呃……

我们的通话让你产生性幻想，也让我产生性幻想——这没什么。你不会为此而感到羞耻，对吗？

嗯，我的意思是……我不知道。我想我并没有羞耻感。我认为自己享有这样的权利。但是，可是，我是，就是，想说，就是，总的来说，我闲坐着，不是在琢磨自己能力不足，而是无所事事地坐在那儿，琢磨着我的脑袋瓜里在想些什么？我受不了了。

所以你满脑子想着性，正煎熬着。这种事每个人身上都会发生。尤其是学校里没有一件事能让你提起兴趣。

我想就是这个问题。就像我对此要有所反应。我不得不做出反抗或者干点什么。

这件事并没有完全占据你的脑海。所以你的大脑一片空白，有些事就进入你的头脑，进来的——由于你很挫败，唯一能应对挫败的便是性。这很普遍。你的大脑空空，之后满脑子想的就只有性。别担心，好吗？

（笑声）是啊。我很高兴……你看，我喜欢和你袒露心扉，但不想让别人知道。

你可以对我坦白，而且你也已经告诉我了，我不会说出去。你穿着李维斯牛仔裤和高领上衣。

别忘了，一九八九年秋天，当地的性丑闻正闹得沸沸扬扬，两年后他年迈的母亲去世，四年之后其鬼魂再次在他面前现身，让他意识到不是每个未亡的事物都是鲜活的。这事发生时他还未声名狼藉，他之所以名誉扫地，全拜一个姓氏不吉利的女孩所赐，那女孩来自宾夕法尼亚，父亲是面包师。她并非有意害他，只是性感地试探他，刺激他。他显然无法追根究底。人必先自辱而人辱之——每个人现在（或曾经）都知道这避无可避——然而就连萨巴斯都弄不明白，自己却会因为教一个二十岁的姑娘说脏话而丢了文学院的教职。在二十五年前已有波莉娜·雷阿日，五十五年前有亨利·米勒，六十年前有大卫·赫伯特·劳伦斯，八十年前有詹姆斯·乔伊斯，二百年前有约翰·克兰德，三百年前有约翰·威尔莫特，第二代的罗切斯特伯爵——更不必说还

没错。
对吗？
没错。
你知道我想让你做点什么吗？
做什么？
拉下牛仔裤的拉链。
好的。
解开扣子。
好的。
拉下拉链。
好的……我正照着镜子。
你照着镜子吗？
是。
躺下了？
是。
现在脱掉你的牛仔裤……脱到脚踝处。
（低语）好的。
脱掉裤子……我会等你……你脱掉了吗？
是的。
你看到了什么？
我看到了两条腿。看到了我的胯部。
你穿着三角短裤吗？
是的。
抬起手，把手指放在胯部。就放在内裤外面，上下抚摸。轻轻地上下抚摸。有什么感觉？

有四百年前的拉伯雷，两千年前的奥维德，以及二千二百年前的阿里斯托芬。到一九八九年，你只能成为古尔斯比爸爸手下的其中一片裸麦黑面包，丧失说脏话的权利。对这根一九二九年生的阴茎，要是你能残忍地怀疑它，狡猾地否定它，用天地之力谴责它；对这根一九二九年生的阴茎，要是你能无情地伤害它，压制它的生长，对其百般生厌，那么他便无需那些磁带了。然而相较于老头，年轻女孩的优势在于她一受挑逗就会情动，而轮到他则常常需要百般挑逗才能有点反应。越老越不中用可不是一句玩笑。阴茎无法保证能昂然挺立一辈子。

薄雾正神神秘秘地从河中缓缓升起，熟透了的南瓜如凯西脸上的雀斑，遍布在温室后方一大片开阔的田野上，等待人们雕刻。你不会不知道，树上悬挂的每一片树叶恰到好处，将五彩缤纷诠释到了极致。

……

你喜欢那样吗？

喜欢。

你真性感，不是吗？告诉我，现在你那里看上去怎么样。

嗯——哼。

不说吗？你不打算告诉我它看上去怎么样吗？

嗯——哼。

我可以想象得到。

（笑声）

很漂亮。

你知道发生了什么吗？

什么？

我和妇科医生有约。我觉得那个医生想吃我豆腐。

男医生吗？

女的。

女的？

我从没遇到过这种事。

跟我说说。

我不知道。她只是，就是……她很漂亮，很美。她把阴道镜塞进去，说：“哦，天呐，这里面一团糟。”她一直重复那句话。她稍稍举起这一大团。我不知道。太诡异了。

她摸你了吗？

摸了。她把手伸了进去。我是说她把手指伸进去做检查。

她让你兴奋了吗？

是的。我大腿上有个烫伤的伤疤，她摸了一下，又摸了一下，问我怎么回事。我不知道。和平时不太一样。那时候……

这些树木如往年一般长得郁郁葱葱，其天然的永恒色彩让他回想起在马达马斯卡水域旁可以尽情痛哭，因为这儿能让他远离热带海洋、浪漫之旅以及诸如布宜诺斯艾利斯之类的奢华大都市。一九四六年，一个普普通通的十七岁海员能坐在佛罗里达街——他们把布宜诺斯艾利斯的主干道称之为佛罗里达——最奢华的牛排馆里吃几颗花生，接着跨过闻名遐迩的拉普拉塔河，来到人间天堂，绝色佳人汇集于此。在南美洲，意味着世界上的绝色女子均汇聚于此。那么多性感迷人的女人。而他隐居在新英格兰！五彩缤纷的树叶？去里约试试吧。只是那儿五彩斑斓的并非树叶，而是肉体。

我当时十七岁，比凯西现在还小三岁，没有纵容学生的教授们组成的临时委员会来阻止我获得掌声，阻止我被抢劫或被人刺死，他们

那时候怎么了啊？
没什么。
告诉我。
我只是感觉非常棒。我想我是疯了。
你觉得自己疯了吗？
是的。
你没疯。你是黑泽尔顿的性感小妞，你兴奋了。也许你该和女孩做爱。
嗯——哼（笑声）。
……
哦，亲爱的。
你真是头牲口。
牲口。你这么想的吗？
是。
一头有人性的牲口吗？
是。
你呢？你是什么呢？
一个坏女孩。
做坏女孩是件好事。比做听话的女孩好。你想做听话的女孩吗？
嗯，别人希望我做。
嗯，你很现实，让他们做梦去吧。天呐。一片狼藉。
（笑声）
哦，多好啊（哔哔声）。
你还是一个人吗？
是，还是一个人。
你妻子什么时候回来啊？

更不会阻止我的双耳受到折磨。我放任自己像莫莉·布鲁姆那样去那儿。这就是十七岁他妈该干的事!

寒冷,萨巴斯心想,他在沉思中消磨着时光,要不是凯西突发奇想,即使他的道德准则再低,他也不敢再次在一个彻头彻尾的蛇蝎女人面前赌上自己的老二,而她只需要悄悄溜到那个恶毒的日本女人身后。这些蠢笨的酒囊饭袋的祖先从原始的非犹太人——这个名词在历史上比"印第安人"这个称呼更为精准也更具尊严——手中攫取了这一带山林后定居于此。以上便是萨巴斯给罗莎娜那个教"狩猎与采集"文学课的朋友所做的解释……我在哪儿?他自问,背信弃义的凯西对他发起又一轮甜言蜜语的攻势,他便迷失了方向……糊里糊涂的笨蛋,如今早已成为高贵的非犹太人,所有人都像电影《我们的心曾年轻又快乐》里那样兴奋地迎接另一场严寒,当晚的温度比前一晚更低了。凌晨三点,州警察发现罗莎娜只穿了一件睡衣四仰八叉地躺在市镇大街中央,等着被车碾死。

大约一个小时之前,她驾车离开了家。从车库到砖窑公路有一段百码长的弧形泥路斜坡,可她连前五十英尺都没开过。她驱车前往的目的地不是小镇,而是十四英里以外的阿西纳。凯西和布莱恩就在距离学校几个街区的斯普林一三七号的公寓内同居。她驾驶吉普车撞上了他们前院干草地里的石头堆;她光着脚七弯八绕地在黑漆漆的小路上步行了二点五英里,来到横跨在小溪上方通往市镇大街的小桥上;在被巡警发现前,她已衣不蔽体地在柏油路上躺了十五到三十分钟,冻僵的手中紧紧拽着一张黄色的便签条,上面记录着一个住址,是那个在磁带录音结尾问"你妻子什么时候回来啊"的姑娘的——那时她已辨认不清自己醉酒后匆匆写下的笔迹。罗莎娜原打算当面辱骂这个下贱的小婊子,但因无数次栽倒在地,无法到达阿西纳,于是在镇上做出决定,死了便一了百了。如此一来,那个姑娘便永远也不会问出那种问题。没有人会问那种问题。

“我要在这儿吮吸你。”

当天，萨巴斯已行驶了六小时——把罗莎娜送去亚瑟[①]一所私人精神病院，之后又独自一人急急忙忙地赶回去赴凯西的约——而且凌晨三点后，他就一直在处理这个突发状况。当时，他被侧门一阵重重的敲门声吵醒，发现警察把他的妻子送回来了。而在此之前，他一直以为妻子安安稳稳地躺在特大号双人床上呼呼大睡——不消说确实没有依偎在他身旁，但却安然地躺在床的另一侧，诚然他已好多年没“游历”过那一侧。他们把大号双人床换成特大号双人床时，他曾对一个客人说新床大得他都找不到躺在床上的罗莎娜。当时她正巧在厨房外的花园里忙活，隔着窗户偷听到了他的话，便冲着屋内大喊：“你为什么不看一看呢？”时间一晃已过去十年了，当时他并未离群索居，罗莎娜每天也只喝一瓶酒，生活还残存一丝希望。

没错，马修·巴利克正彬彬有礼地站在门口，一脸严肃。不知是由于马修穿着一身警服的缘故，还是因为她醉得不省人事，这位美术老师并没认出自己之前教过的学生。在马修正式告知自己此行的目的之前，她显然已凑到马修耳边，提醒他务必保持安静，别吵醒她兢兢业业的丈夫。她甚至要塞给他小费。她穿着睡袍直奔凯西家，竟然还记着捎上钱包，以备对酒精的不时之需。

对萨巴斯而言，那是极其漫长的一昼夜。首先，得把她那辆撞上巨石的吉普车拖走；其次，需要联系家庭医生帮她在亚瑟安排一个床位；之后，要努力说服已喝得不省人事、歇斯底里的罗莎娜同意去亚瑟参加二十八天的康复项目；最后，往返医院得六个小时。在往医院的途中，罗莎娜坐在后座骂了他一路，只在每个服务站休息时才会停一会儿，怒气冲冲地命令他靠边停车，舒缓腹部绞痛。

萨巴斯懒得问她为何宁愿分次在臭烘烘的洗手间饮酒直至烂醉

---

① Usher，佛罗里达州奇夫兰市下辖的一个小镇。

如泥，却不愿光明正大地花自己的钱抱着酒瓶狂饮。因为她的自尊吗？昨晚之后，她还有自尊可言吗？当她诉说身为妻子，要不是被无情忽视，残忍侮辱，无情剥削甚至背叛的话，她的意图只是为了在他工作遇到挫折时能给予帮助和安慰，以及在他关节炎严重时给予他照顾，萨巴斯也懒得阻止她。

萨巴斯驾车时播放了古德曼的歌曲磁带。他和德伦卡曾在他租用的汽车旅馆里随着这些歌曲相拥而舞，也曾于热恋期在山谷下激情共舞。在一路向西前往亚瑟的一百三十英里车程中，磁带传出的歌声多多少少盖过了罗莎娜不曾停歇的责骂，给予萨巴斯片刻喘息的机会。自善良的马修把她送回家以后，他一直备受煎熬。萨巴斯与马修的母亲先做爱后共舞，萨巴斯当着笑靥如花、一脸疑惑的她准确无误地唱出歌词时，她体内涌出的液体让她圆润的双腿内侧变得更加滑润细腻。液体会顺着她的腿部一直流到脚后跟。两人共舞后，他会就着液体给她的双脚按摩，然后倚靠在旅馆的床尾，吮吸她的大脚趾。

（那些七十八转唱片都去哪儿了？我出海以后，一九三五年胜利唱片公司录制的《有时候我很快乐》去哪儿了？那可是莫迪的挚爱，他称本尼·伯瑞根的独奏“无与伦比，是迄今为止最了不起的小号独奏”。谁拿走了莫迪的唱片？母亲去世以后，莫迪的遗物怎么处理的？去哪儿了？）萨巴斯用一根汤匙状的大拇指轻轻抚摸着这个克罗地亚人的颧骨，另一根拇指抖动着德伦卡的开关，为她哼唱着《星尘》，不是霍奇·卡迈克尔唱的英文歌，但法文歌也毫不逊色——“随着夜色宁静/一遍遍重复你的名字……”——与吉恩·霍奇博格在漫步音乐会上的演唱如出一辙，莫迪在他担任指挥的摇摆乐队中吹单簧管（巧的是，他竟像莫迪一样最后在太平洋上空驾驶B–25轰炸机，萨巴斯内心一直偷偷希望被击落的那个人是他）。毋庸置疑，他就是一只长着胡须的木桶，德伦卡却为之倾倒，含情脉脉地称他为“我的美国男友”，“我有一个美国男友”。三十年代，名声大震的古德曼乐队转到拉雷大道海滩展馆演出时，他以季基·埃尔曼——古德曼乐队中演奏《我们仨和天使歌唱》的疯子小号手——的名义，以六美元的价格租下了一间散发着消毒剂味道的房间。一九三八年八月的一个夜晚，莫迪在拉雷大道展馆教他跳吉特巴，作为他九岁的生日礼物。那时候米奇和莫迪形影不离。一九八一年一个大雪纷飞的下午，萨巴斯在新英格兰一家名叫小憩的汽车旅馆内教这位斯普利特姑娘跳吉特巴。六点，道路上的积雪已被铲除，两人分别驾车回家时，她已能区分哈里·詹姆斯与埃尔曼独奏《圣路易斯蓝调》时的差异；她可以十分滑稽地模仿汉普顿在《叮当老爹》结尾的独奏时发出的尖锐的"咿咿"音；在史黛西的钢琴独奏中，当布吉伍吉舞开始渐渐消失时，她可以将莫迪曾对米奇就"摇滚吧"专辑发表的独到见解完整地复述出来："十分快节奏的F调布鲁斯。"她甚至可以伴奏《威基基婚礼》，在萨巴斯毛茸茸的腿部匆匆奏出克鲁帕式的节拍。玛莎·蒂尔顿接替了海伦·沃德。戴夫·塔夫接替了克鲁帕。一九三八年比德·弗里曼离开了多尔西乐队。吉米·芒迪离开了海恩斯乐队，过来担任编曲。一个漫长的冬日下午，美国男友在小憩旅馆内教会德伦卡的东西，是她那位虔诚的丈夫永远也不可能教她的。当天，马蒂亚一个人冒着大雪在外修建石墙，直到天色黑得伸手不见五指才收工。

在亚瑟精神病院，有一个相貌英俊、四十来岁的医生亲切地向萨巴斯保证，如果罗莎娜配合"这个项目"的治疗，二十八天后就可以出院，走上戒酒之路。"要打赌吗？"萨巴斯说完便开车回到马达马斯卡瀑布，想要弄死凯西。凌晨三点以来，自获悉罗莎娜因为那盘磁带穿着睡袍躺在市镇大街上等着被车碾死的消息，他便在谋划着把凯西带到巴特尔山顶，在那儿勒死她。

月亮像一只熟透了的巨型南瓜自由地漂浮在黑暗的田野上空，越过汽车，升至空中成为了一轮满月。她在几分钟内第五次向他抛出诱饵，萨巴斯不知哪来的意志力，不仅克制了用自己曾经力大无比的手指勒死她的冲动，也没有像之前千万次那样在车里自慰。

“凯西。”他叫道，精神上的疲惫让他感觉自己如一束摇曳的微光，似一根即将熄灭的蜡烛。“凯西，”他注视着月亮升空，心里想着要是月亮站在他这一边，事情就会全然不同，“帮我们所有人一个忙，帮布莱恩一个忙。他变得像聋哑人一般不闻不问，或许这就是他的企图。你不是说他听到磁带后呆若木鸡了吗？嗯，回家向他示意，你要与他口交，看看他的脸色会不会从阴云密布转为晴空万里。”

读者，别太苛求萨巴斯。既非混乱的内心滔滔不绝，也非过度的自我颠覆，亦非常年阅读死亡书籍，更非饱受艰难困苦、悲伤失意才造成他这种人（可能任何一种人）在面对这样的诱惑时，更容易开动脑筋。更别说这再三的诱惑来自一个年纪只有他的三分之一的姑娘，就像吉恩·蒂尔尼在电影《劳拉》中扮演的角色。别太苛求萨巴斯，只因他开始意识到或许她说的是实话：她是不小心才把磁带遗忘在图书馆，而磁带又不小心落入角本[①]之手；她很无助，承受不住各种压力，为求自保不得不作出妥协，正如她的那些“同龄人”——她这样称呼朋友们——会做出不一样的选择吗？她确实是个甜美正直的年轻人，本性善良，她曾积极参与加入一些看似疯狂但无伤大雅的课外娱乐活动，萨巴斯教授的视听俱乐部；这个年轻人体形粗壮，不知羞耻，毫无教养，粗俗下流，语无伦次，二十世纪末的大学生普遍都是这个模样，但完全没有他指责的那种鬼鬼祟祟、残忍无情的邪恶伎俩。或许只因为他火冒三丈，身心疲惫，所以被深深的误解控制，再次犯下了又一个愚蠢的错误，成为了牺牲品。要是她密谋加害他的话，她又为何哭得那么楚楚可怜，停也停不下来？要是她真的和他的那些品行端正的对手保持着联系和亲密关系，要是二十年来她一直受到那些愤怒邪恶的成见的教育，什么能做，什么不能做，那么她为何会像现在这样紧紧依

① 原文为Kakumoto。

偎在他的身旁？她不像萨巴斯，还没有掌握装出一副真情流露的样子的技巧……还是她已深谙此道？要不是她毫不含糊地声称自己是属于他的，尽管很荒唐，很悖理甚至让人费解，但除此之外，还有什么原因会让她哀求一个完全陌生的人要给他口交，而且这个人上个月已步入古稀？读者，人生不可知——如果萨巴斯犯了错，不要苛责他。如果凯西犯了错，也不要苛责她。许多荒唐的、悖理的、费解的交易都是因狂热的欲望而成的。

二十。我怎么拒绝一个二十岁的年轻姑娘？人生还剩下几个二十年？还剩下几个三十年或四十年？黄昏时雾霭笼罩，年关将至，惹人注目的月亮悬在空中，盛气凌人，月下的他活在一堆毫无意义、不值一提的花言巧语中，一切都仿佛中了末日的魔咒，悲伤极了，他为何如此优柔寡断呢？不管你行不行动，不管你做什么事，那些姓神崎[①]的日本人始终与你为敌，因此你要不就做吧。是的，没错，如果你还做得动，你一定非干不可——这是生存在月光下的黄金准则，不管你是一条已被一分为二的蠕虫，还是前列腺如台球的男人。如果你还做得动，那么你一定非干不可！一切存在的生物都能理解。

在罗马……在罗马，凯西在旁边继续哭哭啼啼时，萨巴斯回想起那个据说曾名噪一时的意大利资深木偶艺人来学校担任比赛的评委，萨巴斯后来在这场比赛中胜出，之后木偶艺人表演了一个老掉牙的节目，使用的道具是一个与他本人长得十分相像的木偶，他邀请年轻的萨巴斯一同前往位于罗马人民广场的一家咖啡馆。木偶艺人已年过七旬，身材矮胖，头发谢顶，皮肤蜡黄，但他举止傲慢，独断专行，萨巴斯见状不由得模仿起这位令人肃然起敬的老教授，甚至享受起这种恭敬的改变——尽管这么做会放诞无礼——他称这个老头为大师，因为他的真实姓名对他而言没有任何意义。他装腔作势，令人难以忍受。

① 原文为Kamizaki。

此外，他戴的阔领带下隐约可见大块松弛下垂的颏下皮，外出时戴一顶贝雷帽，以遮盖光秃秃的脑袋，手中拿一根拐杖，用它敲打桌子以召唤服务生——这一切让萨巴斯做好了心理准备，赢得比赛的代价就是该承受这一系列无聊透顶又老掉牙的波希米亚式自恋。然而，木偶艺人刚为他俩各点了一杯白兰地，便开口道："把你在罗马期间鬼混过的姑娘都告诉我。"萨巴斯语气平淡、天马行空地谈及那迷人的如宝库般的意大利，绘声绘色地描述了自己为锁定一辆皮卡，曾不止一次被激得快步赶超当地人，紧跟在一个人身后穿越整座城市。大师的眼神别有深意，充满了嘲讽的优越感，甚至让这个前商船海员，六次经历浪漫之旅的老司机都恍然觉得自己成了一个模范生。然而，老头不为所动，只在要求这个美国人用有限的意大利语提供更多的细节时才插话——一再要求萨巴斯告知每一个引诱他的姑娘的芳龄。十八岁，萨巴斯顺从地回答。二十岁，大师。二十四岁。二十一岁。二十二岁……

等萨巴斯说完后，大师才宣布他目前有一个十五岁的情人。他突然起身离开——离开了咖啡馆，留下萨巴斯结账买单——目空一切地用拐杖轻轻一敲，甚至还来不及说"当然了，她十二岁时，我就已经认识她了"。

现在，差不多四十年过去了，凯西仍在为他哭泣，健忘空洞的月亮依然为他高高升起。在宜人的秋夜，住在马达马斯卡瀑布山里和深谷里的人们围坐在火堆旁，收听他和凯西在电话里到达高潮。直到此时，萨巴斯才恍然大悟，相信那个老木偶艺人跟他说的是大实话。十二岁。明白了，大师。你要不就孤注一掷吧。

"凯西，"他悲伤地说，"你曾是我最信赖的伙伴，我们共同为了失去的人类事业而抗争。听我说，别再哭了，听听我说的话。你们给我录了音，试图让世人知道男人最龌龊的一面，这件事成为了现实。他们掌握了我充足的犯罪证据，即使是最宽容的系主任，也会按要求把我从美国任何一家正规的反生殖器教育机构中驱逐出去。现在我一定要在有线电视新闻网上表演射精吗？摄影机在哪儿呢？停在苗圃旁边的皮卡里架着长焦镜头吗？我也快崩溃了，凯西。如果他们因口交判我入狱的话，最重的结果可以是死刑。这个结果可能一点也不像别人教唆你时所说的那么好玩。你或许已经忘了，但即使在纽伦堡审判时，也并不是每个战犯都被判处了死刑。”他继续侃侃而谈，此情此景下成了一篇优美的讲稿；它该被录下来，他心想。没错，萨巴斯用越来越强有力的论据滔滔不绝地支持宪法修正案对所有美国人——无论种族、信仰、肤色或民族出身——的性高潮视为非法，直到凯西大喊：“我成年了！”。她用运动夹克的袖子擦干了脸上的泪珠。

“我想干什么就干什么。”她气冲冲地强调。

大师，你会做什么呢？低头凝视她那颗枕在你大腿间的脑袋，你的家伙被她满含白沫的双唇紧紧含着，看她泪眼汪汪地注视着你耐心地把唾沫及泪水混合而成的黏糊糊、糖浆般的液体涂抹在那张清纯的脸上，形成一道精致的蛋白酥糖衣，覆盖住她的雀斑——生命会赐予比这更美的东西吗？在萨巴斯看来，她从来不曾如此楚楚可怜，他把这一点告诉大师。在萨巴斯看来，她以前从未如此楚楚可怜。可是，晶莹的泪珠使她光彩照人，甚至对阅女无数的大师而言，她似乎已成为一个精神的存在，对她本人而言也是新鲜的。她已经成年了！凯西·古尔斯比刚刚成年！没错，精神之物和原始之物同时在不断成长，正如那个炎热的夏天，他和德伦卡在岩洞旁风景如画的小溪中，将彼此的尿液撒在对方身上。

“哦，要是我能相信你没和那些肮脏卑劣又道貌岸然的婊子狼狈为奸就好了，她们给你们这些孩子传达有关男人的可怕谎言，她们口中所谓的罪不可恕的恶行仅仅只是像我和你爸爸这样的普通人在现实生活中平凡的追求。因为她们所敌视的人，亲爱的，是我和你的爸爸。所以归根结底：对我们侮辱丑化，认为我们身上令人深恶痛绝的东西仅仅只是放纵的酒神生活的陪衬而已。告诉我，你如何能违抗早已内化为人性的东西，重新回到古代——回到未受污染的西方文明的巅峰——从而自诩为文明之人呢？或许因为她是日本人，所以她没有钻研古阿提卡地区举世无双的神话传说。我也没有深入研究。那么她们希望你受到怎样的性启蒙教育呢？布莱恩在图书馆做政治科学笔记时断断续续地启蒙你？她们会放任一个沉闷无比的老学究去启蒙你这样的姑娘吗？还是你该主动学习？但要是她们不期望你能自学化学，要是她们不期望你能自学物理，那么为什么期望你该自学性爱的秘密呢？有些人需要引诱，不需要启蒙。有些人不需要启蒙，但仍需要引诱。凯西，引诱和启蒙，两者你都需要。性骚扰？我记得在逝去的美好岁月中，爱国主义成了坏蛋最终的保护伞。性骚扰？我引导你了解性，正如维吉尔在冥府指引但丁！但是，那些教授怎么会知道维吉尔是谁呢？”

“我想，”她满怀期望地说，“竭尽全力地吮吸你。”

竭尽全力！听到加重语气的这声“竭尽全力”，感觉如同一生中熟悉的欲望正不由自主地蔓延至他全身每一寸肌肤，唤醒了原始的深藏的欲望。出乎萨巴斯的意料，他竟然没想起那个值得称道的师傅，那个标新立异的大师，他最终没有服从欲望的驱使，反而想起了生病住院正饱受折磨的妻子。想起了所有人！这不公平！这二九年生的阴茎已坚硬如铁，而他脑海中开始闪现的竟然是罗莎娜的名字！他眼前闪现出了入院后他们为她安排的护士站附近那一小间病房，方便对她实行二十四小时的戒酒监控。他们每隔半小时会给她量血压，想尽办法控制住她的抽搐，那是由于连续三天一直摄入酒精引起的。她把自己喝进了医院。他脑海中闪现出罗莎娜弓着双肩站在狭窄的病床旁的样子，看起来个子不像过去那样比他高了。床上铺着过时的雪尼尔绒床罩，上面放着她的行李箱。两个没穿制服的护士态度和蔼，彬彬有礼地要求她打开行李箱以备查验，一丝不苟地检查了她的个人用品，收走了她的眉毛钳、指甲剪、电吹风和牙线（这样她便无法做出刺伤、触电以及上吊等举动)，没收了一瓶李施德林漱口水(这样她便无法在绝望时一饮而尽，或者把玻璃瓶摔碎后用玻璃碎片做出割腕或割喉的举动)，仔细检查了她的钱包，取走了她的信用卡、驾驶证以及全部现金(这样她便无法购买偷偷流入医院的违禁烈酒，也无法晃荡到亚瑟村的酒吧或者抢了工作人员的车子跑回家)，把所有的牛仔裤、毛线衣、内衣裤以及慢跑运动衣都搜查了一遍。与此同时，罗莎娜则茫然不知所措，生气全无，双眼无神，孤独绝望。随着年岁的增长，她那乡村歌手般的美丽容颜已被摧毁——干瘪的女人：既像一个尚未发育的青少年，同时也是年老色衰的病人。这些年间，她似乎并没有生活在一个简单舒适的房子里，旁边山坡上有一个果园，每年秋天苹果熟了，甚至连小鹿都会走近走廊觅食；而是被关进了一个自动洗车间，在这里水如瓢泼大雨倾泻，巨型刷子旋转翻滚，热空气从鼓风机的血盆大口中喷涌而出，而她避无可避。罗莎娜已被打回原形，事实上已变得黯淡无光，微不足道，低如尘埃，正如那个高尚的词语所云：受到了“命运的重击”。

“酗酒，”罗莎娜抽噎着，“过了头，结果进监狱。”“生活不正如此，”他附和着说，“唯一的不同在于生活并不是监狱，而是医院，罗茜，一家看上去并不像医院的医院。一旦你不再感到痛苦，就会发现医院十分可爱，犹如一家宽敞的乡村小旅店。那儿树林密布，还有不少可供你和朋友散步的健身步道。我开车进来时注意到这儿竟然还有一个网球场。我会通过联邦快递给你寄球拍。”“他们为什么要把我的信用卡收走！”“因为你没有按期偿还；你从小所受的天主教思想应该教会你，最后你会大出血的。”“他们该搜查的是你的东西！他们早该想到要把你送进精神病院！”“你希望护士们这么做，来搜查我吗？为什么呢？”“你用手铐铐住了那个十几岁的妓女！”萨巴斯心想要告知这两名护士：很不幸，二十岁已不再是十几岁的青少年了。但两个护士丝毫未被萨巴斯告别时所开的玩笑逗乐，也没受到惊吓，因此他也懒得说了。护士们之前对下流话和大喊大叫早已习以为常。酒鬼受了惊吓，对另一半勃然大怒，像发了疯似的，而配偶对酒鬼更是怒火中烧。夫妻间扯着嗓子叫嚷，尖叫，互相指责，对她们而言已见怪不怪，任何人都已见怪不怪——即使不在精神病院工作，你也能了解夫妻间的问题。他注视着护士们尽职尽责地仔细检查了罗莎娜的牛仔衣裤，角角落落都未放过，以防出现零散的大麻烟卷或刀片。她们没收了她的钥匙。很好，这是为了她好。现在，她再也没法突然一声不吭地冲进家门。他也不希望罗莎娜在这种状态下和德伦卡纠缠不清。还是先来处理酗酒这个问题吧。“应该被关起来的是你，米奇——每一个认识你的人都清楚这一点！”“要是把我关起来的确是大家的共识，我相信有一天他们会把我关起来的。但让别的人来处理这件事吧。你现在清醒得很快，你听见了吗？”“你不希望我清醒！你更期待一个酒鬼。这样你似——”“似乎。”他低声提示，帮她补全这个词。每当她喝完一夸脱伏特加后暴跳如雷时，她总是发不好s音。“似乎成了长期受——”“长期受苦的丈夫？”“没错！”“不对。不是。我对同情不感兴趣。你了解的。我不奢求被看成非我本人以外的形象。不过再告诉我一次这是什么——我不希望在我们分居的日子里忘掉它。”“一场失败！该死的不停的失败！一个诡计多端、谎话连篇、令人恶心、彻彻底底的失败者，靠他妻子养活，却猥亵儿童！就是他，”她泪眼婆娑地告诉护士，“把我关在这儿。遇到他之前我很好。以前的我完全不是现在这样！”“还有，”他赶过去宽慰她，“只要二十八天，就过去了，你就会恢复成我没把你害成‘这样’之前的样子。”他把手举到脸旁，羞怯地挥手告别。“你不能把我丢在这儿！”她大喊。“医生让我两周后过来看你。”“可是他们要给我电击治疗怎么办！”“治疗酗酒吗？我想他们不会这么做的，对吗，护士？不，不会。他们会让你获得崭新的人生观。我相信他们只想让你抛下幻想，像我一样适应现实。再见。短短两个星期。”“我会数着日子的。”清醒时的罗茜回应说。但看到他真要离开并留下她，某种不可名状的东西从内心涌出，她的脸由阴险的笑容扭曲成一团，她开始放声恸哭。

她的痛哭声不绝于耳，伴随着萨巴斯穿过走廊走下楼梯，直至跨出医院大门。医院门口聚集着一群正在抽烟的病人，他们抬起头，试图弄清哭声是从哪个新来的病人房间传出的。哭声一直萦绕在他耳侧，伴随他走进停车场，打开车门上车之后开上公路，一路伴随他回到马达马斯卡瀑布。萨巴斯把磁带的音量越调越大，然而就连古德曼的歌声都无法盖住它——就连如日中天的古德曼、克鲁帕、威尔逊以及汉普顿在演奏《疯狂》时彻底释放了自我，甚至克鲁帕在最后一次无与伦比的合唱时急速敲打的低音鼓也未能抹去罗莎娜八小节的即兴个人秀。他妻子的声音如女妖塞壬的歌声一般具有穿透力。第二个发疯的妻子。还有没发疯的吗？对他而言没有。第二个发疯的妻子一生下来便憎恨她的亲生父亲，之后发现萨巴斯取而代之成了憎恨对象。然而接下来，凯西深爱着的是对她爱护有加、无私奉献的爸爸，他在面包房没日没夜地工作，以供养古尔斯比家的三个孩子上大学，这让她受益匪浅。或者是萨巴斯让她受益匪浅。我赢不了。没人赢得了，跟我在一起还想追随上帝的话。

如果说白天早些时候罗莎娜的恸哭促使萨巴斯下定决心平生第一次做出了拒绝的决定，那么这次恸哭真可谓是破了纪录。

“是时候回家揍布莱恩一顿了。”

“但这不公平。我什么都没干。”

“滚回家，不然我杀了你。”

“别这么说——我的天呐！”

“你不会是我第一个杀死的女人。”

“嗯哼。当然了。那么是谁呢？”

“尼基·坎塔拉基斯。我的第一任妻子。”

“一点也不好笑。”

“千真万确。我郑重宣称谋杀尼基是我唯一的罪。还是说那样纯粹是为了好玩？我从不完全相信对我自己的判断。你也是如此吗？”

“天呐！你到底在胡说八道些什么啊？”

“我只是在讲一些每个人都会扪心自问的话。你知道他们大学里在谈论些什么。他们说我的妻子失踪了，但她并不是单纯的失踪。你敢说自己没听到他们说过这些话吗——你敢吗，凯西？”

“嗯……大家什么都讲，不是吗？我都不记得了。谁又会去听呢？”

“不伤害我的感情，这不是挺好嘛。但你没必要。人活到六十才开始学会用达观的心态接受旁观者各种善意的揶揄。而且，他们常常说得并没有错。因此，可以说明以下情况：要是谈及一个家伙时，你一直表达自己的厌恶，那么可能会揭示一种不可思议的真相。”

“你为什么不能正儿八经地跟我讲话！”

“我从没对人如此正儿八经地说过话：我杀死了我的妻子。”

“求求你，别再说了。”

“你假装成医生，和一个谋杀妻子的人通电话。”

“我没有。”

“你的动机到底是什么？我这个受过高等教育的知识分子背负的谋杀犯身份已被公之于众，你打电话告诉我你正穿着睡衣，孤零零地躺在床上。你体内的欲火正炙烤着你？你说受到束缚是受到什么束缚？我臭名远扬，是掐死自己妻子的杀人犯。要是我没掐死人，还有别的什么原因能让我住在这穷乡僻壤？我就是用这双手杀了她，当时我们正在卧室的床上排练《奥赛罗》的最后一幕。我的妻子是一个年轻演员。《奥赛罗》？是一部剧。这部剧中一个非裔威尼斯人掐死了自己的白人妻子。你之所以从没听说过，是因为这个故事使凶残的黑人男性这一形象得以长期脸谱化。而在过去的五十年代，人类尚未了解何为重要之物，大学生们在学校里也容易受到许多邪恶败类的蛊惑。尼基对每一个新的角色都心生恐惧。她忍受着难以忍受的恐慌。

男人便是其中之一。她和你不同，和男人打交道时没那么多小心思。这一特点使她成为这一角色的不二人选。为了减轻尼基的恐慌，我们提前在公寓里进行了排练。'我做不到！'这句话我从她的口中听了无数遍。我扮演那个被脸谱化了的凶残的黑人男子。在那场掐死她的戏中，我成功了——我因势而动，把她掐死了。她逼真的表演让我丧失了理智，某些东西被释放了。她厌恶身边触手可及的有形物质，唯有虚无缥缈之物才是她心中的真实。尼基便是这样将混乱变为有序。那么你呢，你是如何形成自己的秩序的？打电话给一个老男人，聊你的乳房吗？你这人不好描述，至少我无法形容。如此伤风败俗的尤物却又如此缺乏情趣。乖张奸诈，热衷作死，早已深陷在声名狼藉和平淡无奇双重生活的刺激中。随着混乱愈演愈烈，你身上的混乱显然已不能称之为混乱。混乱理论家们应该对你加以研究。凯西的言行到底对凯西产生了多么深远的影响？无论你要什么，无论多么危险，无论多么虚伪，你就该不带个人感情地去追求，你懂吗？"

"好吧。你是怎么杀死她的？"

他举起双手，回答说："我用这双手。我对你说过。'熄灭了灯火，然后再扑灭生命的火。'"

"你是怎么处理尸体的？"

"我在羊头湾码头——那是布鲁克林的一个港口——租了一条船。我以前是海员。我在尼基身上绑了砖块，把尸体抛出小船，扔进了大海。"

"你是怎么把尸体运到布鲁克林的？"

"我一直都把东西搬来搬去。那时候，我有一辆破旧的道奇车，总把我那些移动舞台、道具以及木偶一股脑儿塞进后备厢。邻居们看到我这样来来回回都习惯了。尼基瘦得像颗四季豆，没什么重量。我把她的尸体对折，塞进海员手提包，就这么简单。"

"我一个字都不信。"

“那太糟了。因为之前我从没对别人讲过，甚至连罗莎娜都没说。现在我全都告诉了你。那个小丑闻让我们明白，我不够谨慎才让你知道了这件事。你会首先向谁告密呢？是久深地[1]系主任，还是会直接告到那个日本高级军官那儿？”

“为什么你对日本人有这么大的偏见！”

“就因为他们在《桂河大桥》里对亚历克·吉尼斯的所作所为，把他关在那个该死的小盒子里。我恨那些狗杂种。你首先会向谁告密呢？”

“没人！我不会向任何人告密，因为这一切并不是真的！”

“如果是真的呢？你会告诉别人吗？”

“什么？假设你真的是个杀人犯？”

“是的。要是你早就知道我是个杀人犯，你会像上交录音带那样把我交出去吗？”

“我忘了录音带！我不小心落下了录音带！”

“你会把我交出去吗，凯西？会还是不会？”

“我为什么一定要回答这些问题！”

“因为这对我找出你为之卖命的人来说至关重要。”

“没有人！”

“你会出卖我吗？会还是不会？如果我真的是一个杀人犯的话。”

“嗯……你要一个正儿八经的答案吗？”

“我会承担相应的责任。”

“嗯……这取决……”

“于？”

“于？嗯，我们之间的关系。”

“要是我们之间的关系正常，你就不会出卖我吗？什么关系呢？

① 原文为Kuziduzi。

说说看。”

“我不知道……我猜是爱情。”

“你爱上杀人犯的话，你就会包庇他。”

“我不知道。你从没杀过人。这些问题很蠢。”

“你爱我吗？不用顾虑我的感受。你爱我吗？”

“有一点。”

“真的吗？”

“真的。”

“即使我又老又可恶？”

“我爱……我爱你的思想。我爱你说话时剖析自己的思想。”

“我的思想？我的思想是杀人犯的思想。”

“别这么说。你吓到我了。”

“我的思想？嗯，这可真新鲜。我还以为你爱我那根老阴茎呢。我的思想？这的确把我这个年纪的人吓到了。你真的只是为了我的思想才这么做的吗？哦，不。我一直在谈做爱，而你却在观察我剖析自己的思想！浪费注意力在我的思想上！你竟敢在没它什么事儿的时候加入精神成分。救命啊！我的思想受到了骚扰！救命啊！我是思想骚扰的受害者！上帝啊，我要得胃肠功能紊乱了！你在我不知情的情况下，违背了我的意愿，从我这儿偷取思想的眷顾！我被你轻视了！我的阴茎被你轻视了！打电话给系主任！我的阴茎已经失去了功能！”

说完，凯西终于抓住机会，铆足了劲，发了疯似的用力推开车门，跳下车一路滚到了路肩，但她穿着锐步鞋迅速站稳了脚跟。萨巴斯透过挡风玻璃看到她的身影正往北边阿西纳的方向飞奔而去。木偶能在空中飞翔，飘浮，旋转，可是唯有人类和牵线木偶被束缚于奔跑和走动这两个动作。这就是牵线木偶总会令他生厌的原因所在：他们一直都在那方小小的舞台上上下下，不停走动。不停地走动除了是每一场牵线木偶演出的主题外，似乎也变成了人生的一个重要主题。那些线绳——显而易见，数不胜数，具有鲜明的象征意义。而且它始终在盲目地模仿人类的剧院。然而木偶……把你的手伸入木偶体内，把你的脸藏于幕布之后！动物王国内，这是独一无二的！一直追溯到《彼得鲁什卡》[①]，剧中的一切越是疯狂丑陋，效果就越佳。萨巴斯的食人木偶在罗马获得了大师颁发的一等大奖。在舞台上吃掉他的敌人。把敌人撕裂，边咀嚼吞咽边不停地对他们评头论足。认为会说会做是人类和木偶的本质区别，那就大错特错了。有双手，能发音，便已心满意足。贪求更多，同学们，即为愚蠢。要是尼基是个木偶，或许她依然活在人世。

月亮不合时宜地洒下了明亮的月光，凯西在这月光下沿着马路飞快地逃走了。那些抽烟的病友此刻也沐浴着月光，聚集在罗莎娜戒酒的房间下。而一百三十英里外，他的耳边依然回荡着罗莎娜的恸哭声……哦，今晚她逃不了了，即将面临的考验比嫁给他为妻更为可怕。医生已提前警告过萨巴斯，说罗莎娜可能会打电话求他过来把她带走。他建议萨巴斯无视内心的同情，拒绝她的要求。萨巴斯向医生保证会尽其所能。他并没有急冲冲地往家赶等她的来电，而是在车上坐了好一会儿。不知何故，他回想起在标准石油公司的游轮上给他送书的那个家伙，回想起他们在库拉索岛通过庞大的管道系统卸货的场景，回想起那个家伙——你以为像他这种风度翩翩、沉默寡言的人会选择教书，甚至可能传教，但他们却做出了与海为生这一莫名其妙的决定——曾送给他一本威廉·巴特勒·叶芝的诗集。一个孤独患者，自学成才，喜欢独处。这个闷葫芦让你产生毛骨悚然的感觉。另一类美国人。在海上，你可以遇见形形色色的美国人。甚至在那个时候，

① *Petrushka*，伊戈尔·斯特拉文斯基作曲的芭蕾舞剧，讲述了一个拥有“人心”的木偶的故事。

他们当中有许多是拉美裔美国人，不屈不挠，符合真正的拉丁美洲人顽强的性格。我记得有一个人长得像阿基姆·坦米罗夫[①]。我们所有有色人种的兄弟，各式人等应有尽有——有大好人，不那么好的人，形形色色。除了有送我书启迪我阅读的那个家伙，那艘船上还有一个又大又肥的黑人厨子。我躺在上铺看书时，这个厨子总会进来一手抓住我的睾丸，开始放声大笑。我和他扭打在一起，企图把他赶走。我猜自己因此产生了对同性恋的恐惧。他没有做出任何更具攻击性的行为，但如果我有所反应，他会十分满意，这点毋庸置疑。有趣的是我曾看到他出没于众多妓院。现在，那个送我诗集的家伙早已变成彻头彻尾的同性恋。虽然我曾是一个十分俊美的碧眼少年，他却从没有伤我半分。他告诉我应该阅读哪些诗歌，送了我许多书，他为人真的十分友好。这家伙的老家在内布拉斯加州。在值班时，我会熟记那些诗歌。

当然！有叶芝写给古尔斯比夫人的诗：

就在昨晚上我听见
一个虔诚的老人讲，
他找到了经文证明：
只有上帝，亲爱的姑娘，
能为你自身而爱你，
而不是为你黄头发着想[②]

只需几个小时，凯西便会越过终点线。他会目睹她冲向终点，倒在圣洁无瑕的神底[③]怀中。赢得比赛。加木初[④]。加持入[⑤]。谁会记得他

① Akim Tamiroff，俄裔美国男演员。
② 此处译文引自袁可嘉译《为安·格雷戈里而作》。
③ 原文为Kamizoko。
④ 原文为Kakizomi。
⑤ 原文为Kazikomi。

们这些可恶的名字。谁稀罕记住啊。他只要记住东条英机和裕仁天皇就够了。她哭得歇斯底里，会向系主任坦白他那骇人的罪行。系主任或许会禁不住相信装模作样的凯西。

回家路上，他播放了《阿拉伯的酋长》这首歌。世界上几乎没有什么能像这首欢快的四人独奏那般应景了。单簧管、钢琴、鼓、电颤琴。

现在怎么没人憎恨东条英机呢？只有我还记得这个杀人狂魔。他们以为东条英机是一辆车。但是，问问被日本人残酷欺压了整整三十五年的韩国人。问问中国的东北人，这些侵略者所犯下的滔天罪行。问问中国人，那些个子矮小、脸盘扁大的军国主义畜生给他们带来了多么深刻的痛楚。问问众多的妓院，日本鬼子储备了多少像你这样的姑娘供士兵消遣。甚至比你更年幼。系主任以为我是那个敌人。呵呵！问问她，那些回到日本的士兵，他们是如何在亚洲各地倒行逆施，奸淫掳掠外国妇女，逼良为娼。问问马尼拉人何为战火纷飞，自从马尼拉开埠以来，日本人在那儿投下了成千上万吨炸药。马尼拉在哪儿？你怎么会知道呢？或许有一天，老师会从性骚扰课上抽出一小时，向她纯洁的小羊羔们提及那场被称为第二次世界大战的战争是如何恐怖。日本鬼子。像世界上任何地方的任何种族一样，不可一世——除他们外，三K党亦如此……可是，你从何得知三K党呢？你是如何获得知识的，这取决于谁在执掌政权？你想了解日本鬼子的内幕吗？去问我的母亲，她的生命也受过折磨。去问问她。

萨巴斯幻想自己是那个可以吸引一大群孩子一起跳舞的吉恩·霍奇博格，跟那四人组一起纵情高歌，自娱自乐。他不仅沉浸在一九二〇年代的圣歌中，这些歌词意蕴深远，庆祝约会强奸和诋毁阿拉伯人；他还醉心于那场无始无终、低俗粗鄙又阴阳怪气的演出，这种野蛮的表演便是这份工作的趣味所在。没有那些野蛮人，传教士们该如何自吹自擂呢？他们对待肉欲的态度真他妈的幼稚傲慢！勾引了年轻人。苏格拉底、斯特林堡和我。然而内心一样觉得很爽。汉普顿那刺耳的打击乐声似乎可以让任何问题迎刃而解，又或许是没有罗茜挡在他面前。又或许，这是因为他意识到了他从来不必曲意逢迎，也不打算现在开始尝试。是的，没错，没错，他情不自禁地对自己狗屎般的人生充满了无限柔情。甚至可笑地渴望更多。更多失败！更多失望！更多欺骗！更多孤独！更多关节炎！更多传教士！如果情况允许的话，更多性交！与世间万物发生更多毁灭性的纠葛。为了更纯粹地激烈地活着，就不能逃避生存那丑恶的一面。我也许并不是一位受女戏迷们青睐的演员，可是你会怎么评价我，这才是实打实的人生！

我是阿拉伯的酋长，
你的爱属于我。
夜晚当你沉睡，
我悄悄潜入你的帷幕。
繁星在夜空闪耀，
照亮我们的爱之旅。
你将与我共同主宰世界，
我是阿拉伯的酋长。①

人生不可知。萨巴斯十分清楚自己刚刚抛弃了一个姑娘。这个姑娘既没有背叛他，也没因同性恋而离开他，而且永远也不会这么做——这个姑娘简单大胆，深爱她的父亲，绝不会欺骗任何一个成年男子（除了和萨巴斯一起欺骗上帝）；他十分清楚自己刚刚吓跑了这

① 出自披头士乐队的单曲《阿拉伯的酋长》。

个姑娘，他再也没机会偷偷潜入二十岁姑娘的罗帐。他把纯真善良忠实可靠的考狄利娅误当成她那两个恶贯满盈的姐姐高纳里尔和里根。他和年迈的李尔王一样愚钝无知。所幸他神志清醒，当夜以及接下来的二十七夜，以砖窑公路为床，和德伦卡做爱聊以自慰。

前半个月，萨巴斯不被允许去探望罗莎娜，这期间只收到了一张她从亚瑟寄来的明信片，这张不带任何感情色彩的卡片是她到亚瑟后的第一个周末寄出的。明信片上没有称呼，也没有详细地址，只写了马达马斯卡瀑布的街道——她甚至不屑写他的名字。“二十三日下午四点半，罗德里克之家见。五点十五分用晚餐。晚上七点到八点我要参加戒酒互助会的活动。你要是晚上不想开车回家，可住在亚瑟崎岖山旅馆。R.C.S[①]。”

二十三日下午一点半，他正要驾车出发，这时家里的电话铃响了。他急冲冲地跑回去，穿过厨房时满心期待是德伦卡打来的。当听到是罗莎娜打来的受话方付费电话时，他便猜想这是通知他不用过去了。她一挂电话，萨巴斯便会把这个好消息告诉德伦卡。

“你好吗，罗莎娜？”

她的语气很平淡，声音毫无情感，听起来生气严厉又生硬。“你过来吗？”

“我正要上车，电话铃响了跑回来接电话。”

“我想让你捎点东西，拜托。”她补充了“拜托”这个词，似乎旁边有人在教导她该说些什么以及该如何措辞。

“捎东西吗？当然可以，”他说，“捎什么都行。”

听完，她突然发出一阵刺耳的笑声，之后冷冰冰地说：“在我的文件箱里，放在箱背最上面的夹层里，一个蓝色的三环活页夹。我需要

① 罗莎娜·C. 萨巴斯的首字母缩写。

这份东西。”

“我会捎过去，可我得打开文件箱。”

“你需要一把钥匙。”语气越发冰冷。

“嗯？钥匙在哪儿？”

“在我的骑马靴里……左脚马靴。”

可是多年来他把她所有的靴子、鞋和运动鞋都搜查遍了。她一定是近期才把钥匙放在那儿的，之前放在他找不到的地方。

“现在去拿，”她说，“马上找到钥匙。这很重要……拜托了。”

“当然。好的。右脚马靴。”

“是左脚！”

是的，让她失控简直易如反掌。她已被控制了半个月，还需要半个月时间。

他找到钥匙，从文件箱里取出了那份蓝色的三环活页夹，拿起电话告诉她已取到了。

“你给文件箱上锁了吗？”

他撒谎说上锁了。

“你把钥匙带来，文件箱的钥匙，拜托。”

“没问题。”

“还有活页夹，蓝色的那个，外面绑着两个橡皮圈。”

“拿到了，就在手里。”

“请别弄丢。”她一下子提高嗓门，“这是性命攸关的东西。”

“你确定真的需要吗？”

“别跟我争！按我说的做！我懒得和你说话！”

“是不是更不想让我过去了？”这个时间点开车经过旅馆，连摁两次喇叭打暗号通知德伦卡到岩洞幽会是否安全，他盘算着。

“你要是不想过来，”她说，“那就别来了。你过来也没啥用。你要是不乐意见我，我无所谓。”

“我乐意见你啊，所以你打电话时我已上车了。感觉怎么样？好点了吗？”

她颤抖着声音回答：“难熬。”

“我知道难熬。”

“真的太难了。”她开始哭泣，“难得无法想象。”

“你有点好转吗？”

“哦，你不明白！你永远都不会明白！”她咆哮着挂了电话。

母亲从法国回来后，她便离开父亲随母亲一起生活。活页夹里存放的便是父亲寄给她的信件。他坚持每天给罗莎娜写一封信，一直写到自杀那晚。诀别信同时写给罗莎娜和她的妹妹艾拉。罗莎娜的母亲一直替姐妹俩保管着这些信件，直到前年她因肺气肿长期折磨而去世。这个活页夹连同母亲的一些古董遗物一并留给了罗莎娜，但她从未鼓足勇气解开捆绑住活页夹的那两个橡皮圈。有段时间她曾下定决心要扔掉它，但最终没那么做。

在前往亚瑟的途中，萨巴斯停车进了一家公路餐厅。他一直把活页夹放在大腿上，直到服务生端来咖啡，他才取下两个橡皮圈，把它们小心翼翼地放进夹克口袋，打开这些信件。

他自杀前几小时写的那封信以“罗莎娜、艾拉，我亲爱的孩子们”开头，日期和地址写的是“一九五〇年九月十五日，坎布里奇”。罗茜当年十三岁。萨巴斯首先阅读了卡瓦诺教授的绝笔信，原文如下：

罗莎娜、艾拉，我亲爱的孩子们：

不管发生了什么事，我都称呼你们“亲爱的”。一直以来，我都竭尽全力，却一败涂地。我的婚姻失败了，工作也不如意。你母亲离开我们时，我心灰意懒。甚至当你们，我亲爱的孩子们，抛弃我时，我的一切都结束了。自那以后，我彻夜难眠，没有半点信心。我精疲力竭，各种安眠药让我病入膏肓。我再也撑不下去了。上帝保佑我。对此请不要太苛责。

祝生活愉快！

爸爸

一九五〇年九月十五日，坎布里奇

亲爱的小罗莎娜！

你无法想象我有多想念我亲爱的小宝贝。我不知该如何摆脱内心的空虚。但与此同时，我感觉这事很重要，也很必要。我看到了去年五月以来你身上发生的变化。我无法给予你帮助，你也不愿对我敞开心扉，我的内心焦虑万分。你把自己封闭起来，把我推开。我不知道你在学校过得如此难熬，但是我也曾心存疑虑，因为你的同学从不来找你。只有可爱的小海伦·凯丽有时候会在早晨过来接你上学。但是，我亲爱的小宝贝，是你做得不对。你自视甚高，甚至在不知不觉中表现得高人一等。你母亲和她的朋友们相处时也出现同样的情况。亲爱的小罗莎娜，我这么说并不是要责备你，是要让你从中有所反思，最后能和你母亲谈一谈。之后，你会认识到人一生之中不该自私自利……

一九五〇年二月六日，坎布里奇

……你和你的父亲断了联系，你在身边竖起了一道屏障，让我再也无法靠近，这令我心急如焚。我明白你需要母爱，我也为此做了尝试，但彻底失败了。如今你日思夜想的亲生母亲回来了，一切都将回归正轨，她将赋予你新的勇气继续生活下去。你将心情愉悦地上学。你的智力碾压一般人……

无论什么时候想要回来，短住或者长待，父亲的家永远欢迎你。你是我最心爱的孩子，你不在身边我百无聊赖。只要想到现有的一切对你最有利，我会获得心灵的慰藉。

安顿好以后，请尽快给我写信。再见，我的小宝贝！千万次充满爱的亲吻，来自你形单影只的

爸爸

一九五〇年二月八日，坎布里奇

亲爱的小罗莎娜！

我在街上遇到了勒曼小姐。她为你休学一事感到难过。她说学校里的老师都深爱着你。但她知道，你最近过得很艰难，身体感染等问题让你不得不长期缺课。她也注意到，最近你不再和海伦·凯丽或其他一些好朋友迈拉、菲利丝、艾吉形影不离。但她说这几个女孩子在勤奋学习，而罗莎娜却失去了成功的动力。她希望在接下来的几年时间里你能克服一切困难。她说看到过很多和你相似的情况。她和我一样坚定地认为青春期的女孩更应该上女校。不幸的是，你母亲似乎和勒曼小姐的看法相左……

……是的，亲爱的小罗莎娜，我希望你的心情能尽快好起来，过去的你曾是我的阳光，真诚又坦率，但随后我们之间出现了问题。我想要帮助你，却无能为力，因为你不接受我的帮助。你再也没向我倾诉内心的忧愁。你需要一个母亲，但很不幸你的母亲不在身边……

一个大大的拥抱

爸爸

一九五〇年二月九日，坎布里奇

亲爱的罗莎娜！

你离开时答应我会经常给我写信，打电话。你甜美可人，性格开朗，我对你非常信任。但爱让人盲目。你离开已整整五天

了，可我还没有收到你的只言片语。昨晚我就待在家里，你也不愿和我通话。我现在开始明白了，不会再忽视你了。是你的良心变坏了吗？你再也不愿与你的父亲坦诚地交流吗？一声“谢谢你”就回报了过去五年间我孤身一人对我的孩子们的照顾？太残忍了。太可怕了。你还会回家与父亲坦诚地交流吗？我对此并没把握。但我不会对你做出评判。我知道最近你正接受催眠。似乎对你母亲而言，当务之急是把我扰得不安生。她唯一的乐趣就是看到我一败涂地。她似乎和你们这些孩子想象中的形象并无多大改变。

或许你可以给我写几行字，告诉我该做些什么。我该清扫你的房间，努力忘记你曾在这儿住过吗？

为什么你在文具店为了十块钱向我撒谎？这没必要。最近的这一次记忆并不美好。

爸爸

一九五〇年二月十日，坎布里奇

最亲爱的小罗莎娜！

今天终于等到期盼已久的来信，万分感谢！这封信让我欣喜若狂，情不自已。我支离破碎的生活再次艳阳高照。请原谅我上次写的那封信。写信时我的心情好压抑，以为自己再也站不起来了。但今天，一切都变得不一样了。艾琳现在也变得那么体贴，甚至可以称得上温柔可人。也许她帮我度过了最为难熬的危机时刻——你离开时……

当然，只要你不和你父亲断绝关系，你做什么都行。现在，家里再次恢复风平浪静，我们热忱期待你的来信。请尽可能经常写信给我们。不需要洋洋洒洒，只需要简短的问候，告知我们你很好就行。但是，有时候你一定要写几行字给你父亲，把你内心深处的真实想法告诉他,尤其是感到悲伤沮丧时。

最亲爱最诚挚最热烈的问候,爱你的

爸爸

一九五〇年二月十一日,坎布里奇

信件上的日期从一九五〇年二月一直延续到四月底,罗莎娜与艾拉正好在这段时间离开坎布里奇与母亲生活在一起。萨巴斯要是希望准时赶到医院与罗莎娜共进晚餐的话,他也最多只能阅读这么多封信件。他确信自己将再次听到那些让人泄气的信息,这些哔哔作响的信息将一直陪伴他走向生命的终点——整个世界与他为敌,阻碍他前进,凌辱他,碾压他。我该清扫你的房间,努力忘记你曾在这儿住过吗?流血的卡瓦诺教授写给连续五天没有任何消息的十三岁爱女。这个饱受折磨、疯疯癫癫的酒鬼,终其一生都在与世界抗衡,直到石头最终落地的那一天。对此请不要太苛责。祝生活愉快!爸爸。之后,一切将不再喧嚣,归于平静。最终一切都得到了控制。

五点前,萨巴斯把车停在医院停车场。他走在环形车道上,车道一侧是一大块椭圆形的绿草坪,另一侧的山顶上是医院的主楼,那是一幢狭长的三层楼房,白色的护墙板,紧闭的黑色窗户,像极了巴利克家那幢具有殖民风格、可以俯瞰马达马斯卡湖的旅馆。上世纪,这儿也曾是一片湖泊,现在已被一大片绿草坪取代,远处隐约可见一幢庞大的哥特式建筑,房屋的主人后继无人,去世后这儿沦为一片废墟。先是屋顶垮了,接着石墙坍塌,直到一九〇九年,湖水被抽干,那堆阴森幽美的废墟被蒸汽铲推进洞穴掩埋,造了一个结核病疗养院。如今,老旧的疗养院变成了亚瑟精神病院的主楼,但人们仍称之为大楼。

毫无疑问,由于晚餐时间临近,有二十至二十五个人左右聚集在大楼前门外吸烟,其中几个竟然是年轻人,这些男孩女孩才十几岁,穿着打扮像山谷里的学生,男孩子都反戴着棒球帽,姑娘们穿着印有大学标志的T恤、跑鞋和牛仔裤。他向长得最标致的那个女孩——要是站直的话，她的个子也会是这群女孩中最高的——打听通往罗德里克之家的路。她抬起胳膊指路时，萨巴斯发现有一条水平的伤痕横贯她的手腕，似乎刚愈合没多久。

那是一个寻常的秋日傍晚——也就是说，阳光格外明媚。这美景对某个患有抑郁自杀倾向的人而言有多可怕，多么危险。然而萨巴斯心想，这种天气也许会让一个普通的抑郁患者相信她自己正在那个洞穴中艰难前行，可以通往生命的希望。它能唤起最美好的童年时光，也能减轻可能某个时刻的恐惧，即使这不是成年时期的恐惧。精神病院之秋，秋天及其闻名遐迩的丰富意蕴！如果我在这儿，怎么能算秋天呢？如果此刻正值秋天，我怎么会置身于此呢？这是秋天吗？时光荏苒，甚至没有留下任何痕迹。

罗德里克之家坐落在道路拐角的尽头。道路环绕着草坪，一直向外延伸到乡村公路。这幢两层高的楼房是大楼的缩小版，还有七八幢类似的楼房散落在树丛中，每幢房子前都有一个开放的阳台和一个杂草丛生的院子。在车道的缓坡上，萨巴斯发现了罗德里克，看到草坪上有四个女人正亲密地围坐在室外家具上。斜倚在白色塑料躺椅上的那位正是他的妻子。她戴着太阳镜，一动也不动地躺在那儿，旁边的三个人正聊得火热。但随后有个人说了什么好笑的事——甚至可能是罗莎娜自己说的——她突然坐了起来，兴奋地鼓掌。这么多年来，萨巴斯第一次听到她发出如此由衷的笑声。他穿过草坪，走到她们面前，她们还笑个不停。一个女人倚身靠向罗莎娜，轻声说："有客人来看你。"

"你们好，"萨巴斯边问好边正式鞠了一躬，"我是罗莎娜繁衍本能的受益人，象征了她一生遇到的全部障碍。我相信你们每个人都觉得有一个配不上自己的伴侣——我就是她的那个伴侣。我叫米奇·萨巴斯。你们听到的有关我的一切传闻都千真万确。一切都毁了，是我毁了这一切。你好，罗茜。”

她没有从椅子上跳起来给他一个拥抱，萨巴斯对此毫不惊讶。但当她摘下太阳镜，羞怯地说“你好”时……嗯，这也不是之前通话的声音，那声音可没有预示眼前的可爱。离开他到这儿戒酒才半个月，她看上去像恢复到了三十五岁的状态，肌肤清爽，呈黄褐色，齐肩短发闪耀着金色的光泽，甚至连她的嘴巴似乎也恢复了之前的大小，同时也恢复了迷人的眸距。她的脸显得很宽，但姣好的容颜在几年间慢慢老去。这是他们苦难的起源：她那邻家女孩般迷人的容貌。短短半个月，她已摆脱了过去二十年混乱不堪的生活。

“她们，”她笨拙地介绍说，“住在这儿。”海伦·凯丽、迈拉、菲利丝、艾吉……“你要看看我的房间吗？我们还有点时间。”她此刻完全就像一个惊慌失措的孩子，一旦父亲和她的朋友们待在一起，便会局促不安。

他跟着罗莎娜上了台阶，进屋子前看到阳台上有三个年轻女人在吸烟，和草坪上见过的那几个人年龄相仿。他们路过一间小厨房，经过一条贴满告示牌和剪报的走廊，它的一端连着一间昏暗的小客厅，一堆女人在里面看电视。另一端通往护士站，有玻璃门隔断，两张桌子上方挂着欢快的“小人物”海报。罗莎娜中途拉着他穿过这扇门。“我丈夫来了。”她告诉值班的年轻护士。“好。”护士回答，礼貌地朝萨巴斯点了点头。萨巴斯还没来得及告诉护士一切都毁了，是他毁了这一切——尽管这种谴责也许是因为钱——罗莎娜便把他拉走了。

“罗莎娜！”客厅传来友好的叫喊声，“罗莎娜·芭娜娜！”

“你好。”

“回到了本宁顿。”萨巴斯说。

她恶狠狠地责备道：“不完全是！”

她的房间很小，新刷了一层闪闪发亮的白漆，掀开窗帘，透过两扇窗户便可看到前院。房间里有一张单人床，一张老旧的木桌，以及一个矮衣柜，都是个人生活所需的东西。你可以在这个地方一直住下去。他把头伸进浴室，打开水龙头——“有热水。”他满意地说——之后，他走出浴室，看到桌上摆放着三张镶框照片：一张照片摄于巴黎，那时战争刚结束，照片中她的母亲穿着一件皮大衣。旧一点的那张照片上是艾拉、保罗和他们两个胖乎乎的金发孩子（埃里克和保拉），很明显艾拉怀着他们的第三个孩子（格伦）。第三张照片他从未见过，摄于照相馆，照片上一个宽脸的中年男人穿着西装，打着领带，戴着假衣领，神情严肃，看起来一点也不消沉，他不是别人，正是卡瓦诺。罗莎娜在房间里紧张地绕圈，颤抖着手把桌上一本翻开的作文本合上了。“活页夹在哪儿？”她问，“你忘了活页夹！”此刻她已不再是他在草坪上见到的那个戴着太阳镜，与海伦、迈拉、菲利丝和艾吉尽情欢笑的精灵了。

“我把它锁在车里，放在座位下面，很安全。”

“什么，”她神情严肃地发出尖叫，“要是有人偷车呢？”

“有那种可能吗，罗莎娜？那辆车？我紧赶慢赶，就是为了不迟到。我想我们可以吃完晚饭再去取。但你要我离开的话我立马照办。你想这样的话，我取了活页夹马上就走。两分钟前，你看上去状态好极了。我不利于你恢复。”

“我打算带你逛逛这个地方。我想带你四处参观一下。我确实是这么想的。我想带你看看我游泳的地方。现在我糊涂了。非常糟糕。我感到空虚。我感觉不舒服。”她坐在床沿开始啜泣，最后从嘴里吐出“这儿，这儿一天要花上一千美元”这几个词。

“你就是因为这个才哭吗？”

“不是。这笔费用会走保险。”

“那你为什么哭呢？”

“明天……明天晚上，聚会时，我得分享‘我的故事’。轮到我了。我一直在做笔记。我很恐惧。连着几天我都在记笔记。我恶心，胃疼……”

“为什么要恐惧？就装作你在上课。把他们当成你的学生。”

“我不是怕说，”她怒气冲冲地回答，“而是害怕我要说什么，我要说出真相。”

“关于？”

她简直无法相信他竟会愚蠢至此。“关于？关于？他呀！”她指着父亲的照片，大声说，“那个男人！”

原来如此。那个男人。原来是他。

萨巴斯傻乎乎地发问：“他做了什么？”

“所有的一切。所有的一切。”

餐厅位于大楼的一楼，光线透过面向草坪的飘窗把屋内照得明亮舒适，环境清幽宜人。病人们随意而坐，绝大多数都坐在可容纳八人的大橡木桌旁，但有一些散坐在几张靠墙的双人桌旁。此情此景又一次令他想起湖边的旅馆，以及德伦卡如女神一般操持餐厅时那儿洋溢的舒适气氛。和旅馆的顾客不同，这儿的病人从自助餐桌上自取食物，今晚供应薯条、青豆、芝士汉堡、色拉、冰淇淋——这里一千美元一天的芝士汉堡。罗莎娜每次起身往杯子里倒蔓越莓汁时，总有一两个聚在果汁机旁的戒酒人士冲她微笑，或者和她说话，当她拿着又一满杯果汁路过时，那只空着的手被桌旁的人一把抓住。是因为明晚轮到她分享“我的故事”，还是因为今晚“他”在这儿呢？他心想，住在亚瑟的人——病人、医生或者护士——是否已经拨打了长途电话，亲耳听听她到这儿来的原因。

只因父亲的所作所为让她被困在这儿。

但为何她从未向他倾吐“所有的一切”呢？是她不敢说吗？是她不敢回忆吗？抑或她是否需要证实自己的受苦经历，只是一个无关紧要的残酷问题？最后，她得到了那个既高尚又丑陋的解释，按照时代精神的标准，这一解释通情达理得很。可是过去的真实写照——如果还存在于某处的话——又在哪儿呢？

你无法想象我有多想念我亲爱的小宝贝。我不知该如何摆脱内心的空虚。你是我最心爱的孩子，你不在身边我百无聊赖。只有可爱的小海伦·凯丽偶尔过来。过去的你曾是我的阳光，真诚又坦率。你甜美可人，性格开朗，我对你非常信任。但爱让人盲目。是你的良心变坏了吗？你再也不愿与你的父亲坦诚地交流吗？你这封期盼已久的来信。我支离破碎的生活再次艳阳高照。

在坎布里奇的阁楼上吊自杀的到底是失去亲人的父亲还是被抛弃的情人？

晚餐时，她继续侃侃而谈，似乎能自如地做到对萨巴斯视而不见，或者装出自己对面坐着的那个并不是她的丈夫。“看见那个女病人了吗？”她悄悄地说，“五十出头，瘦小个子，戴着眼镜，坐在我后面，隔着两张桌子。”她概述了那位女士的婚姻悲剧——二婚，有一个二十五岁的女朋友，还有两个三四岁大的孩子，丈夫躲藏在邻镇。“看到那个扎辫子的姑娘没？满头红发……这个年轻人聪明可爱……二十五岁……韦尔斯利人……男友是建筑工人。据她说，长得像那个给万宝路做广告的男人。她被甩到墙上，滚下了楼梯，而她还在一直不停地给他打电话。每晚必打。美其名曰要唤起他的一丝歉疚。目前为止尚未成功。看见那个工人阶级出身的黑人青年了吗？在你左边的第二张桌子。是个玻璃工，人很善良。妻子讨厌他的家人，不允许他带孩子去见家里人。他整天无所事事，自言自语，‘没用了……没有希望了……永远都不会变了……大喊大叫……吵吵闹闹……不堪忍受’。早晨你能听到从各个房间传出的大喊大哭，声泪俱下地喊着‘我宁愿我死了’。看到那边的家伙了吗？秃顶的高个子，长着大鼻子的家伙？穿着丝绸睡衣？是个同性恋。房间里摆满了各式香水。整天穿着那件睡袍。手里总是拿着一本书。从不参加活动。每年九月都要闹一回自杀。每年十月都到这儿报到。每年十一月再回家。他是罗德里克唯一的男病人。有一天早晨，我路过他的房间，听到他在里面低声啜泣。我走进房间坐在他的床上。他与我分享了他的故事。他出生才三周母亲就去世了。死于风湿性心脏病。直到十二岁他才知晓母亲的死因。怀孕前就有人警告过她，但母亲依然生下了他，最后死了。他觉得是自己害死了母亲。他印象最深的事是和父亲坐在车里不停地搬家。他们一直居无定所。他五岁那年，父亲搬去与一对夫妇同住，那对夫妇是他的朋友。父亲在那儿一住便是三十二年，和朋友的妻子搞地下情。他把这对夫妇的两个女儿当作自己的妹妹。其中有一个确实是他同父异母的妹妹。他是建筑绘图员，自己养活自己。每天晚上都订披萨，边吃披萨边看电视。每周六晚上，他点牛肉犒劳自己。他说话结巴。他说话时你几乎听不清他在说些什么。我握着他的手，握了大约一个小时。他一直哭个不停，最后说，'十七岁那年，妈妈的弟弟过来，我的舅舅，他……'但他泣不成声。他没法告诉别人十七岁那年到底发生了什么。他已五十三岁了，至今依然无法倾诉内心的秘密。他的名字叫雷。故事一个比一个悲惨。他们需要内心的安宁，而内心却焦躁不安。"

他们吃完冰淇淋之前，她一直唠叨个没完。随后，她跳了起来，两人一起去取她父亲写的信件。

萨巴斯跟着她步履匆匆地沿着车道走向停车场，途中发现大楼后面的山顶上有一幢由玻璃和粉色砌成的现代建筑。"拘留房。"罗莎娜告诉他，"入院时患有震颤性谵妄的人被送去那儿戒酒。他们在那儿给你电击。我连看都不想看。我对医生说：'你保证永远不会把我送到拘留房里。你不能把我送去拘留房。我受不了的。'他说：'我没法向你做出这样的承诺。'"

"奇怪，"萨巴斯说，"他们只偷车毂罩。"

他打开车门，从前排座椅下取出活页夹（厚厚的橡皮圈仍绑在原位）递给她时，她又开始低声啜泣。每隔两分钟仿佛变了一个人。"这儿糟透了，”罗莎娜说，“时时刻刻都是混乱！”她转身沿着原路跑回山顶，把活页夹紧紧抓在胸前，似乎单凭这些活页夹就能将她从拘禁中解救出来。他是否应该离开这儿，以免给她带来源源不断的痛苦？要是现在就走，他能赶在十点前回到家。太晚见不了德伦卡了，可是凯西呢？把她带到家里，拨打S-A-B-B-A-T-H，两个人边听磁带边俯身相互口交。

六点四十分。罗莎娜参加的会议将于七点整在大楼的“休息室”举行，持续到八点结束。他在绿草坪上溜达，依然在扮演着一位宾客，尽管谁也说不出还要扮演多久？——一位宾客等他回到罗德里克时，罗莎娜已从大楼里打来电话，拜托值班护士转告他在房间里等她聚会结束。可是，不管他有没有得到罗莎娜的邀请，自从看到她桌子上的那本作文本，里面记录着她为第二天晚上的告解所做的准备，他便计划着在房间里等她回来。

也许罗莎娜记不得自己放哪儿了；也许仅仅是为了避免重新将目光投向他（这儿，没有饮酒者伸出援助之手，他行善的本性作为婚姻生活的助推器甚至在《圣经》中也得以歌颂[①]），她没有考虑清楚，给护士留下了一条毫无意义的口信。抑或可能是她真心希望他独自一人待在她的房间，阅读她记录的全部痛楚。但要让他看什么呢？她希望自己和萨巴斯之间能彼此奉献。当然，他丝毫没有意愿参与她的安排，因为正如已发生的事那样，他希望自己和妻子各取所需……可既然如此，为什么还不离婚呢？说实话，他不清楚。当你在婚姻中硬撑了三十年，你就会发现这确实不令人费解，因为大家都会这么做。他们并非世上唯一一对夫妻，互相猜忌和彼此厌恶为两个人的长期结合奠定了牢不可破的基础。然而，当罗茜的忍耐力达到极限，当在她眼

① 见《圣经 · 旧约 · 箴言》第31章第6—7节：“可以把浓酒给将亡的人喝，把清酒给苦心的人喝，让他喝了，就忘记他的贫穷，不再记念他的苦楚。”

中他们成了世上唯一一对欲望南辕北辙的夫妻，他们不得不成为：唯一一对发现另一半的行为单调到惹人厌烦的夫妻，唯一一对将另一半最热切的需求剥夺殆尽的夫妻，唯一一对因分歧而公开争吵的夫妻，唯一一对回忆不起两人为何结合的夫妻，唯一一对尽管牢骚满腹却不愿彼此分开的夫妻，唯一一对不愿相信两人关系年复一年日趋恶化的夫妻，唯一一对在晚餐时相对无言又充满深仇大恨的夫妻……

他以为日记中大部分记录的是与他相关的流水账，然而日记对他只字未提。她的日记中全是另一个男人，是每天早晨醒来、晚上入睡时她都迫使自己坚强面对的照片中那个戴着假衣领的教授。她的人生比凯西·古尔斯比更为糟糕——萨巴斯这个人无关紧要。过去三十年都偏离了正轨，有无数徒劳的焦虑不安，无数伤口化脓——如她在日记里描述的那般——她的心灵已被永久扭曲。他有自己的故事；而这是罗莎娜的故事，真正的开篇故事，无论背叛发生于何时何地，生活就此展开。没有人可以逃脱这个可怕的拘留房，萨巴斯这个名字一次也未被提及。我们多么厌倦彼此——彼此之间视而不见，与那些最初就破坏神圣的信任的人们相比，我们都是虚幻的幽灵。

各式各样的女人在我们家做管家，她们和我们住在一起，帮我们做晚餐。我父亲也下厨。我的记忆有些模糊了。管家也会和我们一起坐着吃饭。我对那些晚餐已经印象不深了。

放学后他不在家。我有一把钥匙。我会去商店给自己买一些食物。豌豆汤。我喜欢吃的蛋糕和曲奇饼。我妹妹在家里。我们会在下午吃一些点心，然后一起出门和伙伴们玩耍。

印象中他鼾声震天，这与他酗酒有关。第二天早晨发现他睡在沙发上，仍穿着前一天的衣服。他喝得断了片儿，找不到床。

他只在周末喝酒，工作日从来不喝。有一阵子，我们有一艘帆船，会在夏天一起乘船出海。他的控制欲极强，独断专行。他不是一个出色的水手。他喝得有点醉醺醺时，人就会失控，边走路边把口袋翻出来，告诉我们他身无分文。之后，他变得笨手笨脚的，如果有朋友和我们同行的话，他会让我非常难堪。他做这些事时，我的身体对他十分排斥，感到恶心。

我需要新衣服，他便带我去服装店。被父亲带去买衣服让我感到非常难堪。他对衣服的品位很差，有时候会强迫我买下并不中意的衣服，进而迫使我穿这些衣服。我记得有一件讨厌的洛登缩绒厚呢夹克，我恨之入骨。因为身边没有女人照顾我，给我建议，我感觉自己十分男性化，这让我痛苦不堪。

他的管家众多，其中有几个想要嫁给他。我记得有个女人受过教育，擅长烹饪，十分渴望能嫁给这个教授。但事情经常以灾难告终。我和艾拉会隔着门偷听他们的浪漫进展。我们十分清楚他们做爱的时间。我认为在醉酒状态下，他不是一个做爱高手。但我们经常躲在门后偷听，关注一切事情的进展。可是随之真相开始暴露，他对她们颐指气使，甚至连如何洗碗都要指手画脚。他是地质学教授，所以比她们更懂得怎么才能把碗洗干净。有争吵和尖叫声，我觉得他不会打女人，但通常以不快收尾。她们离开后，总会爆发一次危机。至于我，一直期待这个危机的降临。十二三岁时，我对外出和男孩约会越来越有兴趣，而且我还有一帮女朋友，他对此耿耿于怀。他一个人坐在沙发上喝杜松子酒，之后便昏昏入睡。我一想到他孑然一身，连自己也照顾不了，不禁潸然泪下，一如我现在一样。

她离开那年是一九四五年，当时我才八岁。我已忘了她离开的确切时间，只记得她弃我而去。我还记得她第一次回来是一九四七年的圣诞节。她带来了一些可以发声的动物玩具。我感到绝望。我想要我的母亲回来。我和艾拉又一次偷听，这次偷听的是她和我们的父亲在门后说些什么。他们可能也在做爱。我不知道。但我们想听清楚门后事情的进展。门后传来紧张的低语声，有时是大声的争吵。我母亲在那儿住了半个月，她离开时我大大松了一口气，因为这种紧张的气氛太可怕了。她长得妩媚动人，衣着光鲜，自从在巴黎生活以后，她在我眼中充满了市侩气。

以前他有一张上了锁的桌子。我和艾拉知道怎么用一把刀把锁撬开，所以我们经常可以获知他的秘密。我们找到了不同女人的来信。我们笑得前俯后仰，觉得这是一个天大的笑话。一天晚上，父亲走进我的房间，对我说："哦，我恋爱了。"我装作毫不知情的样子。他说他要结婚了。我心想，"太好了，现在我可以摆脱照顾他的责任了"。她是个六十多岁的寡妇，他以为她有点钱。他们结婚没多久就开始争吵，和其他女人毫无差别。这一次，我觉得自己与整件事情脱不了干系，该为他们结婚这事负责！父亲来找我，告诉我说太可怕了，因为她的实际年龄比她自己所说的还要大，而且她也不像自己所声称的那么有钱。巨大的不幸。而且她开始说我的坏话。抱怨我学习不认真，说我被宠坏了，不值得信任，邋遢，没把自己的房间打扫干净，不可救药。我从没说出实情，对她口中的辱骂充耳不闻。

我在母亲的住处洗澡，电话铃响，听见她发出一声尖叫。我的第一反应是父亲杀了继母，但母亲走进浴室告诉我："你父亲死了。我得去趟坎布里奇。"我问道："那我呢？"她回答说："你要学习，我想你还是别去了。"但我十分坚持，认为这件事对我至关重要，于是她同意带我一起去。艾拉不想过去，她心里害怕，但我强迫她一起去。他给我和艾拉留了一封信。这封信我至今依然保存着。和母亲一起生活后，父亲写给我的每一封信件都保留至今。他过世以后，我再也没看过这些信。我读不了那些邮寄来的信件。每次收到父亲的来信都会让我恶心一整天。母亲最终会强迫我把信打开。我当着母亲的面，把信念出来，或者由她念给我听。“为什么不给日夜思念你的父亲写信？”用第三人称。“为什么不给深爱着你的父亲写一封信？为什么要在钱上撒谎骗我？”到了第二天，“哦，我亲爱的罗莎娜，我确实收到了你的来信，我真高兴啊”。

我不恨他，但他让我极度不安。他对我有巨大的影响力。因为要上课，他并不天天酗酒。他喝醉了，会在半夜进入我的房间，睡在我的身边。

一九五〇年二月，我和艾拉搬入公寓与母亲同住。我把母亲视为自己的救世主。我非常喜欢母亲，尊重母亲。在我心目中她美丽动人。母亲把我当成一个玩偶。到了晚上，我会摇身变成众星捧月的年轻女孩，所有男孩都跟着我，事实上我也一夜之间长高了。男孩们告诉我，那儿甚至有一家“罗莎娜酒吧”。但我留了个心，没有上当受骗。我没去那儿，去了别的地方。这并不容易。但至今我仍记忆犹新，自己突然之间变得一本正经，参加聚会时会穿条纹小礼服，里面垫着衬裙，头戴一朵玫瑰。母亲的任务是为自己的离开开脱。她说自己不走的话，父亲会把她杀了。她甚至连提起电话和父亲通话都心惊胆战——青筋暴起，面色苍白。我想每天我都会听到各种各样有关她离家的理由。她也讨厌收到父亲的来信，但她也惧怕父亲，所以逼着我看信。生活拮据。我没和父亲一起居住，所以他不愿意支付抚养费。矛盾的焦点总在我身上，从来与艾拉无关。我得和父亲一起生活，否则他不会支付我的抚养费。我不知道他们是如何解决这个问题的，我唯一所知的便是他们的争斗经常围绕着我和金钱。

我对他生理厌恶。尤其是性的那一方面。从那时至今，我对他依然存在强烈的生理厌恶感。他的嘴唇，我认为非常丑陋。还有他搂抱我的方式，甚至在公众面前，无异于他搂抱着一个心爱的女人，而不是一个年轻的女孩。当他挽着我的胳膊外出散步时，我感觉自己处在永远无法摆脱的桎梏之中。

我让自己疯狂地忙于应付别的事情，才让自己能有一阵子忘掉他。他去世后的第二年暑假，我去了法国。那年我十四岁，谈了恋爱。我和母亲的一位朋友住在一起，家里有很多男孩子……我确实把他忘了。但我精神恍惚了好多年，直到现在还一直精神恍惚。我不知道为什么直到现在他依然对我纠缠不休，我现在已五十多岁了，但他仍不肯放过我。

去年夏天，我采摘了一些鲜花，准备在一个舒适的环境中阅读他的来信，但刚开始就不得不中断了。

我酗酒是为了活下去。

下一页，她的每一行笔记都有严重涂改的痕迹，几乎辨认不清任何字迹。他在字里行间辨认单词，希望找到类似“他喝醉了，会在半夜进入我的房间，睡在我的身边”，但即便仔细辨认，他能认出来的也仅是一些词组，如“白葡萄酒”“我母亲的戒指”“受尽折磨的一天”……而且这些词组有部分无法识别先后次序。她写在这儿的东西不是为了在聚会时讲给病友们听，也不是为了给任何人包括她自己来看的。但他翻过这一页，发现了一些字迹非常清晰的笔迹，或许是医生布置给她的写字作业。

三十九年前，我十三岁，二月份离开父亲时的情景重现。首先是我记忆中的事件，其次是我所希望发生的事情。

我的记忆如下：父亲来接我出院，几天前我入院做了扁桃体切除手术。尽管对父亲望而生畏，我能看出来，他很开心来接我出院回家，但我和他待在一起时，经常感受到——我对此并不十分确定，他的呼吸和嘴唇让我感到十分不适。我已想不起具体的动作。只记得他的呼吸和嘴唇让我颤抖。我从没告诉过艾拉，至今都没有。我没告诉过任何人。

爸爸告诉我，他和艾琳相处得并不愉快。她继续不停地抱怨，说我是个懒虫，不爱学习，也不听她的话。让我离她越远越好……午饭后，我和爸爸坐在客厅，艾琳在厨房打扫卫生。我感到脆弱无力，但决心已定。我现在要把自己离开的消息告诉他。一切都已准备就绪。母亲已经同意会照顾我，只要——她反复强调——是我自愿离开，而不是她迫使我这么做。父亲是我们姐妹俩法律上的监护人。那时非常奇怪，母亲放弃了我们的监护权，因为她认为我们两个孩子不应该分开，而且她也没什么钱能抚养我们长大。另外，如果我们三个一起离开，爸爸十有八九会把我们全都杀了。报纸曾报道了一起家庭惨案，丈夫把家人都杀死了，随后自杀身亡，爸爸看了报纸后发表评论，说做得没错。

我记得父亲站在我的面前，看上去很苍老，但实际上他才五十六岁，满头白发，脸色憔悴，个子依然高挑，但背微微有点驼。他正往杯中倒咖啡。我壮着胆子告诉他我要走了。我已征得母亲的同意和她同住。他一下子面如死灰，咖啡杯险些从手中滑落。一切都已脱离了他的掌控。他坐了下来，一言不发。我曾担心他会大发雷霆，把我吓得魂飞魄散，但他并没有发火。虽然我经常忤逆他，但一直对他心存畏惧。然而今时不同往日。我很清楚得离开这儿。如果不走的话，我就死定了。他只说了一句："我理解，但我们不能让艾琳知道。我们只告诉她你要去母亲那儿静养。"不到半年，他就上吊自杀了。我怎么才能说服自己与此事无关？

我希望事情是这样的：手术结束以后，尽管我的身体十分虚弱，但心情愉悦，很高兴可以出院回家了。父亲来接我出院。那是一月的某一天，阳光明媚。用完午餐，我和爸爸坐在客厅。由于口腔溃疡，我只能吃流质食物。我一点胃口都没有，而且一直担心会出血。我住院时目睹其他病人因慢出血而重新入院治疗，就一直担惊受怕。有人告诉我，如果发现得不及时，出血也能致人死亡。我们坐在沙发上，爸爸坐在我旁边。他说想和我谈谈。他告诉我，母亲打电话给他，说女儿已长大了，可能想搬过去和她一起生活。爸爸说他知道我过得并不开心。这一年大家都过得不容易。他和艾琳之间发生了很多不愉快，他知道这些都波及了我。他的婚姻没有按照他希望的那样发展，而我作为他的女儿，尚未成年——现在十几岁，但仍是个孩子，对家里发生的事无需承担任何责任。他对我说，艾琳过来抱怨他，他过来抱怨艾琳，我很不幸被夹在了中间，他对此心存愧疚。因此，尽管他深爱着我，不舍我离开，但我要是想要离开的话，他觉得也不失为一个好主意。当然了，如果我搬去和母亲住，他会支付我的抚养费。他真心希望给我提供最好的成长环境。他继续对我说他感觉不舒服已有很长一段时间了，饱受失眠的折磨。他理解我的困难，让我如释重负。现在我终于可以有母亲来指导我的生活。而且，我想回来的话随时就能回来，我的房间会永远保留。

亲爱的父亲：

今天在医院等你的来信，我决定趁这个时间给你写一封信。我那时的痛苦与此刻的痛苦完全一样吗？我希望不一样，但我感觉完全相同。只是今天我厌倦了隐瞒自己的痛苦。我那老一套隐瞒的技能（喝醉）不会再起作用了。我不想自杀，不想像你似的，我只希望死去，因为我希望摆脱过去的纠缠，独自一人离开。往事，远离我吧，让我安然入眠！

所以我来到了这儿。你的女儿进了精神病院。你是罪魁祸首。室外秋高气爽，万里无云，落叶缤纷，而室内的我仍然战战兢兢。我不会说自己的人生被荒废了，可是你剥夺了我的人生，你知道吗？治疗医生和我讨论过这个问题，我现在知道是你剥夺了我与一个正常男人维持一段正常关系的能力。

艾拉曾说自杀是你的拿手好戏。我那未受影响的妹妹艾拉可以轻松地和她可爱的孩子们和谐共处！我的原生家庭多么怪异啊。去年暑假，我住在艾拉家时，去你的墓前祭奠。你的葬礼结束后，我再也没有回来过。我在你的墓前放了一束花。你旁边躺着卡瓦诺爷爷和卡瓦诺奶奶。我为你流泪，同时也为被残忍了结的生命而哭泣。你朦胧的身影在我眼中变得如此抽象却又如此重要，明晚我得完成自己的任务，请让上帝在天堂保佑我！

困在精神病院的女儿

罗莎娜

晚上八点十分，萨巴斯已把全部日记整整浏览了三遍，可是罗莎娜还没回来。他端详着父亲的照片，希望找到灾难在他身上留下的明显的伤痕以及他自杀的痕迹，却一无所获。至于罗莎娜讨厌的双唇，他也瞧不出半点儿特别之处。接着，他在耐心耗尽前翻看了放在枕头边桌子上的《家庭药物依赖者分步指南》平装本，这本书无疑是她想给他洗脑，等她出院一回家就把德伦卡从他们的床上赶走。书中介绍了分享与认同，不久他就会变成像开心果、瞌睡虫、爱生气或万事通[①]这样的家庭帮手。“情绪上的痛苦，”他看到，“可能会漫无边际且根深蒂固……陷入争吵会很痛苦……那么将来呢？会持续恶化吗？”

他把从马靴里找到的那把文件箱的钥匙留在了桌上。但下楼去护士站询问罗莎娜的去向前，他再次拿起笔记本，花了一刻多钟在她

① 迪士尼动画电影《白雪公主和七个小矮人》中四个小矮人的名字，另有害羞鬼、喷嚏精和糊涂蛋。

当天早些时候写给过世父亲的信件下方，留下了几句话。他并不刻意掩藏自己的笔迹。

亲爱的小罗莎娜：

你当然得住在精神病院。我一再警告你要离我远远的，警告你把我和那个可爱的小海伦·凯丽分开。没错，你的精神出了问题，你放纵自己整天酗酒，陷入其中不可自拔，但你今天的来信还是让我大吃一惊。虽然我已不在人世，但你想采取法律手段的话，请便吧。我从不期望死亡会让我得到真正的解脱，让我获得安宁。现在，我要感谢你，我亲爱的小宝贝，死亡与活着一样可怕。采取法律行动吧。你抛弃了父亲，根本就没有资格。整整五年，我完全为了你才活着。我一直担心仅靠一份大学教授的工资收入不足以支付你的学费、服饰等开销。而我自己，那些年间什么都没买，甚至连衣服都舍不得买一件。甚至不得不把那艘帆船给卖了。尽管我对你采取的与众不同的养育方式值得商榷，但没有人可以指责我没有倾尽全力去照顾你。

我没时间写下去了。撒旦正召唤我回去。亲爱的小罗莎娜，你们夫妻的结局会圆满吗？如果不会，过错完全在于你母亲。撒旦同意这一点。在治疗时，我和他一起讨论了你选择的这个丈夫，我十分肯定自己无可指责。要是你嫁的不是一个正常的男人，这完全得怪你母亲在你青春期那危险的几年时间里，把你送到了一所男女合校就读。你一生中所有的痛苦都归咎于她。因为你母亲和你对我所做的一切，我活着的时候就很焦虑，即使现在死了，焦虑也不会消失。我们的小组中，还有另一个有个忘恩负义的女儿的父亲。他分享了自己的痛苦，我们彼此理解。这非常有用。我认识到自己无法去感化这个忘恩负义的女儿。

我的小东西，你到底要把我推多远？你把我推得还不够远吗？你只凭自己的痛苦和自己神圣的情感对我做出判断，可你为什么不能换位思考，根据我的痛苦，我的神圣情感对我做出判断呢？你陷在抱怨中不可自拔！似乎在这个充满迫害的世界里，只有你一个人满腹委屈。等到你死了——死亡才是委屈，唯一的委屈。永恒的委屈。继续对死去的父亲进行攻击，你这种行为很卑鄙——因为你，我要永远在这儿接受治疗。除非，除非，亲爱的小罗莎娜，你给伤心不已的爸爸写上一封几千页的长信，向他忏悔你所做的一切毁了他的人生。

你的父亲正身处地狱

爸爸

“可能还在大楼里，”护士看了眼手表，说，“他们边抽烟边溜达。你为什么不去那边找找呢？要是她朝这边走的话，你会在车道上碰到她。”

那些人确实又聚在大楼大门外抽烟，但有人告诉他，罗莎娜和朗达一起去了健身房游泳。沿着草坪往下走，马路对面是一个健身房，那是一幢低矮的扭扭歪歪的建筑。他们告诉萨巴斯，透过窗户便可看到泳池。

透过沾满水汽的窗户放眼望去，可以看到一个巨大的泳池，那儿灯火通明，但空无一人。于是，他走进健身房，想看看罗莎娜是不是沉到池底淹死了。但堆满毛巾的桌旁坐着一个年轻女服务生，说没有，罗莎娜下午已经游完一百圈，今晚没来过这儿。

萨巴斯折回黑暗笼罩的小山坡，返回大楼的休息室里继续寻找，他们今晚曾在此聚会。玻璃工人把他引到了这儿。那个玻璃工当时正在客厅浏览杂志，他的旁边有人在弹钢琴——来自韦尔斯利，男友长得像出演万宝路香烟广告的那个姑娘——用一只手敲打出《黑夜与白昼》的旋律。休息室外面是一条宽阔的走廊，走廊两端各安装有一台付费电话。一个身材矮小、骨瘦如柴的西班牙孩子正站在电话机旁，看上去二十来岁，晚饭时罗莎娜告诉他这个孩子是个可卡因瘾君子。她穿着一件彩色的尼龙运动衫，戴着一副耳麦，却拿着电话在大声争论着，萨巴斯猜她说的不是波多黎各语就是多米尼加西班牙语。从他能听懂的信息来看，她正在辱骂自己的母亲。

休息室的空间非常宽敞，尽头摆放着一台电视机，室内放满了沙发和许多安乐椅，但此刻却显得空空荡荡，只有两个老妇人在落地灯旁围桌而坐，安安静静地打着牌。其中一个是病人，满头银发，身材矮胖。二十分钟以后，她出现在餐厅门口，好几个病友打趣地鼓起掌，她却给人一种历经沧桑后筋疲力尽的感觉。“我的观众们，”她操着一口高贵的新英格兰口音，落落大方地打招呼，同时行了一个屈膝礼，“现在是下午场演出。”她一边宣布一边踮着脚尖小跑进房间。“你够幸运的话，可以来看上午场演出。”陪她打牌的是过来探望她的姐妹，一定也年近八十了。

“你们看到罗莎娜了吗？”萨巴斯远远地问她们。

“罗莎娜，”那个病人回答，“正在看医生。”

“已经晚上八点半了。”

“即便风平浪静，人生的苦难一直伴随，”她告诉萨巴斯，“不要看不起夕阳老人。恰恰相反。但你应该成为她心目中极其重要的丈夫。是的，没错。”她精明地上下打量着他的腰身、身高、胡子、光秃秃的头顶和衣着，和蔼地笑了笑：“毋庸置疑，你这人十分了不起。”

萨巴斯来到大楼的二楼，路过一排病房，直奔走廊尽头的护士站，这儿的面积是罗德里克护士站的两倍，光线更加昏暗，气氛更加沉闷，但幸好没有张贴那些“小人物”的海报。两个护士正忙着整理文件，一个年轻男子坐在一个低矮的文件柜上。此人肌肉发达，下巴蓄着黑乎乎的胡子，身着一件黑色网球衫、一条黑色牛仔裤，脚上穿着一双黑色运动鞋，正晃着双腿喝饮料，他的身旁放着满满一塑料袋百事可乐，脚边的垃圾桶内扔着不知第六瓶还是第七瓶苏打水。此人看起来隐约有点像三十年前的萨巴斯。他正激烈地给其中一个护士做解释；那个护士时不时抬一下眼皮，确认他在说些什么，接着继续自己的文案工作。她看上去应该不满三十岁，壮硕结实，眼神明亮，一头乌发整齐地别成短发。萨巴斯出现在门口时，她冲萨巴斯友好地眨了眨眼睛。那天下午他们刚来这儿时，就是她和另一个护士一道搜查了罗茜的行李箱。

“思想上的白痴！”黑衣青年宣告，“二十世纪第三个重大的思想败笔。一丘之貉。各种主义。都意图让一群人反对另一群人。雅利安好人反抗那些压迫自己的雅利安坏人。一贫如洗的好人反抗那些压迫自己的腰缠万贯的坏人。好女人反抗那些压迫她们的坏男人。掌控思想的人纯洁正派，品性优良，其他人则邪恶狡诈。但你知道谁才邪恶狡诈吗？那些自以为纯洁的人才是真的邪恶！我是纯洁的，而你是邪恶的。你怎么能接受那一套论调呢，卡伦？”

“我没有，唐纳德，”年轻的护士回答说，“你知道我没有。”

“她有。我的前妻有！”

“我不是你的前妻。”

“不存在纯洁的人性！不存在！不可能存在！”他边说边用脚踢文件柜，以示强调，“一定不会，也不应该存在！因为这是个谎言！她的思想与所有的思想无异，建立在谎言之中！思想的暴政是这个世纪的弊病。思想使病态制度化。二十年后将出现一种新的思想。人类与狗的对决。正因为我们是人，所以狗应受到责备。那么狗之后会轮到什么呢？谁将会背负破坏人类纯洁的罪名而受到责备？”

“我知道你从哪里来。”卡伦边处理案头工作边小声咕哝。

“不好意思，”萨巴斯边说边倾身走进房间，“我不是有意要打断这位男士的谈话，他厌恶的事情我百分之百举双手赞成。我来找罗莎娜·萨巴斯，有人告诉我她在看医生。不知情况是否属实？”

“罗莎娜在罗德里克。”一身黑衣的唐纳德回答。

“可她目前不在那儿。我找不到她。我一路过来都没找到她。我是她的丈夫。”

“是吗？我们小组一起听她讲了那么多发生在你身上神奇的事情，”唐纳德说道，双脚又重重地踢着文件柜，把手伸进塑料袋取一瓶百事可乐，“了不起的潘神。”

“了不起的潘神已经死了，”萨巴斯面无表情地对他说，“但我能看出来，”——此时声音洪亮——“你是个不惧真相的年轻人。你来这个地方做什么呢？”

“正要走呢，”卡伦像个愠怒的孩子，翻着白眼说，“今天上午九点开始，唐纳德就要走了，他已获准出院但回不了家。”

“我无家可归。小婊子把我的家毁了。两年前，”萨巴斯此时已走进房间，坐在垃圾桶旁的空椅上，听他继续说道，“有天晚上，我出差回来。我妻子的车没停在车道上。我进屋发现里面空空荡荡，所有家具都不见了。她只留下了一册结婚照。我坐在地板上，望着结婚照放声大哭。每天下班回家，我就盯着那些结婚照流泪。”

“而且像个小男孩似的，把酒当饭吃。”卡伦说。

“当时唯有酒才能缓解抑郁。我克服了抑郁。我现在还待在医院，”他告诉萨巴斯，“是因为她今天结婚。今天已经结婚了。她和另一个女人结婚了。在一个拉比的见证下结了婚。可我妻子并不是犹太人！”

“前妻。”卡伦纠正道。

“但那个女人是犹太人吗？”萨巴斯问。

“是啊。请拉比到现场是为了讨好那个女人的家人。那是怎么一回事？”

“嗯，”萨巴斯轻声说，“拉比在犹太人心目中具有崇高的地位。”

“去他妈的。我就是犹太人。他妈的一个拉比给两个同性恋结什么婚？你以为以色列的拉比会这么做吗？不会，这种事只发生在纽约的伊萨卡！”

“悦纳人性的方方面面。”萨巴斯摸了摸胡须，一副学者派头地发问，“这是伊萨卡犹太法学博士经久不衰的怪癖吗？”

“他妈的不是！他们是拉比！是蠢货！”

“注意语言，唐纳德。”另一个护士此时出言提醒，她显然更难搞——经验丰富，冷酷无情，而且不易亲近。“到查看生命体征的时间了，唐纳德。马上又要打针吃药了。我们这儿马上要忙起来。你有什么计划？你做计划了吗？”

“我要走了，斯特拉。”

“好。什么时候？”

“测完生命体征后。我要确保和每个人道完别。”

“你一整天都在和大家告别，”斯特拉提醒道，“大楼里每个人都陪你散了会儿步，对你说你能做到，你能做到。你就要做到了。你不会在半路上停车进酒吧喝酒。你会一路开到伊萨卡，回到你的兄弟家。”

“我妻子是同性恋。有个蠢货拉比今天主持了她和另一个女人的婚礼。”

“你又不确定。”

“我的弟媳就在婚礼现场，斯特拉。我前妻站在这么大的彩棚[①]下，抿酒祝福后，踩碎了一个玻璃酒杯。[②]我妻子不是犹太人。她们是同性恋。犹太教现已沦落到这个地步了？我不相信！”

“唐纳德，仁慈点，”萨巴斯说，“别通过贬低犹太人来出气。犹太人落魄时依然反对这事。犹太人赢不了，”萨巴斯转向斯特拉，她看上

---

① chuppa，犹太教婚礼上搭建的彩棚，四角用竹竿撑起一块大祈祷巾或彩色布匹，象征新婚夫妇的新家。彩棚四面开放，欢迎朋友和家人前来，布匹则象征上帝的出席。

② 犹太教婚礼习俗之一，新人两次抿酒祝福后，新郎用右脚踩碎一个玻璃酒杯，以铭记圣殿毁灭。

去像是菲律宾人，和萨巴斯一样更加老成持重，“他们要么由于仍蓄着胡须，在空中挥舞双臂而受人嘲笑，要么被像唐纳德那样的人揶揄成冲在性解放运动前头的仆人。”

“如果她和一匹斑马结婚会怎样呢？”唐纳德愤愤不平地质问，“拉比会为她和一匹斑马主持婚礼吗？”

“斑马还是瘤牛？”萨巴斯问道。

“什么是瘤牛？”

“瘤牛是背部有一块巨大隆起的东亚牛种。当今有许多妇女为了瘤牛而离开自己的丈夫。你选哪个呢？”

“斑马。”

“嗯，我认为不对。拉比不会碰触一匹斑马。办不到。斑马没有偶蹄[①]。拉比要给一个人与一只动物主持婚礼的话，那么这只动物必须是反刍动物，同时要有偶蹄。骆驼。拉比可以给人和骆驼主持婚礼。牛。任何品种的牛。羊。但不能主持人与兔子的婚礼，因为尽管兔子反刍，但它没有偶蹄。而且兔子吃自己的排泄物，表面来看，你可能认为这是它的长处：三次反刍食物。但要求是只能反刍两次。这就是拉比为什么不能主持人与猪的婚礼的原因。不是因为猪是不洁之物，这不是问题，从来不是问题所在。问题在于，尽管猪有偶蹄，但它不是反刍动物。斑马是不是反刍动物——我不清楚。但斑马没有偶蹄，在拉比面前，光这一点就出局了。当然，拉比可以主持人与公牛的婚礼。公牛与母牛类似。公牛是种神圣的动物。迦南人心目中的全能之神——犹太人以此给上帝献祭——是一头公牛。犹太人反歧视联盟尝试低调处理此事，但不管你喜不喜欢，全能之神就是一头公牛！基本的宗教崇拜就是对公牛的崇拜。该死的，唐纳德，你们这些犹太人应为此感到骄傲。所有古老的宗教都十分下流。你知道埃及人如何

① cloven hooves，撒旦或邪恶的象征。

想象宇宙的起源吗？每个孩子都可以在他们的百科全书里找到答案。上帝自慰。他的精液四处飞溅，创造了宇宙。”

萨巴斯改变了话题，两个护士对此面露不悦之色，于是这个木偶表演艺人决定直接和她们对话。“上帝自慰把你们吓坏了吗？嗯，姑娘们，众神的确让人害怕。神命令你们割掉包皮。神命令你们献出自己的初生儿。神命令你们离开母亲、父亲，走向荒野。神把你们置于奴役之中，神毁灭生命——神之精髓均归于毁灭——然而也正是神创造了生命。一切创造物中，有什么是与这个赋予生命的神一样恶心且强壮呢？律法之神以恐惧展现世界。以真理展现世界。你们得把它转交给寥寥无几又坦率得令人钦佩的犹太人。其他还有哪个民族的国家神话能够揭露上帝以及他们自己犯下的滔天罪行？只要念一念《圣经》，那儿包罗万象，可以看到故态复萌，崇拜偶像，血腥杀戮的犹太人以及这些古代之神所患的精神分裂。《圣经》故事的原型是什么？是一个有关背叛的故事。有关背信弃义，欺骗接踵而至。《圣经》里谁说的话最了不起？以赛亚。那个疯狂得要毁灭一切的愿望！那个疯狂得想要拯救众生的愿望！《圣经》中最了不起的声音是那个精神失常的人发出的！而上帝，那个希伯来的上帝——你逃脱不了他的掌心！令人震惊的并非他狰狞的容貌——许多神都面貌狰狞，这似乎已成为神的一个必要前提——而是他无动于衷，不予帮助。他权倾天下。上帝最骇人的地方，我的朋友们，在于他拥有着至高无上的权力！介意我喝一瓶百事可乐吗？”萨巴斯问唐纳德。

“牛逼。”唐纳德说道，可能与萨巴斯想的一样，这就是人们眼中疯人院的疯子该有的说话方式。他从塑料袋里拿出一罐冷饮，打开拉环，递给萨巴斯。萨巴斯喝了一大口可乐，这时那个从事可卡因交易的孩子进来检查生命体征。她戴着耳塞边听音乐，边用嘶哑的嗓音跟着歌词哼唱，音调平平，没有高低起伏：“舔它！舔它！舔它，宝贝，舔它，舔它，舔它，舔它！”她看到唐纳德，问道：“你还没走吗？”

“我想最后再看一眼她们给你量血压。”

“哦，这会让你兴奋吗，唐尼？”

“你觉得，”萨巴斯问道，“她的血压是多少啊？”

“琳达吗？和她平时差不多。血压不是琳达生命中至关重要的。”

“你感觉怎样，琳达？”萨巴斯问她，“你是不是总惹你的妈妈生气？”

“我恨她。”

“为什么呢，琳达？”

“她恨我。”

“她的血压是一百，一百二。”萨巴斯说。

“琳达吗？”唐纳德说，“琳达还是个孩子，七十，一百二。”

“想赌一下血压值的范围吗？”萨巴斯提议，“猜中范围赢一美元，如果你猜中了舒张压或收缩压，再赢一美元，全部猜中就赢三美元。”他从裤兜里掏出一卷一元纸币，撸平后叠放在手心。琳达坐在椅子上，卡伦正拿着血压袖带站在旁边给她测量血压。这时，唐纳德从钱包里掏出几张纸币，对卡伦说：“开始吧。我和他玩一玩。”

“发生了什么？”卡伦问，“玩什么呢？”

“开始吧，给她量血压。”

“天呐。”卡伦说着把袖带绑在琳达胳膊上，琳达则又跟着磁带哼唱起来。

“别唱了。”卡伦吼道。她用听诊器听了诊，在本子上做了记录，接着测量琳达的脉搏。

“多少？”唐纳德问。

卡伦正在本子上登记脉率，没有理他。

“哦，妈的，卡伦——是多少啊？”

“一百，一百二。”卡伦回答。

“该死。”

“四美元。”萨巴斯说道，唐纳德把钱一张一张地数给他。“下一个。”理发师夏拉帕，感觉回到了布拉德利。

雷穿着丝质睡袍站在门口。他默默地走到椅子旁坐下，卷起左袖。

“九十，一百四。”萨巴斯说。

“一百，一百六。”唐纳德说。

雷紧张地敲打着手中的书本，直到卡伦碰了碰他的手指，提醒他把手指放轻松。接着为他量了血压。琳达倚在门框上，对谁能赢下所有的赌注拭目以待。“太棒了，太疯狂了。”她说。

“一百，一百五。”卡伦说。

“我猜中了血压值范围，”萨巴斯说，“你猜中了舒张压。打平。下一个。”

他下一个打赌的对象是一个年轻的金发女郎，身材高挑，手腕上有一道伤疤，整个人看上去无精打采。晚餐前她曾给萨巴斯指过路，告诉他怎么去往罗德里克之家。她问唐纳德：“你还没走吗？”

“玛德琳，你和我一起走就好了。你看上去状态不错，亲爱的。你的腰板差不多能挺直了。”

“别大惊小怪——我还是老样子，”她说，“听我说说今天在图书馆的发现吧。当时我正在看报纸。听我说，”她从牛仔裤裤兜里掏出一张纸，“我是从报纸上抄来的。一字不差。《医学伦理报》。‘有人提议，幸福’”——她抬起头说，“这里是异体字——‘有人提议，幸福应该被归为精神障碍，将以一个新的名称——快乐型重度情感障碍，出现在一些主流诊断手册的新版本中。一份相关的文献综述表明，幸福由许多不相关联的症状群组成，从数据来看与常规不符，与一系列认知失常有关，很可能是中枢神经系统功能出现异常的反应。对这个提议可能存在的一个异议是——幸福没有被证伪。然而，因与科学无关，这一异议被驳回。’”

唐纳德看起来心满意足，十分自豪，沉迷其中，似乎他滞留于此实际是为了与玛德琳一起私奔。“你编造出来的？”

“我编的话，会编一个高明的谎言。不是。一个精神病医生编造的。所以并不高明。”

“哦，瞎说，玛德琳。桑德斯并不蠢，他以前是个化验员，”他告诉萨巴斯，“他经营一家诊所，现在他成了一个酷酷的精神病医生，看什么都云淡风轻——不再斤斤计较，条分缕析。他已进入浩瀚的认知行为领域。如果你患有强迫性穷思竭虑，得试着让自己停下来。只要训练自己学会说‘停下’！”

“这样不傻吗？”玛德琳问，“我怒气冲天又毫无信心时，该怎么办呢？一切都不容易，都令人不快。今天早晨给我做自我坚定训练的白痴治疗师，我该拿她怎么办呢？今天下午她又来了，我们不得不耐着性子看完一部医学上瘾方面的录像带，看完以后，她引导我们进行讨论。我举手发言：‘这盘录像带里有些地方我不明白。你知道，他们在两类不同的白鼠身上做实验——’这个白痴治疗师说：‘玛德琳，我们不讨论这一点，我们要讨论你们的感受。看完录像，你对自己酗酒有什么想法？’我说：‘沮丧。它带来的问题比解决的更多。’‘好，’她兴致勃勃地说，‘玛德琳感到沮丧。其他人呢？尼克，你有什么感受？’于是我们在房间里轮流发言，我再次举手说道：‘如果我们用一分钟把讨论的话题从感觉转移到信息层面——’‘玛德琳’，她打断我，‘我们要讨论的是观影后的自我感受。如果你需要了解信息的话，我建议你去图书馆查看资料。’这就是我最终去图书馆的原因。我的感受。谁会在乎我上瘾的感受呢？”

“以后你只要一直密切关注自己的感受，”卡伦说，“你就不会再上瘾了。”

“这么做不值得。”玛德琳说。

“值得。”卡伦说。

“是啊，”唐纳德说，“你是个酒鬼，玛德琳，因为你不和别人打交道，你不和别人打交道是因为你没把自己的感受告诉他们。”

“哦，为什么要弄得这么复杂呢？”玛德琳问，“我只是希望有人能告诉我到底要做些什么。”

“听你这么说我很高兴，”唐纳德说，“‘我只是希望有人能告诉我到底要做些什么。’声音虽小，但这是个好的征兆。”

“别理会他的消极态度，玛德琳，”卡伦护士告诉她，“他是在误导你。”

但玛德琳看上去无法做到对一切都置之不理。“嗯，”她对唐纳德说，“在一些特定的情况下，我确实喜欢有人告诉我要做什么。但在另一些情况下，我喜欢自己提要求。”

“所以就是这样，”唐纳德说，“都他妈太复杂了。”

“今天下午我有艺术治疗。”玛德琳告诉他。

“亲爱的，你画画吗？”

“我画拼贴画。”

“有人为你讲解吗？”

“不需要他们讲解。”

唐纳德哈哈一笑，又打开一瓶可乐。“你的哭泣疗法进展得怎么样了？”

“我今天的情绪真的非常低落。早晨哭着醒来，整个上午哭个不停，一个人静思时哭，和大家在一起时也在哭。你都会以为我的眼泪快要流干了。”

“早晨每个人都哭，”卡伦说，“这只是治疗的一个环节。”

“我不知道为什么今天应当比昨天更糟糕。”玛德琳告诉她，“我认为所有悲观的想法都一样，但它们不会一天比一天更糟糕。在沉思过程中，猜猜我们会在小小的每日沉思本中看到谁？雪莉·麦克雷恩。今天上午，我去分管锐器的护士那儿取一把镊子。我说：‘我需要把我的镊子从锐器箱里取出来。’她说：‘你得在这儿使用，玛德琳。我不希望你带回房间。’于是我说：‘如果要自杀的话，我不会用我自己的镊子来了结自己的。’”

“用镊子捅死自己？”唐纳德说，“很难办到。卡伦，你会怎么做呢？”

卡伦没睬他。

“我非常生气，”玛德琳说，“我告诉她：‘我也可以把灯泡砸碎，吞下碎片。把我的镊子给我！’但她不同意，理由是我正在哭泣。”

“在戒酒互助会上，”唐纳德对萨巴斯说，“会议一开始，他们就开始轮番做自我介绍。‘嗨，我叫克里斯托弗。我是个酒鬼。’‘嗨，我叫米切尔，我是个酒鬼。’‘嗨，我叫弗洛拉，我交叉上瘾[①]。’”

“交叉上瘾？”萨巴斯问。

“谁知道呢——天主教徒的说法，我觉得她来错了小组了。不管怎么说，轮到玛德琳了。玛德琳站了起来说：‘我叫玛德琳。你杯子里是什么红酒？’你抽烟厉害吗？”他问她。

“从根本上讲，我就是个老烟枪。”

“啧啧，”唐纳德说，“玛德琳，抽烟是另一种你用来躲避亲密行为的把戏。你知道的，没人想要再去亲吻一个烟鬼。”

“我抽得比刚来这儿时更厉害了。几个月前，我真的以为我能……”

“戒了？”唐纳德说，“你想说的词是戒了吗？”

“我有这个打算，但我想，我不会用这个词来形容。你懂的，没有一件事情是容易的——没有。这让我紧张不安。做这个摁数字1，做那个摁数字2。我整天被晾在这儿，到底该做什么呢？任何事情都是一场战斗。我现在仍然在进行第一次刚来这儿时的管理式医疗。他们不停地在我耳边唠叨，说在我进入波基普西的重症监护室时，早就应该联系他们了。他妈的我当时正昏迷呢。人一旦陷入昏迷状态，没法再摁1或者2了。即使你还能摁数字，重症监护室里也没有电

① cross-addicted，指同时对酒精、毒品等多种东西上瘾。

话呀。”

“你当时昏迷了？”萨巴斯问，“那是什么样的？”

“你昏迷就失去了知觉，”玛德琳说话的嗓音听起来似乎与她十岁那年没有多大变化，“你没有任何反应，没任何感觉。”

“这位先生是罗莎娜的丈夫。”唐纳德给她做了介绍。

“啊。”玛德琳瞪大了双眼。

“玛德琳是个演员。她没有昏迷时曾出演肥皂剧。她是个十分聪慧的姑娘，对生活别无所求，只希望能死在自己手中。她给家人留下了一份饱含深情的绝笔便条。十个字。‘不知做了什么得此下场。’萨巴斯先生想打个赌，猜你的血压。”

“这么看来，他人真好。”她回答。

“八十，一百二。”萨巴斯说。

“你赌多少？”玛德琳问唐纳德。

“我赌没那么高，亲爱的。我赌六十，九十。”

“活不下去了。”玛德琳说。

“等会儿，”那个菲律宾护士斯特拉问，“这是干什么？”她从桌子旁站起来，面对几位赌徒。“亚瑟是一所医院，”她的双眼直直地瞪着萨巴斯，“这些都是病人……唐纳德，你坚强点，唐纳德。上车回家。而你，到底是来这儿玩游戏的还是来看望你妻子的？”

“我妻子躲着我。”

“你出去，走开。”

“我找不到我妻子。”

“滚开，”她对萨巴斯说，“去和众神待着吧。”

萨巴斯一直在护士站旁的角落里等候，直到玛德琳量完血压独自出现在走廊里。“你能再把我带去罗德里克之家吗？”他问道。

“对不起，我出不去。”

“你只要告诉我正确的方向……”

他们一起走下楼梯来到一楼；她一直走到门廊那边，站在最高一层台阶上，指了指罗德里克之家亮着的灯光。

“秋夜真美啊，”萨巴斯说，“陪我走到那儿吧。”

“不行，我是高危病人。你可以在精神病医院里享有高度自由，但天黑以后，我被禁止外出了。一周前我才从ACU出来。”

“什么是ACU？”

“急诊室。”

“山上那个地方吗？”

“是。一个你进去就出不来的假日酒店。”

“你是那儿病情最严重的吗？”

“我不是很清楚。我没过多留意。他们不允许你吃完早餐就接触咖啡因，所以一早我就开始忙着囤茶叶。太可怜了。我一直忙着偷藏咖啡因，所以没有结交很多朋友。”

“来，我们给你找一包立顿茶包喝。”

“不行。我今晚有安排。我想我得去做复发预防治疗了。”

“是不是有点操之过急了？”

“事实上，不急。我一直在为复发做准备。”

“和我一起去吧。”

“我真得走了，去做复发预防治疗。”

“走吧。”

她急匆匆地走下台阶，陪同萨巴斯沿着黑漆漆的车道前往罗德里克之家。他不得不加快脚下的步伐。

“你多大了？”萨巴斯问。

“二十九。”

“你看起来像十岁。”

“今晚我努力让自己看起来成熟点。没成功吗？我一直带着证件。他们经常问我要身份证明。我在医生办公室等候时，接待员总会给我一份《十七岁》杂志。除了外表，我的举止也比实际年龄来得年轻。”

“你可以预见它变得越来越糟。”

“随便吧，现实很残酷。”

“你为什么要自杀？”

“我不知道。唯有自杀不会让我感到无聊。唯有自杀值得想象。而且，中午时分，我想这一天已经过得够久了，想让日子过得快一点，除了喝酒就是睡觉。”

“有用吗？”

“没用。”

“所以，下一步你尝试自杀。这个禁忌。”

“我做此尝试是因为我正走在时间的前面，与自己的命运抗衡。因为我意识到这个问题至关重要，你懂的。婚姻、孩子、事业什么都让人讨厌——无需经历所有的过程，我早已意识到这一切都是虚妄。为什么我的生命不能按下快进键呢？”

“你很有想法，对吗？我喜欢生命的多姿多彩。”

“我比同龄人更聪明，也更加成熟。”

“比你的同龄人更成熟也更幼稚。”

“好一个悖论。嗯，你只能年轻一回，但你可以永远幼稚。”

“太聪明的孩子活不久。你是演员吗？”

“当然不是。唐纳德式幽默——玛德琳的人生就像一出肥皂剧。我想他期望我们之间能发生点什么。有点像他抛出的诱饵，我大概感觉它正在起作用。他热情洋溢地说了很多恭维我的话，夸我聪明、有魅力。他对我说，我应该挺直腰板，矫正一下双肩。‘伸直，亲爱的。’”

“你挺直腰板后会怎么样？”

她说话声音轻柔，萨巴斯甚至听不清她现在的咕哝声。“你得大声点，亲爱的。”

“对不起。我说不怎么样。”

“你的声音为什么这么轻？”

“为什么？这个问题问得不错。”

“你站不直，嗓音不够大。”

“哦，像我父亲。我的嗓门又细又尖。”

“他是这么对你说的？”

“从小到大。”

“又一个受父亲影响的人。”

“的确如此。”

“你站直身体的话，有多高？”

“不到五英尺十英寸。但当你处在人生低谷时，很难挺直腰板。”

“整个高中阶段不只身高五英尺十英寸或者思维异常活跃，连胸部平平也会让你难以挺直腰板。”

“天呐，一个这么了解我的男人。”

“不是你。乳房。我了解乳房。我从十三岁开始一直在研究乳房。我认为除了女人的乳房以外，人体其他器官或部位的尺寸都不会出现如此显著的变化。”

“我知道。”玛德琳答道，她一下子变得喜形于色，开始放声大笑，“这是为什么呢？上帝为什么会允许胸部产生如此巨大的变化？这不是很神奇吗？有些女人的胸部比我的大十倍，或大得更多，是真的吗？”

“千真万确。”

“有些人的鼻子大，”她说，“而我的鼻子小。但会不会有人的鼻子比我的大十倍？大四五倍，最多了。我不清楚上帝为什么要这么对女人。”

“变化，”萨巴斯给出建议，“也许可以包容千奇百怪的欲望。但之后，”他略一思索，补充道，“你口中所说的乳房，主要用途不是为了勾引男人，是用来哺乳的。”

“但我认为胸部的大小与乳汁分泌的多少并没有多大关系。”玛德琳说，“不，这并没有解决胸部为何差异这么大这个问题。”

“也许上帝还没拿定主意。事情经常是这样的。”

“要是给大小不同的胸部标上相应的数字，”玛德琳问，“会不会更有趣呢？不是更为有趣吗？你知道，有些女人标号为二，有些标号为六……”

“你尝试自杀了多少次？”

“只有两次。您太太呢？”

“目前为止，只有一次。”

“原因呢？”

“被迫和她的老父亲睡觉，当时她还是个孩子，是这个老男人的女儿。”

“是真的吗？他们都这么说。简单地讲述自己的故事最能说明问题——这是大楼的特色。这些人每天从报纸上看到的故事更为复杂，之后他们把这些故事版本嫁接到自己身上。在治愈的勇气这一环节，他们连着三周想让我揭发我爸爸。每个问题的标准答案不是百忧解便是乱伦。都是些胡说八道。全是些没用的反省，它本身就足以让你产生自杀的念头了。我能忍受这儿的两三个人说话，您妻子便是其中之一。和其他人相比，她很有思想。她非常渴望拥有面对失去的力量。面对自我暴露，她毫不退缩。但是，当然了，你会觉得这些追本溯源的反思一无是处。”

“我是这样的吗？我不知道。”

“嗯，他们试图以粗糙的灵魂对抗这一可怕的东西，这是他们力所不能及的，于是他们说一切蠢事听起来都不像‘反思’。而且，您妻子身上有一种独特的东西，某种英雄主义。她勇敢面对酷刑一般的戒酒过程。我确信自己并不具备她身上这种审慎的态度：在这儿忙着收集过去的碎片，与她父亲的信件搏斗……”

“别停下。此刻，你的想法越来越上道了。”

“看看吧，她是个酒鬼，酗酒让人变傻，对丈夫而言这是问题的关键。十分公平。你瞧不起她奋起反抗，认为她天赋不足。她没你那么聪明，所以她无法一针见血地进行讽刺。但在她的想象力范围内，她的思想并不比其他人浅薄。”

“你是怎么知道的呢？”

“我不知道，只是编造。我边参加活动边编。每个人不都这样吗？”

“罗莎娜的英雄主义和高贵品质。”

“我是说，我看得很清楚她确实遭受了沉重的打击，并受到了伤害，就是这样。她诚实地接受了痛苦。”

“怎么说？”

“她的父亲自杀了。父亲可怕的行为遏制了她的发展。父亲努力在她的生命中成为一个了不起的男人，之后却自杀了。对她实施报复只是为了拯救她的生命。这对一个年轻姑娘而言是一个巨大的打击。没有比这更沉重的打击了。”

“所以你相不相信是父亲奸污了女儿？”

“不，我不相信，因为这没有必要。没这件事她就已受得够多了。你在谈论一个小姑娘和她的父亲。小女孩都爱她们的父亲，谈到这儿就够了。求爱便是你全部所需，这不需要引诱。他自杀有可能不是因为他们性交了，而是因为他们无法通过性交来弥合关系。许多人自杀，他们心存愧疚，悲观沮丧，认为自己死了，家人们会过得更好。”

“你也是这么想的吗，玛德琳？”

“不。我认为没有家人的话，我会生活得更好。”

“如果你了解这一切，”萨巴斯说，“或者了解得够多才编出了这一切，我又怎么会在这儿遇到你呢？”

“你在这儿遇到我是因为我了解这一切。猜猜我在图书馆读谁的书？埃里克·埃里克松[①]。如果我理解得没错的话，我正处在亲密—疏

① Erik Erikson（1902—1994），德裔美国精神病学家，提出了人格的社会心理发展理论，把心理的发展划分为八个阶段。

离这一阶段，而且我认为自己不会走出这一阶段。你正处在生产—迟滞阶段，但很快将进入自我统整—失望这一阶段。”

“我没有子女，连个屁都还没创造。”

“当你认识到没有子女也能通过这种利他行为有所创造，你就宽心了。”

“我这种情况不太可能。再说一次，我即将迎来哪个阶段？”

“自我统整—失望阶段。”

“你看的书上说，我将面临什么？”

“嗯，这取决于人生总的来说是不是有意义、有目的。”说完她放声大笑。

萨巴斯也笑了。“‘有目的’有什么好笑的，玛德琳？”

“你的问题很尖锐。”

“是，嗯，问出问题后自己就有了答案，真是太神奇了。”

“不管怎么说，我还不用为创造力而担心。我告诉过你：我正处在亲密—疏离这一阶段。”

“那么你进展如何？”

“在获得亲密感这个问题上，我还很困惑。”

“在避免孤独感方面呢？”

“我感觉埃里克松博士将二者视为对立的两极。如果你在这一方面做得不够好，那么在另一方面一定做得还不错。”

“那么，你是？”

“嗯，我猜主要在浪漫领域。直到阅读了埃里克松博士的作品我才意识到，这是我的‘预期目标’。”她说着，又开始放声大笑，“我想自己还没实现这个目标。”

“你的预期目标是什么？”

“我想是和一个男人维持一小段稳定的关系，以及满足他一切复杂得要命的需求。”

“你上次有这种关系是什么时候？”

“七年前。那不算是一次彻底的失败。我实在无法客观地告诉你，我有多心疼自己。我不像其他人那样觉得自己真实地存在。一切感觉都像在演戏。”

“一切都是演戏。”

“随便吧。我身上缺了一些东西，缺了一些别人身上都具备的基本东西。在我看来，我的人生从来都是虚幻的。”

“我下次再来见你。”萨巴斯说。

“那么，这算是调情。我感到诧异，但不会相信。受伤的女人总能让你心动吗？”

“我不知道世上还有没受过伤的女人。”

“受伤比被叫傻瓜糟多了，对吗？”

“我认为你把自己归为受伤那一类。”

“随便吧。这是你说话所冒的风险。念高中时人们叫我呆瓜。”

“‘呆瓜’是什么意思？”

“没头脑的意思。打电话给我的数学老师卡斯特曼先生，他会告诉你。烹饪课结束后，我总是满身面粉地走进教室。”

“我从没和一个有自杀冲动的女孩睡过觉。”

“去睡你的妻子。”

“呆瓜才会这么做。”

这时她露出狡黠的笑容，让萨巴斯喜出望外。她十分可爱，尽管长着一张小女孩的脸，浑身却散发出几分成熟的韵味。尽管她历经艰辛，但她身上依然保留着冒险精神和敏锐直觉。玛德琳像一个思维敏捷的一年级学生，在以传道书作为启蒙读物的学校里发现了字母表，表现出吃一堑长一智的乐观的世界观，虽然活着毫无价值，这已经是令人惊恐万分的体验了，然而阅读才是真正糟糕的体验。她说话时明显表现出镇定自若。但吸引他的并非是她的镇定自若，也不是她的其他表现，也许是她说话时那一点个人风格。她那色欲满满的想法弥补了她平坦的胸部和平凡的容颜——至少它撩动了生性敏感的萨巴斯。一个洋溢着她智慧的性暗示愉快地拨动了萨巴斯长久以来勃起的希望。

“你会做些什么？”她问萨巴斯，“想睡我吗？就像睡个死人？睡个鬼？睡个诈尸的人？”

“不。睡一个走到生命尽头的人。”

“青春期的浪漫精神让你看起来像个傻瓜。”玛德琳说。

“我以前看上去就像傻瓜，那又怎样？你为什么对自己的年龄无法释怀？”

“对的，我那往昔的苦涩。”

“怎么回事？”

“我不知道。”

“可你知道。”

“萨巴斯先生，你喜欢刨根问底，是吗？我对什么无法释怀呢？那些年我一直在工作，在做计划。看上去一切都……我不确定。”

“到我车里去吧。”

她对这个提议郑重其事地思考了一番，然后才回答道：“去喝一夸脱伏特加吗？”

“一品脱。”他回答。

“作为性服务的回报吗？一夸脱。”

“半品脱。”

“一夸脱。”

“我去取。”他说。

“你快去。”

萨巴斯往停车场的方向跑去，驱车疯狂行驶了三英里赶到亚瑟，在一家持有外卖酒类执照的商店购买了两夸脱苏联红牌伏特加，又驱车返回停车场，玛德琳在那儿等他。一来一回他只花了十二分钟，玛德琳却不见踪影。她没和一群人在大楼外抽烟，也没在大楼休息室内和两位年迈的女士打牌，此时客厅里只有那个受虐待的韦尔斯利姑娘正在锲而不舍地演唱《当幸福来敲门》。他沿原路折返，通往罗德里克之家的路上依然不见她的踪影。在这个秋高气爽的夜晚，因为自己百分百信任的这个人，他孤零零地站在夜色中，胳膊下夹着一只棕色纸袋，里面装着两夸脱享誉百年的苏联伏特加，直到一名警卫出现在他身后——这名黑人警卫身形十分高大，身着一件蓝色制服，手握一部无线对讲机——礼貌地询问他来这儿做什么。萨巴斯的解释有点牵强，又招来了两名警卫，尽管没受到挟制，萨巴斯还是自愿在他们的陪同下走回自己的车旁，但一路上不得不忍受那位年纪最小但最为警惕的警卫的侮辱谩骂。三名警卫照着手电，检查了他的驾照和登记记录，记下了他的名字和外州的驾照号，拿了汽车钥匙便上了车，其中两名警卫和带着苏联红牌伏特加的萨巴斯一起坐在后座，另一名警卫坐前排负责驾驶。萨巴斯太太入睡前会接受盘问，第二天清晨会出具一份由主治医生（恰巧是为罗莎娜治病的医生）签名的报告。如果查明是病人安排访客捎了酒，那么他的妻子会被立马赶出医院。

他返回马达马斯卡瀑布时已近凌晨一点，不顾疲惫驱车来到湖边，之后沿着福克斯伦路口一路向北驶过旅馆，来到位于山顶的巴利克家。巴利克家的新房可以俯瞰整片水域，其规模与奢华程度不亚于山上的任何一幢房子。这幢房子实现了马蒂亚的夙愿——一幢宏伟的、自成一体的家庭城堡，而这个梦想可以追溯到马蒂亚念小学时，老师要求他像一名优秀的少先队员那样，在家庭作业中如实记录父母的言行以及他们对待政府的态度。马蒂亚甚至从南斯拉夫请来了一个铁匠——铁匠师傅来自达尔马提亚海岸——安排他入住在旅馆旁的附属建筑内，在布莱克沃附近的锻造车间工作，半年内他不仅为湖西岸的绿色大阳台安装室外护栏，供人们在这些错落有致的阳台上欣赏落日美景，他也为位于中心螺旋上升直达屋顶的宽楼梯安装了室内护栏，同时也为装饰精致的各个房间安装了电子铁门。铁质的枝形吊灯是从斯普利特海运过来的。马蒂亚的兄弟是个承包商，从售卖各式古董的吉卜赛人那儿买到了这盏吊灯。他让那个打长工的铁匠给枝形吊灯锻造了一根链条，用来吊挂在天蓝色的屋顶上，从两层高的地方摇摇晃晃地垂到门厅。门厅的花饰铅条窗格镶嵌着彩色玻璃，两侧分别是红木双扇门。你可以驾一辆马车从门口穿过，一直来到大理石地板（马蒂亚前往佛蒙特考察采石场后特意定制的）。萨巴斯发现——那是马蒂亚带西尔维亚去观光的第一天，德伦卡穿着西尔维亚的紧身连衣裙，在西尔维亚的床上与他做爱——屋内的各个房间高低不平，需要沿着上了漆的大台阶往上或往下走三步、四步或五步才能到达另一个房间。而且连接各个房间的台阶旁的底座上装饰着不同国王的木雕画，这些木雕画是由一个波士顿的古董商人在维也纳觅得的——十七位中世纪的国王，惦记着他们脑袋的臣民不会少于那些马蒂亚用以制作供不应求的辣子鸡面而砍掉的鸡头。房子里共摆放着六张床，每张床都装有黄铜框架。粉色的爵士牌大理石按摩浴缸可以同时容纳六个人。现代化的厨房中心有一个十分先进的岛台，可以容纳十六人。四周由花毯装饰的餐厅可以容纳三十人。然而，没人使用高级按摩浴缸，也没人走进豪华的餐厅用餐，巴利克一家只睡在一张床上，这张床逼仄得足以令人患上幽闭恐惧症，而深夜从旅馆带回家的食物也是在电视柜前吃完的。这个电视柜下面垫着四个空蛋箱，你会发现整个房间与铁托为工人建造的住宅房一样空荡简陋。

马蒂亚担心自己的巨额财产会招致员工的眼红和客人的嫉妒，因此他刻意将自家的房屋选址隐藏在一大片呈三角形分布的杉树丛后，据说这些杉树历史悠久，可追溯至新英格兰创立之初。这些杉树直冲云霄，壮观的帆船桅杆躲过了殖民时期的斧头，然而马蒂亚百万豪宅的屋顶轮廓线——遵照他天马行空的移民梦想——第一眼给人感觉是向四面八方延伸，唯独没有向上延伸。怪异。这名异乡客温顺、节制又节俭，不仅受益于自己兢兢业业的刻苦工作，同时也沾了大亨辈出的八十年代的光，为自己构想了一座富丽堂皇的宫殿，他认为在与铁托同志的较量中，这最能彰显他所取得的个人胜利。而他妻子的情人是一只土生土长的美国猪，纵欲过度，蜗居在二十世纪二十年代建造的四室小屋中，那儿没有地下室，但是如今看来已是相当舒适。六十年代中期，罗莎娜想出了用家庭绑住萨巴斯这个绝妙的点子，灵巧地仅靠一支画笔、一台缝纫机、一把锤子和几颗钉子，把他们从阴冷而又污秽贫困的糟糕境遇中拯救出来。这是让萨巴斯习惯家庭生活。家庭与壁炉。树林、溪流、雪花、融雪、春天，新英格兰之春，那份惊喜属于人类有史以来最能让人重现活力之物。她将所有的希望都寄托在北部山区以及生养一个孩子上。一户家庭中，父亲、母亲、孩子以及越野滑雪，一群活泼健康、大喊大叫的孩子，肆无忌惮地到处奔跑，呼吸的空气使他们避免像父母一样畸形成长，并任由生活摆布。乡村的驯化，如同这儿的居民沃尔沃车牌上“不自由，毋宁死”的标语一般，是她对古老农业文明的期待，她不仅希望乡村的驯化并祈祷这净化心灵的注解能助她让父亲的魂魄得以安息，也能让萨巴斯摆脱尼基的梦魇。难怪循规蹈矩的罗莎娜由此开始误入歧途。

巴利克家一片漆黑，至少萨巴斯透过杉树墙看不到半点灯光。他摁了两下喇叭，过了一会儿，又摁了两下，坐着等了十分钟以后再一次摁响，驾车离开前再多留给她五分钟。

德伦卡的睡眠很浅，做了母亲以后她就开始浅睡。只要小马修的房间传出一丝风吹草动，哪怕是最微弱的痛苦的哭声，她便会起床把他抱在怀中。她曾告诉萨巴斯，马修还是个婴儿时她就睡在婴儿床旁边的地板上，以确保他没有停止呼吸。马修四五岁时，她有时躺在床上会突然为他的安全或健康担惊受怕，于是便一整晚都待在他房间的地板上。做其他任何事情，她都像育儿那样尽心尽力，似乎她正尽力冲破门的阻挡。看她如何勾引人，如何当母亲，以及如何用电脑，你得到了有关她的全部印象，即不顾一切毫无保留地付出全部能量。总而言之，这个女人非同寻常。她予取予求，毫无厌恶之情。恐惧，无疑，恐惧甚多；然而，毫无反感。一段奇妙的经历，这个热情万分的斯拉夫人，她的存在对萨巴斯而言是一次了不起的尝试，点燃了他生命的性爱之光。萨巴斯并不是在连接夏特雷站与圣德尼门的圣德尼街发现手指上晃着一把小钥匙的德伦卡，而是在危险之地马达马斯卡瀑布，当地人会因一年两次调整钟点而感到心满意足，狂喜不已。

他降下车窗，听到了公路对面巴利克家的马匹在小围场里发出低沉的呼吸声。接着，他隐约看到两匹马的身影越过围栏。他打开一瓶苏联红牌伏特加。做了海员以后，他一直保持着喝上一两口的习惯，但从不像罗莎娜那样酗酒。节制、割礼，这两项几乎是他作为一个犹太人的全部表现了。总之，这很可能是他作为犹太人的最佳表现了。他喝了两口，她便出现了，一袭睡袍，搭着一条披肩。他把双手伸出窗外，它们就在那儿。往返二百六十英里，但能摸到德伦卡的双乳，一切都值得了。

"什么事？米奇，出什么事了！"

"我想，没什么机会口交了。"

"亲爱的，不要。"

"上车。"

"不，不，明天吧。"

他拿走她手中的手电，照到自己的大腿上。

"哦，巨大无比。亲爱的！我现在不行。死鬼——"

"要是他在我高潮前醒来，管他呢，我们就私奔，我们就这么干——我只要发动引擎，我们就学沃伦斯基和安娜私奔吧。这样躲躲藏藏真是够了。我们一辈子都在东躲西藏。"

"我是说马修，他在执勤，他会路过的。"

"他会以为是两个孩子在拥吻。上车吧，德伦卡。"

"我们不能这么做。你疯了，马修认识这辆车。你喝醉了。我得回去！我爱你！"

"罗莎娜可能明天就会出院。"

"可是，"她大叫，"我以为还要两个星期呢！"

"那么这件事我该怎么办呢？"

"你知道该怎么办。"德伦卡倾身钻过打开的玻璃窗，捏了捏，又猛地拉了一把——"回家。"她恳求完便向回家的小径跑去。

在开往砖窑公路的十五分钟车程中，萨巴斯在路上只看到了一辆车，那是一辆州警巡逻车。那便是她熬夜的原因所在——收听步话机。萨巴斯兴奋地摁响喇叭，打了闪光灯。眼下，接连不断的厄运似乎已告一段落。不再有人咬牙切齿地跟在这个全县顶级的性犯罪者身后，命令他靠边停车交出驾照和行驶证；不再有人请他解释为什么会一手拿着一瓶伏特加同时操纵方向盘，而另一只手握着阴茎。他的注意力完全不在公路上，甚至也不在德伦卡身上，却集中在那个孩子的脸上，这张脸下隐藏着一颗通透的心，集中在那个肩膀下垂、声音柔弱、刚刚割过腕的瘦削金发美人身上，这个女人三周前才彻底洗清了行为不轨的嫌疑。

"'请不要取笑我，我是一个非常愚蠢的傻老头子，活了八十多岁了；不瞒您说，我怕我的头脑有点儿不大健全。我想……'"

他站在亚斯特坊广场以北一站，忘了后面的台词，大脑一片空白。然而，结束与考恩家的女仆罗莎之间的软情色剧，前往林茨葬礼途中在地铁站乞讨时依然能记得那么多台词，这于他的记忆力而言，着实是一大惊喜。我想什么呢？我想我不应该绞尽脑汁。思维就是一架永动机。你的大脑一刻不曾停歇，被千头万绪所羁绊。个人的精液多如繁星，老东西，足以令银河相形见绌；此等繁星又如野雁跟随盲目的丘比特之箭，射向德伦卡，射在你那个身患癌症的克罗地亚人身上，你如色鬼般发出沙哑的野雁一样的呻吟，把你白色的汁水，你那遗传标记，徒然地铭刻在她罹患癌症的身体上。

倒回去，倒回很久很久以前。尼基问："陛下，您认识我吗？"李尔说："你是一个灵魂，我知道；你是什么时候死的？"考狄利娅说了一堆话；医生说了一堆话；我说："我到过些什么地方？现在我在什么地方？明亮的白昼吗？我大大受了骗啦……"等等。尼基："啊！看着我，父亲，把您的手放在我的头上为我祝福吧。不，父亲，您千万不能跪下。"李尔说这是一九四四年十二月的一个星期二，我放学回家看到了许多辆车，我看到了父亲的卡车。它为什么出现在那儿呢？我知道出事了。走进屋内，我看到了父亲，他正痛苦异常。正痛苦异常。母亲歇斯底里。她的双手，十指。悲叹，尖叫。早有许多人聚集在那儿。有个人走到门口，"很抱歉"，他边说边递给她一张电报。他在作战过程中失踪了。第二份电报传来之前的那个月充满了不确定性和混乱——希望、恐惧，打探一切我们可以打探到的消息，电话铃响个不停，却始终没有消息。有消息传来说他被善良的菲律宾游击队员收留了，他的战友说飞行过程中从他身旁经过，那时他正在执行最后的飞行任务。高射炮火力密集，莫迪驾驶的飞机被击中，但落在友军的领土上……李尔回答："你们不该把我从坟墓中间拖出来。"可是，萨巴斯对第二份电报至今记忆犹新。上个月已十分难熬，但这个月更为煎熬：死亡通知的到来仿佛又失去了一个哥哥。毁灭性的打击。我的母亲病倒在床。我以为她要死了，担心她也会死掉。嗅盐。医生。屋内挤满了人。分不清楚屋内都有些什么人。模糊不清。大家都在那儿。可是生活毁了。这家人完了。我完蛋了。我把嗅盐给她，盐洒了，我担心我害死了她。十四岁至十六岁，我人生中一段悲惨的时光，其余任何事都相形见绌。这事不仅毁了她，也毁了我们一家人。我父亲之后彻底变了一个人。他的力量曾让我安心，因为他体格健壮，而且值得信赖。母亲则通常更加感性，更容易悲伤，也更容易快乐，总哼着小曲。但父亲身上有一种令人钦佩的庄重。看到他崩溃的模样！瞧瞧我此时的情绪，我十五岁了，记得这些事。情绪一旦上来，就不会变化，始终那么鲜活逼真。一切都过去了吗？什么都没过去。相同的情绪延续至今。他是我的父亲，不辞辛劳，每天凌晨三点开着卡车去乡下，一直忙到深夜才筋疲力尽地回到家。我们的动作得放轻，因为他得早起。如果他发怒了——这种情况十分罕见——但如果他真的发怒了，他会用意第绪语骂人，场面十分可怕，因为我甚至都弄不清他发怒的对象。但出事后，他再也没有发过脾气。要是他发脾气就好了！出事后，他变得温和消极，到处哭个不停，独自在卡车里哭泣，流着泪招待顾客，和那些非犹太教农场主做生意时也泪流满面。这件破事毁了我的父亲！七天服丧期结束，他重新投入工作，为期一年的正式哀悼结束以后，他不哭了，但你在千里之外也能感受到他身上隐忍的挥之不去的痛苦。我自己并未觉得那么可怕。我感觉自己失去了身体的一部分。不是我的阴茎，不是，不能说是一条腿，一条胳膊，而是一种生理感受和内心的失落感。我似乎被人用一把凿子凿空了，犹如海滩沿岸的马蹄蟹壳，外壳完好无缺，内部却已空空荡荡。内部都空了，被挖空了，被榨空了，被凿空了。沉重得无以复加。母亲卧床了——我确信自己即将失去母亲。她要如何活下去？我们所有人该如何活下去？空虚笼罩。然而我得坚强起来，甚至在出事之前我就得坚强起来。他出国时表现得很强硬，我们唯一所知的便是他所在的军队邮局号码。焦虑不安。极度痛苦。我曾学莫迪那样帮助父亲运送货物。莫迪干的活儿神志清醒的人都不愿意干：爬上屋顶修点什么，躺在地面上，像跳希米舞[①]那样扭动身躯，钻到黑漆漆脏兮兮的走廊下接电线。每周他都会帮母亲清洗地板，所以清洗地板这份活儿现在由我接任。他乘船去了太平洋，为了安抚她，我做了很多事。每周我们

① Shimmy，盛行于1920年代的一种爵士舞，跳时肩部和臀部需抖动起来。

都去看电影。他们不愿看战争片。即使一部普通影片中突然出现战争场面或者影片中提及有人在海外发生了什么事，母亲便惴惴不安，于是我得安抚她。“妈，这只是电影而已。”“妈，我们别想这事了。”她会痛哭。我陪她走出影院，四处走走。我们曾通过军队邮局号收到过信件。他有时会在信封上画点卡通。我盼望能看到那些卡通画，可是这些画只让我一人兴奋不已。他驻扎在北卡罗来纳州时，有一次要飞波士顿，会经过我们家。他告诉我们：“我会在我们家上空飞过。驾驶B-25轰炸机。”女人们顾不得摘下围裙，全涌到街上翘首企盼，中午父亲开着卡车回家了，我的朋友罗恩也在那儿。莫迪确实不负众望，飞过时倾斜了机翼，那对平坦的鸥翼。我和罗恩冲着飞机挥手。在我心目中他是个不折不扣的大英雄。他对小五岁的我十分疼爱——他对我真的太好了。他体格健硕，是铅球选手和田径明星。他能把橄榄球抛过几乎整个球场；他力大无穷，能把橄榄球或铅球掷得很远——投掷球类是他的强项。他失踪后，我的脑海里会回忆起这些往事。上学时我会想，能把东西扔远这一技能或许会帮助他在丛林中生存下来。十二月十二日被击落，十五日因伤去世。这是另一个悲伤的故事。他被送进了医院，其他队员当场阵亡，但飞机被击落在游击队活动范围内，游击队员把他抢救出来后送到了医院，他挺过了三天。这种情况更糟。其他队员当场阵亡，而我的哥哥比他们多活了三天。我精神恍惚，罗恩来了，通常他就像住在我家一样。他喊道：“出来。”我回答：“我不行。”他问：“出什么事了？”我悲伤得一句话也说不出。隔了好多天我才告诉他，可我不能告诉学校里的人，我不能这么做，不能说出来。有个高大强壮的体育老师曾希望莫迪放弃径赛，受训成为一名体操运动员。“你哥哥好吗？”他会这么问我。“好。”我回答。我不能说出实情。其他老师，那个手工课的老师总给他的作业评优，问：“你哥哥好吗？”“很好。”他们最终都获知了实情，但我从没亲口告诉他们。“嗨，莫迪好吗？”我重复着谎言。这个谎言在那些尚未得知噩耗的人中一直都没被戳破。这种恍惚的状态至少持续了一年。有段时间我甚至害怕看到涂着口红和胸部发育的姑娘。突然之间，每一件事都变成了巨大的挑战。母亲把他的手表交给了我。这块表差点让我悲痛欲绝，但我一直戴着。我戴着它出海，戴着它去了部队，戴着它去了罗马。这块就是他的军用贝罗司手表。每天给它上发条。只有表带更换过，秒针失灵后又恢复运转。我在径赛队时，曾想象他的鬼魂。那是我想象的第一个鬼魂。我的上半身如同他和父亲一样发达。此外，莫迪会掷铅球，所以我也得会。我把他渗透到我的体内。过去，我经常在掷铅球前抬头望望天空，心想他正在天上看着我呢。我乞求获得力量。那是一场全州运动会。我得了第五名。我很清楚这并不现实，可我坚持向他祈祷，而我确实比之前任何一次都掷得远。虽然我没赢得比赛，但我获得了他的力量！

我现在可以用上它了。它在哪儿？手表在这儿，可那力量哪儿去了？

萨巴斯陷入"我想……"的沉思时，他的右侧坐着一位乘客：年龄不过二十一二岁，一身黑色装扮——黑色的高翻领毛衣、百褶裙、丝袜和鞋子，甚至连阻挡闪亮的黑色秀发垂落到额头上的发带也是黑色的丝绒材质。正是这位乘客导致他陷入了沉思。她的双眸一直凝视着他，正是这凝视的目光蕴含着温顺和熟悉的温柔，吸引他驻足停留。她坐在那儿，一只胳膊倚靠在身旁黑色的尼龙背包上，默默地注视着萨巴斯，当时他正在回忆第四幕的最后一场戏：沉睡中的李尔王被抬进法军营帐——"是，夫人；我们趁他熟睡的时候，已经替他把新衣服穿上去了。"——考狄利娅在一旁唤醒他——"父王陛下，您好吗？"李尔回答："你们不应该把我从坟墓中拖出来……"

注视着他的那位姑娘正在说些什么，可是最初由于声音太过温柔，他听得并不真切。她比他想象的要更年轻些，也许还在上学，也许还不满十九岁。

每当尼基因害怕而欲言又止时，他总在她话说到一半时鼓励她，说：“是的，没错，说吧。”每过一年，尼基会使他愈加抓狂，说一些他根本听不清的话。“你刚说了什么？”“没什么。”把他逼疯了。

“‘我想，’”这时能听到她说话的声音，“‘我应该认识您，也该认识这个人……’”她帮他念了这句台词！这是个学戏剧的女生，正前往城外的茱莉亚音乐学院。

他重复道，“‘我想我应该认识您，也该认识这个人，’”接着自顾自地继续道，“‘可是我不敢确定；因为我全然不知道这是什么地方，而且凭着我所有的能力……’”念到这儿，他装出一副遗忘了下一句台词的模样，“‘而且凭着我所有的能力……’”他弱弱地把这一句台词重复了两次，看向她寻求帮助。

“‘我也记不起来什么时候穿上这身衣服，’”姑娘给了提示，“‘我也不知道……’”

他冲她微微一笑，暗示自己能重新接上后面的台词，她便停了下来，回以微笑。“‘我也不知道昨天晚上我在什么所在过夜。不要笑我，因为我是个老头，我想这位夫人……’”

是尼基的女儿。

不是没有这种可能！尼基那双充满哀求的漂亮的眼睛，始终充满迟疑、令人费解的嗓音……不，她不仅仅只是一个心肠柔软、没有主见的孩子，今晚她会兴奋地告诉家人有一个白胡子老流浪汉在列克星敦的市郊列车上给她背诵了《李尔王》的台词，而她自己也壮着胆子帮他提示台词——她就是尼基的女儿。她今晚要回的就是尼基的家！尼基还活着。尼基就在纽约。这是她的女儿。如果这是她的女儿，那么不管她的亲生父亲是谁，某种程度上而言她也就是他的女儿。

萨巴斯此刻就在她的上方徘徊，内心波涛汹涌，情绪如雪崩一般向他袭来，将他淹没，把那维系他的根基一点点连根拔起。假使他们都还活着，都住在尼基家里，会怎么样呢？莫迪、妈妈、爸爸还有德伦卡。消灭死亡——这一想法令他心神为之一颤，他不是第一个有此念头的人，那些在地铁上上上下下的人都怀有这一念头，迫切渴望实现这一愿望，拒绝理性，像他十五岁那年就想过的那样，像他们热切期盼莫迪能从战场活着归来那样。秋天，让生命如回拨的时钟一般倒流。只要把时钟从墙上取下来，不停地回拨，直到你那些逝去的亲人如常出现在你面前。

"'你瞧，因为我是一个男人，'"他对姑娘说，"'我想这位女士必是我的孩子考狄利娅。'"

"'正是，正是。'"这个与尼基的眼神如出一辙的姑娘说道。未料到考狄利娅这一令人猝不及防的回答，这一简单又辛辣的三音步抑扬格是尼基发出的，十分之一似丢失的孤儿的嗓音，十分之九则似一个步履蹒跚的疲倦妇女的口音。

"你母亲是谁？"萨巴斯凑到她耳侧询问，"告诉我你母亲是谁。"

这几个词让她脸色煞白；她的眼神，尼基的眼神，与刚得知噩耗的孩童的眼神相似，都藏不住心事。她对他的恐惧浮现了出来，这种情况在尼基身上也迟早会发生。竟然被这只发疯的怪兽引用了几句莎士比亚的台词给感动了！竟然被这个疯癫无疑、花言巧语的人在地铁上给缠住了——她怎会如此愚蠢透顶！

萨巴斯轻而易举地看穿了她的心思，像李尔那样一字一顿地高喊："你是尼基·坎塔拉基斯的女儿！"

姑娘发疯似的扯开背包的背带，试图找到钱包，掏出钱交给他，拿钱打发他滚得远远的。但是，萨巴斯不得不再次确认这一确凿无疑的事实——尼基还活着，他用那只残疾的手把她的脸转过来，感受着尼基鲜活的肌肤，问道："你母亲在哪儿躲着我？"

"不要！"她失声尖叫，"别碰我！"仿佛遭到了一大群苍蝇的围攻，她狠狠地拍打他患了关节炎的手指。这时有人站了起来，从萨巴斯身后猛地勾住了他的双臂。

萨巴斯只能看到控制住他的大力士身着一身西服。“冷静，”有人对他说，“冷静。你不该喝那种东西。”

“那我应该喝什么呢？我已活了六十四岁，从来也没得过病！只有小时候扁桃体发过炎！我想喝什么就喝什么！”

“冷静，老兄。醒醒，冷静。去找个收容所吧。”

“我在收容所里抓到了虱子！”萨巴斯沉着声音回答说，“‘别虐待我’！”

“你在虐待她——施虐的是你，是你！”

列车抵达大中央车站。车门打开，乘客纷纷往外涌。女孩走了，萨巴斯自由了。“‘请你，’”萨巴斯孤零零地在车厢徘徊，环顾四周寻找尼基女儿的身影，“‘请你，’”他阔步走在站台上，神情庄重，晃动着手中的杯子，冲着躲开他的人群大喊，“‘请你……’”之后，无需尼基女儿的提示，后面的台词跃入脑海，一九六一年在波威里街地下表演团队的剧院里时，这些台词对他毫无意义：“‘请你不咎既往，宽赦我的过失；我是个年老糊涂的人。’”

千真万确。他难以相信自己仍在扮演李尔的角色，尽管并非毫无可能。

你是永不回来的了。

永不，永不，永不，永不，永不！

毁掉时钟，进入人群。

诺曼的妻子米歇尔·考恩从百老汇大道的一家药店里给萨巴斯买了五十片扶他林，还开了一张处方，方便他以后再去取四次药。那天吃晚饭时萨巴斯状态非常不错，不仅因为他知道双手的病痛很快就会缓解，还因为米歇尔根本不像宝丽来照片上那般瘦削。那些照片和那个装着一百张百元大钞的信封一道藏在她内衣下面。她长得相当标致，简直是和德伦卡一个模子刻出来的。她很快就被他逗乐了，动不动就笑。他在餐桌下面偷偷用脚摸索到她没穿鞋子的脚。他用拖鞋轻轻踩上，她没有回应，毫不因此而心烦。

这双拖鞋是向诺曼借来的。诺曼还让他的秘书去海军商店帮萨巴斯买了些换洗衣物。他们参加完葬礼回家后就看到黛比床上有个大纸袋，里面装着两条卡其裤、几件工作衬衫、几双袜子、几件汗衫和几条三角内裤。纸袋里甚至还有手帕。他期待着那天晚上整理整理新衣物，把它们和黛比的衣物放在一起。

米歇尔藏起来的宝丽来照片肯定拍了至少五年了，是一段婚外旧情的纪念品。准备好再来一场婚外情吗？她看起来成熟世故，不过她可能认为和男人厮混的日子结束了，所以开始放纵自己，身材日渐圆润。她跟德伦卡差不多年纪，也和丈夫住在一起，但米歇尔的丈夫一点都不像德伦卡的丈夫马蒂亚，这点毫无疑问。不过，所有丈夫迟早都会变成马蒂亚那样，不是吗？

前一天晚上，诺曼说他吃的抗抑郁药有损性功能，所以能确定的是现在没人和米歇尔做爱。如果和她睡一次要付一千美元，萨巴斯并不会抓住她的空窗期。但也许并不是男人给她钱，而是米歇尔付钱给同她睡的年轻男人。她那持续、粗犷而低沉的笑声让他这么想。或者那些现金是她为收拾东西、远走高飞的那一天准备的。

远走高飞，谁没有这个计划呢？这计划就像有钱人的遗嘱一样拐弯抹角，不断完善，每六个月就重写或修改一次。我要带这个走；不，我要带那个走；住这个酒店，住那个酒店；和这个女人一起，和那个女人一起，和两个不同的女人一起，或者不带女人，从此再不和女人一起！我要开个秘密账户，当掉戒指，卖掉债券……等他们到了六十岁、六十五岁、七十岁时，这计划还有什么意义呢？他们要远走了，他们这次是真正远走了。对有些人来说，终于得以摆脱婚姻是临死前最值得吹嘘的事。不用一个人孤零零地窝在酒店里度过令人难受的周日。周日是夫妻双方待在一起的时间，仿佛一个人孤零零过周末会更糟糕似的。

不，这不是段美满的婚姻。无论你碰巧在谁家的餐桌上吃饭，你都能猜个八九不离十。饭刚吃了十分钟，他主动勾脚调情，她也半推半就。就算这不是暗示，他也能从她的笑声中辨别出他们的婚姻出了问题。她的笑声承认了她不再能控制那些力量发挥作用。她的笑声表明她承认自己受制于诺曼，受制于更年期、工作、衰老和不断恶化的一切。未来之事无可预计，但大多不是好事。更何况死神就躲在角落里做着深蹲，等着哪天突然跳过那个圈，无情地扑向她，就像扑向德伦卡时那样。虽然米歇尔现在的体重有史最高，大概一百三十五到一百四十磅，但死神可是“两吨”·汤尼·葛廉托[①]和曼·芒廷·迪安[②]。

---

① Tony Galento (1910—1979)，美国重量级拳击手，绰号“两吨”。

② Man Mountain Dean (1891—1953)，美国职业摔跤手。

她的笑声述说了当她转身时，她身上的一切都在转，而当她面向正确的那一边时，她仿佛回到了三四十岁，向需求和喜悦的动态混合物张开双臂，那种动态混合物是她每日的食粮；向一日不落的活动和每天度假般的奢侈生活张开双臂。她以前日程紧凑，一刻不停，以至于一眨眼的工夫考恩一家就搭着协和式飞机，飞过大西洋去巴黎过个漫长的周末。如今，五十五岁的她饱受潮热的折磨，而她的女儿已然绽放，散发出电磁流般的女性吸引力。她的笑声说道：除了活着，她已受够了待在这儿，受够了密谋远走高飞，受够了那些实现了的和没有实现的梦想，受够了要去适应和无法适应的世界，受够了世界上除了活着之外的一切。活着，让她狂喜，其余的一切则让她恶心，这就是她那半挫败半愉悦、半委屈半惊奇而又半否定的歇斯底里的笑声中的意蕴。他喜欢她，非常喜欢。也许正因为他自己也是个让人难以忍受的伴侣。每当诺曼开口说话时，他都能觉察到米歇尔想对她丈夫残忍一点，他都能看到她在嘲讽她丈夫最优秀的地方和所拥有的最好的东西。如果你不因丈夫的恶行而疯狂，那么就会因为他的美德而抓狂。他吃抗抑郁的百忧解是因为他赢不了。一切都在离她而去，除了她臀部上的肉，从她的衣柜可以看出这个季节她在发胖；除了那位在别人尽显疯狂和病态的伤疤时以理性和伦理道德标榜自己的王子，他仍坚定不移地守着她。萨巴斯理解她的精神状态，理解她的生活状态，理解她所忍受的痛苦。黄昏来临，我们最昂贵的奢侈品——性生活——却飞速地离她而去，一切都在飞速地离她而去，让你对自己以前愚蠢至极的行为感到惊讶，竟然蠢到因为会败坏道德而拒绝做爱，哪怕只拒绝过一次。你如果像现在这么可人，就会主动伸出右手。这就像在大萧条时期，年复一年敛集的财富一夜间烟消云散。她的潮热提醒她："未来之事无可预计，但大多不是好事。"这股潮热嘲讽似的模仿出做爱的狂喜。她沉浸在稍纵即逝的潮热中，在熔炉里每待十七秒就老去十七天。他用莫迪的贝罗司手表为她计时。她脸上尽显这十七秒的更年期留下的痕迹，她的脸热得像被烤过一样，接着这火骤然熄灭，像水龙头被关上一样。但当她在熔炉里时，他能看出这对她来说好像是无底洞。这次的潮热之火像烧死圣女贞德一样要把她活活烧死。

最能打动萨巴斯的莫过于衰老的性感尤物拥有淫乱的过往和年轻漂亮的女儿。尤其当她们能像眼前这位一样放声大笑时。她们一笑，你就看清了她们的一切。在那次大名鼎鼎的汽车旅馆约炮后，我就成了现在这副样子。我下垂的乳房上挂了一枚奖章。在餐桌上把我架上柴堆可没意思。

死神。他用脚掌平稳地压住她裸露的脚背，提醒她：在我们之上、高于我们、统治着我们的是死神。你应该已经见过林茨死后的样子。你应该看到了，他像个安静的乖孩子，一个绿皮肤、白头发的乖孩子。为什么皮肤是绿色的呢？我认识他时可不是绿色的。"吓人得很。"诺曼快速辨别了遗体身份后脱口而出。他们出来后，走到街对面的咖啡店买了杯可乐。"真恐怖。"诺曼打了个寒颤说道。但萨巴斯很享受这一切，大老远开车过来就是为了看这个。米歇尔学到了很多。你躺在那儿像个乖孩子，让你做什么就做什么。

仿佛光压着米歇尔·考恩的脚不足以成为活下去的理由。新的卡其裤、新的居可衣牌三角内裤，一大袋他多年都不曾想过为自己买的衣服，甚至还有手帕，都是他活下去的理由。他已很久没有用过手帕。他之前穿的衣服都是破破烂烂的：胳肢窝发黄的T恤，松紧带失去弹性的平角裤，不成双的破袜子，还有那双像约昆姆妈妈[①]那样一年十二个月都在炫耀的大头靴……这靴子就是他们所说的"宣言"吗？他们说话粗俗，让他觉得自己是个脾气暴躁的老人。木桶里的第欧根尼吗？作出一份宣言！他发现现在山谷里的女大学生穿的靴子跟他的不一样，她们的又大又重，好像有鞋带，很配老式的蕾丝长裙。裙子

① Mammy Yokum，美国讽刺漫画《莱尔·艾布纳》中的角色。

有女人味，但又不是传统意义上的女人味，鞋子还表达了其他含义。鞋子说的是“我很剽悍，别惹我”。而那保守的蕾丝长裙说的是……所以说我们都有自己的宣言，类似于“先生，如果你友好到想睡我的话，我会把你的头踢得凹进去”。即使自卑的黛比也能像埃及艳后那样光彩照人。身着高档时装的女人正和其他一切一起从我身边走过。等等，我会穿着新的卡其裤上街。曼哈顿，让我进去！

他兴奋不已，因为自己还没成为盒子里那百依百顺的乖男孩，没有被罗莎告发。罗莎没向任何人提及早上的事。慈悲在生活中随处可见，但获得回报的却几乎没有。尽管我们针锋相对，但穿上新裤子后，我们又会再给对方一次机会！

葬礼结束后，殡仪馆外面，林茨八岁大的孙子乔舒亚问他妈妈：“他们在说谁呢？”当时诺曼正握着她的手。

“爷爷，你爷爷叫林茨，你知道的，林茨。”

“但那不是爷爷，”男孩说道，“他不长那个样子。”

“不是那样吗？”

“不是，爷爷像个婴儿。”

“但爷爷会变的啊，乔希[①]。他病了之后才变得像个婴儿。他的朋友们说的是爷爷生病之前的样子。”

“那不是爷爷，”他否认道，坚定地摇着头，“抱歉，妈妈。”

林茨的孙子辈里最小的叫劳里，一个精力充沛的小女孩，黑黑的大眼睛很性感。葬礼结束后，她从石板路上跑来，追上了萨巴斯，说：“圣诞老人，圣诞老人，我三岁了！他们把爷爷放在了盒子里。”

那盒子总能让人留下印象。无论你多大，只要看它一眼，它就会留在你的脑海中，挥之不去。人人都只占那么大的地方，没人需要更大的空间。你可以像放鞋一样把我们收起来，或者像运送蔬菜一样移

① Josh，乔舒亚的简称。

动我们。发明棺材的傻瓜真是个富有诗意的天才，聪明绝顶。

“想要什么圣诞礼物啊？”萨巴斯问小女孩。小女孩想摸摸萨巴斯的胡子，所以他蹲下了身子。

“光明节！”劳里非常开心地大声说道。

“是你的啦。”他对她说，想用弯曲的手指触摸她机灵的小嘴唇，但他抑制住冲动，把手停在了最初的地方。

他最初的地方，那确实是谈话的主题。他最初开始的那场下流表演。

是诺曼带头说的，他向米歇尔说起一九五六年让萨巴斯在哥伦比亚大学门前被捕的那个短剧。在那个短剧中，他用左手中指把一个年轻漂亮的女学生招到幕布前，跟她聊天的同时用另一只手灵巧地解开她的外套。

“米克[①]，说说，告诉谢尔[②]你是怎么被抓的。”

米克和谢尔，谢尔和米克。如果曾经真有这么两个人的话，他们将是一对表演搭档。诺曼似乎已经认识到了这一点，晚饭吃了不到半小时，他就明白与自己按部就班的成功之路相比，穷困潦倒的萨巴斯更能让妻子蠢蠢欲动。年老落魄的萨巴斯对诺曼构成了威胁，其危险性不亚于年轻的萨巴斯。年轻的萨巴斯活力满满，同时具备爆发性和破坏性。我的越轨行为总是让他陷入危险。他应该知道无规无矩给我带来的后果。他建起强大的堡垒来抵挡这离大暴动还差十万八千里的小骚乱，但此时我们即将走到人生尽头，他还像刚开始一样，在我那些讨人嫌的小混乱面前抬不起头。他怕我。他就是我父亲口中的“嫩草”。这个慷慨可爱的嫩草成功人士继续向一个傻瓜叩头。你会觉得我该从炽热的火焰中迸发出来，在一片暴乱中闪现耀眼的光芒，

① Mick，米奇的昵称。

② Shel，米歇尔的昵称。

而不是开着一辆尾气管破裂的旧雪佛兰沿六八四号公路行驶。

“我是怎么被捕的，”萨巴斯说道，“四十年了，诺姆[1]，都快四十年了，我不知道还记不记得自己是如何被捕的。”他记得，当然记得，一点儿也没忘。

“你还记得那个女孩吧。”

“那个女孩。”他又说了一遍。

“海伦·特朗布尔。”诺曼说。

“她叫这个名字吗？特朗布尔？那法官呢？”

“马尔克罗恩。”

“是的，我记得他。表演很精彩，马尔克罗恩。警察叫阿布拉莫维茨，对不对？”

“阿布拉莫维茨警官，是的。”

“是的，那个警察是犹太人。检察官是爱尔兰人，那个小伙留着平头。”

“他刚从圣约翰大学毕业，”诺曼说道，“叫福斯特。”

“是的，福斯特非常令人讨厌，他不喜欢我，义愤填膺，真真切切地义愤填膺。怎么会有人那么做呢？是的，从圣约翰大学毕业的家伙，对的。平头，打着领带，他爸爸是警察，他从没奢望年薪过万，但想关我一辈子。”

“告诉谢莉[2]。”

为什么？他想干什么啊？展示我最光彩还是最丢人的一面呢？激起还是打消她对我的兴趣呢？一定是让她失去兴趣。因为晚饭前，他同萨巴斯两人在客厅时，他大谈特谈他妻子和她的工作，表现出对她的宠溺和倾慕，这是罗莎娜婚后一直梦寐以求的。饭前，米歇尔沐

---

① Norm，诺曼的昵称。

② Shelly，米歇尔的昵称。

浴更衣时，诺曼给他看了宾夕法尼亚大学牙科学院近期的校友杂志，上面刊登了米歇尔和她父亲的合照，她父亲已经很老了，坐在轮椅上。杂志上还有其他宾大牙科学院毕业生的父母和子女的照片，照片是用来佐证故事的。米歇尔的父亲快八十岁时患了中风，在那之前，他一直在新泽西州的费尔劳恩当牙医。米歇尔的祖父也是牙医。诺曼说米歇尔的父亲是个霸道的混蛋，在她出生时就宣布："我才不在乎她是女孩，我们家是牙医世家，她也要当牙医！"后来她不仅去了他父亲就读的牙科学院，还比那个野心勃勃的狗娘养的还优秀。为了当牙周病专科医师，米歇尔多念了两年书，成绩是班里最好的。诺曼说吃百忧解期间可以喝酒，他小心翼翼地捧着晚间喝酒的杯子说："我说不清当牙周科医生实际是怎样的肉体折磨。多数情况下，她都在晚上这个时候回来，精疲力竭。想象一下她拿着工具清洗上排第二颗或第三颗臼齿靠里面的外围角落时，要伸进两颗牙齿间的缝隙里，一直伸到牙龈附近。谁能看得见呢？谁能够得着呢？她的体力令人惊叹。她行医二十年，我问她为什么不考虑减少出诊天数，改为一周三次呢？牙周疾病一般都需要治很多年，甚至一辈子，她的病人会等她的。但她偏不，还是每天早上七点半出门，晚上七点半回家，有时周六也出诊。"嗯，周六，萨巴斯觉得这对谢莉来说一定是个大日子……诺曼解释道："如果你像米歇尔那么细心的话，每颗牙齿的表面都要清洁，一处不落，包括那些接触不到的地方……当然，她有那些弯曲的工具帮她；她有能清洁牙根的牙垢刮除器和刮匙器，因为她不像洗牙师那样只处理牙冠。如果牙根面有牙周袋的话，她必须一同处理，如果牙齿骨质流失的话……"他如此赞美她！这么在乎她！这么懂她，又不懂她。晚饭前，萨巴斯琢磨着，诺曼的这些溢美之词是为了让自己离她远点呢，还是他吃的药在作怪呢。我也许正在听百忧解讲话。或许我只是在听他妻子为在办公室工作到很晚所精心构思的借口。某人正在重复这些蹩脚的借口，仿佛他也相信这些别人要他相信的话。"因为那儿，”诺曼继续说，“是需要处理的地方。不只是美白牙釉质，把牙齿弄漂亮，而是祛除非常顽固的牙垢，祛除牙根上的牙垢。我看见她除了一天牙垢后，回家走路都不稳了。当然，现在可以用超声波设备。他们用的超声波仪器靠电流驱动，将超声波能量释放到牙周袋中，把那些垃圾弄碎。超声波仪器不会过热，而且还有喷水器，有了喷水器的话，牙垢就像待在雾里，住在薄雾里一样。仿佛在雨林里住了二十年……”

所以她是亚马孙族，是这个意思吗？一个曾经让人害怕的部落首领的女儿，最后战胜并超越了父亲，成为亚马孙族的勇士，发出超声波能量，用不锈钢牙刮器和弯弯的刮匙器武装自己，同顽固的牙垢做斗争……萨巴斯还能得出什么结论呢？诺曼配不上她吗？他为她自豪，但她也让他困惑。他被她制服了吗？现在最小的孩子都已经离家上大学，只有他和这个牙医世家的女继承人在家……饭前在客厅时，萨巴斯不知道该怎么想，现在在餐桌上亦是如此。诺曼催他讲述他这个目中无人的局外人二十几岁时的故事，那个跟诺曼起家的经历大相径庭的故事。这个衣着整洁、举止得当的哥伦比亚大学毕业生，是自动点唱机经销商的儿子，他父亲那沙哑的嗓音和历经坎坷之后的成功让诺曼在整个青年时代都自愧不如。两个残暴之人的儿子和女儿。只有我有个温柔疼人的父亲，但看看结果都变成什么样了。

“好吧，我要开始讲了。事情发生在一九五六年，在第一一六大街和百老汇大道的路口，就在大学校门旁边。我二十七岁。警察已经在附近蹲点观察了好几天。一般有二十到二十五个学生。有些是路过的行人，但大部分是学生。我把帽子递过去。事件全程不到半小时。我觉得我之前曾经让谁露出过一个乳房。可让一个孩子和我一起做到那个份儿上，在那个年代很少见，完全出乎我的意料。但那次就这么发生了，乳头露了出来，露出来了。警察走过来说：‘喂，你，你不能这么做。’他在幕布后面斥责我。‘警察先生，没关系，’我解释说，‘这是表演的一部分。'我低着身子竖起中指，就是那根一直在跟女孩说话的中指。我的手指接着说：'太好了，警察加入表演了。'看表演的孩子不确定警察是不是表演的一部分。他们笑了起来。'你不能那么做，'他对我说，'这儿有孩子，他们都看见了。''这儿没孩子。'中指说。'起来，'警察对我说，'站起来，你不能让人在大街上露出乳房，不能让人在十二点十五分的曼哈顿中心，在百老汇大道和第一一六大街的路口露出乳房。还有，你正在占这个女孩的便宜。你想让他对你这么做吗？'警察问她，'你要起诉他性骚扰吗？'不，'她答道，'我允许他这么做。'"

"那女孩是个学生。"米歇尔说。

"是的，巴纳德学院[①]的。"

"真勇敢，"米歇尔说，"'我允许他这么做。'警察后来怎么处理的啊？"

"他说：'允许？你被催眠了。你被这家伙催眠了。你不知道他在对你做什么。''不，'她坚定地对他说，'没事的。'警察刚来时她吓了一跳，但还有很多其他学生在场，学生一般都仇视警察，所以她就抓住了这种抵触情绪，顺势而为。她说：'没事，警察先生，放过他吧，他什么坏事也没做。'"

"她听起来像不像黛比啊？"米歇尔问诺曼。

萨巴斯等着听百忧解如何回答。"让他接着说。"诺曼答道。

"警察对女孩说：'我不能放过他。在场的人里可能有孩子。如果警察允许有人在大街上脱掉衬衫露出胸部、在大庭广众之下玩弄乳头，人们会怎么看警察呢？你想让我允许他在中央公园也这么做吗？你在中央公园这么干过吗？'他问。'嗯，'我答道，'我在中央公园表演过。''不不不，'他对我说，'你不能这么做。人们在投诉，对面开药

① Barnard，哥伦比亚大学的本科学院之一。

店的就在抱怨，说影响他做生意，要求赶走这些人。’我对警察说我不知道这回事，就算有影响，我觉得也是他的药店影响了我的表演。这句话在学生中引起了一阵骚动，警察开始发火了，‘听着，这位年轻的女性不想露出乳房，在我提醒她之前，她甚至不知道自己在做什么。她被你催眠了’。‘我知道我在做什么。’女孩说，所有孩子都为她鼓掌。她的确给他们留下了深刻的印象。‘警官，听我说，’我说，‘我经过她同意了，我没做错事，单纯是好玩。’‘这不好玩，我不觉得这怎么好玩了。那边的药剂师也不觉得好玩。你不能在这儿这么做。’‘好，好的，’我说，‘现在你打算怎么办呢？我不能一整天都耗在这儿解释，我得维持生计啊。’学生们也喜欢那种场面，但就当时的情况来说，警察一直保持着正派的行为。他说：‘我希望你承诺以后都不再这么做。’‘但这是我的表演，是我的艺术。’‘噢，别跟我扯什么艺术，玩乳头跟艺术有什么关系啊？’‘这是新型艺术形式。’我说。‘噢，鬼扯，鬼扯，你们这些乞丐总跟我扯艺术。’‘我不是乞丐，警察先生，这是我谋生的方式。’‘那好，你在纽约不能以此为生。你有营业执照吗？’‘没有。’‘为什么没有营业执照呢？’‘这个行业没有执照。我不是卖土豆的人。木偶艺人不需要执照。’‘我没看见木偶。’‘我的木偶在我的双腿间。’我说。‘说话小心点，矮子。我没看见木偶，只看到了手指。木偶艺人能办执照，街头表演的执照。’‘我申请不到。’‘你当然能申请到。’他告诉我说。‘我不能。我不能去那儿等四五个小时，结果还申请不到。’‘那好，’警察说，‘那你就是无照经营。’‘没有让人在大街上摸女人胸部的营业执照。’我跟他说。‘所以你承认你在摸女人胸部。’‘哦，该死，’我说，‘这太荒唐了。’整件事开始变得充满了挑衅的意味，他说要把我抓起来。”

“那女孩呢？”米歇尔追问道。

“女孩很好。女孩说：‘喂，放开他。’警察问：‘你想妨碍公务吗？’‘放开他！’她对警察说。”

“这就是黛比，”米歇尔笑了，“绝对的黛博拉风格。”

“是吗？”萨巴斯问。

“丝毫不差。”她自豪地说。

“警察抓住了我，因为我真的成为他的眼中钉肉中刺了。我说：‘喂，我不去，这真傻。’他说：‘你要跟我走。’女孩说：‘放开他。’他说：‘听着，如果你偏想阻拦，我把你也抓起来。’‘这太离谱了，’女孩说，‘我刚上完物理课出来，什么也没做。’场面开始失控，警察把她推到路边，我大声叫道：‘喂，别推她。’‘噢，’他对我说，‘加拉哈骑士[①]。’一九五六年的警察还是会那样说话的。因为西部的堕落还没有从大学蔓延到警察局。总之，他逮捕了我。他让我把设备都收起来，然后把我带走了。”

“和那个女孩一起。”米歇尔说。

“没，只抓了我。‘我想给这个家伙登记下。’他对登记处的警察说。第九十六大街的警察分局。很正常，我被吓到了。当你走进警察局时，面前有张大桌子，桌边坐着登记处的警察，这张大桌子会让你害怕。我说：‘这完全是狗屁。’但阿布拉莫维茨说：‘无照经营、妨碍治安、骚扰、侵犯、猥亵、拒捕，加上妨碍司法公正，该给这家伙登记上这些罪名。’我听他这么说，以为下半辈子都得在牢里度过了，我抓狂了。‘一派胡言！我要去找美国公民自由联盟！让他们来找你算账！’我跟警察这么说。当时我都吓得快尿裤子了，但还是大声吼道。‘好啊，美国公民自由联盟，’阿布拉莫维茨说，‘那些在红色恐怖中肆意生长的混蛋，太好了。’‘在我的律师来之前，我什么都不说！’然后，警察开始大吼：‘去他的自由联盟，去你的。我们不需要律师，我们只是暂时逮捕你，暂时的。只有上法庭时才需要律师。’桌旁的内勤队长听到了我们的争论，对我说：‘年轻人，跟我说说发生了什么。’我也不知

① Sir Galahad，亚瑟王传奇中的圣洁骑士。

道自己这么说顶个什么用，但就是一遍遍地重复道：‘在我的律师来之前，我什么都不说！’阿布拉莫维茨现在深深陷入了‘去你的’模式中，但桌旁的队长不停问：‘孩子，发生了什么？’我想告诉他吧，他不是坏人。所以我说了：‘你看，这就是发生的一切。他发狂了，他看到了胸部就发狂了。但这无时无刻不在发生，孩子们在大街上亲热。这家伙是皇后区的，不知道世界上正发生什么。他看到过这里的女孩子夏天怎么到处乱逛的吗？大街上人人都知道，除了这个皇后区的家伙。露出胸部根本不算什么。’阿布拉莫维茨说：‘这不只是露出胸部的问题。你不认识她，以前也没见过她，但你玩弄了她的乳头，你脱了她的衣服，她都不知道发生了什么，因为你用手指分散了她的注意力，你伤害了她。’‘我没有伤害她，是你伤害了她。你推了她。’桌旁的队长说：‘你说你在百老汇大道上把一个女人的衣服都脱光了，是吗？’‘不！不！我就做了这些。’我又解释了一遍。队长听得入迷了。‘你是怎么做到的啊？在大街上，大庭广众之下，和一个你从没见过的女人。’‘我的艺术，警察先生。那就是我的艺术。’听到这儿他大笑起来。”萨巴斯说。他看到米歇尔在大笑。诺曼也非常开心，在一尺外的地方看着我勾引他的妻子。这个百忧解确实厉害啊。

“‘哈里，’桌旁的队长对阿布拉莫维茨说道，‘要不放了这个孩子吧？他不是坏孩子，搞艺术而已。’他还在笑。‘手指画跟婴儿屎差不多，有什么区别呢？他没有前科，不会再犯的。如果他曾被以性骚扰之名起诉过十七次的话……’但阿布拉莫维茨现在怒了：‘不行！那是我管辖的街道，那儿每个人都认识我。他侮辱了我。’‘怎么回事？’‘他推了我。’‘他碰你了吗？他碰了警察吗？’‘是的，他碰了我。’所以现在我的罪名不是摸了那个女孩，而是碰了警察。我从来没碰过警察，但当然了，桌旁的队长试图安抚哈里之后就替哈里说话了。所以他们就以这些罪名起诉我。那个警察就所发生的事写了份口供，向我发起了控告，七项罪名。每个罪名判一年。他们要求我出现在第六十中央大街，是那个吗，诺姆？第六十中央大街？”

“第六十中央大街，第二十二区，下午两点半。你都记得。”

“那你是怎么找到律师的啊？”米歇尔问他。

“诺曼，诺曼和林茨。我接到个电话，要么是诺曼，要么是林茨打来的。”

“林茨，”诺曼说，“可怜的林茨，在那个盒子里。”

这也戳中了他的内心。只是一个盒子，但从来不显得陈旧老套。

“林茨说：‘我们知道你被捕了，给你找了个律师，不是那些刚从法学院毕业的菜鸟，而是已经打过一段时间官司的律师。他叫杰瑞·格莱克尔，受理过诈骗、袭击和暴力侵害、抢劫、入室盗窃等类型的案子。他也接有组织犯罪案。收入很高，但这份活儿并不轻松，这次他愿意帮我个忙。’是不是，诺姆？是帮林茨的忙，那个律师不知怎么认识林茨的。格莱克尔说那些都是屁话，我完全可能被无罪释放。我对格莱克尔说，我依然很受美国公民自由联盟的欢迎，所以他对公民自由联盟说他觉得联盟该为这个案子提供帮助。他说，我会为他辩护。你们应该支持他，提交一份非当事人意见陈述。我们要把这个上升到一个受美国公民自由联盟支持的案子。格莱克尔都搞清楚了，这实际上是一个关于街头艺术自由和辖区警察专横控制的案子。谁控制着街道呢？是人民还是警察部门呢？两个人做了些无伤大雅、打趣逗乐的事。辩词都非常明显，又一桩警察滥用职权的案子。为什么这样一个孩子必须要做这做那或做别的事呢？所以我们上庭了。出庭的大概有二十二个人。在偌大的法庭上，大家看起来都一脸茫然。维护公民权的学生小组来自哥伦比亚大学，学生加顾问大约十二人。还有来自《哥伦比亚观察报》和哥大广播电台的人。他们不是为我而来，而是为了那个女孩。海伦·特朗布尔声称我什么都没做错。在一九五六年，这引起了些许轰动。她哪来的勇气啊？多年后，夏洛蒂·穆尔曼才在村头赤裸着胸部拉中提琴。而且她只是个孩子，并不是表演者。连

《国家》杂志都派人来了，他们听到了风声。当然还有马尔克罗恩法官，那个爱尔兰老家伙，他以前是做检察官的。他累了，非常累，既不想听，也不在意那些屁话。大街上还流窜着行凶的杀人犯，他却在这儿把时间浪费在一个捏乳头的家伙身上，所以他心情不佳。检察官是个从圣约翰大学毕业的年轻小伙子，想让我坐一辈子牢。审判是两点或两点半开始的，开始前大约一个小时，检察官让证人在他办公室里重复排练那些谎言，出庭时就照着说。如果我没记错的话，有三个证人。有个老太太说这个女孩一直把我的手往外推，我却没停下来。还有药剂师，那个犹太药剂师，也只能作为一个犹太药剂师发出人道主义的愤怒。他只看得到女孩的背部，却作证说她生气了。格莱克尔对他进行了交叉询问，辩称药剂师不可能看到她生气，因为那个女孩背对着他。犹太药剂师撒了二十分钟的谎，随后出庭的是警察。他一开始就被召来出庭，他陈述证词时我要疯了，我生气了，浑身不自在，怒不可遏。接着我站起来开始作证。检察官问我：'解开她的上衣前，你是否征得过这位女士的同意？''没有。''没有？'你知道当时的观众是谁吗？''不知道。''你知道观众里有孩子吗？''观众里没孩子。''你能宣誓说观众里没孩子是个客观事实吗？你当时蹲在那儿，而他们站在这儿。你没看见有七个孩子在后面走动吗？'那个药剂师，你懂的，会作证说当时有七个孩子，那个老太太也是，他们所有人都是。你看，他们因为个乳头就都想把我绞死。'听着，这是一种艺术形式。'这句话每次都会引起一片骚动。那个圣约翰大学毕业的小伙子做了个鬼脸，说：'艺术？你把一个女人胸口的扣子都解开了，那是艺术吗？你还解过多少女人的衣扣？''实际上，我之前很少做到那一步，非常遗憾。但这就是艺术，这门艺术是让大家参与到表演中。'现在，马尔克罗恩法官终于开口了，语气平淡，'艺术'。他听起来像是刚从死亡中醒来，'艺术'。检察官甚至没有融入到对话中，太荒唐了。艺术！他对我说：'你有孩子吗？''没有。''你不在乎孩子。你有工作吗？’‘这就是我的工作。’‘你没有工作，你结婚了吗？’‘没有。’‘之前有干了超过半年的工作吗？’‘商船水手，美国军队，根据《退伍军人权利法案》在意大利待了一阵子。’他跟紧我，连续打击。‘你说你是艺术家。我倒觉得你是流浪汉。’接着我的律师传唤了纽约大学的教授来作证。大错特错。这是格莱克尔的主意。他们请教授辩论过《尤利西斯》的案子，还有‘奇迹’的案子。为什么我们不能请一个教授来辩论你的案子呢？我不想这么做。教授们作证时满嘴屁话，就跟药剂师和警察一样。莎士比亚是伟大的街头艺术家，普鲁斯特是伟大的街头艺术家，等等。他想将我和我的表演同乔纳森·斯威夫特的相比较。教授们总喜欢把斯威夫特拉出来为一些发臭的无名小卒辩护。总之，两秒过后，法官就知道他不是证人，而是专家证人。马尔克罗恩满脸困惑，这值得称赞。‘他是什么方面的专家啊？’‘街头艺术是一种正当的艺术形式，’我的律师说，‘他们正在做的这种街头互动，是传统艺术。’法官捂住了自己的脸，现在是下午三点半，不算我这个案子，这个男人今天已经审了一百十二个案子。七十岁高龄的他一整天都在审理案件。他说：‘一派胡言。我不会听这个教授继续说下去了。他摸了别人的胸，事实就是他摸了别人的胸。这个案子不需要教授的任何证词。教授可以回去了。’格莱克尔说：‘不，法官大人。这个案子有个更大的视角，即街头艺术的合法性，街头艺术能以剧院表演所不能的方式与观众互动。’格莱克尔说话时，法官一直都捂着脸，甚至他自己说话时，也捂着脸，生活中的一切都让他想掩面相对。他是对的。马尔克罗恩法官人不错，我想他了。他知道辩论双方的得分。但我的律师还在接着说，格莱克尔律师还在接着说。格莱克尔厌倦了受理有组织犯罪案，他有更大的抱负。我现在觉得他的辩论主要是说给《国家》杂志的记者听的。‘这是街头艺术所拥有的亲密感，’他说，‘是其独特之处。’‘听着，’马尔克罗恩法官说，‘他在大街上摸女人的胸部是为了引大家发笑或引人注意，是不是，孩子？’检察官有三个证人，警察的证词也对我不利，我们失去了教授的帮助，但还有那个女孩，我们有海伦·特朗布尔。她是张百搭牌。她竟然出庭了，这不常见。当下的局面是众人眼中的受害者在为加害者辩护。虽然格莱克尔说这个案子没有受害者，但实际上，要是有受害者的话，受害者也能为他所用，但检察官说并非如此，广大民众才是受害者。可怜的广大民众，受到了他妈的流浪者，也就是这个艺术家的欺骗。他说，如果这个家伙能在大街上做这种事，那孩子会觉得这种行为是被允许的，如果孩子觉得可以做这种事，他们就会觉得欺骗银行、强奸妇女、使刀子也是被允许的。如果七岁的孩子——那七个不存在的孩子现在变成了七个七岁大的孩子——觉得这很有趣，觉得对陌生女人这么做是可以的……”

“那个女孩怎么样呢？”米歇尔问，“她出庭作证时。”

“你想她怎么样？”萨巴斯问她。

“她怎么承受得了啊？”

“她是个中产阶级女孩，一个莽撞、了不起、叛逆的女孩，但一旦上庭作证，你觉得她会如何承受呢？她非常害怕。第一一六大街和百老汇大道是年轻人的世界，在那儿她是个有胆有识的好孩子，但这儿是法庭，警察、检察官和法官结成了联盟……这是他们的世界，他们彼此信任，你得瞎了才看不出这点。所以她是怎么作证的呢？声音里透着恐惧。去那儿是为了帮我。那个大房间四面高墙，墙上的木板上还刻着大大的‘为人民伸张正义’。她一进去就害怕了。”

“黛比。”米歇尔说。

“女孩作证说她没有尖叫。药剂师说她当时尖叫了。女孩说她从头到尾都没有尖叫。‘你是说一个男人在曼哈顿中心像这样摸你的胸部，你却没有尖叫吗？’看，把她说得像个妓女，那就是他的目的，那个黛比，”萨巴斯说，他完全是故意把她说成黛比的，还装出一副完全意识不到错误的样子，“是个妓女。”没有人纠正他。“‘你在曼哈顿中心被男人摸胸的概率有多大？’‘从来没有。’‘当时你是惊讶？恼怒？震惊？还是？还是？’‘我没注意。’‘你没注意？’这个孩子紧张得要命，但她还在坚持。‘那是游戏的一部分。’‘你通常会和男人在大街上玩摸胸的游戏吗？跟你不认识、从没说过话、连脸也看不见的男人在大街上玩摸胸的游戏吗？’‘但他说我尖叫了，’黛比说，‘我一直没有尖叫。’”

“海伦。”诺曼纠正说。

“特朗布尔，”萨巴斯说，“海伦·特朗布尔。”

“你刚才说的是黛比。”

“没有，我说的海伦。”

“这不重要，”米歇尔说，“她后来怎么样了啊？”

“嗯，为了对付她，他真的下足了功夫。为了圣约翰大学的前辈，为了他的警察父亲，为了道德，为了美国，为了斯佩尔曼红衣主教，为了梵蒂冈，为了耶稣、圣母马利亚、约瑟夫以及马厩里的那帮人，为了马厩里的驴和牛，为了那些智慧的人、没药、乳香，为了天主教那一帮受贿的混蛋，他妈的我们每个人真是长见识了，那个圣约翰大学毕业的小伙子真的是把黛比的屁股都踢烂了。他对她非常残忍，用各种操蛋的方法踢她。我只是在大街上捏了她的乳头，但那个家伙直接对准了她的阴部。记得吗？是的，我记得，诺姆。一次真正的阴部切除，我第一次有幸目睹。他就这么把她那小小的阴部展露在公众面前，在写着‘为人民伸张正义’的地方，然后法官、警察和药剂师将它吃干抹净。是的，他确实让她崩溃了。‘你以前去教室上课时也将胸部露出来吗？’‘没有。’‘你在布朗克斯科学高中读书、来巴纳德成为艺术自由的捍卫者之前，有人在布朗克斯科学高中其他学生的众目睽睽之下摸过你的胸吗？’‘没有。’‘那些学生中有你的朋友吧？在朋友面前做这种事没有在满街陌生人面前做那么尴尬吧？’‘是的，不是。我不知道。’哦唷，这轮马厩里的那帮家伙得分。他终于让她渐渐想起自己或许是错的。‘你以前在第一一五大街、第一一四大街、第一一三大街时露出过胸部吗？……那些正在观看表演的孩子怎么办呢？’‘那儿真的没有孩子。’‘听着，你站在这儿，这个人在那儿表演。整件事就只有一分半钟。那段时间里，你看到身后有人走动吗？看到还是没看到？’‘没。’‘当时是中午，正是孩子们的午饭时间。那儿有音乐学校的学生，有私立学校的学生。你有弟弟或妹妹吗？’‘有，弟弟妹妹都有。’‘他们多大？’‘一个十二岁，一个十岁。’‘你的妹妹十岁。在有几十辆车经过、成百上千的行人经过的第一一六大街和百老汇大道上，在众目睽睽之下，你允许一个陌生男人对你做这样的事，如果你十岁的妹妹知道了，你会怎么想呢？你站在那儿让这个男人捏你的乳头。你觉得把这件事告诉你妹妹怎么样？黛比试图厚着脸皮回应：‘我不介意。’我不介意，多勇敢的女孩！如果现在还能找到她，如果她愿意的话，我会在第一一六大街和百老汇大道为她舔鞋底。我不介意。当时是一九五六年。‘如果他对你妹妹也这么做的话呢？’听到这话时，她直起了背。‘我妹妹才十岁。’她说。‘你把这件事告诉你妈妈了吗？’‘没有。’‘告诉你爸爸了吗？’‘没有。’‘没有。你之所以为他作证，并不是为他感到遗憾，是不是？不是他的行为是对的，是不是？是不是？是不是，黛比？’嗯，现在她已经在哭了。他们做到了，他们已经做到了，他们有力证明了这个女孩是个妓女。我抓狂了。因为这桩案子主要的谎言就是现场有孩子。就算真的有又怎样呢？我站了起来大叫道：‘如果有那么多孩子，为什么没有孩子出庭作证！’但检察官喜欢我这么大叫。格莱克尔努力让我坐下。检察官用听起来非常神圣的声音对我说：‘我并没打算把孩子们拖到法庭上，将这件事暴露在他们面前。我不是你。’‘去你的，你不是我！如果有孩子在附近，他们该怎么做呢？去死吗？这是表演的一部分！’嗯，我就那么叫着，并不比那个女孩表现得多好。她哭着离开了，法官问还有没有其他证人。格莱克尔说：‘法官大人，我想开始总结陈词。’法官说：‘不需要，这个案子没那么复杂。如果这家伙在大街中央跟她做爱，也是艺术吗？你是这个意思吗？且因为这在莎士比亚和《圣经》中都有先例，所以我无法判罪，是吗？得了吧。即使她同意，你又怎么划清艺术和在大街上做爱的界线呢？’所以我被判有罪。”

“什么罪？”米歇尔问，“前面提到的所有罪名吗？”

“不，不，行为不检和猥亵，在大街上表演猥亵。”

“到底什么是‘行为不检’啊？”

“我就是。每项罪名，法官至多可以判我一年，可以随便把我关到什么监狱里。但他不是坏人。那时已经下午四点了。他放眼看了下法庭，还有十二个案子要审理，或二十个，他非常想回家，想喝酒。他的神情让人觉得下一口酒还在离他四百英里开外的西南方。他脸色不太好。那个时候我还不了解关节炎。如今我的心也向着他。他全身都有关节炎，疼痛把他逼疯了。但他还是对我说：‘萨巴斯先生，你以后还会这么做吗？’‘法官大人，这是我赚钱生活的方式。’他捂了下脸又给了我一次机会。‘你以后还会再犯吗？如果不送你去监狱的话，我想要你给我个承诺，承诺以后不会这么做，不会随便乱摸。’‘我无法承诺。’我说。圣约翰大学毕业的那位冷笑了一下。马尔克罗恩说：‘如果你的意思是你有罪且以后还会再犯，我要关你三十天。’这时那位美国公民自由联盟的律师杰瑞·格莱克尔在我耳边低语说：‘说你不会这么做了，去他的，只要说出来就没事了。’杰瑞倾过身子说：‘去他的，快说出来，我们好离开这儿。’‘法官大人，我以后不会这么做了。’‘你以后不会这么做了。那太好了。关三十天，缓期执行，罚款一百美元，立即缴清。’‘我没有钱，法官大人。’‘什么意思，你一点钱也没有吗？你请了律师，你花钱请了律师。’‘不是，律师是美国公民自由联盟提供的。’‘法官大人，’杰瑞说，‘我会交这一百美元，我会缴清这一百美元，让我们都回家吧。’走出法庭时，圣约翰大学毕业的那位从我们身边经过，说了一些话，说了些只有我们听得见的话：‘你们中有人会去干那个女孩吗？’我对他说：‘你是说我们犹太人吗？我们都去，我们都去干那个女孩。甚至我年老的祖父也能去，我们的拉比能去。每个人都能去，除了你这个从圣约翰大学毕业的。你只能回家干你老婆，那就是你的刑期，你的刑期就是干一辈子玛丽·伊丽莎白，而她崇拜的却是她的修女姐姐。’这么一来，冲突爆发了，但幸运的是，冲突被林茨、诺姆和格莱克尔及时制止，又花了一百美元，格莱克尔帮忙付了，后来林茨和诺姆帮忙把钱还了。总之我幸运地免于受罚。审判席上没必要坐着像启蒙运动哲学家一样的马尔克罗恩法官。本可以由萨伏那洛拉[①]来审判我。”

我确实有，萨巴斯想。三十三年之后，我让萨伏那洛拉穿得像个日本女人一样。海伦·特朗布尔，凯西·古尔斯比。萨伏那洛拉们摧毁了她们。他们不想让我把脚放在她们或者任何人的脚上。他们想让我的脚与棺材里的林茨一样，什么也碰不到，摸上去是死的。

萨巴斯一秒也没让她的脚闲着，距离近得像是在性交！他的表演从头到尾一次也没让她分心。与诺曼不同，她听萨巴斯的故事听得津津有味，哪怕萨巴斯每次都将海伦说成黛比，她连愣都没有愣一下；为投她所好，他还稍微描述了舔那个女孩的脚的场景。她就在他旁边，从大街上的闹剧到马尔克罗恩法庭外面操场上的终曲，她都在他身边，笑声连连，响亮饱满，笑声中一半是世俗的幸福，一半是野性的痛苦。她像李尔王一样思考着：“让交媾的事繁盛起来吧！”[②]她正寻思（萨巴斯如是想），如果同这个让人恶心的怪胎狼狈为奸的话，那么也不失为一次机会，还可能让她那些旧癖好和那一对下垂的乳房派上用场，让不可避免的正派作风，自然还有死亡的无趣，接受以前那绘声绘色的生活方式的最后一回迎头痛击。林茨看上去确实无聊，人不错，有点嫉妒心，很无聊。不要责备我，德伦卡，你会立刻这么做的。这是

① Girolamo Savonarola（1452—1498），意大利基督教宣教士、改革家和殉教士。
② 出自《李尔王》第四幕第六场。

我们为之献身的罪恶。我很快就会变得同你和林茨一样无聊。

大家都很早回房准备睡了。萨巴斯知道不能马上就动黛比的东西。果然，收拾好晚饭的碗碟，大家互道晚安后才十分钟，诺曼就来敲他的房门，送了件浴袍，还问他想不想在他们把上周日的《时报》[①]扔掉之前再看看。报纸大部分版面都压在他的手臂下，萨巴斯决定收下它们，这样做也没有其他目的，仅仅让诺曼自欺欺人地认为客人可以借助周日报纸上的烂文章入眠，萨巴斯觉得诺曼很愿意这么想。这种想法也许最可信，但萨巴斯有个更好的主意。"我上次看周日的《时报》已是三十多年前了，"萨巴斯说，"今天看看也未尝不可。""你那边买不到纽约报纸吗？""那边什么也没有。如果我读了纽约报纸的话，那也得吃百忧解了。""那周日早上怎么也能吃到个贝果吧？""每天早上都可以。过去很长一段时间，我们那儿都没有贝果，是全美国最后几个没有贝果的地方。但现在，只有阿拉巴马州的某个县在公投时给贝果投了否决票。我相信这些可怜的异教徒在美国任何地方都躲不开贝果，贝果到处都有，像枪支一样普遍。""所以米奇，你不看报纸吗？真无法想象。"诺姆说。"当我发现报纸上每天都有一则关于日本奇迹的新故事时，就不再读了。我受不了照片里那些穿西装的日本人。他们自己的小制服去哪儿了呢？一定是为了拍照，迅速换了身衣服。我一听到日本这个词，就伸手去抓我的'热核装置'。"听到这些，诺曼本该放他回去收拾了，但他没有，萨巴斯话说过头了，诺曼又担心起来。他们还在黛比的房间门口，萨巴斯看得出来，诺曼即使很累，也要进屋跟他谈谈，也许又是关于去找格雷夫斯的事。那家伙叫格雷夫斯。萨巴斯请求葬礼之后先不去看格雷夫斯医生，还说会考虑改天再去。"我知道你在想什么，"萨巴斯立刻说，"你在想我是如何知道新闻

---

① *Times*，指《纽约时报》。

的，从电视上吗？不，没法儿从电视上知道。电视上也有日本人。满屏幕都是日本佬在选举，日本佬在买卖股票，日本佬甚至还和我们美利坚合众国的总统握手！富兰克林·罗斯福正在他的墓穴里像个原子陀螺一样转个不停。不，我宁愿活在没有新闻的世界里。我很久之前就知道了所有我需要知道的与那些混蛋相关的新闻。他们的繁荣不利于我理解公平竞争。日经指数正不断上涨。我可以很自豪地说，涉及种族仇恨的问题时，我能保持头脑清醒。尽管遇到了很多麻烦，但我一直知道深切的仇恨是生活中重要的东西，这是我剩下为数不多的会严肃对待的事情。有次在我妻子的建议下，我试着一周都不怀仇恨，那几乎要了我的命。对我而言，那是一周的精神磨难。可以说，对日本人的痛恨主导了我人生的方方面面。当然，在纽约，你们纽约人喜欢日本人，他们供给你们生鱼，生鱼片大拼盘。他们给我们的种族提供生鱼，仿佛我们是巴丹死亡行军①中的囚徒，别无选择，不吃就得饿死，我们种族的人吃了，既付钱又给小费。我不懂，战争结束之后，应该永远禁止他们捕鱼。你们在一九四一年十二月七日②那天失去了捕鱼权，你们这些混蛋。胆敢再捕一条鱼，哪怕一条，我们就给你们展示下军火库里的其他武器。除了他们，还有谁这么喜欢吃生鱼吗？你知道吗？他们的食人主义和他们的繁荣冒犯了我。天皇陛下，他们现在还有'天皇陛下'吗？他们还有他们的'光荣'吗？日本人仍然光荣吗？我不知道。由于某些原因，我只要一想到他们有多光荣，所有的种族仇恨就涌入脑海。诺曼，我已经需要忍受很多事，比如事业失败、身体畸形和个人耻辱。我老婆是个酒鬼，正在戒酒，去匿名戒酒会学习如何忘记说英语。我一辈子福薄，没有孩子；就算有孩子，孩子也不会幸福。重重失意。我还非得忍受日本人的繁荣吗？真那么

① Bataan Death March，指二战期间，日军针对美菲联军的虐俘事件。
② 日本偷袭珍珠港的日期。

做的话，可能会把我推向悬崖边缘，也许林茨的处境就是如此。日元对美元产生了什么样的影响，谁知道这有没有将他推向悬崖呢？这要了我的命。哦，我才不在乎它让我多么痛不欲生。当他们想把人炸得屁滚尿流时，会用哪个词呢？'给他们传达一条信息。'我想给他们传达一条信息，往他们的混账头上再多添一丝恐惧。他们是不是还深信用武力解决事情呢？是不是还受扩大领土需求的鼓舞呢？""米奇，米奇，米奇，哇哦，慢点，慢点，冷静，米克。"诺曼乞求道。"他们那混账旗帜还在吗？""米克。""回答我。我在问一个读《纽约时报》的人问题呢。你读'一周新闻回顾'上的报道。你看彼得·詹宁斯主持的节目。你关注时事热点。他们还在用那面旗帜吗？""在，他们还在用。""好吧，他们不应该有旗帜。应该禁止他们捕鱼，禁止他们使用那面旗帜，不应该让他们过来跟任何人握手！""孩子，今晚你一刻都没停过，"诺曼说，"你是……""我没事，我就是向你解释我为什么不关注新闻。简单来说，就是因为那些日本佬。谢谢你给我这些报纸，谢谢你安排的一切，晚饭、手帕、钱。谢谢你，兄弟。我要睡了。""是该睡了。""我会的，累极了。""晚安，米克，慢慢来，好好睡一觉。"

睡觉？他怎么还睡得着啊？它们就在那儿。萨巴斯把那堆报纸扔到了床上，除了商业版，其他都从中间滑了出来。它们就在那儿！大大的标题占满整个版面，只空着一栏：《日本堡垒的实际管理者》。那就能激怒你！日本堡垒！下面印着"商业噩耗：首相离职，官僚尚存"。标题，照片，一段接一段让人恼火的文章不仅主导了商业版面，还蔓延开来，占用了第八版的大部分版面，第八版上有张图表，边上有张日本人的照片，那条以"日本堡垒"结尾的标题又出现了一次。头版上有三个日本人，都是独照，他们都没穿小制服，都穿西装打领带，假装是爱好和平的普通人。他们身后摆着办公室的大模型，好让《时报》的读者认为他们像人类一样在办公室工作，而不是他妈的开着零式战斗机飞来飞去地征服世界。"他们三个是全日本近百万公务员中一万一千个思维敏捷、勤奋工作的精英代表，他们监管的可能是管制最严格的经济……”这是某张照片底部的说明文字。萨巴斯简直不敢相信。由说明文字可知，照片中的日本人“说他被美国谈判代表烧坏了……”烧？他的皮肤被烧了吗？烧了多少啊？莫迪全身百分之八十都是烧伤，美国谈判代表烧了那狗娘养的家伙多少啊？在我看来，他没怎么烧伤，一点烧伤都看不到。我们该找到那些知道如何在这些混账身下点火的谈判代表，多提供点柴油给他们！“哪儿出了问题呢？日本官员说美国已经提了太多要求……”哦，你们这些混蛋，肮脏、狂热的帝国主义分子，混蛋日本人……

门外有人敲门，一定是他说话声音过大引来的。他打开门，想再次向诺曼保证自己没事，只是在读关于日本的报道，这时他看到米歇尔站在门口。晚饭时，她为了显得瘦小些，身穿黑色紧身裤和一件仅到大腿处的小天鹅绒锈色窄款上衣。是想唤醒我内心的什么幻想吗？还是她在向他展示原本的自己：我是侠盗罗宾汉，我劫富济贫。不管怎样，她现在已经换了身衣服，变成穿着和服的耶稣，和服上满是花朵，袖子宽大，拖到脚边。报纸上对日本堡垒的卑劣的赞歌激起了他内心的憎恶，但这憎恶感瞬间被看到米歇尔的兴奋感所吞噬。和服下面似乎只有她的个人履历。她把头发剪成男孩的样子，他很喜欢。她有一对丰乳，一头男孩般的短发，眼旁是尽显疲惫的皱纹，与之前那个中央公园西部彼得·潘的形象相比，这更牢牢地抓住了他的心。现在她散发着法国女人的魅力。你可以在巴黎、马德里和巴塞罗那那些真正品位极高的地方遇到这种女人。我一生中遇到过几次，在巴黎还有其他地方，我遇到了我钟爱的女人，把电话号码和地址给了她们，还说，“什么时候来美国，来找我”。我记得有个女人说她正打算四处旅游，从那以后我一直在等那个婊子来找我。诺曼在晚饭前告诉他米歇尔的家人实际上是法国人。她婚前姓布歇。她现在看上去也像个法国人，但是在那些下流的照片中，她的头发向后梳得紧紧的，身体瘦弱，却又没到枯瘦如柴的地步。在他眼里，以前的她像某个有钱的犹太丈夫养在峡谷牧场里的卡门。那些住在雷诺克斯温泉疗养院的中年节食者厌倦了一盘要价一百美元的豆腐后，便不时前往马达马斯卡瀑布参观印第安人遗址。大概十年前，他曾试着勾搭两个大老远从峡谷牧场开车来午后观光的女人。但在游戏的早期阶段，当他主动提出担任向导，带着她们沿瀑布前往那条马达马斯卡人用葫芦迎接少女进入神圣仪式的山脊时，她们在人类学上的无知便暴露无遗，随后开车离开了。“这不是我的主意，”他在她们的奥迪车后喊道，“是他们的主意，那些北美原住民！”他会像期待那个婊子的消息一样期待她们二人的回应。

但站在这儿的是曾经的少女布歇，是新泽西州的柯莱特，浑身上下散发着厌倦。她不爱她的丈夫，所以做了个决定，穿上了和服。一点都没有日本人的感觉。这是当下她能找到的可以蒙混过关的最羞耻的衣服。她很聪明，他看到了她放内衣的抽屉，知道她能做得更好，也知道她会那么做。人生道路可以在一夜之间改变，这不是很厉害吗？他永远不会主动放弃对做爱的惊人狂热，永远不会。

她说刚才忘了把善胃得的处方给他，现在给他送来。倘若他手痛到拿不了刀叉、开不了车、系不了鞋带、擦不了屁股，那就要吃扶他林来减缓疼痛，但扶他林的副作用是胃疼和腹泻，这时善胃得就能派上用场。要是他有钱的话多好啊，就能出门从那一万一千个思维敏捷、勤奋工作的日本精英代表中雇个富于进取的来帮他擦屁股。“精英代表”，这些开明的报纸可真会用词。我应该开始读读《时报》。我帮助英语学，好让我不再被美国人烧。[①]我哥哥的腿是两根烧焦的木柴。就算他还活着，也是没有腿的，阿斯伯里高中缺了腿的径赛之星。

药物和疼痛。吃爱道美来控制血压，吃善胃得来抑制胃酸分泌，

---

① 原文用了模拟日本人发音的单词，译文用与日语一致的语序。

从A吃到Z[①]，然后你就死去。

“谢谢，”他说，“之前从来没从穿着和服的医生手里拿过处方。”

“由于商业上的明争暗斗，我们这个时代已经失去了很多。”她应道，非常配合地模仿艺伎鞠了个躬来取悦他，“诺曼觉得你可能想把那些裤子送去干洗。”她指了指他的灯芯绒裤子，“还有那件夹克，那件厚呢方格短大衣，还有那件带口袋的古怪的衣服。”

“那件绿色的鱼雷[②]。”

“是的，也许那件绿色的鱼雷也该洗一洗。”

“你现在就想拿走这些裤子吗？”

“萨巴斯先生，我们不是孩子了。”

他退回到黛比的卧室，急急忙忙脱掉裤子。诺曼的天鹅绒浴袍色彩鲜艳，长及脚踝，腰带长到可以上吊自杀，还在地毯上，被他扔在夹克旁边。他裹着浴袍回到米歇尔面前，把脏衣服递给她。拖在身后的浴袍像件长裙。诺曼有六英尺两英寸高。

她接过衣服，一句话也没说，她完全能表现得神经质一些，但却丝毫没有显现出来。过去几周，这些裤子用得很频繁，它们充实的生活甚至会让普通人感到精疲力竭。旧裤子的臀部部位宽松肥大，似乎他曾受到的所有侮辱都收集和保存在那里，裤脚上沾着从公墓带出来的泥。他脱衣服时还有那么一瞬间担心过她会厌恶这些旧裤子，然而她并没有。当然没有，她整天都跟脏东西打交道。诺曼之前跟他讲了她工作上的传奇故事。流脓、牙龈炎、牙龈肿胀，肮脏的口腔一个接一个。她的专长是处理脏污。她的工作就是用工具处理掉脏污。吸引她的不是诺曼，而是脏污。刮刮牙垢，刮刮牙冠……身穿和服的米歇尔如此迷人，手臂下夹着他那堆脏衣服。她那男同性恋式的短发恰如

① “爱道美”（Aldomet）以A开头，“善胃得”（Zantac）以Z开头。
② Torpedo，知名户外运动品牌。

其分地给整幅邋遢的画面增添了一丝变性的俗艳感。他愿意为她杀人。杀掉诺曼，把他从他妈的窗户旁推下去。家里的果酱全是我的。

好，假设现在就是如此。月亮高高挂在空中，不知从哪儿飘来了音乐，诺曼已经死了，只剩下我和这个穿着印花和服的美男子。我错过[1]了和男人睡觉的机会。油轮上那个内布拉斯加州的家伙给了我很多书。叶芝、康拉德、奥尼尔。如果我同意的话，除了教我该读什么书，他还可以教我更多东西。想知道那是什么感觉，问问她，她会告诉你的。除男人外，女人是唯一操男人的人。

"你为什么喜欢打扮成这样啊？"她拍着他那些脏衣服问。

"还能穿成什么样呢？"

"诺曼说你们年轻时，看到你简直都想死。他说林茨过去常说：'萨巴斯的身体里住着一头公牛，干劲十足。'他说大家的视线都离不开你，你是一股力量，是一个自由的灵魂。"

"他为什么这么说呢？是为自己请了个没人会当回事的无名小卒来家吃晚饭找理由吗？我极度自私，品行恶劣，浑身上下都与理想价值背道而驰。你们这个社会阶层的人，谁会把我这种人当回事呢？"

"你非常能言善辩。"

"我很早就知道，一旦知道我能说会道，人们往往更容易忽略我矮小的身材。"

"诺曼说你是他遇到过的最聪明的小伙子。"

"告诉他没必要这么说。"

"他崇拜你，现在仍然对你有强烈的好感。"

"嗯，好吧，很多受过良好教育的人都仰慕真正体验过生活的人，很正常。我出过海，去过罗马，睡过来自各个大陆的妓女，当时那还算值得称赞的成就。我展示给他们看了，我逃脱了中产阶级的束缚。受

① 原文miss有"想念"和"错过"双重含义。

过教育的中产阶级钦佩那些逃离中产阶级桎梏的人，这能唤醒他们大学时代的理想。我因为在大街上让女人露出乳房而被《国家》杂志连续报道了一周，成了他们心中高贵的野蛮人。现在，只要一想到我做过的事，他们就巴不得割掉我的睾丸，但当时，我的所作所为让我成了所有为人正直的人心中的英雄。异端，特立独行，对社会是个威胁，太棒了。我敢向你保证，就算是现在，纽约那些有教养的百万富翁仍然对厚颜无耻的人感兴趣。当时，林茨、诺姆和他们的朋友们只要提到我的名字就会无比激动，有一种违法的自命不凡感。对他们而言，认识一个在大街上让女人露出乳房的木偶艺人，就像认识一个拳击手，就像帮助一个罪犯发布他的小奏鸣曲。更有趣的是，我还有个疯狂的年轻妻子，她是个演员。我们夫妻俩——米克和尼克[1]——是他们最爱的病态夫妇。”

“她人呢？”

“我杀了她。”

“诺曼说她消失了。”

“不，我杀了她。”

“你为这出戏付出了多少代价？又有多少戏份是你切实需要的呢？”

“我还有其他出路吗？如果你知道其他出路的话，告诉我。没有什么愚蠢的行为吸引不了我，我还有其他戏可演吗？”他的话语中带着一点伪装出来的愤怒，这“切实”是个下流手段。

她看上去一点都没被吓到，拒绝让步，他很喜欢这一点，很不错，她被她丈夫调教得很好。然而，她还是抑制住了脱掉和服的想法。时机未到啊。

“为了不让自己成功，”她说道，“你什么都做。但为什么这么做呢？原始的情感，下流的语言，规整复杂的长句。”

---

① Nikk，尼基的昵称。

“我不喜欢循规蹈矩,如果你是那个意思的话。”

“我不完全相信。虽然米奇·萨巴斯很想成为萨德侯爵,但他终究不是。你的声音里没有那种堕落的东西。”

“萨德侯爵的声音里没有,你的声音里也没有。”

“你从不想着取悦别人,”她说,“常常忘乎所以。你是怎么做到的呢?”

“你是怎么做到的呢?”

“我吗?我无时无刻不在取悦别人,”她答道,“自出生以来,我就一直让别人开心。”

“哪些人?”

“老师、父母、丈夫、孩子、病人,所有人。”

“情人呢?”

“是的。”

现在。

“取悦我,米歇尔。”他说着抓住了她的手腕,企图把她拉进黛比的房间。

“你疯了吗?”

“来吧,你读过康德的,‘要这样行动,就好像你的行为准则应该通过你的意志成为普遍的自然法则一样’。来取悦我吧。”

常年刮污除垢让她的手臂强壮有力,而他已经不再拥有水手的手臂,连木偶艺人的都算不上。他拉不动她。

“吃晚饭时,你为什么一直压着诺曼的脚啊?”

“没有。”

“压了。”她笑着低语。那个笑声,那个笑声,仅是那一波笑声就妙极了!“你跟我丈夫勾脚调情,我觉得你需要解释下。”

“没有。”

现在,她完全放弃挑逗。她轻声说话,因为二人就站在走廊里,离她夫妻二人的卧室不远，但她的笑声中夹杂着矛盾与纠结，盘根错节。“有，有。”和服，低语，短发，笑声，时间过得如此之慢。

“进来。”

“别发疯。”

“很棒，你是个很棒的女人，进来吧。”

“你总是不停地越界，”她说，“但即使很痛苦，我也坚定地保卫我的生活。”

“诺曼是怎么说我的脚的啊？他怎么没把我扔出去呢？”

“他觉得你精神崩溃了，他觉得你疲惫不堪，他觉得你不知道自己在做什么，也不知道为什么要那么做。他想让你去看心理医生。他说你需要帮助。”

“米歇尔，你跟我想的一模一样，甚至比我想的还要好。诺曼把你的事都跟我说了。清理上牙的第三颗臼齿时，你就像在帝国大厦顶端擦窗子。”

“你也可以给口腔来个全面检查。查查齿间的乳头状突起啊？牙齿间向前突出的那一点点肉？红红的，肿了。可能需要进一步检查下。”

“那进来吧，拜托了。检查一下乳头状突起和下臼齿。拔出来，你高兴怎样就怎样，我想让你开心。我的牙齿、牙龈、喉咙、肾，如果能让你开心，你也喜欢的话，就拿去，都是你的。简直不敢相信我玩的是诺曼的脚，触感还不错。他当时怎么不说句话呢？他为什么不钻到餐桌底下把我的脚拿开，放到该放的地方呢？我以为他是个热情的主人，我以为他对我满怀热情呢。但他一声不响地坐在那儿，没让我的脚放在我想放的地方，他完全知道我想把脚放在哪儿。在他的餐桌上，我是受邀而来的客人。我又没有求他让我在这儿吃饭，是他请我来的。他让我感到吃惊。我想要的是你的脚。”

“现在不行。”

“你没发现英语中最简单的一句话能让人如此难以忍受吗？‘现在不行。’再说一遍。像对待一坨屎一样对我，像锻钢一样肆意淬砺蹂躏我……”

“冷静，控制住自己，别吵了，求你了。”

“再说一遍。”

“现在不行。”

“那什么时候呢？”

“周六，周六来我办公室。”

“今天周二。周三、周四、周五，不，不行，当然不行。我已经六十四了，周六太晚了。”

“冷静。”

“如果耶和华想让我冷静的话，他就不会让我生为犹太人了。不行，就现在。”

“不行，”她轻声说，“周六来，我帮你做牙周检查。”

“那好吧。现在你多了一个顾客，周六，好的，太好了。你怎么做检查啊？”

“我有专门的工具，用工具戳你的牙周，进入牙龈的夹缝中。”

“接着说，接着说，说说那些工具是干吗用的。”

“非常精巧，你不会疼。它修长扁平，大约一毫米宽，十毫米长。”

“你用的是米制度量法。”德伦卡。

“我只有在牙科领域才用米制。”

“我会流血吗？”他问。

“一两滴而已。”

“然后就完了吗？”

“天呐……”她说着就把额头向前伸去，靠在他的额头上，靠了一会儿。那一瞬间是独一无二的，在一整天、一整周、一整月甚至一整年里都是独一无二的。他冷静了下来。

“怎么会这样，”她问道，“我们怎么这么快就走到这一步了？”

“因为我们活了大半辈子了，知道不能永远四处乱搞。”

“可你是疯子。”她说。

“是吗，我怎么不知道。一个巴掌拍不响。”

“你做了很多大部分人都不做的事。”

“我做了哪些你没做过的事啊？”

“表达自己。”

“你不表达自己吗？”

“几乎不。你有着老人的身体，过着老人的生活，拥有老人的过去，却又有两岁孩子的直觉。”

什么是幸福？就是她这个实实在在的存在，她这个混合物。她的风趣、勇气、精明、脂肪组织、沉溺于浮夸用词的奇怪兴趣、记录生活的笑声、对包括肉欲在内的所有事情的责任感，她是个有名望的女人。嘲笑，厮混。她有能力，也喜欢暗中行事；她知道暗地里的事胜于明面上的事；她保持着冷静的姿态，这种冷静便是她性自由最纯粹的表达方式。对她所说的话心领神会，了解她对时间流逝的恐惧……一切都非得要在她后面吗？不！不！米歇尔冷漠又抒情地自言自语道：不，我说不，我不要。

“通奸这事儿不好干，”他低声对她说道，“最主要的是你得清楚你想通奸，剩下的都是次要的。”

“次要的。”她叹了口气。

“天呐，我喜欢通奸，你不喜欢吗？”他伸出那双残废的手去摸她的脸，用中指在她的领口撩着男孩般的短发，就是那根曾经让他被捕的手指，那根用甜言蜜语让海伦·特朗布尔心灵受到创伤，或催眠了她或虐待了她的中指。是的，他们在一九五六年就搞清楚了，现在也很明白。“通奸缓和了艰难的人生，”他接着说，“我无法想象一个没有通奸的世界。反对通奸的人是残忍、无人性的，你不这么认为吗？他们的观点太他妈恶毒，太疯狂。给那个想出‘忠贞’一词的混蛋疯子再大的惩罚也不为过。要求人类肉体忠贞，这其中的残忍、可笑简直让人说不出口。”

他再也不会让她走远，在这儿的是德伦卡，只不过说的是幽默迷人、悦耳动听、文采飞扬的英语，而不是为吸引老师享受他的游戏时那种激情满满却蹩脚的口头语。德伦卡，这就是你，只不过这个你来自新泽西州郊区，而非斯普利特。我这么肯定，是因为只有跟你在一起，我才有这么高潮迭起的兴奋感。这是你起死回生后的温暖的躯体！你走出了墓穴，下一个走出墓穴的将是莫迪。

接着，他没脱她的衣服，而是开始脱自己那六尺长、带着巴黎的标签的天鹅绒浴袍，让她看到他已勃起。他脱下浴袍后看起来像是旧漫画里的小国王。他们应该见见彼此。“看看这欲望之箭。”萨巴斯说。

她看了一眼就退缩了。“现在不行。”她又警告说。这句带有喘息声的话赢得了他的心，看她逃跑的感觉更棒。她像个贼一样，虽然跑开，但心里愿意，虽然跑开，但心里已准备好。

他有了活到周六的理由，一个新的合作对象代替了旧的。那个正在消失的合作对象对萨巴斯的生活不可或缺，否则这就不是他的生活。尼基无影无踪，德伦卡奄奄一息，罗莎娜醉生梦死，凯西起诉了他……他妈妈……他哥哥……要是他能不再替换他们，不再给他们分配不合适的角色就好了。自从上次失去后，他就一直在与恐惧周旋。他想，身为木偶艺人的他，甚至不用木偶，仅仅用几根手指就能操纵圆满的人生。

周六，他决定了，我们做个快速检查。她的牙科托盘上可不缺尖锐的东西，他会挥起一根刮匙，然后就这么结束了，如果这一切不能在别在地方终结的话。让探险开始吧，酒神狄俄尼索斯、贵族公牛、所有雄性生物精子的伟大创造者。我所期待的不是重新生活，那其中的兴奋早就不复存在，而更像是过去本尼在独奏《中国男孩》时克鲁帕对他说的："再来一次，本！再来一次！"

她是合作对象中的最后一人，假设她没有恢复理智，那就再来一次！

萨巴斯睡在黛比房间的第二个晚上，无需多说，在早晨的危机来临前，他满脑子想的都是妈妈和女儿，或想到其中一个，或同时想到两个。他中了诱惑者的魔咒，这个诱惑者的任务就是让大量的荷尔蒙睾丸素涌进男性的血液。

第二天早上，萨巴斯在黛比的浴缸里悠闲地洗完澡后，又在她的洗手间里很爽地排泄了一番。舒适的坐便器让他便意十足，他的排泄物稠密，大小适中，跟在病床上拉出来的不一样，而平时因为扶他林在肚子里翻江倒海，排泄物只会断断续续地流出来。他满心热忱地给洗手间留下了一大束形状鲜明、粗俗下流的花束。又活力四射啦！我有情妇啦！像包法利夫人和罗多尔夫一起在外骑马时一样，他感受到被征服感和不真实感。那些名著里的人物总是通奸之后就自杀了，而他无法通奸时才想自杀。

昨晚，他满心崇敬地摸遍了黛比衣服上的每一处针脚，那些针脚式样几十年后又重新装点了所有新衣服。他醒来后仔仔细细地把它们放回梳妆台和衣柜里，然后拖着沉重的步伐来到厨房，却发现欢乐时光已经结束。诺曼比平常出门晚，还待在家里，告诉萨巴斯吃完早饭就得离开。米歇尔已经上班去了，但她命令要立刻将萨巴斯赶出去。诺曼让他先吃早饭，吃完就离开。在萨巴斯让她送去洗的夹克里，米歇尔发现了一包强效可卡因，现在就放在诺曼面前的餐桌上。萨巴斯想起来了，那是他昨天上午在下东区的大街上买的，根本不为什么，开玩笑而已，因为毒品贩子让他很开心。

"还有这些，你裤子里的。"

这位父亲手上拿着他女儿的花纹内裤。那一整天，萨巴斯既兴奋，又困苦。他究竟什么时候忘记自己口袋里还有内裤的呢？他清楚地记得，葬礼上的悼词给人带来了阵阵欢笑，那两小时里，他一直在口袋里揉着这条内裤。谁不想这么做呢？人太多了，林茨最有名的朋友都是百老汇和好莱坞的大人物们，他们轮流回忆他的遗事。可想而知，场面话接连不断。两个儿子说完后还有女儿，他女儿是建筑师、律师和精神病院的社工。除了头发花白、身材矮胖的寡妇伊妮德，我谁都不认识，也没人认识我。一开始，伊妮德没认出他，他也没认出伊妮德。“这是米奇·萨巴斯。”诺姆向她介绍。他和萨巴斯确认了遗体的身份后就回到了接待室，伊妮德独自一人坐着，她家人也都在那儿。“他大老远从新英格兰开车来的。”“天呐，”伊妮德说着就抓住萨巴斯的手开始哭，“今天一天，我一滴眼泪还没流过。”她脸上带着无助的笑对萨巴斯说：“哦，米奇，米奇，就在三周前，我干了件可怕的事。”伊妮德三十多年没见萨巴斯，却要向他倾吐自己做过的可怕的事。因为他知道做坏事是怎么一回事吗？还是因为他身上发生过可怕的事呢？可能是前者。我把手伸进口袋，边揉捏着里面的真丝内裤边痛苦地听着每个悼念者对着棺材的颂词，听他们描述这位自杀者的滑稽动作，他多爱跟孩子们一起玩，多么受孩子们欢迎，他古怪的性情多么惹人喜爱、令人愉快……接下来，那位年轻的拉比开口说话。让我们从不幸中看到美好。拉比花了半个小时向我们解释如何做到那一点。林茨并没有真的死去，我们心中的这份爱还在继续。对的，对的。但当我向打开的棺材问：“林茨，晚上想吃什么啊？”没人回答我。这也证明了点什么。站在我旁边的家伙口袋里没有内裤，无法缓解痛苦，无法抗拒这反神职的洞见。“以我的品位，他表演得有点娘气。”“我想，他是在试镜。”我回答说。他喜欢我的回答，对我低语道：“就算以后再也见不到他的话，我也不介意。”我以为他指的是拉比，回到大街上后才意识到他说的是逝者。一个年轻的电视明星猛地站了起来，黑色的紧身连衣裙尽显她的优美线条，她微笑着让大家手牵手默哀一分钟来缅怀林莰。我握着边上那讨厌鬼的手，不得不把另一只手从口袋里拿出来。我就是那时候把内裤忘在那儿了！林莰脸色苍白，他的遗体有点发青。接着，我那令人厌恶的手指紧扣着伊妮德的手指，听她倾吐她做的那件可怕的事。“我再也受不了他的颤抖，我打了他，我用书砸他，大声喊‘别抖了！别抖了！’他有几次能停下来，他会拼命忍住，这样就不抖了。他会伸手给我看看。但如果他真的停下不抖的话，那他也就什么都做不了了。他的全身器官都用在停止抖动上。结果就是他说不了话，走不了路，回答不了最简单的问题。”“他为什么会抖呢？”我问她，因为就在今天早上抱罗莎时，我自己也在抖。“可能是药物原因，”她说，“或者是恐惧。他能够吃饭睡觉后，医院就让他出院，医生说他没有自杀倾向了。但他还是很忧郁，常常担惊受怕，动不动就发疯，而且还有手抖的毛病。我没法继续跟他住一起，一年半前我让他搬到附近的公寓去住，每天给他打个电话，但我去年冬天三个月都没去看他。他打电话给我，有时一天打十个，问我过得怎么样。他害怕我病了，害怕我消失了。他看到我时会突然哭起来。他总是家里最爱哭的那个，但这又是另外一回事了，这是他极端无助的表现。他因痛苦和恐惧而哭泣，从来没停止过。但我依然认为他会好起来的。我觉得总有一天他会变得跟以前一样，会把我们都逗笑。”“伊妮德，你知道我是谁吗？”萨巴斯问，“你是在向谁倾诉啊？”但她根本没听到他的问题，萨巴斯明白了，她逢人就倒苦水。他碰巧只是最后一个进接待室的。“他住院的那三个月里跟很多疯子待在一起，”她说，“但在医院待了一周后，他就有了安全感。第一个晚上，他们让他睡在一个快死的人旁边，他吓坏了。接着他们又让他跟另外三个非常古怪的人住一起。他住院的最后一段日子里，我带他出去吃过两次午饭。此外他从未离开过医院。窗户装了铁条，防止病人自杀。看着他那张脸隔在装着铁条的窗户后，他等着我们去……”她跟他说了太多，两个人的手也一直握着，以至于他最后忘了自己一直拿着不放的东西还在口袋里。晚饭时，他就开始讲他自己的故事。

所以那天晚上，她的欲望和不忠还是被谨慎和远见打败了，也就是被她的理智打败了。那就是发生的一切。不能怪伊妮德，也不能怪她嫉妒孩子。如果她想周六时检查他牙龈上的乳头状突起，他从孩子那儿偷来的那些内裤只会让她更有兴致。她会穿上那些内裤，会为他穿上黛比的衣服。她之前就那么做过，还为他做了很多其他事。但现在她因为这些内裤而赶他走，在他毁掉她所拥有的一切之前赶走他。这些内裤是在告诉他她内心坚定，如果他敢再施压，就会有一个比阿布拉莫维茨警官更机智的权威人士来制伏他。这不是因为内裤，不是因为强效可卡因，甚至也不是因为那件绿色的鱼雷，而是因为萨巴斯这个人。他也许还能讲讲故事，否则他一点诱惑力都不剩了，即使给她看的勃起的下体也没有吸引力。他拼尽全力，但剩下的东西都让她觉得恶心。虽然她举止粗鲁，名声不佳，为人狡猾，婚姻处于半疯狂状态，但还没绝望到不可收拾的地步。她的不忠是再正常不过的自然而然的行为。她是个微不足道的背叛者，背叛行为时刻都在发生，那样的背叛萨巴斯现在闭着眼睛都能做到。那对他而言不是重点。他在旋转；他想死去。米歇尔内心足够平静，可以做出理智的决定。那剂能让生活重获魅力的令人发狂的麻醉剂不是我。随处逛逛，如果嗅到另一个人，一个不像我这样到处招摇瞎混的废物，她会过得更好。他以为自己将要饱餐一顿了，又到了爆发的时刻。你个巨婴，你仍然可以相信这会永远持续下去，也许现在你能把究竟发生了什么看得更清楚。好的，让这一刻来临吧。我知道会发生什么，让它来吧。

吃完早饭就走。这是奇迹发生的时刻。结束了。

“你怎么能拿黛比的内裤呢？”诺曼问。

“问题该是我怎么不能。”

“你抵抗不住。”

“这话听起来真奇怪。从头到尾哪有抵抗？我们讨论的是热力学。热是一种在水分子上发生作用的能量。我六十四岁，她十九岁，这再自然不过。”

诺曼穿得像个精致生活的行家，而他也确实是个行家。他身着双排纽扣条纹西装，戴紫褐色丝绸领带，胸前的口袋里插着风格相似的手帕作装饰，淡蓝色的衬衫口袋上绣着字母NIC[①]。除了衣着，还有特点鲜明的脸庞，黑色的眼睛十分温柔，脸型瘦长，充满智慧，甚至连快要谢顶的脑袋，都彰显着他的高贵。他的头发比萨巴斯的还稀疏，这让他的魅力增加了一千倍。没有头发，他整个大脑展露无遗：自省，内敛，敏锐又理性。那是一个有男子汉气概的脑袋瓜，构造精致，精巧的构造并未显得他意志薄弱，反而将他坚定的意志展现得淋漓尽致。是的，他浑身传达出人类追求更好自我的理想和顾虑，也不难让萨巴斯相信，诺曼即将开着豪车前往的那间办公室的精神追求都比戏剧制作人的更高。诺曼透露出的是世俗的精神追求，也许制作人、代理商和受理巨额交易的律师都是如此。犹太人的商业红衣主教帮他们剪裁衣物。是的，现在我想起来了，他们像极了围在罗马教皇四周的那群衣着华丽的傻瓜。自动点唱机分销商的生意依托着黑手党而蒸蒸日上，而为诺曼的衣着买单的就是点唱机经销商，你永远想不到这点。你就不该去想。他把自己变成了一个引人注目的美国人，一个讨人喜欢的家伙。他就是眼前这个穿着衬衫的人，一个思想深刻、家财万贯的好人，在办公室里接电话时也不同凡响。美国还能要求犹太人做到什么程度呢？

“那昨晚吃饭时，”诺曼说，“在餐桌底下想和米歇尔的脚调情也是自然不过的事喽？”

“我没想在餐桌底下和她的脚调情，我想玩的是你的脚。难道那

① “NIC”很有可能是诺曼·考恩（Norman Cowan）的首字母组合，“I”或许代表中间名，但小说中未透露诺曼的中间名。

不是你的脚吗？”

他这话既不让人厌恶，也不让人愉悦。是因为他知道我们接下来要说什么呢？还是因为他不知道呢？我当然不知道。对话可以往任何方向发展。我渐渐在厨房里嗅到了索福克勒斯的味道。

“你为什么要跟米歇尔说你杀了尼基？”

“难道我该瞒着不说吗？难道我也该为那件事羞愧吗？你觉得我有什么好羞愧的啊？”

“告诉我，告诉我真相，告诉我你是不是真的认为自己杀了尼基。你是这么认为的吗？”

“我没任何理由不这么认为。”

“我有，我当时在场。我有，因为她消失时我跟你在一起，我看到你经历了什么。”

“嗯，好吧，我不是说这很容易，当过水手也不能让你万事不惧。她的身体和林茨一样，绿色的，让人吃惊。把人勒死能获得最原始的满足感。当然，如果我必须再做一次的话，我会选择更快速有效的方式，我必须这么做，因为我的手。你打算怎么杀了米歇尔呢？”

萨巴斯的问题影响了诺曼的情绪。在萨巴斯看来，诺曼仿佛在飘，或者在飞，慢慢偏离自己对整个人生的定位。随之而来的沉默中充满了兴奋。但最后诺曼只是把黛比的内裤放进了自己的裤子口袋。他接下来说的话带着一丝威胁。

“我爱妻子和孩子，胜过世界上的一切。”

“我觉得这理所当然，但当你发现她跟你最好的朋友偷情时，你打算怎么杀了她呢？”

“别这样，求你了。我们都知道你超于常人，毫无顾忌，口无遮拦，但即使对我这种成功人士而言，也不是所有事情都值得往大了说。别这样，没有必要。我妻子在你口袋里发现了我们女儿的内裤，你还指望她怎么做呢？指望她做出什么回应呢？不要玷污我妻子继而糟践你自己。”

“我没糟践自己，我没玷污你妻子。诺曼，对我们而言，向传统低头的风险岂不是太高了吗？我只是想，当你想杀她时，你是怎么想的。好吧，我们换个话题。你觉得她对杀你这件事怎么看呢？当你搭乘美国航空公司的飞机飞往洛杉矶时，她可能希望那趟航班帮她杀了你，你能想象得到她有多满足吗？对米歇尔来说这太单调了。坠机后我就自由了吗？不，秘书们搭地铁上下班时才会这么解决问题。米歇尔是个行动者，有其父必有其女。如果说我了解牙周病医生的话，我觉得她不止一次想过要勒死你。她做得到。在你睡着后，她能把你勒死。我曾经这么做过，记得我的手吗？我以前那双手？我做水手时，整天在甲板上的工作就是切削凿，船上只有这些工作。金属的钻头、锤子、凿子。接着是捣鼓木偶。那双手的力量啊！尼基永远不知道是什么东西袭击了她。她用哀求的眼神看了我很久，但实际上我觉得验尸官认定她六十秒不到就脑死亡了。”

坐在早餐桌旁的诺曼往身后的椅子上靠了靠，一只手臂横过胸口，支撑着另一只手臂，指尖抵着额头。那姿势就跟米歇尔的额头垂靠在我额头上时一模一样。我无法相信是这些内裤的作用，无法相信这个完全高高在上的老女人会被内裤吓到。这不可能！这是个童话故事！这是真正的堕落，简直是假斯文！

“你脑子究竟变成什么样了啊？”诺曼问，“这太可怕了。”

“什么可怕啊？”萨巴斯问，“我经历了白天的事后，让这孩子的内裤裹在上面帮我度过夜晚，很可怕吗？别这么说，诺姆。我参加葬礼时口袋里藏着内裤，很可怕吗？那是希望。”

“米奇，你离开后打算去哪儿呢？开车回家吗？”

“你一直想不到我会怎么做，是不是，诺曼？怎么能不戴避孕套做爱呢？怎么有人不戴避孕套做爱呢？宝贝，根本就没有什么保护可言，都是墙纸，诺曼。看看林茨，看看萨巴斯，看看莫迪，看看尼基。看看吧，虽然他们看上去烦人可怕。我们的命运不受保护的掌控。我做水手时，总喜欢在进港靠岸后去天主教堂。进港靠岸后，我总是一个人去，有时每天都去。你知道为什么吗？我发现当那些跪着祈祷的少女一起为做过的错事乞求宽恕时，我能看到非常色情的东西。看着她们寻求上帝保佑的模样让我欲火焚身。保护她们不受别人的伤害，保护她们不受自己的伤害，保护她们不受一切事物的伤害。但根本就没有什么上帝的保佑，对你来说也是如此。即使你赤身裸体，又能做什么呢？赤身裸体！就算你穿着那件西装，你他妈的也是赤裸裸的！那件西装毫无用处，那些条纹毫无用处，一切都毫无用处。我们不知道会发展成怎样。拜托，你甚至都保护不了你女儿的一条……”

“米奇，”他轻声说，“我明白你的意思，我明白你的生活态度。凶残的生活态度。你是个凶残的男人。你把内心的野兽完全释放了出来，是不是？追寻危险的深层理性就是明确危险在任何情况下都无法回避，人们要么处于危险之中，要么处于被保护的状态。理论上，我同意米奇的观点，即危险是无法回避的。但实践中，我的处理方法不同。如果无论如何我都会有危险，那就没必要追着它跑。林茨让我相信生命中肯定会有特别的事，被我们忽视的反而是寻常之事。我知道这一点，但并不意味着我想放弃我有幸握在手中的那点寻常之事。你走吧，是时候该走了。我去黛比的房间把你的东西拿出来，然后你就走吧。”

“先吃完早饭吗？”

“我希望你离开这儿！”

“是什么戳中你的痛处呢？不可能仅仅是那些内裤吧。如果只是内裤的话，你大可不必这么做。因为我给米歇尔看了我那家伙吗？因为这个原因我连早饭都不能吃了吗？”

坐在餐桌旁的诺曼站了起来。他还不像林茨那样全身抖动得厉害，也不像萨巴斯那抵在罗莎嘴唇上的手指抖得那么厉害，但他的下颏确实像犯了癫痫似的。

"难道你不知道吗？真不敢相信她没告诉你。'萨巴斯的体内有一头公牛，干劲十足。'内裤根本不算什么。我只是觉得在我们周六见面之前还是把它拿出来的好，以防不对她的口味。她邀请我周六去做牙周检查。你别说这也不知道。去她办公室，周六。"诺曼站在餐桌旁，一动不动，萨巴斯接着说，"你问问她，就是这么打算的，我们都安排好了。所以当你说我不能留下来吃早饭时，我以为是因为我周六要去她办公室干她，另外，我还给她看了我那家伙。如果只是因为内裤的话……不，我不相信。"

萨巴斯说的是实话。但诺曼比表面上更了解他的妻子。

诺曼站了起来，从柜台上方的柜子里拿出了一包塑料垃圾袋。"我现在去拿你的东西。"

"你怎么说都行，我可以吃这些西柚吗？"

诺曼不愿再做任何回答，把萨巴斯一个人留在厨房。

这半个切好的西柚是给萨巴斯的。他们的生活里，有必要把西柚切好，就像那些宝丽来照片和一万美元一样必要。我也得告诉他一万美元的事吗？不，他知道。他什么都知道。我真喜欢这对夫妻。我觉得我对这儿翻来覆去的混乱知道得越多就越敬佩他，敬佩他是怎么维持这段婚姻的。我跟他说昨晚发生的事时，他站在那儿，军人般的一动不动。他都知道，只是太忙了，抽不出空来管。她身上的某种东西总威胁着要毁掉一切，毁掉家的温暖和舒适，毁掉那床专属于他们的羽绒被。他在坚持自己文明理想的同时还不得不对付她的一切。他为什么要在意呢？他为什么要和她在一起呢？理由之一可能是因为过去，过去发生的事太过沉重。现在，现在的事也太过沉重。现在的生活像是台重型机器。他们在南塔克特岛上有一栋房子。他们身为黛比的父母，会去布朗大学过周末。如果他们分开，黛比的成绩会下降。如果骂米歇尔是个荡妇，把她赶出去的话，黛比永远也考不上医学院。再说，还有那些乐趣：滑雪，打网球，去欧洲他们都喜欢的巴黎小旅馆，法国的大学。当万事如意时，享受生活。当你等实验室送来你的活检报告时，有人陪着你。他们已经没时间庭外调解离婚，没时间找律师打离婚官司，更没时间重新开始自己的人生，而容忍现下这一切的勇气就是“务实”。此外，他们还怕家里空空如也，这么多空房间，夜里却只有你一个人。他的人生已经定型，他的才能就在于适应这种人生。你不可能在垂暮之年才开始约会恋爱。还有，更年期也会帮他。如果继续放任她不管的话，如果他永远不越界，永远不让自己被人厌烦的话，那是因为很快更年期也会搞垮她。但米歇尔没有越界，因为她不只是一件物品。诺曼懂得大事化小、小事化了的道理。即使更年期不搞垮她的话，他的那份谅解也会搞垮她。找出解决方法，平安渡过难关，慢慢冷静下来，这些我从来都学不会。她是现在的生活方式中必不可少的一部分，就像这切好的西柚一样。她就是这切好的西柚：分割开的身体和开胃的血液。不干不净的女主人和她无比圣洁的热辣。这是我能做到的离吃米歇尔最近的一次。已经结束了，我是一只被扔掉的疯狂的鞋。

“你活在真爱的世界中。”他在诺曼回到厨房时对他这么说道。诺曼一只手拿着袋子，里面塞满了萨巴斯的所有东西，除了夹克，另一只手把那件绿色的鱼雷夹克递给了坐在餐桌边的他。

“那你活在哪儿呢？”诺曼问，“你活在这文明社会失败的一面，你把一切都投资到性欲上，把一切最终都投资到做爱中。现在你收获了投资成果，即孤身一人。沉迷情色而无法自拔是你唯一能拥有的激情人生。”

“这能算得上激情吗？”萨巴斯问，“如果我和米歇尔做了爱，你觉得她会对她的治疗师说什么呢？她会说：‘我觉得他是个还不错的男人，但恐怕得用冰敷着才能保持鲜活。’”

“不，你通过挑衅来保持鲜活，通过不正常的挑衅来保持鲜活。社会对我们的影响极大，我们只有变得反常才能活得像个人。这是不是你的论点啊？你是不是一直想说这个啊？”

“你会大吃一惊的，诺曼。我什么都没有，连一个论点也没有。你心地善良，理解力强，但我只是沿着生命的边缘自由流淌，我只是残渣，没有客观解释这坨屎的能力。”

“你本人就是对猥琐活生生的赞歌，”诺曼说，“你是颠倒的圣人，传达出亵渎神灵的信息。你不觉得一九九四年还当叛逆英雄很烦人吗？都什么时候了还把做爱当成叛逆行为。都这个时候了，难道我们要做回劳伦斯笔下的猎场看守人吗？带着你的胡子出去，宣扬恋物癖和窥淫癖的美德；带着你的下腹出去，挥舞性器的大旗来捍卫色情作品。米奇·萨巴斯，你真是个可悲又过时的老怪物。颜面尽失的男性辩手的最后一根稻草。有史以来最血腥的时代已结束，你却还在日夜勤恳地制造色情丑闻。米奇，你这个该死的时代弃儿！你这个五十年代的老古董！琳达·拉芙蕾丝[①]已在我们的光年之外了，但你同这个社会争辩不休，以为艾森豪威尔还在当总统呢！”说完这些，他仿佛道歉似的接着说，“你与世隔绝的程度太恐怖了，这是我真正想说的。”

“与世隔绝会让你惊掉下巴的，”萨巴斯答道，“我觉得你从没试过真正的与世隔绝，这是我知道的能为死亡做的最好的准备。”

“滚出去。”诺曼说。

萨巴斯衣服正面的那些口袋很大，大到可以装下几只死鸭子。他在某个口袋深处摸到了进殡仪馆前塞进去的杯子。那是乞丐的纸咖啡杯，里面还有他在地铁和大街上讨到的二十五美分、五美分和一美分。他把衣物交给米歇尔送去干洗时，把杯子忘在了里面。

毫无疑问，是因为这个杯子，因为这个乞丐的杯子。她害怕乞讨。那些内裤十有八九给了她一种全新的兴奋感。让她害怕的是这个杯子。社会对乞讨杯的嫌恶比对她肆无忌惮的憎恶更甚。不洗澡的男

① Linda Lovelace（1949—2002），美国色情片演员。

人也比拿杯子乞讨的男人好。她远远不想走到那一步。对她来说，很多可耻的、下流的、陌生的、奇怪的、岌岌可危的事情都很刺激，但这个杯子代表的只是过度的耻辱感，最后转为堕落感，丝毫不能激起自我救赎的紧张感。在这个乞丐的杯子面前，米歇尔的勇敢到了极限。这个杯子撕毁了他们秘密订下的门廊协议，点燃了她心中的怒火，让她惊慌，让她恶心。她想到了杯子里那些通向毁灭的卑贱行径和不受约束的毁灭性力量。也许她是对的。她为了不输得一败涂地而苦苦挣扎，这其中，乏味的小笑话会成为重要的瞬间。他自己明白那个杯子让他堕落了多深吗？所有关于过度的疑问之处都在于人们不知道过度了多少。她因乞丐杯子而将他赶出去，这并没有让他对她憎恶至极。如果她觉得在裤子里自慰是背叛行为，那他才更恨她。自慰是再自然不过的人类乐趣。当然作为客人，那却是轻微犯罪。

一想到这儿，萨巴斯晕倒在地。他刚有机会一心一意地利用他最后一位情人的秘密，就失去了她。这都是因为他中了邪般受到行乞的诱惑，这种诱惑不仅在于自嘲式笑话的魅力和行乞中无法抵抗的演戏般的乐趣，还在于明知故犯的令人厌恶的正义感和宏大的使命感，行乞能让他内心的绝望烟消云散。

晕倒和乞讨有点像，然而不是完全出于必要，也非完全无趣。但他自己也有点想晕倒。一想到杯子毁掉了一切，他脑中的画布上就有两条粗黑的线条，互相交叉，延伸到画布两端。萨巴斯的晕倒是一种技能。他浑然不知晕倒的暴君就在身后。这是萨巴斯倒地前为自己的玩世不恭加上的最后一条评论。

如果事先计划好每个细节，就不会进行得这么顺利。“计划”根本就不会起作用。醒来后，他发现自己还活着，置身于考恩卧室的浅色格子中。他那还没干洗过的乞丐夹克跟他们的床罩放在一起，这太罪恶了，但当时是诺曼把他搬上床的。巨大的窗户外面，细雨如珠帘般落下，乳白色的雾模糊了公园树顶上方的一切。窗外传来比米歇尔的笑声更隆隆作响的声音，雷声唤起了萨巴斯在马达马斯卡神圣瀑布边背井离乡时的记忆。考恩那避难所般的床让他想到黛比的床和床垫上黛比的身体留下的印痕，已几乎无法辨别，甚至无法想象，这让他感到莫名的寂寞。才过了一天，黛比的床已经变成了一个远离家园的家，但她的房间像拉瓜迪亚机场一样关闭了，不再有飞机飞进飞出。

诺曼在电话里与格雷夫斯医生说要把萨巴斯送进医院，对方似乎没有反对，萨巴斯听到了这一切。诺曼无法承受眼前这一切，萨巴斯这家伙现在跟着林茨的步伐……仿佛诺曼已下定决心对萨巴斯的关节变形负责，让他恢复成一个四肢协调的人，恢复成人们所知的萨巴斯三年级时的样子。诺曼宽宏大量，有同情心，意志坚定，不屈不挠，善良得几乎超出理性，每个人都应该有个这样的朋友。每个妻子都应该有个这样的丈夫，每个妻子都应该尊重这样的丈夫，而不是用低级的趣味破坏他体面的生活。婚姻并非一次让人欣喜若狂的结合。必须教她放弃心中对狂喜的自恋式的宏大幻想。她与狂喜的租约必须就此废止。趁现在还不晚，必须教她不再幼稚地与生命的极限争执。萨巴斯亏欠诺曼的和他杂七杂八的恶行一样，玷污了诺曼的家。萨巴斯现在必须无私地只为诺曼考虑。任何拯救萨巴斯的行为，都不值得诺曼经历。诺曼不可或缺，他才是需要拯救的人。而我能拯救他。我的行为将会为我此次拜访画上完美的句号，直接清偿我的亏欠，我所知的所有亏欠都起因于他邀请我时表现出的愚蠢的热情。我受到了召唤，要进入美德的领域。

千万不能让诺曼看见那些宝丽来照片，这点萨巴斯最清楚不过。还有，如果他看到那些现金的话！在经历一个朋友自杀和另一个朋友病倒之后，看到这些照片，或是钱，或是两样都看到了，会让他的最后一点幻想化为灰烬，将他井然有序的生活变成碎片。一万美元现金。要买什么呢？或是卖什么呢？她在为谁或是为了什么工作呢？她留给后世的阴部照片是谁拍的呢？在哪儿拍的呢？为什么要拍呢？是为了纪念什么呢？不行，一定不能让诺曼知道答案，更不能让他问起这些问题。

诺曼在电话里谈妥萨巴斯住院的必要程序时，萨巴斯正穿过地毯，走到米歇尔的化妆台前，打开底层抽屉，在米歇尔的内衣下面找到了马尼拉纸质信封。他将两个信封都塞进他夹克里的防水大口袋中，将乞丐杯子放到信封的位置，互换完毕。当她下次想借某件物品帮她回忆另一半人生故事，以此让自己振作时，会发现偷偷藏在抽屉里的是他的杯子，他留下的杯子会让她震惊，让她体会到未曾感受过的恐惧。她看到这个杯子时会想着自己多幸运……继而与诺曼黏在一起，那才是她该做的。

几秒钟后，他冲向公寓门口，这时，他遇到了正赶来的罗莎。他用手指抵着她嘴唇上突起的曲线，用眼神示意她保持安静：先生在家，在打电话，谈重要的工作。她一定喜欢诺曼文雅的客套话，也讨厌米歇尔对他的背叛，讨厌米歇尔的一切。“我的美丽女孩，再见！”接着，当诺曼正为他在培恩·惠特尼疗养院预订床位时，萨巴斯匆忙开着车往泽西海岸前进，去那儿安排葬礼。

隧道，收费公路，林荫大道，海岸！向南开六十五分钟就到了！但公墓已经消失了！墓穴上方铺了沥青，有车子停在那儿！超市下面挖了个公墓！人们在这个公墓购物。

这一真真切切改变了人类命运的世纪即将结束，但购物车还是让萨巴斯感受到旧的生活方式已经逝去。他冲过大门，穿过由空购物车连成的长长的雏菊花环，直冲进监控所有寄存柜的办公室，想看看到底谁该为这个亵渎神灵的疯狂行为负责。萨巴斯的焦虑没能引起经理的注意。“我不知道你在说什么，”经理说，“你嚷嚷什么呢？翻翻电话本吧。”

但这是公墓，没有电话。假如公墓有电话的话，它只会响个不停，却没人接。如果你能让他们接电话的话……而且，我家人就躺在你用来烤鸡的烤肉扦子下面。“你到底把他们弄到哪儿去了？”

“谁？”

“死人。我是来扫墓的！哪条过道？”

他开车转着圈儿，又在加油站停下问路，但他甚至不知道那个地方叫什么，什么布莱这个或贝丝那个，这给不了那些操作油泵的黑人孩子任何提示。他只知道原来在哪儿，但如今那儿变了样。这里位于该县的边界，位置偏远。不久前他妈妈去世时，这儿还有长达几英里的与海平面齐平的灌木丛，现在却到处都涌现着旨在吸引他注意力的东西。所有东西都在说："这是我们所有想法中最糟糕的。"所有东西都在说："没什么可与人类对丑陋的喜爱之情相匹敌。"他们被弄到哪儿去了呢？重新安置死人，这是一项多么疯狂的市政工程。除非把死人从人们大脑中完全抹去，终止所有不确定性的源泉，把问题彻底解决。没有死人在周围，也许我们就不会那么孤独。是的，是死人挡在了我们的路上。

幸运的是，在转弯车道上，萨巴斯意外地跟在了一辆车后面，车上挤满了去埋葬亲友的犹太人，他这才找到了公墓。养鸡户都不见了，这就是他总是找不到公墓的原因。那是块只有油轮一半大小的三角地带，三角形的斜边上现在有个一层高的"殖民地"仓库，呈不规则状，建在高高的铁丝网后面。三角形的另一条边上架着一大片电缆塔和电缆，感觉不太妙。当地民众在三角形的最后一条边上建了最后一片"休息区"，供那些遭遇了暴力的弹簧床垫和空气床垫"休息"。其他家庭日用品的残骸分散在各处，刚被扔到这儿的躺在最边缘。雨还没停。薄雾和蒙蒙细雨中，这幅画面得以在他那关于人世灾难的记忆博物馆北美分馆里占据永恒的位置。雨赋予了很多不必要的意义，于你这就是逼真的现实，很多不必要的意义存在于事物的本质中。

萨巴斯把车停在生锈的尖桩篱笆边，篱笆正对着电缆塔。低矮的铁门上铰链脱落了一半，下垂着，门后是一座红砖砌的房子，一个带有空调的斜顶小建筑，看上去就像是某个人的墓穴。

各位墓穴主人请注意

倚靠墓碑

或墓碑摆放错误

很危险

必须进行修整，否则

墓碑将被移走

警告

进公墓后请锁好车门

随身携带贵重物品

屋外拴着两条狗，边上聊天的三个人都戴着棒球帽，也许因为这是犹太人的公墓，也许因为他们是掘墓人。正在抽烟的那个在萨巴斯走近时扔掉了香烟，他头发灰白，剪得很难看，穿着绿色工作衫，戴着墨镜，身体微微颤抖，让人觉得他需要喝一杯。第二个家伙穿着李维斯牛仔裤和红黑格子的法兰绒衬衫，是个孩子，应该不超过二十岁，与所有阿斯伯里高中的卡萨诺瓦式人物一样，长着一张意大利人的脸，大大的眼睛看起来很忧郁。有意做情圣的意大利男孩都长这副样子，最后可能以卖橡胶轮胎为生。他们觉得泡到犹太女孩简直是个了不起的成就，而阿斯伯里高中的犹太男孩们一直都在想："那些南欧小女生，意大利的啦啦队队长，她们火辣抢手，运气好的话，跟那些……"意大利人过去称有色人种的孩子们为木里、木讷芽，这是西西里岛或卡拉布里亚的方言，意为茄子。很多年来，他都没有被这个既滑稽又愚蠢的词逗笑，直到在赫斯车站停下车，问附近的犹太人公墓在哪儿时，在车站工作的木里以为他在开玩笑呢，把他的问题当成了留着胡子的白人老头口中的古怪玩笑。

老大明显是那个身材高大的男人，年纪偏大，肚子凸起，一瘸一拐地走着，沮丧地挥着双手。萨巴斯问他："您知道克劳福德先生在哪儿吗？"门口的木桩上钉着两个警告标识牌，上面都写着A. B.克劳福德的名字，并标明了他是"管理人"。

萨巴斯一进公墓，两条狗就开始在他身下钻来钻去，他开口说话时也没停下。"您就是A. B.克劳福德吗？我是米奇·萨巴斯。我的父母葬在那边的某个地方。"他指着远处的角落说，那个角落在废物堆对面，那儿道路宽阔，杂草丛生，石头还没被风雨侵蚀。"我的祖父母葬在那儿。”这时，他指向公墓另一端，如今那儿是背对着马路的仓库。那儿墓穴紧凑，一排接一排，前后错开。如果墓穴还在的话，肯定埋着海滨的第一批犹太人。他们那儿的石头几十年前就变黑了。“您一定要给我找块墓地。”

“您吗？”克劳福德先生说道，“您还年轻呢。”

“精神上年轻而已。”萨巴斯答道，突然觉得非常舒坦。

“是吗？我有糖尿病，”克劳福德对他说道，“这儿是世界上最不适合这毛病的地方。今年冬天的坟最难挖。”

“是吗？”

“地上的霜冻有十六英尺厚。这儿，”他用手比划着整片土地，很是夸张，“是一大层冰。您去不了那边的墓地，会滑倒的。”

“您是怎么埋人的？”

“就这么埋了，”他不耐烦地答道，“头一天先在霜冻里挖个坑，第二天再把他们埋下去。用气锤和其他工具。难熬啊，难熬的冬天。还有地上的水呢，别提了。”克劳福德是个受苦受难的人，这个职业也苦。他是一个无法从地底走出来的人，主要是个人性情上的问题，无法改变。萨巴斯表示同情。

“我想要块小墓地，克劳福德先生。在萨巴斯家族墓地边上。我是萨巴斯家的。”

“现在不方便，这儿马上要办一个葬礼。”

灵车到了，人群聚集在灵车周围。很多把撑开的伞。女人们抱着婴儿，男人们戴着圆顶小帽。还有孩子们。大家都站在大街上等着，距离电缆和电缆塔只有几码远。萨巴斯听到人群里传来咯咯的笑声，有人在葬礼上讲了笑话，这种事常常发生。那个刚来的小个子应该就是拉比。他拿着一本书，一来就有人为他撑伞。又传来一阵咯咯的笑声，很难说这对死者来说意味着什么，也许根本毫无意义。仅仅是活着的人还活着，情不自禁地开玩笑、打趣而已。错觉渐渐消失，这还不算最糟糕。

“好的，”克劳福德先生快速估算了一下人数后说，“还有人要来，我们先出去走走。鲁弗斯，”他对那个正在发抖的醉鬼说，“看着狗，知道不？”起初，小狗只是仔细打量着萨巴斯，但主人前脚一瘸一拐地和萨巴斯出去时，它们后脚就立刻不怀好意地狂吠起来。克劳福德快速转过身，向天竖起一根手指，威胁着对狗儿们说：“停下来！”

“您为什么要养狗呢？”他们回到那条通往萨巴斯家族墓地的小路上时，萨巴斯问。

“他们已经闯进屋里四次了，去偷工具。他们抢走了所有的工具，那些值三四百美元的设备，用汽油的大草剪，还有屋里其他所有东西。”

“您没买保险吗？”

“没有，没买保险，忘了买。就我一个人！”他情绪激动地说，“就我一个人！都得我出钱！所有设备和工具都是我买的。当地协会一个月给我九百美元，知道吗？我还要拿出点来付帮工的工资，知道吗？我已经七十岁了，所有的墓穴都要我挖，墓穴里的地基也都要我放，简直就是个笑话。您今天看到的帮工，每件事都要跟他们讲，他们才去做。已经没人想干这活儿了，我还缺一个人手。我打算去莱克伍德找个墨西哥人来，必须得找个墨西哥人，真是个笑话。六个月前，有人来这儿扫墓，一个黑人拿枪指着那人的脑袋。当时是上午十点钟！所以我才养狗。一旦外面有人或你一个人坐在这儿时，狗就会叫，好提醒我。”

“您来这儿多久了呢？”萨巴斯问，虽然其实他已经知道答案了。他待的时间已经久到连“黑人”用意第绪语怎么说都知道。

“太久了，”克劳福德答道，“可以说，也许我来这儿快四十年了，我受够了。公墓没钱了，我知道他们破产了。搞公墓本来就没钱，钱都在搞纪念碑的行当里。我没有养老金，什么都没有，我就靠这些钱维持生活。每举办一场葬礼，他们就多给我几美元，跟工资一起发，但这只是，只是……不知道怎么说，是个问题。”

四十年。他没赶上祖母和莫迪的葬礼，但其他人的葬礼都赶上了，也能赶上我的。

克劳福德痛惜地说：“而且这工作没什么值得炫耀的，也没钱去存银行，什么都没有。”

“我有个亲戚就葬在这儿。”萨巴斯指着一块刻着“萨巴”的墓碑说。这一定是父亲的表哥菲什，他曾教会了萨巴斯游泳。“老一辈的人叫萨巴，”萨巴斯向克劳福德解释，“我的姓有很多种写法：萨巴、萨巴士、萨巴撒、萨巴泰。我父亲姓萨巴斯，他刚来美国时还是个孩子，从住在纽约的亲戚那儿继承了姓氏。我觉得我们家族的人就葬在这儿。”

他找寻墓地时越来越兴奋，过去四十八小时颇具戏剧性，充满了困惑、失望和冒险，但缺乏此时此刻所蕴含的原始力量。他的心脏甚至比偷米歇尔的钱时跳得还响，他感觉自己终于又活过来了，就像大病初愈。

“一块墓地。”克劳福德说。

“一块墓地。”

“给您自己。”

“对。”

“您想要哪个位置的啊？”

“靠着我家人。”

萨巴斯的胡子在滴水，他用手挤干后，胡子看起来像是编织的烛台。克劳福德说：“好的，那您的家人葬在哪儿呢？”

“在那儿，那儿！”由怨恨层层筑起的围墙正在坍塌，某个长久没有露面的东西表面被快乐照亮了，那是萨巴斯的灵魂吗？还是他灵魂的碎片呢？几乎无法切切实实地摸到什么实在的东西。“他们在那儿！”都在那块地上。是的，他们像一窝田鼠般一起生活着。

“是哦，”克劳福德说，“但您要的是单人墓穴，这儿就是单人墓穴区，就在这儿，对着栅栏。”他的手指着一段废弃的破旧铁丝网，铁丝网将马路与垃圾堆中最脏的部分隔开。你可以从栅栏中穿过去，或者从上面跨过去，或者直接用手扒开还留在栏杆上的铁丝，甚至用不着钢丝钳或者老虎钳。马路上有个落地灯，是从车上推下来的，没落到垃圾堆里，像走在路上的人被枪击中后倒在阴沟里的样子。也许那个落地灯只要换根线就能继续使用，但它的主人显然很讨厌它，开车把它扔在了犹太人墓穴对面。

“我不知道能不能在这儿给您留块墓地。我知道离门最近的这个是最后一个，但您要知道也可能被预订了。从这儿到门那边有个四人墓穴的坟墓。但也许您的家族墓地那儿给您留了位置，您不知道而已。”

“有可能，”萨巴斯说，“对。”既然克劳福德提到了这种可能性，他想起埋葬他母亲时，母亲的墓穴旁边还有个空位。

曾经有个空位，现在被占了。从墓碑上刻的时间可以看出，两年前艾达·施利策葬在了家族墓地的第四个墓穴，生活在布朗克斯区的艾达是他母亲的未婚妹妹。难道整个布朗克斯区都没地方了吗？连给艾达这样的小个子的地方都没有了吗？还是所有人都忘了家里还有个小儿子呢？也许他们以为他还在做水手或淫乱的生活方式早就结果了他，死后被葬在加勒比海或西印度群岛上。应该是葬在西印度群岛，或库拉索岛。他会喜欢库拉索岛的。那儿没有深水港，有一座长长的栈桥，大概一公里长，栈桥的尽头停靠着油轮。他永远忘不了那儿，因为那儿有马，有骑马的人。如果你想找妓女的话，那儿还有皮条客。但皮条客都是孩子，他们都有马。他们只要一拍马屁股，马就直接带你去妓院。库拉索岛是荷属殖民地，港口叫威廉城，一个资本主义的殖民地港口，男男女女穿着热带服装，白人戴着遮阳帽，一个宜人的殖民地小镇。公墓就在那些美丽的小山下面，山上有很多妓院，那些妓院比我整个航海生涯中见到的其他妓院都大。船停泊在这个港口后，天知道有多少船员来这儿找妓女。镇上的好男人去上面找女人，我在下面美丽的公墓里沉睡。我错过了在威廉城的机会，为了木偶放弃了妓女。而现在艾达姨母，那个从不敢轻视任何人的姨母，把我从我的墓穴里赶了出来。我被一个一辈子都在为公园及休闲管理处打字的处女取代了。

亲爱的儿子和哥哥
于菲律宾行动中
阵亡
1924.04.13—1944.12.15
永远活在我们心中
莫顿·萨巴斯中尉

父亲躺在他边上，母亲在另一边，但母亲的旁边是艾达，而不是我。就连我回忆起了库拉索岛的事也无法改变这点。虽然萨巴斯是从不幻想之国的国王，是不作任何期待之国的帝王，是垂头丧气的欺骗之神，但他依然得知道最后的结果是虚无，且只会是虚无。他不能及时懂得这点，而这本身就是一次深深的打击。为什么我的人生如此不顺，连个想要的墓地都没有！要是我两年前努力控制好自己的厌恶情绪，然后自杀，就能得到父母亲旁边的那个坑位。

看着萨巴斯家族墓地，克劳福德突然宣布："哦，我认识他们。哦，他们是我的好朋友，我认识你的家人。"

"是吗？您认识我爸爸吗？"

"当然，当然，当然，他是好人，一个真正的绅士。"

"他确实是。"

“实际上，我觉得有个女儿或是其他什么人也来过，您有女儿吗？”

没有，但有什么区别呢？他只是在缓解情感上受到的伤害，捡起旁边的一点钱。“当然啦。”萨巴斯说。

“嗯，是的，她经常来，看那儿。”克劳福德指着整齐茂盛的常绿灌木丛说道，灌木丛位于那四个墓穴上面大约六英寸的地方。“您不用再打理那边的墓穴，不用打理，先生。”

“不不，那儿不错，看起来很不错。”

“听好，我看看能不能在那边给您找块墓地，这是目前唯一可能做到的。”那个三角交会的点和远处两条崎岖不平的路相交的地方有块很大的空地，外面围着松垂的铁丝栅栏。“看到没？但如果要买那儿的墓穴，就得买两个。除了单人墓穴区，买其他任何地方的都至少得买两个。要带您看看那双人墓穴的位置吗？”

“当然，为什么不去呢，我现在就在这儿，您也有时间。”

“不是我有时间，而是为您腾出了时间。”

“太好了，您真好。”萨巴斯说。他们在这蒙蒙细雨中一起朝着那块好像废弃了的墓地走去。才四月中旬，那块墓地已淹没在丛生的杂草中。

“这地方更好，”克劳福德对他说，“比单人墓穴区好。您可以选个面向马路的，人们经过时能看到您的墓碑。两条路在这儿交叉，两个方向都有人来。”他那只行动方便的脚猛地踩在湿漉漉的地上，靴子上沾满了泥，他强调道，“要我说，就这儿了。”

“但我家人葬在那边，这样我就背对着他们了，是不是？我要是葬在这儿，面朝的方向就不对了。”

“那就选另一个吧，单人墓穴区的那个，如果那个没被别人预订的话。”

“坦白说，葬在那儿也看不见我的家人。”

“是的，但您面朝一个非常好的家庭，魏茨曼一家。葬在那儿，您会面朝非常善良的一家人，大家都为魏茨曼一家自豪。管理整个公墓的是魏茨曼太太。我们刚把她丈夫葬在那儿。她整个家族都葬在那儿。我们刚把她的姐姐葬在那儿。那儿是块好地方，正对着单人墓穴区。”

“沿栅栏的那边怎么样？离我家人不远。看到我指的地方了吗？”

“不，不，不，那些已经卖掉了，那是一个四人墓穴区，明白吗？”

“好的，明白了。”萨巴斯说，“单人墓穴区，双人墓穴区，剩下的就都是四人墓穴区。我看出是什么布局了。那您可以看看有没有人预订那个单人墓穴吗？因为那儿离我家人近一些。”

“嗯，现在不行，有个葬礼要办。”

他们一起穿过一排排墓穴，走回那个拴着狗的小砖屋。

“好，我等您，”萨巴斯说，“等葬礼办完。我可以先去看看我家人的墓，然后您再告诉我那个墓穴行不行，以及价格多少。”

“价格。是的，是的。其实并不贵，能要多少钱呢？四百，差不多四百，最多也就四百，或者四百五。我不知道，我不负责卖墓穴。”

“谁负责呢？”

“公墓管理机构的那位女士，魏茨曼太太。”

“付您工资的机构，是吗？”

“付我工资，”他一脸厌恶地说，“他们付给我的是笑话。我一周才一百二十五美元。从那儿到那儿，我一个人就算什么都不做，光除草也要三天。一周才一百二十五美元，就那么多。没有养老金。他们发糖，却不发养老金，情况正越来越糟。只有社会保障金，就这些。所以您要哪个？单人的还是双人的呢？我觉得您还是要双人的好，不会那么挤。那块区域更好些，但您自己拿主意。”

“空间更大，肯定更方便伸腿，”萨巴斯说，“但离家人太远了，我要躺在那儿长眠。听着，先看看哪些可卖，您完事之后我们再谈。这儿，”他说，“谢谢您抽出时间。”他说着便递给克劳福德二十美元。在加油站加油时，他让黑人孩子把米歇尔的一张一百美元换成了零钱。"还有，"他说，又快速塞了张二十美元给他，"谢谢您照顾我的家人。"

"我的荣幸。您父亲是位真正的绅士。"

"您也是，先生。"

"好的，您先四处看看，看看在哪儿比较舒服。"

"我会这么做的。"

单人墓穴区的墓穴可能卖给他也可能不卖给他，相邻墓碑的最上端刻着一个硕大的大卫星，下面有四个希伯来语单词。埋在下面的是路易斯·施洛斯上尉。"大屠杀幸存者、VFW[1]、水手、商人、企业家。活在亲朋好友的爱的回忆中。1929.5.30—1990.5.20。"他比我大三个月，还差十天就六十一岁了。他在大屠杀中幸存，却没有在商业竞争中活下来。他也做过水手。米奇·萨巴斯水手。

现在他们开始把那素色的松木棺材往里面抬，克劳福德带头在前面抬，一瘸一拐，走得很快，两个帮手一边一个，掌握方向，穿着绿色工作服的醉汉把手伸进口袋里掏烟，葬礼还没开始，他等不到葬礼结束再点烟了。拉比个头矮小，双手在胸前捧着书，加快脚步赶上克劳福德，跟他说着什么。他们把棺材抬到了空墓穴边，棺材木非常干净。我也要买这样的木头，今天就付钱，墓地，棺材，甚至墓碑。把一切安排妥当，多亏了米歇尔的好意。在拉比离开前，我要把他留下来好好谈谈我的葬礼，塞给他一百美元，请他回来为我诵读那本书上的内容。如此一来，我就能把她那些轻浮、不正当的经历从钞票上抹掉，将这一大把钞票融入简单自然的俗务中。

土地，今天这儿发生的事就很能说明问题。他身后几步远的地方有个刚堆起来的小土堆，没经过任何处理，有人刚被埋进去。小土堆对着两个刚挖好的墓穴。那两个墓穴靠在一起，等着一对双胞胎被埋

---

① Veterans of Foreign Wars，即参加过国外战争的退伍军人。

进去。他走过去，朝一个墓穴里看了看，像是在逛商店，只看不买。墓穴干净利索，说明挖得很坚实。墓穴那尖尖的角落是铁锹铲出来的，墓穴底部坑坑洼洼，四条深边弯曲得如波纹似的。你必须将这些归功于那个醉汉、那个意大利孩子和克劳福德。他们干的活代表着几个世纪的辉煌。这个墓穴可以追溯到很久之前，边上那个也是，这两个洞黑漆漆的，神秘又了不起。他在合适的日子遇到了合适的人。当时的天气如实展现了他的处境，让他直面最严肃的问题，也就是来看墓穴的目的，他的答案是："好！好！好！我会效仿我那一败涂地的岳父，成功地杀了自己！"

但我连这个也要表演吗？甚至连这个也要表演吗？总是很难决定。

有辆独轮手推车被遗忘在雨里（很可能是哪个醉汉忘记的，萨巴斯知道这点，因为他就跟一个醉鬼住在一起），车上有个锥形的湿泥土堆。萨巴斯像个食尸鬼，开心地将手指插进那堆含有砂砾的湿泥中，直到看不见手指才停下。如果我数到十，然后把手指抽出来，它们就是我原来的手指，那些逗笑或激怒别人的挑衅的手指。又错了。必须再次插入湿泥里，如果想让体内所有扭曲的东西都变直，单单插这些手指进去还不够。必须数到一百亿、一千亿，他想知道莫迪现在数到多少了。祖母数到多少了呢？祖父数到多少了呢？亿万用意第绪语怎么说呢？

去看看那些古老的墓穴，那些早期海滨犹太人建立的最原始的埋葬之地。他对正在进行的葬礼敬而远之，经过小砖屋时也小心翼翼地绕开看门狗。那些狗连起码的礼仪都不熟悉，更不用说犹太人公墓里古老的禁忌了。犹太人被狗守护着？从历史的角度来说，真是大错特错。他的另一个选择是去巴特尔山找一个离德伦卡最近的地方，把自己葬在那儿。他很久之前就这么想了。但葬在那儿的话，他跟谁聊天呢？他从未遇到过哪个非犹太人说话速度能跟得上他。躺着时，他们的说话速度会比平常还慢。他只能把这些狗的侮辱往肚子里咽。没有哪个公墓是十全十美的。

萨巴斯在蒙蒙细雨中晃荡了十分钟，也没找到祖父母的墓穴，他发现只有从上到下挨个看每个墓碑，一排排看下去，才有可能找到克拉拉和莫迪凯·萨巴斯的墓穴。大多数墓基上只刻了“长眠”二字，可以直接忽略不看，但还有成千上万块墓碑需要他集中注意力，完全沉浸其中，以至于他能记住墓碑上刻的每个名字。他必须忽视这些人有多么不喜欢他，忽视其中有多少人是他会鄙视的，必须忘记人们活着时是怎样的，因为人死之后就不那么让人难以容忍了。这对我也一样适用。他必须沉浸在一群逝者之中，贴着地面往前走。

我们深爱的母亲明妮。我们深爱的丈夫和父亲西德尼。深爱的母亲和祖母弗里达。深爱的丈夫和父亲雅各布。深爱的丈夫、父亲和祖父塞缪尔。深爱的丈夫和父亲约瑟夫。深爱的母亲萨拉。深爱的妻子丽贝卡。深爱的丈夫和父亲本杰明。深爱的母亲和祖母泰莎。深爱的母亲和祖母苏菲。深爱的母亲伯莎。深爱的丈夫海曼。深爱的丈夫莫里斯。深爱的丈夫和父亲威廉。深爱的妻子和母亲丽贝卡。深爱的女儿和姐姐汉娜·萨拉。我们深爱的母亲克拉拉。深爱的丈夫马克斯。我们深爱的女儿莎蒂。深爱的妻子蒂莉。深爱的丈夫伯纳德。深爱的丈夫和父亲弗兰克。我深爱的妻子、我们亲爱的母亲莉娜。我们亲爱的父亲马库斯，等等等等。没有哪个被深爱的人还是活着的。只有那些非常老的墓碑上写着希伯来文。我们的儿子和哥哥内森。我们亲爱的父亲爱德华。丈夫和父亲路易。深爱的妻子和母亲芬妮。深爱的母亲和妻子萝丝。深爱的丈夫和父亲所罗门。深爱的儿子和哥哥哈里。纪念我深爱的丈夫和我们亲爱的父亲路易斯。深爱的儿子西德尼。深爱的路易之妻和乔治之母露西尔。深爱的母亲蒂莉。深爱的父亲亚伯拉罕。深爱的母亲和祖母莉娜。深爱的丈夫和父亲伊曼纽尔。深爱的母亲萨拉。深爱的父亲塞缪尔。那在我的墓碑上，要写深爱的什么呢？就刻上：深爱的什么。大卫·施瓦茨，深爱的儿子和哥哥，为国捐躯，1894—1918，玛西班月[①]15日。纪念格蒂，真正的妻子和忠诚的朋友。我们深爱的父亲萨姆。我们的儿子，十九岁，1903—1922。没有名字，只写了“我们的儿子”。深爱的妻子和亲爱的母亲弗洛伦斯。深爱的哥哥伯里斯博士。深爱的丈夫和父亲塞缪尔。深爱的父亲索尔。深爱的妻子和母亲西莉亚。深爱的母亲卡萨。深爱的丈夫和父亲伊萨多。深爱的妻子和母亲埃斯特。深爱的母亲珍妮。深爱的丈夫和父亲大卫。我们深爱的母亲格特鲁德。深爱的丈夫、父亲和哥哥杰基尔。深爱的姨妈西玛。深爱的女儿埃塞尔。深爱的妻子和母亲安妮。深爱的妻子和母亲福瑞玛。深爱的父亲和丈夫赫尔施。深爱的父亲……

找到了，萨巴斯，克拉拉·萨巴斯，1872—1941，莫迪凯·萨巴斯，1871—1923。他们就葬在这儿，简朴的墓碑上面有颗鹅卵石。有谁来过吗？莫迪，你来看过祖母吗？是父亲吗？谁在乎呢？谁已经离开了？那儿是什么啊？棺材甚至都不在里面。莫迪凯，人们说你很固执，脾气暴躁，非常爱开玩笑……然而即便是你也不会开这样的玩笑，没人会。他们不来看你，这样更好。还有祖母，你的名字，你的名字也是你的职业，你是个就事论事的人。你的身高，你的那些裙子，你的沉默，你的一切都在说，“不是非我不可”。你不反驳别人，不受任何事物诱惑，虽然你特别喜欢玉米棒。妈妈讨厌看着你啃玉米棒，但她不得不看，那个夏天对她来说糟透了，让她“感到恶心”，我却喜欢看着你啃。你们在其他方面都相处得很好，你沉默寡言，让妈妈按自己的方式操持家务，这或许是关键所在。祖父公开偏袒莫迪，因为祖父叫莫迪凯，谁又会怪你呢？一切被毁时，你已不在人世，真幸运。祖母，虽然你没遇上什么大事，但也没一件是小事。生活本可以让你的人生更

① Cheshvan，犹太历法中的月份名称，介于十月和十一月之间。

糟糕。出生在米库力斯小镇，死于皮特金的纪念医院。我漏了什么没说吗？对，以前我跟莫迪去冲浪捕鱼，夜里回来后，你喜欢帮我们把鱼洗干净。多数情况下我们都空手而归，但有时也昂首阔步地从沙滩上回来，桶里装着几条大扁鲹！你在厨房里杀鱼，剔骨刀直插进开口处，那个开口或许是肛门，一直划到中心，划到鱼鳃，接着（这是我最喜欢看的部分）你就把手伸进去，把里面那些好东西都拽出来扔掉。接着你就开始去鳞，逆着鳞的方向刮鱼鳞还能不把鱼鳞弄得到处都是。我一般要十五分钟才能把鱼鳞刮干净，然后再花半个小时把四周清理干净。但你全程只要十分钟。妈妈甚至让你掌勺。你想既不去头，也不去尾，直接整个烤了。烤扁鲹，玉米，新鲜的番茄，硕大的泽西番茄，这就是祖母做的饭。是的，是的，黄昏时，我和莫迪还在沙滩上和其他男人聊天。童年啊，童年的美好标记。从八岁到十三岁，那方我们生命中最本真的沉甸甸的宝藏。那也许是对的，也许是错的，我的是对的。起初，那方沉甸甸的宝藏是对周边人的依恋，那时我们正试图搞清楚感觉是什么，对我们来说，或许依恋感未必比性欲更新奇，却比性欲更强烈。最后还能想想某些最精彩的部分，某些人类的最精彩的部分，不是与之竞赛，也不是想着从这儿出去，倒是件好事。和隔壁的男人以及他的儿子们一起出去玩，在院子里见面聊聊天，下到沙滩同莫迪一起钓鱼，经历丰富啊。莫迪经常同其他人，也就是渔民聊天，轻轻松松地就跟他们聊起来了。在我眼中，莫迪做的所有事都是可靠的。有个穿着棕色裤子、短袖白T恤、嘴里一直叼着根雪茄的人跟我们说，他根本不在乎抓不抓得到鱼。好在他不在乎，因为除了锥齿鲨外他也几乎抓不到鱼。他告诉我们这些孩子："钓鱼最主要的乐趣是离开家，离女人远些。"我们听完总是大笑，但对我和莫迪来说，有鱼咬钩就非常刺激。如果是扁鲹，咬钩的力气就很大，鱼竿在你手中震动，所有东西都震了起来。莫迪是教我钓鱼的老师。"如果咬钩的是条银花鲈鱼，它会往外冲，要是你不放线，鱼线就会断，所以你得一直放线，让它游动。如果咬钩的是扁鲹，上钩后你就立刻收线，但鲈鱼的话不行。虽然扁鲹体形大又有耐力，但会竭力挣脱的反而是鲈鱼。”对每个人来说，把河豚从鱼钩上弄下来都不算轻松，但莫迪是个例外，河豚身上的针和刺对他没有影响。另一件不那么有趣的事是抓鳐鱼，你记得我八岁那年是怎么受伤住院的吗？我在栈桥上抓到了一条大鳐鱼，它咬了我一口，我晕了过去。它们既是漂亮的游泳健将，姿势优美随着海浪起伏，又是惹人厌烦的掠食者，长着一副大大的尖牙，非常凶狠，满脸凶相，看上去像条大扁鲨。莫迪不得不大声求救，喊来了另一个家伙，他们把我抬到那家伙的车上，然后开车奔向皮特金。我们每次出去钓鱼，你都迫不及待地等我们回来，然后处理我们钓到的鱼。我们也常常抓小银鱼，不到一磅的小银鱼。你把四五条小鱼放在一个锅里煎，虽然鱼的骨头很多，但味道非常不错。看着你吃小银鱼也非常有意思，除了妈妈外每个人都觉得有意思。我们还钓了什么其他鱼让你处理吗？我们在鲨鱼河入口处钓鱼时，能钓到比目鱼、扁口鱼，还有鼓鱼，大概就是这些。后来莫迪入伍，参加空军，临走前一晚，我们带着鱼竿下到沙滩，钓了一小时的鱼。别像孩子一样执着于装备，专心钓鱼。鱼竿，鱼钩，浮标，鱼线，有时候用窝料，但多数时候用鱼饵，鱼饵大多是鱿鱼。就是这样。工具结实，大大的鱼钩带着刺，千万不要清洗鱼竿，每年夏天在上面洒一次水就可以。一直保持用同一种工具，如果想钓到深海鱼的话，就换个浮标和鱼钩。我们到沙滩钓了一个小时。屋里的人都在哭，因为他第二天就要参战了。你当时已经躺在这儿了，你已经去世了。所以让我来告诉你发生了什么，一九四二年十月十日。九月，他就一直在家晃悠，因为他想参加我的成人礼，想出现在成人礼的现场。十月十一日，他去珀斯安博伊应征入伍。最后一次在栈桥和沙滩上钓鱼。十月中旬和十月末，鱼都游走了。莫迪第一次在栈桥上教我钓鱼时，用的是一个钓淡水鱼的小鱼竿和小卷线轮。当时我问他：“鱼群会去哪儿呢？”“没人知道，”他回答说，“没人知道鱼群会去哪儿，它们一旦进入海里，谁会知道它们去哪儿呢？难道你觉得人们会跟着鱼群到处跑吗？这是捕鱼的神秘之处。没人知道它们在哪儿。”那天傍晚，我们走到大街尽头，走下台阶，来到沙滩上，天刚黑下来。那时还没开始用旋转投丝，莫迪能把鱼线扔到一百五十英尺远。用的是开放式卷线轮，卷线轮仅由一根卷轴和一个把手组成。那时的鱼竿更僵硬，卷线轮不灵活，鱼竿不易弯曲。对孩子来说，把鱼钩抛出去无异于酷刑。刚开始时，鱼线总是被我弄得缠在一起，我花了很长时间才学会如何把鱼线笔直地抛出去。莫迪说他会想念跟我一起出去钓鱼的日子。他带我去了沙滩，跟我聊了很长时间，没有其他家人在旁边。“站在那儿，”他说，“海边的空气，寂静的四周，波浪的声音，沙里的脚指头，想着海里有很多东西要来咬你的钩，想着海里有东西的那种刺激感。你不知道那些东西是什么，不知道有多大，甚至不知道会否见到。”那些无形的东西，那些势不可挡的东西，可能是恐惧，会在你向简单的事物敞开心扉后嘲笑你。你长大后得到了那些东西，但他没见过，也没得到过。他没得到那些东西，他牺牲了。祖母，这就是我要告诉你的消息。黄昏时，沙滩上，和哥哥一道决定不再钓鱼，真是一代人伟大而又激动人心的决定。你们睡在同一个屋子里，你们靠得非常近。他去哪儿都带着我。大约是他十二岁的那年夏天，他找到了一份挨门逐户卖香蕉的活儿。贝尔马有个专卖香蕉的男人雇了莫迪，莫迪就雇了我。要干的活儿就是沿街叫卖：“香蕉，二十五美分一串！”多么好的活儿，我现在有时候还梦到这活儿。你光喊“香蕉！”就有人付你工资。每到周四周五学校放学后，他就去给费尔德曼拔鸡毛，费尔德曼是个做犹太洁食的屠夫。雷克伍德的一个农场主经常来找费尔德曼，把鸡卖给他。莫迪也会带我一起去帮忙。把凡士林从手一直向上涂到胳膊上，防止虱子上身，那是其中最糟糕的一部分，但恰恰是我最喜欢的。那让我觉得自己是个大人物，才八九岁就不怕那些可恶又可怕的虱子，像莫迪一样，完全蔑视它们，只顾着拔鸡毛。他还曾保护我不受那些叙利亚犹太人的欺负。以前夏天时，孩子们喜欢在迈克和卢的餐馆外的人行道上跳舞，跟着自动点唱机的音乐跳吉特巴。我觉得你应该没见过。有年夏天，莫迪在迈克和卢的餐馆打工，他把围裙带回来，妈妈帮他洗干净，以便第二天晚上用。如果不洗，芥末酱就会留下黄色的污点，调味品也会留下红色的污点。晚上他进我们房间时，身上的芥末酱会随他一起进入房间，闻起来有芥末酱、酸泡菜和热狗的味道。迈克和卢的餐馆也卖热狗，烤的热狗。叙利亚人也常在餐馆外的人行道上跳舞，像水手一样自顾自地跳舞。他们跳得有点像大马士革的曼波舞，舞步动感十足。他们都有血缘关系，同一个家族的，皮肤黝黑。加入我们的纸牌游戏的叙利亚孩子玩了一把激烈的二十一点。他们的父亲们当时在纽扣、针线和面料行业上班。父亲有一位来自尼普顿的好朋友，是一名装饰工，他周五晚上在厨房打扑克时说："金钱是他们的神，全世界就属和他们做生意最难，你一转身就被骗了。"有些叙利亚孩子也给人这种印象。有个人，金迪兄弟中的一个，不问缘由地向你走来，给你一拳，像要你的命一般，然后又只是看看你就走开了。他的姐姐让我着迷，我那时十二岁，她跟我一个班。她像个毛茸茸的小消防栓，眉毛又浓又粗。我忘不了她那黝黑的皮肤。她把我对她说的都告诉她弟弟了，所以有一次她弟弟要打我。我怕得要命。我根本就不该看她，更别提跟她说话了，但她那黑皮肤让我蠢蠢欲动。在迈克和卢的餐馆门口，他刚要动手，莫迪就穿着沾满芥末酱的围裙走出门外，对金迪说："离他远点。"金迪回道："你要逼我离他远点吗？"莫迪说："是的。"金迪给了莫迪一拳，揍得莫迪整个鼻子都开花了。记得吗？艾萨克·金迪。我对他那副自我陶醉的样子从来都不感兴趣。莫迪缝了十六针。那些叙利亚孩子生活在另一个时区，他们总是窃窃私语。但我已经十二岁了，裤裆里的家伙开始有反应，我的双眼离不开他那毛发旺盛的姐姐，她叫索尼娅。我记得索尼娅还有一个弟弟，叫莫里斯，也没有人情味。随后战争爆发了，我十三岁，莫迪十八岁。可能除了外出参加田径运动会，他一辈子都没离开过这儿。他从来没离开过蒙茅斯县。他一生中每天都会回家，就这样无止境地日复一日。第二天早上，他离开了，准备去死。但接下来，死亡就变成了至高无上的循环，不是吗？你不同意吗？好吧，不管值不值得，在我继续往下说之前，我要说，我每次吃玉米棒时，都会愉快地想起你和你的假牙正疯狂吞咽，还有我妈妈心中的厌恶。这教给我的可不只是婆婆和媳妇之间的关系，这教会了我一切。为了不把你这个模范祖母扔到大街上，妈妈做了她能做的一切。你知道的，我妈妈还算友善。但汝之蜜糖彼之砒霜，你觉得幸福的事却让她感到恶心，这种相互作用，这种愚蠢的相互作用，足够杀死所有人，足够杀死每一个人。

深爱的妻子和母亲芬妮。深爱的妻子和母亲汉娜。深爱的丈夫和父亲杰克，等等等等。我们深爱的母亲萝丝。我们深爱的父亲哈里。我们深爱的丈夫、父亲和祖父迈耶。人们，所有的人们。这儿的是施洛斯上尉，那儿的是……

在一处刚被翻过土的地方，又一个挚爱的妻子、母亲和祖母李·戈德曼刚和她一个深爱着的家人团聚了，但萨巴斯不知道那个家人叫什么。萨巴斯找了些鹅卵石，摆在他母亲、父亲和莫迪墓碑上，也给艾达找了一颗。

我在这儿。

除了一张桌子、一部电话、几把破烂不堪的椅子外，克劳福德的办公室里一无所有，哦，让人摸不着头脑的是还有一台自动贩卖机，里面空无一物。空气中弥漫着一股酸味，像是潮湿的狗毛发出的味道，总让人忍不住觉得那张桌子和两把椅子是从马路对面的临时垃圾堆放处里挑来的。桌子上有块玻璃，上面交叉贴着很多用来把玻璃固定在一起的胶带纸，好让这个公墓管理人有地方写字。大量旧名片被从玻璃四边塞了进去。萨巴斯看到的第一张名片上写着“善意铺筑公司，新泽西州弗里霍尔德考伊特大街二一二号”。

要进到这个像墓穴一样的砖砌建筑中，萨巴斯得先把克劳福德叫出来镇住那些狗。1924.4.13—1944.12.15。要是莫迪还活着，他已经七十岁了，今天就是他的生日！到十二月，他就去世五十周年了。我不会来这儿参加悼念活动，没人会来，真是谢天谢地。

那时，葬礼早就结束了，雨也早就停了。克劳福德之前已经给魏茨曼太太打过电话，询问萨巴斯问的那些墓穴的价格，还有单人墓穴是否已被预订。他等萨巴斯来办公室已经等了近一个小时，等着告诉他墓穴的价格以及单人墓穴的好消息。但每次萨巴斯离开家族墓地后，都会转身走回去。他不知道自己在那儿站了十分钟后再离开会让谁失去什么，但他就是做不到。他也嘲笑自己来来回回的，离开又回去，但他还是忍不住这么做。他不能走，他不能走，他不能走，接着他可以走了，就像所有那些突然停止做某件事而开始做另一件事的傻瓜一样，你无法判断这样的人生是完全自由的还是毫无自由可言，所以他就走了。这样反反复复地来回，并未能让他获得任何洞见，反而让他更加清晰坚定地认识到这种做法有多愚蠢。就算真有什么洞见，他也知道自己永远无法知道是什么洞见。他全程紧握拳头，握得关节炎都发作了。

克劳福德的脸在室内没有在室外看起来那么比例协调，他摘下费城人队的棒球帽后，凸显出长长的尖下巴、小鼻梁的塌鼻子以及一大片窄窄的额头。似乎上帝在克劳福德出生时就做了标记，让他做公墓管理人，给了他一个和铲子长得一模一样的下巴。他的脸是一条进化的分界线，将我们这个物种和先前的亚种截然分开，然而在那张桌腿断裂的桌子后面，在那块破玻璃上方，他说话的语调十分专业，跟他所处理的事务的沉重性相吻合。为了在萨巴斯脑中留下一幅自己的遗体会被无礼对待的鲜活画面，小狗也在他耳边龇牙低吼。克劳福德的窗户下面，狗儿们把狗链晃得直响，听上去在憎恨犹太人的梦中饱食了一顿。另外，深色的棋盘格油毡布地毯破破烂烂，无人打扫，上面散落着狗链和狗绳，克劳福德的桌上放着空的宝路牌狗罐头，那是喂狗后剩下的，里面放着铅笔、钢笔和回形针，甚至还有些文件。克劳福德对面的那把椅子上放着半箱没开封的狗粮，萨巴斯得把狗粮移开才有地方坐。萨巴斯坐下时才注意到前门上的气窗，那是个装着彩色玻璃的方形窗户，上面雕着大卫星。这地方原本是公墓的祷告室，供前来哀悼的人聚集在棺材周围祷告，而现在已变成了狗舍。

“单人墓穴他们卖六百美元，”克劳福德对他说，“那边的双人墓穴卖一千二百美元，我跟他们砍到了一千一百美元。我觉得对您来说那边的双人墓穴最好，那块区域更好，您在那儿也更好。单人墓穴旁边有个旋转门，进进出出的人很多……”

“双人墓穴太远了，把施洛斯上尉旁边的那个给我吧。”

“如果您觉得您在那儿更好的话……”

“还要一个墓碑。”

“我不卖墓碑，之前跟您说过。”

“但您肯定认识卖墓碑的人，我想订个墓碑。”

“墓碑有无数种。”

“施洛斯上尉那样的就行，简简单单的。”

“那个墓碑不便宜，大概八百美元，在纽约的话要一千两百美元。还需要个相匹配的墓基，所以还有墓基费，墓基费根据混凝土的厚度来收。刻字也另外收费，这是分开的。”

“多少钱啊？”

“得看您想刻多少字。”

“跟施洛斯上尉的墓碑上的一样。”

“那可不少，得花一大笔钱。”

萨巴斯从最里面的口袋中取出装着米歇尔的钱的那个信封，并摸了摸口袋，确认装着宝丽来照片的信封也还在。他从装着钱的信封里拿出六百美元和八百美元，放在克劳福德的桌子上，分别用来买墓穴和墓碑。

“再加三百美元，”萨巴斯说，“够刻字了吗？”

“施洛斯上尉的墓碑上可有五十多个字母呢。”克劳福德说。

萨巴斯又数了四百美元，“有一张是给您的，感谢您把一切都办妥”。

“墓穴上面要种植被吗？椰可树二百七十五美元，包括树木和栽种费。”

“树？我不需要树，我从来没听说过椰可树。”

“您家族墓地上种的那些就是椰可树。”

“好，给我种跟他们一样的树，种些椰可树吧。”

他又拿出了三张一百美元：“克劳福德先生，我所有的近亲都葬在这儿，我想让您主持我的葬礼。”

“您生病了。”

“我要一口棺材，兄弟，跟我今天见到的那口一样。”

“纯松木，那个四百美元，我认识一个家伙，做一口一模一样的，他只收三百五。”

“还需要一个拉比，那个矮矮的就行，多少钱啊？”

“他吗？一百。我帮您找个别人吧，找个只收五十美元的拉比。”

“是犹太人吗？”

“当然，就是岁数大了些。”

雕刻着大卫星的气窗下面的门被推开了，门口是那个意大利孩子，他正往里走，这时有条狗跟着他冲了进来，拖着狗链飞了起来，离萨巴斯就几英尺。

“乔尼，看在老天的分上，”克劳福德说，“关上门，别让狗进来。”

“是啊，”萨巴斯说，“您不会想让它吃了我吧，那也得等我签完字啊。”

“不是，这条狗不会咬你，”克劳福德向萨巴斯保证，“另一条狗会往你身上冲，但这条不会。乔尼，把它弄出去！”

乔尼拉着狗链，把狗往后拖了出去，把还在朝萨巴斯龇牙低吼的狗强行拉出了门外。

“这些帮手，你不能坐在这儿安排，‘来，去把那儿的工作做好’。他们不知道怎么做，现在我不得不找个墨西哥人来帮忙，不是吗？他会机灵些吗？他会更糟糕。您车门锁了吗？”他问萨巴斯。

“克劳福德先生，我还有什么没想到吗？”

克劳福德低头看了他写的备忘录。“殡殓费，”他说，“四百美元。”

萨巴斯又数了四百美元，放在桌上的那一摞钞票上。

“还有附加说明，”克劳福德对他说，“说明墓碑上刻什么字。”

“给我张纸和一个信封。”

克劳福德开发票时用的都是复写纸，一式三份。克劳福德给了萨巴斯一张纸，正面是个发票样式，写着“公墓的关爱”等，萨巴斯在纸的背面勾勒出了墓碑的形状，笔触幼稚得像孩子画的房子、猫或树。他画画的样子也像极了孩子。在他画的框里，他照自己的意愿安排着墓志铭。他写完后把纸折了三折，塞进信封，把信封封上。“附加说明，”他在信封上写着，“M.萨巴斯墓碑上的附加说明，必要时打开。M.S. 4/13/94。”

克劳福德若有所思，花了很长时间完成了文书工作，这是一场很棒的表演，萨巴斯很享受地看着他。他一笔一画十分认真，仿佛每份文件、每张发票上的每个字都极其重要。突然他仿佛有了种深深的敬畏，也许只是因为他多收了萨巴斯的钱，但也许一小部分原因是他办理正式手续时的必要程序。所以，这两只老狐狸就隔着那张破桌子面对面坐着，彼此猜忌，却又互相关联，各自喝着他们口中冒泡的东西，这些东西是从生命之泉流出的。两个老人的状态就像一个人，就像我们所有人。克劳福德仔细地把发票存根卷了起来，把整齐的纸卷放进空狗粮罐中。

萨巴斯又回到家族墓地，这是最后一次了，他的心情既沉重又雀跃，打消了内心的最后一丝疑虑。我这次会成功的，我向你们承诺。然后他走去看自己的墓穴。他路过之前没看到的两个墓碑。深爱的儿子和亲爱的哥哥，死于一九四四年七月一日诺曼底战役，二十七岁，你将作为下士哈罗德·伯格被永远铭记。深爱的儿子和哥哥朱利叶斯·卓普津于一九四四年九月十二日死于法国南部的一次军事行动，二十六岁，永远活在我们心中。这两个小男孩死了，他们杀死了卓普津和伯格。他停下脚步，替他俩大声咒骂。

虽然街对面是个垃圾堆，后面的栅栏也坏了，生锈的铁门塌向一边，但作为墓穴所有人的他依然满心自豪，不管那点含沙的土壤看上去多么寒酸，多么微不足道，单人墓穴的边缘线就成了墓穴的界线。他们无法从我这儿抢走这个墓穴。忙了一个上午，他对此非常满意。他郑重地做出决定，打破束缚，摆脱恐惧，正式向公墓告别，他吹口哨哼着格什温的曲子。也许另一个区更好些，但在这儿，他站起来就能看到家族墓地，道路对面躺着的魏茨曼家族正鼓舞着他，施洛斯上尉就在他右边，如果躺下后，施洛斯上尉则在他左边。他又慢慢读了遍所有将永远成为他邻居的人的描述。“大屠杀幸存者、VFW、水手、商人、企业家。活在亲朋好友的爱的回忆中。1929.5.30—1990.5.20。”萨巴斯想到，大概二十四小时前，他看到了一些贴在售货处窗户上的标识，售货处紧靠着殡仪馆，林茨就是在那儿被众人追思的。那儿展示的是一块无名的墓碑，旁边的标识上写着：“什么是墓碑？”墓碑下面的文字字体简单优雅，文字宣扬道：“墓碑是一种挚爱的象征……向所有人有形地表达了爱，最崇高的情感……立墓碑是因为曾经存在的是生命，而非死亡，精挑细选和合理指引后，墓碑应该能激起活着的人心中的崇敬、信仰和希望……墓碑应该能发出来自过去、现在以及未来的声音……”

写得真美。我很高兴他们向我们厘清了墓碑的概念。

在施洛斯上尉的墓碑旁，他想象着自己墓碑的样子：

莫里斯·萨巴斯

“米奇”

深受喜爱的嫖客

诱奸者

兽奸者、虐待女性者，

道德败坏者、年轻人的陷害者

杀妻者

自杀

1929—1994

……那曾是父亲的表哥菲什住的地方。这就是这段旅程的结尾了。沿海岸线而建的那些旅店不见了，取而代之的是廉价公寓，但大街后面的那些小房子还赫然矗立着，就是那些大家住的木制的、泥灰制的带凉台的平房，好像是在赫姆洛克协会的建议下才保存下来的。他开车经过这儿的每一片地区，作为最后的回忆和告别。现在，他想不出其他可以拖延的事来诠释象征着结束的那一幕，现在是时候往前迈一步来把那件破事给做了，那将结束我的故事的伟大的一幕……能在哈蒙德大道上看见以前菲什住的平房时，他就将永远离开布拉德利比奇。

哈蒙德大道离沙滩大概一英里，与海岸线平行，附近是大街和铁轨。菲什应该已经死了很多年。他妻子在我们小时候就得了肿瘤，我们当时还没意识到她还很年轻。一颗土豆正在她脑袋一侧皮肤下的土壤中生长，她戴上头巾，想把不堪入目的部位遮起来，但即便如此，眼尖的孩子还是能看到那颗茁壮成长的土豆。菲什在卡车里卖蔬菜。从杜根那儿买蛋糕，从波顿那儿买牛奶，从佩奇泰尔那儿买面包，从海岸公司那儿买冰，从菲什那儿买蔬菜。你知道我一看到篮子里的土豆就会想到什么。一个亡故的母亲，难以想象。有一阵子，我根本吃不下土豆。后来我长大了，肚子也更饿了，才吃得下土豆。菲什一人抚养两个孩子，晚上带着他们一起去男人打牌的屋子里。欧文和洛伊斯。欧文收集邮票，每个国家的邮票他都至少有一张。洛伊斯有胸，十岁就有了。上小学时，男孩经常掀起她的外套，套在她头上，捏她的胸部，然后跑开。莫迪说我不能那么做，因为她是我们的表亲。"隔代表亲。"但莫迪说不行，这有违犹太人的某条律法。毕竟我们有一样的姓氏。教室座位按字母表排列，多亏了这点，我坐得离洛伊斯只有十八英尺远。那些课程非常难熬。想要快乐可不容易，那是我学到的关于那方面的第一课。一小时后，我必须把笔记本挡在裤子前才能走出教室。但莫迪说不行，就算把笔记本举到羊毛衫那么高也不行。在那方面，我最不愿认真听取他的意见。我应该在他的坟前责骂他："哪条犹太律法？都是你瞎编的，你个混蛋。"我应该朝他笑笑，兴高采烈地伸出我的手，让他看到笑容，一副皮囊、一个声音、一种活着所能享受到的有些乐趣的人生，那种就算跳蚤也能感受到的简单而纯粹的生存的乐趣，那种任何在癌症病房里的人都能时不时切实感受到的愉悦，就算也许他的一生并非总受到幸运的青睐。给，莫迪，来拥抱我们所谓的这种"生活"，正如我们称天空为"天空"、太阳为"太阳"一样真实的生活。我们多么冷漠啊。兄弟，我是个活着的灵魂，不管价值如何，夺走我的生命吧！

好吧，是该养养精神，好让生命被夺去。这需要他的某种精神状态，还需要更多其他东西。渺小和伟大；愚蠢和智慧；懦弱和英雄主义；盲目和远见；他统领的两支敌对军里的每个成员都需要合为一体，这点他知道。生存的乐趣数不胜数，连跳蚤都能感受得到，但这也无法将这一切变得简单。停止那些错误的想法，想点正确的。还有菲什的房子，所有房子！他家人的房子现在由一对西班牙夫妇煞有介事地维护着，他看见夫妻俩双膝跪在车道边缘，打理着花园，曾用沙子铺就的车道如今已铺上了柏油，这些都使他的决定更为坚定，让他所有的痛苦都与他的决定相连。阳光可以直接照进的玻璃走廊、铝制的挡板和有缺口的金属百叶窗都是新东西，都让“这个房子是他们的”这种想法显得荒谬，就像“把公墓当成他们的”一样荒谬。但菲什留下的这个地方有特殊意义。那种意义难以解释，但又谈不上重大。对萨巴斯而言，那种意义始终让他不得要领。

原本是遮阳棚的地方毁坏了；还挂着屏风的地方租出去了，也开裂了；原本是台阶的地方看上去支撑不起一只猫的重量。菲什那破败不堪的房子好像无人居住。自杀之前买下来，萨巴斯心想。要多少钱呢？他还剩下七千五百美元。他还活着，人活着时就还得走动。他下了车，抓住一根栏杆，走到门口。那根栏杆似乎靠意念连着台阶。他小心翼翼的样子别扭得很，完全不像一个无需考虑生命和四肢安全的人。

菲什最爱的节目是《弗雷德·艾伦秀》，萨巴斯学节目里的努斯鲍姆太太一样大喊：“喂，有人吗？”他敲了敲客厅的窗户。因为天色阴沉，而且每个窗户上都挂着裹木乃伊的布，而不是以前的窗帘，所以很难看清屋内的样子。他转到侧面，进了后院。院子被杂草点缀，除了一张沙滩椅外什么都没有。看上去自从那个六月的下午起，那张吊索沙滩椅就一直放在户外，没收进屋。那个六月的下午，他来看欧文收集的邮票（对外宣称的理由），然后从楼上欧文的卧室窗户偷看洛伊斯穿着泳衣在下面晒太阳，她的身体，她的身体，她的身体如葡萄园内蔓生的葡萄藤一般占据了整张沙滩椅，她把防晒霜从管子里挤出来，又抹遍全身。防晒霜在他看来像是精液，她声音深沉沙哑，全身涂满了精液，他的表妹。十二岁就得忍受那些的话实在太过沉重：根本没有犹太律法，你个混蛋。

他走到前面寻找出售的标识，去哪儿问这房子怎么卖呢？“有人吗？”他在最底层的台阶上问。他听到街对面有声音回答他，是个女人的声音：“您在找那个老头吗？”

有个黑人妇女朝他招手，她穿着一条牛仔裤，年轻，满脸笑意，友善，丰满。她站在走廊楼梯最上面的一级台阶上，正在听收音机。小时候，萨巴斯没见过多少黑人，且不是在阿斯伯里就是在贝尔马见的。阿斯伯里的黑人大部分都是酒店洗碗工、住家仆人，或是没有技能的杂工，住在斯普林伍德大道、卖鸡卖鱼的市场、犹太人的熟食店里。酸泡菜上市时，妈妈经常给我们空罐子，让我们带去熟食店，他们会把罐子装满酸泡菜让我们带回家。那儿还有个黑人酒吧，名为里奥的草地俱乐部。战争期间，酒吧里人满为患，里面都是妓女和穿着佐特套装[①]的花花公子。周六晚上，那些家伙穿着他们最好的衣服，出来喝个烂醉。里奥俱乐部的音乐最好听，据莫迪说，那些演奏萨克斯的非常了得。当时在阿斯伯里，黑人和白人并非水火不容，莫迪认识那儿的一些音乐家，带着还是孩子的我去听过几次爵士乐。俱乐部老板里奥是个犹太人，块头很大，他看到我到俱乐部就捧腹大笑。他看到我进去就说：“你他妈的来干啥？”莫迪在阿斯伯里田径队里扔铁饼和铅球，田径队明星跨栏选手的弟弟在俱乐部里吹萨克斯，是个黑人，他会问：“莫迪，出什么事了？犹[②]最近怎么样？”犹！我喜欢这个称呼，原因很多。回家路上我一直重复着这个称呼，莫迪都抓狂了。另一个黑人酒吧有个更梦幻的名字，叫兰香苑，但那儿没有现场音乐表演，只有个自动点唱机，我们从没进去过。是的，萨巴斯读高中时，阿斯伯里高中都是些意大利人和犹，还有少部分黑人和一小撮新教徒，

① zoot suit，流行于1940年代的一种上衣肩宽而长、裤子高腰裤口狭窄的男装。
② “你”（you）与“犹太人”（Jew）发音相似，因莫迪是犹太人，故被戏称作“犹”。

白人新教徒，你们就是这么称呼他们的。那时，朗布兰奇只有意大利人，是朗格布兰奇[1]。贝尔马有很多在洗衣店工作的黑人，他们住在第十五大道和第十一大道附近。贝尔马犹太会堂对面住着一家黑人，他们会在安息日过来开灯、关灯。有几年夏天，在海岸公司垄断之前，那儿有个卖冰的黑人。他总是让萨巴斯的母亲感到不解，并不是因为他是她看到的第一个也是最后一个卖冰的黑人，而是因为他卖冰的方式。她要买二十五美分的冰块，他就切一块，然后放在秤上说："就这个。"她接过冰块收起来，吃晚饭时对家人说："他为什么把冰块放在秤上呢？我从未看他多加一块冰，或者削掉一点。把冰块放在秤上，他在骗谁呢？""你。"萨巴斯的父亲回答说。她每周从他那儿买两次冰，直到他不见了。莫迪和我称卖冰的黑人为"就那个人"，也许眼前这个黑人妇女是他的孙女。

"我们已经一个月没见到他了，"她说，"应该找人去看看，您说呢？"

"我就是专程来看他的。"萨巴斯答道。

"他听不见，您必须死命敲门，不停地猛敲。"

他刚刚可不只不停地死命敲门，他还拉开了生锈的铁丝网门，转动了前门的把手，然后走了进去。门没锁，菲什就在那儿，父亲的表哥菲什就在那儿。不在立着墓碑的墓穴里，而在侧窗边的沙发上。很明显，他既没看到萨巴斯进来，也没听到他进来。跟表哥菲什比起来，眼前这个人块头真是太小了，但那就是他。在他那宽秃顶、窄下巴和大耳朵之间还隐约有萨巴斯父亲的影子，但这种相似之处更多见于某些不易言说的方面，即那代犹太人共有的家族面貌。从他脸上，还能看出生命的重量，承受生命之重的单纯，对自己尚未被彻底击垮的感激，对他人坚定和纯真的信任。这些都还能在他脸上看到。只能这样。在这个如太平间一般的世界里，信任是伟大的馈赠。

---

① Longa Branch，即朗布兰奇（Long Branch），这里将字母"g"发音来模仿意大利口音。

我应该离开，仿佛现在发出一点声音都能让他死去。我不管说什么都能杀了他。但他是菲什[①]。那个时候，他有时晚上敢跟那些不是犹太人的工人一起乘船出去钓鱼，我以为他因此才取了这个名字。他说话带口音，敢跟那些醉鬼一起出门，像他这样的犹太人可不多见。我小时候，有一次，他带着我和莫迪去了，跟着成年男人出去很有趣。我父亲既不会钓鱼，又不会游泳，但菲什两样都会。他教会了我游泳。"你钓鱼时通常不抓鱼，"我是船上年纪最小的，他向我解释道，"你看到多少鱼，就最多能抓到多少鱼。你时不时能抓到一条鱼。有时遇到一群鱼的话，你就能多抓些，但这种情况不多见。"九月初的一个周日，下了一场暴雨，暴雨一停，菲什就带着欧文开着没装蔬菜的空卡车来了，让莫迪和我带着鱼竿坐在后面，然后疯狂地往南开，开往纽瓦克大道沙滩。他知道要去哪个沙滩。夏天一下暴雨，水温就会发生变化，海浪汹涌，鱼群会跟着米诺鱼游过来，你就能在沙滩上看见鱼。鱼群就在海浪中，它们就在那儿，菲什知道。看着它们跟着浪从海中游来，菲什半小时就抓了十五条。我那时才十岁，也抓到了三条，当时是一九三九年。后来莫迪离开了，我也长大了。我大约十四岁，很想念莫迪。菲什从我父亲那儿得知我很想念莫迪，就在某个周六带我去沙滩待了整整一晚上，抓青鱼。他带了一保温瓶的茶，我们一起喝。我不能不跟他告别就自杀。如果他被我说的话惊到了，一命呜呼，他们只需在我的墓碑上刻上"杀害老人者"就可以。

"菲什表叔，您还记得我吗？我是米奇·萨巴斯，我是莫里斯，莫迪是我哥哥。"

菲什没听到他说的话，萨巴斯得离沙发近些。他看到我的胡子时会以为我是死神，是小偷，是持刀的强盗。我自五岁以来，没有感到比这更阴险或更幸福的事儿了。这是菲什，没受过教育，但举止得当，爱

① Fish，有"鱼""钓鱼"之意。

开玩笑，又很抠门，用我妈妈的话说就是非常抠门。是个男人都会为金钱担心。妈妈，他们怎么会不担心呢？在这个世界上，他们是被恐吓的外人。然而他们拥有反抗的源泉，这种源泉对他们而言也不可捉摸；抑或，若非他们没有被仁慈地免于可怕的思考倾向，这种源泉就会成为一个谜。他们最不在乎的就是思考的能力。还有更为根本的东西。

“菲什，”他张开双臂，走近了些说，“我是米奇，我是米奇·萨巴斯。您的表弟萨姆和耶塔的儿子，米奇·萨巴斯。”他大声说话，让低头在大腿上抚弄信件的菲什抬起了头。谁给他写了信？我几乎都收不到信，又一证据说明他还没死。

“你？你是谁？”菲什问，“你是报社的吗？”

“我不是报社的，不是，我是米奇·萨巴斯，萨巴斯。”

“是吗？我有个表亲萨巴斯，在麦凯布大道上，你不是他吧？”

他的口音和遣词造句还没变，但他的声音不再有力，不再能从大街上穿透房子传到后院，“蔬——菜——！女士们，新鲜的——蔬——菜！”他现在的声音沉闷空洞，你不仅能听出他耳朵多么不好使，人多么孤独，还能听出他盛年已过，整个人只是一层薄雾。他玩纸牌游戏时，一旦赢了，会大喜过望，甚至还有几分暴力；赢了一大笔钱后，他大笑着，反复拍打厨房桌子上的油布。后来我妈妈向我解释说那是因为他非常贪婪。厨房里的捕蝇纸从夹子上垂了下来。他们专心打牌时，厨房里只能听到大限将至的苍蝇在他们头顶一圈圈飞来飞去的嗡嗡声。还有蟋蟀和火车发出的声音。火车的声音虽算不上特别响亮，但它沿着泽西海岸货运专线行驶时，夜里的鸣笛声能把整个小镇撕裂，能让躺在床上的年轻人吓掉一层皮，直达他的神经末梢。那段时间里，这种声音至少能把小男孩的皮剥得每一寸身体都暴露在充满戏剧性和神秘性的生活之中。还有救护车的声音。夏天，为了逃离北泽西的蚊子，老人们会来镇上待上一周，救护车每晚都会鸣笛。南边的两个街区，在布林利酒店那边，几乎每晚都有人死去。白天，沙滩上阳光明媚，他们在岸边与孙辈们戏水，晚上坐在沙滩的长椅上用意第绪语聊天，接着腿脚不便的他们一起回到犹太酒店，准备睡觉时，有人突然晕倒，死了。第二天，你就能在沙滩上听到这个消息。突然倒在洗手间里，死了。就在上周，他看到酒店的一个员工星期六刮胡子，还向酒店老板投诉了，今天他就没了！当时我八九岁或十岁，受不了这个，救护车的鸣笛声把我吓坏了。我从床上坐起来大叫："不！不！"莫迪躺在我旁边的单人床上，我的叫声吵醒了他。"怎么了？""我不想死！""你不会死的。你还是个孩子，睡吧。"他帮我挺过去了。然后他死了，还是个孩子。那么，我母亲到底为什么讨厌菲什呢？就因为他没有妻子，却还活了下来，还能大笑吗？也许他有几个女朋友，整天在街上和女人们混在一起，给蔬菜打包装袋，也许把其中几个女人也装进了袋子。这也可以解释为什么菲什现在还待在这儿。性丑闻能成为一种势不可挡的动力。

"不是，"萨巴斯答道，"那是我父亲，住在麦凯布大道上的那位是萨姆，我是他儿子，我母亲是耶塔。"

"他们住在麦凯布吗？"

"是的，住在第二个街区，我是他们的儿子米奇。我是莫里斯啊。"

"麦凯布的第二个街区。我发誓我不记得你，实话实说。"

"您记得您的卡车，对吗？菲什表哥和他的卡车。"

"卡车我记得，我当时有辆卡车，是的。"说完之后他仿佛才明白自己说了什么，"哈。"他又加了一句，好像意识到了什么，让人啼笑皆非。

"您开着卡车卖蔬菜。"

"蔬菜，我知道自己卖过蔬菜。"

"嗯，您卖菜给我妈妈，有时候卖给我，我拿着她列好的单子去您那儿，您就把菜卖给我。我是米奇，我是莫里斯啊，萨姆和耶塔的儿子，他们的小儿子。另一个儿子叫莫迪，您以前带我们去钓鱼。"

“我发誓我不记得了。”

“好吧，没关系。”萨巴斯绕过茶几，挨着他在沙发上坐下。他的皮肤是深棕色的，眼睛藏在那副大大的角质镜架后面，仿佛在从大脑中获取信号。凑近之后，萨巴斯能更清楚地看到事情还聚集在他大脑中的某处。这很好，他们还能聊天。令他惊讶的是，他本想把菲什抱起来放在大腿上，但不得不抑制住这种欲望，“非常开心见到您，菲什”。

“我也很高兴。但我还是不记得你。”

“没关系，当时我还是个小男孩。”

“你当时多大啊？”

“您开着卡车卖蔬菜的时候吗？那是战前的事，我大概九岁、十岁。您当时年纪也不大，才四十多岁。”

“你说我以前卖蔬菜给你母亲是吗？”

“是啊，卖给耶塔，这不重要。您现在怎么样？”

“很好，谢谢。还可以。”

那种礼貌一定也打动了女人。他满身肌肉，待人礼貌，能讲笑话，简直是男子气概的样本。是的，这就是让我妈妈生气的地方，毫无疑问，是因为这惹人注目的男子气概。

菲什的裤子上有多条尿渍，羊毛开衫的颜色难以形容，食物残渣在开衫的正面结成了厚实的块状，那排扣眼周围最邋遢，但他的衬衫似乎很整洁，身上没有气味。令人惊讶的是，他的呼吸甜甜的，像那种吃苜蓿的动物所散发出的味道。但那些又大又歪的牙齿是他自己的吗？必须是。除非是给马做的，否则假牙不是那个样子。萨巴斯再一次克制住想要把他举起来放到大腿上的冲动。不过他没那么做，只是心满意足地把一只手臂抬到沙发后面，让手臂的一部分靠在菲什的肩膀上。这沙发与他的羊毛开衫有很多共同之处。厚涂法，画家们会这么叫。厚涂法是种过时很久的画法，年轻女孩可能会用厚涂法涂嘴唇。菲什朝萨巴斯竖起耳朵，以便更清楚地听他说话。

萨巴斯本可以吃了他的耳朵、头发和他整个人。那时，菲什渐渐开心起来。他时刻想赢牌；想在卡车后面调戏来买菜的女人；戴着马一般的牙齿，却性丑闻缠身。他无力自杀，只好坐在沙发上等死。这种想法让萨巴斯异常兴奋：不通情理毫无意义地活着，不要死去。

“您能走路吗？”萨巴斯问他，“能出去走走吗？”

“我会在房子周围散散步。”

“您怎么吃饭呢？自己做吗？”

“哦，是的，我自己做饭。当然自己做。我会做鸡肉……”

他们一起等菲什说出“鸡肉”后面的那个词。萨巴斯可以等一辈子。我可以搬进来，做饭给他吃。我们俩一起喝汤，街对面的黑人妇女过来吃甜点。她一定要不停地猛敲门，我不介意她每天都这样做。

“我有……你们叫什么来着，我有苹果酱，做甜点。”

“那早饭呢？今天早上吃早饭了吗？”

“哦，早饭，我给我自己做了麦片。煮麦片，我还做燕麦，明天我会做……你们叫什么来着，麦片，你们到底怎么叫它来着？”

“玉米片？”

“不，我不吃玉米片。不，我以前吃玉米片。”

“那洛伊斯呢？”

“我女儿吗？她死了，你认识她吗？”

“当然，那欧文呢？”

“我儿子，他去世了。差不多一年前去世的，六十六岁。什么都没了，他去世了。”

“我们一起读的高中。”

“是吗？和欧文吗？”

“他比我先上高中，他比我大，但比我哥哥小。我以前很羡慕欧文，他可以从卡车上跑出来替买菜的女人把袋子拎到家门前。小时候的我觉得欧文是个人物，因为他和父亲一起在卡车上卖蔬菜。”

“是吗？你住在这儿？”

“不，现在不住在这儿，以前住这儿，现在住在新英格兰，北边。”

“那你为什么要南下到这儿来？”

“我想看看以前认识的人，”萨巴斯说，“直觉告诉我您还健在。”

“感谢老天，我还活着。”

“我就想，‘我想见见他，看他是否还记得我或我哥哥，我哥哥莫迪’。您还记得莫迪·萨巴斯吗？他也是您的表亲。”

“我记性不好，很多都不记得了，我已经在这儿待了六十年，在这房子里。我年轻时买的这个房子，大约三十岁买的。然后，我成了家，也在这儿，同一个地方。”

“您还能自己上下楼梯吗？”客厅另一端的门旁边是个楼梯，萨巴斯以前跟欧文比赛爬这个楼梯，这样他就能从后面的卧室向下看到洛伊斯的身体。她从管子里挤出来的是Sea & Ski牌防晒霜吗？还是她后来才开始用这个牌子的呢？当我看着她把防晒霜抹遍全身时，那简直要了我的命，她活着时不知道这点，真遗憾啊，我敢说她现在想听我告诉她，我敢说现在对洛伊斯来说，朋友间的礼貌算不了什么。

“哦，能，”菲什说，“我能，我当然能上楼，我能走上去。我的卧室在楼上，所以我得上楼，当然能。我每天上去一次，上去再下来。”

“您睡得多吗？”

“不多，这是个麻烦，我睡得很不好，几乎睡不着。我这辈子没睡好过，我睡不着。”

菲什说的“睡觉”完全就是萨巴斯心里想的那个意思吗？这种表达方式不是菲什的风格。但萨巴斯已经多年没这样有趣地聊天了，昨晚在走廊与米歇尔的对话除外。菲什是我出海后遇到的第一个不让我觉得无聊透顶的人。

“您睡不着时都做些什么呢？”

“躺在床上想事情，就这样。”

"想些什么呢？"

菲什发出一声短促而响亮的声音，那声音像是从山洞里传来的。那一定就是他记得的笑声，他以前经常大笑，赢牌后笑得像个疯子。"哦，各种各样的事。"

"菲什，过去的事还记得多少呀？没有忘光吧？"

"比如什么呢？"

"耶塔和萨姆，我的父母。"

"他们是你的父母。"

"是的。"

菲什努力地回忆，像排便时那样集中注意力。他的脑中确实闪现过某些忽隐忽现的记忆，但最后他只能回答，"我发誓我不记得了"。

"现在您已经不卖蔬菜了，您整天做什么呢？"

"四处走走，做做运动，围着房子转转。太阳出来时，就出去晒晒太阳。今天是四月十三号，对不对？"

"对的。您怎么知道日期的？看日历吗？"

"不，我就是知道今天是四月十三号。"他的语气中有种真实存在的愤慨。

"您听收音机吗？以前您常跟我们一起听收音机，听电台评论员H. V. 卡顿伯恩的节目，听关于前线的新闻。"

"是吗？不，我现在不听。有个收音机在那儿，但我不用。我听力很差，已经上年纪了，你觉得我多大了？"

"我知道您的高龄，您已经一百岁了。"

"你怎么知道啊？"

"因为您比我父亲大五岁，我父亲叫萨姆，卖黄油和鸡蛋，是您的表弟。"

"他让你来这儿的吗？还是其他人让你来的呢？"

"是的，他让我来的。"

“真的吗？他和他的妻子耶塔，你经常见他们吗？”

“偶尔。”

“他让你来见我的吗？”

“是的。”

“你不觉得神奇吗？”

这个词给了萨巴斯极大的鼓舞。如果他能说出“神奇”，那么他的大脑就能回忆出我想知道的东西。你正在和一个只对自己的人生有些许印象的人打交道，那些印象就在他脑子里。只要你继续待在这儿，继续和他待在一起，一直待到他能回忆起一些印象，一直待到听到他说：“米奇、莫迪、耶塔、萨姆。”听到他说：“我当时在那儿，我发誓我记得，那时我们都还活着。”

“对于一个一百岁的人来说，您看起来相当健康。”

“谢天谢地，还不错，还不错，我觉得不错。”

“没病没痛吗？”

“没有没有，谢天谢地，没有。”

“您真幸运，菲什，没有痛苦。”

“谢天谢地，当然，我很幸运。”

“那您现在喜欢做什么呢？还记得跟萨姆玩的纸牌游戏吗？还记得钓鱼吗？记得在沙滩钓鱼吗？记得跟那些非犹太人在船上钓鱼吗？以前您晚上来我们家时总会非常开心。看到我坐在那儿，您捏着我的膝盖说：‘你是米奇还是莫里斯？是哪个啊？’这些您都不记得了，您和我父亲以前是用意第绪语沟通的。”

“以前？我现在也会说，从来没忘。”

“真不错，所以您时不时会说意第绪语，不错。还做什么其他让自己高兴的事吗？”

“高兴？”他很惊讶我竟问了这样一个问题。我问了那个问题之后，他第一次意识到眼前的可能是个疯子。一个疯子闯进了屋里，他有理由感到害怕。“哪种高兴啊？”他说，“我就在房子周围转转，就这样。也不去看电影或其他节目。我去不了，而且我什么也看不到，去了有什么用呢？”

“您见什么人吗？”

“嗯。”人啊。出现了个很大的污点，答案在一点点模糊。人啊，他想，虽然我完全不知道那是什么意思，像是尽力点燃潮湿的火种。“几乎没什么人，”他最后答道，“我的邻居我能见到，他不是犹太人，是个异教徒。”

“他人好吗？”

“好，好，人不错。”

“那真不错，就该这样。他们接受的教育就是要爱邻居，他不是犹太人可能是您的幸运。谁帮您打扫屋子啊？”

“有个女人几个星期前帮我打扫过。”

是的，我接管的时候那个女人就坐在外面。到处脏兮兮的。客厅里有一张沙发和一张茶几，楼梯旁边还有一把没有扶手的破软垫椅子，此外就只剩下地板了，像动物园里猴子笼的笼底一样。我从未忘记那个意大利靴子国的小镇动物园。更不用提地板上散落的垃圾和灰尘。那个女人要么比菲什还眼瞎，要么是个骗子和酒鬼。她后来被炒了鱿鱼。

“这儿没什么可打扫的，”菲什说，“床也很整齐。”

“谁洗衣服呢？谁帮您洗衣服呢？”

“衣服……”那可不好洗，而且越来越难。他要么是累了，要么是快要死了。如果是死亡，菲什那推迟了很久的死亡，那么他听到的最后一句话是“谁帮您洗衣服呢”也没什么不合适的。任务，这些男人就是任务，男人和任务合二为一。

“谁帮您洗衣服呢？”

他听懂了“衣服”这个词。“就一些小件，我自己洗，没太多的要洗，就只有一件汗衫和几条短裤，就这么多。洗起来不费功夫，我在脸盆和水池里洗好，挂在晾衣绳上，然后就干了！”为了增添喜剧效果，他停顿了片刻，接着得意洋洋地说：“就干了！”是的，菲什回来了，他总是说些逗米奇笑的事。他讲起笑话来毫不费力，但他讲起关于奇迹和天赋的故事总带着一种幽默感。好吧，就干了！“但他非常吝啬，在那个可怜的女人去世前从未给她买过东西。”“菲舍尔[①]是个孤独的人，”我父亲说，“让他晚上享受十分钟家庭的感觉，他喜欢我的两个儿子胜过自己的孩子。我不知道为什么，但他就是这样。”

“您去看过大海吗？”萨巴斯问。

“没有，我再也去不了了，太远了，走不过去。再见了，大海。”

“但您的脑子还很清楚。”

“是的，我的脑子还是好的，谢天谢地，脑子还清楚。”

“您还有这个房子，卖蔬菜让您过上了好日子。”

他又生气了。“不，不是好日子，是穷日子。我以前经常四处兜售，去阿斯伯里，去贝尔马。我经常去贝尔马。我有辆敞篷卡车，所有篮子都排好放在里面。这儿曾经是个市场，一个批发市场。几年前，还有农场主过来做买卖。那是很久以前的事了，我甚至都不记得了。”

“您跟蔬菜打了一辈子交道。”

“是的，可以这么说。”

再加把劲。就像单枪匹马将一辆车从厚厚的雪地里弄出来，但不停旋转的轮胎还在打滑，所以要再往前推一把。是的，我记得莫迪，莫迪，米奇，耶塔和萨姆，他会这么说的，让他这么说。

要怎么做呢？到了这个时候还能做什么呢？

“菲什，您还记得您母亲和父亲吗？”

“我记不记得他们吗？当然记得。哦，是的，肯定记得。在俄罗

---

① Fischel，菲什的本名。

斯，我出生在俄罗斯，一百年前。”

“您生于一八九四年。”

“是，是的。你说得对，你怎么知道的？”

“您还记得来美国时多大吗？”

“我当时多大了？我记得，十五六岁，我还是个小孩，我学了英语。”

“那您不记得莫迪和米奇了吗？两个男孩，耶塔和萨姆的儿子。”

“你是莫迪吗？”

“我是他弟弟。您记得莫迪，他是个运动员、田径明星。您以前常常吹着口哨，摸摸他的肌肉。单簧管，他吹单簧管。他动手能力强，会修理东西，放学后还帮费尔德曼拔鸡毛，就是那个做洁食的屠夫，他常跟您、我父亲和家具商克拉维茨一起打牌。周四和周五，我会去帮忙。您也不记得费尔德曼，没关系。莫迪是战场上的飞行员，他是我哥哥，他死在了战场上。”

“他是战死的吗？二战吗？”

“是的。”

“那是好多年前了，是不是？”

“五十年前，菲什。”

“很久以前了。”

客厅后面是厨房，打开窗户就是后院。冬天的周末，他们就在厨房的餐桌上给欧文的邮票分类，研究上面的齿孔和水印，仿佛研究了几个世纪后，洛伊斯才走进屋，上楼去她自己的房间。有时她去了洗手间，萨巴斯头顶上的水管便传来流水声，他研究这些流水声比研究邮票更认真。他和欧文以前在厨房里坐的椅子现在被埋在衣服堆里，上面挂着衬衫、毛衣、裤子和外套。要是把衣服放在衣柜里他根本找不到，于是他就把这儿当成了衣柜。

在菲什旁边坐下后，萨巴斯就时不时地看向餐具柜，餐具柜靠墙而立，与墙同宽，他终于认出了那个餐具柜。圆角的薄板枫木餐具柜，那是他母亲的，是他母亲最珍爱的。他母亲会把那些他们从来不用的“上等”碗碟和从来没用过的水晶高脚杯放在里面；他父亲会把他那条一年只戴两次的祷告专用披巾和从未用过的装经文匣的绒布袋放在里面；餐具柜里有一摞他们这种人舍不得垫着吃饭的“上等”桌布，萨巴斯曾在桌布下面找到了一本书，一本用蓝布裹着的指导如何度过新婚之夜的书。新郎要洗澡、抹粉、穿柔软的长袍（最好是丝绸的），还要剃须，即便早上已经剃过了；新娘则要尽量避免晕过去。那本书有差不多一百页，萨巴斯一页一页往后翻，想找的字却一个也没有。它的主要内容是关于照明、香水和爱的，一定帮了耶塔和萨姆很大的忙。我只是好奇他们从哪儿弄到鸡尾酒调酒器。书里面没提到任何气味，目录里一种气味都没提到。他当时十二岁，得绕过他母亲的餐具柜才能闻到气味。餐具柜有时也被煞有介事地称为书柜。

母亲在去世前四年住进了养老院，他也卖掉了房子，这些东西一定是被卖到各处或是被偷了。他以为那个律师安排了拍卖会，拍卖的钱用来支付账单。也许菲什买了那个餐具柜以怀念他在我们家待过的那些夜晚。他那时应该已经九十岁了，可能欧文花了二十美元为他买下了那个餐具柜。无论如何，那个餐具柜就在这儿。菲什在这儿，餐具柜也在这儿，还有什么在这儿呢？

“菲什，您还记得战争期间木栈道上的灯都关了吗？还记得灯火管制吗？”

“是的，灯都灭了。我还记得一旦海上风大浪急，大海会将整个木栈道掀翻，砸到海洋大道上。我一生中，大海两次掀翻了木栈道。一场大风暴。”

“大西洋威力无穷啊。”

“当然，把整个木栈道都掀了起来，又砸到海洋大道上，我一辈子还见了两回。”

“还记得您妻子吗？”

“当然记得，我来到这儿，结了婚，她是个很好的女人。她去世了，大概才三十岁，四十年前的事。从那以后，我就一个人，孤零零的可不好受，生活寂寞。你还能怎么办呢？你什么都改变不了，只能好好过日子，就这样。晴天，我就去后院坐在阳光下，心情会变好，皮肤会晒成棕色，那就是我的生活，我喜欢的户外生活，我的后院。太阳出来时，我几乎整天都坐在那儿。你会说意第绪语吗？‘你垂垂老矣，身心俱冷。’今天是雨天。”

到餐具柜那边去。但直到现在，菲什一直都把双手放在我的大腿上，我们聊天时他的双手一直就放在那儿。即使马基雅维利和我一样清楚地知道自己来这儿要找的东西就在餐具柜里，他也无法在那一刻站起来。我知道那儿的东西不是我母亲的幽灵。她和她的幽灵在墓穴里。在这里的东西和把菲什晒成棕色皮肤的太阳一样不可或缺，显而易见。但我不能动，这肯定就是中国人对老人的尊敬。

“您在那儿睡着了吗？”

“在哪儿？”

“阳光下。”

“不，我没睡着，我就这么睁着眼睛。一会儿闭上眼睛，一会睁开眼睛看看。是的，我在那儿睡不着。我之前就跟你说过我睡眠非常不好。傍晚大概四五点我上楼睡觉。我躺在床上，但睡不着。睡眠质量非常差。”

“您还记得第一次独自来到海边吗？”

“我来到海边？你指什么，从俄罗斯来吗？”

“不是，离开纽约之后，在您离开布朗克斯区之后，离开父母之后。”

“哦，是的，然后我就来这儿了，你是从布朗克斯区来的吗？”

“不是，我妈妈是，在她结婚之前。”

“是吗？我一结婚就来这儿了。是的，我娶了个很好的女人。”

“您有几个孩子啊？”

“两个，一个男孩和一个女孩。我的儿子，不久前刚去世，是个会计，工作很好，在零售行业。还有洛伊斯，你认识洛伊斯吗？”

“认识，我认识洛伊斯。”

“她很漂亮。”

“是的，很漂亮。很高兴见到您，菲什。”我握住了他的手，是时候了。

“谢谢，见到你很愉快，我很肯定。”

“菲什，您知道我是谁吗？我是莫里斯，是米奇，我是耶塔的儿子，莫迪是我哥哥。我记得清清楚楚，卡车停在街上，女人们都走出家门……”

“向卡车走去。”

他跟上了我的思路，他回来了。他用劲握住我的手，比我现在的手劲还大！“向卡车走去。”我说。

“去买东西，你不觉得很神奇吗？”

“是的，就是这个词，一切都很神奇。”

“神奇。”

“很多年前，大家还都活着。我可以在屋里四处转转，看看照片吗？”餐具柜顶部摆放着照片，照片就靠在墙上，没有相框。

“你想拍张照吗？”

我确实想给餐具柜拍一张照片，他怎么知道的呢？“不，我只看看这些照片。”

我把他的手从我腿上拿开。但当我起身后，他也起身跟着我走进厨房，步伐有力，紧紧跟着我来到餐具柜边，就像维利·派普[①]追着某个无名小卒绕着擂台转。

“看到照片了吗？”他问。

“菲什，”我说，“这是你，你和卡车！”照片上有一辆卡车，两侧倾

① Willie Pep（1922—2006），美国羽量级拳王。

斜的挡板上放着排好的篮子，菲什以军人立正的姿势站在卡车旁的大街上。

“我想是的，”他说，“我看不清楚，他看起来像我。”我拿起照片，伸到他眼镜前。他说：“是的，那是我女儿洛伊斯。”

后来，洛伊斯失去了从前的容颜。连洛伊斯都失去了从前的容颜。

“这个男人是谁啊？”

“那是我儿子欧文，这个人是谁啊？”他拿起一张平放在餐具柜上的照片问我。那是张褪色的老照片，边缘有水渍，拿在手上黏黏的。“那是我，”他问，“还是别人呢？”

“我不知道。这是谁啊？这个女人，深色头发的漂亮女人。”

“也许是我妻子。”

是的，那个土豆当时也许只是嫩芽。我不记得哪个女人的美貌能与她媲美。而死去的却是她。

“这是您吗？和女朋友一起拍的吗？”

“是啊，我的女朋友。我当时的女朋友，她已经去世了。”

“您比任何人都高寿，甚至超过了您那几个女朋友。”

“是啊，我交过几个女朋友。我妻子去世后我还年轻，交了几个女朋友，是的。”

“那种生活让您开心吗？”

他一开始对我问的这句话没什么反应。这个问题似乎让他遇到了势均力敌的对手。我们等着，我那患关节炎的手放在母亲的餐具柜上，上面是厚厚的油污和灰尘。餐桌的桌布上有你能想象到的各种污渍，比这儿的任何东西都脏，散发出的气味也更臭。我敢打赌，这就是以前我们从来不舍得自己用的桌布之一。

“我刚刚问您，和那些女孩待在一起时，是不是很开心啊？”

“嗯，是的，”他突然答道，“是的，还不错，我试过几个。”

“但最近没有。”

“什么原因呢？”

“最近没有。”

“你问什么原因是什么意思？”

“近来没有。”

“近来？没有，我太老了，已经做不了那事了。”他挥手时几乎带着愤怒，“早就结束喽，早就出局喽，再见啦，女朋友们！”

“还有其他照片吗？您有很多不错的老照片，也许里面有更多。”

“这里吗？这里面吗？什么都没有。”

“世事难料啊。”

以前，打开最上层的抽屉你会发现一个装经文匣的绒布袋、一条祷告专用披巾、一本性手册和几张桌布，现在里面确实是空的。她的毕生事业就是把东西放进抽屉保存起来，将我们的东西放进抽屉。黛比的抽屉里放的也是她的东西，米歇尔的抽屉里也是。得到的和没得到的东西，可能的和不可能的东西，都放在抽屉里。但看久了空抽屉也许会让你发疯。

我跪下来打开高高的中间抽屉，抽屉里不是什么都没有，里面有个盒子，是个纸板箱。盒子顶上写着“莫迪的东西”，是我母亲的笔迹。盒子侧面也是她写的“莫迪的旗帜和东西”。

“对，您是对的，里面什么都没有。”说着我关上了餐具柜下面的门。

“哦，人生啊！人生啊！”菲什喃喃地把我带回客厅的沙发。

“是啊，您的人生精彩吗？活着幸福吗，菲什？”

“当然，比死了强。”

“大家都这么说。”

但我真正想的是，这一切都源于母亲从我身后看到了我在岩洞对德伦卡做的事，是她自己要留下来观看的，不管那对她来说有多恶心；是她一直看着我射精，看着那些精液带着我去无名之地，看着那些精液把我带到这儿！要想去往你这一生要到达的地方，想想你得做多少蠢蛋才做的事情，得犯下多少错误！如果他们事先告诉你这些错误，你会说不，我做不到，你们必须找别人，我太聪明了，根本不会犯这些错误。那他们就会告诉你，我们对你有信心，不要担心，你会说不，绝对不行，你们需要一个比我蠢得多的笨蛋，但他们反复说他们确信你就是那个人，他们确信你会演变成一个十足的蠢货，蠢得超乎想象，你将犯下做梦都想不到的巨大错误，原因在于没有其他方法可以到达终点。

棺材送回家时，上面盖了面旗帜。他那被烧焦的躯体起初被埋在莱特岛的一个陆军公墓里。莱特岛位于菲律宾群岛。棺材送回来时，我远在海上；他们把它送了回去。父亲写信告诉我说棺材上盖了面旗帜，葬礼结束后，“部队里的人帮母亲把旗帜叠了起来，叠得很正试[①]”。信上的笔迹和书写表明父亲是外来移民。旗帜现在收在餐具柜里的纸板箱内，就在十五英尺远的地方。

他们一起坐回沙发上，手握着手。他不知道我是谁，要偷那个纸板箱也不成问题，只要瞅准时机。在我偷纸板箱时菲什别翘辫子就最好了。

“我想，当我想到死亡时，”当时菲什刚好开始说话，“我想的是希望自己从未出生过，我希望我从未出生过，没错。”

“为什么？”

“因为死亡，死亡是一件可怕的事。你知道的，死亡不是什么好事。所以我希望我从未出生过。”他生气地说。我想死，是因为我没必要去死，他不想死，却是因为他不得不死。“这是我的哲学。”他说。

“但您有个很了不起的妻子，人又漂亮。”

“哦，是的，我确实有。”

---

① 作为外来移民的父亲将official（正式的）写作offishual，此处译作“正试”加以区分。

“还有一双优秀的儿女。”

“是，是，是的。”一点一点地，他的愤怒渐渐平息下来。他不轻易相信有什么东西可以挽回死亡。

“您还有朋友。”

“不，我没什么朋友，我没时间陪朋友。但我有妻子，她是个很好的女人。她早在四五十年前就去世了，好女人。就像我说的，我是通过我的……等我想想……通过耶塔介绍认识我妻子的。”

“通过耶塔介绍的，没错，您是通过我母亲遇到您妻子的。”

“她叫耶塔，是的。她在布朗克斯区把我介绍给我未来的妻子，我现在还记得。她们正穿过公园，我在散步，我在路上遇到了她们，她们把我介绍给我未来的妻子，于是我爱上了那个姑娘。”

“对您这个年纪来说，有这样的记忆力真不赖。”

“嗯，是的。谢天谢地，是的。现在几点了？”

“快一点了。”

“是吗？已经晚了，我该把羊排拿出来了。我做了羊排，还有苹果酱做甜点。你说已经快一点了，是吗？”

“是的，还有几分钟就一点了。”

“哦，是吗？所以我要把羊排拿出来，它就是我的正餐。”

“您自己做的吗？”

“哦，是啊。我把羊排放进烤箱，大约烤十到十五分钟，就好了。当然，我还有美味的苹果。我放一个苹果进去烤，那是我的甜点。还有一个橙子，这就是我说的一顿美餐。”

“真好，您能照顾好自己，您能自己洗澡吗？”把他弄进浴缸里，然后带着纸板箱走。

“不，我洗淋浴。”

“淋浴安全吗？您能坚持住吗？”

“没问题，淋浴间是封闭的，你知道的，有个帘子。我在那儿洗淋浴，那就是我洗淋浴的地方。一点问题也没有，我洗淋浴，洗，每周洗一次。”

“从来没人开车带您去看看大海吗？”

“没有。我以前很爱大海，经常去海边洗澡，已经是许多年前的事了，我当时很擅长游泳，游泳是我在这个国家学会的。”

“我记得，您曾经是北极熊俱乐部的成员。”

“什么？”

“北极熊俱乐部。”

“我不记得了。”

“当然，一群人冬天去海边游泳，那就是北极熊俱乐部。您会穿着泳衣出门，进到冰冷的海水中，进到水里，然后马上出来。您二十多岁那么做过，三十多岁也那么做过。”

“你是说北极熊俱乐部吗？”

“是的。”

“是的，是的，我记得，我想我记得。”

“您喜欢它吗，菲什？”

“北极熊俱乐部吗？我讨厌它。”

“那您为什么还要加入呢？”

“我对天发誓，我不记得我为什么要加入。”

“菲什，是您，是您教我游泳的。”

“我教的吗？我教的是欧文，他出生在阿斯伯里，洛伊斯出生在这儿，这间屋子的二楼，卧室里。在现在我睡觉的那间卧室里，她出生了，洛伊斯，宝贝。她去世了。”

在菲什脑袋后面的客厅一角，有一根短杆上卷着一面美国国旗。看到“莫迪的旗帜和东西”这几个字才不久，萨巴斯还记忆犹新，现在他才第一次亲眼看到。这就是那面旗帜吗？纸板箱里是不是空的，已经没有莫迪的任何东西了，他棺材上的那面旗帜如今钉在这根杆子上了吗？旗帜看起来和院子里的沙滩椅一样都褪色了。如果那位女清洁工真的尽心打扫卫生，早就把旗帜裁开当抹布了。

“您怎么会有美国国旗啊？”萨巴斯问。

“几年前就有了，我不记得是怎么弄到的，反正就是有。哦，等等，可能是贝尔马银行给的。我在他们那儿存了一大笔钱，他们给了我这面旗帜，这面美国国旗。我曾经是贝尔马银行的储户。现在，再见了，存款。”

“菲什，想吃晚饭了吗？想进去做羊排吗？如果您不介意的话，我一个人坐在这儿就行。”

“没关系，我有时间，它又不会逃跑。”

菲什的笑越来越像笑了。

“您还挺幽默的。”萨巴斯说。

“哪里的话。”

所以，即使纸板箱里什么都没有，我今天还是学到两件事：哪怕你是最单纯的犹太人，对死亡的恐惧永远与你同在，一丝讽刺也会一直伴随着你。

“您想没想过会活到一百岁呢？”

“没有，真没有。我听说《圣经》里有这样的人，但我真没想过。谢天谢地，我活到了现在，但我还能活多久，只有上帝知道。”

“您的晚餐怎么办，菲什？您的羊排呢？”

“这是什么？你看了吗？”他膝上放的又是那两封信，我进来时他就在抚弄。“能读给我听听吗？这是账单吗？还是其他东西呢？”

“‘哈蒙德大道三一一号菲舍尔·萨巴斯。’我来打开吧，是验光师卡普兰医生寄的。”

“谁？”

“验光师卡普兰医生，从尼普顿寄来的。里面是一张卡片，我读给您听。‘生日快乐。’”

“哦！”意识到自己的生日让他非常高兴，“上面写着什么名字来着？”

“验光师本杰明・卡普兰医生。”

“验光师？”

“是的。‘祝一个长寿的病人生日快乐。’”

“从没听说过他。”

“‘希望你的生日和你一样特别。’您最近过生日了吗？”

“过了，当然过了。”

“什么时候过的？”

“四月的第一天。”

对，愚人节。我母亲总认为在这天过生日很适合菲什。是的。她因为他的阴茎而对他有着强烈的厌恶感。只有这样才说得通。

“所以这是一张生日贺卡。”

“生日贺卡？寄信人的名字是？”

“卡普兰，一名医生。”

“我从来没听说过那位医生，也许他听说了我的生日，那另一封呢？”

“要打开它吗？”

“是的，当然，打开吧。”

“是保障型储备人寿保险公司寄的，里面应该没什么重要的东西。”

“里面写了什么？”

“他们想卖给您一份人寿保险，上面写着，‘人寿保险的选购对象是年龄在四十至八十五之间的’。”

“你可以扔了它。”

“所以这就是唯一的一封信了。”

“见鬼去吧。”

“对，您不需要，您不需要人寿保险。”

“不，不用，我已经有一份了，花了五千美元左右。我和邻居说好了。我的邻居一直在为那份保险买单。我从不买大额保险，为谁保呢？保什么呢？买五千美元的保险就够了，所以由他负责处理。我死后，这笔保单会把我埋了，剩下的钱归他。”他说到“死”时候，发音像是在说“债”。[①]

“谁知道，”菲什说，“我还能活多久呢？时间越来越少了。当然，都一百岁了我还能活多久呢？没多久了，如果我还能活一两年，就算幸运了。如果我还能活一两个小时，也是幸运的。”

“您的羊排怎样了？”

“有个来自阿斯伯里日报社的人说要采访我。中午时。”

“是吗？”

“门是开着的，他没出现，不知道为什么。”

“采访您活到了一百岁吗？”

“是的，关于我的生日。中午时。也许他临阵退缩了，你叫什么名字，先生？”

“我叫莫里斯，但从小他们就叫我米奇。”

“稍等，我认识一个莫里斯，来自贝尔马，莫里斯，我会想起来的。”

“我姓萨巴斯。”

“跟我表亲一样。”

“完全没错，在麦凯布大道。”

“另一个人，他也叫莫里斯。哦，天呐，莫里斯，嗯，我会想起来的。”

“您吃了羊排之后就会想起来的，来吧，菲什，”我说，我把他扶了起来，“现在去吃吧。”

萨巴斯没能看到他做羊排，他其实挺想看的，也挺想看看那块羊

---

① “死”(death)和“债”(debt)发音相近。

排。这位木偶艺人心想，看着他做羊排，然后看着他转过身来，迅速拿起羊排并吃掉，那应该会很有趣。但他把菲什带进厨房后，就马上找借口说去楼上用洗手间，接着回到客厅。他把纸板箱——那里面有东西——从餐具柜里拿了出来，搬到屋外。

那个黑人妇女还在门廊最上面的那级台阶上，这会儿正坐着边看雨滴落下，边听收音机里的音乐，简直乐坏了，又是一个嗑百忧解的吗？她长得有点像印第安人。很年轻。其他水手把我和罗恩带到一个位于韦拉克鲁斯郊区的半露天的夜总会，那儿乌烟瘴气，破烂不堪。廉价的酒吧里灯光四射，几十个年轻女人和水手围坐在简陋的桌子周围。他们讲完价、喝完酒后，就退到一排低矮的有房间的建筑里。女孩们都是混血。我们在尤卡坦半岛上，离玛雅遗迹不远。种族混合总是神秘的，让人对生计有深刻的理解。这女孩是客人的甜心，个性可爱，肤色颇黑，举止得体，面带微笑，漂亮迷人，方方面面都让人感到温暖。大概二十岁，也可能不到二十。她很可爱，不慌不忙的。我记得被蜇了之后，她在我身上涂了某种药膏。也许这种收敛性药物是用来预防各种疾病的。很好的女孩，就像她一样。

“老头怎么样啊？”

“在吃他的羊排。”

“太好了。”她大喊。

天呐，我真想会会她！别停止敲门，别。太老了，已经不行了。早就结束喽，早就出局喽，再见啦，女朋友们。

“您从得克萨斯州来的吗？您从哪儿学来的那种开心的大叫声啊？太——好——啦。”

“有牛在周围才会发出这种声音，”她边说边张大嘴巴笑着，“呜呜——哟——哟，跟上去，小孤犊！”

“什么是孤犊，请教下？”

“被母亲抛弃了的发育不良的小幼崽，孤犊是失去母亲的牛犊。”

“您是个真正的牛仔。刚开始我还以为您是个阿斯伯里女孩。我喜欢您，女士。我听到了您的马刺叮当作响的声音。您叫什么名字啊？”

“何帕龙·卡赛迪，”她跟他说，“你叫什么啊？”

“巴尔·谢姆·托夫，以色列拉比——美名大师。这儿的男孩叫我伯德沃克。”

“很高兴见到你。”

“我跟您讲个故事。”他站在车边，耸起肩膀，捋着胡子，两只胳膊抱着装着莫迪东西的箱子，“孟德尔拉比曾向他的老师埃利梅莱赫拉比吹嘘过，说自己傍晚看到了天黑前卷走光明的天使，白天看到了黎明前卷走黑暗的天使。‘是的，’埃利梅莱赫拉比说，‘我年轻时也看到了，以后你就看不到这些了。’”

“我听不懂犹太人的笑话，伯德沃克先生。”她又笑了。

“您能听懂怎样的笑话呢？”

但是，纸板箱里莫迪的那面美国国旗——我知道那面旗帜就折叠着放在那儿，在最底部，以极其正式的方式——告诉我，“这是违反犹太律法的”，所以他把箱子放进了车，开到海边，到了已经消失的木栈道那儿。人行道不见了，再见，人行道，大海终于把它卷走了。大西洋威力无穷。死亡是件可怕的事。那是个我从没听说过的医生，神奇。是的，就是这个词。一切都很神奇。再见了，神奇。埃及和希腊，再见，再见，罗马！

一九九四年四月十三日，那天是星期三，莫迪的生日，当天下午下着雨，雾蒙蒙的，萨巴斯在纸板箱里发现了这些东西。他的车是外州的牌照，是麦凯布大道沙滩边的海洋大道上的唯一一辆车，斜停在大道上，就只有这辆车，车头朝着海神，海神哗啦啦地来回晃着，人们早已司空见惯，此时大海上空一片灰蒙蒙的，暴风雨的尾巴正向南扫来。

萨巴斯这辈子都没见过这个纸板箱，也没见到有东西放进纸板箱，甚至尼基消失后，他在尼基的吉卜赛衣服堆里也没翻到这样的东西。尼基的衣柜让人害怕，但根本没法跟这个纸板箱比。他第一次体验到了这种纯粹的、深切的悲痛，让他觉得之前感受到的一切折磨都是假的。这充满激情，充满暴力，糟糕透顶，用来专门折磨那一类有记忆且记忆长久的动物。只消打开纸板箱，拿起耶塔·萨巴斯为她大儿子保存的东西就立刻激发了这种悲痛。这种感觉就像是老旧的木栈道猛地被大西洋从其固定物上掀了起来。木栈道饱经风霜，破烂不堪，却建造精良，横贯这个海滨小镇，牢牢地固定在浸过防腐油的木桩上，厚实得像一个壮汉的胸脯，当熟悉的海浪冲到岸边时，它像孩子松动的牙齿般晃了出来。

只是东西而已，就只是几样东西，但对他来说，这些东西就像世纪飓风。

莫迪的田径队字母标志，深蓝色的字镶了黑边。在标着A的交叉处有一只带翅膀的板鞋，背面有个小标签，上面写着“标准三角旗公司，宾夕法尼亚州站”。戴在了那件淡蓝色针织毛衣上。阿斯伯里的主教们。

照片，双引擎的B-25轰炸机，不是那种带他一起坠落的B-25J，而是他训练时的B-25D。照片上，莫迪穿着背心和工装裤，挂着身份识别牌，戴着军官帽，背带上绑着降落伞。他双臂强壮。他是个好孩子。他的五个队友都在，站在小型飞机跑道上，对他们身后的引擎进行日常维护。照片后面盖着“福特·斯托瑞①，弗吉尼亚”的印章。他们看起来很幸福，幸福极了。还有块手表，这块贝罗司牌手表，后来给了我。

朗布兰奇的拉·罗塔拍的肖像照，一个戴帽子、穿制服的小男孩。

① Fort Story，美军军事基地，位于弗吉尼亚比奇。

照片，在体育场里掷铁饼。正准备将铁饼转个圈扔出去，手臂甩在身后。

照片，动态抓拍。铁饼被扔了出去，在他前方五英尺外，他张着嘴巴。黑色汗衫上有个印着A的徽章，薄薄的蓝色短裤。彩色照片已经发白，颜色像水彩一样流淌。他那张开的嘴，他的肌肉。

两盘小录音带。他对这些一点记忆都没有。一盘录音带是他从州立师范学院的324C.T.D.（机组）寄过来的，学院位于纽约州奥斯威戈市。“这份现存的录音带是在由希伯来男青年会运营的一个美国劳军联合组织俱乐部里录制的。”录音带上也有他的声音。收信人是“萨巴斯先生、太太和米奇”。

另一盘录音带上有个金属衬垫。“这种‘用录音来写信’的方式是军人们享有的众多服务之一，他们是在‘远在家之外的家’——劳军联合组织里录制的”。录音系统，自动录音机。给萨巴斯先生、太太和米奇。他总是把我也算在里面。

圆顶小帽，由红、白、蓝三色的等腰三角形缎子拼接而成，前面的白色三角形成V状，V的下面是点、点、点、破折号——莫尔斯电码中的V，再下面是“上帝保佑美国”，一位爱国者的无檐圆顶小帽。

一本袖珍版《圣经》。《希伯来圣经》。里面用蓝墨水写着“愿主保佑你、保护你，阿诺德·R.菲克斯牧师”。扉页的标题是“白宫”。“作为总司令，我很高兴推荐大家阅读《圣经》，向所有为国家服务的……”富兰克林·德拉诺·罗斯福向我的哥哥推荐“阅读《圣经》”。他们就是通过这种方式让这些孩子去送死的。推荐。

《面向美国服役的犹太人的祈祷书（删节版）》，一本棕色的巴掌大的书，是希伯来语和英语双语的。书里夹着棕褐色的家庭快照，我们在院子里，他的手搭在我父亲的肩上，父亲穿着西装、马甲，口袋里甚至还装着手帕。发生什么了？是在过犹太新年吗？我穿着“游手好闲者”的夹克和休闲裤，简直酷毙了。我母亲穿着外套、戴着帽子。莫迪穿着运动夹克但没戴领带。那一年，他带着这张照片跟他一起去服役了。看看他是个多么好的孩子。看看爸爸，他像菲什一样，在相机面前僵得一动不动。我那娇小的妈妈藏在帽子的面纱下。他把这张照片夹在他那本写给在美国服役的犹太人的祈祷书中，他没死，是因为他是犹太人，他死了，因为他是美国人。他们杀死了他，是因为他出生在美国。

他的洗漱箱，褐色的皮革上刻着金色的"MS"，体积大约是六乘七乘三英寸，里面有两板胶囊，缓释胶囊。缓解制剂胶囊，德塞美，可以缓解焦虑和抑郁。十五毫克的右旋安非他命，一点五克的异戊巴比妥（异戊巴比妥？是莫迪的还是妈妈的？她发疯时把自己的东西也放在这个纸板箱里吗？），半管曼宁无刷剃须膏，白绿相间的纸板小胡椒罐，里面装着曼宁男士爽身粉。沙斯塔美容洗发水，是来自宝洁的礼物。指甲剪，褐色梳子，曼宁男士发膏，现在还有味道，还是霜状的！一个没贴标签的瓶子，里面的东西都干了。仿珐琅盒，里面是一块未开封的象牙色香皂。一个红色小盒子，里面装着一把黑色的美洁士电动剃须刀，拴着根绳子，剃须刀顶部还有毛发，是我哥哥胡子上细小的胡碴，就是的。

黑色的皮革贴身腰包，由于紧贴皮肤戴着而变得十分柔软。

黑色的塑料管，里面有：一枚刻着"一九四一年第三届高年级铁饼锦标赛"的铜牌和一枚身份识别牌，"A"表示血型，"H"表示犹太教。莫顿·S.萨巴斯 12204591 T 42。他的名字下面是妈妈的名字。耶塔·萨巴斯，新泽西州布拉德利比齐麦凯布大道二二七号。一个圆形的黄色胸针上写着"萨拉卡的时间"[①]。两颗子弹，一个白色徽章上有个红色的十字，十字上方写着"我服役"，两个少尉军衔的军阶杠，

① Time for Saraka，该别针始见于1939年纽约世界博览会，用来宣传先灵公司制造的萨拉卡牌泻药。

铜翼[1]。

一个小砖头大小的红金色茶叶盒，装俄罗斯黑茶的。(是从家里拿的，是不是？里面用来放些电线、钥匙、钉子、图片挂钩的小玩意儿？是莫迪拿走了它，还是妈妈在盒子送回来时把他的东西都放在一起了？)臂章，空军阿帕切，第四九八中队，三四五轰炸机大队。我还能辨别出哪个是哪个。丝带，他帽子上的那对翅膀。

单簧管，现在被拆成了五块。吹口。

一本日记本，一九三九年的理想袖珍日记本，只写了两条日记。八月二十六日："米奇的生日。"十二月十四日："谢尔和碧结婚了。"碧是我们的表姐。我的十岁生日。

一个军用针线包，发霉了。别针、针、剪刀、纽扣，还留有一些黄褐色的线。

文件。美国之鹰。合众为一，感恩、铭记莫顿·S.萨巴斯中尉，他在一九四四年十二月十五日西南太平洋上为国捐躯。他代表的是爱国者坚定不移的立场，他们敢于献身，自由才可能活下来，茁壮成长，日益惠及众人。自由活了下来，他也以自由之名继续活下去，在某种程度上他活着的方式使大多数男人的事业黯然失色。美利坚合众国总统富兰克林·德拉诺·罗斯福。

文件，紫心勋章[2]。美利坚合众国对所有看到这些礼物的人的问候：兹证明美国总统根据国会赋予的权力将一七八二年八月七日由乔治·华盛顿将军在纽约州纽堡市设立的紫心勋章授予莫顿·萨巴斯中尉AS#0-827746，以纪念其军功和其于一九四四年十二月十五日在行动中英勇牺牲。紫心勋章于一九四五年六月十六日在华盛顿由作

---

① Bronze wings，飞行员在掌握基本的飞行安全操作后获得铜翼证书。

② Purple Heart，美国军方的荣誉奖章，诞生于美国独立战争期间，战争结束后停止颁发。1932年恢复颁发，通常颁发给在军事行动中负伤的美国军人或烈士的直系亲属，以表彰他们的勇敢无畏和牺牲精神。

战部长亨利·斯廷森亲自授予。

一些证书，在巴勒斯坦种植的树木。为了纪念莫顿·萨巴斯，由杰克和博蒂·霍奇博格种植，由萨姆和耶塔·萨巴斯种植，为了以色列土地而重新造林，由巴勒斯坦犹太国家基金会种植。

两个陶瓷小摆件，一个是条鱼，另一个是间茅房，里面有个孩子坐在马桶上，另一个孩子在拐角处等着进去。我们就是这些孩子。这是我们某个晚上在波克里诺登台表演时赢到的。这间茅房成了我们的笑话，莫迪带着它去参战了，和那个陶瓷青鱼摆件一起。

美国国旗在底部。国旗好沉啊！叠得相当正式。

他把旗帜带到沙滩上，将它展开，一面四十八颗星的旗帜，他用旗帜裹住自己，就在那薄雾里，泪水止不住地流。光是看着他和鲍比、莱尼，看着他和他的朋友们，看着他们四处厮混开玩笑、大笑、讲笑话，我就觉得很有趣。他把我也算作收件人。他总是算上我。

两小时后，他才不再裹着旗帜在沙滩上乱窜。他穿过沙滩，经过鲨鱼河的吊桥回来了。他一路哭着，飞快地说着什么，接着沉默不语，然后一遍遍呼喊着一些甚至自己都不懂的词语。他说起跟莫迪有关的事，莫迪是他哥哥，莫迪的死也是他永远无法忘怀的，整整两个小时后，他才回去找他的车。车里刹车踏板的旁边，有一捆用莫迪那很容易辨认的笔迹写的信，是他打开纸板箱时掉出来的，但他现在情绪过于激动，无法把信捡起来，更不用说阅读了。

他会回来的，因为他盯着大海和天空看了两个小时，什么都没看见，又什么都看见了，然后又什么都没看见，在这之后，他认为狂热已经结束，他已重新占有了一九九四年。他觉得唯一能像那样将他吞噬的东西就只有大海。所有这些都源自这个纸板箱，想象一下，世界的历史。我们如此极端，是因为悲痛是无节制的，有成百上千、成千上万种悲痛。

寄件地址是莫顿·萨巴斯中尉在旧金山的军用邮局号码，航空邮寄要六美分。邮戳是一九四四年十一月和十二月盖的。那捆信上的橡皮筋已经脆了，萨巴斯刚把手指伸进去，橡皮筋就断了。五封来自太平洋的信。

收到他的来信总让人充满力量，没什么比这更重要。信纸顶部是美国军队的徽章，下面是莫迪的笔迹，看到笔迹就像看到了他本人。他母亲在餐桌上大声读了一遍，然后每个人又读了十遍、二十遍。“莫迪来信了！”对着邻居们说。“莫迪来信了！”对着电话说。这是最后五封。

最亲爱的妈妈、爸爸和米奇：

大家好，家里大事小事都还好吗？今天来了些信，我想里面肯定有我的，但我错了。我觉得可能有人从中捣鬼，我会设法找到信的。如果可以的话，我会飞往新几内亚调查下。

今天早上九点二十分我就醒了，刮完胡子之后做了些早餐。又开始下雨了，所以我去了领航员的帐篷，在我的飞行包上画了我们的大队徽章，是一个印第安人的头，我要把名字“空军阿帕切”也印上去。如果你看过关于“空军阿帕切”的文章，你就知道那说的是我们大队。下午大部分时间我都在刷油漆，接着我们沏了些茶，弄了些饼干当“点心”。

妈妈都知道我那些因部队制度而不能在信中提及的东西。晚饭过后，我去看看明天是否要飞行。

今天晚上我们打打牌，听听收音机，还有爵士乐。一不小心，我们赢了这场战争。

我从军队食堂里拿了一个面包，我们还有葡萄果冻，所以晚上我们做了热巧克力，吃了面包和果冻。

好了，家人们，这大概就是我此刻要写的，我会在信尾表达我所有的爱。工作不要太辛苦，好好照顾自己。将我的爱给你们每个人，保重。

愿上帝保佑你们，让你们健康。

爱你们的儿子

莫迪

一九四四年十二月三日

最亲爱的妈妈、爸爸和米奇：

大家好，嗯，今天又快结束了，今晚由我担任作训处处长。最近我们经常在这儿飞来飞去，你们可能从报纸上也看到了。

我把这儿的新鲜事都告诉你们了。顺便说一下，如果你们听到新闻上提到"空军阿帕切"，那就是我们大队，那你们就知道我们在执行任务。战争是三年前的今天开始的。

我们今天把帐篷搭起来了，我打算明天试试能不能把木地板装进去。这儿木材稀少，但如果知道去哪儿找，通常可以找到一些。我们在修一个淋浴间以及其他许多零零碎碎的东西，营造家的氛围。当地的原住民热心地帮助我们。他们衣服不多，因为日本佬把大部分衣服都拿走了，所以我们给了他们几件，他们几乎愿意为我们做任何事。

我们这儿常有空袭，但次数不算多。

家里都还好吧？这儿的食物越来越好了，我们正餐吃了火鸡，还有很多蔬菜。

好了，大家，既然没什么可写的，那我今晚就此停笔。好好照顾自己，愿上帝保佑你们。我非常爱你们，总是想家。

给你们一个大大的拥抱和一个吻。

晚安。

爱你们的儿子

莫迪

一九四四年十二月七日

最亲爱的妈妈、爸爸和米奇：

大家好，我收到了你们十一月十七日发的军邮[①]，能收到你们的来信当然太好了。妈妈，请不要使用军邮，因为它比航空信慢得多，而且航空信上能写更多内容。你们的军邮刚刚寄到，已经十四天多一点了，我这才能理顺你们信中的内容。你们一旦知道希德·L在哪儿的话就告诉我，如果他来这儿了，我想去拜访他。我还没收到你们的包裹，但应该很快就能寄到。

几天前，我飞去了我们之前的战场，带回了一架新飞机。我已经在这儿待了两天，又去看望了吉恩·霍奇博格，我们在一起很开心。我买了一双新的军用鞋和要用的床垫罩。我在这儿找到了我的衣服，取回了我走时送去洗的衣服，一切都完好无损，我又买了更多东西。我还买了一盒葡萄柚汁，执行任务口渴时，它就能派上大用场了。昨晚我看了《爱尔兰眼睛在微笑》这部电影，非常有趣。昨晚下雨了，我犯懒直到上午十点半才起床。

听你们说家里每个人都很好，我很高兴。我想我今天会去看看尤金怎么样了，昨天送了一块木地板到他帐篷里。

好吧，家人们，这就是目前我要说的。保重，愿上帝保佑你们，我一直在想你们。

爱你们的儿子

莫迪

一九四四年十二月九日

最亲爱的妈妈、爸爸和米奇：

各位好，我们还在等一架新飞机。昨天我去看了金[②]，但没待

① V-mail，始于二战中的美国军邮，取V以祝胜利。

② Gene，尤金的昵称。

太久，我必须把吉普车开回中队。我读了鲍勃·霍普的《我从未离开家》，写得非常好。当时天开始下雨了，直到开饭时才停。我去一个朋友的帐篷里打了几个小时桥牌。然后我们做了一些“点心”，有火腿、鸡蛋、洋葱、面包和热巧克力。

我昨晚睡得很迟，今天早上七点十分起床吃早饭。上午大部分时间我都在给鹿皮鞋上鞋油，接着我和我的副驾驶拿出手枪，练习射击瓶瓶罐罐。回去后，我把枪拆开，上了油。我接着看书，看完了，接着就是晚饭。我练习了单簧管。

晚上我去看望了住院的那个小伙子，他应该过几天就能出院。现在我正边听收音机边给你们写信。

家里情况如何？大约一个月前，我往家里汇了二百二十二美元，但你们还没有提到任何关于接收汇票的事。收到了跟我说下。另外，如果你们收到我买的公债和部队发的每月一百二十五美元的津贴，也告诉我下。

好了，家人们保重，照顾好自己。我非常想念你们，希望战争快点结束。

晚安，愿上帝保佑你们。

爱你们的儿子

莫迪

一九四四年十二月十日

最亲爱的妈妈、爸爸和米奇：

嗯，今天我终于回来了，我开回了一架新飞机。昨晚我看了一部好电影，回到帐篷后，我们闲聊了几个小时，然后就睡了。早上我准备好飞机就起飞了。我们按队列飞行，新飞机飞起来要快得多。

这儿的饭菜很好，我们仍在慢慢搭帐篷。很快就能有木地板了。

晚餐吃了新鲜的羊肉，喝了上好的咖啡。我从之前的战场上拿了很多装备回来，放在帐篷里。周围情况都很好，我猜你们应该在报纸上看到了关于这儿发生袭击的报道。没错，我们参加了。

家里情况如何？最近几天我都没收到信，但明天应该能收到。

当然，我很高兴听到米奇很擅长掷铁饼和铅球。只要一直盯着他，让他练习，说不定他能参加奥运会呢。

收到我二百二十二美元的汇票和购买的国防公债后告诉我一下。

我想我们过几个月就要离开这里了。

好吧，家人们，现在就说这么多。只要我有东西写，我会尽可能经常写写。

好吧，晚安，愿上帝保佑你们。我经常想起你们，希望很快见到你们。

爱你们的儿子

莫迪

一九四四年十二月十二日

第二天，那些日本人击毙了他。要不然他已经七十了，我们现在可能正在庆祝他的生日。他的生命只存在了一段时间，十分短暂。

在一万五英尺的高空，B–25D轰炸机的最大时速为每小时二百八十四英里。B–25D轰炸机的射程达一千五百英里，机身重两万零三百磅，这些扁平的鸥翼翼展六十七英尺七英寸，长五十二英尺十一英寸，高十五英尺十英寸。背部炮塔和腹部可伸缩的炮塔都配有两个零点五英寸口径的机头炮和两挺零点五英寸口径的枪。正常炸弹装载量是两千磅，最大可载量是三千六百磅。

关于北美米切尔型B–25中型轰炸机，没有什么是萨巴斯不知道的，也没什么是他不记得的。黑暗中，他开车一路向北，副驾驶座上放着莫迪的东西，他记得很准确。他还裹在美国国旗里。再也不脱下来。为什么要脱呢？他头戴无檐圆顶小帽，红、白、蓝三色呈代表胜利的V字形，帽子上还印着“上帝保佑美国”。打扮成这样都毫无差别，改变不了什么，也减轻不了什么，也没有将他与逝去的东西联系起来，没有将他与这儿的一切分开，然而他下定决心再也不打扮成别的样子。一个幽默的人必须时刻穿着他所属教派神职人员的服饰。无论如何，衣服本来就是用来乔装的。走到外面，当你看到每个人都穿着衣服，你就清楚地知道他们都不明白自己为什么会出生，而且，不管你意识到与否，人永远在梦中表演。给遗体穿上衣服才是真正背叛了我们这些伟大的思想家。林茨去世时戴着领带，穿着保罗·斯图尔特牌西装，胸前口袋里装着丝绸手帕，我喜欢这样。现在你可以带他去任何地方。

吉米·杜立德的空袭[①]。一九四二年四月十八日，到下周就满五十二年了，从大黄蜂号航空母舰上起飞，十六架B-25陆基轰炸机从航母上腾空而起，在六百七十英里外投下炸弹。虽然他们只在东京上空盘旋了六分钟，但随之而来的是我家几个小时的混乱场景，萨姆喝了两杯烈酒，一晚上把一年该喝的酒都喝了。他们从应神天皇的宫殿上空飞过（如果应神天皇只是被神赋予了一个普通人的胆量，那他本可以在这一切开始前就制止海军上将的疯狂行为）。仅在珍珠港事件四个月后，战争中对日本的第一次空袭就开始了——十吨、十一吨的中程轰炸机从甲板上起飞了十六次。接着，一九四五年的二月和三月，被誉为"超级空中堡垒"的B-29轰炸机从马里亚纳群岛起飞，当晚就把东京、名古屋、大阪和神户炸得稀巴烂，但最大和最强的B-29轰炸机，也就是袭击广岛和长崎的轰炸机，对我们来说来晚了八个月。一九四四年的感恩节这天结束了这操蛋的事，那确实值得感恩。今天晚上我们打打牌，听听收音机，还有爵士乐。一不小心，我们赢了这场战争。

日本的轰炸机是三菱G4M1型的。他们的战斗机是三菱零式舰载战斗机。萨巴斯每晚躺在床上都担心着这种零式战斗机。学校里有一位在一战中执行过飞行任务的数学老师，他说零式"不好对付"。电影中，他们称它为"致命的"，黑暗中，萨巴斯独自躺在莫迪的空床旁，无论做什么也无法将"致命"二字从脑海中赶出去。这个词逼得他想尖叫。珍珠港事件中日本的舰载飞机是中岛B5N1，他们的高空战斗机是川崎飞燕"托尼"，在勒梅上将被从欧洲调到第二十一轰炸机司令部，并且将日间空袭改成夜间空袭之前，"托尼"一直占B-29的上风。我们的航母战斗机有：格鲁曼F6F、沃特54U、寇蒂斯P-40E、格

① Jimmy Doolittle's Raid，美国对东京的一次突袭，改变了太平洋战争的局势。

鲁曼TBF–1，它们分别又被称作地狱猫、海盗船、战鹰、复仇者。地狱猫有两千马力，比零式强两倍。萨巴斯和罗恩可以从剪纸模型中辨认出日本人对莫迪和他的队员使用的每架战斗机的轮廓。P–40战鹰是罗恩最喜欢的美国战斗机，机鼻下面画着鲨鱼的大嘴，缅甸和中国军队称这种飞机为飞虎队。萨巴斯最喜欢的是杜立德上校和萨巴斯中尉的B–25，B–25有两个一千七百马力的莱特R–2600–9十四缸星型发动机，各自驱动一个汉密尔顿标准公司生产的螺旋桨。

现在他拿到了莫迪的东西，怎么还能自杀呢？总有什么让你继续活下去的东西出现，该死！他开车北上，因为他不知道除了把纸板箱带回家还能做什么，他要把纸板箱放在工作室，锁起来，妥善保管。由于需要照管莫迪的遗物，他只能回到妻子身边，他妻子只仰慕一个来自弗吉尼亚州的女人，那个女人趁丈夫睡着时剪断了他的老二。另一个选择是把纸板箱还给菲什，然后回到沙滩，涨潮时一头冲进去？电动剃须刀的滑动架还留着莫迪的胡碴。纸板箱里有和可拆卸的单簧管一起放置的舌簧，莫迪用嘴吹的舌簧。那个印有“MS”字样的洗漱箱距离萨巴斯只有几英寸，里面有莫迪用来梳头的梳子和剪指甲的指甲刀。还有两盘录音带，每盘里都有莫迪的声音。在他的一九三九年理想袖珍日记本里，莫迪在八月二十六日那页写下了“米奇的生日”。我不能一头冲进海浪里而留下这些东西不管。

德伦卡，她的死。他完全不知道那会是她的最后一晚，每晚浮现在眼前的画面都差不多，已经习惯了，八点半结束探视。那天有点晚，他九点多才到。夜班护士是个金发女郎，叫金克丝①。她心地善良，身材丰满。他朝她挥了挥手，从大厅一直往里走到德伦卡那昏暗的房间。这么做是不允许的，但如果护士允许的话就没问题。只有在我第一次去时，德伦卡问我是怎么进来的，之后就没再问了。“我要走了。”

① Jinx，有“扫帚星”“霉运”之意。

出去的路上我总是对护士这么说，意思是现在没人陪她了。有时，当我走时她已经睡着了，那是注射了吗啡的原因，她干裂的嘴唇张开着，眼皮也没完全闭上，还可以看到她的眼白。不管是走还是来，一旦看到她那样，我都确信她死了，但她的胸部还在起伏，那只是麻醉后昏睡的状态。癌细胞已经扩散到她全身，但心脏和肺还行，我做梦也没想过她那一夜会离开人世。他习惯了她鼻子里插着氧气管的样子，习惯了固定在床上的引尿袋。她的肾脏正在衰竭，但我每次检查尿袋时里面都有尿，习惯了。他习惯了静脉输液架和钩在输液泵上的吗啡。他已习惯了她那与下半身不相称的上半身，腰部微微往上的部分很消瘦，腰部以下——天呐，哦，天呐——水肿发胀。肿瘤压迫着主动脉，血流减少。金克丝都跟我解释了。他也习惯了听这些解释。毯子下面看不见的地方有个袋子，这样大便就有地方出去。卵巢癌往结肠和小肠扩散起来很快。如果动手术，她会因失血过多而死。癌细胞遍布全身，无法动手术了。这我也习惯了，遍布全身，好的，我们可以接受，我会来，我们会聊天，我会坐下来，看着她张着嘴呼吸，睡着了，呼吸。是的，哦，是的，我竟然习惯了德伦卡的呼吸！我进来时，如果她醒着，她就会说："我的美国男友来了。"仿佛是灰色头巾下的眼睛和颧骨在跟他说话，头上只剩下了几撮头发。"我的化疗失败了。"一天晚上她这样跟他说，他也习惯了。"没人事事都能成功。"他对她说。她会接着继续睡下去，嘴巴张着，眼皮也没完全合上；或者她会等待，靠着枕头撑起身子，舒适地打着吗啡点滴。一旦她突然不舒服，就需要加大吗啡的剂量。但他已习惯了加大剂量，它总在那儿。"她需要加大吗啡剂量，"金克丝总在那儿说，"亲爱的，我有你要的吗啡。"接着剂量就加大了，我们可以永远这样下去，不是吗？当她不得不翻身或移动时，金克丝总在那儿帮她，他也在那儿帮忙，托着她的小颧骨和眼睛，亲吻她的额头，扶着她的肩膀帮她移动；金克丝掀开毯子帮她翻身时，他看到床单和垫子都是黄色的，湿漉漉的，那些液体刚从她身上渗出来。金克丝给她翻身，让她平躺或侧躺时，他都能在德伦卡身上看到金克丝的手指留下的凹痕。他甚至连这也习惯了，看惯了德伦卡那副血肉之躯。“今天发生了件事，”他们帮她翻身时，德伦卡总要跟他们讲故事，“我觉得我看到了一只正在玩花的蓝色泰迪熊。”“嗯，”金克丝笑着说，“亲爱的，那只是吗啡的作用。”第一次发生这种事之后，为了让萨巴斯平静下来，金克丝在走廊里悄悄对他说：“幻觉，很多人都有幻觉。”蓝色泰迪熊玩的那些花是旅店的客人送的，送来的花太多了，护士长不允许把那些花都放到房间里。花束上经常没有卡片，男人们送的，所有曾经睡过她的男人们。一直都有人送花给她，他都习惯了。

她的最后一晚。第二天早上，罗茜去上班之后，金克丝打来了电话。“她吐了个血块——肺栓塞。她死了。”“怎么会呢？怎么会这样！”“她躺在床上，血液循环不畅，听着，这样死去也挺好的，非常解脱。”“谢谢，谢谢，你照顾得很仔细，谢谢你打电话给我，她是什么时候死的啊？”“你离开后两个多小时。”“好，谢谢。”“我不想让你今晚来看她时还被蒙在鼓里。”“她说什么了吗？”“最后她确实说了什么，但说的是克罗地亚语。”“好的，谢谢。”

萨巴斯开车把莫迪的东西送到北方去保管，裹着他的旗帜，戴着他的圆顶小帽，在黑暗中开车，在莫迪的东西、德伦卡和德伦卡的最后一个晚上的陪伴下。

“我的美国男友。”

“再见。”

“我的秘密美国男友。”她的声音并没有那么微弱，但他还是把椅子拉到床边，坐在输液袋附近，握着她的手。他们现在就是这么做的，一夜又一夜。“有个这个国家的情人……我想了一整天，告诉你，米奇。有一个这个国家的情人……让我有种打开大门的感觉。我整天都在努力记住这种感觉。”

“打开大门。”

“吗啡让我的英语变差了。”

“我们早该往你说的英语里加些吗啡。现在你的英语比以往都好。”

“米奇，能有你这样的情人近距离地陪在身边，能够被你接受，我的美国男友……就算别人听不懂我的英语，就算我不在这儿上学，我也不会那么害怕……但有了你这个美国男友，望着你爱意满满的双眼，一切都如此美好。”

“一切都如此美好。”

“有个美国男友我就不那么害怕了。我整天就在想这些。”

“我从没觉得你会害怕，我倒觉得你胆子很大。”

她笑他，虽然只是用眼睛笑。“哦，我，”她说，“太害怕了。”

“为什么，德伦卡？”

“因为，因为一切，因为我没有那种直觉，没有对它的直觉。我在这个社会工作了这么久，还生了一个孩子，孩子也在这儿长大，在这儿的教育系统里上学……但在我自己国家，我扳扳手指头就把事情搞清楚了。对我来说，这儿的工作太复杂，还要克服自己作为外人的自卑感。但因为有你，我能理解各种小事。”

“什么小事？”

“‘我向国旗承诺一个军团。’[①]这句话说不通。还有舞蹈，记得吗？在汽车旅馆。”

“记得，记得，小憩来沙尔[②]。”

“不是‘基本重点’，米奇。”

---

① 正确表述应为I pledge allegiance to the flag of the United States of America，即“我宣誓效忠于美利坚合众国国旗”，此处德伦卡将allegiance（忠诚）误解为a legion（一个军团）。

② Lysol，一种消毒防腐剂，此处为汽车旅馆名。

"什么不是？"

"那个英语表述，金克丝今天说了'基本要点'，然后我想'哦，天呐，不是"基本重点"。'马修是对的——是'基本要点'。"

"是吗？不可能。"

"你真是个坏小子。"

"我那是务实。"

"我今天想到自己又怀孕了。"

"是吗？"

"我想到自己回到了斯普利特，我怀孕了。过去的其他人也都在场。"

"谁？谁在场啊？"

"你知道我在南斯拉夫也很开心。在我的城市里，我年轻时过得很开心。你知道那儿有个罗马宫殿，位于市中心的一个老宫殿。"

"在斯普利特，是的，我知道，你多年以前告诉过我，很多很多年前，亲爱的德伦卡。"

"是，那个罗马人，那个皇帝，戴克里先。"

"那是海边一个古老的罗马小镇，"萨巴斯说，"我们都在海边长大，我们长大时都深爱着大海。*娇柔的大海*。"

"斯普利特旁边有个小小的海滨度假胜地。"

"马卡斯卡，"萨巴斯说，"马卡斯卡和马达马斯卡。"

"是的，"德伦卡说，"真是太巧了，我在这两个地方玩得最开心。那时候很开心，我们在那儿游泳，一整天都在沙滩上，晚上就跳舞，我第一次做爱也是在那儿。有时候在那儿吃晚饭，他们会拿小碗盛好汤送上来，他们走过来时，会把汤洒在你身上，因为他们没经验，那些服务生。他们托着满满一托盘，他们拿着托盘，走过来，送汤时把汤给洒了。美国远在天边，我甚至想都不敢想。能与你一起跳舞，听着你哼歌，我一下子就离她那么近了，离美国近了，我和美国一起跳舞。"

“亲爱的，你在跟一个失业的奸夫跳舞，一个把时间都花在自己双手上的人。”

“你是美国人，是的，你是，我的坏小子。当我们飞去纽约，从机场开车经高速公路前往市里时，不管哪条高速公路，我都能看到那些被汽车和各种交通工具包围的墓地，觉得非常困惑和害怕。我对马蒂亚说：‘我不喜欢这种景色。’我哭了。美国装上了发动机，带着它不计其数的汽车一刻不停地奔跑，然后路边突然出现了人们安息的地方。这儿一小块墓地，那儿一小块墓地。这对我来说真是太可怕了，如此极端的反差和不同，我不明白。现在有了你就不同了。你知道吗？因为你，每当想起那些墓碑，我就能理解了。我只希望当时我是跟你一起去那些地方的。我今天一整天都这么希望，想起了那些地方。”

“哪些地方呢？”

“你出生的地方，我本来是想去泽西海岸的。”

“我们本应该已经动身了，我本应该带着你去的。”

本应该，本可以，本能够，三只瞎老鼠。

“甚至去纽约，通过你的眼睛向我展示那个城市，我应该会喜欢的。无论我们去哪儿，我们总是躲着，我讨厌躲着。我不介意跟你一起去新墨西哥，也不介意跟你一起去加利福尼亚，但主要想去新泽西，去看看你长大的地方的那片海。”

“我懂。”太迟了，但是我懂。我们不会因为对一切理解得太迟而灭亡，这真是个奇迹。但我们确实会因为那个而灭亡——就是那个。

“要是我们，”德伦卡说，“去泽西海岸过周末就好了。”

“用不着一个周末。从朗布兰奇到斯普林莱克再到沿海地带，大约十一英里。从尼普顿开车沿着大街向南行驶，不知不觉就到了布拉德利比奇。从布拉德利再开八个街区就到了埃文，地方不大。”

“告诉我，告诉我。”在小憩汽车旅馆时也是，她一直恳求他告诉她，告诉她，告诉她。但若得想出还没告诉过她的东西，他必须绞尽脑汁。难道他应该把说过的内容再重复一遍吗？对一个垂死的人来说，这重要吗？对于一个垂死的人，你可以永远重复说过的话。他们不在乎，只是那样的话，他们仍能听到你说话。

“嗯，无非就是些小镇上的事，德伦卡，你知道的。”

“告诉我，求你了。”

“我身上没发生过什么非常激动人心的事。你知道，我向来跟那些好孩子相处不好。那些来自迪尔的富家小姐们都是没教养的小屁孩，家里人甚至都不是沙滩俱乐部的成员，她们没有一个个争先抢后地追求我。高中时，我确实通过某种方法让人替我打了几次飞机，但那都是侥幸，算不上什么。大多数情况下，我们只是闲坐着，聊聊要是我们上床的话能给对方做点什么。那时，由于罗恩·梅茨纳的肤色问题，别人看都不看他一眼，他还试着安慰自己，对我说：‘迟早都能做爱，不是吗？’我们不在乎对方是谁，甚至也不在乎对方是什么，我们只想做爱。十六岁时，我只想着逃跑。”

“你做了水手。”

“还没有，是做水手的前一年。那年夏天，沙滩上都是来自北泽西的犹太女孩，她们生来容貌惊人。我白天做救生员，不得不做，救生员工资少得可怜，所以我晚上还得上班。我做了各种各样的课外兼职、暑期兼职和周六兼职。罗恩的叔叔有冰淇淋特许经营权。卖甜蜜使者牌冰淇淋的冰淇淋车叮叮叮地开来了。前来买冰淇淋的人把沙滩堵得水泄不通。我替他打过工，骑着带车篮的自行车沿街售卖纸杯冰淇淋。我一个夏天打两三份工。罗恩的爸爸在一家雪茄公司上班，他是荷兰大师牌雪茄的销售员。对乡下孩子来说，罗恩的爸爸是个经历丰富的大人物。他在南贝尔马出生长大，是犹太会堂唱诗班领唱和行割礼者的儿子，那个年代他就有一匹马、一头牛和一间茅房，他家后院里还有一口井。梅茨纳先生体形巨大，有一个城市街区那么大，喜欢黄段子。荷兰大师牌雪茄的销售员。每周六下午，他会听听收音机里播的歌剧。我和罗恩读高中的最后一年里，他爸爸犯了心脏病，那场心脏病像里兹饭店那样大，夺取了他的生命。为了从终生卖冰淇淋的生活中逃走，这就是罗恩跟我一起做水手的原因。荷兰大师牌雪茄当时在纽瓦克有分部，梅茨纳先生一周去拿两次货。那时是战争期间，煤气是定量配给的，到了冬天，周六时，罗恩和我骑着自行车跑遍整个县为他送货。一年冬天，我在阿斯伯里的莱文百货商店打工卖女鞋，商店相当大，阿斯伯里是个繁忙的城镇。仅在库克曼大道上就有五六个鞋店，伊·米勒、泰珀、斯坦巴哈等等。是的，在被骚乱毁掉之前，库克曼大道十分繁荣，从沙滩一直延伸到大街。但我从来没有告诉过你我十四岁就是女鞋专家了吗？美妙的邪恶世界，就在阿斯伯里的莱文百货商店里。女士们试鞋时，那个老售货员会把她们的腿抬起来，所以我能看到她们的裙子顶部。他还帮顾客脱鞋子，顾客进来之后，他把她们的鞋放在她们够不着的地方，接着就有意思了。'现在的这只鞋，'他对她们说，'是真正的布鞋。'边说边慢慢抬高她们的腿。我在库房都能闻到她们试鞋后留在鞋垫上的味道。我爸爸有个朋友以前在弗里霍尔德向农场主兜售袜子和工装裤。他从纽约的批发商那儿进货，回来后就开着卡车四处沿街叫卖，我周六跟着他一起去，卡车刚开动的时候就上车，一天卖完后自己还能留下五美元。是的，打各种各样的工。要是知道我长大后成了一名火箭科学家，我的很多老板一定都会很惊讶。那时候，想成为一名火箭科学家看起来不太可能。真正赚钱的差事是为埃迪·施内尔停车。晚上，在阿斯伯里的娱乐区，罗恩和我，那个夏天我还做救生员。我们停一次车收一美元，第一个一美元放在埃迪的口袋里，下一个一美元我们就自己收着。埃迪知道我们是这么干的，但我哥哥以前为他打过工，埃迪喜欢莫迪，因为莫迪是个犹太运动员，不跟那些疯疯癫癫又让人恼火的未来运动明星瞎混，他一训练完就直接回家给父亲帮忙。此外，埃迪还活跃在政界，搞搞房地产，也是个偷东西的混账，钱赚得太多了，甚至根本就不在乎究竟有多少。但他喜欢吓唬我，他的姐夫就坐在马路对面盯梢。”

“什么是‘盯梢’啊？”

“他的姐夫伯尼会盯着你干活，如果你看管的区域里有一百辆车，那口袋里就应该有一百美元。埃迪有一辆帕卡德[①]的大车，他把车开到我看管的区域，停下来，把头探出车窗，跟我说：‘伯尼一直在盯着你，他觉得你没把我该得的那份钱给我，觉得你骗我骗得太狠了。’‘没有，没有，施内尔先生，我们没怎么骗你的钱。’‘那萨巴斯，你拿了多少？’‘我吗？只拿了一半。’”

他让她笑了出来。她的喉咙深处传来一阵笑声，她的眼睛又变成了德伦卡的眼睛！德伦卡在笑。“你是有史以来最容易被逗笑的非犹太姑娘。马克·吐温先生那么说的。是的，那是我哥哥去世前的夏天，大家都担心因为莫迪不在家，我和坏人厮混在一起。后来，十二月时，他牺牲了，第二年我就去做水手了。那时，我就跟坏人厮混在一起。”

“我的美国男友。”她现在泪流满面。

“你怎么哭了呢？”

“因为你做救生员时，我不在那片沙滩上。刚来这儿时，还没遇到你，我一直在为斯普利特、布拉克岛和马卡斯卡流泪，为我的城市里那狭窄的街道、中世纪的街道和所有穿一身黑的老女人们流泪，为那些岛屿和海湾流泪，为布拉克岛上的酒店流泪。当时我还是一名铁路记账员，马蒂亚是个帅气的服务生，他想着开家自己的旅馆。但当我们真正开始赚钱时，马修出生了，再然后我们开始赚钱……”她说迷糊了，闭上眼睛，休息一下。

“痛吗？现在痛吗？”

① Packard，美国豪华汽车生产商。

她颤抖着睁开双眼，“我没事”。那不是疼痛，而是恐怖，但他连那也习惯了。要是她也能习惯才好。“他们说美国人很天真，不适合当恋人。”勇敢的德伦卡继续说，“胡说，美国人更有清教徒精神，他们不喜欢在别人面前脱光衣服。美国男人较为克制，不怎么讨论性交。性交在欧洲都是老生常谈。我确信美国‘不是’[①]如此。”

“‘不是’，很好，说得太棒了。”

“美国男友，看到没？我终于不再是那个信仰克罗地亚天主教的非犹太蠢女人了，我甚至学会了说‘不是’。”

她也学会了说“吗啡”，他从没想过要教她这个词。但没有吗啡，她会觉得被活生生地撕裂了，她说仿佛一群黑鸟、一群巨大的黑鸟占满整张床和整个身体，用喙在她肚子里凶猛地撕扯。这种感觉，她曾经跟他这么说过……是的，她也喜欢这种说法……感觉像你射在我身体里。我并没感觉到射精，我感觉不到，但我同时感受到了你那玩意儿的脉动和我下体一阵收缩，床单全湿了，我一直不知道那是我的体液还是你的体液，不知是从我的下面还是后面滴下来的，我感觉液体沿着我的腿往下流，哦，米奇，到处都是体液，米奇，全身都是，滑溜溜的，好大一份湿湿的酱汁……但现在什么都没有了，湿湿的酱汁，那玩意儿的脉动，我的痉挛，都没有了，她现在失去的是我们那从未付诸实际的旅行，她现在失去了一切，她的奢侈，她的任性，她的狡猾，她的鲁莽，她的淫欲，她的冲动，她的自我分裂，她的自暴自弃。擅长讽刺和挖苦的癌症将这位女性的身体变得腐烂不堪，而对萨巴斯来说，这位女性的身体是所有女性身体中最令他陶醉的。这位女性渴望一直做德伦卡，一直做下去，一直性感，一直健康，一直是她自己，但现在不管是她那些微不足道的，还是令人叹为观止的特质，都腐烂不堪了，一个器官接一个器官地，一个细胞接一个细胞地，都被饥饿的黑鸟吞噬。

---

① 原文为ain't。

只剩下碎片化的故事和她口中只言片语的英语，剩下的德伦卡只有苹果核那么大，就只剩下那么多。现在她身上流出的汁液是黄色的，从她体内渗出，流到床垫上，黄黄的液体和浓黄色的液体都流入了冲洗袋。

注射完吗啡，她脸上露出了微笑。为什么呢？瘦骨嶙峋的她看上去还很性感！太惊人了。她有一个问题要问。

“你说。”

“因为我几乎一直都不省人事。我连今天发生了什么都不记得。也许你说过，‘是的，我想要尿在你身上，德伦卡’，我是否真的想这么做，我觉得我真没想那么多，没想过会是什么感觉，但我会对你说，是的，来吧，让你兴奋，让你开心，做一些对你有用的事，或其他事……”

她刚注射完吗啡，我就很难跟上她的节奏了。“你要问什么啊？”

“谁提议的呢？是不是你把它掏出来说：‘我想尿在你身上，德伦卡。可以吗？我想要尿在你身上，德伦卡？’是这样开始的吗？”

“听起来像是我提议的。”

“然后我想：‘嗯，这种罪过，为什么不做呢？生活本来就已经很疯狂了。’”

“你今天怎么想到了那些东西呢？”

“我不知道。他们来帮我换床单，我就想到了尝尝别人的尿。”

“这个想法折磨人吗？”

“这个想法吗？它既折磨人，又令人兴奋。接着我就记得你站在那儿，米奇。在溪流中，在树林里，我在溪流中的岩石上，你站在那儿，在我上方，一开始你尿不出来，但终于滴下了一滴。哦。”她边说边回想滴下来的那一滴。

“哦。”他嘀咕道，紧抓着她的手。

“滴下来了，滴在我身上，我觉得它还是热的。我敢尝尝吗？我开始用舌头舔嘴唇周围，尿就在那儿。你站在我上方，刚开始你尿出来可不容易，后来一下子就尿了很多，刚好尿在我脸上，暖乎乎的，不错，我就是这么想的；它到处都是，让人兴奋，就像一阵旋风，我感到有些东西，那些情绪。我不知道如何更好地形容它，我尝了尝，甜甜的，就像啤酒一样。它尝起来不错，可能正是因为我做了不被允许的事。这件事原来被严格禁止，但别人还允许我做。一旦允许自己放纵，我就可以喝了，我躺在那儿，我还想要更多，我想要更多，我要它淋在我眼睛上，我要它淋在我脸上，我想满脸都是尿，我想整张脸都被尿淋遍，我想喝，接着我就一直想要。所以我想要它的一切，我想乳头上也有尿。我记得你站在我上方，你还尿在了我的下面。你撒尿时，我开始自慰，然后你让我高潮了，你知道的；你只是把尿撒在了我下面，我就高潮了，非常温暖，如此温暖，我感觉完全……我不知道怎么描述，感觉完全被它吸引了。接着我回到家，坐在厨房里，回忆着那些场景，因为我必须得想清楚自己喜欢还是不喜欢，然后我知道了，是的，这就像我们之间订了一个契约；我们有一个能把我们联结在一起的秘密契约。我以前从没那样做过。也没想要和除你之外的其他人做那种事，今天我想我永远也不会那么做了。但这确实在你我之间订的契约，好像我们永远都被那个契约联结在了一起。”

“是的，现在也是。”

现在两个人都哭了。

“想尿在我身上吗？”他问。

“真好笑，我不确定，不是我不想那么做。但要放任自己，你知道的……你会喜欢我的尿吗？会喜欢我用那样的方式把自己丢给你吗？因为我有点……不是我不想朝你脸上撒尿，而是你会作出什么反应呢？你不会喜欢它的味道，或者我会冒犯你，所以我刚开始很害羞。但一旦开始后，我就知道自己可以，我不必害怕。你用手碰了碰，甚至喝了一些……还有……还有……看到你的反应，我喜欢。我必须站在你的上方，这让我觉得我可以做任何事，可以对你做任何事，任何事都可以。我们在一起，我们可以一起做任何事，一起做所有事，米奇，这种感觉真是太好了。”

“我要向你坦白一件事。”

“哦？今晚吗？好的，什么事啊？”

“我喝的时候不是太开心。”

脸蛋娇小的她咧大了嘴，开怀大笑。

“我想这样做，”萨巴斯对她说，“你刚开始尿时，它是一点一点滴下来的，那没关系，但当它一起冲下来时……”

“‘但当它一起冲下来时’？你在学我说话！我让你说由克罗地亚语直译过来的英语啦！我也教你啦！”

“当然教了。”

“所以告诉我，告诉我，”她兴奋地说，“当它一起冲下来时，你怎么了？”

“我惊呆了，它暖乎乎的。”

“就是，好在它暖乎乎的，还不错。”

“我在那儿，在你的双腿之间，我必须得用嘴接着。而德伦卡，我在犹豫自己想不想用嘴接。”

她点点头，“嗯嗯”。

“你能看出来吗？”

“能，能看出来，亲爱的。”

“看到它让你浑身紧张，是我最兴奋的时候。”

“真的，让我紧张。”

“我看得出，那对我来说就足够了。但我不能像你一样放任自己去喝。”

“你真奇怪，”她说，“跟我说说。”

“我猜我也有个人喜好。”

“味道怎么样？甜吗？因为你的很甜，像啤酒和甜蜜混在一起的味道。”

“德伦卡，你第一次做完之后，你还记得你说了什么吗？”

“不记得了。”

“你不记得了吗？你在我身上撒完尿之后啊。”

“你还记得吗？”她问。

“我怎么会忘记呢？你光芒四射，你在发光。你得意地说：‘我做到啦！我做到啦！’这让我想起‘是的，罗莎娜把不该喝的都喝了’。”

“是的，”她笑了，“是的，我可能是这么说的。是的，你看，这跟我说的一样，我很害羞。就是这样，我就像通过了一场考试。不，不是通过考试，是好像……”

“好像什么呢？”

“也许我担心自己会后悔，很多时候，当人们想做什么或者可能被带着去做什么时，做完之后往往都有耻辱感。我不确定，我感到耻辱吗？那最让人难以置信。现在我甚至喜欢和你说起这件事。那事代表强烈的欲望，还代表给予。在某种程度上，我对其他任何人都做不了那事。”

“通过在我身上撒尿吗？”

“是的，还有允许你在我身上撒尿。我觉得，我觉得，你那时候完全跟我合二为一。之后我跟你躺在溪流里，我在溪流里抱着你；从各方面来说，你不仅是我的情人，还是我的朋友，像一个，你知道的，在你生病时我可以帮你的人，像兄弟。你明白的，那是一个仪式，成人仪式，或是其他什么的。”

“成人仪式。”

“是的，成人仪式。非常肯定，是真的。虽然那也被严格禁止，但它拥有所有事物中最纯真的意义。”

“是的，”他说道，看着她奄奄一息的样子，“多么纯真啊。”

“你是我的老师，我的美国男友，你教会了我一切。这些歌，辛诺拉[1]的破玩意儿，随性地做爱，享受自己的身体，不去痛恨自己有这么大的乳头，这些都是你教我的。”

“亲爱的德伦卡，在遇到我之前，你就已知道做爱了，多少知道一点。”

“但我已经结婚了，没太多那方面的发泄途径。”

“你做得很好，宝贝。”

“哦，米奇，真是太棒了，很有趣，完整的双重生活。这才像生活嘛。拒绝这一切将是个巨大的损失。你带给了我这一切，你给了我双重的生活，我无法忍受只有一种生活。”

“我为你和你的双重生活感到自豪。”

“我唯一后悔的是，”她说着又哭了起来，和他一起哭，两人都泪流满面（但他已习惯了，我们可以忍受癌症扩散，我们也可以忍受泪水，哭了一夜又一夜，都可以忍受，只要生活还在继续），“我们不能再一起多睡上几个晚上了。跟你结合在一起，结合？”

“为什么不呢？”

“希望你今晚能待在这儿。”

“我也希望这样，但我明晚会来的。”

“我指在岩洞，我不想再跟其他男人做爱，即使没患癌症也不想。即使我还活着，也不会那样做。”

“你现在还活着。此时此地。今晚。你还活着。”

“我不会那样做，我一直喜欢和你做爱。但我也不后悔睡了很多其他人，如果不这么做的话是一大损失。和他们中的有些人做爱，可以说是在浪费时间。你也一定有过那样的经历，对吗？你跟不喜欢的女人做过爱吗？”

“做过。”

---

① Shinola，美国手表品牌。

“做过，我见过对你不管不问，一心只想着要做爱的男人。那对我来说总是更困难。我在做爱的过程中献出了我的心，也献出了我自己。”

“你确实如此。”

然后，在稍稍动了一下之后，她睡着了，所以他就回家了。“我现在要走了。”两小时不到，她吐了血块，死了。

所以，不管怎样，那就是她用英语说的最后几句。我在做爱的过程中献出了我的心，也献出了我自己。很难再超越这个。

为了和你结合，德伦卡，为了现在就和你结合。

周围是一片漆黑的旷野，半山腰上有户人家，客厅里灯光柔和。他把车停在一条坡度较大的车道底部，对于自己现在在做的这件事，他先前并没考虑清楚，此刻又想了想。从这儿看过去，灯光使这座房子十分温馨，对他而言那就是家。但晚上从外面看所有房子都是温馨的。一旦你不再从屋外看向屋内，而是身在屋内看向屋外……但这座房子依然是他觉得最像家的地方，因为他不能把莫迪的遗物随便放在一个地方，他会把莫迪的遗物留在这里。他不得不这么做。他再也不是一个乞丐，不是一个让人讨厌的入侵者，他不会在波因特普莱森特的沙滩南部随海浪飘向岸边，不会有人清晨和拉布拉多慢跑时在前一天晚上冲上沙滩的垃圾中发现他的尸体，他不会挤在施洛斯上尉旁边。他是莫迪遗物的保管者。

那罗茜呢？我打赌绝不会让她切下我的阴茎。就从那儿开始。确定一些适当的目标。看看你能否安然度过四月剩下的日子，不让她切了它。在那之后，你就可以提高要求。不过还是先从那做起，看看是否可行。如果不行，如果她确实切下了它，那你就得另找地方了，就得给你和莫迪的遗物重新找个家。同时，一点也不要让她看出你对睡梦中被阉割的恐惧。

也别忘了她的愚蠢带来的好处。这是任何婚姻中的首要准则之一。(一) 别忘了她（他）的愚蠢带来的好处。(二) 你没法教她（他）任何东西，所以别尝试去教。这些原则中有十条是他在帮助德伦卡与马蒂亚相处的那段日子里总结出来的，那时马蒂亚系鞋带时一丝不苟，这让德伦卡觉得生活除了黑暗之外什么都没有。(三) 别总抱怨个没完。(四) 规律并不是毫无价值的。等等。

你甚至可以和她做爱。

现在，有这种想法很奇怪。思考再三，他都想不到自己这辈子做过的更离经叛道的事。当然，他们搬到北方时他常和罗茜做爱，一直用尽全力地进入她的身体。但他们搬来这儿时她二十七岁。不，首先还是要防止她切下他的阴茎。试着和她做爱或许对他适得其反。目标要适当。你只是要为你和莫迪找个家。

她会在客厅读读书，烤烤火，在沙发上做做拉伸，她读的是别人在戒酒互助会上给她的那些东西。她现在就在读《大书》[①]、《十二个步骤》、冥想书和几本小册子，互助会会一直提供这些书。自从离开亚瑟以来，她一直在读一本新书，它就像她一生都离不开的那本旧书一样。先是参加互助会，接着在火炉边读小册子，然后带着阿华田和《大书》中的“个人故事部分”上床，伴着那些酗酒者的趣闻轶事，她渐渐进入梦乡。他想，关灯后她还在床上说了一段戒酒互助会的祷词。至少在他面前她还很有礼貌，从不大声念叨那玩意儿。总之，他有时会和她上床，谁能拒绝呢？“你知道我的至高力量是什么吗，罗莎娜？我已经弄明白我的至高力量是什么了。是《时尚先生》杂志。”“你就不能正经点吗？你不懂。这对我来说是件很严肃的事。我正在康复呢。”“还要多久呢？”“一天一次吧，但这会永远持续下去。这不是件可以置之不理的事，你得坚持。”“我想我见不到它结束的那一刻了，对吧？”“你见不到了，因为它是一个持续不断的过程。”“你所有的画集都在那些

① *Big Book*，记录戒酒互助会的基本内容。

书架上。你一本都不看。一张画都不看。”“我不觉得愧疚，米奇。我不需要艺术。我需要这个，这才是我的药。”“《重拾信心》《二十四小时》《红宝书》，亲爱的，这些对生活毫无用处。”“我正试着达到平静的状态，一种内心的平静。宁静。我正跟内在的自己相处。”“告诉我，罗莎娜·卡瓦诺身上发生了什么？她会想着她自己吗？”“哦，她？她嫁给了米奇·萨巴斯。嫁过去之后就不会独立思考了。”

和罗莎娜做爱会怎样呢？很多男人还会和妻子做爱，可能是民意调查专家们想让我们相信这事。这难道不是异想天开吗？想知道那是什么滋味。二十多岁时，罗莎娜散发出的潮湿的气息最独特，一点都不像鱼腥味，而是像植物的根在腐烂的淤泥中的气味。爱这气味。这气味几乎让你窒息，其深处某种邪恶的东西嘭的一声超越了反感，到达了应许之地，在那儿，所有人都住在鼻子里，在这个鼻子里，生存恰恰意味着狂野的、冒着泡沫的阴户，在那世界上的最重要的东西——就是世界，就是你脸上表现出的意乱情迷。“那儿！不——那儿！对……那儿！那儿！那儿！那儿！对！那儿！”他们乐不思蜀的躯体会让阿奎那都眼花缭乱，也就省了他的那些理论了。如果萨巴斯把任何事都当作上帝存在的证据，如果所有事物的诞生都是由于上帝的存在，那么就会有成千上万的性高潮在针尖上跳舞。[①]微芯片之母，进化之胜利，直接冲击着视网膜与鼓膜。我不介意身上长出一个阴蒂，就像独眼巨人库克罗普斯的眼睛一样长在我额头的正中央。她们有阴蒂，为什么还需要珠宝呢？有了阴蒂，红宝石又算什么呢？阴蒂在那儿就是阴蒂，没有其他原因。不是为了水能流淌，也不是为了播撒种子，它像以前那种装在好家伙牌爆米花包装盒底部的玩具，是上帝给每个小女孩的礼物。向造物主致敬，他掌握着女人的软肋，真是

① 阿奎纳在其著作《神学大全》中指出，两个天使是不可能占据同一个空间的，继而引出“针尖上能站几个天使”的研究，后来演变为持续几个世纪的关于“在不挤到人家的前提下，一个针尖上能有多少个天使跳舞”的讨论。

一个慷慨大方、令人惊奇又爱开玩笑的家伙。就像萨巴斯自己一样。

有一个家，家里有一个妻子，车里有值得敬畏和需要保护的东西，它们取代了德伦卡的墓，成为了他生活的意义和目的。他再也不用扑在她墓上痛哭流涕，想到这儿，他突然想到，他奇迹般地在像他这样的人的控制下苟活了这么多年。他从菲什悲惨的人生中惊讶地发现，即使任凭难以言喻的经历摆布，他还有活下去的理由。他被自己荒谬的想法吓到了：他没有，他没能活下来；他已死在泽西市了，很可能是自杀；他正在死后世界的路口，即将进入童话世界，在那里，他摆脱了在世时最后一个标志性的冲动：要到别处去的冲动。他就在别处。他已经实现了这个目标。现在他明白了。我是这个小村庄里最大的笑话，如果村外半山腰上的那间小房子不是别处，那么也就没有什么别处了。你在哪儿，哪儿就是别处；萨巴斯，别处才是你的家，没人做你的伴侣，如果有的话，罗茜就是"没人"。找遍世上所有角落你都不会找到比这更合适的地方。这就是你的归宿：隐居山腰，惬意小屋，康复中的妻子。这就是萨巴斯的下流剧院。神奇。像那些女人走出家门，走上街头，去菲什的卡车那儿买四季豆时一样神奇。你好啊，神奇。

屋子前面的灯熄了，车库边上的卧室里的灯又亮了。但将近一小时后，萨巴斯仍待在土坡底端，离家约一百码。这个死后的生活真的是他的吗？他重新认真思索是否自杀。他以前想的是，未来会被人遗忘，自己必须熬过去。旁边是曾经同为水手的施洛斯，对面是尊敬的魏茨曼一家，他距自家的家族墓地只有一箭之遥。尽管如此，遗忘就是遗忘，让自己有心理准备并不容易。他从未想过，被留下后，被留在那些狗的眼皮子底下腐烂后，他发现自己又回到了马达马斯卡瀑布中面对自己的妻子，而不是湮没在地底；他也从未想过，自己面对的不是永恒的虚无，而是回家和罗茜同床共枕，永远追寻内心的平静。但他从来没考虑过如何处置莫迪的遗物。

他在车道上慢慢地开着，好顺利通过那些弯道。现在就算要花好几年才能到家也无所谓。他死了，死亡是永恒不变的，再也不会幻想着逃离。时间是无尽的，或者它已静止。没什么区别。所有变化都已消失不见——这就是生与死的区别。死后没有变化，而变化却遍布活人的生活。

人死去后才明白死亡就像做梦，但奇怪的是，他会意识到一切都更坚定地建立在死亡之上。萨巴斯并没有感到自己死了：他的感官从未如此敏锐，万物都不再生长，不再更迭，不再衰亡；没有想象的东西，也没有真实的东西，客观与主观不复存在，也不再有“此为何物”的疑问，万物皆因死亡而相互关联。他坚信自己日复一日的生活还会继续。不用担心突如其来的死亡。意外已经结束。在这个“非世界”中永远都别无选择。

如果这就是死亡，那么那辆停在车库里、停在罗茜的旧吉普旁边的皮卡是谁的呢？宽宽的后挡板上醒目地喷绘着一面迎风翻飞的美国国旗。本地牌照。如果所有变化都已消失，那这该死的又是什么呢？某个有本地牌照的人。死亡不是人们想象的那么简单，罗茜也不是。

她们在床上看电视。因此没人听到他开车上来。她们依偎在一起，你一口我一口地吃着一只圆圆的青梨，梨汁一从嘴里滴到光洁的腹部，她们就会为对方舔干净。看着这场景，他有一种感觉，觉得对罗茜而言，知道自己的丈夫回家了，知道丈夫发现他不在家时自己做了什么，一定会很开心，没什么比这更能取悦她。他所有的衣服都堆在卧室角落的地板上，衣柜和抽屉里他的东西被清理出来，扔在角落，等着和罗茜做爱的那个人周末把它们打包拉上山，推入山沟。

无依无靠。艾达占了他的墓穴，美食店的克里斯塔取代了他在这个家的位置。德伦卡对克里斯塔的舌头怀有深深的敬意；罗茜在镇上也和克里斯塔打过招呼，她们是在戒酒互助会上认识的。

如果这就是死亡，那死亡就是隐姓埋名的生活。有趣的是，“非世界”中依然不乏所有将世界变成一片乐土的恩赐。

她们看着电视,而萨巴斯在黑暗的窗外看着她们。

克里斯塔现在应该二十五岁了,她剪得很短的金发已长出了黑色,她的阴毛也剃干净了,这是萨巴斯在她身上看到的唯一变化。她不是模范儿童,从来都不是,差得远呢,却是最擅长激起性欲的儿童范例。她的头发参差不齐,淘气地盖在脑袋上,似乎有个八岁的孩子给她剪了个倒置的王冠。她嘴巴没咧着,而是像德国自动售货机的投币口一样冷漠;她的眼神既惊喜又害羞,她那德国人的臀部如雪堆般光滑,天然的曲线散发着甜美的诱惑,像萨巴斯当时做工具管理员助理那样忠实地站在一旁,她在德伦卡身上施展魔法时抛出的媚眼一样风情万种。虽然罗莎娜比克里斯塔高出近一英尺——连萨巴斯都比克里斯塔高,但几乎看不出罗莎娜的年纪是克里斯塔的两倍。罗莎娜比克里斯塔苗条,胸部和她一样平坦,可能和她十三岁搬去母亲那儿时一样大……他的妻子年逾六旬,没生育过,戒酒四年了,过去的四十八小时内也没有丈夫在身边,却宛如奇迹一般,看起来含苞待放。

她们看的是一个关于大猩猩的节目。萨巴斯间或扫了几眼,那些猩猩或在高草中跖行,或坐在四周,挠着头和屁股。他发现猩猩们总是挠来挠去。

节目播完后,罗茜关掉电视,一言不发,假装自己是一只正在喂奶的母猩猩,小猩猩就是克里斯塔。萨巴斯从窗外看到她们停止了猩猩母女的游戏,他想起他曾在餐桌上用在舞台上的声音说话,或在床上用这些台词逗她开心,用唇膏在龟头上画上胡子和帽子,把勃起的阴茎扮成木偶,罗茜跟着他学,她天赋极强。做完爱后她可以和木偶玩耍,这是每个孩子的梦想。那时她的笑声率真,活力四射,无所顾忌,有些邪恶,听起来她毫不遮掩,毫不害怕……但事实是她隐藏一切,害怕一切。没错,他依稀还能想起她多么喜欢他蠢蠢的样子。

罗茜郑重其事地注视着装成猩猩的克里斯塔。好像克里斯塔不仅在帮罗茜捉虫子和虱子，而是用这种有意的身体接触来涤除二人的罪恶。所有情绪都是无形的，但她们之间流淌过的每一秒都活色生香。罗茜的动作细腻精准，似乎她们正在进行一场纯粹而虔诚的宗教仪式。除了她们正在做的，其他什么都没发生，但萨巴斯觉得这影响巨大。影响巨大。他经历了一生中最孤独的时刻。

在他眼中，克里斯塔和罗茜已完全养成了猩猩的习性。她们活在猩猩的维度里，展现出猩猩至高的深情，完美表现出猩猩的理性和爱。对方就是整个世界。对方的身体至关重要。她们合二为一：既是给予者又是索取者。克里斯塔任由罗茜用手帮她捉虱子，她的身体就是一张地图，罗茜的手指在上面完成了一次老练又撩人的旅行。她们一言不发地扮演猩猩时，只听到克里斯塔这个小猩猩在床上像鸡崽似的发出安逸满足的咯咯声。

罗莎娜猩猩。我是大自然的工具。我满足所有的需要。要是他们夫妻二人扮演猩猩就好了，别的什么都不演，只演猩猩！相反，他们却一直在演人类，而且还演得很好。

她们玩够了，笑着抱在一起，用人类的方式深深吻着对方，两边的床头灯都关了。萨巴斯还没看清里面的情况，也没想好接下来怎么做，离开还是进屋，便听到罗茜和克里斯塔在吟诵着什么。她们在吟诵祷词吗？一定是！“亲爱的上帝……”罗茜每晚都会吟诵戒酒互助会祷词。他终于听到她大声吟诵了。“亲爱的上帝……”

这场二重唱完美地进行着，她们都不去思考祷词的措辞或感情，两个声音，两个女人，和谐地交织在一起。年轻的克里斯塔充满激情，而罗茜则全神贯注，生怕说错一个字。她的声音既郑重又柔和。她在这条遥不可及的寻求内心平静之路上披荆斩棘，抛开童年时由贫穷、耻辱、不公和虐待带来的苦痛，抛开成年后因父亲的阴影而和一个野人替身生活在一起所导致的无从逃避的折磨，通过吟诵渐渐减轻痛苦。她的声音比克里斯塔轻，也更平静，但她全神贯注。新的开始，新的生命，新的挚爱……尽管如此，萨巴斯几乎能确信，她身上或多或少还有旧爱的影子。在克里斯塔带着罗莎娜母亲的古董银烛台不辞而别后的第二天，罗莎娜给地狱写信，萨巴斯能预见到这种场景。如果妈妈没离开，如果我不用在她回来前都一直待在那所女校，如果你没逼我穿上那件深绿色的夹克，如果你没对管家们大吼大叫，如果你没和那些管家上床，如果你没娶可怕的艾琳，如果你没给我写那些疯狂的信，如果你没用让人厌恶的嘴巴和手像老虎钳一样钳住我……父亲，你又这样做了！你夺去了我和正常男人的正常关系，你夺去了我和正常女人的正常关系！你夺走了我的一切！

“亲爱的上帝，我不知道我会去哪儿，我看不见前方的路。我不确定这条路的尽头在哪儿，我也并不真正了解自己。我觉得自己按照您的指引行事，但这种想法不代表事实即如此。可我相信，我相信……”

萨巴斯觉得她们祈祷时未遇到任何阻力。他要是能把厌恶的一切都抛诸脑后该多好。他祈祷上帝无所不知，否则他老人家就不会明白这两个人在说些什么鬼话。

“我相信，想让您满意的这一愿望本身确实能让您满意。希望我做任何事都能让您满意。希望我只做让您满意的事。我知道如果这样做，您就会带我走上正路，尽管此刻我可能对此一无所知。因此，虽然我看起来迷失了自己，也命不久矣，但我会永远信任您。我不会恐惧，因为我知道您不会留我一人面对烦恼。”

接着便开始了极乐时刻。一会儿工夫，两人的欲望彻底被彼此唤醒。这次不是萨巴斯之前偷听到的两只心满意足的猩猩在咯咯叫。她们不再扮演任何动物，不再发出任何一个愚蠢的音节。不再需要亲爱的上帝了。她们全身心投入到神学的任务中，用舌头表达狂喜。人类的舌头，多么了不起的器官啊。有朝一日可要好好欣赏一番。他还牢牢记着克里斯塔的舌头，强健有力、摇摆着的蛇信子。他对克里斯塔的舌头的敬畏之情与德伦卡不相上下。舌头不管用来做什么都很神奇啊。

整间卧室里，萨巴斯唯一能看清的只有那只闪着绿光的电子钟。它就在看不见的床边的那张看不见的桌子上，床的那一半曾属于他。他相信还有几本有关死亡的书籍堆在那儿，除非它们也和那些衣服一起被扔在了角落里。他觉得自己似乎从一个巨大的阴户中被赶了出来，他曾在其中自由自在地度过了一生。他住过的那座房子变成了他再也无法插入的阴户。当女性独有的气味从开着的窗子中飘散出来时，加剧了这种不受智力影响的观察后的认知。这股气味把披着国旗的萨巴斯困在了失去一切的强烈痛苦之中。如果从中闻到了不理智，那它闻起来就是这样；如果从中闻到了癫狂，那它闻起来就是这样；如果从中闻到了愤怒、冲动、欲望、敌意和自我……没错，这令人赞叹不已的腐烂的恶臭是所有汇集成人类灵魂的味道。无论女巫们如何预言麦克白的未来，这些预言闻起来都是这样的气味。难怪邓肯没能挺过那晚。①

似乎她们很久都不会停止做爱。因此，他将永远被自己的荒谬束缚在这山腰上，在这窗边，在这夜色中。她们似乎找不到某个需要的东西了。某片或某小片不见了，她们用完全由喘息、呻吟、呼吸和尖叫组成的语言流利地聊天，仿佛一部爆炸般尖叫的音乐集，聊天内容听起来与消失不见的那片东西有关。

起初，她们其中一个似乎觉得自己已经找到了那片东西，而另一个觉得是自己找到了。接着，在这间阴户房的无尽黑暗中，她们同时在这个浩瀚的瞬间一起找到了那片东西，罗茜和克里斯塔发现了它的踪迹，它能让整幅画完整。她们说的话与萨巴斯之前接触过的任何语

① 出自《麦克白》第四幕第一场。因麦克白为剖腹产所生，故女巫们预言“没有一个妇人所生下的人可以伤害麦克白”。苏格兰国王邓肯一世统治的最后几年中争战不断，与境内外多个地方势力起过冲突，麦克白渐渐对邓肯一世不满。1040年，邓肯一世率军与麦克白交战，邓肯一世被杀。

言中的表达都不一样。

最后，她满足了自己，如果她是德伦卡的话，他可能会很享受这一过程。他没觉得被拒之门外或被凄惨地抛弃，因为从另一角度看，罗莎娜做任何事都不会真的让他感同身受。她创造出了一个让他无法进入的高潮港湾，为什么他该觉得她的这种创造有别于他那些伟大的创造呢？罗莎娜坎坷的人生显然将她带回了两人刚相识的时候。那时他们是贪得无厌的情人，在他的木偶工作室里躲着尼基。事实上，她自慰的场景都是他幻想出来的，边用来自我欺骗，边为自己接下来的举动做准备。接下来，他准备回家，还尝试……尝试什么呢？坚持什么呢？找回什么呢？回到过去是为了什么呢？为了残存的什么呢？

这时他爆发了。雄猩猩发怒是很可怕的。它们作为体形最大、体重最重的灵长类，发怒时会地动山摇。他从不知道自己的嘴巴能张那么大，作为一个木偶艺人，他也从未意识到自己能发出那么多种可怕的声音。咄，吠，吼，凶神恶煞，震耳欲聋；上蹿下跳，猛捶胸口，把窗台下的植物连根拔起，横冲直撞，最后举起伤痕累累的拳头把窗框砸塌，闯进房间，吓得罗茜和克里斯塔歇斯底里地尖叫。

他最喜欢咚咚咚地敲自己的胸口。他胸膛壮实，这么多年来却让它就这么浪费了。他的手钻心地疼，但他没有停下来，他是最凶猛的野猩猩。你还敢恐吓我！他捶着自己硕大的胸膛，把这座房子砸散了架。

在车里，他迅速打开了车头灯，看见他把浣熊吓跑了。它们原先在翻厨房后面的垃圾桶。罗茜一定忘记把木板盖的插销插紧了，盖子下面放着四个垃圾桶。虽然浣熊跑了，垃圾却满地都是。这就让那股腐烂味有了合理的解释，站在窗外，他曾把这归咎于床上的两个女人。他早该知道这股腐烂味不是她们的。

他把车停在公墓入口，离德伦卡的墓穴约三十码。他从汽车前排的储物箱里翻出一张汽车修理厂的账单，借着仪表盘上微弱的光线和车顶的小灯，他在账单背面写下了自己的遗愿。手电筒的电池已慢慢耗尽，只能照出一束针尖那么细的光，自她去世后他就没换过电池。

车外是无边无际的黑暗，十分骇人。这一夜和他做水手时的每一夜一样，都是心理挑战。

> 我留下七千四百五十美元现金（在夹克口袋的信封里）来设立一个奖项，每年给四所高校联合项目毕业班的一名女学生奖励五百美元，奖给那位在读期间睡男教师睡得最多的毕业生。我把身上的几件衣服放在棕色纸袋里，留给阿斯顿广场站的朋友。我把磁带录音机留给凯西·古尔斯比。我把米歇尔·考恩博士的二十张不堪入目的照片留给以色列国。米奇·萨巴斯，一九四四年四月十三日。

是九四年。他划掉四四。一九二九—一九九四。

他在另一张账单的背面写道："我哥哥的遗物有一面国旗、一顶圆顶小帽、几封信，纸板箱里的其他所有东西，它们要同我一同埋葬。我要一丝不挂地入棺，他的遗物要摆在我周围。"他把这张账单放进给克劳福德先生的收条中，在信封上写下"补充说明"。

该写墓志铭了。连贯清晰还是语无伦次呢？愤怒还是宽容呢？恶毒还是慈爱呢？夸大其词还是通俗易懂呢？要不要加上莎士比亚、马丁·布伯和蒙田的语录呢？贺曼公司应该会卖这样的贺卡。他没想到的伟大思想不胜枚举；他不必讨论人生的意义，讨论起来便没完没了。也没必要写些好笑的事，自杀本就可笑。不少人还意识不到这一点。自杀不是出于绝望或报复，不是因为疯狂、痛苦或耻辱，不是被掩饰的谋杀，也不是自怨自艾的浮夸表演，而是对那些不绝于耳的插科打诨的润饰。如果以任何其他方式结束自己的生命，那他会将自己视为一个更大的失败者。对任何一个爱开玩笑的人来说，自杀是免不了的。尤其是一个木偶艺人，面对的东西都是没有生命的：隐匿在幕布后面，把手插进去扮演的不是自己，认命做一个木偶。想想吧。没有比这更有趣的选择。一个向往死亡的人。一个选择死亡的人。这才是笑话。

不要墓志铭了。无论写什么都是假的。

那么现在就剩下最后一件事了。

他下了车，踏入伸手不见五指的黑夜。他自杀时看一切都觉得有趣，现在可不是如此，他伸出胳膊摸索着，觉得自己是一具和菲什一样老朽的残躯，菲什就是他的提瑞西阿斯[①]。他努力回忆公墓的样子，尽管已花了五个月来熟悉这儿，他还是免不了一走进去就乱了方向。虽然每一小步都小心翼翼，但他还是踉踉跄跄，不一会儿就气喘吁吁了。白天下了大雨，道路泥泞，而她的墓穴又在山上。都走了这么远，要是冠心病突然发作那可太丢人了。自然死亡是最大的耻辱。可他的心脏不是马，它受不了，无法再负荷这样的工作量。它不断用蹄子踢着他的胸口来警告他。

萨巴斯无助地往山上走去。请想象一块石头拖着自己前行的样子，你就会知道他如何挣扎着走到德伦卡的墓穴。在这儿，他要向那些乱七八糟的东西进行盛大的告别，他开始对着它撒尿。起初他尿得很慢，还夹杂着一丝痛苦，他担心这是在要求自己做不可能的事，因为他体内已空空如也。他想象着自己——一个夜里非要跑三趟洗手间不可的人——一直站在那里，站到下个世纪，却尿不出一滴来滋润这片神圣的土地。负疚感使他失去了自我，难道也阻塞了他的尿流吗？他对人生的理解出什么问题了吗？他付出了高昂的代价，才找到一片空地让他能随心所欲地继续与这个世界抗争。他曾对他人的憎恨不

---

① Tiresias，希腊神话中的盲人预言者。

屑一顾，他那股不可一世的劲去哪儿了呢？他曾奋力从他人愚蠢的和谐期盼中挣脱出来，那些他借以挣脱的律法和行为准则去哪儿了呢？没错，那些激起他的滑稽行为的条条框框最终都会来复仇。所有企图抑制我们内心邪恶的禁忌都让他尿不出来。

完美的隐喻：空空如也的躯壳。

然后，他尿出来了……起初是一条细流，只有无力的几滴，就像用刀切开洋葱时顺着脸颊流下的一滴或两滴眼泪。但紧接着就涌出一股，又一股，之后便是流淌、迸发、汹涌，萨巴斯用连自己都觉得惊讶的力量撒尿，就像这止不住的泪流成河甚至会震惊那些从未体会过悲伤的人。他记不起上次这样撒尿是什么时候了。或许是五十年前。在她的墓穴上钻个洞！穿过棺材板，一直尿到德伦卡嘴里！但无论如何他都不可能尿到她身上，倒不如用尿来发动涡轮机。“我做到啦！！”她大喊，“我做到啦！”他从未如此崇拜一个人。

然而他没停下来。他停不下来。他要像乳母产奶一样撒尿。湿透的德伦卡，是咕咕冒泡的泉水，是水分与溢液之母。流淌的德伦卡，喝着人体藤蔓的汁液。宝贝，趁你还没化为尘土，起来吧，回来吧，复活吧，流出你所有的分泌物吧！

但这块墓地接受了德伦卡所有情人的精液，就算他整个春夏都在浇灌它，都无法让她复活。其他女人也是如此。另外，他能现实一点想些别的吗？甚至这对时时刻刻最想记住人死不能复生的人来说有时也是一件难事。地球上没什么比人死不能复生更确定无疑的了，这是你唯一确定的事，然而人人都不想意识到这点。

“不好意思，先生！”

有人从后面轻轻拍了拍萨巴斯的肩。

“停下！别尿了！立马停下！”

可他还没尿完呢。

“您在亵渎我母亲的墓穴！”

萨巴斯被揪着胡子猛地转过身，一盏刺眼的灯照向他的眼睛。他抬起手，仿佛一个能刺穿颅骨的东西正迎面而来。灯光从他的头顶射下来，又从脚底反射回眼睛。他身上像被刷上了油漆，一件衣服套着一件衣服，灯光上下转动了六七次后，停在了他的阴茎上。阴茎从他身披的旗帜中探出头来，它是一个没有任何威胁也毫无意义的水龙头，断断续续滴着水，好像需要修理。它看起来并不像数千年来能引发人类花五分钟时间去思考的其他东西，更别说能得出如下结论：若不是因为这根水管的无尽欲望，我们在这地球上的物种史将从头到尾变得面目全非。

“别让我看见它！”

萨巴斯本可以轻易穿好裤子拉上拉链，但他不打算那么做。

“收好那玩意儿！”

萨巴斯无动于衷。

“你是谁？”那人问道，灯光再次让萨巴斯目眩，“你玷污了我母亲的墓穴。你玷污了美国国旗。你玷污了你的民族。你头戴代表自己宗教的圆顶小帽，却把该死的老二露出来！”

“这是一种宗教行为。”

“还裹着国旗呢！”

“我骄傲，骄傲。”

“呸！”

“我要尿尽最后一滴。”

马修开始恸哭。“我的母亲！那是我的母亲呀！我的母亲呀，你这个恶心的臭虫！你毁了我的母亲！”

“毁了？巴利克长官，您都这么大了还以为父母跟你想象的一样呢。”

“她留下一本日记！我父亲读过了！他知道你对她做的那些事！甚至我表妹，我的小表妹！‘喝了它，德伦卡！喝了它！’”

他泣不成声，无法再用灯照着萨巴斯的脸了。灯光射向地面，照亮了墓穴边上的小水坑。

巴雷特的脑袋被砸开了。萨巴斯期待更糟的结果。他意识到是谁逮捕自己的那一刻，就知道自己不会活着离开。他也不想活着离开。能让他一直活下去，能让他一直即兴表演下去的东西消失了。疯狂的下流表演结束了。

然而他再次活着离开了，就像那次在考恩家上吊时一样，就像在岸边要溺死自己时一样。他活着离开了，留下马修在墓穴旁啜泣，他则随着那让他能永远即兴表演的东西在夜色中跌跌撞撞地走下山去。

他并不是不想听马修说德伦卡的日记，不是他不想贪婪地阅读每个字。是他从来没想到德伦卡会把一切都写下来。用英语还是塞尔维亚-克罗地亚语写呢？是因为骄傲还是怀疑呢？记录了她的勇气还是堕落呢？为什么她在医院时没提醒他有这样一本日记呢？是因为那时想起这事就觉得恶心吗？让它无意中被人发现，是她的疏忽还是她做过的最大胆的一件事呢？我做到啦！我做到啦！这就是体面衣着下真正的我，你们谁都不知道！

她留下日记或许是因为她没勇气扔掉吧？没错，这样的日记在人们的脑海中应有特殊的一席之地；他们无法从文字本身解脱自己，最终只能用日常事务来辩护或隐瞒。秘密日记、信件、宝丽来照片、录像带、录音带、几撮阴毛、没洗过的贴身衣物，毁掉这些以永远清除遗留下的痕迹需要勇气，这样的勇气比想象中还大。这些东西几乎不属于我们，也果断回答了那个问题："我真的是这样的吗？"这记录的是四月斋前狂欢节那天的自我，还是真正的自我，那个自由自在的存在？无论怎样，这些有威胁性的珍宝隐瞒了生活中最亲密的人，被藏在内衣下面，藏在文件柜最隐秘的一层，藏在当地银行里被郑重保管着，构成了人们难以割舍的记录。

但萨巴斯还面临一个难题，他逃脱不了嫌疑，也不知道自己的嫌疑有多大。她履行了怎样的义务，她的性爱日记又是留给谁的呢？抗议哪个和她上过床的男人呢？马蒂亚吗？还是萨巴斯呢？你打算杀掉我们两个中的谁呢？不是我！当然不是我！你爱过我！

"举起手来！"

这句话不知是从哪儿冒出来的，吓了他一跳，接着他就被聚光灯锁定了，似乎他要在一堆墓碑里来一段单人表演。萨巴斯，公墓之星，幽灵杂耍演员，死者队伍中的一线艺人。萨巴斯弯腰鞠躬。应该在他身后悄悄来点音乐，俏皮、色情又怀旧的摇摆乐，将萨巴斯引上舞台。这舞台有人生最真实可信的乐趣，本尼·古德曼那曲六重奏《不可无礼》中单纯的快乐，斯拉姆·斯图尔特弹着贝斯，贝斯被斯拉姆演奏着……这些都没有，只有一个要求他说明自己身份的声音，声音听起来空洞，但有礼貌。

萨巴斯在鞠躬后直起身说："就是我，我有恋尸癖，我在梦遗。"

"先生，如果我是你，就不会再鞠一躬。我要你把手高高举起来。"

巡逻警车照亮了萨巴斯剧院，车上还有一名警察，是个实习生，正举着枪从车里爬出来。马修一定会独自驾驶，除非他要训练新人。"他训练他们时，"德伦卡曾夸耀道，"他一直让他们开车。刚从学校毕业的孩子们有一整年的试用期，通常是马修带他们。马修说：'有些好孩子真的想要这份工作，也好好干了。也有些兔崽子不屑一顾，能偷懒就偷懒，诸如此类。但还是要好好干，做你该做的，保证警车有足够的油，按时处理案子，让你的车待在该待的路上……'这就是马修教给他们的。他只不过和这个男孩同乘了三个月的车，这孩子就送了他一枚领带夹。黄金的领带夹。他说：'马特永远是我最好的兄弟。'"

那个实习生用枪瞄准萨巴斯，但萨巴斯没做任何反抗。他只要逃跑，实习生就很可能一枪击穿他的脑袋，且不管这是对还是错。但当马修赶到山脚下后，实习生只是匆匆铐上萨巴斯，让他坐进后座。实习生是个黑人小伙子，和马修差不多大，始终一言不发，没有因为萨巴斯的外貌、穿着和所作所为露出一丝嫌恶和愤怒。他帮萨巴斯坐上后座，还确认国旗没从萨巴斯肩上滑落。萨巴斯迅速钻进车里时，那顶“上帝保佑美国”的圆顶小帽也向前一跃，盖住了他的前额，实习生重新把它轻轻地、端端正正地戴在萨巴斯的秃脑袋上。这个羁押候审者无法断定以上举动是表示过度的善意还是轻蔑。

实习生开车。马修不哭了，但萨巴斯从后座上能看出他宽阔的颈部肌肉在不受控制地抽搐。

“你感觉怎么样？”他们下山时，实习生问。

马修没有回答。

他会杀了我的。他会这么做。要我的命。终于要来了。

“我们现在去哪儿？”萨巴斯问。

“先拘留你，先生。”实习生答道。

“我能问问我会面临什么指控吗？”

“指控？”马修突然说，“指控？”

“深呼吸，马特，”实习生说，“就像你教我的那样深呼吸。”

“恕我直言，”萨巴斯十分谨慎地说，他知道自己的语气至少已经让罗莎娜抓狂，“他或许觉得我厚颜无耻，但这其实是个误会——”

“安静。”实习生示意他。

“我只想说，这事发生了，他不可能明白的。他无法判定这件事有多严重。”

“别闹！”马修大吼，拳头重重地砸在仪表盘上。

“我们拘留他就好，马特，就这样，按程序来，我们拘留他就好。”

“我不是在为自己辩解，我没夸大其词，”萨巴斯说，“我没花言巧语。我说的话既不得体也不自然。我在很严肃地说话，严肃得引人注目，严肃得无法形容，正儿八经，不顾一切，充满喜悦，严肃。”

“先生，您再这样说下去就太冲动了。”

“我就是个冲动的人。我也说不清为什么。其实冲动代替了我生活中的一切。它似乎是我存在的全部意义。”

“这就是我们要拘留你的原因,先生。”

“我以为你们拘留我是为了让我告诉法官我是怎么玷污马修母亲的。”

“瞧,你让我兄弟太难受了,”实习生说,他的声音依旧十分克制,“你给他的家庭带来了太多痛苦。不得不说,你现在说的这些东西我也无法接受。”

“没错,人们一直都这么说我,他们不断告诉我,给人带来痛苦是我的毕生事业。举世皆在欢腾极乐中飞驰,人人都在享受充满欢乐的漫长假期,逍遥快活;突然萨巴斯空降到他们的生活,一夜间世界变成了满是哭声的疯人院。为什么会那样啊?有人能跟我解释解释吗?”

“停!”马修喊道,“停车!”

“马蒂[1],把这王八蛋抓进去吧。”

“你他妈的给我停车,比利!我们不拘留他!”

萨巴斯从座位上直直地向前探去,因为没有双手支撑,他突然向前倾。“拘留我吧,比利。别听马蒂的,他现在把自己也卷进来了,没法就事论事了。拘留我吧,那样我就能光明正大地洗清罪孽,接受即将到来的惩罚。”

道路两旁树木林立,警车爬上了路肩。比利把车停下,关掉大灯。

周围又是一片漆黑。萨巴斯心想,此时此刻至关重要,是他所向往的,是他终其一生为之奋斗的,是他始料未及的人生巅峰。他还不知道自己多么渴望死亡。他没自杀,因为他等着别人来杀他。

马修从车上跳下来,绕到车后,打开车门,把萨巴斯揪了出来,然后打开了萨巴斯的手铐,几个动作一气呵成。他打开手铐,说道:“你这个恶心的王八蛋,无论何时何地,如果你再跟别人提我母亲的名字,或

---

① Matty,马修的昵称。

者跟任何人说起关于我母亲的任何事，我都会来抓你！”他的眼睛离萨巴斯只有几英寸，他又哭了，“听到了吗，老不死的？你听到了吗？”

“可你现在就能抓我，为什么等以后呢？我往树林里走，企图逃跑，你开枪就好。比利在场，他也会帮你的，对吗，比利？‘我们让那老东西撒了泡尿，他就想跑。’”

“你他妈的混蛋！”马修吼道，“你个狗娘养的！”他猛地打开副驾驶座的门，愤怒地坐回车里。

“我可要自由啦！我做了这么多让人恶心的事，得意得很！我自由啦！我是大坏蛋！我是大坏蛋！做了那么多让人痛苦的事，大坏蛋要跑啦！马修！”可是巡逻警车开走了，把萨巴斯留在这齐踝深的、温软的春泥里，在黑暗中被这陌生的内地树林、还在滴雨的树木和大雨冲刷过的岩石所吞噬。除了萨巴斯自己，没人能杀他。

他不能自杀。他妈的，他不能死。他该怎么离开呢？他要怎么走呢？他憎恨的一切都在这儿。

图字：09-2018-727号

图书在版编目（CIP）数据

萨巴斯剧院/（美）菲利普·罗斯（Philip Roth）著；张听泉，张艳译. — 上海：上海译文出版社，2021.12（2023.7重印）
（菲利普·罗斯全集）
书名原文：Sabbath's Theater
ISBN 978-7-5327-8868-2

Ⅰ.①萨… Ⅱ.①菲… ②张… ③张… Ⅲ.①长篇小说—美国—现代 Ⅳ.①I712.45

中国版本图书馆CIP数据核字（2021）第276177号

萨巴斯剧院

［美］菲利普·罗斯 著 张听泉 张艳 译
出版统筹/赵武平 责任编辑/王源 装帧设计/COMPUS·汐和

上海译文出版社有限公司出版、发行
网址：www.yiwen.com.cn
201101 上海市闵行区号景路159弄B座
杭州宏雅印刷有限公司印刷

开本 890×1240 1/32 印张 14 插页 5 字数 301,000
2021年12月第1版 2023年7月第2次印刷
印数：5,001—7,000册

ISBN 978-7-5327-8868-2/I·5485
定价：98.00元